人性的光辉

隰县好人报告集

山西省作家协会
中共隰县县委宣传部

—— 主编 ——

山西出版传媒集团　　北岳文艺出版社

·太原·

图书在版编目（CIP）数据

人性的光辉：隰县好人报告集 / 山西省作家协会，中共隰县县委宣传部主编 . — 太原：北岳文艺出版社，2024.12. — ISBN 978-7-5378-7002-3

Ⅰ . I25

中国国家版本馆 CIP 数据核字第 20246X0A12 号

人性的光辉：隰县好人报告集

山西省作家协会，中共隰县县委宣传部 / 主编

出 品 人：郭文礼
选题策划：高海霞
责任编辑：高海霞
书籍设计：张永文
印装监制：郭　勇

出版发行：山西出版传媒集团·北岳文艺出版社
地　　址：山西省太原市并州南路 57 号
邮　　编：030012
电　　话：0351-5628696（发行部）
　　　　　0351-5628688（总编室）
传　　真：0351-5628680
经 销 商：新华书店
印刷装订：山西基因包装印刷科技股份有限公司

开　　本：787 mm×1092 mm　　1/16
字　　数：419 千
印　　张：24.75
版　　次：2024 年 12 月第 1 版
印　　次：2024 年 12 月山西第 1 次印刷
书　　号：ISBN 978-7-5378-7002-3
定　　价：98.00 元

编委会

出版说明

2019 年，习近平总书记对全国道德模范表彰活动作出重要指示：在新中国成立七十周年之际，中央文明委评选表彰新一届全国道德模范，这对倡导好风尚、弘扬正能量、促进全社会向上向善具有十分重要的意义。习近平总书记的重要指示精神，对于大力弘扬社会主义核心价值观具有重要的指导意义。全社会形成了崇德向善、见贤思齐、德行天下的良好风尚。

山西省委认真贯彻落实习近平总书记指示精神，大力倡导推动尊崇道德模范、学习道德模范、争当道德模范活动，着力把榜样力量转化为推动社会进步的生动实践。

隰县县委、县政府坚决把习近平总书记重要论述落实到思想道德建设全过程和各方面，认真落实省委安排，持续广泛深入开展"感动隰县十大人物"和基层"感动好人"评选活动，充分发挥"身边好人"的引领示范作用，推动经济和社会各项事业高质量发展。

山西省作家协会作为隰县的帮扶单位，为了生动记录道德模范的评选活动、展现模范人物的感人事迹，激励更多的人做道德的践行者、精神的引领者、时代的奋斗者，激发全社会向上向善的正能量，精心组织了二十一位创作功力深厚的优秀作家，历时数月深入采访、精心创作，完成了本书。这些道德模范的杰出代表，有的为推动隰县经济发展、社会进步、和谐稳定作出突出贡献，获得国家、省、市、县级重大荣誉并引起社会广泛关注；有的能够体现"崇德包容、智慧勤劳、自信坚韧、创新图强"的"隰县精神"，在各自行业具有杰出贡献或重大表现；有的爱岗敬业，勤劳致富，在平凡的岗位上作出了不平凡的事迹，在全县范围有较大影响和示范作用；有的以个人的力量，为社会公平正义、环境保护、公益事业作出突出贡献；有的在生活、家庭、情感上的表现特别感人，符合社会主义核心价值观的要求，体现中华传统美德和良好社会风尚。本书把他们的故事汇集一册，出版后对于弘扬社会主义核心价值观，凝聚发展正能量，促进形成学先进、干事业、促发展的社会氛围，一定具有极其重大的意义。

在此，感谢关心、支持我们工作的有关领导，感谢隰县接受采访的"身边好人"及相关负责同志，更要感谢作家们呕心沥血的创作。目前，全国上下正在深入学习贯彻党的二十届三中全会精神，全会提出，中国式现代化是物质文明和精神文明相协调的现代化，为道德模范和身边好人群体指明了发展方向。本书的出版，也算适逢其时。希望它的出版能为精神文明建设贡献一份力量。书中难免有错误、遗漏和需要商榷的地方，敬请大家批评指正。

编委会

2024 年 9 月

目　录

是谁在陡坡塬书写传奇

——记"山西感动乡村百姓十大爱心大使"贺西平

张行健

人在塬上

一抹晚烧云在土塬的尽头燃烧。

你生于此长于此的陡坡塬罩在一片傍晚的雄浑与虚幻里。

塬上旷远无垠。极目远眺，收入你视野里的，是再熟悉不过的庄稼，是大片大片的梨园果木，还有庄稼与梨园果木之间的泥色小路。

白天，这一切是清晰透亮层次分明的，此刻，昼与夜的过渡时分，天光使塬上的色彩朦胧暧昧起来，且渐次地朝着灰黑与烟雾里走去……

你是从一面长长的陡坡里缓缓上到土塬上的。

傍晚的土塬上，便有一个高大的身影在点缀，在伫立，在移动。

你的耳畔，清晰地萦绕着一个声音，不，是一连串的语音播报，是男中音，是和这片土塬一样厚实和凝重的、充满了磁性和苍凉的质感，在这样一个时间段里，在旷野的无边沉寂里，它们在认真地游走着，在整齐地律动着——

> 塬姓土，是种在天上的土地，海拔高度1000多米，站在塬上，
> 等于站在许多地域的云岫之上。农人们挥起的镢头触到了天的一角，
> 甩出的汗珠，溅到龙王身上，而犁过的土地，像翻卷的白云，凝固

在塬的春秋里。露出苗儿的土地，像铺展的一轴书法，青青幼苗是狂放奇逸之笔挥舞出的狂草，长成后的庄稼，仿佛刚从天池中沐浴而出，清纯亮丽，窈窕妩媚，待字闺中。秋收时节，像泼洒了一地清醇的老酒，醉了大美之塬，醉了农人的向往……

你知道，这是一段美文的开首，是有关土塬的形象摹写，更富亲和力的是，作者是你身边的朋友，是隰州本土作家王军，这是他的一篇《在塬上》的散文，不，叫散文诗更合适。当你的日子遇到困难的时候，当你的思绪受到阻隔的时候，当你被一桩桩、一件件光景的琐碎和情感的沉郁弄得心烦意乱的时候，你会情不自禁地走到塬上，走到塬上的你，又会在心里默念起这篇美文。是这珠子般的一串串文字在不断撞击你的心壁吗？是文字中的艺术感觉给你莫名的鼓动和启发吗？是文字中浓郁的情绪如一只温柔的手掌，能抚慰你躁动不安的灵魂吗？你说不清楚，你也无须寻找答案，反正这时候你需要它，如同干渴的黄牛需要饮水、饥饿的草驴需要吃料、耕地的犁铧需要打磨、土塬上奔跑着的拖拉机需要加油一样，你也需要这篇文字的汁液灌溉和养分的填充。

在灰蒙蒙的天色里，在低垂的夜幕里，能聚焦到你的一张疲惫却刚毅的脸，能特写出你的一张一翕的阔大嘴巴，在默念，在吟诵——

在塬上，视线可以一泻千里，思绪可以神游八极。视线站在最高处，它是洗过的，清澈透明；它是擦过的，闪亮晶莹。它排山倒海越过沟壑走过树木向远方射去，所到之处无物可挡，最后轻轻碰到天的边际。无边的美景似在雾中，这般朦胧，这般迷离，思绪化作一道彩虹，从这座塬架到那座塬，美好的向往一丝一丝蘸着五彩，爬上彩虹之桥。风晃动着思绪，思绪就不再是彩虹，成了高大的牡丹树上开着的并蒂牡丹花，幸福涌上了花瓣，幸福把花瓣染了红色。

这样的文字是对土塬的礼赞吗？你还不仅仅这样认为。对土塬，那是对群体的，对某一处大物象的；你觉得它对你的个体尤为重要。每每咀嚼它、吟诵它，品味起这些文字来，就加深了你对自己生活了几十年的这片大土塬的别样理解，延展了你在土塬上的视野。更为主要的一点，也是你从未示人的私密话题，它无形中激发了你作为农民歌手的创作灵感和活跃的艺术思维，唤醒了你的想象力并拓宽了形象思维的领域。

西平——有一个声音在呼唤你；

贺西平——

是的，呼唤你的声音强烈起来。

那呼唤来自陡坡塬遥远的地方。

塬上歌手

　　塬上的风自由自在地刮着，站在树枝头，站在草叶间，游过无边无际的田野。春天把布谷鸟的叫声刮醒了，夏天把庄稼的拔节声刮得稀里哗啦，秋天把成熟的谷穗刮得醉醉醺醺，冬天把寒冷刮得清清瘦瘦。它刮到农人们的脸上，刮出了安泰，它刮到了庄户院里刮出了兴旺，它刮到了村子里刮出了祥和。塬上的风无拘无束地刮着，刮出了狗的怡然自得，刮出了鸡的安之若素，刮出了猪的浑象天然，刮出了牛的返璞归真。听塬上的风它会讲许许多多古老故事，看塬上的风它玲珑剔透如玉如珠，闻塬上的风它带着深厚的黄土气息。

　　　　　　　　　　　　　　　　　　　——王军《在塬上》

　　是那一方小小的土院在无声地呼唤你吗？抑或土院里简陋的家。家、住舍、居舍，一家人的生活根据地，过光景度日月的窝儿。这个家对于你，还有多重意义，除了土炕、木床之外，还有你的工作室——创作室、发明室。

　　方才，那一声又一声的呼唤，分明是你的创作室生发出来的。

　　是的，你正在创作一首歌曲，歌词前几日已经写好，现在是一句一句谱曲子呢！

　　你自小就爱音乐，爱唱歌，喜欢琢磨曲谱，也常常摆弄乐器。学校毕业了，你无可奈何地回归了你的陡坡塬，踩着父亲的脚印，走向了塬上的那片黄土地。

这是命运的安排吗？

你还没来得及多想，浑厚的黄土大塬便敞开宽阔的胸膛，慷慨地接纳了你。

塬上的土地以她特有的旋律，给你弹奏了绵延不绝的青春之歌。

日头是黄的，土地是黄的，你鞭驱的牛是黄的，你那一张脸庞也在日光下，噼噼啪啪褪下学生娃的颜色，被周边的一切涂抹了一层土黄色，从此，你开始了地地道道的塬上农民的生活。

可是，你心有不甘，漫长夏夜的凉爽里，你坐在塬上的家门口，或坐在村子的古老磨盘边，你吹起了笛子，悠扬的笛声如土塬上的百灵鸟鸣，激情而婉转地在塬上的村落里萦绕……

> 我们的家乡，
>
> 在希望的田野上。
>
> ……

清晨，村庄还在沉静里酣睡的时候，你的歌声，你浑厚的嗓音，已经在塬上的土地里、塬上的树木里唱响开来，或高亢嘹亮，或低沉雄浑，或凄婉伤感，或悠长延宕……起初，你歌唱的内容总是离你、你的村庄、你的土塬、你土塬上的日子，很远，很远，远得陌生，远得与乡人的日子没有半点儿关联。村里人或远或近地听着，摇着各自山药蛋一样的脑袋，有些漠然地说，西平这娃，人在塬上，心还没回来哩……

后来，一天，两天；一月，两月；一年，两年……乡人们发现，你歌唱的内容，在渐次发生着变化，变得亲切了、熟悉了，仿佛就是他们身边的日子，是琐碎的却绵长的光景，是一年四季劳作的土塬，和土塬上的小麦、玉茭、高粱、谷子，那就是有的人家刚刚栽种的果树，那可是一簇簇梦幻一样迷人的浓绿啊……

村人们听着，有滋有味地品咂着，如同吸了昔日的几锅子老旱烟，如同喝了当下的三两午城老白酒。他们点着头，嘴里喃喃地说，西平这小伙儿，心气高着哩，在咱陡坡塬，可是屈才咧……语气淡淡的，神情却怅怅的。

你的耳朵同你的感觉一样灵敏，你不可能听不到这一切，你的耳朵接纳了这风一样的窃窃私语后，你无所谓地笑笑，让风从你的耳边刮过……

从此之后，歌声从无间断地伴着你，伴着你在塬上的每一天劳作，你到哪里，歌声便从哪里响起，你没到的地方，长了翅膀的歌声已经先你而至了。

在校读书时，山区中学没有像样的音乐老师，你也无法接受到专业系统的音乐理论教育，从识谱、品谱，到尝试谱曲，都是你自己在钻研、在琢磨。为了心中音乐之梦，你咬咬牙，买了与一个农民身份极不相符的电子琴，买了自学音乐的相关教材，买了音乐磁带……你要通过自学，熟悉并掌握基本乐理以及演唱技巧，你要在繁忙的劳作中，挤出时间来，沉浸在音乐的魅力中。

几年时间里，你已是陡坡塬一带以及十里八村出名的歌手了，农户家、村里、乡政府有什么活动，有什么演出，组织什么节日庆祝，大伙儿第一个想到的是你，吹、拉、弹、唱、演奏，你样样拿得起。渐渐的，乡人们熟悉了你、认可了你，你自然也熟识了乡村里五花八门的场合和各种戏台。

你并没有满意，你还要登上更大的舞台，你接二连三地参加了县上举办的《百歌颂中华》《五一晚会》《庆国庆文艺演出》《放歌梨塬》等较大规模的文艺晚会。隰州城里，人们渐渐知道了一个身在陡塬的农民歌手，一个本乡本土的作曲家……

人们都说，生活是创作的源泉，激情是创作的动力。生活根底雄厚，创作激情丰沛的你，这一阶段创作出一系列洋溢着生活热情又具有本土文化特质的歌曲——《小西天》《梨花花白》《苹果园》……你还把《誓词》配上谱曲，用通俗、庄严又易于歌唱的曲调传唱开来，在许多大会的场合里，人们可以听到雄浑庄严，神圣又动人的声音……

无论是政府行为还是私人场合，无论大型演出，还是农家小院生日、满月、红白之事所请，你是有请必到，到之能唱，不但尽情表演而且分文不取。多年来你就这样义务演唱着，唱出了你和百姓的喜怒哀乐，唱出了你的好人缘，也唱出一个农民歌手的朴素品质。

美丽的陡坡塬我的家乡

蔚蓝的天空白云飞翔

神农砌谷有踪迹

后世耕种美名扬

啊，美丽的陡坡塬

啊，可爱的故乡

一代代儿女奋发图强

建设着幸福的新农庄

……

远远的，陡坡塬上荡来了歌声……

远远的，乡人们可以看到你塬上歌手的身影……

塬上木匠

生活在隰县陡坡塬上的庄稼户们，谁不知道你是一个内秀的人，一个爱动脑、善思索的人，一个不甘弱小、不愿平庸的人，一个在劳碌而凡俗的日子里总能弄出点儿不平凡的动静的人。

从你小小的土院里，又传出了叮叮当当、吱吱啦啦的声响。

乡人能听出，那是斧头砍木头的声响；是锯子锯木料的声响；是双手运送着刨子在木板上推出刨花的声响；是凿子经过斧头的击打一点儿一点儿切进木板里，又一点儿一点儿凿出木槽凿出木孔，掘出木屑儿的声响……

你是十六岁那年回到塬上劳作时，萌动了学木匠的念头的。

手艺不亏人。老话儿这样说。

山有泉水才美，人有技能才好。谚语这样说。

手艺是活宝，走遍天下饿不倒。爷爷曾经这样说过。

虽有良田万亩，不如一艺随身。父亲曾经这样说过。

少年木匠老郎中。邻村的资深木匠这样说过。

化梨膏是熬出来的，手艺精是学出来的。塬上人家都这样说。

有了手艺死不了，没有手艺活不好。村里老人曾这样说。

无财不是贫，无艺才为贫。这句话是你说的。

不言而喻，作为一个山区青年农民，学一门木匠手艺，对生活、对自个儿的光景有着多么重要的意义……

你把一点儿一点儿积攒下来的钱，分时间、分阶段购置了不同类型的木匠工具。从小件到大件，工匠活计也是从家庭和村庄里实用的家具做起：小木凳、小椅子、木床、木桌（木桌分大木桌和小木桌，又分圆桌和方桌）、小型茶几、床柜、立柜、组合柜，当然，还有棺木。这一切都是当下乡村农家离不开的各类家具和用具，仅有这些还是不够的，还不足以使你成为一个合格的或者说优秀的乡村木匠。你把目光投放到更辽远，也更深邃处。你力所能及地搜寻到过去乡村的一些农具，尽管这些农具大多已经过时，大多已被岁月的风尘一点点风化和淘汰，你还是尽量把它们找出来，借鉴它们的形状、造型的实用性和美观性，以及在此基础上的改进或是舍弃。如乡村里渐渐放弃不用的木犁，尽管有了耕地机、耙地机，可土塬上总有许许多多机械上不去、进不去的山坡地、小块地，必要时，还是需要这些传统耕作工具的。诸如此类的还有平车、大车、胶轮车、木耧、木桶、木杈、二股杈、三股杈、洋锹、镢头、苦锹、刮子、镰刀、放羊锹、木锨、锄头、耙子、韭镰、撸耙、粪杈、面箩、箩子、碾子框、二车、扇车、元宝篮、柳罐、桑条篮、荆条筐、茅斗、茅勺、扁担、水担、水桶、铡刀、鞍子、跑杆、夹板、老秤、木斗、木升、木槽、荆条笆……还有扇车、独轮车、砖模子、老式风箱、木饸饹床子、木制调料盒、食盒、擦蝌蚪床子、木器碗柜、轿子车、旧式立柜、中堂桌椅、茶瓶镜框、儿桌、杌子、马轧、小台桌、衣架、铺盖架、小灯笼、盆架、箱子、躺床、配套桌椅、老式椅子、长板凳、圈椅、老式儿童坐车、织布机、纺线车、奁匣、钉板、老式墨斗、木斗、儿童学步车、线板、袜子板、弹花机、拂尘……

从生活用具到劳动用具，从粗糙制作到精细打磨，你从这些家具和农具里看到了传统手工的制作魅力和前人的独具匠心，每一件家具和工具，都是一件完整的作品，把实用与审美结合起来，精到的细节融进浑厚的整体里。你曾把多件旧农具细心地拆散开来，仔细观察它们的榫头与榫眼，看它们的木卯和连接，卯榫的长短和榫头所能承受的力。

俗话说，木匠好学，斜卯难凿。你在认真地看每一处斜卯的位置和深浅，斜卯的角度和作用……严格地讲，你的木艺是没有固定师傅的，你的师傅是自己的钻研和琢磨，是把古旧的农具和家具拆散开来再组装起来，像庖丁解牛一样，一遍又一遍。实在遇到大麻烦、大难题了，遇到了自我难以跨越的障碍，你才骑上自行车，到塬上的其他村落，找资深木匠向人家请教。

渐渐的，你的木工活路做得精到了。

一个农家可能做多少实用家具呢？做一件，就不知要用多少年，而乡村的农具是天天要使用的，你便改革和改进了传统的乡土旧农具，也使这些农具与时俱进。在新时期、新时代陡坡塬的土地上，充分发挥它们的最大作用，充当乡人们最得心应手的农具。

塬上能人

叮叮当当的木活声伴随了你十多年。

这些年来，你已经成为陡坡乡最好的木匠了。

你给塬上的人家做家具、做农具，还给上了年纪的老人们做棺木，手艺和职业的使然使你具有了一双优秀木匠的慧眼。

陡坡塬上老树多。

有古老的榛树、楸树、国槐、刺槐、桐树、榆树、桑树、楝树，至于柏树、松树、柳树、枣树、椿树、杨树，还有果类的桃树、杏树、苹果树、大片大片的梨树，还有被视作经济树的花椒树、皂荚树、核桃树……许多老树都有上百年、几百年的树龄了，它们的树皮都粗糙得不成样子，有的干脆皮开肉绽，皴裂成山石的外表了，就如同你生活的陡坡塬上的长寿老汉们一张张风雨沧桑的老脸。

木匠眼里无闲木。

木匠眼里无废料。

即使一大块或者一堆早已刨出来被风吹日晒的老树根，在你们眼里，经过修理和过滤，它们都可以成为某一种最经济的农具，可以打造成心目中的那一件最理想的工具。

这本来是陡坡塬生长起来的树木，即使是树木的老根，也应该为这片土塬服务啊！

你这样认为。

你的眼前，那一根根老树根，一件又一件扔弃在村落不被人留意的一隅的长长短短的木料，幻化成了一件又一件实用而新颖的农具。

你的意识是新颖而超前的。

你要赋予你手下的农具们，以实用而超前的形式和内涵。

那些年，塬上农人的农具还是传统的家伙什儿，就像他们传统的生存理念，他们千百年来面朝黄土背朝天的劳作方式一样，改变是极小的，不变是恒久的。多日来你一直在想这样一个问题，如果能发明一些轻巧便捷的农具，父老乡亲就不用这样汗珠甩八瓣地辛苦劳作了，最起码是会节省一些力气的。少出一些蛮力，多走一点儿干庄稼活儿的捷径吧！

这个念头如同你当初要学木匠手艺一样又在强烈地冲击着你，你反复权衡着自己，又反复思谋着你将要从事的事宜，你觉得应该试一试了。

你有这样的决心和自信。

行动是最好的注脚。

你钻在自家的窑洞里，翻资料、绘图纸、搞实验……

初中毕业的你，居然踏上了一条发明创造的艰难之路。

消息如同陡坡塬上的风，呼儿——呼儿——吹着，刮遍了塬上的每一个角落，吹进了乡民们灵敏或迟钝的耳朵里。

这个贺西平，好好当个木匠本本分分生活吧，又要弄出什么幺蛾子？村民不解地谈论着。

他就是个不安分的人，不喜欢过平静的日子。家里人也这样说。

搞发明创造？他一个土包子，要弄成了，要那些专家学者去钉鞋去卖红薯呀！有人也阴阳怪气地说。

你笑一笑，没有把这些议论拾进耳朵里，你笑得平静而从容。

从容是一种自信的表现，而自信源自你本身的强大。

第一个项目，你专心致志地研制了一台多功能覆膜机。

不断调整，反复试验……

几个月时间过去了。

这台覆膜机果然大大提高了耕作效率。

乡人对你刮目相看。

人们就是这样只看结果，不论过程，而你的这个艰辛过程，只有你自己心里清楚，你深深体会到其中的五味杂陈。

你不会责怪你的乡亲，你不会因为他们的势利和所谓的农民意识包括许多的小心眼儿而与他们计较。你明白，你自己也是农民，是农民的儿子，是这片大土塬的后代，你所努力的一切，是为了这片土塬，为了这片土塬上生活着的乡亲们，他们更多的是质朴，是诚实，是黄牛一样的踏踏实实。千百年来他们依赖着这片土塬，也年复一年地在这片土塬上奋争，你和他们一样，你们的命运和大土塬紧紧地维系在一起，这难道是宿命不成？

耕耘与收获是紧密相关的，生活也在厚爱着每一个认真生活的人。

2010 年 10 月 8 日，这是陡坡塬上一个极平凡的日子，可对生活在陡坡塬上的你来讲，却是一个非同寻常的日子。这一天，你的多功能覆膜机被国家知识产权局授予了新型实用专利证书。

手捧专利证书的你似乎忘记了往日付出的艰辛，忘记了高悬明灯查阅资料的一个个不眠之夜。希望与憧憬，犹如一团烈火，又在你的胸中熊熊燃烧起来……

这是一种肯定，对你的探索，对你的假设，对你当初的选择；

这是一种回报，对你的付出，对你所做的努力，对你在探寻路途上所遭遇到的坎坷。

你微笑着，对着专利证书；

你眺望着，对着眼前那一条还很漫长的路。

第一次的成功，使你的信心呈几何状地增加起来，你思谋着，又有了心事重重的样子，你朝塬上走去，走向那一片片梦幻一样绿色的果园。

那里，同样有一团属于你的绿色的梦。

你要研发一款果园施肥机！

天气是乍暖还寒的日子。

陡坡塬上的人们常常能看到你骑着摩托车在清丽的晨光里出去，又在暮色沉郁时归来。

你不知倦怠地往返于土塬与县城之间，还常常披星戴月。

人们哪里知道，你经常和城里的焊工们研究果园施肥机的精确尺寸；

家人哪里知道，你在向业内人士一次次请教施肥机的更深层的原理；

陡坡塬不会知道，你要使这项发明具有属于土塬特质的操作性和实用性。

时间的溪水在陡坡塬流淌了两个多月，你望眼欲穿的期盼在塬上整整熬了六十多天，又一个振奋人心的消息在陡坡得到了证实——果园施肥机又大功告成了！你又一次申报了专利。

你有理由相信，你已经申请专利的发明，一定会给老百姓带来实惠；

你有理由自信，你已经申请专利的发明，一定会让陡坡塬，不，像陡坡塬一样的乡村注入新的活力！

当然，你也在想着，在实施着，如何把乡村里使用了多年的旧式农具进行相应的改造，使它们更便捷更经济，更得心应手地把控在乡民手里……

可是，在这个时候……

生活的寻常日子，自有它平缓的韵律，往往一个"可是"就把这平常的规律进行了转折，这是不以人的意志为转移的。

你在严峻的"可是"面前感叹着，一颗心，在暗暗地哭泣……

塬上疼痛

有很长一段日子，无论在塬上的土地劳作，还是在一方小土院里做木工活；无论在自家的果园里疏花剪叶整枝，还是在那孔窑洞里看资料绘图纸，你都隐隐觉得，你的身体有了某种变化，是一种隐约的不适感觉。你没有特别在意，你和其他塬上的汉子一样，平时，感冒发烧，头痛脑热，连药也不去吃，咳着，蒙头大睡一觉，出一身热汗，就轻松了，就清爽了，冲一颗鸡蛋，再咥（大口吃）一碗干面，行了，又恢复了元气，又有了干活儿的力量。你和塬上的汉子们都有同样的一个认识，庄户人，天生摸牛尾巴的，哪像城里人那么娇气那么金贵。说句不好听的话，像地里的牛啊、驴啊一样，蔫儿了，怂了，嘿，鞭子，朝屁股上一甩，又埋头耕地，又抬头看垅了……带着这样的意识，你该干什么干什么，没把小病小恙放在心上。可是，你渐渐地觉得干活儿费力气了，平时，一块木板，你一只手，一条胳膊，就轻轻提起来，放到它该放置的地方，现在呢，一只手一提，不动，运一运力气，再提，仍不动，哦，得两只手两条胳膊一起用劲儿才能完成，而在完成的过程中，你喘气了，你脑门儿出汗了，你觉得力不从心了。还有，家人发觉，你的脸色，也渐渐地发黄了，黑黄了，蜡黄了……

病痛与厄运没有因为中国底层老百姓的勤劳与善良而避开他们，恰恰相反，老天爷却常常把险恶与病痛降临在这些无辜而朴素的劳动者身上，降得猝不及防，降得雪上加霜。

从来不愿意看到医院大门的人，不得不到医院去诊断。

对医生，你察言观色。

嗯，是肝上的毛病。医生说。

是脂肪肝吗？你小心翼翼地问。

肝硬化。医生的脸上没有表情。

肝硬化？怎么会是肝硬化？

医生私下里告诉你的家人，已是肝硬化晚期了。

你从家人的表情里，读出了你病情的严重。

必须住院治疗，立刻办理手续。

这一决定如晴天霹雳，把你的头震晕了。

在办理住院的第三天，陡坡塬上的一场意外大冰雹，肆无忌惮地扫荡了你的家园，砸毁了你的庄稼。你辛辛苦苦经营的 16 亩西瓜，连瓜带蔓都被这场无情冰雹砸了个稀巴烂。

老天爷，你对憨厚朴实的土塬农人咋就这么残酷无情，这么雪上加霜！

对你，贺西平，一个土生土长的塬上汉子，更是祸不单行。

那些阴云密布的日子里，你心事重重，悲伤而无奈。

县城医院已经难以治疗你的疾病了，你必须转到省城医院。

这是一笔怎样的高额费用？

况且，你无法对人们言说的是，你还有许多的研究、发明的方案等着你花费大量的时间和精力，去一步步论证和实验……

你还有几十首创作好的歌词，等着你一句一句一段一段，一首一首去反复推敲和悉心谱曲，还有，你还想把自己创作的歌曲，编个小册子，刻录成光盘留给后人；还有，你还想趁着不多的时日把搁置在窑里的科技发明继续弄完，不留遗憾；你还得安顿好年迈体弱的老母亲，同时帮苦命的妻子分担一些家务、农活儿，你还得替因视觉障碍而丧失劳动能力的二儿子有一个过日子的长远打算。说白了，就是给他积攒一些钱物，而积攒钱物，全仗了你这个当爸爸的打拼呀！你那么多的产品都需要你去推广，去游说，去四处奔波呀！当然，还有最为重要的一件大事，一件一想起来就戳你心窝子的事儿，让你一生吃不香睡不宁的事，让你为之白了头发，内心愧疚，一想起来便眼里流泪心里淌血的事——寻找丢失的大儿子……

数也数不清，都等待你去做的事情，摆在你的眼前，放在你的心里，你哪能病得起啊，这光景的节骨眼儿上你咋就能生病呢，你困窘的日子你清贫的家庭咋能允许你生病呢？还是这等让人害怕的大病！你一次次责备自己，你凭什么生病，你有资格去病吗？

你在省城大医院治疗了一段时日，病情基本得到了控制。

治病花费了好几万，那都是从亲戚朋友、左邻右舍借来的钱哪！

你带着病弱的身体和繁复的心绪，回到了陡坡塬。

陡坡塬一如既往，以她广阔辽远厚重坦荡的胸怀迎接了她的儿子。

令乡亲们惊讶的是，往日是一个高大黑壮的汉子，居然被病痛折磨得如此骨瘦如柴、弱不禁风。

你从乡人惊愕的眼里，知晓自己是一个危重患者了，那些目光里包含了善意、同情和无奈。

拄着一根光滑的木棍子，披了一件原本合体而今宽松的外衣，你走到了塬上。

你要用目光抚摸你的土塬、你塬上的土地、你土地里的庄稼和那一大片一大片的梨园。

陡坡塬上的风，吹打在你的脸上，那是一张黑瘦蜡黄的脸，是一张棱角分明的脸，一张有着同命运抗争的刚毅顽强的脸。

你的内心，是人们无从知晓的强大，你早已经一次次战胜病魔的折磨了，你不会沉沦，不会消极；相反，你的心里，燃起亢奋的火苗，比起往常来，你觉得更有了无穷的精神。你觉得现在是你与时间赛跑的机会，为了完成心中一个又一个任务和未尽的梦想，你不会让自己倒下，不应该给可爱的土塬留下遗憾……

谁说不是呢，贺西平，你真的是一个时运不济的人，从你记事的童年起，人生的变故便和你有了命运性的缠绕——

早年间，你的父亲，土塬上一个有想法、爱动脑的农民，某一天萌生了养蚯蚓致富的美好想法。一不做，二不休，贺家人肉体里流淌着这样的血液。他贷款买回了种苗，发放在乡亲们手里分散养殖，他当然指望着能靠养蚯蚓，靠这个与土地还有千丝万缕联系的便捷营生，来改变一家人的命运。没想到，希望大，失望更大。天有不测风云，由于消息闭塞，又难以找到销路，居然连本带利全赔了。你的父亲难以面对这个令他倾家荡产的现实，经不起这样致命的打击，他展现出的是他脆弱的一面，不负责任地一走了之，离开了陡坡塬，自此了无踪影……

老爹的出走标志着你无忧无虑童年的结束，你后来感叹自己的童年快得像陡坡塬的一阵风，像天真的小毛驴儿在陡坡塬上打了一个盹儿，刚刚眯糊了眼睛，便被人唤醒了，醒来之后就得拉那一辆生活的大车。

生活沉重的担子就这样压在你那稚嫩的肩上。

你挺过来了，你过早地挑着一副重担，担子的一头是家庭和土地，另一头是你的爱好，你的义务和你的发明、创造。在风雨中，在泥泞中，在塬上最艰难的日子里，你走过来了，走过了少年，走过了青年，走进了沉重如土塬的青壮年……

你让歌声和发明创造一路上陪同着你，那是你的精神支柱，是你最能安放灵魂寄存信仰的精神家园。

可是，疼痛还是一个承接着一个，是你的失误所致吗，还是冥冥之中宿命大手的安排？

那还是你很年轻的时候，想一想，也快三十年了，那个始终无法治愈，又不肯轻易提起的伤痛，那个在你看来已经深深地隐藏于心底，却又随时随地可以迸发出来的伤痛，常常啃噬着你的心……

你无论如何不会想到，那本该是一个轻松愉快的日子啊，因为，自己一时的粗心，一时的忽略，一时的大意，竟然变成一个令你的家人撕心裂肺的日子——

这是十月的古会期间，当然也是一个叫黄土镇热闹的赶集的日子，你带着家人和儿子也从陡坡塬来到了黄土镇。那时候正是一台民间演唱表演的节目进行时，有专业歌手也有乡民的自娱自乐。见到你走进了熙熙攘攘的会场里，眼尖的组织者更是眼睛一亮，哇——咱们本乡本土的农民歌手来了。早有主持人拿着话筒在舞台上对着台下黑压压的人群喊道：父老乡亲们，大家静一静，下面，我们用热烈的掌声欢迎农民歌手贺西平给大家表演——

哗——掌声如这个季节里风中杨树叶儿的拍打，哗哗啦啦响成一片。

你的脸红成了十月的枫叶儿，在周边人们的怂恿里走上了舞台，十几首的民歌唱过，你又兴致盎然地给大家表演了几套你早年间学过的武术……专业也罢，业余也好，人都是有表现欲、好胜心和那么一层好要面子的心理的。尤其是在大庭广众面前，你尽量要把自己的拿手绝活展示出来，自然，你的表演也得到了观众的阵阵响雷般的掌声。

在你演出的时候，台下你年仅七岁的儿子贺龙龙与妻妹家五岁的儿子苏勇勇两个小家伙悄悄淡出了人们的视线，年幼无知的小哥俩离开了场地不知到哪儿玩耍去了……等到表演结束你下了舞台后，才发觉两个小家伙不见了踪影，你下意识地大声呼叫、召唤，都不似往常那样，很快就有了稚嫩的应答。你焦急地寻遍了会场的角角落落，直等到散场之后，人们三三两两全离开了场地，也不见孩子的踪影。一种不祥的预感笼罩了你，害怕的猜测有了多种。娃儿们年幼迷失了方向？外出之后找不到会场？走丢了？还有，人贩子拐跑了……你发疯一般在镇上找呀找呀，就是没有孩子们的影子。后悔莫及的你坐在街角的台阶上，又返回到舞台下去寻，天已完全黑下来，才无力地回到了家……

近处找不到，你们夫妻二人就到附近的邻县去找，到蒲县、大宁、永和、汾西、交口、石楼……半年时间，夫妻二人跑遍了大半个中国，找呀找啊，都一直没有儿子的音讯。

你始终没有放弃，总盼着你们可爱的龙娃忽有一日会出现在你们面前，用熟悉的稚嫩的童声叫一句"爸妈"。

可是，三十年了，儿子依然没有音讯，团聚的一天总也没有盼来。也就是这次家庭大变故，给你和你的全家带来致命打击，甚至改变你的人生。

为了寻找儿子，你花光了所有积蓄，精神也受到了巨大创伤。悲伤过后是冷静的反思，是的，日子还得过下去，光景还得撑下去，妻子还需要你抚慰，有病的二儿子还得你好好去养活……

你想过去中央电视台《星光大道》《向幸福出发》，或是倪萍主持的大型公益寻人节目《等着我》，说不定可以借这些平台找到儿子，可惜多种因素总也不可能如愿。

"哥哥属狗，叫龙龙。"二儿子常常这样一人嘀咕。

他也在想他的哥哥了。

二儿子虽然一直守在身边，可这孩娃儿从小就患有视神经萎缩症，眼睛连庄稼苗苗也看不清楚，根本谈不上从事其他劳作。

你流着泪，紧紧抱着患病的二儿子，眼前，似乎七岁的大儿子正在看着你……

塬上义士

土呼唤着水，水滋养着土。在塬上，土与水一直在互相依赖互相抗争着。十年九旱，塬上的地需要水，但任禾苗怎样焦渴地呼喊，水总是无动于衷。于是，塬的历史有了一次次不忍卒读的旱灾记录，于是现实中演绎着一首一首的祈雨悲歌，于是人们更加虔诚地顶礼膜拜它——修建了一座一座龙王庙，把水当作神来供养。塬上的人惜水，一碗水视若甘露，一盆水珍如龙涎。一瓮水拿生命来换，是摔死多少牛驴，压折了多少脊梁，数遍了十里河坡的多少坎坷才满溢出来的。一泊池水苍天赐，要有多少雨点才能汇聚，在它浑浊的波纹里，人吃牲口也饮用。水啊，对于塬上人来说贵重如金；水啊，是压在塬上人心头沉重的大山；水啊，是悬在塬上人头上的一把生死之剑。

——王军《在塬上》

在你真正地成为一个名副其实的劳动者的时候，你早已意识到了水的珍贵，因为奇缺因而珍贵。对水，这种平凡而非同寻常的东西，你也就多了几分敏感、几分繁复的情绪，年龄渐大的时候，你已经认识到自己能力的不逮和力量的微弱。你不可能为解决土塬上水源的问题而兴水利修大坝，但是，你实实在在地想，作为一个卑微个体，你就是一个水的分子，你完全可以成为土塬上一滴有用的水珠儿。

这是你对自己的定位。

我是一苗小草

点缀绿色的山冈

我是一颗星星

　　　　夜幕里烁烁闪亮

我是一掬沃土

　　　　给田禾提供营养

我是--滴水珠儿

　　　　去融入集体的海洋

……

为了九月收获

　　　　我甘愿身躯枯黄

为伴随皎洁明月

　　　　我直到陨落时光

为了禾苗生长

　　　　我甘愿大地为床

即使我被蒸发了

　　　　也反映了太阳的热量

我不曾被人留意

　　　　并不会悲凉哀伤

为事业做出牺牲

　　　　并没有半点懊丧

……

　　你曾在笔记本上，抄录了本土作家20世纪的一首小诗，你觉得在这首浅白的小诗里，有一种做人的朴素道理，也是对人生的一个定位。你就是土塬上的一棵小草、一颗星星、一掬黄土、一滴水珠儿。你要把自己这滴水珠儿渗进塬上的土地里，汇入乡亲的群体里。

　　你践行着一滴水珠儿的作为，发挥着一颗水滴的作用……

　　时间的溪水上溯到1996年深秋。

　　那是上午，你开着三轮车和几个乡邻去黄土镇办事。

　　途中，目击了一起车祸事故，只见一位男青年斜斜地躺在路边，正昏迷不醒，而同样被撞的女青年正挣扎着，一点儿一点儿朝前爬，她的右腿上鲜血直流……

你是开车经过的路人，你完全可以开车过去，你和你的乡邻还有要做的事情呢，可是，良知和人的本性不允许你做一个旁观者，你不可以事不关己高高挂起。

"吱"一声，你主动停车跳下来，跑向路边受伤者。

这中间，好像同车随行者有人拽了你一下，意思是不让你多事，对你进行无声的劝阻，这等事儿，最好不要多管，容易惹麻烦，弄不好反被倒打一耙呢。

你没有想那么多，你下意识里只知道救人要紧，并大声吆喝着，让车上的人赶快下来帮忙……

你及时把伤者送往医院，经过医生的紧急救治，受伤的男女终于脱险了。

师傅，谢谢你救了我们，能问你是哪里人，叫什么名字吗?

得到救治的男女青年谢你，打听你的名字，你只是淡淡地笑一笑，说不用谢，放在其他人遇到这种事，也会救人的，毕竟人命关天啊。

两个年轻人在之后的日子里还是打听到了你，提着大包礼品来答谢。

你认为谢不谢只是小事一桩，这仅仅是一次路遇，一个举动，能及时救活两个鲜活的生命，你认为付出更多也是值得的。

2012年秋末的一天，你从隰县城骑着摩托车往回走，行至一个半坡急拐弯处，惊讶地看到一辆三轮车侧翻，把三个人都压在了车下面，还有两个妇女满身是血地躺在路边，那是车翻时被惯性甩下来的。

见有路人过来，她们一边挣扎，一边使劲儿呼喊求救。

你见状没有片刻迟疑，马上把摩托支撑在一边，又是尽力搬车，又是从车下拉人，一边还安慰着他们，终于把伤者救了出来，还拨打了好几个求助电话……那时候，你完全忘记了自己是一个重病患者。

等了约两个小时，120的急救车赶来后，经随车医生诊断，五个人中一男一女当场死亡，三人重伤，鉴于这种情况必须报警。于是，由你留守现场，以备其他事宜，闻讯赶来的县文联主席郝微微同急救车一道，把三名伤者送往县医院，二十分钟之后，公安、交警抵达现场……

按理说，你忙了大半天，事情大致告一段落，也该回家了。可是，你老是觉得心里忐忑，伤者的痛苦模样一次次出现在你的眼前，他们怎么样了，他们能挺过这一关吗？

这样，你又返回到县城探视情况。

医生告诉你，伤者中，两人由于伤势较重，需转院到临汾市人民医院。当即，你又强忍着病痛，马上去联系出租车，将伤者由县医院转入市人民医院进行施救。

最终，三人成功获救。

是你抓住了那最为宝贵的时间。

而你，却由于过度劳累再度躺在了病床上……

一个肝硬化患者，置自己的生命于不顾，先后四次见义勇为，亲手挽救了七条垂危的生命，但被挽救者哪里知道，施以援手者竟是一位在生死边缘挣扎的肝硬化患者！

还有——

村妇王忙汝的老伴去世了，她自己也因脑血栓导致偏瘫，生活起居一时成了大难题。

王忙汝的三个女儿都嫁到了外地，只好商量着轮流回来伺候老人。当轮到二女儿时，因家里有急事赶不回来，正在火急火燎之际，在家养病的你站了出来。

我来照顾老人吧，我虽然有病，还是能伺候老人的，我也有充裕的时间。

你这样说过，还把老人接到自己家里，和妻子一块，一日三餐喂饭、喂药汤，倒屎倒尿，洗刷衣物。这样，像儿女一样，一直把老人伺候了四十多天……

多年之后，你的脑海里仍不时浮现出老人临终时对你的频频点头和满眼感激的泪水……

一桩桩一件件，你的凡俗而又非同寻常的事迹，感动了村里人，感动了县里人。

县里推荐你参加市里举办的演讲大赛。你以饱满的激情，以生动鲜活的事迹，以最为质朴无华的演讲，震撼了所有观众和评委，在十余次热烈的掌声中，来自山区小县的你赢得了第一名。

你获得了2000元奖金。

按照常理，这点儿钱应该用在你疾病的治疗上，用在你康复的营养上的。

但是，你却没有这样做，你把钱捐给了十名家庭贫困的学生们！

你是这样认为的，你已是一个危重病人，再治疗也不过如此了。用在贫困青少年身上，鼓励他们积极向上，这比你的生命更有意义。

朴素的真情最能打动人心。你的义举善行，其境界可与陡坡塬相媲美，你的深情厚谊，其长度可与紫川河比长……

塬上惠风

> 塬上的朝阳是东头的大山扛起来的，塬上的夕阳是西头的大山拽下去的。塬上的日头是东山的箭射出去的，塬上的日头是西山的手接住的。塬上的日头是高高挂起的思想，让草想了花，让树想了果，让庄稼想了收成，让土地想了肥沃。塬上的日头是不停行走的智者，告诉农人土地的秘密、成长的历史、生活的方向……看一个一个老坟头，看坟茔周边童童如车盖的柏树，汗水泪水、幸福苦难、欢乐忧愁，都装在农人们的坟茔中，铭刻在他们的年轮里，一座坟茔就是一部塬上人的史诗。生于斯长于斯，穿梭劳作于这片土地，到了生命的秋天，像灌满浆的果实，成熟了，被大地所收割，但是他们仍然在守望着，与无边寂静一同固守，与悠长岁月一同站立。寂寞是他们的平常之心，忍耐是他们的柔韧之性。
>
> ——王军《在塬上》

你迈着虚弱的步子，拖着同样虚弱的身骨，又一次行走在你熟悉的塬上，行走在你深爱着的塬上。

塬上的风，轻拂着你苍黄瘦削的脸，把你的上衣掀起了一角，如同一面小旗，在陡坡上徐徐飘荡。

你接受着塬上这轻风的抚摸，像幼小时感受着母亲轻柔的手的抚摸一样。

惠风和畅……

你想到了不少塬上人家的大门上都写有这吉祥祝福的四个字。

百姓们都接受着塬上惠风的沐浴，在惠风拂掠中，度过一天天寻常的日子，迎来一年年有丰有歉的光景。你热爱这样的状态，这样喜怒哀乐家长里短地气烟火的日子……可是，病痛却使你一天天衰弱起来，走路都有些力不从心了。

塬上不绝如缕的风吹绿了草木百禾，吹熟了一季又一季庄稼。在年复一年的惠风里，稚童成了少年，少年成了青年，青年们在惠风里为自己的光景奔波着。可是，惠风咋就吹不跑你身上的病痛呢，咋就吹不跑那些阴暗的充满阴霾的日月呢，罩在你头上的暗雾咋就如此固执和顽劣！

你问天、问地、问你的陡坡塬，土塬无语，只有微风从你耳边轻轻吹过。

2013 年 10 月，你的肝硬化晚期引起脾肿大，最终导致胃静脉曲张破裂，腹腔出血，你被送往运城某医院急救……病床上的你，觉得自己的身体已日益衰弱，找来亲人立下遗嘱：如果离开这个世界，就将身上所有健康的能用的器官捐献给国家，捐给需要的人。

2014 年 10 月，你入选"山西十大乡村爱心大使"，投票还没结束，坏消息却接踵而至，因血管血栓随时可能堵塞，山西大医院给你下了病危通知书……

回到生你养你的土塬上。

家人为你准备好了寿衣、寿材。

顽强的你身体却有了好转。

你急着赶往太原，想在你头脑尚清醒的时候，提前办好捐献器官的各种手续。

羊年新春刚过，你在病痛的折磨中又熬过了一年。躺在病床上的你这天挣扎着坐起来，用微弱的力气谱写了也许是此生的最后一首歌曲……你低低吟唱着，反复低吟着，歌名就叫《最后一首歌》。

你的事迹感动着无数人，你也应该获得应有的荣誉了——

　　山西好人
　　山西十大乡村爱心大使
　　临汾市文化先进个人
　　临汾市百名文明公民
　　感动隰县十大人物
　　……

陡坡塬惠风吹拂着，把你同命运抗争与生命赛跑的动人事迹，传播得很远很远。

你，贺西平，一个乐观向上的人、一个见义勇为的人、一个乐善好施的人、一个在生命垂危之际还为别人着想的人、一个在陡坡塬书写传奇的人。

塬上的惠风吹拂着，昼夜不息……

贺西平（右一）与村民一起劳作

爱的路，千万里

——记隰县女民兵王荔

柴 然

一

1988 年 5 月，王荔出生在隰县阳头升乡一个遥远的小山村。

从小，当农民的父亲，说给她最多的一句话便是："在村子里，我们遭罪遭得太多了。"也因此，她的父亲立志要改变他们的命运（她在家中排行老三，上面还有一个哥哥、一个姐姐），不想让他们一辈子吃窝窝头；和哥哥姐姐情况差不太多，父亲也是很早便把她送到了城里上学。

那时她读小学三年级，来到县城里，吃住的小饭桌，可说是最差一档的。

当然，她很羡慕城里的孩子，吃穿用度，也感到自己"差人一等"，好的地方，是她的功课在班上名列前茅，一直是好学生；然而上初中时，她身体却出现了严重的不适，父母带她到县医院看，说是先天性心肌炎；之后，父母亲带她到临汾、太原看，不仅花掉了家中微薄的积蓄，还欠下了饥荒，好在她的病情有了转机，让一家人摆脱了当初在县医院被下了病危通知书的恐惧；但是一个山村女娃儿要上大学的梦想，破碎、遥远了。

她都不能好好地看书，她只要坐下来读书、做功课，就会有各种的痛楚、不舒服："有时能把胆汁都吐出来。"

是她不甘心就这样下去，想着至少得学门手艺，以后可以养活自己；她和父母沟通，父母也支持她，这便有了她十五六岁到太原来上学的经历。

"我转入太原市口腔卫生学校就读，满以为学以致用，能有一技之长，早早自立，减轻家中的负担。可意外的是，我是个左撇子，不能操作以右手设计、制造的医疗仪器。"

屡屡受挫之后，她陷入了徘徊、迷茫："我该怎么办呀，真的回村上，让父母养起来？"

这可不是她的性格。她就是要自主自立，要报答自己的父母，报答帮助过她的人，甚至我们这个社会。

王荔说："我十七岁了，在家人的支持下，在县城租了个门面，开了一间小小的服装店卖服装；开始，一切都由我一个人来做，选店面、装修、进货、整理、卖货，每天起早贪黑，忙得焦头烂额，也忙得不亦乐乎——因为我坚守诚信为本，同时也能抓住顾客的消费心理，因势利导，可以说小小服装生意做得很成功，就在当年，我的月收入就有一两万元。"

对此，她又有补充："也是赶上了一个好时候。"王荔打了个翻身仗，"我感到付出就有收获，有能力把握自己的人生了。"

二

也就在此时，她在城里做服装小买卖，和一般的小县城意识——想办法找工作"端铁饭碗"的传统守旧观念产生了落差，包括自己的父母，都这样认为："你个小女娃儿家，做生意能做到甚时候。"执拗不过，她当了一名导游，去了隰县著名的景点小西天，向来来往往的游客们做起了讲解。

她的小服装店还在。她一月 1500 元雇了个小姐妹帮着看店、打理。

她在小西天上班，第一个心理上的矛盾倒不好解决了：

首先，挣钱太少，竟然少到一个月只有 120 元的低薪——2007 年的临时工工资，还不及自己雇的小姐妹每月从她这儿领到工资的十分之一。直到 2009 年，这才涨到 326 元，算是合同工工资；其二，讲解员的工作还很辛苦，"每天早 6 点多，最迟 7 点就上班了"；其三，说是参加工作了，又常常是这样饿着肚子没明没夜地干活儿（口才倒还练得不错），可想真正转正、端上"铁饭碗"，还太过遥远；其四，在她开店以后，人就奔着事业去了，心上盘计着好多事情，置身于叽叽喳喳的讲解员小姊妹间，她人已然不好适应，姊妹们讲得都是家长里短之事。

到了这里，她能坚守工作，有一个特殊原因——小西天庄严的山门上赫然一副佛教楹联对她的启悟。

三

也正是在小西天，王荔结识了后来的山西天龙救援队隰县分队队长和他带着的数位优秀志愿者。

王荔说："我开始留意他们，这些在隰县城里做公益活动的志愿者；他们总是在日常生活与工作中，凡遇到有困难需要帮助的人，就会主动去做一些帮扶工作，奉献自己的一份爱心。

"这个对我影响很大，感觉能尽一份绵薄之力，为社会做贡献，那也就是我的初心和理想。"

因为心存良善与怜悯，怀中有暖流，不觉中，她的身体反而变得强健了一些。

善护念，同时也在守护着她的生意、工作与事业。她的事业？对，那就是关爱我们这个社会中更需要关爱的人。

王荔说："2013年，我经过深入的市场考察，关掉了服装店，开办了一家美容养生会所。我的会所虽说条件比较简陋，但是顾客们都十分认可我的工作态度和服务水平，对我特别理解，多有照顾，这也让我更加坚定了多促善举、多做公益的信心；这年我正式加入了隰县'一米阳光'公益活动组织，我一边在小西天做讲解员，一边在会所做美容养生创业挣钱，一边在社会上开展公益救助活动，日子过得风风火火，十分充实。"

四

到2016年，王荔随着对公益活动投入的持续加大，萌生了买两套房子打通、扩大营业店面、提升业务档次、赚更多的钱，投入公益活动的想法。

"我身兼数职，天天忙得脚不沾地，公公婆婆和老公见我这么辛苦，都想着维持现状就可以了，坚决不同意我扩大经营规模；可以说我费了九牛二虎之力，也没做通家人的思想工作。

"怎么办？是争取试一试，还是直接放弃？我在心里无数次问自己。

"最后，我还是想通了：没有什么一劳永逸，安于现状，墨守成规，只会越来越落后；只有不断拼搏、进取，才能抓住机遇。我下定决心，立马行动起来，贷款、买房、打通、装修，什么事都由我一个人来做。

"前面说了，这时我还在小西天做讲解员，中间又遇上我奶奶去世、紧跟着是我的新店试营业、女儿上一年级，我还要挤时间出来去做公益，好多事儿'扎堆赶集'，我就像一个高速旋转的陀螺，停不下来。

"我紧咬牙关，不停地和自己说：'既然干，就一定要干出个样子来。'

"可我万万没有想到，新店开张，从第二个月起就出现了亏损，且又连续了好长一段时间。

"我压力山大。也动摇过：我何必这么拼命啊？我卖掉一套房子，缩小规模，生意还是做得下去的。转而一想：这可不是我的初衷啊，我要是抽身而去，与当逃兵无异。人生在世，唯有奋斗，得过且过，有什么意义？

"我把女儿送回妈妈家照顾，自己只身上太原、下临汾找新项目，可是绝大多数投资都太大，不是这时的我所能承受得起的。

"经过多番考察，我瞄准了与美容行业相关的保健养生类产品，又贷了一部分款做起销售来。

"可说这一段我又是披星戴月，日日辗转奔波，每天一大早就开始接打电话洽谈业务，直到晚上10点多，自己的脑子才能清醒一些。"

就这样，王荔不但把她的养生类保健产品做了上去，她还带出了一支销售团队。

与此同时，美容院也慢慢扭亏为盈，步入了正轨，还了贷，有了收益。

她这段故事也说明，只有自立、自主，你才能真正助人。

因为做公益，你出人、出力是一个方面，作为一个在当地已有一定影响的志愿者，正如她这样，很多时候，还要出钱。

五

有报道称，自2013年以来，王荔做公益慈善事业每年出勤达到一百余天，自己出资累计达 20 余万元，做公益慈善事业行程累计达 2 万余公里。

她在部分填报的材料中也写道：

> 多年来，我一直是隰县志愿者公益活动的重要组织者和活动骨干，策划组织并亲自参与大小近百场志愿者公益活动，参与救援活动十余次，参加慰问活动几十次，为志愿者联合会撰写材料、整理文案五十余万字。

> 有一年，一位公益志愿者的爸爸去世，全体志愿者都去帮忙、守灵。夜里听队长讲述这个队员家境不好，可人很热心公益，勇于付出，我非常感动，当场表态："请队长和同志们放心，以后有啥事，我一定积极参与。"
>
> 当时县里不太了解公益组织在做什么，配合支持力度不够，我就主动担负起沟通协调任务，一次次跑，一次次讲解，一次次用实例来证明。
>
> 经过我的不懈努力，县里明白了我们在做什么，在单位协调联动方面，为我们大开绿灯。

> 2016 年，我加入隰县公益志愿联合会，不管做什么事都往前冲，一定要做到最好，于 2017 年被任命为秘书长。
>
> 在此期间，我积极组织参与壹基金、黄手环、特困儿童帮扶计划、抗战老兵和抗美援朝老兵帮扶、"帮帮大山里的孩子"等公益爱心项目，承接由国家发改委、国家妇联、国家侨联、中国儿童少年基金会共同发起的一家慈善项目，积极协调组织天龙救援队隰县分队参与 8·20 内蒙古赤峰龙卷风自然灾害救援。

> 在腾讯"99 公益日"活动"帮帮大山里的孩子"公益项目中，我一次性捐赠给特困儿童十五件羽绒服、春秋季运动装、御寒围巾、鞋、暖手宝、书包、文具、水杯等物资，为孩子们撑起希望的曙光。

2018 年 6 月，我开始给五台县家庭贫困孩子王慧芳定期邮寄生活费。

王荔的公益事业支持主方向，就是孩子。她在当地及临汾市的成名，还就因了她无偿资助了多名贫困、残疾儿童，给他们带去了希望之光。

如隰县当地就有那么一所特殊学校，大大小小，有五十多个孩子，用她的话讲："觉得他们可恓惶呢。"去这所特殊学校，对她来说就是日常，一般定期一周去一次，不定期则随时过去。

王荔说："这个学校的校长姓常，刚开始对接的时候，人家还和你笑笑的，却也谈不上相信你什么，也是日久见人心吧。后来时间久了，她和我说，每次我来之前，孩子们就等上我了，盼望我尽快来到他们中间。"

她也成了这些孩子们的精神支柱。关爱他们是一个方面，新衣新鞋，节假慰问，季节更替，如此者三，这前前后后"在这里头也垫了小 20 万了；我的一个思想，就是做好人好事，我对自己也没说有什么样的严格要求和标准，因为我做这个是自愿的，我是志愿者。我就是可怜这些孩子，希望给他们送去一些真心的关爱与温暖"；另一个就是陪伴，和他们多待在一起，做游戏，讲故事，慰藉他们的精神、心灵，既像一个春风和煦的母亲，又是一个可交心交流的好朋友；这个依恋也是双方面的，"他们也会为你的精神上带来一些振作的东西"，使你的人生更加坚定。

早期来这边，她还在原来的那个公益组织，她发现与自己的本心有相违的地方，有时目的不只是仅仅关爱这些孩子这么简单，操作上亦有一些掣肘之处，她就独立出来，成立自己的公益团队：关爱他人，不计名利，只为奉献。

王荔说："之前，我也跟外边的企业做过公益沟通，这个倒不只是这所特殊的学校，外边企业给学校里的孩子也捐赠过物资，如衣服、裤子、羽绒服等。

我现在不太愿意跟这些企业开口说捐赠了，因为他们捐赠的东西对孩子们没什么用，还有就是会欠人情；在这方面，我这个人礼数多一点儿，我亏欠了你了，我会从另一方面尽量有些补偿，像八月十五、过年，咱隰县的玉露香梨我也不知道要往外发多少，我总觉得每个人都挺好的，哪怕是一盒两盒，关键是要感谢的人多了，这个得咱自己掏腰包；这些，我不能往自己做公益里计，就是我自己的开销了。

"所以，现在我们每次出去开支都是我，所有的开销都是；车也是我自己备的。因为我不愿意在这块儿欠人情，有时可能就是二三百块，可你觉得那还是欠下人家了；我的想法，就是我能干多大，我就干多大。"

六

2017 年元旦期间，王荔在慰问县城及周边四十三个贫困家庭、十多个孤儿的活动中，有个满头白发的奶奶带着一个忽闪着大眼睛的小女孩，向她颤颤巍巍地走过来。

白发奶奶和她说，孩子的爸爸车祸去世了，孩子的妈妈远赴外地打工，很长时间，不能回家；白发奶奶很希望有人帮帮孩子，尤其在孩子叫"妈妈"时，有人能答应一声。

王荔心感戚戚，当时就同意了。

王荔说："小女孩仰头向我脆生生地喊了声'妈妈'，我的眼泪顿时就流了出来；我忙不迭地答应道：'哎，哎，以后，你就叫我妈妈吧。'

"这之后，我们到这个小女孩家，她家房子只有普通楼房的一个卧室那么大，又旧又破，门后贴着一张报纸，上面印着一个穿警服（铁路制服）的女子在火车站卖票的照片，原来奶奶一直哄孩子说，那就是她的妈妈。我禁不住鼻子发酸，扭过头去不忍再看，临走时，我主动留下电话号码，让孩子奶奶有事就给我打电话。"

小女孩娃尚，她们家的实情是：她的父亲遭遇车祸去世后，母亲受了严重的刺激，成了精神病患者，后来人跑丢了；而爷爷、奶奶年事已高，无法照顾好孩子。

当天回来的路上，她的脑海中想的都是这个忽闪着大眼睛的小女孩，尤其是孩子躲在奶奶背后看着她那怯生生的样子，更是反复浮现在眼前，让她心生怜悯，不能自已。

"我这个人是比较相信缘分的，她能叫我一声'妈妈'，这个缘分就深了。"

于此，我们也就想到了，王荔是不是想到要收养这个小女孩？

回到家后，王荔就和爱人说了，她爱人没有犹豫，当时就支持了她，认为他们应该收养这个可怜的小女孩，给她一个温暖的家。

"世上没有什么比来自家庭的爱更让人幸福、温暖。"王荔说，"这个孩子总让我想起自己小时候，她和我完全不同。我小时候住在深山里，家里也穷，可是我们围在父母身边，感觉就特别幸福；后来我来城里上学，我爸每个星期都要骑自行车来接我回家，星期日下午再送我上来，一个来回，好几十公里的山路，中间有时要歇一歇，我坐在父亲身边，感觉比什么都好，我是最幸福的小女孩。"

由此及彼，小女孩失去父亲、母亲也不知道跑哪儿去了，有多不幸。

然而，她想收养小女孩的事却没能办成。实情还是小女孩的奶奶从情感上舍不了她尚家这棵苗。本来白发奶奶是希望给小孙女找个妈妈，眼看着找见了，自己却退缩了。

对此，不光王荔本人，大家也都能理解。

她初次走访时，小女孩就同一只受惊吓的小鹿一样，只敢躲在奶奶的身后，不敢见人，孩子一度还抽泣个不停；也正是奶奶颤巍巍地把孩子领来她身前，孩子方止住抽泣，一双饱含着泪花和惊异的大眼睛忽闪闪地看着她。

"这是不是我们前世的缘分呢？"王荔说，"人家说，不是一家人，不进一家门，首先在我们的公益团队里，就有几个姊妹常常向我说：'这个孩子太像你了。'她们几个还拿手机拍了照片让我看；可真的有一次，她们发来一张照片，我就分辨不出来那是我家姑娘还是这个孩子了，我就问我家姑娘，这个是妹妹还是你？这个问题把我姑娘也问住了；我在她身上，似又看到了我童年的样子。"

接下去的一个情况，就是小女孩到了上学的年纪，孩子不能耽误，在大家的帮助下，小女孩进了隰县第一小学，她的奶奶爷爷都陪她来了县城，租了个小房子，算是在县城生活。

2018年，小女孩的奶奶得了白血病。他们一家人的生活陷入了更大的困境。

幸得小女孩有了王荔这样一位"妈妈"。每逢周末，王荔接她来家，为她洗澡、洗头、换洗衣服，她还让女儿拿出玩具、零食与小女孩一起分享；王荔还教小女孩画画、写字，给她讲童话故事。王荔将孩子的衣物、学习用品、玩具也一并大包大揽地购买了。

除此之外，王荔还带小女孩去外面吃吃喝喝，让她感受殷实之家女儿的生活。

"小女孩原本是内向的，可跟着我，逐渐变成了一个爱讲话的小女孩。"

这样，在班上，小女孩就对同学们说："我有一个妈妈叫王荔；我妈可好啦；我妈可亲我啦；我妈可漂亮、可漂亮啦；我妈给我买好多好吃的，好多玩具。"

这大概就是幸福！可这种幸福却让人感伤。真心盼望，天下无可怜子。

王荔说："这孩子能找到自信真好！

"只是时间久了，对她的这些都成为常态化之后，她身上的另一些变化让我担忧。因她毕竟不是我生的，加上对她的收养手续也没弄成，我对她的娇宠（实质也是一种放任），就滋长了她一些不够健康的想法：如，现在我接她回家来，她要怎么样，我都得依着她，不能有半个不字。从她的这种任性也能看出我对她的教育不当吧！

"她的这个样子还挺困扰我的。从情感上说，我觉得她可怜、心疼她，觉得应该给她最好的。可是，她有些不怎么合理的要求，我从心下就做不到拒绝，张不开嘴。因为在意她，我更不希望因了我的关爱反而把她变成一个被宠坏的孩子。理性上我当然知道，小孩子的自私自利，往往就是从被娇惯、被宠爱开始养下的。"

之后，王荔又说了，近些日子孩子在班上作业都不好好做了。

她奶奶也和王荔通话，讲了这个隐忧。"你要求她，她给你哭闹呢！"

我想了想，还是得痛下决心，要让孩子明事懂理。一般我们说，不是自己的孩子，深不得浅不得，实质这是一种托词。为了这个孩子，王荔也在改变，王荔说："必须让这个孩子健康地成长！"

七

2018 年 6 月，一名患先天性唇内腭裂、先天性心脏病、先天性肛门闭锁的婴儿遭遗弃被发现，进入了大家的视线。

情况紧急。王荔和他们团队对这个小婴儿的救助，也引起了隰县社会上上下下的关注。这当然和他们及早向全社会呼吁分不开。

最初，也即在发现孩子当日，王荔放下手里的事，便急匆匆地赶到了福利院。

王荔说："孩子的病情很严重。为了挽救这条小生命，我们当即行动起来。"

王荔他们这头，一面与北京、太原、隰县等多地医院联系协调，一面向全社会多方呼吁，一面向各级专家进行咨询，拟定出来一个切实可行的救助计划。

由于王荔他们的多方呼吁，这个被抛弃的小生命，引起了县民政部门的高度关注；小婴儿的生命救助，可说在第一时间，就得到了人民政府的关怀。民政部门接手，同时也意味着救助资金的根本解决。

王荔说："他很不幸身患重病被亲生父母遗弃，但他又很幸运地遇到我们，还有许许多多的热心人，给了他重生的机会。"

也因此，他们给这个小孩子起了一个很好听的名字，叫"小民生"，其寓意为人民的孩子，为大家所生——是我们这个社会为他赢得了一次新生命。

这时的王荔，是隰县公益志愿联合会秘书长。她决定把小民生送到北京接受手术治疗。因此县民政部门也有参与，联合会也有负责此事的队长等，所以，送孩子去北京治疗，她就没有随行。

在北京，小民生经过二十九天的第一期手术治疗，终于可以出院回家。

这也是他们联合会全体同仁所盼望的。此时王荔也接到电话，要她当天就去北京接孩子出院回隰县。

王荔说："7月11日，为了安全地把小民生带回咱隰县，我放下正主持召开的会议和手头的工作，仅用了两个小时，就从隰县经霍州高铁站到了太原南站，之后再转车，赶赴北京。"

其中有一个小插曲：因时间紧，走得急，到她赶到霍州站时，开往太原的那班高铁只剩三分钟就要开动，检票口已关闭；她赶忙向车站工作人员说明情况，车站工作人员也为他们这义举感动，破例为她售票、检票；在她跑得上气不接下气地跳上车后，车门即关。车随即开动了。

那几天多地都在下雨，当日雨还下得很大。在太原，她与来省里开会的隰县公益志愿联合会党支部书记会合后，两人立马转乘动车，他们到达北京站，时间已是晚上9点。

王荔说："北京的雨下得更大。因为我是临时抓差来京的，没有预订房间。下了动车，又冒着雨一家一家找房间，直到晚上12点多，我才辗转联系到隰县民政局，订到房间。"

王荔这一整天都在赶时间，饭都没顾上吃，最后就在那房间里，又饿又冷地蜷缩了一晚上，也是用自己的身体暖干了湿衣裳。

采访中，我问她："大雨把你浇感冒了吧？"

她回答："一直兴奋着小民生的事呢，觉没睡着，也顾不上感冒。"

的确，通过大家的共同努力，小民生的情况有了明显转机，怎不叫他们这样的救助者兴奋异常呢？人间春暖，人人爱人。

小民生是在北京陆军总医院做的手术。第二天一早，他们就急匆匆赶了去。一到医院，他们就忙着办出院手续，之后，就是准备接小民生回家。

王荔说："两个月大的小婴儿，好漂亮、好漂亮。"跟着，她又向我描摹了一番这小娃儿的长相和神情，讲他多么的惹人怜爱。

爱为福至，流淌于心。这也令我想起早年在乡间，常有一些大姑娘、小媳妇相约一起，去看哪家（甚至于哪个村上）有个十分让人喜爱的小孩子。

现在，就是这个小民生宝宝，让王荔爱怜不已。母性的光辉此时胜却人间无数浮华。

王荔和小民生之间存在着一种特别的联系，这种联系始于北京陆军总医院。自王荔第一次把他抱起来之后，孩子就只让她抱，其他人谁抱也不行。从北京到隰县，他们需要多次换乘，整整一路，王荔定时定点给小民生喂奶粉、换尿布。

他们一行人在北京西站买了票，只是较为尴尬的事是没有坐票。上车后，他们几个站了好一段后，才通过列车员在餐车上找了个小凳子，坐下。她就那么一直抱着孩子（她向我比画那个姿势，更像是用双臂捧着；之后，我见到一张当时她在车上抱孩子的照片，还真是那么双臂向前捧着）；她说："他可轻呢，也可重呢。"话一下说深了。

"我用胳膊护住他那小小的身躯，把他抱在怀中，就这样一路抱回来。

"等回到隰县，我们又把他送到了大医院里，这是人家民政局对接的；在把他安安稳稳地放在那边准备好的病床上后，我才感到我的两条胳膊已经酸痛得伸不展了。但是，我心里非常高兴。终于回来啦。"

王荔说："想到他的衣服不多，第二天又买了小衣服去看望他。此后一直资助他，盼着他健康快乐地成长。"

　　关于隰县好人的写作，作家们在微信群里自个儿配对时，我浏览了王荔的简要情况介绍，关于此，寥寥数语；后见她自个儿写的一份填报模范材料，到此也没了后话。好在采访中，她挺爱讲小民生的故事，让我的写作也丰满了一些。

　　王荔说："因为我是第一次见到小孩，那么小一点儿，咱也是妈妈，要是我家小孩是这样的话，我会心疼。那小孩可亲呢！只看照片，根本看不到他是有问题的，眼睛大大的，黑眼珠那么大，脸白白的，还吃得肉乎乎的，他已经动了手术，给他缝住、缝好了（这是指唇裂）。

　　"我抱着他一天都在心疼，一直想着这就是我的孩子，都舍不得把他放在边上，自己吃个盒饭；我不由得和自己的孩子对比，说要是咱家娃是这个样子，我就受不了，我就觉得可恓惶了。他这么小，才几十天，就遭这么大的罪。

　　"当夜回到家里，已经晚上11点多了，我除了两个胳膊酸困难受，人还在兴奋中，睡意全无；我眼睛一闭，脑子里想着那个小孩，我就开始收拾我家小孩小时候用过的小被褥和一些零散的东西，想着明天该给小家伙买奶粉，还需要再买一些新衣——他新衣不多，可就这样想着，我也止不住眼泪，又抽噎着哭了起来。

　　"我爱人起来，见我一脸泪水，也没说什么，就坐在边上陪着我。这种时候，他一般也知道，我有话要说。

　　"我说，不行，我觉得这个就是一种缘分，不是说这么多人里头咱都能碰上，咱还是把这个小孩抱到咱家算了。

　　"我爱人说：'咱明天过去看看，不行了，就抱回来。'他也同意我们把这个小孩抱回来。"

　　第二天上午，他们又买了一些孩子的东西，就去了医院。

　　但是关于抚养小民生一事，也即在她正式提出申请后，民政局却说，他们现在不能给她这个抚养权。大家都知悉，领养孩子有一套手续，比较复杂，但就是再复杂，只要你多一些耐心，一步一步地办理，总可以；问题还在小民生这样的特殊弃婴，县民政上曾经有过让人领养的例子，中间出问题了，收养者又带着垂危的孩子找了回来。

　　后来县民政局就把这个孩子送到了临汾福利院。

　　这下，王荔再去看小民生可就不容易了。

王荔说:"开始我想上临汾去看看他,人家就说不太方便;我说我以我一个做公益的身份,就是想多关心他一下,哪怕给他点儿生活费呢,因为我觉得我现在的条件好了,想做点儿好人好事,我少穿一件衣服,少出去吃一顿饭,就几百块钱,我就这种想法;一次一次,有时估计人家也不愿意多这个事,人家说,你对他已经够好的了。"

她屡屡设法对接。"这几年一直是一个心病,老想起他,我就把他的照片翻出来看;前年的时候,我跟民政局当时的主任说:'孩子好不好?'"

民政局的主任告诉她:"这个小孩,可健康啦。"

八

王荔说:"与此同时,我并没有放弃创业创效和公益活动,天天身兼数职无缝隙切换,可以说,我把每一分、每一秒都高效地利用了起来。"

2020 年 7 月 3 日,为了更好地推进隰县的公益事业,王荔自己牵头成立了壹心社工服务中心。

王荔说:"'壹心'的含义就是:我们要一心一意做公益,一心一意为人民服务,不图利益,不图回报。

"我亲自设计了社旗,白底红字加红心,白底表示干干净净做公益,红心红字表示丹心一片为人民。"

随着壹心社志愿活动的积极开展,壹心社的成员从三十八位很快便发展至一百一十多位。他们这些志愿者中以大学生居多,平均年龄三十岁,最小的二十岁出头,有三个专业社工技术证,只要放假回乡,他们就会积极主动地参加活动;壹心社志愿者队伍也实现了年轻化和知识化。

王荔说:"壹心社成立伊始,正赶上每年一度的高考。我组织 16 辆车冒雨义务接送高考生,为高考生送去三十件矿泉水。

"高考结束的那天,在高考点我发现一个考生吃力地抱着大包小包,孤零零地站在路边的雨水中,他手中的雨伞歪斜着,想极力保持平衡挡住雨水,可顾了包顾不了身体,考生的身上湿了一大片。我赶紧跑过去了解情况,才知道他父母有事没来陪考,正在发愁怎么办。我热情地邀他坐上我的车,送他回到租住的房子。"

这个考生非常感激她，不停地说着："谢谢姐姐。"临走时拿出口香糖硬塞到她手里："我没什么东西好送你，就把我最喜欢的口香糖送给你吧，你一定要收下。"

王荔推辞不过，她将这份心意紧紧贴在胸前。

九

展现王荔热爱公益事业的发展轨迹，临汾两位传奇女性——隰县的飞车女民兵曹冬花和安泽的抗日女英雄王光烈士，对她就有很大影响。

先说王光烈士。这位坚贞不屈的女区长，她是为了掩护群众转移，最后英勇牺牲的。

有诗云：青山有幸埋忠骨，沁河潺潺颂英灵。

这是在安泽县杜村乡东唐村，每到寒暑假或清明扫墓，一批批的中小学生及各界人士都会来到王光烈士陵园，缅怀先烈，重温历史，不忘使命。

王光，1920 年出生在山西运城一个贫苦家庭，从小便被卖到地主家做丫头，因不堪屈辱而逃离虎口。后被一家好心人收为养女，并有了读书的机会，先后就读于运城女师附小和运城中学，接受进步思想。

抗战全面爆发后，王光积极投身抗日救亡运动，散发传单，书写标语，自编自演文艺节目，进行抗日宣传，经常出现在抗日游行队伍的前列。养母担心她的安全，劝她待在家里。她耐心地解释说："我做的是大事、是好事，不会出事的。"后来，她在离家几十里外的罗村参加抗日宣传工作团。

在革命工作中，王光经过锻炼和学习，并受战友马保珍、浦安修等革命青年的影响，抗日信念更加坚定，并于 1939 年加入中国共产党。她开始负责罗村、翟村一带的妇女救亡工作，鼓励她们勇敢地冲破旧的封建家庭观念的束缚、参加抗日，使这一带的妇女救亡工作开展得轰轰烈烈。王光也被妇女们亲切地称为"革命的大姐姐"。

由于她的出色工作，1941年党组织派她到冀氏县（今山西安泽县）担任一区区长、区委书记等职。面对更加艰苦复杂的工作环境，她积极发动群众开展生产，组织妇女纺线、织布、做军鞋，支援八路军在前线作战。

1943年10月，日军对岳南根据地进行残酷的"钳型合围""铁滚扫荡"，扬言要变根据地为"无人区"。在一次敌人的"大扫荡"中，身为冀氏县一区反"扫荡"总指挥的王光，为了掩护群众转移，途中被敌人抓获，受尽酷刑，最后壮烈牺牲，年仅二十三岁。

七十多年来，王光的英雄事迹不断被传颂，感染和激励着无数后来人。如今王光为之战斗牺牲的乡村，已经成为红色革命教育基地。

以她的壮烈故事，山西辰景影视拍成了故事片《红光》，在全国各院线放映，获得了很大的成功。

为了进一步弘扬继承先烈精神，2018年4月，安泽县成立了临汾市首家以王光烈士名字命名的女子民兵班——安泽县王光女子民兵班。

王荔正是在报纸上看到安泽县王光女子民兵班的成立，深受感动。"这同时也激起了我想当一名女兵的强烈渴望。"一次，她和县里一位老领导交流，方知隰县武装部每年也都有民兵训练，她也可以去当一名女民兵。

王荔说："我从小就抱有当一名女兵的梦想，也最羡慕女兵那种英姿飒爽；不想，受安泽王光女子民兵班成立的启发，咱在隰县当了女民兵；不管是女兵还是女民兵，这都带着一个'兵'字，也能算圆了我长久的梦想。"

如此，王荔也非常珍惜"民兵"这个岗位，工作、训练表现特别突出，时间不长，她就担任了班长；过了一段时间，又被提拔为应急连综合勤务排排长。

在王荔的影响带动下，壹心社十多名志愿者也被光荣地纳入民兵队伍。

2020年3月，在王荔的提议下，她们光荣地成立了女子民兵班。

＋

隰县"飞车女标兵"曹冬花奶奶的故事，则是这样的：

1941年出生于贫苦农家的曹冬花，八岁丧母，十四岁出嫁；当党的工作组走进她家乡，告诉她"妇女能顶半边天"，曹冬花勇敢地走出了家庭，她白天忙农活，晚上学识字，参加民兵组织，劳动、武装，样样先进。

很快，曹冬花就成长为一名共产党员，先后担任隰县陡坡乡"刘胡兰姊妹连"指导员、民兵独立营"红色姊妹连"指导员、城关镇妇联主席。

1959 年 7 月，在下庄水库建设工地大会战中，曹冬花不仅带领"红色姊妹连"向男民兵发起挑战，还勇敢尝试并创造出了"飞车运土"的绝活，从有四层楼高的山坡上取土成功，由此，她也被授予"飞车女标兵"称号；1960 年，光荣出席了全国第一届民兵代表大会，受到党和国家领导人的亲切接见。

王荔呢，这是参加了女民兵之后，就开始搜集本土的女民兵先进事迹，如"飞车女标兵"曹冬花奶奶的故事，那是她在武装部的档案室查到的；也许她们之间很有缘，当打听到曹冬花奶奶还健在时，她放下工作，就赶了过去。

王荔说："我们要以她为榜样，学习她的风骨。第一，争当一名优秀的女民兵，不怕苦累，冲锋在前，如我在日常训练中，就能充分发挥自身的运动特长，像绳索攀岩项目，我们从三层楼的高度速滑下降至地面，我用时 1 分12 秒，成绩稳居女民兵第一名；第二，真正关心他们这些老英雄，让他们能感受到来自我们全社会的温暖。就说我们壹心社，在 2021 年元旦春节期间，首先就去慰问了曹冬花奶奶和羊头山宋家河大队的革命老兵，我们还送去价值五六百元的米面油等慰问品；第三，更需要将这种英模学习推向全社会，像民兵英模曹冬花奶奶，我们第一个开展了'传承红色基因，致敬奋斗者'活动，可说在全隰县都收到了很好的效果。"

2020 年 7 月，隰县武装部组织民兵去蒲县训练，天气炎热，参训人员都上火、流鼻血，王荔推己及人，安排志愿者熬绿豆汤，开了五辆车，带着清热下火汤、桃子、苹果等水果，在打靶现场慰问参训人员。

如此事例很多。下面，我们把王荔在这方面推开的活动简要罗列一下：

2021 年 2 月 19 日征兵日，组织志愿者向高考生发放征兵宣传单，召集六位女民兵引导、帮助登记征兵信息，协助武装部高效开展征兵工作。

2月23日，组织十多名核心骨干参与森林防火实操培训技能演练。

在3月5日学雷锋日，联合隰县住房和城乡建设管理局，组织志愿者去隰县敬老院打扫卫生、送水果，慰问老人，弘扬时代新风，为创建新时代文明之城提供强大的精神动力。

3月8日，又联合县人大机关到李城村为妇女表演舞蹈《最亲的人》，赠送价值万余元的牛仔裤。

……

最后，我们把王荔近年来所获的一些主要荣誉记在下面：

2018年被评为山西天龙救援队先进个人，被隰县人民政府、县委评为优秀志愿者；2020年被表彰为"战疫先锋"、"疫线巾帼"、中国华侨公益基金会优秀爱心者、临汾市2020年度"五四青年奖章"、第六届临汾市"十大道德楷模"；2020年5月被聘为好人中国雷锋驿站站长；2020—2021年连续两年被隰县武装部评为"民兵先进个人"；2020年被临汾军分区评为"民兵标兵"、军事训练标兵；2021年3月当选隰县第十七届人大代表；2021年被评为"山西好人"。

生活中的王荔

蒲公英的种子

——记隰县公益志愿联合会会长宋海军

高海平

2023年3月初的一天，天清气朗，暖阳高照。太原市上澜国际酒店会议大厅，正在举行由北京联慈健康公益基金会主办的全国性的"婴幼儿健康""国奶扶贫工程""两癌筛查"的公益会议，来自山西隰县公益志愿联合会的宋海军被指定上台发言。他健步走上发言席代表临汾市十七个县市，用沉稳的语调，不紧不慢的节奏，一字一句地向大会汇报了联合会所做的工作，以及今后的发展方向。座无虚席的会场顿时响起了热烈的掌声，这是与会代表对他工作的最大肯定和鼓励。

宋海军参加这样的会议，已成家常便饭，尤其是近年来，他不时奔走在公益事业的现场，就是在和各种基金会签署与公益事业相关的项目协议，反正忙得不可开交。

我是从微信朋友圈偶尔刷到他来太原了，赶忙和他联系。他说刚开完会，你过来吧。我急忙下楼打车。还好，离他住的酒店不远，很快便到了，他在大厅里等候我。虽然第一次见面，在微信里却不止一次"见"过，所以一眼便认出来了。两人用力握了手，来到了房间。谈话是最主要的，他的时间有限，必须抓紧。客套也省了，直奔主题。宋海军经常在各种会议上做经验交流和主旨发言，谈吐自然不露慌张，但是要切入重点，要言不烦，还是需要引导的。

早　年

先讲当初怎么做起公益事业。话题一下子追溯到若干年前。宋海军稍微沉思了一下，那就从根儿上说起吧。

宋海军原来供职于山西信息职业技术学院。这种职业选择也符合宋海军的性格，他是一个善于思考问题，喜欢干实事的人，每天埋头书斋钻研学问，站在三尺讲台为学子传道授业解惑是一种很高尚的事业，他做得津津有味，乐此不疲。父母是普通工人，父亲六十岁时得了一场大病，把家里的积蓄花完不算还借了外债，经济上已经感觉到了很大压力，再加上当时系里、学院、社会上随礼成风。今天张家有喜事需要应酬，明天李家有白事也得出现，还有朋友家孩子出生了，要喝满月酒；同事家老人过寿了，要随份子。更可恶的是有些人八竿子打不着，平时见了面也不打招呼，谈不上交情，办事时，拿着花名册挨个抄名字，想着法子收钱，这种不正之风愈演愈烈，宋海军疲于应付。

人不是孤立的存在体，需要处理各种人际关系。宋海军多少有些不适应，他常常把无奈写在脸上，心里自然产生了一种焦虑。学院的收入还不错，过小日子绰绰有余，承担额外的开支实在捉襟见肘左支右绌很是吃不消。

宋海军辗转反侧，夜不能寐，最后下定决心辞职下海，离开心爱的高校教职，回老家隰县经商卖电脑。

隰县，古称隰州，历史悠久，文化绵长。曾有不少名人在此留下足迹。北宋有个叫刘景文的人曾经被大名鼎鼎的苏东坡推荐来隰州任知州。刘景文和苏东坡关系深厚，私交甚密。苏东坡任杭州知州时两人一块疏浚西湖，修筑了著名的苏堤。苏东坡为刘景文写过一首很有名的诗《赠刘景文》："荷尽已无擎雨盖，菊残犹有傲霜枝。一年好景君须记，正是橙黄橘绿时。"读者耳熟能详。

宋海军作为一个教书育人的文化人，一下子转岗去做生意，这个脑回路有点儿大。没办法，逼出来的。做实体生意最大的问题是资金，不像皮包公司，中间一串联，上下嘴皮子一接触，买卖成交，提成走人。宋海军因为缺钱才辞职做生意的，现在面临的还是钱的问题。

在县城踅摸（寻找）了一圈，街上的门面房租金贵得吓人，即使偏僻角落里的小房间也不敢问津，最后，只能选择到午城镇。虽然是个镇子，也算四通八达人来人往的码头之地。宋海军在街面上租了一间小平房。兜里没钱，老丈人理解女婿的难处，二话没说自掏腰包买了涂料，把房子的里里外外给粉刷了一遍，看上去新崭崭的像个样子了。

房子有了，最关键的还是电脑，卖电脑没有电脑卖个啥呀。进货需要钱，没钱怎么进货？这是一般道理，不讲也懂，宋海军就是没钱。常言道：一分钱难倒英雄汉。还有句话说得好：活人不能被尿憋死。宋海军只身来到临汾，找到电脑经销商，凭借多年教师生涯练就的口才，好说歹说商家才勉强同意让他先拿两台电脑，卖了再付款。这样的结果，就像早春听到的一声春雷，那是希望之声啊。宋海军激动万分，紧紧握着电脑经销商的手，笑意连同泪水一涌而出。

电脑销售慢慢步入正轨。宋海军便把商店从午城镇搬进了县城，这次找了个合伙人，两人一块儿做。运气还算好，正好赶上各机关单位、厂矿企业办公设备更新换代的高峰期。宋海军的电脑销量逐渐扩大，在行业内声名鹊起，由以前的上门推销业务，发展到坐在办公室就有人主动上门提货，人们一句一个宋老板的称呼他，有了一种千年媳妇熬成婆的感觉。

宋海军的骨子里并不是一个喜欢过安稳日子的人，这种个性早期可能因为生活的原因没有显露出来。此时，总有一种空虚和迷茫笼罩心头，每天推销电脑，人生的意义似乎并不大，还不如当老师，老师还能给学生滔滔不绝地宣讲知识和理想，推销电脑顶多有了几个零花钱而已，这绝不是宋海军内心深处所要追求的梦想。他一个人常常行走在隰县的大街上，望着高高的古楼，畅想着什么，有时候迎面碰见熟人打招呼，他也听而不闻视而不见。

"你喝点儿水吧。"宋海军讲着自己的故事还不忘给我倒水。我点头示意，让他继续往下讲。

起　家

21 世纪初，随着经济的繁荣，人们生活质量的提高，业余时间从事户外活动的人数与日俱增。山西省的省会太原市，就有一批批热爱走山的人常年在西山行走。西山是座连绵不绝的大山，走山人各自组成团队，每逢节假日如水银泻地一般融进莽莽大山之中。走山潮必然带来风险，有人坠落悬崖，有人意外走失，有人扭伤脚踝不能行走……这些意外事故的发生需要施救，可警力毕竟有限，社会力量的介入成为必然。天龙救援队应运而生，这支专门进行公益救援活动的团队，队员都是自愿加入的，个个是一等的翻山越岭的高手，喜好走山，喜好户外旅行。天龙救援队有时候协助警力救援，有时候单独去搜救，很快赢得了社会和驴友的信赖，口碑颇佳。

宋海军得知该组织在各县发展分支机构，立马两眼放光，来了精神，他冥冥之中等待的就是这样的组织——公益组织。

宋海军跟妻子商议后，妻子也表示赞成。这么多年在一起生活，妻子早摸透了宋海军的心思，他是一个不甘寂寞、不甘落后、勇往直前的人。宋海军接手了天龙救援队在隰县的组建工作。

独木不成林，众人开大船。一个人本事再大也干不成大事，他动员周围的好朋友，积极加入公益事业当中。呼啦啦十几个志同道合的人进来了，隰县天龙救援队宣告成立。

天龙救援队成立以后，工作难度比想象中的要大得多。第一，需要人员培训，不是有热情有健壮的体魄就能当救援队员的。救援队员必须具备救援知识。比如游人徒步攀爬掉到山崖下摔伤了，怎么救援，这些都需要专业知识，否则会造成二次伤害。不懂就要培训，培训需要费用，出差费也要支付。第二，基本装备要有，救援要有救援工具，基本器材设备要投资购买，等等。当时，隰县很多人不了解这个组织的意义和存在的价值，有关部门也不支持，费用都是宋海军垫付的。三年多下来，垫进去 25 万元之多，他把卖电脑挣的钱全部投进去不算，偶尔还要透支信用卡。

这个阶段，宋海军比早年缺钱的时候还要艰苦，最大的困难是如何把公益事业向广大民众普及和推广。

隰县地方小，人口也不多，真正需要救援队出面的事屈指可数。再加上没有资金支持，手下的员工犹豫了。没有工资是心甘情愿的，关键是连原来从事的行当也给耽误了，都是要养家糊口的中年人，生存压力不能不考虑，光靠一腔热血干公益很难长久。

公益这个词在隰县人的心目中很新鲜也很陌生，人们不了解其本意，难免闹出很多笑话。说是笑话有些幽默了，其实是尴尬。这里不妨举两个真实的例子。

有个村民给宋海军打电话说，他家的庄稼成熟了没有劳力收获，你们不是做公益事业的吗，过来帮帮忙啊。宋海军带领几个队员去了，大家边帮忙心里边犯嘀咕，公益不是这么做的吧？又一时半会儿解释不清楚。

更有哭笑不得的事。有个女的在电话里哭哭啼啼地说，她的儿子掉到沟里了，急需救援队帮忙。人命关天，时不我待，宋海军带领人员急忙赶了过去。原来不是什么儿子，她的宠物狗掉到沟里了，女人把宠物狗视为自己的儿子。宋海军和队员一脸蒙，硬着头皮完成了这项"帮女人救狗儿子"的公益事业。这样的例子不胜枚举。还有让他们扫大街的，理直气壮的支使，令宋海军很是无语。

天龙救援队成立一年多，宋海军利用空闲时间，多次上太原听取专家有关公益的报告，学习有关公益事业的理论和实践活动案例，打开自己的视野，提高自己的认识能力。慢慢地对公益事业有了进一步了解，廓清了自己的认识。宋海军认识到，要想把公益事业做大，仅靠一个天龙救援队是无法完成的，需要扩大公益服务范围，联合各种力量，多元思维，多角度发力，全方位为民服务为社会服务。此时，他想到了成立隰县公益志愿联合会。

这一动议立马得到队员们的附议，宋海军心里一股热流涌动，感谢自己有一帮子好兄弟，总是在最关键的时候给予支持。宋海军说干就干，给上级有关部门打报告。经县委组织部、县文明办以及县民政局批复，隰县公益志愿联合会于2017年3月1日正式成立，成为隰县首家正式注册的社会组织。

据悉，这种类型的社会组织全省也就两三家，宋海军走在了前列。

聊到这里时，我也对"公益"的基本概念产生了兴趣，想知道宋海军眼里的公益到底是个什么样子的。宋海军没有急于回答我，而是强调说，现在需要向社会大众普及什么是公益事业，不能一听说"公益"二字就是免费，就是零成本，这是对公益的最大误解。然后胸有成竹地说：公益，是在能力有限的范围内，利用最大的公益资源推动公益的职业化、规范化和持续化。显然，宋海军是朝着"职业化、规范化和持续化"的方向迈进。

宋海军的手机响了，会议组织者通知吃午饭，饭后要打道回府。我们的谈话被迫中断。不过，思路已经接通，宋海军通过微信给我发来了很多资料。

我抽出大段时间，仔细地阅读了联合会这几年所做的工作，以及所经历的种种不易，真可谓一部生动活泼花团锦簇的公益慈善事业的好教材。我已经进入了宋海军的精神世界，进入了隰县公益志愿联合会的广阔天地。

探　索

隰县公益志愿联合会成立了。人常说"竖起招兵旗，自有吃粮人"，未必。还得主动出击，到上级机构，到社会上去推广和宣传，这样才能让别人知道你。

从天龙救援队到公益志愿联合会，这是宋海军从事公益慈善事业全新的升级版，也是他思想认识和精神境界的巨大飞跃。大家很兴奋，宋海军提议找个小饭馆，喝个小酒庆祝一下，众人附议。饭桌上宋海军胸有成竹地讲联合会的未来蓝图，特别要把当下的具体实施计划，落实到每个人的头上。宋海军灵机一动，建议根据每个人喝酒的多少决定任务的分配度。主动喝酒视为主动领任务，被动或者拒绝喝酒者视为不积极，言外之意即喝酒不积极，思想有问题。原来喝小酒变成了喝大酒，没有一个人甘愿落后，除非从来不沾酒。宋海军心里有底，喝到半斤左右时，提醒大家不能再喝了，否则会误事，这才走出了酒馆。

夜空湛明，三月的风依然很冷，隰县山城一片寂静，偶尔能听到几声狗叫。宋海军打个寒战，裹紧了衣衫，向家里走去。

据悉，目前全国有三千多个各种类型的基金会，全国注册的社会组织有八十九万之多。意味着八十九万个社会组织要从三千多个基金会里申请项目，跟高考千军万马过独木桥有一比，可见社会组织的生存空间多么狭窄。即使有幸拿到了项目，大多是物资捐赠项目，有资金支持的项目很少很少。

隰县公益志愿联合会成立之初，有好心人奉劝宋海军别做这一行，做不成。理由是：第一，你没有任何背景，仅靠一腔热血几乎没有成功的先例；第二，你又没有钱，有钱也有花光的时候，怎么延续发展？话虽难听，句句切中肯綮，直击要害处。关系是做事的前提，谁也不认识，两眼一抹黑，怎么做公益？兜里没钱也没人赞助，怎么做公益？两个问题就像两座大山，摆在宋海军面前。

宋海军觉得主动和全国各地的基金会联系做项目，这条路虽然曲折蜿蜒，但是曲径可以通幽，柳暗也能花明。他选择走这条路，纵然踽踽独行也义无反顾。

宋海军体会过缺少资金的滋味，25万元贴进去的事实不是不记得。支撑他前行的动力来自发现了公益慈善有很多事情可做，正所谓天高任鸟飞，海阔凭鱼跃。

宋海军煞费苦心，每天在网上查阅资料，寻找能够合作的机会，这是一个艰苦而又颇具耐心的过程。网上信息铺天盖地，哪些是有价值的，哪些是忽悠人的，要有辨别力；哪些能合作，哪些不能合作，要有分析能力。

刚开始，宋海军一片迷茫和混沌，后来，慢慢地厘清了思路，迷茫和混沌的画面一点点地廓清，仿佛眼前展开了一张蓝图，有阡有陌，有经有纬，每一条阡陌和每一根经纬串起很多的可做之事，而且这些都与各种基金会和公益组织有着千丝万缕的联系，宋海军像是从秘密地图上发现寻宝路径一样兴奋。他选择了自认为切实可行的项目后，进行了充分的论证，做了项目书投给相关基金会。

念念不忘，必有回响。第一个橄榄枝来自壹基金。这个在2017年与天龙救援队有过合作的基金会，把"壹乐园"项目给了联合会，总价值高达80万元的物资捐赠。

宋海军和队员们喜出望外，每个人脸上都露出了笑容，宛若隰县春天漫山遍野怒放的梨花般灿烂奔放。这些物资定向捐赠给了第四小学、龙泉小学、第一小学和黄土小学等四所学校。

第二个橄榄枝来自深圳建辉基金会。向隰县黄土镇中心学校、龙泉小学捐赠"歌路营"设备各一套。后来，连续四年通过中华思源扶贫工程基金会、新浪公益基金，向隰县黄土小学、黄土中学等四所学校捐赠图书五千多套。

一则为喜，一则为悲。喜的是捐赠物资接二连三地落实下来，悲的是这些捐赠物资需要运送到指定的学校。成立不久的联合会一穷二白，既无车又无钱。没有车怎么办？租车；钱从哪儿来？宋海军垫付。每个捐赠现场要求悬挂会标，不然校方不知是谁捐赠的物资，捐赠方也不知捐给了谁家。制作条幅需要花钱，钱从哪儿来？宋海军垫付；物资需要人力搬运，费用谁付？还是宋海军。捐赠活动场面宏大，师生同在，人气爆棚。校长讲话，宋海军讲话，电视台跟踪报道，气氛融洽，热闹非凡。

宋海军心里热乎乎的，毕竟迈出了关键的一步。

活动搞完了，同事们又累又饿，各回各家吃饭来不及了，下个小馆子吧，一人一碗面，钱虽不多，谁掏？还是宋海军。后来吃饭的事，不得已实行了AA制。

有了与壹基金和深圳建辉基金会的合作，意味着与外面世界建立起了由点到线再到面的联系。宋海军做事很认真，赢得了合作方的信任，对方还主动推荐别的基金会，这就叫精诚所至，金石为开。

2017年，宋海军率领的联合会陆续拿下了一系列项目。除了壹基金的"壹乐园""温暖包"和深圳建辉基金会的"歌路营"项目外，还有中国人口福利基金会的"黄手环""定位贴"项目，中国妇女联合会、国家发改委、中国儿童少年基金会的"一家衣善"项目，中国妇女儿童基金会的"守护者"项目，腾讯公益基金会的"帮帮大山里的孩子"项目，等等。这些项目就像天女散花一般撒在了隰州大地上，惠及方方面面的人。宋海军在肉眼可见的成绩面前长长地舒了一口气，顿感神清气爽，仿佛感到隰县天地宽了，空气格外清新。

中国人口福利基金会的"黄手环""定位贴"项目，解决了隰县籍患有阿尔茨海默病的老人走失问题。两个项目累计发放了两千三百余套相关物品，极大地帮助了老年患者，为两千三百个家庭解决了后顾之忧。

"帮帮大山里的孩子"特困儿童帮扶计划，由中国扶贫基金会认领正式入驻腾讯"99公益日"。实现一次性投入15000余元，帮扶十五名特困儿童。

如此骄人的成绩，引起了上级有关部门的高度重视。2017年6月，宋海军首次受邀参加由团中央举办的全国社会组织骨干培训班。会上，他认真学习，一丝不苟；会下，他向培训班里的同学请教。同学们给他指点迷津，让他知道如何更好地服务社会。

2017年，联合会所从事的项目，已不仅仅局限于教育领域，比如患有阿尔茨海默病的老人走失问题。即使教育领域也不仅仅局限于捐赠物资，出现了资金捐赠。捐赠对象不仅仅局限于学校，也辐射到了学生个人。隰县公益志愿联合会的服务领域越来越大，服务的人群越来越广。

起 色

芝麻开花节节高，转眼又是一年。2018 年的成绩也很骄人，隰县公益志愿联合会和以下基金会进行了项目合作。它们分别是：团中央的"禁毒防艾"项目，中国乡村发展基金会的"善行者"项目，中国红十字基金会的"大病救助"项目，泉水基金会的"点亮偏乡"项目，北京天使妈妈基金会的"弃婴救助"项目，中华社会救助基金会的"大爱除尘"项目，中华少儿救助基金会的"守护者"项目。中央十二部委共同关注的中国儿童防走失平台"守护者"项目，为隰县辖区儿童防走失提供数据和安全保障。700 公里远程紧急救助弃婴"小民生"，与北京天使妈妈基金会对接，奔赴北京陆军总医院安排免费手术救治事宜，处处留下了联合会的身影。

联合会和山西几家电影公司合作发起，以孟佩杰为原型拍摄《中国好人》电影。和北京、江苏、浙江、山西一共七位导演，走访慰问了韩梅、韩栋、尚玉雅等小朋友。

浙江省青少年服务中心与中国儿童少年基金会共同开展"HELLO 小孩项目"，为山西八十六名特困儿童送去健康包。其中洪洞、孝义、汾阳、隰县四个地方特困儿童得到救助。

中国社会救助基金会"大爱除尘"项目，针对尘肺病患者提供免费治疗、前期预防、后期病故帮扶。中华思源扶贫基金会"爱的分贝"项目，对隰县辖区七至十二岁的听障儿童提供免费治疗服务，帮助孩子恢复听力。联合会与中国红十字会轻松筹达成合作协议，负责在临汾地区推广和执行，累计帮扶五百人，每人获得 30 万元的意外保障。一桩桩一件件，倾注了宋海军的智慧，凝聚着联合会诸位员工的心血。

2018 年 12 月，隰县公益志愿联合会应中国志愿联合会邀请，入驻阿里人人"3 小时公益平台"，由此，隰县公益志愿联合会走向了全国。

隰县公益志愿联合会乘势而上，顺势而为，成立隰县大学生志愿服务实践站，把公益事业引向深度和广度。

拓　展

2019 年，隰县公益志愿联合会再上新台阶，合作领域又有了新拓展。拿下了一系列项目。它们是：中华社会救助基金会的"暖冬行动"项目，阿里巴巴公益基金会的"青年公益林"项目，扬帆公益基金会的"特困儿童关怀"项目，隰县应急管理局的"首届社会力量应急演练"项目，隰县残联的"关爱残疾人"项目，团中央的"特困儿童关怀"项目，隰县团委、工会的"红歌快闪"项目，浙江温州九九爱心社的"爱助成长"项目，隰县总工会的"抗战老兵关怀"项目，中央专项彩票公益金的"助力计划"项目，中骏国际的"为爱 FUN 声"项目，青年之家的"为爱绽放"项目，中华儿童少年基金会的"小候鸟"项目，团中央的"把爱带回家"项目，等等。

宋海军感动的不是国家级基金会的项目，而是隰县四个部门的项目被拿到了。这时，他的耳边回响起了当初好心人忠告过的那句话：你没有背景……如今，没有背景的宋海军也拿到了政府的项目，说明什么？说明宋海军所带领的团队做的工作有目共睹，不是墙内开花墙外香，而是墙内墙外一起香。栽下梧桐树，凤凰自然来。

宋海军的站位越来越高，关注点越来越细微。他捕捉到留守儿童这一独特社会现象，及时给予关注。隰县在外打工的比较多，留守儿童大都在老人和学校的看护下成长。他们长期缺乏父母的关爱，有的甚至会陷入自闭。他们的精神世界缺乏色彩，就像灰暗的世界里没有光。宋海军焦急万分，怎么才能帮助到这些孩子呢？

2019 年 4 月，宋海军联系到了中华思源扶贫工程基金会、新浪扬帆公益基金会，说明了这一合作的意义。对方愉快地同意共同合作开展"困境青少年红色励志研学营"活动。宋海军和他的团队很快制定了详细的实施方案，分批次地举行了困境儿童走进延安、农村留守儿童"去远方"、大学生延安红色研学、大学生临县研学活动。这些针对性活动，像一缕缕阳光照进了孩子们的心田，像一盏盏明灯点亮了孩子们的未来前行之路，受益青少年达一百六十余人次。

通过分年龄、分批次、分阶段的形式，对孩子们进行红色教育，打开他们情感世界的大门，让光照进来。事实证明，这是极好的形式。孩子们来到革命圣地延安，兴奋得手舞足蹈。他们站在和自己家一样的窑洞前，聆听讲解员讲述老一辈无产阶级革命家的故事，内心有种难以言说的豪迈之情。他们知道了什么是理想，什么是抱负，也理解了父母在外打拼的不易，坚定了努力学习的决心。这是一种励志、一种进取、一种勇往直前的信念。

红歌快闪活动，也是联合会系列活动的一个亮点。该活动最初的创意来自中央电视台的《芝麻开门》栏目，动员喜欢唱歌的同志们报名参加。这个活动的形式是每个人唱一句，后来者接第二句，以此类推。宋海军刚开始还担心没人报名，想不到通知发出后，就像一粒火种，点燃了群众的激情，久聚心中的艺术能量瞬间激发了出来。活动受到了全社会的广泛关注，报名者众，尤其是喜欢唱歌的年轻人。小小的县城，一夜之间，冒出了无数的歌者，大街小巷回响着动人的旋律。人们兴奋异常，纷纷奔走相告。

活动连续搞了三次，万人空巷，每一场都不亚于明星演唱会的壮观和热烈。第一次在堆景园广场举办"学党史、颂党恩、跟党走"主题活动。第二次在温泉小镇举办"永不褪色的精神赞歌"，"庆祝建党九十七周年"活动。第三次是在奥体中心举办"庆祝建党一百周年"。

宋海军成了隰县家喻户晓的名人。他受邀参加在浙江大学举办的社会组织党组书记培训班。隰县公益志愿联合会由中国志愿服务联合会推荐成为山西唯一一家入驻淘宝义卖网的慈善类社会组织。

联合会并没有被成功冲昏头脑，宋海军勉励大家埋头苦干，戒骄戒躁。要做成熟的谷穗，不做趾高气扬的稗子。

2019 年 10 月，联合会向隰县辖区午城中心校、黄土镇中心学校、寨子小学等捐赠"点亮偏乡"项目照明护眼灯具等。与中骏集团合作向均庄小学捐赠图书馆一所。向黄土小学、龙泉小学捐赠故宫小书包八百六十份。向黄土小学捐赠全新品牌衣物三百余套。在龙泉小学开展扬帆夏令营活动累计服务八十名儿童。通过"爱助"事实儿童项目为隰县八名特困儿童每人捐款 600 元至 1000 元。2019 年 11 月 29 日，"为爱 fun 声"活动，为均庄小学的同学们送书籍和保暖用具。2019 年 12 月 31 日，"把爱带回家"，为留守儿童和贫困儿童捐赠学习用品和生活用品。

2019 年受团中央和中国志愿服务联合会邀请，宋海军两次参加全国最高级别"藏经阁"公益游学，参访阿里巴巴集团总部，接受全国权威慈善专家专场培训。

隰县公益志愿联合会在2017年至2019年期间，在没有任何资金支持的情况下，实现实物捐赠市值逾1300余万元。

2019年，隰县公益志愿联合会下属的天龙救援队为完善和推动搜山技能提升，组织了实兵演练。一名队员在索降过程中违反操作规定，导致山体流石砸断大腿，紧急送医。医院诊断股骨断裂需要手术，费用3万多元。宋海军一下子蒙了。此时的联合会还没有实现自养，运营成本依然亏损，遭遇这样的突发事件，宋海军始料不及。

每个社会组织发展都有一个阵痛期，即发展势头很好，尚未得到资金支持，这个阶段非常困难而且特别煎熬。3万元对于一个贫困县的社会组织，尤其是经历了三年借资发展的隰县公益志愿联合会无疑是雪上加霜。已经负债25万元的宋海军，每月扛着2000多元的还贷利息，仅有的电脑店也由于他的"不务正业"入不敷出。

筹措医药费的那三天，宋海军就像掉进冰窟里一样无助。联合会正常的运作靠的是自己的垫资，现在又遇到不测之意外，增加了资金负担，对宋海军来说已经是雪上加霜了。宋海军不止一次地自我反思，我为什么这么背运，事业本来看到了一线曙光，黎明即将到来，又突降厄运，难道是要考验自己的决心吗？正如孟子所说的"故天将降大任于是人也，必先苦其心志，劳其筋骨，饿其体肤"，那就考验一次吧。宋海军也是百折不挠才走到今天的，不怕这一次。

闻讯而来的同事们，三三两两地凑了2万元，宋海军咬了咬牙网贷了剩余的1万余元，总算凑齐了医疗费。

被救治者也很自责，握住宋海军的手不放，哭着说，海军哥，都是我的错，让你一人承担，我还是人吗？宋海军安慰地说，别想那么多，安心治病，病好了为咱联合会好好工作。医务人员也深受感动，夸宋海军是个好人。

救援队没有因困难而停滞不前，相反积极投身到救援工作当中。内蒙古赤峰龙卷风自然灾害应急救援参加了，河南特大洪涝灾害救援参加了，山西特大洪涝灾害救援参加了，曲沃县地震实兵演练，隰县梨博园沉尸打捞，世界小姐临汾赛区应急保障，2019隰县首届地质灾害应急演练等现场和活动也都有参加，救援队出色完成了所有的救援任务，赢得了上级组织的鼓励和表彰。

奋 进

2020 年，隰县公益志愿联合会继续扩展业务，合作方又有进一步增加，它们分别是：樊登读书会的"把爱带回家"项目，21 世纪基金会的"关爱志愿者"项目，团中央的"第二期青少年之家"项目，北京联慈健康公益基金会的"国奶养育工程"项目，等等。

隰县公益志愿联合会分别在教育扶贫、自然灾害救援、特困儿童关怀、文化振兴、抗战老兵关怀、废旧物品再生、大病救助等七大领域开展工作，取得了骄人的成绩。

隰县公益志愿联合会先后发起"暖春行动"、"百万乡医援助行动"、"国奶扶贫工程"、示范性"青年之家"、"致敬志愿者"、"关爱五保户"、"彩虹桥人才计划"等活动，从阵地建设到脱贫助困、婴幼儿营养健康、扶贫工程、青年之家，实现了捐赠实物累计突破 1 亿元。

还与深圳社会组织多次协商发起暖春行动，为隰县特困儿童筹集全新毛背心两千件。通过县委宣传部、县应急管理局、县总工会、县供销社、县义工联合会、县住建局、隰县黄土镇中心学校等单位，为其帮扶村、特殊教育学校等贫困家庭子女进行了资助。

北京联慈健康扶贫基金会"百万乡医援助行动"项目，与共青团临汾市委、运城市红十字会联合发起为临汾地区、运城地区三十个县市处于一线防疫的工作人员，捐赠婴幼儿配方奶粉三千五百罐，受益医护人员一千七百五十名，市场价值 300 余万元。临汾地区"国奶养育工程"，为临汾市辖区十四个县市，累计捐赠 7500 余万元。

"百万乡医援助行动"项目结项后，北京联慈健康扶贫基金会对隰县公益志愿联合会工作的高效表示赞赏，同时支持隰县公益志愿联合会在临汾地区推动三岁及三岁以下婴幼儿健康养育项目，即"国奶养育工程"。

2020 年 5 月 12 日，隰县公益志愿联合会与洪洞县卫体局携手推动洪洞县国奶养育工程项目落地，资助洪洞县卫体局 852 万元。此举成功后，应者云集——

5月19日，襄汾县卫体局启动资助536万元。

6月10日，尧都区启动资助800万元。

8月21日，侯马市启动资助321万元。

9月15日，永和县启动资助158万元。

11月14日，隰县启动资助189万元。

12月7日，汾西县启动资助320万元。

2021年1月14日，霍州市启动预计资助586万元。

从2020年5月12日到2021年1月14日，总计资助3762万元。

2020年9月15日，受北京师范大学、中国社会科学院大学委托，联合会对临汾市十七个县市中抽调的十个县市，开展全国总工会城市困难职工解困脱困工作的评估任务。宋海军召开会议，对这次评估任务做了重点说明，然后指派了有着丰富基层工作经验的优秀志愿者宋垠、胡姣、白燕、王小丽、王玲奔赴尧都区、大宁、汾西、永和、隰县、霍州等十个县市，严格按照要求进行专业评估，发现问题不袒护、不回避，秉公查找。在永和县还对特困家庭给予300元现金救助，圆满完成任务，得到省总工会的高度肯定。

10月初，联合会再次受命对陕西省铜川市耀州区、宜君县总工会开展评估。这次意义非凡，是出省评估，对联合会的业务能力和责任心是个极大的考验。行前，宋海军专门叮嘱大家一定要不辱使命，表现出应有的工作作风和业务素质。好在富有经验的员工们没有省内省外之分，一把尺子量到底。铜川市耀州区和宜君县的同志竖起大拇指夸赞联合会人员，真是一支过硬的团队。

太原市的复盘工作会上，联合会被列入全省政府绩效评估合作单位名单。北京师范大学刘媛老师高度评价联合会的评估工作。

2020年至2021年，联合会连续两年入选中国慈善发展蓝皮书，荣获共青团临汾市委"青年文明号"荣誉称号。

转　折

2021年，隰县大学生志愿服务实践站业绩可喜，大学生们也贡献出了自己的一份力量。服务站组织看望贫困学生、参与"新冠"抗疫、学习党史、大学生"三下乡"等活动，活动举办的同时，也展现了大学生不同的风采，为隰县公益事业添砖加瓦。

这一年，合作项目又有所增加。北京毅峰迅捷印刷有限公司的"爱心书屋"项目，阿里巴巴公益"人人三小时"项目，中国红十字会事业部、阿里巴巴公益爱心网友、邢台市公益社会工作服务中心、中国扶贫基金会人道救援网络、浙江省妇联、浙江省妇女儿童基金会的"爱在进行时"项目等。

这一年，对于宋海军来说，是非常特殊的一年。他接触到了基金会资金支持的项目。以前拿到的都是物资捐赠，物资捐赠意味着宋海军要搭进去很多费用，前面已经陈述过，比如车费、会标费用、装卸费用等。资金项目虽然最多只有10%的提留，对于宋海军来说，已是雪中送炭。

宋海军如同在踽踽独行的长夜中看到了驿站、看到了曙光。他从来没想到要靠公益志愿去挣钱，只是能尽量少贴一点儿，这么多年不就是贴钱过来的吗。资金项目的申报要求非常高。需要调研、需要写项目申报书、需要财务预算、需要风控、需要路演、需要结项报告等。宋海军是法学专业毕业生，从来没有接触过这些。当时申报资金项目的社会组织非常多，大致是200∶1这样一个现状。也就是说一个资金项目就有两百家社会组织去申报，而这两百家大都是多年从事大项目运营的，可谓经验丰富，道行极深。作为菜鸟的宋海军，两眼一抹黑，向别人讨教其中的申报窍门，几乎是不可能的，没有哪家机构愿意做教会徒弟饿死师傅的事。面对现状，宋海军只能亲自尝试，下去调研，写项目书，做路演……一次两次三次……在经历了不下五十次的失败后，终于拿下了中国红十字基金会"温暖家园"项目30万的资金支持。

自此，解决了志愿服务零成本的问题。这是一个质的跨越，宋海军和他的队员们仿佛跋涉了无数座高山，涉过了无数条河流，终于迎来了曙光。初闻不识曲中意，再闻已是曲中人。

宋海军无数的白天黑夜，无数的目不交睫，没完没了地申报资金项目，无异于打仗，没有脱了一层皮，也熬黑了眼圈。平生再一次体会到什么叫难，什么叫绝望，不曾身临其境是无法想象到的。常言道：明知征途有艰险，越是艰险越向前。宋海军多年来早已练就了一种恒定的毅力，"咬定青山不放松，立根原在破岩中。千磨万击还坚劲，任尔东西南北风"，一旦锁定目标，不达目的誓不还。人与人的差别在哪儿？就在困难面前你坚持住了，勇往直前了，叩响了成功的大门，而失败者早已溃退十万八千里，不见踪迹。

宋海军长出了一口气，靠在椅子上，点了一根香烟，深深地吸了一口，烟圈在头顶慢慢盘旋上升。接着第二个、第三个烟圈不甘落后，也在头顶悠然自得地飘荡。看着这些白色的烟圈，宋海军兀自笑了。

诗人卞之琳写过一首诗："你站在桥上看风景，看风景的人在楼上看你。明月装饰了你的窗子，你装饰了别人的梦。"宋海军这么多年坚持无怨无悔地做着自己喜爱的公益事业，引起了别人的关注。

2021年，宋海军被县总工会推荐为县政协委员。他第一时间把这个好消息告诉了母亲。母亲顿时乐得眼睛眯成一条线，口中念叨着，咱家世代都是老百姓，想不到我儿子还能成了政协委员哩，这是宋家烧高香了啊。说着说着，笑容里就有了婆娑的泪花。妻子也含羞地把笑容写在脸上。

宋海军理解母亲和妻子的激动之情。这么多年的艰辛创业，不屈不挠地坚持公益事业，在社会上赢得了好口碑，在政治上也得到了认可，这是值得自豪的事。同事们纷纷道贺。这个说，海军哥好样的；那个说，我早就知道海军哥会有今天的，反正都是满心的欢喜。宋海军很平静地说，与其说是我个人的荣誉，不如说是我们联合会的荣誉，对我的认可就是对联合会的认可。说明我们所从事的公益事业是正确的，今后，我们会有更大的作为。大家发自内心地为宋海军鼓掌，宋海军也开心地笑了。

政协委员不是好当的，要写提案。宋海军要求队员们每人想二至三条好的建议，集思广益，郑重地向大会提交一份含金量高的提案。让更多的人了解公益事业，使其成为全社会关注和重视的热点。

宋海军不负众望，向大会提交了《关于"多措并举推动新时代文明实践工作创新发展"的建议》的提案。

宋海军从自身出发，谈了隰县公益志愿联合会的成绩。成立五年来累计捐赠实物＋资金扶贫近亿元。社会影响力覆盖整个临汾地区，多次荣获省市乃至全国多项殊荣，并写入中国慈善发展蓝皮书。隰县蓝天（天龙）救援队植根民间救援，近百场次的救援行动，得到群众的高度认可，甚至受邀出席央视专访。社会组织发展已呈现出百花齐放的骄人态势。

这份提案在大会上宣读以后，就像一枚石子划破水面溅起层层涟漪。委员们第一次全面了解到社会组织是个什么样子，其社会意义和价值不容忽视。也第一次对这个新兴事物充满兴趣，提案很快获得通过。值得一提的是全国政协对这份提案的内容非常感兴趣并给予了采纳。

隰县公益志愿联合会的名气越来越大，中国乡村发展基金会把临汾的总部设在了隰县公益志愿联合会，负责临汾市十七个县市救灾和救援，这是对宋海军多么大的信任啊。同事们对宋海军说，还是海军哥厉害。宋海军谦虚地笑着说，这是大家努力的结果。事情是有来龙去脉的。

2021年10月5日，山西地区汾河、沁河、浊漳河等多条河流发生涨水及险情。晋中市、吕梁市、临汾市先后发生多起崩塌、滑坡地质灾害，造成人员伤亡，中国乡村发展基金会启动山西水灾应急响应。宋海军作为属地社会组织负责人，负责山西省临汾市救灾物资的运转。承载救灾物资的大型货车无法直接从高速抵达隰县，物资必须从临汾市中转，再由当地车辆卸货，运转到隰县各受灾点进行分发。志愿者积极帮忙卸货，经常忙到凌晨两三点。

任俊香是隰县公益志愿者联合会的后勤部长。山西水灾时，她的孩子还不足一周岁，作为机构的志愿者，灾害发生的第一时间，她响应机构需要开着自家的长安星卡去帮忙卸货、发放物资。搬运棉被时，她将孩子放在旁边的捐赠物资上，盖上棉被，一个人卖力地搬动，从不喊人帮助。到村庄发放物资时，她将孩子安置在副驾驶，带着两个志愿者，一去就是十来天，基本没有换过班。除了感动，更多的是敬佩。

提　升

2022年，宋海军重点关注了农村留守儿童问题。自上次组织孩子们走出去看世界，到延安等地开展红色之旅后，他更关注孩子们的情感世界。这是宋海军在一个偶然的机会里敏锐地捕捉到的信息。

那天，他们走进了一户人家，看到一个小学生所写的日记，其中有这样的句子："今天是2022年6月28日，是妈妈外出打工的第一百四十七天了。"这句话一下子戳痛了宋海军的心，孩子一直记着妈妈离开的时间。一百四十七天了，孩子从来没有停止对妈妈的思念。"虽然妈妈不在家，但我一定要做一个有责任心的孩子。洗衣、做饭、照顾奶奶，我都做得很好。因为妈妈说过，我是最棒的。妈妈你在哪儿？我想你了。"妈妈不在，孩子主动替妈妈承担了家务和照顾老人的责任，这是孩子自强自立的表现。再自强自立，他也是孩子呀，也要思念妈妈。

宋海军强忍着泪水问孩子："你有没有想过去找妈妈？"孩子说："我想过，可是不知道妈妈在哪里。"看着孩子渴望而又无助的眸子，在场的所有人内心都有一种强烈的震颤，戳心的疼，让人久久无法平静。

这一揪心的事触动了宋海军的灵感。联合会很快发起了"远方的爱"活动，促使农村留守困境儿童利用节假日与父母团聚。这一提议得到了县委宣传部、县总工会、共青团县委、县妇联的积极响应。活动发起后，立即在社会上引起强烈的反响，热心人士也参与其中，纷纷联系在外打工的父母和在家留守的孩子们相见。

在长治打工的父母听说孩子已经在联合会的安排下过来看望他们，感动得热泪盈眶。当乘坐大巴从家乡过来的孩子投进父母怀抱的那一刻，天地似乎凝固了，爱成为一种永恒。

父母和孩子们游览了太行山大峡谷，领略了大自然的美景。看到这温馨的一幕，宋海军和队员们无不激动万分。人间最美是亲情，爱是人间最伟大的力量。

写到这里，我想起诗人李冈的一首诗《凤凰》："中心小学的剪纸上／四年级小女生正在剪一只凤凰／她凝神的姿态使她忘记了时间／忘记了正在南方车间打工的父母／忘记了外祖父每天骑着单车一路颠簸／将她送来，又接走／／她还忘记了村头的梧桐树上／到底来没来过凤凰／／她唯一没有忘记的／是必须给凤凰剪一对翅膀／才能让它一路鸣叫，飞过山头。"

2022年8月，联合会搬迁至县委党校的办公楼，党校提供场地水电、县总工会提供装修办公设备、团县委全力支持联合会的各项工作的开展。隰县志愿联合会迎来了全新的发展时期。

2023年8月4日，我前往隰县公益志愿联合会参观学习。宋海军出差不在，任俊香等同志接待了我。我被墙上密密麻麻的证书所吸引，这都是联合会这些年所取得的成绩啊。每一个证书背后都有一串不同寻常的故事，都能书写成壮丽的华彩乐章。我亲身体验到了一个县级社会组织所迸发出来的巨大力量，心中暗暗感佩，宋海军了不起，隰县公益志愿联合会了不起。

展　望

隰县公益志愿联合会虽然起步较晚，但发展迅速，仅用七年时间便做了无数的公益事业。限于篇幅无法把所做之事全部罗列，因此上述提及的仅是冰山一角。国家、省、市、县各级荣誉纷至沓来。青年文明号，青年五四奖章，中国公益践行奖，中国慈善发展蓝皮书，全国过亿项目大赛金奖，先进单位，爱心合作伙伴，优秀志愿服务组织，等等，不胜枚举。

宋海军被授予"感动隰县十大人物"，被共青团临汾市委授予青年五四奖章，被临汾市委宣传部评为首季"临汾好人"，被中共山西省委宣传部评为"山西优秀志愿者"等称号，当选团市委青年志愿者协会副会长，出任临汾志愿服务联合会副秘书长。两次受邀出席中国志愿服务联合会举办的"藏经阁公益游学"，参加团中央举办的全国社会组织骨干培训班，参加在浙江大学举办的社会组织党组书记培训班，联合会成为中国志愿服务联合会达标推荐单位，受邀参加在武汉举办的全国自然教育论坛等等。

越来越多的党政机关、地方政府与隰县公益志愿联合会达成了合作意向，越来越多的公益组织和社会团体与隰县公益志愿联合会"联姻携手"，越来越多的重量级新闻报道引起广泛关注，越来越多的联合会成员走出隰县，越来越多的特困家庭通过隰县公益志愿联合会的努力得到关怀和救助。

七年来，隰县公益志愿联合会先后被《人民日报》、《国防》、《临汾日报》、《山西青年报》、临汾市电视台、山西交通广播、山西省民政厅官网、百度、新浪、搜狐等媒体及平台专题报道。

总　结

宋海军创建的隰县公益志愿联合会，从无到有，从小到大，经历了无数的风雨，走过了无数的坎坷，如今风雨和坎坷之后见到了彩虹。回想当初不被人理解的无奈和尴尬，被人冷眼后的失落和绝望，这些都成了宋海军一笔珍贵的精神财富。他不管在得意还是失意时，都可以拎起来反复咀嚼的，就像橄榄越嚼越有味。这味就像黄牛的反刍，会获得更多的思考和总结，会得出更多的人生经验。

我想到了蒲公英的种子。蒲公英的种子很小很小，小到常常被人忽视的地步。但是，它会在风的作用下飞到广袤无边的世界里生根发芽，结出新的生命。宋海军和他的隰县公益志愿联合会就像一枚枚蒲公英的种子，把爱播撒在隰州大地以及更广大的临汾、运城，还有周边能够辐射到的地方。事实证明，爱是博大的，爱是无边的，爱的力量能够抵达任何一个角落，在那里生根、发芽、开花、结果。

宋海军和他的隰县公益志愿联合会，以雄辩的事实进一步证明了，只要有恒心有决心，没有做不到的事情。

公益事业是全人类最美好的事业，是人类献爱心和做慈善的最佳选择。帮助别人其实就是帮助自己，公益事业就是给自己种下的善果，有朝一日会得到福报。每个人都有为世界献出一点儿爱，只是你有没有想到要去做，只要你想到了就会做到。心里有善，手里就会有善，心里有爱行动就会体现。你可以不选择做公益事业，但是你可以去做公益，公益不分大小，扶老人过马路是公益，顺手捡起地上的垃圾是公益，举手之劳，人人都能做到。

宋海军把公益慈善这件事作为自己终生的追求和使命，这是普通人难以企及的境界和高度。我们只有在仰望的同时，给予其最真诚的祝福，祝福他和隰县公益志愿联合会未来的道路越走越宽广，惠及到的人越来越多，像蒲公英的种子一样，把爱洒向人间的每个角落。

行文至此，以宋海军的一首诗结束全文。

你要写隰县就不能只写隰县

宋海军

你要写隰县就不能只写隰县

要写河东重镇

要写重耳故里

写千年古县写中华的唐韵晋风和中国的好人县

写天然的氧吧和东征的雄壮

你要写隰县就不能只写隰县

要写西天悬塑

要写玉露飘香

写那厚重的黄土高原和晋国古城的璀璨

写梨垣的壮丽和紫川河的秀美

你要写隰县就不能只写隰县

要写春的梨花

要写夏的丰盛

写那四季的轮回

写秋天里的美景和遍山的梨客

写冬天里的壮阔和来年的期盼

你要写隰县就不能只写隰县

要写一方重耳地

要写好人大名片

写那梨博园里的过往

写森林公园里的紫金山和石马沟中的清泉

写青山绿水间的龙凤潭公园和花红柳绿间的村落

你要写隰县就不能只写隰县

要写香醋的甘醇

要写三春液的浓郁

写那人间烟火的贡梨

写大街上的炒糁粉和餐桌上的土豆精精

写七里脚千佛洞和玉泉寺的古塔

你要写隰县就不能只写隰县

要写男儿的豪气

要写女子的温婉

写那厚德聪颖的民风

写横跨东西的瓦日铁路和纵横南北的隰吉高速

写好人县里的幸福感和满意度

你如果问我从哪里来

我站在小西天从重耳故里而来

或许它从未起眼，但我热爱我的家乡

你要写隰县就不能只写隰县

携着慰问品的宋海军

呕心沥血为村民　脱贫攻坚立新功

——记隰县下李乡桑湾村委第一书记郭风明

宁志荣

习近平总书记指出："我们要以更大的力度、更实的措施保障和改善民生，加强和创新社会治理，坚决打赢脱贫攻坚战，促进社会公平正义，在幼有所育、学有所教、劳有所得、病有所医、老有所养、住有所居、弱有所扶上不断取得新进展，让实现全体人民共同富裕在广大人民现实生活中更加充分地展示出来。"在农村实施脱贫攻坚是中国共产党性质宗旨和中华民族精神的生动写照，是中国精神、中国价值、中国力量的充分彰显，是人类历史上最伟大的为民造福工程。

郭风明在知天命之年，带着党和人民的嘱托，肩负改变农村贫困落后面貌敢教日月换新天的重任，毅然投入新时代脱贫攻坚的滚滚大潮中。他在中国脱贫攻坚的伟大进程中，克己奉公，无私奉献，心系百姓，出谋划策，开动脑筋，为民造福，经过艰苦卓绝的努力，使隰县桑湾村的面貌发生了翻天覆地的变化，为带领村民走上富裕小康的道路，作出了卓越的贡献，受到了广大村民的交口称赞。

郭风明扶贫以来获得许多荣誉。2017 年 12 月，荣获第四届"感动隰县十大人物"提名奖；2017 年 12 月荣获第四届"感动百姓·山西乡村爱心大使"提名奖；2021 年 12 月，荣获第五届"感动隰县十大人物"荣誉称号。

一

2015年8月15日，在隰县县委、县政府、县委组织部的正确安排、部署下，共选派九十七名"第一书记"进驻各村委帮助工作。这对于隰县中小企业服务中心办公室主任郭风明来说，是个终生难忘的日子，也是人生的新起点，刷新了数十年的履历，开启了在农村广阔天地的精彩人生。这一天，他接到单位通知，被选派为"第一书记"到隰县下李乡桑湾村任职。郭风明多年在县城工作，领导的支持，舒服的办公室，良好的工作环境，让他得心应手。如今他即将下沉陌生的乡村，这对于一个党龄多年的共产党员来说，既是党组织的信任，也是严峻的挑战。他将如何交一份满意的答卷，如何完成脱贫攻坚的政治任务？

郭风明来到桑湾村后，人生地不熟，面对全新的农村环境如何开展工作？如何尽快融入当地？他在桑湾村首先与村主任陈润岭商议扶贫事宜，和村委会的各个成员认识，听他们介绍桑湾村的基本情况，听他们对于桑湾村发展的良好建议。桑湾村辖六个村小组：桑湾、孙家沟、大坡、王家庄、户岭、北腰则，有农户一百九十八户左右共五百一十七余口人，耕地面积1700余亩。多少年来，桑湾村人口较多，资源匮乏，导致经济发展缓慢，种种因素局限了桑湾村的发展。村里的主导产业是种植业，以玉米为主，人均收入1100元左右。以前有镁厂、选矿厂等厂矿企业，但是都关门停业了。偌大的桑湾村里没有什么企业，村民只能脸朝黄土背朝天，过着日复一日的农耕生活。

我与郭风明聊天时，回想当初来到村里的尴尬，他至今都难以忘怀。他刚来到桑湾村时，走到乡村大街小巷，与许多老百姓都不认识，人们看见这么个衣冠整齐的城市人，也感到十分好奇。他主动与村民聊天，问家里几口人，几个孩子，地里种得什么，一年收入怎么样。聊着聊着，老百姓和他关系就近了，愿意把心窝子话掏给他听。人们发现这个担任"第一书记"的中年人十分谦和，容易接近，有什么事就主动和他说。

郭风明是从"知青"年代走过来的人。他自幼就听说过党的好传统，干部下乡和村民同吃同住同劳动，白天一身汗，晚上睡土炕，点亮煤油灯，灯下话家常。在新时代伟大的农村脱贫攻坚中，如何发挥自己的能力，尽快使桑湾村走上小康之路，是郭风明首先要关注的目标。人常说，办法总比困难多。为了与村民尽快熟悉，郭风明想出了一个好办法。他苦思冥想，自己设计，并找人自费印制了一百张彩色联系卡，利用到每户贫困户家里走访的时间，发给贫困户并张贴到家里的墙上，只要一抬眼就能看见郭风明的照片和工作承诺。联系牌设计得十分新颖别致，具有亲和力。左边是郭风明的彩照，右边是他的工作：一、职责：发挥引导作用、发挥示范作用、发挥协调作用、发挥桥梁作用。二、任务：着力建设基层组织、着力推动精准扶贫、着力维护和谐稳定、着力为民办事服务、着力提升治理水平。三、宗旨：倾听群众呼声、关心群众疾苦、反映群众意愿、解决群众困难、帮助群众致富、维护群众利益。四、承诺：扶贫致富手牵手，驻村帮扶心连心。要求：诚心做事、用心待人，把群众满意作为第一标准。同时，在联系卡醒目的地方，写着他的联系电话。

说到电话有个讲究，人们一般对于不熟悉的人，不会轻易告给电话。为什么呢？原因之一就是嫌麻烦，怕打扰。城市里的人甚至把手机号码都看作个人的隐私，轻易不会透露给陌生人。可是，立志扶贫事业，助力农村小康的郭风明，却反其道而行之，不仅把自己的电话号码告诉陌生的村民，而且还张贴到他们的家里。"你就不嫌麻烦吗？"我问郭风明。郭风明回答："作为第一书记，我就是要主动联系群众，做群众的贴心人。我要通过这种方式，与桑湾村的老百姓户户认识，人人知晓，贫困户有问题，随时方便联系。"

多么豪迈的话语，多么无私的回答，多么宽广的胸怀！这就是新时代一个乡村第一书记对老百姓的态度，也是发自肺腑的时代最强音。

二

郭风明上任第一书记之后，首先要做的工作是精准扶贫建档立卡"回头看"。中国扶贫事业始于20世纪80年代中期，在中国共产党的正确领导下，通过近四十年的不懈努力，取得了举世公认的辉煌成就。但是，长期以来贫困居民情况不明、针对性不强、扶贫资金和项目指向不准的问题较为突出。由于贫困数据逐级往下分解，扶贫中的低质、低效问题普遍存在，如贫困居民底数不清，扶贫对象常由基层干部"推估"（推测估算），扶贫资金"天女散花"，以致"年年扶贫年年贫"，人情扶贫、关系扶贫、真假混淆，造成应扶未扶、扶富不扶贫等社会不公，甚至滋生腐败。因此，粗放扶贫阻碍扶贫工作的进程，是扶贫工作存在的突出问题。

党的十八大以来，习近平总书记反复强调脱贫攻坚工作中"精准"二字的重要性："扶贫开发推进到今天这样的程度，贵在精准，重在精准，成败之举在于精准。"因此，必须针对不同贫困区域环境、不同贫困农户状况，运用科学有效程序对扶贫对象实施精确识别、精确帮扶、精确管理的治贫方式。这是一项光荣的任务，也是桑湾村脱贫攻坚的决定性战役。郭风明到任伊始，带领桑湾村村支委、村委会干部传达上级指示精神，认真学习文件，提高思想认识，深刻领会精准扶贫中贫困户识别和建档立卡工作的重要性，启动建档立卡"回头看"的工作。

郭风明为了做好精准扶贫"回头看"工作，虚心向贺红鑫书记、张宏伟乡长请教，向有经验的老同志学习。根据县委的要求，乡党委、政府的安排，对照精准扶贫建档立卡"回头看"的工作环节，积极组织召开了由乡包村干部、两委班子、村民小组长、村民代表参加的"下李乡桑湾村精准扶贫建档立卡'回头看'动员会"，对精准扶贫的政策及工作要求进行安排部署，村委成立了精准扶贫建档立卡"回头看"工作领导组，各村民小组成立了贫困户筛选组。通过召开动员大会，使干部群众认识到，甄别贫困人口担负着实现脱贫致富和全面小康的双重任务，贫困户识别和建档立卡，管当前、利长远，做好这项工作意义重大而深远，同时这项工作是解决扶贫到户"最后一公里"问题的有效"良方"。同时，理清思路，把好关键，注重细节，广泛宣传，充分发挥宣传手册、标语、广播等媒介宣传作用，使精准扶贫建档立卡工作"家喻户晓"。

有句话说得好，没有调查没有发言权。郭风明召开精准扶贫动员会之后，要做的工作就是通过自查自纠、实地走访等方式，对已建档立卡的贫困户信息进行精准复核，进一步挤干信息水分，甄别出真正的贫困户，真正做到"真扶贫、扶真贫"，确保扶贫工作彰显成效。2014年桑湾村共有贫困户一百四十四户二百八十八人，要对这么多贫困户进行逐家逐户的调查了解，工作艰难程度可想而知。农村中的贫困户多种多样，有的是因病致贫，有的是孩子上学，有的是没有技术能力，有的是家庭没有劳动力，等等。其中某些贫困户并不是"真贫",而是通过"关系"成为贫困户。

为了准确界定扶贫户范围,郭风明走进贫困户家里的旧窑洞,坐在老百姓的土炕上拉家常,了解家庭人数、种植业和基本收入。山村里的老百姓很朴实,一看第一书记亲自来到家里,就一五一十地叙述家里的困难:今年天旱了,出苗不好,玉米歉收;买农药、买种子、买化肥花多少钱,一斤玉米卖多少钱,成本多少钱,种一亩地收入多少钱。郭风明听在耳里,写在纸上,记在心里。他动情地说:"农民靠天吃饭,种植投资大,收益确实低,再遇上结婚、生病、盖房子,许多人就因此致贫了。建设新农村,让农民真正摆脱贫困面貌,就是我们共产党员的神圣使命。"他还看望卧病在床的老人,询问他们的病情,参加农村医保没有,医药费怎么报销,治病还有什么困难。看到遭受疾病折磨的老人,孤苦伶仃的生活,简陋的家具摆设,郭风明深深体会到这些家庭的不容易,更坚定了扶贫的责任感和信心。他认为脱贫攻坚的任务就是要帮助真正贫困的人,享受党的阳光雨露,让他们放宽心,解除后顾之忧,帮他们摆脱贫困面貌,过上幸福生活。

郭风明与村"两委"会成员深入桑湾村中逐户详细了解其家庭、成员、生产、生活等情况,用了一个多月的时间,把村里所有的贫困户都走访了一遍,基本上摸清了各个农户的情况。一番摸底之后,他严肃工作纪律,规范操作程序,对发现的问题及时反馈解决。在此基础上,他强化主体责任意识,严格按照贫困户识别标准,进行重新甄别。同时,召开村干部会议商议,广泛征求群众的意见。农村的工作是复杂的,不可能一蹴而就。以前划定的贫困户,享受着国家的扶贫政策,每年还有一定数量的各种补贴,如果取消贫困户的资格,意味着以前的待遇和享受都取消了,怎么能满意?郭风明以提高思想认识严格按照政策办事为着力点,努力推进这项工作的落实。有的人找人说情,郭风明坚决予以拒绝;还有的人挑毛病,郭风明秉公办事。郭风明严格按照"八不准"规定提出初选名单,进行七天的张榜公示,征求意见无异议后,确定了正式名单,并由筛选组全部成员签字,再由领导组逐户审查签字确定后,上报乡政府建档立卡。

正是在郭风明和村支委村委会的努力下,桑湾村的精准扶贫建档立卡"回头看"工作顺利完成了,做到了"户有卡、村有册、镇有簿、底数清、情况明,资料归档完整准确"。按照政策和条件,桑湾村的贫困户由原来的一百四十四户二百八十八人，压缩到了七十三户一百九十五人，分别归类是缺资金二十一户、缺劳力二十户、缺土地十户、缺技术四户；因学致贫三户、因病致贫十一户、因残致贫五户，从民政角度分别是低保二十二户、五保五户、一般四十七户。通过数字对比可以发现，桑湾村贫困户总共压缩了七十一户，减少了九十三人。

这是一个不小的数字，数字看上去很乏味，却牵涉到许多家庭，背后是大量的扶贫资金和资源。"回头看"工作初见成效，具有重大的意义，为桑湾村的攻坚扶贫开辟了崭新的局面，找准了真正需要扶贫的农户，为下一步工作打好了坚实的基础。只有这样才能切实做到"看真贫、真扶贫、扶真贫，确保精准识别、精准帮扶和精准脱贫"。

三

作为桑湾村扶贫的第一书记，就要把身子沉下来扎根桑湾村，为老百姓实实在在办事，把百姓的事情当作自己的事情，想百姓所想，做百姓所盼。在桑湾村下乡扶贫过程中，郭风明发现去大坡村的途中有一条河流，人车行走非常困难，交通十分落后。这条河冬天结冰，人走上去担惊受怕，冰面承载不住车的重量破裂，车不能走；夏天多雨，道路冲毁，泥泞遍野，有时河水暴涨，不能通行，只能望河兴叹。农资农具运不进来，玉米、梨、果拉不出去，有时候村民买回一袋面粉，干着急回不到家里，严重影响了农业生产和生活。

这条路给老百姓生活带来很大困难，也是桑湾村经济发展的瓶颈。家有三件事，先从紧处来。郭风明看在眼里，急在心里，决定想尽一切办法修好这条路，改变桑湾村落后的交通状况。于是，他跑到夏李乡向书记和镇长汇报桑湾村的交通情况，希望得到乡领导的支持；同时，又回到自己的单位中小企业局汇报扶贫工作，希望单位出面帮助桑湾村修路。帮助农民修路成了扶贫工作中的又一项主要工作，郭风明感到责任在肩，即使遇到多大的困难也必须想方设法克服。

他一次次往返于县城、下李乡和桑湾村之间。他与乡政府、县水利局联系，要在桑湾村的河道上修路建桥。桑湾村是个贫困村，没钱雇技术员，郭风明就自己学习工程预算，绘制修桥设计图纸。他每天为修路的事情奔忙，好不容易回家看看，也顾不上与老母亲拉家常，抽不出时间陪妻子上街转转，一直为了修路的事情东奔西走。郭风明来到隰县水利局，找到有关领导汇报工作。他在桑湾村通往乡镇和县城的坑洼小路上来来回回跑了十几趟，终于将修路工程立项，还请县水利局的朋友帮忙计算造价和投工。

虽然桑湾村修路工程立项，却仅仅是个开始，困难还在后边呢！修路谈何容易，资金从哪里来？郭风明写申请书，向县里相关部门申请修路资金，可是报告打上去之后没有回音。马上就到夏天了，夏天雨水多，河水暴涨，给修路造成极大的困难，必须赶到夏天之前把路修好，早日给村民带来方便。他为了修路的事情真是费尽了心思，多次到相关部门申请、说好话、找熟人，并没有得到支持，一个钱字成为拦路虎挡住了修路。

难道说让一条小河困住老百姓的出行吗？怎么办？既然申请不到资金，那么就自己想办法解决。

2016年5月，郭风明和他的同事，一起上门动员村民说，为我们自己修桥，不能只靠国家，我们也应该积极行动，出钱出力，造福子孙后代，并明确表态这个项目得不到支持。他的坦诚得到了村民的理解并一直响应。修路需要购买水泥管、租用装载机款，村里拿不出钱，郭风明拿出自己和妻子积攒的1万余元垫资修路。修路需要石头，山里多的是石头，只要肯吃苦就能解决。郭风明亲自带领村民到山上拉石头，他甩开膀子与村民大干苦干，汗流浃背，不辞劳苦。石头划破了手指，手上打起了血泡，疼痛难忍，可是他一点儿也顾不上，照样带领村民大战在修路工地上。在郭风明的鼓舞下，桑湾村的村民也挽起袖子挥舞铁镐、砸开陡峭的路面，大车小车运送泥土。整个工地上热火朝天，人们搬石头、砌石头、抹水泥，憋足了劲儿大干。

郭风明作为一个"城里人"，也是第一书记，在修路时身先士卒，总是冲在前边。施工时需要安放水泥管，当时天都黑了，他怕村民干活出事，就自己爬到装载机的大斗子里挂钢丝。黑暗的夜晚，高高的装载机，他勇敢地爬了上去。在下边干活的村民，睁大眼睛，真怕他有个闪失。可是，郭风明一点儿也不害怕，在黑夜中顺利完成了这项工作。郭风明和村民明白，这是桑湾村有史以来架设的第一座桥，也是桑湾村的致富路。要想富，先修路，把路修好了，就打开了桑湾村的致富的锁钥，开启了致富的快车道。

经过半个多月的大干苦干，桑湾村通向大坡村的路完成了一期工程。可是第二天，郭风明却因劳累过度，疲惫不堪，腰疼得直不起来，不能下床、不能走路。八十七岁的老母亲把拐杖让给他。他让老婆扶着，一手拄拐杖一手扶老婆，就这样，他坚持不放弃，终于把路修好了。采访时，我们看到了郭风明和村民的合影。他与十几个村民站在桥上，眼睛望着远方，村民们眼里全是笑意，脸上写满快乐。是啊，这是他们的期盼，也是祖祖辈辈的期盼，这条路在中国脱贫攻坚的伟大进程中终于修好通车了。郭风明作为修路的带头人，付出了多少辛苦，操了多少心，他用实际行动践行了新时代一个共产党员的初心。

桥是修好了，可是起个什么名字呢？村民在一起商议，大家七嘴八舌起了好几个名字，村主任一锤定音，那就叫作"连心桥"吧！"这座桥是郭风明带领村民一起修的，把扶贫队员和村民的心紧紧联系在一起，这是桑湾村脱贫攻坚的成绩，也是郭风明书记对于桑湾村的一片丹心。"村民一听，齐声叫好。我们来到桑湾村经过那座桥，看到了郭风明题写的"连心桥"三个字。这是脱贫攻坚的记忆，也是岁月的美好烙印，它见证了郭风明对桑湾村的无私奉献。

路修好后，隰县县委书记李亚丽和县委组织部部长杨海林等人，先后到桑湾村检查工作，对郭风明的扶贫精神予以表扬。

如今，桑湾村的路修好几年了，可是郭风明投资修路的钱，还没有回到他的手里。他也不计较，不伸手，既然是为民造福的好事，那么就权当自己捐献给村里了。其实，对郭风明来说，尽一分力，发一分光，只要能让桑湾村的老百姓出行方便，过上好日子，付出多少他也心甘情愿。

四

农村的工作千头万绪，各种各样的人，每个家庭每个人的情况千差万别，既十分复杂，又烦琐不堪。面对农民你不能光讲政策、讲理论，还要真正走进百姓心里，让他们认可你、支持你、配合你。农民受教育的程度不一样，尤其是许多老人一辈子就待在山沟里，对外边的世界一无所知。要做好农村的工作，谈何容易？郭风明坚定地说："金杯银杯，不如老百姓的口碑；千好万好，不如群众说好！"

在当前提倡不让"公车私用"的情况下,很多第一书记"私车公用"。郭风明无论到村里还是乡里办事,都开的是自己的车,自费花钱加油。不管条件多么差,他仍然扑下身子照样干,认真落实党关爱农民的好政策,全力改变桑湾村的贫困面貌。

郭风明为了桑湾村的脱贫攻坚,宵衣旰食,费尽心思,开阔思路,多方筹措。他看上了光伏发电项目。光伏发电作为精准扶贫模式,对于乡村振兴具有重要的作用和意义。所谓光伏发电,是利用半导体界面的光生伏特效应而将光能直接转变为电能的一种技术,属于绿色能源,特别适合在农村推广使用。国家鼓励各类电力用户、投资企业、专业化合同能源服务公司、个人等作为项目单位,投资建设和经营分布式光伏发电项目。在具备资源条件的中西部贫困地区,国家优先规划建设光伏发电项目,为乡村振兴助力。电网企业实行"自发自用、余电上网、就近消纳、电网调节"的运营模式,采取"公司 + 村镇 + 农户"等办法,利用农户闲置土地和农房屋顶,建设分布式风电和光伏发电,配置一定比例储能,自发自用,就地消纳,余电上网,农户可以获取稳定的租金或电费收益。农户作为申请单元,收益直接归于农户,避免了传统模式中农户很难直接受益的弊端,此模式可起到脱贫致富的作用。

世上无难事,只要肯登攀。郭风明积极跑项目,引资金。他为了尽快实施光伏发电项目,采取两条腿走路的办法,一面在扶贫局争取项目,一面请专家作可行性报告。他与山西省光伏发电试点县大宁县分管县长杨县长取得联系,组织隰县乡村第一书记一起去大宁考察、学习、取经。郭风明查找光伏发电的资料,学习国家的有关政策,了解光伏发电的技术,从一个门外汉变为光伏发电的"专家"。他挑灯夜战,起草项目申请报告,到县扶贫办汇报。那些天,他忙得嘴上都起了口疮,顾不上到医院看,又坐火车远赴太原,请专家来到桑湾村进行了实地考察,推介桑湾村的光伏发电优势。经过多方努力,在郭风明的主导下,桑湾村与山西昊海新能源光电科技有限公司签订了"光伏发电投资合作意向书",以"公司 + 农户"的模式带领农民脱贫致富。

郭风明具有超前的眼光,为桑湾村的发展带来了机遇。2021年12月,国家能源局、农业农村部、国家乡村振兴局联合印发《加快农村能源转型发展助力乡村振兴的实施意见》,文件明确,到2025年,建成一批农村能源绿色低碳试点，风电、太阳能、生物质能、地热能等占农村能源的比重持续提升，农村电网保障能力进一步增强，分布式可再生能源发展壮大，绿色低碳新模式新业态得到广泛应用，新能源产业成为农村经济的重要补充和农民增收的重要渠道，绿色、多元的农村能源体系加快形成。桑湾村的光伏发电在国家政策支持下，势必对脱贫攻坚起到重要作用。

五

隰县位于山西省临汾市西北边缘，黄土高原残垣沟壑区，吕梁山大背斜中轴部。隰，意为低洼潮湿，但隰县十年九旱，大风刮时黄尘飞扬，全然没有潮湿之实。但是，隰县有个紫荆山和石马沟，大片的原始森林，风光秀丽，一直被隰县人津津乐道。

根据隰县经济工作会议上县委书记李亚丽的讲话精神，"结合紫荆山、石马沟等生态林景区和美丽宜居示范村创建工作，挖掘原生态（古）村落、民间风俗、农事生产特色，规划乡土特色旅游产品，打造具有地方特色的文化品牌，推进美丽乡村游"。郭风明认真领会县委发展旅游业的精神，抓住石马沟青山绿水的自然特色，及时与在外旅游部门工作的朋友联系，请他们来到隰县。

郭风明带领朋友去石马沟景区，介绍这里的风景和传说。景区位于吕梁山国家森林公园，狩猎面积8700000亩，区内森林覆盖率达95%以上，是山西境内野生动物资源最丰富的狩猎区。与其相连的紫荆山位于吕梁山脉南麓，海拔1530米，北起石口黄崖山，山峰挺峻，山峦起伏，蜿蜒数十里似龙身盘旋，气势宏伟。石马沟狩猎场以其独特的原始生态、悠久的人文历史和独特的资源条件，具备了打造精品旅游的潜质。石马沟盛产猪苓、党参、二花、人参等各种中草药三十余种之多；天然木耳、蘑菇、羊肚菌、蕨菜山味十足；山葡萄、樱桃、沙棘、红果野味无穷。良好的自然条件成为众多野生动物和各种鸟类的繁衍生息之地，国家级保护的各种飞禽走兽多达二十余种，野猪、狍子、山羊、狐狸、狼、獾子、林麝、野兔、山鸡等飞禽走兽出没于这片森林荒野之中，国家一级珍稀动物金钱豹、褐马鸡在这神秘的动物王国里时隐时现，被称为天然"森林大公园"。这里一年四季风景如画：春天，百花盛开，芳草萋萋，飞鸟鸣啭，绿意盎然；夏天，林木茂盛，郁郁葱葱，动物出没，光影分明；秋天，万山红遍，落叶缤纷，树木参天，景色宜人；冬天，群峰耸立，起伏蜿蜒，大雪纷纷，一派北国风光。

如此美丽的风景，真是养在深闺人不知。外地的朋友听了郭风明的介绍，十分感兴趣。郭风明还请朋友去村里实地考察，介绍这里的民居和古建筑，看着村庄里古朴的窑洞，具有黄土地风情的农具等器物，品尝着隰县的民间美食，了解当地的民俗风情，外地的朋友动心了，他赞赏石马沟景区，更被郭风明对乡村的一片丹心所感动。外地朋友说："郭书记，有这样美丽的原始森林风景，还有你这样的新农村第一书记，我们一定能把石马沟风景区建设好，把它打造成'乡土特色旅游产品'和'地方特色的文化品牌'，推进乡村的旅游事业蒸蒸日上。"

郭风明又去隰县文旅局汇报，了解国家旅游景点的开发政策，采取什么方式进行投资，他事无巨细，面面俱到，一门心思推进开发石马沟风景旅游区的工作。恰逢华东理工大学教授潘顺玉、山西新闻网旅游部王临刚到隰县讲课，郭风明在课堂上学习了许多知识，对乡村旅游振兴有更加深刻的理解。听完课之后他顾不得休息，与村委主任陈润岭在县影剧院大门外向潘教授进行请教，介绍石马沟的现状及建设风景旅游区的打算。他们打算采用"互联网＋旅游"的思路发展石马沟生态旅游，得到潘教授的赞同。在郭风明的有力推动下，终于和外地朋友达成了开发石马沟风景区的旅游开发项目。

郭风明事迹感动着朴实憨厚的农民，也感动着远在省城工作的山西日报记者。山西日报记者张丽媛和通讯员张瑞强曾经来到桑湾村采访，在该报"决战贫困 一线人物"栏目发表了文章《一封579人的感谢信》。那是2016年12月2日，记者见到村委会主任陈润岭时，他正端详着刚刚写完的感谢信："这信是我们所有村民对郭书记的情，他人实在，做事也实在。"他还说，"我忙完地里的事后就和村民一起去县里送感谢信和锦旗。郭书记自己拿钱给我们修桥，我们现在出行方便多了。还给村里带来了发电、旅游等项目，一心帮村民过好日子。这样的书记太难得……"正聊着，村委会办公室又进来几位村民询问农产品收购的事，听记者在谈郭书记，大家纷纷说起了他的好……

六

乡村第一书记的职责是：基层党建和精准扶贫。郭风明作为一名共产党员，以农民的事无小事为宗旨，全方位、全身心地投入农村工作。他充分发扬"五加二""白加黑"的精神，全身心投入农村工作。在艰苦的环境里，冒酷暑、战严寒，不断拼搏、奋斗；不管雨雪阴晴，不论田间地头，不论大事小情，晴天一身土，雨天两脚泥，与农民打成一片，和农民同吃、同住、同劳动。真是手机打烂、嘴唇磨破、皮肤晒黑、鞋底磨穿，不论是党旗下，还是农户家处处能见到第一书记的身影。

俗话说，过了腊八就是年。腊月是一年之岁尾，正值寒冬时节，忙碌了一年的农民要扫房、请香、祭灶、封印、写春联、办年货，直到除夕夜。可是，2015年腊月二十三，也就是小年的这一天，郭风明还坚持在桑湾村的工作岗位上。早晨，一阵儿急促的电话铃声传来，他以为有什么急事，一接电话，是村主任陈润岭打来的："郭书记，咱村'五保户'王留喜浑身一丝不挂死在家里，请你赶快过来处理一下。"郭风明立即要求村主任向公安局报告，弄清死因，并马上驱车前往出事地点。郭风明来到死者家中，村民已经聚集了不少。接着，公安人员也开着警车赶来了。郭风明与公安人员一起查看死者，待认定死者系正常死亡后，郭风明终于松了一口气。他和陈润岭商议如何处理好后事。他把死者生前的好友叫来，帮助整理王留喜杂乱无比、满是灰尘的家和遗物，并确定了送丧的日子。

那年，郭风明正是本命年，按当地习俗讲不能参与白事。母亲和妻子知道后极力阻挠，劝他说："你已经把死者的后事都安排好了，剩下的事情有村两委一班人处理，你不用费心了。今年是你的本命年，参与丧事对你不好，也许会影响你的命运，带来霉运！"郭风明宽慰家人："母亲你别相信那一套，那都是封建迷信。我作为第一书记，我有责任把五保户的后事处理好。"家人拗不过他，郭风明还是去了，并且一竿子插到底，协调联系乡政府、民政局，帮助埋葬了此"五保户"，把事情处理得妥妥帖帖，受到村民的好评。

郭风明到桑湾村扶贫以来，村里有什么事都能看见他的身影，谁家里遇上难事他都主动帮助。他这个在县城生活了大半辈子的城市人，连一个村民都不认识的第一书记，成为村民的贴心人。他能叫出许多村民的名字，老百姓有个大事小情也愿意与他商量，不管他能不能办都希望得到帮助。哪怕与他唠叨唠叨，也能够得到心理上的安慰，成为精神上的支柱。2015年冬，在精准扶贫工作村民会议上，郭风明看见田大留眉头紧锁，心事重重，经询问得知田大留的妻子心口难受，郭风明说怕是心脏病，要赶紧看。农村人有个习惯，一般得了病到村里诊所抓点儿药，又便宜又实惠，能看好就好，不能看好就一直拖着。他们在城市的大医院人生地不熟，挂号、门诊、找大夫、取药、住院，楼上楼下，跑得晕头转向，而且到医院看病，不论什么病动不动就做这检查那检查，病还没有看，检查下来就花大几千元，谁能承受得起？

郭风明认为王大留妻子生病，如果不及时医治，必然给这个家庭带来不可预测的后果。王大留作为家里的顶梁柱还要养家糊口，还要伺候妻子，两头不能兼顾。郭风明回到城里后，立即进县城医院找大夫咨询，细致地叙说病情，然后又与大夫约定时间。医生建议做个动态心电图，最好去外面检查确诊，田大留带着妻子到临汾、太原做了详细检查，最后确定是胃病，经治疗，效果很好。王大留非常感动，免除了后顾之忧，干农活更有劲儿了，脸上露出了久违的笑容。他逢人就夸郭风明："没有郭书记，我妻子的病将会一直拖下去，他真是我们家的大恩人！"一次，郭风明到桑湾村下乡的时候，把车停在路边。王大留的车已经超过了，无意间发现是郭风明的车，就又把车倒回来，下了车恭恭敬敬地走上前去，又向郭风明感谢了一番。农村的人就是这么朴实，他们不会说什么高大上的话，一个动作，简单的几个字，全是掏心掏肺的真诚，让你不得不感动。只要你为百姓操心，帮助他们办过事解决困难，他们什么时候都记着你。

北腰子村民王海云，引进药材进行试种植，急需烟叶育苗的纸钵，得知情况后，郭风明立即同烤烟中心有关人员取得联系，得知中心没有，其他村里的村民有，待他打听确实后，告知王海云，随后的第四天，听到了药材苗子已经育上的消息，他非常欣慰地笑了。王海云想在垣上发展蔬菜种植，但是没有水，郭风明得知后，立即联系水利技术员到实地测量水源的流量、山的高度、坡的长度、计算了水泵的大小、扬程、管道的长短、直径，经测算做出了一套切实可行的方案，把水引上垣，菜苗长势很好，海云特别高兴。

2016年4月1日，大坡村村民闫续海，自己开上三轮车进地干活，一不小心翻了车，造成脚踝骨折，郭风明得知后，马上赶到医院，进行探望，同时与临汾医院联系，并亲自将病人送上车，转往临汾治疗，当晚两点闫续海做完手术，恢复情况良好。

郭风明下乡以来，始终如一，把村民当作自己的家人一样对待。他得知本村有个智障儿童席圆圆家庭困难，就抽时间到家里访贫问苦，了解他家的具体情况，了解他家需要什么帮助。他开上自己的私家车，进城多方联系，取得爱心人士的同情，对其进行了资助，帮助席圆圆家里渡过了难关。

在桑湾扶贫过程中，郭风明帮农民联系农物资、农业保险；慰问老党员、老干部、孤寡老人、困难群众；看望孤儿及留守儿童；亲自调查了解危房情况；给贫困家庭捐衣服；积极开展护林防火工作；积极推广玉露香种植；等等。只要是村民的困难，村民提出的要求，他都尽量予以帮助，全身心地投入桑湾村的扶贫事业中，他既是桑湾村的第一书记，也是桑湾村的"一员"。为此，他的工作得到了村、乡、县各级领导的充分肯定和好评。

由于夜以继日地工作，郭风明终于病倒了。2016年秋，山西省政协副主席张璞前往隰县检查扶贫工作，深入基层明察暗访，到了桑湾村却不见郭风明，问他去哪里了，有人告诉他去看病了。张璞之后在隰县召开座谈会。会上省市县的部分第一书记汇报了扶贫工作中的经验、做法、存在的困难、问题。张璞在汇报会上对郭风明说："你辛苦了！以后既要干好工作，也要注意身体。"

郭风明白天操心着村里的事情，晚上明月当空，独自守在扶贫点，他不由想起了住在县城的老母亲。她老人家已经八十七岁高龄，体弱多病，床前离不开人照顾。郭风明本人患有心脏病，医生嘱咐要多休息千万不能劳累，但是他毅然响应县委号召，来到桑湾村投入脱贫攻坚的伟大行动中。有人不理解说："人家乡镇干部、村委干部还不管哩，你一个单位工作人员管那么多干啥呢？"还有人关心地劝他说："人家组织部派的是优秀干部，而你是职工，下去应付应付就行了，何必把自己受得和驴一样，担心把自己的一百多斤扔在村里。"

郭风明听到这些话后不为所动，更加坚定了扶贫的信心，他说："能为老百姓做点事，不管遇到任何困难，我都在所不辞。我要不负党的重托，想农民所想，急群众所急，打好脱贫攻坚这场战役！"

七

2017 年 1 月 23 日，已经是农历腊月二十六，隰县下李乡的家家户户都忙着准备过年，他们没想到，郭风明还在桑湾村忙碌。他与临汾市防范办主任科员、下李乡均庄村第一书记孙江海一起张贴广告。均庄村离桑湾村大约 5 里路，两人就贴了一路广告。那么，他们究竟忙些啥呢？

原来两个村有个共同特点——都是人多地少，村民外出务工的积极性很高，就是找不着门道，正好，县里人社局正月初八举行大型招聘会，又赶上临汾市尧都区洪德昌人力资源有限公司上门招工，两人就兴冲冲地一路张贴广告。孙江海采用的是逢门就进战术，加上一番耐心讲解，详细登记村民信息。郭风明则坚持隰县人"寻人不如等人"的原则，坚守在村口，果然，"插起招兵旗，就有吃粮人"。郭风明向村民宣传国家扶贫政策，告诉村民："精准扶贫就一条路，国家帮，大家撸起袖子加油干！"郭风明就有这样的本事，他的宣传很奏效，善良的大妈说："郭书记，你没明没黑地受了一年，腊月二十六了，就赶快回家过年吧！"

2017 年正月初一，郭风明在家里刚吃完饺子，就驱车到桑湾村，到五保户郭学招家中，了解贫困户过年的生活情况。由于孙家沟没有专职抽水的人员，村里水塔存量有限，需要不停地抽水，他自告奋勇，承担起义务抽水员的角色，腊月二十七村民说没水了，为了保证村民过年的生活用水，他又进村抽水，水喷了他一身，把他冻成了冰棍儿。

2017 年 3 月，郭风明由于长期劳累，身体虚弱，只好到医院看病。可是他人在医院，心里还在桑湾村。3 月 23 日，春分刚过，春雨潇潇。下李乡包村干部肖伟龙，中小企业驻村工作队队长李天民，桑湾村委主任陈润岭，桑湾村委王家庄村民小组张平安，大坡村民小组王建国，一起来到隰县医院内科 109 病房看望郭风明。郭风明向他们询问村里的扶贫情况，一起商量桑湾村精准扶贫事宜。临走前，他们叮嘱风明，要好好配合医生，安心治疗，早日康复，把身体放在第一位，不要没明没黑地干工作。郭风明在医院里开了一个有特色的扶贫会议。

2018 年 11 月 20 日，隰县下李乡 209 国道旁，一排排新房齐整整，一条条条幅显真情，一副副对联红艳艳，一个个灯笼红彤彤，一串串鞭炮响当当，一条条门帘暖洋洋，一张张福字喜盈盈，一行行饺子圆鼓鼓，一盘盘油糕热乎乎，人人喜气洋洋，处处张灯结彩。这是在隰县中小企业服务中心脱贫攻坚包联的隰县下李乡桑湾村委易地移民点看到的景象，十户三十人全部入住，村民们高高兴兴、喜气洋洋把这个特殊的日子当成了过年，到处能闻到特浓的"年味儿"。

哪里有困难，哪里就有他的身影；哪里有他，哪里就有欢乐。郭风明到桑湾村短短的两年多来，经过艰苦的努力，使桑湾村村委经济取得了零的突破。他利用石马沟的森林条件，动员村民养殖森林猪，并且到汾阳市贾家庄进行了实地考察；利用原镁厂的两栋楼协调有关人员，在村里办起了敬老院；桑湾村委包括六个自然村，现在王家庄、孙家沟、桑湾三个村已通油路，大坡、户岭、北腰子三个村仍然是乡间土路，2016年大雨导致土路毁坏严重，他立即联系有关单位现场查看，共修路六次，使农民能够正常收秋、出行。

他帮农民争取光伏发电项目，争取隰县扶贫局光伏扶贫项目；由于桑湾村坡地面积比较大，水土流失严重，他多次到水利局联系，实施坡地改造工程，治理了1000多亩水土流失严重的土地；北腰子村没有通电，他积极与隰县供电公司下李电管站取得联系，通过沟通，架设高压；他与驻村工作队一起为十户贫困户协调办理了小额贷款。

第一书记的职责是基层党建和精准扶贫，郭风明作为一名共产党员，以农民的事无小事为宗旨，全方位、全天候、全身心地投入农村工作中。郭风明深有感触地说："把党的富民政策带到农村，守一方水土，富一方村民，充分发挥'第一书记'在基层的模范带头作用，脱贫致富的领头作用，使党的光辉形象深入人心，给农村工作添加正能量！"

八

不负重托砥砺前行，心系群众党旗飘扬。这是郭风明的心声，也是他的执着追求。

无悔书写忠诚，热血铸就党魂。郭风明在桑湾村抓党建，促脱贫；入农户，下田地，用实际行动，诠释着"第一书记"的含义。他手机打烂、嘴唇磨破；他皮肤晒黑、鞋底磨穿；他"私车公用"、扎根农村，是一面飘扬的党旗，飘扬在人民群众的心中。

郭风明到任伊始，桑湾村党支部没有支部书记，支部班子处于半瘫痪状态，凝聚力、战斗力不强。他非常着急，便主动干起支部书记的工作，自己设计、印制桑湾村党支部党建工作回头看调查问卷，深入桑湾村全体党员家中了解党建工作、征求意见。积极向乡党委、政府要求尽快配备支部书记，同时投身于党代表、人大代表、支部书记的选举工作之中。组织桑湾村全体党员开展"三会一课"活动，在"两学一做"工作中，配合教学组长组织学习、辅导，积极开展党员教育。

他创新工作思路，在隰县第一书记微信群倡议隰县九十七个第一书记共同讨论怎样干好农村工作；他送给隰县九十七个第一书记《阳光路上》《为了谁》《活出个样来给谁看》等激励人心的歌曲，表达了第一书记们的心声，鼓励第一书记们的干劲；他自己设计、印制调查问卷，深入桑湾村委全体党员家中了解党建工作回头看；他积极投身党代表、人大代表、支部书记的选举工作；他充分发扬"五加二""白加黑"的精神，全身心投入农村工作。

在纪念红军长征胜利八十周年纪念活动中，郭风明帮县文明办领导们组织、策划、安排了隰县志愿服务联合会等十几支队伍举着门旗、抬着版面，每个单位组成方队，穿着整齐的服装，共计四百余人，从小西天开始经鼓楼至隰州大剧院进行了游行，又在隰州大剧院表演了一场文艺节目，声势浩大，相当震撼，多角度、全方位展示了隰县志愿者的风采。县委宣传部的领导到场参加，并给予肯定、表扬。广大群众也给出了赞美。真是"规模前所未有、场面前所未有、品位前所未有、档次前所未有、项目前所未有、亮点前所未有、选手前所未有、观众前所未有、趣味前所未有、鼓励前所未有、呐喊前所未有、笑声前所未有、高潮前所未有、效果前所未有"。

郭风明同志在机关工作中，认真做好党建、宣传工作，他经常深入企业，调查了解实际情况，发现典型、树立典型，做到有看的、有学的，用身边的人教育身边的人，为了能够使年度"党员目标责任书"真正与实际工作相结合，达到目标要求，他在发挥党员模范作用的同时还将"创先争优"活动与"党员目标责任书"考核工作相结合，即每个季度党员个人先对照"党员目标责任书"考核内容、创先争优活动的考核结果客观公正地打出自评分，然后由支部根据活动评比情况进行严格考核并给予评价。这种考核方式受到领导的好评。

长期超负荷的工作，郭风明终于病倒了。他为桑湾村的扶贫操心、奋斗、奉献，患上了焦虑症和高血压。2017 年 12 月由于生病在太原住院治疗需要休息，他的扶贫工作告一段落了。可是，他并没有停下自己的脚步，依然充满激情地工作。2019 年郭风明被隰县公益志愿联合会聘为党支部副书记，主管党建工作。在工作中他同支部班子培养党员四名，党建工作得到组织部领导的高度评价。郭风明除了干好党建工作，在其他工作中，他作为一个年龄最大的志愿者，处处冲在前，事事都见他：无论是项目引进，项目开展，还是看望特困儿童、孤寡老人；无论是抗战老兵，还是应急救援，不管是送米送面，还是放映电影；无论是禁毒，还是健康扶贫，他总是尽职尽责，向其他志愿者奉献爱心。他们联合会的工作是在中国志愿联合会组织下开展的，在全国八十五万支队伍评比中名列前三十名，多次受邀参加阿里巴巴公益游学、井冈山培训，多次受到省、市表彰。

2020 年 4 月，山西省实施"墩苗行动"，选派年轻干部到基层"墩苗"，充实基层力量，为助力脱贫攻坚、推动转型发展补充懂专业、会转型的高素质专业化人才。郭风明得知后积极报名，又被组织部门派到隰县寨子乡陡坡村委任组织委员。

7 月 9 日上午，郭风明与隰县陡坡乡陡坡村党支部组织全体党员，前往晋西革命纪念馆，敬献花篮，重温入党誓词，接受红色革命教育，开展"践行领袖嘱托，率先蹚出新路"主题党日活动。有的老党员、老干部向上级领导赞扬郭风明："我村能有这么一个'第一书记'，在上上下下、方方面面、一心想农民所想，急群众所急，这真是党的光辉形象的真实显现，体现中国共产党给咱农村工作添加了'正能量'！"

7 月 13 日，连日大雨，致使陡坡乡陡坡村田间路多处塌陷，直接影响村民生产安全。郭风明与村党支部书记、隰县县委办选派干部刘沿宏、村委主任刘辉文在现场召开村组干部会议，制订抢险方案，并派人进城购买材料。下午 1 点多，材料买回来了，村组干部立即忙着卸货，组织机械开工。此时陡坡村村民刘淳俭、刘维秀、刘永成赶来了，二话没说就干起来。郭风明与村干部和村民一起忙着安装管道、抬管道，机械到不了的地方，大伙就人拉肩扛、挥动铁锹镢头，顾不上喝一口水，休息一会儿，现场一派热火朝天的景象。夜幕降临，大家仍没有停息，一直到晚上8点半，干群一起安排了第二天的防汛工作。对此，干群都感慨万分。郭风明说："这次选派下基层，让我们学习了许多，懂得了许多，也让我们明白了今后该干什么，该怎么干。"村民们则表示，"干部们尽心尽力为咱办好事实事，咱也不能坐在一旁歇凉，看吧，咱村会越来越好。"

2020年12月，郭风明再一次病倒了，他到临汾医院做核磁共振，确诊患了脑血管动脉瘤。第二天要做手术，他第一天还坚持在村里做扶贫工作。郭风明还有心脏病、高血压、脑梗后遗症等病症；但是，他忍着病魔的折磨，依然坚持在扶贫战线上，丝毫没有退缩。

郭风明的工作得到了村、乡、县各级领导的充分肯定和好评，山西省党建期刊《先锋队》，黄河新闻网、中国网山西、第一产业网、隰县在线、今日隰县、隰县组工通讯上分别报道了他的事迹。临汾电视台、隰县电视台多次播放他的事迹。他的工作照被人们做成微信广泛转发，他被下李乡党委、政府推选为出席中国共产党隰县第十三次代表大会党代表。

雄关漫道真如铁，而今迈步从头越。郭风明做扶贫工作以来，取得了许多成绩，得到了领导和农民的一致好评，可他并没有满足，还有更高的目标。他"在全县脱贫攻坚推进会上的发言"中表示："在今后的工作中，我将不负党的重托，想农民所想，急群众所急，把党的富民政策带到农村，守一方水土，富一方村民，充分发挥第一书记在基层的模范带头作用，使党的光辉形象深入人心，给农村工作添加'正能量'！"

这就是郭风明，一个坚强的北方汉子，一个"隰县好人"，一个感动山西的"爱心大使"，一个献身扶贫事业的"新时代楷模"。

郭风明（后排左一）与村民共筑"连心桥"

孝悌典范

——记第二届"感动隰县十大人物"许迎辉

李金山

一

2013 年 4 月的一个傍晚，山西省隰县人民医院影像科医生许迎辉，正和弟弟许龙一起在家中陪着母亲用晚餐。许迎辉发现弟弟有一点儿不对劲，只见他脸色苍白疲惫不堪，筷子好像千斤重，吃饭像是在举重，就关切地询问弟弟怎么了。弟弟不确定地说大概是累了，声音有气无力，像是大病初愈。几天后，弟媳妇突然打来电话，说弟弟晕倒了。

许迎辉，1974 年生，山西省隰县人，1996 年毕业于山西职工医学院，随即分配到隰县人民医院放射科，当了一名放射科医生。许迎辉兄弟姊妹三人，除了弟弟，还有个妹妹。

许迎辉赶忙和弟媳妇一起将弟弟接到隰县人民医院就诊，先做了血常规检查。医生都是许迎辉多年的同事，说话没有必要隐瞒："根据检查结果来看，你弟弟可能是白血病，建议你们赶快去上级医院，进一步确诊。"许迎辉感觉犹如晴空霹雳，一时愣在那里，茫然不知所措。

病情危急，不容耽搁。第二天，许迎辉立即带着弟弟到山西省临汾市医院住院检查，时间是在 2013 年 5 月。骨髓送检，一周左右才能出结果。那是许迎辉记忆中最长的一周，每天都像是一年。千呼万唤始出来，结果终于出来了：白血病，确定无疑。医生对许迎辉交了底："这个病目前没有好办法，差不多能维持一年的生命，最后就是钱花了，人也没了。"许迎辉一听就蒙了，好像头部受到重击，脑袋嗡嗡响，全身麻木，几乎晕倒。

提起白血病，很多人马上就会想到《血疑》。《血疑》是一部日本电视连续剧，该剧拍摄于 1975 年，20 世纪 80 年代我国引进，1984 年在中央电视台播出，轰动一时。《血疑》剧中天真善良的大岛幸子，在父亲的研究室不幸受到生化辐射，患上了血癌，也就是白血病，需要不断换血。可是她的父母和她的血型都不同，奇怪的是，她的男友相良光夫的血型却与她刚好相符，而大岛幸子的特殊 AB 型 Rh 阴性血型，又引出了她的身世之谜，并由此演绎出一幕幕感人肺腑的动人故事。许迎辉弟弟许龙没有受到过生化辐射，但他得的病和大岛幸子得的病一样。

我们先来作个科普，介绍一下白血病。

白血病是一种造血干细胞恶性克隆性疾病，也就是说病人的造血干细胞出了问题，增殖失控，生得太多。克隆大家都不陌生，就像孙悟空变小猴子，拔根毫毛吹口仙气就行，不需要一只母猴子。克隆性白血病细胞因为增殖失控、分化障碍、凋亡受阻等机制，在骨髓和其他造血组织中大量积聚，并浸润其他非造血组织和器官，同时抑制正常造血功能。也就是说这些过多的造血干细胞，不仅不造血反而影响造血，而且还影响其他器官。临床症状多为贫血、出血、感染发热，以及肝、脾、淋巴结肿大和骨骼疼痛。许迎辉的弟弟许龙脸色苍白，后来又晕倒，都是贫血的表现。

那么，正常的造血干细胞有什么作用呢？造血干细胞具有长期自我更新的能力，和分化成各类成熟血细胞的潜能，可以重建人体造血系统和免疫系统。血液系统中的成熟细胞寿命极短，人的一生中，造血干细胞需要根据机体的生理需求，适时地补充血液系统中各个成熟细胞组分，在损伤、炎症等应激状态下，造血干细胞又能够调节和维持血液系统各个细胞组分的生理平衡。造血干细胞对人体十分重要，少了不行，多了也不行。

人类对造血干细胞的认识有个过程。20 世纪 60 年代，人类证实了造血干细胞的存在。20 世纪 80 年代，人类可以分离出造血干细胞。20 世纪 90 年代，人类可以区分中长期造血干细胞和短期造血干细胞。进入 21 世纪，人类可以富集造血干细胞。

《血疑》电视剧拍得早，大岛幸子只能频繁换血，如果 21 世纪再拍，剧情就该是幸子的造血干细胞移植：用特定供体的造血干细胞，替代患者的造血干细胞。

我们刚才说到，2013年5月，许迎辉的弟弟许龙被确诊为白血病。此时距离他们父亲的去世，才短短两个月时间，而距离父亲确诊肺癌，也不过仅仅五年光景。许迎辉清楚记得，2007年父亲被确诊为肺癌时，自己的感受与此时多么相似。许迎辉的父母退休前都在隰县运输公司工作，父亲1948年生，2007年五十九岁，还不满六十岁。

回忆起来，那真是一段弥足珍贵的岁月：既有痛苦煎熬，也有甜蜜温馨。2007年6月父亲查出了肺癌，父亲烟龄几十年，肺癌该是与香烟有关。也是在隰县人民医院查出来的：父亲在这里查出了肺癌，弟弟在这里查出了血癌，这里又是许迎辉的工作单位。许迎辉每天在这里上班、下班，心里真是五味杂陈。许迎辉身为医生，可是面对父亲和弟弟的疾病，他却束手无策无能为力，他什么也做不了。

父亲确诊肺癌后，接受医生的建议，选择了保守治疗，就是不做手术，只做放、化疗。放疗是在太原做的，在山西省第三人民医院，专门治疗肿瘤的专科医院，放疗了一个月左右。

那一个月里，许迎辉和弟弟许龙陪着父亲，住在妹妹家里，妹妹家在太原。那是短暂的一个月，也是漫长的一个月，它让许迎辉终生难忘。兄弟俩每天陪着父亲去医院，把父亲送进放疗室，又看着父亲疲惫地出来，兄弟俩再陪着父亲，回到妹妹家里。妹妹照顾父兄三人的饮食，每天变着法地做好吃的，她想让父亲和哥哥吃得好点儿，增强抵抗力，特别是父亲。可是父亲吃得很少，他吃不下，吃饭像是咽刀子，勉强吃下去一点点，也是为了照顾女儿的心情。多年后许迎辉回忆，那一个月虽然不好受，但无论如何父亲仍然在世，有父亲的日子是温馨的。

一个月的放疗结束后，兄弟俩又陪着父亲一起回到了隰县。后续的化疗是在隰县人民医院做的，通过输液进行。

一家人又团聚了，在隰县的小家里，一切似乎恢复如初。但是一切实际都已经发生了变化，父亲还是那个父亲，但他得上了癌症，好像身体里埋下了定时炸弹，到了时间就会爆炸，父亲的存在时间是有限的，医生的话好像判决：三到五年，短则三年，长则五载。人生自古谁无死，人终将难免一死，但那个死似乎很远，甚至遥遥无期，远到不真实，好像不存在。如今不同了，那个死不仅无处不在，而且迫在眉睫。不论是三年还是五载，它终究是确定的，不可更改，不容商议，多一天都不行。父亲终将离去，渐渐没入黑暗，许迎辉无能为力，犹如用手握沙，握得越用力，流失得越快。父亲的日子是有数的了，这是铁板钉钉的事实。

中国人重视孝道，所谓百善孝为先，不但要身体力行，而且当作学问来研究。我们知道，孔子曾与弟子曾参讨论孝道，《孝经》就是当时门人所作的记录。儒家认为治国必先齐家，齐家是治国的前提和预备，所以在古代，《孝经》学历来是一门显学，宋代以前的研究者，历代都不在少数，多的时候有五十多家，少的时候也不下十家。宋代的《孝经》有古文和今文两种：孔子以后，经过秦始皇焚书坑儒，天下儒书扫地无遗，汉代颜芝的儿子得到《孝经》十八章，儒生相互传抄，这就是今文《孝经》；西汉时鲁恭王拆孔府旧宅，从夹墙中发现二十二章本《孝经》，因为是用先秦大篆书写，所以称为古文《孝经》，当时的学者孔安国，用汉代通行的隶书重新抄写，称为隶写古文《孝经》。

《孝经》上这样说："夫孝，天之经也，地之义也，民之行也。天地之经，而民是则之。"意思是说子女孝敬父母天经地义，孝是天地间的规律法则，人人应该无条件遵循。又说："孝子之事亲也，居则致其敬，养则致其乐，病则致其忧，丧则致其哀，祭则致其严。"意思是说孝敬父母的人该是这样：平日家居对父母态度恭敬，赡养父母让他们精神愉悦，父母生病深深忧虑，父母去世哀痛不已，祭祀父母严肃认真。在中国人看来，道理不言自明，是人就该孝敬父母，不孝根本不能算人，这有点儿像是宗教信条。

孝是中国人的宗教信条，许迎辉严格恪守，父亲突然罹患肺癌，许迎辉忧心忡忡。

何为平日家居对父母恭敬呢？《礼记》说：子女侍奉父母，鸡刚叫头遍就起床，穿戴整齐去到父母的房间。到了父母的房间，和颜悦色地问候父母，是冷是暖？身体好吗？哪里疼吗？哪里痒吗？为他们按摩，为他们搔挠。如果和父母一起出入，要么在前边引导，要么在后边侍奉，恭敬地搀扶他们。进了盥洗室，年幼的端来脸盆，年长的倒上清水，给父母洗脸。洗罢脸，递上毛巾。然后问父母需要什么，及时送上，态度温和，让父母感到温暖。对于父母的吩咐，不能违逆，也不能懈怠。如果父母让你吃喝，即便不合胃口，也要吃一点儿喝一点儿，然后听从父母的吩咐；如果父母给你一件衣服，即便不喜欢，也一定要先穿上，然后等待父母的命令。《礼记》又说：为人子女应该奉行的礼数是要让父母冬天感到温暖而夏天感到凉爽，晚上要为父母铺床，早晨要向父母问安，不能和兄弟姊妹争执。

《礼记》是一部典章制度选，用来规范人们的言行，应该如何不应该如何，但好像又是对许家日常生活的描述，许家的日常生活就是这样过的。大概孝已化入许迎辉兄弟姊妹的骨髓，日常起居无形中就符合《礼记》的要求。

父亲在世的日子是有限的了，该如何把握这有限的日子呢？许迎辉和弟弟妹妹的共识就是，要让父亲保持好的心态，饮食规律注重营养，然后就是陪伴，尽可能多地陪伴，陪伴父亲走完这人生的最后一段里程。"当时放疗以后，父亲精神状态还不错，也能自己出去走走，不出去的时候，我们就一起在家聊聊天，做个家务，谁有时间就回去陪着。"许迎辉如是说。许迎辉努力挤出时间，匆匆忙忙往家赶。弟弟妹妹们也是，步履匆匆，分秒必争。许家子女的生活节奏，明显比别人快半拍，他们说话快办事也快，办完事就往家赶，走路都是小跑，他们在和时间赛跑。兄弟姊妹争着抢着，争着抢着陪伴父亲。本来说好了谁有时间谁回来，事实却是兄弟姊妹常常一齐赶回来，那几年也成了兄弟姊妹相聚最多的日子。

有子女陪伴的父亲会说起子女小时候的事情，仿佛父亲和子女都回到了从前，子女幼小，父亲年轻。父亲的大半生都在为子女做饭，得病的父亲会和子女一起做一顿饭，自来水冲洗蔬菜的哗哗声，铲子碰触锅底的叮叮当当声，他和子女唠着家常，这场景好似父亲人生的重演。有时候他们也会一起翻看旧照片，打开厚厚的老相册，过去的日子似乎又回来了，阳光灿烂，细节丰富，清晰可辨，那些照片把过往重新激活了，好像干菜浸透清水，又变得鲜嫩可口。一道阳光穿窗而入，金子一样洒在地上，光线中的尘埃飘荡在空中，不疾不徐，自由自在，仿佛舞蹈的精灵，时光好像凝住了。子女绕膝，回忆过往，这时候的父亲是安详的，也是满足的，他好像忘记了病痛，也忘记了死亡。

父亲就以这样的方式告别，告别他的人生，告别他的老伴，告别他的子女，告别这整个世界。

可是，祸不单行，许迎辉的母亲也病了，而且疾病接踵而至，接二连三，先是脑梗，接着是糖尿病，然后又是抑郁症。许迎辉欲哭无泪，为什么老天这么残忍，让父母双双得病！可是平静下来以后，许迎辉还得面对现实，他劝自己往开点儿想，是好是歹，也还算父母双全。他与兄弟姊妹互相鼓励，互相支持，共同面对，要哭外边哭去，回到家里要笑，发自内心地笑。

父亲吃不下饭，身体明显不如从前，全家人都揪着心。不过父亲心态好，慢慢能吃点东西了，恢复得还算不错，全家人欢欣鼓舞。饮食调理很重要，许迎辉的爱人李对红颇有心得："其实挺简单的，不忌口，肉类蛋类蔬菜水果都吃，不像有的生病了这不敢吃那不敢吃的。"

宋代司马光所著《温公家范》中，讲了一个孝子的故事：南朝梁的湘州主簿吉翂，他的父亲曾担任原乡令，被人诬陷，受到廷尉的审讯。当时吉翂才十五岁，他当街号啕大哭，向官员们求情，行人为之落泪。父亲本来无罪，但耻于被审讯，索性承认有罪，而且罪当斩首。吉翂马上去敲登闻鼓，直接向皇帝提出请求，请求代替父亲去死。梁武帝听后很吃惊，但认为他只是一个孩子，背后肯定有人指教，命令廷尉蔡法度严加审问，弄清事实。蔡法度故意放了很多捆绑犯人的绳索，然后大声喝问吉翂：你请求代父去死，皇上已经同意了，但是刀斧无情，为慎重起见，再核实一下你的情况。你还是个孩子，不懂得代替父亲去死，一定有人教你，这人姓甚名谁？你现在如果后悔了，我们可以重新考虑。吉翂这样回答：我虽然是个孩子，但能不知道杀头危险吗？只是家里几个弟弟都小，我不忍心看着父亲身受极刑自己却活在世上，所以我自己做主，求见天子，代父去死，这难道不是实情吗？还需要别人教我吗？蔡法度知道吓唬他没用，于是换了温和面孔：皇上其实已经知道你父亲无罪，应当释放，我看你聪明俊秀，是个好孩子，你如果改变代父去死的想法，或许你们父子都会没事的，你青春年少，为什么要白白送死呢？吉翂这样回答：连虫子和鱼都懂得珍惜生命，何况是人呢？我哪里愿意白白送死，只不过父亲被诬告，必然受到处罚，所以才想着牺牲自己，救父亲一命。吉翂刚被拘押时，狱吏按规定给他戴上枷锁。蔡法度可怜他，下令摘掉两件刑具，又让人换轻一点儿的刑具。吉翂不肯：我请求代父去死，就是死囚了，死囚怎么可以减少刑具呢？蔡法度把经过禀报皇帝，皇帝最终赦免了吉家父子。后来，丹阳尹王志搜集了吉翂的救父事迹，以及他平时在乡里的种种善举，要推荐他为孝子典范。吉翂却说：你怎么这样看不起我呢？父亲有难，儿子相救，这个道理尽人皆知，如果我成了孝子典范，那我就是拿父亲的死，为自己换取名声，多耻辱啊！吉翂拒绝了这个建议。

患癌不是处罚，但都面临死亡，孝心也无不同，许迎辉也希望代父去死。相比之下，吉翂是幸运的，他可以求官员，还可以求皇帝；许迎辉谁都求不了，他求告无门，叫天天不应，叫地地不灵。

子女的孝心和陪伴，没有能够留住父亲，经历了多年的痛苦挣扎，父亲永远地离开了许迎辉。"这样维持了五年，药一直没停，五年以后复发，我记得就是半年时间。"许迎辉的爱人李对红回忆。父亲走了，顶梁柱倒了，许家风雨飘摇，摇摇欲坠。面对以泪洗面的兄弟姊妹，许迎辉站了出来，他的话掷地有声："爸爸走了，我是哥哥，我会撑起这个家的。"

父亲已经离世。弟弟得了白血病，母亲有病在身，许迎辉不能和母亲商议，害怕加重她的病情。和姑父商议以后，决定抱着一线希望，再去首都北京一试，毕竟北京医疗水平最高，那里也许会有好办法。

2013 年 6 月，许迎辉一行从隰县出发，舟车辗转，来到首都北京，住进了北大医院。医生给出的治疗方案，就是骨髓移植，治疗费用大概需要 150 万元。

骨髓移植，许迎辉在医学院里学过，也无数次听说，可是从来没有想过会和家人有什么联系，更没有想过它对一个病人和一个家庭意味着什么。无论如何，有办法治了，谢天谢地！"我就想了，只要能治，花多少钱都治。"许迎辉暗暗打定主意。

二

许迎辉当时可以说是喜忧参半，喜的是弟弟终于有救了，忧的是高昂医药费该如何筹集。

许迎辉和弟弟都只是普通工薪阶层，全靠工资生活，弟媳妇还没有正式工作，除了日常开销，存款实在不多。150 万元对他们来说，无疑是天文数字。150 万元好像一座大山，横亘在许迎辉的眼前。他该如何翻越呢？

许迎辉陪着弟弟身在北京，他把筹集医药费的重任，无比信任地托付给了爱人李对红。许迎辉从北京打回电话，简单介绍了弟弟的诊断情况后，就说出那 150 万元巨额医药费，请爱人想尽一切办法筹集。许迎辉知道爱人不会反对，这种自信源于彼此的默契，夫妻相濡以沫数十年，爱人的人品许迎辉心知肚明。许迎辉的回答高度概括，也是高度信任："我爱人明白事理。"

许迎辉的爱人李对红，也在隰县人民医院工作，许迎辉和李对红两人，既是夫妻也是同事，不过李对红不是医护人员，而是一名财务会计。她接到丈夫许迎辉的电话，心里不由"咯噔"了一下，她预先估计到了医药费昂贵，可是这个 150 万元，还是让她吃了一惊。这一惊使电话这头有了一个极短暂的停顿，短暂到不易察觉，短暂到好像不存在。李对红身为家庭的女主人，她不得不为自己的小家庭考虑，孩子正在上学，教育费用该怎么办？婆婆患病在身，医药费该怎么办？自己的父母年事已高，尽孝也需要钱，尽孝又该怎么办？可是，丈夫的弟弟生命垂危，生死是头等大事，在生死面前，一切的一切，只能无条件让步。"我不想因为我而给我的老公留下终身遗憾。"李对红放下自己的重重顾虑，把丈夫的感受放在了最前面。

会计对数字敏感，这是职业的需要，也是职业的本能："以前我还记在本上，搬家搬得都不知道放哪里了。也许是职业病吧，我喜欢记账。"李对红解释说，"当时我老公要照顾弟弟，我在家给跑的（医药费），所以清楚一点儿。"

好在这 150 万元不是一次交清。李对红首先向亲戚们去借。天有不测风云，人有旦夕祸福，亲戚互相支持渡过难关，这种方式既古老又行之有效。李对红向亲戚借到了 30 万元左右。单位、朋友凑了有 20 来万元。当时的医保还不健全，医保报得不多，有限额。剩下的就只能由自己扛了："我们出了有差不多 20 万元，弟弟自己差不多也出了有 20 万元吧，还有个人贷了 15 万元。"

《温公家范》中这样说道兄弟关系：兄弟关系至亲至爱，就好像同出一体，同气异息。《诗经》上说：现在的人都不像兄弟那样亲密了。又说：兄弟在家里有矛盾，在外边却能共同御敌。这说的是兄弟能够休戚与共，不能被外人议论。如果连自己的兄弟都不能爱，又怎能爱他人呢？自己不爱他人，他人怎么会爱你呢？如果人人都不爱你，祸患灾难迟早要降临。《诗经》上说：怕的就是活到只剩下你一个人。说的就是这个意思。兄弟好比手足，如果有人砍下左脚，来延长他的右手，这样有什么好处呢？毒蛇虺有两张嘴，为争夺食物相互撕咬，于是相互残杀。如果兄弟之间为了利益互相残害，不是跟毒蛇虺一样了吗？

兄弟友爱是为悌，中国人重视兄弟关系。《温公家范》认为兄弟友爱，实在是自然而然，也是人际关系的基础，先是兄弟之间友爱，然后才是与异姓旁人友爱，与朋友的友爱是兄弟友爱的推广。如果兄弟因为利益互相残害，不仅毫无益处，也实在非常残忍：本是同根生，相煎何太急？许迎辉友爱弟弟许龙，为了拯救弟弟许龙，多大代价他都愿意承担，许迎辉百分百做到了悌。

《温公家范》讲了一个弟弟照顾哥哥的故事：西晋时发生瘟疫，就是流行性传染病。庾衮的两个哥哥感染上病毒死了，另一个哥哥庾毗也感染了病毒，奄奄一息，如果没人照顾，那是必死无疑。当时正是瘟疫最厉害的时候，病毒传染性特别强，父母和庾衮的几个弟弟都住到了外面躲避瘟疫去了。庾衮却主动要求留在家里，不愿意离开。家人们强迫他走，他说自己身体好不怕传染，家人们没办法，只好由他去。庾衮留在家里，他彻夜不眠，照顾着哥哥庾毗。这期间，他还为两个去世的哥哥守灵，祭奠从未废止。就这样，弟弟庾衮照顾着哥哥庾毗，时间不知不觉过去了一百多天，瘟疫渐渐地过去了，家人们陆续回来了。这时候，哥哥庾毗的病奇迹般地好了，庾衮竟然也神奇地安然无恙。乡亲们百思不得其解，都说：这个人真是不同寻常，能够坚守别人不能坚守的礼节，能够做到别人做不到的事情，天气寒冷才知道松柏比其他树木耐寒，经历过瘟疫才知道瘟疫不会传染给好人。

庾衮说自己身体好不怕传染，其实他哪里有什么把握，不过是舍不得离开患病的哥哥，没人照顾哥哥就得死，弟弟不忍心哥哥死，弟弟庾衮友爱哥哥庾毗。悌是中华传统美德，古今不乏美好典范：故事里是弟弟友爱哥哥，弟弟庾衮友爱哥哥庾毗，现实中是哥哥友爱弟弟，哥哥许迎辉友爱弟弟许龙。

医药费虽然千难万难，但总算是有了办法。接下来的问题是骨髓，骨髓移植首先得有骨髓，这骨髓从哪儿来呢？

前边我们说过，不是随便哪个人的骨髓都行，得是特定人的。最理想的骨髓供体，按照医生的建议，该是父母和子女，其次才是兄弟姊妹。父亲刚刚去世，排除了，理想人选当然是母亲和弟弟的独生儿子。可是母亲是病人，脑梗、糖尿病、抑郁症，浑身都是病，病人怎么能做供体呢？只能排除。弟弟的独生儿子，当时才刚刚满十三岁，还是个孩子，成年人这么多，哪能轮得到孩子？当然也排除了。供体还不是愿意就可以做。骨髓配型的结果是妹妹没有配型成功，而许迎辉配型成功了。"当时移植的供体是越亲近的人效果越好，我妈有基础病，弟弟的儿子太小，都不合适，剩下最亲近的就是我了，我当然义不容辞。"许迎辉认为自己身为长子和长兄，既是义不容辞，也是责无旁贷。

许迎辉是医生，他相信科学的结论：移植对供体没有伤害。可是并非人人懂科学，移植也不能算是生活常识，不可能尽人皆知。从身体里提取造血干细胞，能对身体没有损害吗？一般人不由得会有怀疑。如果对身体有损害，亲近的人理当阻止。

岳父大人强烈反对："移植骨髓是很危险的，你这么年轻，身上的担子也重，上有患病在身的老母，下有尚未成年的孩子，你要有个三长两短，你这个家可咋办呀？"照顾老人抚养孩子，这都是许迎辉应尽的责任，岳父大人这样说，也是合情合理，毕竟自己对弟弟的责任，道义上要小一些。岳父大人说得合情合理，完全是从女婿角度考虑，但在他老人家的心里，应该更关心自己女儿：女婿要落下个后遗症，我女儿以后可咋办呀？孩子要她一个人抚养，还得照顾女婿一辈子，岂不毁了我女儿后半生。许迎辉坚信对供体无害，面对岳父大人的反对，他私下里早有准备，他把知道的科学知识，向老人做了耐心细致的讲解，最后又向岳父保证："移植骨髓不会有任何危险，也不会落下任何后遗症，这个请您老放一万个心。"老人虽然还是将信将疑，但疑虑已经打消一半：女婿毕竟是医生，他的话该是有科学道理。许迎辉趁热打铁，请出妻子李对红。妻子的思想工作，许迎辉早已做通。身为妻子，李对红很想反对，不仅是那150万元医药费，移植对供体能没有伤害吗？她是个财务会计不懂医学，丈夫说对供体没有损害，她觉得丈夫那样说，完全是救弟心切，他为救弟弟不避伤害。为此她更加担心丈夫，担心丈夫的健康。可是她能反对吗？丈夫责无旁贷义无反顾，自己的反对有作用吗？李对红只能理解和支持，她多次跑回娘家，做父亲的工作，终于征得了老人的同意。李对红一次次地说服父亲，其实也是在说服自己，她心里极其矛盾："我只想支持他所决定的，不想让他有困扰，其实那种情况下，他也是没得选择。"

《温公家范》中这样提到《颜氏家训》：《颜氏家训》说，兄弟小时候，一起待在父母身边，在同一张桌子上吃饭，哥哥穿过的衣服又给弟弟穿，一起读书，一起玩儿，这样一来，即便是不懂礼法，也能做到相互爱护。兄弟成年以后，各自有了家庭和子女，这时即便忠厚诚实的人，兄弟情谊也总会稍稍减退。这讲的是人之常情，可是为什么呢？因为姒娣关系不及兄弟关系亲密。如果让姒娣关系制约兄弟感情，就好比给方形容器配上圆形盖子，两者一定无法严丝合缝。只有兄弟感情深厚，不受外人影响，才能够幸免。兄弟关系不同寻常，相互求全责备容易产生怨恨，但彼此手足情深，怨恨也容易消弭。拿房屋来打比方，如果刚发现一个洞或者一条裂缝，就立即想办法修复，那么就没有房倒屋塌的危险；如果鸟雀做窝、老鼠打洞、风雨侵蚀，我们都不管不顾，那么墙壁门窗就有可能倒塌。妻妾对兄弟感情的破坏，就像鸟雀、老鼠、风雨对房屋的破坏。有的人朋友遍天下都很融洽，对自己的哥哥却不能敬重；有的人可以统率千军万马，得到他们的拥戴，可是对自己的弟弟却刻薄寡恩，这种人为什么这样不会处理兄弟关系呢？如果能够遵从己所不欲勿施于人的原则，把兄弟的儿子当作自己的儿子疼爱，那么这种矛盾就不会出现。如果尊敬兄长不同于尊敬父亲，那又怎能怨恨哥哥对自己的爱，比不上对他自己儿子的爱呢？这样怨恨就是严于律人、宽以待己了。

《颜氏家训》成书于南北朝，《温公家范》成书于北宋，两书对于兄弟关系的重视一脉相承，中国人对于兄弟关系的重视源远流长。

适配的骨髓有了，巨额医药费也有了，但还不能马上移植——许迎辉的体重超标，而且身体有"三高"：高血压、高血脂、高血糖。这真好比唐僧师徒西天取经，九九八十一难，少经历一难都不行。"（骨髓配型成功）你们这才是万里长征走完了第一步。"医生这样说，"捐献骨髓，不允许有这些问题。"我们都知道，控制体重很难，许多女士一辈子都在减肥，运动、抽脂、减肥茶，减了反弹，反弹再减，循环往复，没完没了。可是，为了挽救弟弟的生命，许迎辉刀山敢上火海敢下，区区体重和"三高"算得了什么。许迎辉言出必行：平时爱吃肉，他戒了肉，顿顿清淡，粗茶淡饭；平时晚睡晚起，生活方式不健康，他立即改变，早睡早起，跑步爬山，下午下班，去打篮球。多少个早晨，他多想再睡会儿啊，他的眼皮千斤重，睁也睁不开；他跑步在路上，睡眼蒙眬，跌跌撞撞；他爬到半山腰，腿脚打软，像是踩在棉花堆里；他爱好打篮球，这时变成了任务，他累到不想抢球，累到不想投篮，他抱着的篮球，恍惚变成了枕头，他想抱着它睡去；粗茶淡饭没味道，大鱼大肉多解馋，他特想大块吃肉，大碗喝酒，快活似神仙。可是他想到了弟弟许龙，仿佛看到他渴望活下去的眼神，弟弟的嘴巴似乎张了张，无比虚弱地喊道："哥哥，救我！"许迎辉咬咬牙，克制住身体的要求，坚持再坚持。"我一定要救弟弟"，这是许迎辉唯一的信念，在这个强烈信念的支撑下，许迎辉苦苦坚持了下来。

《温公家范》中又讲了个舍身护弟的故事：王莽末年，天下大乱，赵孝的弟弟赵礼，被一群饿贼抓了去。所谓饿贼，该是被饥饿逼成了贼，没有粮食吃，铤而走险，去做了贼。饿贼们饥肠辘辘，准备将赵礼煮了吃。哥哥赵孝听到消息，赶忙把自己绑起来，主动找到饿贼，说："我弟弟干瘦，不如我肥美。"赵孝把自己比作羔羊，自己比较丰腴，油脂多味道好，这事听来瘆人。饿贼们听了大吃一惊，嘴巴张着半天合不上，竟有人为了兄弟，不怕死自投罗网。吃了一惊后，饿贼们把兄弟俩一起放了，对他们说："你们先回去吧，搞点儿吃的送来。"这是用粮食换性命，放了兄弟俩，送点粮食来。赵孝回去后四处找粮食，可是哪里找得到，有粮食吃谁还吃人？赵孝没按约定找到粮食，但他没有逃走，而是又去见饿贼，说你们还是煮了我吧。饿贼们更是吃惊，心想这家伙竟敢回来，人人怕死这人却不怕，于是，放了赵孝没有难为他。

有人为吃饱肚子去做饿贼，有人为拯救弟弟不顾性命。饿贼是贼不是兽，他们杀人不眨眼，却被兄弟情谊感动。故事中，赵孝为拯救弟弟赵礼，甘愿自己被烹煮，去做饿贼的食物；现实中，许迎辉为拯救弟弟许龙，坚持减肥控制"三高"。

许迎辉苦苦坚持，妻子则陪伴左右。如果没有妻子李对红的体贴和理解，如果没有妻子李对红的精心照顾和严格监督，许迎辉的减肥和"三高"控制，也许会半途而废。为了让许迎辉达到减肥目的又能保持身体健康，李对红买来了各类菜谱，又在网上查找资料，变着花样做菜，换着口味烹调；为使许迎辉在锻炼后充分休息，她包揽了所有的家务。有位网友送给这位深明大义的妻子一个称号——"隰州第一嫂"。

《温公家范》中也讲了个好妻子的故事：南朝宋大明五年，朝廷有战事，征发兵役，孙棘的弟弟孙萨应当服役，可是弟弟没能按期到达，犯了死罪。孙棘到郡守那里主动请罪，说我是一家之长，没有让弟弟及早出发，我罪该万死，请让我代弟弟去死。弟弟孙萨也前来认罪，说此事罪责在我，与哥哥并无干系。太守张岱怀疑他们是事先串通好的，就将孙棘和孙萨分开关押，为的是试探真假。手下回来报告说：他们兄弟听说能替对方去死，都非常高兴，都甘心赴死。这时候好妻子出场：孙棘的妻子认同丈夫的做法，并请人捎话给丈夫说，你是一家之主，哪能把责任推到弟弟头上呢？况且父母临终之际，将弟弟托付给了你，弟弟还没有结婚，还没有成家立业，而你已经有了两个儿子，死了又有什么遗憾呢？太守将这件事呈奏皇帝，孝武帝特下诏书，赦免了他们兄弟俩，并让州府任命他们官职，又赐给他们二十匹布，作为对兄弟友好的奖励。

许迎辉的妻子堪比孙棘的妻子，深明大义，鼎力相助：哥哥决心要救弟弟，她身为嫂子，百分百支持。

在妻子李对红的支持和监督下，许迎辉成功减轻了体重，身体的"三高"也得到了控制。

三

2013年9月24日，许迎辉顶着身体、心理、经济三重压力返回北京，来到弟弟身边，三重压力好似三重大山，压得许迎辉喘不过来气。尽管许迎辉感觉压力山大，但他先给弟弟吃下定心丸："一切都准备好了，就等着做手术了；不用担心，你很快就会好的，我们一定会成功的。"

10月21日上午10时，许迎辉按约定来到北京航天医院造血干细胞采集室，他安静地在病床上躺下，医生在他左右手臂的血管里分别插进两支管路，他可以看见鲜红的血液，从一条管路缓缓流出身体，又从另一条管路缓缓流回身体，他感觉自己就像是串联电路上的电阻，而鲜红的血液就是电路上的电流。血液在这个闭环里循环往复。他的感觉是手脚麻木周身不适，可是他坚持着，用力捏着握力器，他心想自己越坚持，采集的造血干细胞就越多，弟弟得到的造血干细胞也就越多，康复的希望当然就越大。造血干细胞的采集过程，整整花了三个小时，直到下午1点钟，采集过程才告结束，总共分离出二百毫升造血干细胞，而分离出的造血干细胞，已经同步输入了弟弟许龙的身体。

采集过程结束了，许迎辉走下病床，他浑身瘫软疲惫不堪，好似酣战了一场。许迎辉喜欢打篮球，这是他的业余爱好，不是一般的爱好，而是深孚众望，担负着组织者的重任。笔者在许迎辉的微信朋友圈里，看到过一张照片，是隰县篮协比赛后的合影：2018年，隰县篮协换届选举，许迎辉当选篮协主席，举办了这场比赛。"我也是爱好，大家都支持。"许迎辉这样说。照片里，许迎辉站在后排的最左端，微笑地看着镜头，露出两颗可爱的门牙，一望而知是个低调内敛的球队灵魂人物。据介绍，照片中都是隰县篮协代表队的队员，年龄悬殊，最大的六十岁，最小的三十五岁。采集造血干细胞对许迎辉来说，好像一场势均力敌的篮球比赛，必须全力以赴，丝毫不敢懈怠，集中全部精力，使出浑身解数。这是一场酣战。

酣战结束了，许迎辉也累坏了。他需要休息，需要长长地睡一觉，让身体彻底地放松和恢复。醒来后，许迎辉做的第一件事就是拨通了无菌舱里的有线电话，他要与弟弟许龙通话。当他得知弟弟情况良好时，一颗悬着的心才安稳落地，他如释重负，长出一口气。医生允许他下地活动后，许迎辉迫不及待来到无菌舱门口，透过玻璃窗，关切地注视弟弟良久，他希望弟弟快快好起来，一眨眼就恢复健康，面色红润，活蹦乱跳，就像压根儿没有得过这个病一样。弟弟许龙住在重症监护室里，许迎辉的心也在重症监护室里。

供髓后许迎辉身体极度虚弱，抵抗力极低，医生建议他休养。为了节约开支，10月26日，也就是术后的第六天，许迎辉在爱人李对红的陪同下，踏上了返回隰县的列车。许迎辉舍不得给自己买一张卧铺票，他要省下这张卧铺票钱，做弟弟的医药费。骨髓移植仅仅是开始，后续的治疗还需要大量费用。在硬座车厢里，极度虚弱的许迎辉睡着了，昏昏沉沉。爱人李对红疼惜丈夫，她爱怜地看着沉睡的许迎辉，在妻子李对红的眼里，这个男人稳重、忠厚、老实，他遇事从不慌张，是这个家庭的主心骨，还是这个家庭的一级大厨，即便他有事要出去应酬，都会先做好饭，自己才出去吃，李对红对此很感动，她觉得这就是负责任。李对红给爱人盖上仅有的棉衣，然后，她按下快门，拍了一张珍贵的纪念照。

许迎辉回到隰县后，没有多休息，他心里有事，根本躺不下来。他很快就奔走在筹集后续医药费的路上。为给弟弟做骨髓移植手术，许迎辉已经是债台高筑，而后期治疗漫长，医药费非常昂贵。许迎辉没有任何怨言，反而更加坚定："任何困难都得为弟弟的病让路。"为救弟弟，许迎辉变得强悍无比，他喝令困难让路，任何的困难都要让路。

《温公家范》中也讲到了姊妹、姐弟友爱的故事，其一：唐代冀州有个女子名叫阿足，她早年丧父，没有兄弟，只有姐姐。阿足起初嫁给本县李氏，可是丈夫死了，他们没有孩子。当时阿足还年轻，很多人想娶她。但是阿足想到姐姐年老无依，不愿意离开，于是发誓不再嫁人，自己来照顾姐姐，为姐姐养老送终。此后的二十多年里，阿足白天耕种，晚上纺织，姐姐的衣食都由阿足供给。姐姐去世后，阿足依照礼法安葬她。同乡无不称赞阿足，纷纷让自己的妻子和女儿与阿足结识，向她学习。时光荏苒，后来阿足也老了。再后来，阿足寿终正寝，老死家中。其二：唐英公李勣官至仆射即宰相，他的姐姐生病了，李勣亲自为姐姐烧火煮粥，大概他不常做饭不会生火，腾起的火苗烧焦了他的胡子和头发。姐姐问李勣：你家奴婢那么多，何必亲自煮粥呢？李勣回答姐姐：哪是真的没人代劳啊，我只是想，姐姐年纪大了，我自己也老了，就是想天天为姐姐煮粥，又能有多少回呢？

悌的原意是弟弟敬爱兄长，兄友弟恭，推而广之，姊妹、兄妹、姐弟之间，也同样适用。阿足为姐姐养老送终，李勣为姐姐烧火煮粥，也都是悌的表现。

许迎辉的事迹在社会上传开后，各界纷纷向他们伸出援手。隰县文明办、总工会发出倡议，号召社会向他们捐助。许龙的工作单位隰县运管站、交通局，上级单位临汾市运管处、省运管局，以及隰县红十字会、城建局、人民医院、法院、司法局等诸多单位，也组织了捐款，帮助他们渡过难关。许迎辉和许龙的同学、朋友以及爱心人士也慷慨解囊。一位在隰县打工的河南籍农民工，听到许迎辉兄弟的感人事迹，特地买了苹果前来家中探望，寓意"平平安安"，临走时又留下打工所得660元钱，祝他们兄弟"六六大顺"。社会捐助帮助许家顺利渡过了难关，许迎辉对此非常感激，他表示：不管弟弟的病以后怎么样，只要遇到类似病人，无论是谁，我都愿意继续捐献。

2013年12月26日，第二届"感动隰县十大人物"颁奖盛典，在隰县影剧院隆重举行，许迎辉入选"十大人物"。许迎辉当时给弟弟捐献骨髓不久，身体还没有完全恢复，因此无法来到颁奖现场，但他为弟弟捐献骨髓的事迹，深深感动着在场的观众。

第二届"感动隰县十大人物"评选活动，旨在通过由下而上层层推荐评选的办法，树立群众信得过、摸得着、看得见的先进典型，持续深入推进社会主义核心价值观建设，凝聚发展正能量，培养良好的社会道德风尚，促进形成学先进、干事业、促发展的社会氛围，增强全县人民建设"富裕文明、和谐幸福、山川秀美"新隰县的责任感和使命感。本次活动以"感动隰县"为主题，推选人物必须是本区域近年来在工作、学习、生产、生活中涌现出来的先进人物代表，以及人物事迹引起社会广泛关注的，并具备以下条件之一的本区域或在本区域创业发展的公民。条件共有六个，许迎辉符合其中的第五个：个人在生活、家庭、情感上的表现特别感人，符合社会主义核心价值观的要求，体现中国传统美德和良好社会风尚。许迎辉在家庭生活中表现出来的孝和悌，体现了中国传统美德和良好社会风尚，也符合社会主义核心价值观。

然而，天不遂人愿：骨髓移植成功了，弟弟却未见好转。

许迎辉回隰县休养时，弟弟住在无菌舱里，等他返回北京时，弟弟还住在无菌舱里。骨髓移植只是一种治疗方法，它不是万能神药，不可能百分之百，对有些病人效果明显，对有些病人效果不明显。弟弟许龙的效果就不明显。费用却比以前更厉害了："唉，那钱根本就花不起，后期一周就差不多10万元，没有办法实在扛不动了，只能把弟弟拉回来了。"许迎辉的爱人李红说："去北京治疗有半年多。"许迎辉的语气里则满是自责，好像自己没有尽到责任："看病看了一年，也没看好。"

2014年弟弟许龙去世。

《温公家范》中讲了个兄弟不离不弃的故事：颜含的哥哥颜畿得了重病，治疗中死在医生家里，等于死在了医院。家人们扶着他的灵柩回家安葬，路上引魂幡缠绕在树上，怎么也解不开。前边引路的人突然跌倒在地，自称是颜畿：我的寿命还没到头，只是吃药过多，伤了五脏六腑，所以暂时晕厥，现在我要苏醒了，你们不要埋我。父亲祷告说：如果你真的活过来，也是大家的愿望，现在我们只是回家，不是埋葬你。祷告完毕，引魂幡果然解开了。回到家，颜畿的妻子夜里做梦，梦见颜畿跟她说：我就要复活了，你们打开棺材盖。颜畿的妻子醒来后非常高兴。母亲和其他家人，也做了同样的梦，大家都想立即开棺，可是父亲不同意。颜含当时尚年幼，他大声道：奇异的事自古就有，现在这样奇怪，还是打开比较好。父亲接受了他的建议，大家一起打开棺盖，果然看见棺材板上，有指甲抓挠的痕迹，颜畿的手指也都受了伤，两只手血淋淋的。用手试鼻息，确实还有微弱呼吸，但表面看起来，与死人没什么两样。家人们伺候他饮食，好几个月过去了，还是不能开口说话。他想吃什么想要什么，就夜里给家人托梦，用这种方式和家人沟通。全家人因为照料他，营生事业都荒废了。这样时间久了，母亲和妻子都感到腻了。颜含却毫不懈怠，也没有任何怨言，伺候哥哥一如既往，这样一伺候就是十三年。有人钦佩颜含行为，赠送很多美味佳肴。颜含表示感谢，却婉拒了美食。有人问为什么，他这样回答：现在我哥哥卧床不起，不省人事，他生理机能也没有恢复，无福享受这些美食，也无法对人家表示感谢，如果我留下这些东西，哪里是馈赠者的本意呢？不幸的是，颜畿最终也没能恢复健康，卧床十三年后，悄然离世。

颜畿卧床十三年，基本就是植物人，弟弟颜含伺候他，任劳任怨无怨无悔，哥哥颜畿最终却没能康复。许迎辉捐献骨髓，花费巨资，义无反顾救弟弟，弟弟许龙也没能康复。重要的不是结果而是过程，悌休现在伺候和拯救的过程中。不能因为结果不理想，就认为悌也没有价值；悌的价值就在它本身，结果好坏与悌无关。结果无法预料，能做的只有悌。许迎辉没能救活弟弟，但照亮他人的正是这个悌。

"其实什么事情都不是他们说得那么简单，骨髓移植对本人身体影响很大的，我老公体质明显不如以前。"这是许迎辉爱人李对红的真实感受。笔者私下揣度：许迎辉作为亲历者，不会感受不到这种变化；但为了拯救弟弟，他选择了视而不见，只要能救弟弟的命，他有意忽视这样的伤害，或者说他甘愿承受这样的伤害。"就这么一个弟弟，我们结婚一直都在一个院里住着，亲情呀！爸爸生病以后我们一大家子就在一起吃饭了。"许迎辉的爱人李对红如是说。

人死不能复生，生活还得继续。150万元医疗费，成了许迎辉的巨大负担。"亲戚的钱现在还不了，弟弟去世以后我就把贷的5万元给还了，10万元是弟媳妇把房子卖了还的。"许迎辉爱人李对红，在心里有一本账，欠账使她心怀歉疚。"我也有我的难处，公公去世，婆婆还需要照顾，难。"许迎辉的母亲2011年患脑梗，弟弟2014年去世后母亲失去自理能力，李对红照顾着婆婆，直到2020年婆婆去世。

去北京治疗前，许迎辉深情地凝视着父亲的遗像，说道："爸爸，龙龙生病了，情况危急，现在需要骨髓移植。我决定给龙龙捐献我的骨髓，我相信，如果您还在世，也一定会支持我这样做的。爸爸，我已经失去了您，再也不能失去弟弟了。爸爸，您放心吧，弟弟一定会好起来的。"可是，弟弟没有好起来，许迎辉面临的告别，一个接着一个，他的感受是痛彻心扉、撕心裂肺。"不想提及这些事情，说起来都是辛酸，十年之间我们把这辈子最难的时间熬过来了，我老公最苦了，连续失去几个亲人。"许迎辉的爱人李对红如是说。

右一为少年时期的许迎辉

给一个"好人"画像

——记全国"孝亲敬老之星"王俊杰

李晋瑞

　　如同人物画家坐在画板前观摩他的模特总想看个透彻一样，作家在观察他的主人公时，同样是用心的、专注的，也是恨不得入木三分的。那种强烈的欲望，源自一位职业艺术家对自己作品力求精益的苛求。因此，一个人物能否进入作品后显得丰满传神，一方面得益于作家的描绘能力，另一方面应归功于人物本身。

　　现在，这位模特就站在我们面前。他是一位年近八旬的老人，叫王俊杰，山西隰县人。如若我们突然问他最喜欢自己什么时候的样子，他一定会说，是那个身披红绶带接受记者采访时的自己，因为那是他到目前为止最引以为傲最高光的时刻，那个绶带所代表的（全国"孝亲敬老之星"称号）是他的至高荣耀。我们中国人重视仁义，崇尚善行，百善之中以孝为先。孝道之渊源不必多言，隰县作为一个有着悠久历史文化传承的古县，大力宣传王俊杰的事迹，弘扬他的精神，引导人们以他为楷模，自然也在常理之中。国家老龄委等七部门联合发文授予王俊杰"孝亲敬老之星"称号后，县电视台为他录制了专题纪录片，在当地播放后又传至其他十七个县市，他的事迹还刊登上《光明日报》头版，可见当地对他这份"孝心"的重视。在政府的推动下，尽管王俊杰所生活的隰县，地处吕梁山南麓，全境残塬遍地，沟壑纵横，但都没能挡住王俊杰的荣耀携带着他的事迹很快遍及乡野，这也从另一个侧面，反映出"孝道"在当地的分量。

　　当然对于一个"模特"来说，这只能是一个很小很小的部分。因为人们给予王俊杰最准确、最为综合性的赞誉名头是——好人。在当地，熟识的人这么称呼他，不熟识的人也这么称呼他，甚至有人索性把他当作隰县的名片来推介。他，其实只是一位退休在家本该颐养天年的老人，他眼皮耷拉，面有褐斑，步态迟缓，比不得任何俊男靓女，要是混迹于人群，毫无特别可言；要和那些轰轰烈烈见义勇为的英雄比起来，他的事迹一点儿也不惊天地泣鬼神，听起来发生在他身上的事桩桩件件都那么平凡普通；就算后来他借写作之笔和相机镜头来赞颂和美誉家乡，比起那些挥毫泼墨的鸿篇巨制来说，他的文章也太豆腐块、太简略了，那些照片也太缺乏艺术冲击力了。可是我们都知道，许多不平凡正是隐匿于平凡之中，一个人的伟大也常常是蕴藏于微小的细节之中的。

王俊杰赢得了"好人"的美称。

可是，什么样的人才算"好人"呢？就是说，人们其实很难给"好人"下一个精准的定义，难道是对理想，忠贞不渝奋力实现？对工作，兢兢业业、一丝不苟？与人，团结友爱、和睦相处？对社会，大公无私、乐于奉献？对自己，勤勉严厉、自强不息？对成绩，不骄不躁、再接再厉？对下属和晚辈，平易近人、和蔼可亲？这个人少年拼搏，老来持重？只是我们不禁要问，一个人如果真能全部做到，那岂不是圣人？那么，只做到其中一两个点，岂不又是遍地好人？但是，其实人们心中的"好人"又是很具象、很具体的，因为当有人问这个人是否是个好人时，人们随口便可以给出一个答案来。

作为"模特"，王俊杰的特征似乎并不那么明显，就是说，即便你是一位技术高超的画家，也不可能三笔两笔就能勾画出他的神韵来。一位曾经与他同班同窗同桌，从事电力工作多年，后来担任过隰县政协主席的好友回想起他时，依然还是自己小时候和王俊杰穿着旧衣服，一起踢毽子、滚铁环、丢手绢、苦难中充满欢声笑语的画面。就是说，一直把友谊赓续至今的好友在谈起他时，并没有一出口就大赞王俊杰干出的惊天大事。即便就是王俊杰的儿女，在谈起这位父亲时，除了"敬爱的爸爸"之外，给出的评判也不过是艰苦奋斗、勤俭节约、吃苦耐劳、辛勤工作、奋力向上，他们回忆和父亲居住在车皮窑里的生活，赞扬父亲陪伴爷爷、奶奶日夜坚守行孝十八载的日常。作为"好人"，王俊杰到底"好"在哪里呢？这真的需要我们去细细寻思。

通过各方打听了解，再细思量，我们可以初步给出这样一个结论，王俊杰这个人，从小吃过不少苦，同时也得到不少爱，物质之苦有着深深的时代烙印，精神之爱却在他身上呈现着某种丰富与不同；成年后他走向社会，本该脚踏实地地与花草树木庄稼果蔬为伍（因为他是农艺师），他却被安排到煤矿工作，一个农艺师，他的身影该是融入田园牧歌式的自然之中吧，他却不得不拉着沉沉的煤块走出黑乎乎的煤矿的坑道，其中的蹊跷我们不得而知，我们只想知道当时的他在想什么。在那些由他提供的资料中，总有一种隐隐的不安分的暗语提醒我们，他就是那种无论在什么境遇下都不会轻易服输的人，而且更不会轻易放过任何机会。我们无法恢复他在给县领导当秘书，陪同领导下基层搞调研的真实场景，但能从对他的采访中，强烈地感受到那种不被时间消解的坚强与岁月无法扑灭的火热。

我们对王俊杰他们那代人，有着一种近乎统一的认识：能吃苦，为革命事业弃小家顾大家；很多人到了领导岗位后，会有一种近乎天然的刚毅和霸气；他们不在乎物质待遇高低，却十分看重组织对自己的"看法"。在这点上王俊杰也概莫能外。因此，从青年到中年几次工作变动，变动的是岗位，不动的是他拼搏的劲头儿。当然那种拼搏也给他带来成绩，他拿过省里的科研一等奖，是省级"先进科普工作者"，只不过他最大的荣誉是在退休之后。

那么我们如何像一个画家一样，一笔一笔描绘出这个好人呢？

几周前，从隰县寄来一部书稿，题目是《流金岁月》，有十几万字，作者就是王俊杰。我们从书名就可以看出，在作者眼里自己的岁月是光芒四射、流光溢彩的。这一点还真的很重要。粗粗翻阅，里面的文稿正如他的好友给出的评语——文章内容丰富，事情真实，语言精练。再读那些文章不乏几分草创之气，显得粗线条了一些，而且回忆性质的文章占了绝大部分。人们常说，时间能够磨灭一切。难道是时间磨掉了他的经历？因为他的文章最大的特点就是简略；难道那些隐藏在记忆深处的本该十分具体的东西不值一提？还是说，他觉得如此粗线条地勾画一下自己就已经足够。在一次回答记者提问时，他说他其实并不想宣传自己，他配合媒体宣传自己，只是为了教育别人。那么，我们是不是可以试着推断，他那些曾经受过的苦、遭过的罪、遇到的难，对他来说是不是已经变得不值得再提了呢？单从这一点，我们倒不妨笑着打趣儿说——他还真是个好人。

我们回到正题，这是一篇反映好人记述好人的文章，在这里，我们讨论好人标准其实是没有意义的。既然当地人都说他是好人，那他就是好人。那么从现在开始，我们只需要耐着性子花点儿时间，学着画家把这个人画出来便是。

打底：来自父亲的隐衬

一位罗姓诗人在他的诗里写道："没有突如其来的事／也没有突然而去的事／天上的一片云／是多少水珠密集／远远飘没了踪影……"诗句风花雪月了一些，却也讲出了万事的因果，一切的必然。用哲学的话讲，你今天所拥有的，就是你之前所拥有的总和。这个总和肯定是加法，但填写在加号两边的数字却不一定全是正数。

王俊杰的父亲王祯彦1923年出生，家境贫寒，早年因失去双亲，过着忍饥挨饿的日子，最终由本家的一位堂姐抚养长大。据王俊杰回忆，他姥爷家曾经在县城南街土城墙门口东侧开有一个旅店，但也不富裕，那时县城仅有四条窄街，人口少，因需要人手，他的父亲王祯彦和他二舅郭志强就在姥爷家的店里帮忙，父亲王祯彦也是在那个时候和他母亲认识的。一个客观事实是，在那灰蒙蒙风雨交加的日子里，实际上城里百姓和农村差不多一样都经历着贫穷与苦难，一个饼子只卖五分钱，一碗清汤面的价格也就一毛钱，尤其山西，当时作为抗战的前沿阵地，还是各种势力的争夺之地，由此造成的动荡与破坏，自然是每个老百姓都需要承受的现实。这种时势的不确定性，也就为王俊杰有着县城开旅店的姥爷家，父亲在店里帮忙，他却出生在父亲的老家——隰县后堰乡寨子河村的可能性（那个家某种意义上只是一个象征）提供了理由。王俊杰的幼年是与苦难相伴的，即便王俊杰稍大一点儿，以外孙的身份到姥爷家玩耍，在那里他得到过一些宠爱，但也没吃到多少像样的食物，反倒是因为少小不懂事，挨过不少批，受过不少训，甚至挨过打，而且多半是来自姥爷。我们可以看出，他姥爷这位坚持艰苦朴素、勤俭持家的老人，十分注重秉持家风，十分看重对晚辈的品行教育。

王俊杰老人讲，他父亲王祯彦在中华人民共和国成立前当过长工，参加过山西青年决死队、牺盟会，担任过八路军文艺宣传队干事，还在著名的省立进山中学读过书。中华人民共和国成立后王祯彦自带米面去做乡村教师，寨子河、居子村、竹干村、东桥村、黑桑村都曾留有他的足迹。那时，王俊杰的父亲晚上在煤油灯下备课，白天给一到五年级学生上课，抽空才能到2里地以外的地方为自己挑生活用水。王俊杰讲，从八岁起，他就跟着父亲去往那些乡村，去做父亲的学生。他和父亲日夜相守的时间并不长，但对父亲在乡村里因为是"文化人"而受到的尊敬刻骨铭心。那些憨厚淳朴的村民恭恭敬敬地来找父亲，就在那盏油灯下，父亲热心地和他们拉家常，还经常给他们讲形势、写家信，尤其是每逢红白喜事和过年的时候，父亲抓起中号、小号，甚至大号毛笔为村民们写对联的场景，至今他都记忆犹新。他说父亲是一个没有架子的人，对谁都热心，村民们也把他视做亲人，因此遇到麻烦之事不是来请父亲出谋划策，就是请父亲来评理，而每次父亲都会有求必应。

我们有理由认为这里面隐藏了一个重要秘密，那就是王祯彦的性格是在"吃百家饭""看百种脸色"中慢慢养成的，他当长工、当伙计、做乡村教师，他参加革命组织，当然包括在堂姐家度过的日子，他一定从种种的人生百态中得到过许多本该来自父母和家人的温暖与爱。如今王祯彦又成了别人的父亲，之前的经历一定会让他比只在一种环境下长大的人更加敏感，也更能体察人间悲苦。他一定把自己与人点点滴滴的日常相处视作营养，而且使它变得越来越强大，因此在王俊杰那些有关父亲的文章里，很难找到王祯彦呼天喊地为人生和命运叫苦叫屈的文字。

我们之所以用这么多笔墨来描述这位父亲，是因为我们发现，在后来被誉为隰县好人的王俊杰，言行、做事、为人深受父亲王祯彦的影响。我们甚至可以下结论，王俊杰之所以成为后来的王俊杰，至少有四成功劳应当归于他的父亲。因为这个叫王祯彦的人在隰县也是一位好人，他的声名同样远播四野，他还是一位当地赫赫有名的男"红娘"。王俊杰讲，他父亲王祯彦可谓"桃李满天下"，有几位深得王祯彦帮助的人写文章回忆王祯彦1957年回到隰县中学工作后的种种难忘之事。不过，那时候因为王祯彦从事的是会计和后勤管理工作，所以同学们都送他一个外号——"红管家"。

一位在当地被称为"励志哥"，名叫申明计的文学爱好者，在文章里如此记述王祯彦：有一年冬天，外面气温突降，教室里学生们冷得没法上课，王会计知道后，二话没说，撸起袖子一口气就修了十五六个火炉。要知道那几天，天冷得滴水成冰，刚和好的泥转眼就冻了，王会计自己去烧了热水拎来把冻泥浇开。他带了自己找来的头发，亲自动手和泥，一个接一个用泥把火炉套好。还有，教室里一些被学生们用变形的火柱，用坏的簸箕，要报废的笤帚，只要被他发现，他总会细心查看一遍，只要修一修能用的，他都会捡回去。

令申明计记忆深刻的还有两件事。一件是关于麻雀的。他记得有一回一位女老师被宿舍顶棚里传出的咚咚声吓得够呛，便去找王会计。王会计扛着梯子来了。他支好梯子爬上去查看，发现原来是房顶的椽子和外墙的接触处漏出一个洞，一对麻雀夫妻偷偷钻进来借了这块风水宝地开始养儿育女，一窝小麻雀刚刚出窝，它们出出进进，还把女老师宿舍的顶棚当作了嬉戏玩耍的游乐场。王会计爬到上面，另外一个跑来帮忙的老师在下面冲他说，不就是一窝小麻雀吗，好处理，他直接递给王会计一根木棍，让王会计把顶棚捅破小麻雀自然就掉下去了。这种心理在当时已经算客气了，那时麻雀被列为"四害"之一，在普通人心里大概率是会弄死这几只麻雀的，可是王会计却没有这么做。王会计说他在农村待过，知道麻雀平时会吃一些谷物，但更多的时候它们是在吃草籽和田里的虫子，别人怎么说他不管，但他觉得麻雀是益鸟。因此他没听那位老师的建议，而是费了好大的劲儿把小麻雀一只只地抓住，然后带到树林里去放了生。另一件事发生在"文化大革命"期间。当时隰县中学有一位支教男大学生，他有女朋友，两个年轻人开始时还情深意浓，后来不知道为何分道扬镳。再后来，可能是女方发现自己最终无法割舍这段旧情，犹豫再三，还是到隰县来找男友了，希望重归于好。谁知一直在愤懑中无法释怀的男友却因为受到的伤害不愿见她。王会计知道后，先给那位姑娘安排好住处，自己去找男老师。王会计深知年轻人冲动、自负，容易意气用事，还常常因为不成熟做出一些口是心非之事。至于最终人家能否重归秦晋之好，那是两个年轻人的事，但他最起码应该创造一个让他们见面把话说开的机会。结果经王会计左一说右一劝这么一努力，两人真的化解了怨气，解除了误会，竟然重新和好了。这件事给了王会计很大启发，之后，尤其他退休离开工作岗位后，他更是把本校走向社会的大龄青年的婚事放在心里，几十年里经他牵线搭桥，竟然成就了五十多对美好姻缘。

据申明计讲，王会计还直接帮过他。申明计的父亲曾受到不公平待遇，不仅工资停发，党籍也被开除了。家里的户口本、粮本被没收，本来是正式工的他，被除名驱逐出厂。他父亲平反后，个人问题却始终得不到解决。眼前的迷茫与走投无路几乎让他陷入绝望。他本是个非常喜欢读书的人，之前自己之所以去县建筑单位的混合社当学徒工，全都是因为母亲患有重病，自己想上班补贴家用。可是现在班上不成，上学与自己也无缘了。有一天，他想起父亲的一位老相识曾经说自己是块读书的料，中途辍学实在可惜。这个人就是王祯彦王会计，他就在隰县中学工作。于是他抱着试试看的心态去找王祯彦，没想到热心的王会计竟然满口答应，并且在他的帮助下自己真的如愿到隰县中学上了学。尽管后来因为原单位正式工的名额问题他不得不二次辍学，可在他心里，一辈子都忘不掉王祯彦老师的这份恩情。

在《流金岁月》的书稿里，篇幅最多、王俊杰用情最重的文章多数是与王祯彦有关的，从中我们可以看出父亲对王俊杰的影响真的很重。中国人重家风讲传承是有传统的，我们给王俊杰这个"好人"画像，用他父亲王祯彦来给画稿打底非常必要。

勾线：粗线条的简笔人生

然后在画布上，我们可以用简短的线段，粗笔勾画出王俊杰的一生：王俊杰，中共党员，高级农艺师；1944 年 9 月生；1963 年考入运城农专，1966 年回隰县参加工作后，到井沟煤矿下井；1971 年到交口参与新县筹建工作，之后曾担任过交口县委书记、县革委会副主任、县筹建领导组副组长的秘书，县农办主任、科委办主任；1982 年调回隰县，先后担任县科委办主任、县科协主席、县委统战部副部长、县总工会党支部书记等职；在四十余年的工作里，曾十多次被评为优秀共产党员，山西省优秀科技工作者，省、市、县优秀工会干部，全区十大科技标兵等称号；2014 年荣获全国"孝亲敬老之星"称号；退休后，一边精心伺候多病的父母，一边搞创作、摄影，宣传家乡，传播正能量，同时积极参加公益活动。

开始动笔之前，我们通过微信向王俊杰提出过不少问题。那些问题每一个都会触及他的心灵，至少需要他认真回忆那些或喜或悲或欢愉或痛苦的人生。我们想知道他真实的所思所想，比如对待工作，是他的谋生手段呢，还是毕生追求的事业？他的回答是，他对待革命工作从来就是要艰苦朴素，要不怕困难，要排除万难，全心全意为人民服务。他总是讲，一个人在困难面前要有雄心壮志，敢于奋斗，敢于担当。这样的答案简之又简，大而化之。可是仔细想想，这种简单和大而化之兴许只是我们当下人的一种错觉，对于王俊杰或他们那一代人来说，那就是他们奉之为圭臬的始终不改的初心。

我们从《流金岁月》里可以看出，王俊杰的年少时光差不多是在苦难中度过的。当然，那也是那代人共同的经历。战争的烽火让他听到了太多关于生与死的故事。国家命运多舛，人民生活无法保障，1944年出生的他，尽管生长在晋南吕梁山偏远的乡村，但也深刻体会到了国家命脉与个人命运息息相关。灰蒙蒙、黑压压、血泪斑斑是祖辈父辈们的故事留给他的最为坚实的烙印，但他也从父亲身上看到了隐隐的温情和充满光明的未来。他以父亲为标杆，在一种无意识中开始寻找自己的方向。他知道自己家境不济，远亲近邻毫无外力可借，自己一要谋生，二想要成为对社会有用之人，摆在面前的似乎只有读书一条路可以走。这是否是他当时的想法我们无从得知，但从他后来的表现，我们可以大胆地做出如此推断。

王俊杰做了父亲几年短暂的学生后，到城南石家庄村的正规学校上高小，我们不知道那所学校是不是一所严格意义上的寄宿学校，最起码他是在学校吃食堂。不过早些年嫁到石家庄村的大姨郭春英，一有机会便把他叫到家里改善生活。他记得，那时的学校条件实在太差了，石条板凳子、石条课桌，食堂的伙食除了玉米、豆面、小米，便再无其他。因此，星期天休息，同学们最爱干的事便是到山上去挖野菜，或去捡农民收获时遗漏在土里的土豆，他们把捡来的土豆带回学校，自己动手切成丝，开水一冲，加点儿调料便是一顿美食。

1958年，这个年份不需要做过多背景解释了。这一年王俊杰十四岁，已经是一名中学生了，他和同学们一样，正是风华少年，当然所有的青春朝气，也会被时代潮涌般裹挟。他们打篮球、写文章、爬山、戏水，到农村去把夏收和秋收的汗水洒向热烈澎湃的阳光，去肩挑背扛不甘示弱地参加加宽县城街道的劳动。那时，他们是满眼稚气的学生，却又不像学生，初生牛犊般的力量是时代的急需，他们在各种感召下冲向各种建设现场。于是，他们和民兵突击队、机关干部职工融在一起，以争先恐后不负韶华的勇气去往下庄水库建设工地。一到现场，他们扔下背包，振臂挥锹，大家在原地挖出一个大坑，坑上搭几块木板，木板上铺一层油毡，往坑内扔上几捆麦秸（类似新疆地区农垦时期的地坑），便是宿舍。在那段日子里，王俊杰很累，精力却很充沛。这可能与一个太阳般的姑娘有关。那个姑娘叫曹冬花，二十来岁，是民兵连长，因为她每次拉土，都双膀驾车，两脚蹬地，拉着小山一样满满的一车土从山坡上飞驰而下，人们便称她为"飞车姑娘"。她是建设大军中的女劳模，是小太阳，她参加过全国群英会，受到过最高领袖的接见，还得到过一支半自动步枪的奖励。和这样一位光芒四射的姑娘在一起，王俊杰怎么可能不受到感染？需要强调的是，即使在这种情况下，王俊杰也从未放松学习。据他讲，白天推土拉车，晚上挑着夜灯自学功课是他常有的事。

接下来便是 20 世纪 60 年代。除去初期那场自然灾害不说，对国人来说，更为雪上加霜的是，因为外国专家的撤离，许多在建项目停工和厂矿企业关闭。自然灾害造成大面积干旱缺水，缺食少衣，大部分学生需要自力更生、勤工俭学。在隰县，王俊杰们想要再到农民的土地里找到一个被遗漏的土豆已然再无可能，那时连树叶、红薯叶、萝卜缨、苦菜都成了令人眼红的抢手货。野菜稀粥成了大部分人的家常便饭，即使这样，也只能一天两顿。那可是王俊杰正长身体的时候，需要营养，父母当然知道这一点，为此他那倔强的母亲郭玉英把自己当成壮劳力出工，她到生产队间苗锄地，去石马沟参加炼钢，目的只是为多挣几个工分。那时父亲经常不在家，除了干农活外，母亲还得负责担水做饭，照顾两个孩子，最终因为积劳成疾，得了肺结核。全家人也因为营养不良患上了浮肿病。在这种情况下，王俊杰还能要求什么、奢望什么呢？但是来自母亲的爱是他难忘的，他曾在一篇文章里形容那份母爱——就像洁白的茉莉花散发的幽香。

我们不知道这种来自社会和家庭的困苦，给王俊杰的学业造成了什么影响，但至少困苦让他变得更加坚韧，志向更加明确。1961 年王俊杰初中毕业，全班四十个人只有两个人考上高中。他不在其中，因此只好像其他同学一样，走向社会自谋生路。不知道他是否征求过父亲的建议，王俊杰踏上了父亲年轻时的路，他去刁家峪乡宋家河村当了一年代教，又到下李乡杨家腰村担任过一年民办教师。在这期间，一个小伙子除了负责全科教学外，还要亲自动手解决自己的一日三餐。有谁知道在那些月朗星稀的夜晚，当他思考人生梦想未来时是否想到父亲，当他周日徒步到四五十里路外的乡联校去开会时，有没有下决心要通过知识改变命运。不过后来的事实是，1963年他参加了山西省农业厅组织的考试，并以优异成绩考取了运城农专。这在当时来说，可是一件了不起的大事。

1966年，王俊杰从运城农专毕业回到隰县农林局工作。1969年隰县井沟煤矿作为"三线建设"战略项目正式开建，矿址在康城镇解家坪井沟村，那个地方三面环山，环境十分简陋，可是那时的解家坪，厂矿遍地，到处热火朝天。王俊杰调到井沟煤矿做了一名普通的井下工人，他每天需要在黑乎乎的坑道内把一车车五六百斤重的煤拉到坑外。虽然在井沟煤矿时间仅有一个月，但那却是王俊杰感觉一生中最为艰难体力活最重的一个月。那时他已经和在石口中学当教师的妻子李建峰结婚，可因为没有开通公交，要见一次妻子需要在土路上步行三十多里。后来他被调到食堂帮忙，黑乎乎的感觉减轻了，可是每天依然得四五点起床，担水，生火，蒸馍，工作并不轻松。

1971年，经国务院批准，交口县开始组建。他调离井沟煤矿参与了筹建工作。1982年他又调回隰县，直至2004年退休前，他陪同领导下乡调研，废寝忘食撰写调研材料；他带队进厂矿下基层大搞科普宣传；作为带头人，他积极推广旱地小麦大面积高产栽培技术，对优良品种花生、西瓜、马铃薯等作物作对比试验；到隰县总工会后，他大搞机制创新，清旧账，挖潜力，激活力，使一个被人诟病的部门很快改变颓势，一跃成为受表扬的先进部门。即使是退休离开工作岗位，他也没有让自己的人生变得暗淡失色，他热心于社会，守职于家庭，当起红娘、志愿者，变成了推介家乡的义务宣传者、父母床前的大孝子、和睦家庭的维系者、恩爱夫妻的践行者。

就像多少人说的那样，一个人做一件好事容易，但长期坚持做好事很难。这个难放到王俊杰这里似乎并不存在。就以孝亲敬老这件事来说，很多人都说父母对儿女之爱是天然的，理所当然的，天经地义的，但在王俊杰眼里看到的却是恩情。有谁天生就该为谁永远付出呢？人与人之间所有的温暖，都是源于感恩。因此，王俊杰对别人如此，对父母也是如此，继而对工作、对苦难也是这样，可以看出，"感恩"在王俊杰的内心深处占有相当重要的地位。

着色：工作岗位上的几笔浓墨重彩

回顾一生，王俊杰讲得最多最为乐道的，放到我们的画布上就是最为浓墨重彩的部分。就王俊杰而言，参与筹备交口建县是其一；发挥专业特长推广旱地小麦大面积高产是其二；以党支部书记的身份主持县总工会工作，大刀阔斧搞改革是其三。下面我们逐一开始。

1971 年经国务院批准交口县开始组建，具体方案是：分别从灵石、孝义、隰县划出两个、三个、四个乡镇共八万人重新成立交口县。王俊杰回忆说，新成立县筹备领导组组长、副组长以及具体工作人员，都是由灵石、孝义、隰县抽调而来。王俊杰就是那年离开煤矿调到交口县筹建组的。他描述这次工作变动时用了"荣调"一词。为什么觉得是荣调呢？王俊杰说，当时当地很缺人才，他这个有着大专文凭的人被选用，觉得自己脸上有光。其实以当事人看来，自己有幸参与一个新县的组建，看着地图上一个新的行政区域诞生，当然是荣耀。新建交口县城所在的水头镇山高坡陡，森林覆盖，"三线建设"项目很多，情况非常复杂。所有参与筹建的人为做好群众工作，一律都住在民房和附近厂矿的职工宿舍里。王俊杰所在的农办在一个中学家属院里办公。作为农办办公室负责人，他每天上传下达、统计报表、撰写各种材料，还要经常陪分管领导蹲点下乡。三年后因其作风踏实、业绩突出，组织便调他去给县革委会副主任当秘书，后又调到县科委担任办公室主任。这对王俊杰来说无疑是幸运的，因为他可以静心编印专业刊物《农业通讯》，名正言顺地撰写专业论文了。没多久，他就因有十余篇专业论文发表，在当地产生了影响。1978 年，县里派他代表交口县参加了全省科学大会。

六七年的光阴，两千四百多个日夜，如果不多想，很容易就这么行云流水轻描淡写过去了。但落实到一个具体的人，当年的一月一周一日的情况就并非如此。几十年后，已然离开工作岗位的王俊杰，在讲自己如何处理这种复杂时，他说是受父亲影响，他时刻牢记着父亲的话：做人要正直、忠厚、老实、行善、能忍。所以他把精力全都放在做事上来，尽可能做到独善其身，而远离那些为一己私利而蝇营狗苟的人。

一个问题摆在我们面前了。那么，王俊杰的独善其身能坚持多久，或者说如此的独善其身后会是一个什么样的结果？可以断定，这个问题王俊杰一定也在某个深夜很正式地问过自己。那时他已三十大几马上奔四了，人生的风雨已经经历，世态的炎凉也已感同身受。他仔细盘点自己，新建交口县的各项工作都已步入正轨，尽管自己和妻子李建峰和孩子们在一起，可是在隰县的双方老人均年事已高，自己先顾工作没错，但也不应该撇下老人。在此情况下，他和妻子商量，觉得在交口县十二年的工作已经收获满满，他们想为自己勾勒另一幅蓝图了。

20世纪80年代初期，改革开放的春风吹拂整个中国大地，从农专毕业的王俊杰，似乎听到了时代的召唤。1982年他和妻子李建峰一起调回隰县，他去的地方是县科委。时隔十二年他再次站在自己家乡的土地上，大概从翕张的鼻翼处吸入的空气，都能闻到一种游子归家的亲切。我们知道隰县是个古县，春秋称蒲邑，归魏后，改称蒲阳，之后数改其名，但它始终有着"河东重镇、三晋雄邦"之美誉。可在这美誉之下，人们却依然处在贫困之中。王俊杰当然知道，自己作为农艺师应该是走进土地，靠老百姓最近的人。我们没必要去问王俊杰如何看待自己的工作，正如前文所述，他那颗一直坚持要艰苦奋斗、不怕困难、要排除万难全心全意为人民服务的心，应该是无论在什么岗位都不会改变的，更何况自己脚下踩的是家乡的土地。于是，他带领技术干部深入厂矿企业和乡镇农村宣传和普及科技知识，多次研究确定布点后，开展多个科研项目的试验。他最为称道的是旱地小麦大面积高产栽培技术的推广和花生、西瓜、马铃薯等优良品种的对比试验。他坐公交，骑自行车，近的地方徒步而去，他先后去了十二个公社八十多个村庄。每到一处，他都利用晚间时间到生产队点着油灯组织大家开会、学习，他吃农家饭，睡农家炕，主动参加劳动，他认真采集数据，翔实记录心得，写出五十多篇科研报告，在省、地科技刊物上发表刊登了十余篇。他说，自己是农艺师，舞台在老百姓的田地里。他的付出是值得的。经过三年的努力，他和另一位名叫王邦奎的农艺师负责的旱地小麦大面积栽培技术在隰县推广大获成功，取得了亩产翻倍的新纪录。王俊杰被评为省科技先进工作者，临汾地区的科技十大标兵。

接下来，他当然要再接再厉，尤其是担任县科协副主席后，他要让隰县多一些像自己这样有知识又接地气的"专家"。他从机关作风入手，在建立各项规章制度的基础上，大力组建医学会、农学会、工学会、建筑学会、食用菌学会、西瓜学会、小麦学会、果树学会等，他亲自带队深入基层推广非常适宜于当地的食用菌技术，在科协的帮助下全县有三千多名农民技术员，通过培训掌握了食用菌、农作物、畜牧兽医和栽培技术；他又安排科普车，因地制宜地利用人们喜欢赶庙会的机会，到街头对民众进行科普宣传。这些看似普通而又简单的活动，不仅受到广大人民的好评，也让全县的科协工作在一种"润物细无声"中上了一个台阶。如若不出意外，在他1993年去县总工会工作前的这十一年，应该是他双腿跑得最欢，与农民最为亲近，所学专业用处最大，最不负"农艺师"和"专家"称号的十一年，也是他"专业"光芒放射最为耀眼的十一年。

　　1993年王俊杰奉命担任县总工会党支部书记。这次应该不是什么"荣调"，而是一次临危受命。当时县总工会的情况很特殊，主席办了停薪留职下了海，机关职工工资却欠着十个月没有发，当然不是主席不想发，而是根本无钱可发。不仅如此，工会账上还趴着十多万元的外债。要知道，那可是1993年，中国的改革大潮已经一浪高过一浪，在以"经济建设为中心"的奔涌洪流中，人们的眼界逐步被打开了，思想也解放了，民主、法制、多种经营、下海、多劳多得、不搞平均成为热词，大街上人人沐浴在《春天的故事》里，最喜欢的歌词却是——该出手时就出手，风风火火闯九州。无论是在哪个单位，领导们发现，每天都在蠢蠢欲动的员工真不如以前好管了，你给他们讲"奉献"，他们给你讲"一切向钱看"，你给他们讲革命理想，他们给你说想开一辆桑塔纳。毕竟《亚洲雄风》已经回荡在世界东方，谁愿意循规蹈矩甘于寂寞呢？员工思想工作变得出奇难做。组织部找他谈话，希望他在做好党建工作的同时把全面工作抓起来。这是组织的希望，更是一份信任，同时也是一副重担。自己行吗？有那个能力吗？自己差不多要年过半百了，在原单位干得好好的，环境舒适，业务轻车熟路，何必再去蹚那摊浑水，搞不好，出不了成绩，还会有损于自己的声望，可是，可是，可是……自己能开口和组织说自己不想干，干不了吗？这不是自己的性格呀，再说，回想自己这一路走来的经历，哪一次不是毫无怨言地服从了组织的安排，那句"党叫干啥就干啥"的戏词听起来有点儿高大上，可从内心讲，自己就只为那一点点蝇头小名声，就被眼前的困难吓倒？那是一种奇怪的心理，兴许他一时不相信自己的能力，但相信领导的判断，他相信组织的安排绝不会轻率。于是他应承了下来。他走马上任，一到任便以全面主持工作的形象出现在职工面前。在亲自进厂入企作了深入调研后，胸有成竹的他便开始全身心投入工作，为了让大家尽快各归其位各司其职，让工会工作转入正轨，首先自己带头和大家一起学习工会法，让大家结合实际明白自己的工作性质、任务内容，以及意义所在；二是大胆改革，彻底打破大锅饭，把人员进行分组，每组工作要做到分工明确、责任到人，月初有安排，月底要考核；三是借换届之机，把真正深得职工信任业务素质高的人选到工会岗位上来；四是自己多方筹措资金，在最短时间内解决了机关职工欠薪问题，赢得员工的信任；五是在全县大力开展群众性体育娱乐活动，让群众实实在在看得见、摸得着、感觉到工会的工作；六是由酒厂、电厂、烟草公司开始，以点带面向全县推广进行职工集体合同的签订工作。如此一来，全县工会系统的干部职工各就其位，开始忙碌起来，而他转头把目标放在关心职工的实事上来。那年头不是讲住楼房开小车吗，让职工开上小车自己办不到，但改善一下职工住房条件的可能性还是有的，为此，他跑政府，跑相关部门，前前后后几十趟，不过最终得到了县政府、县房改办的支持，1997 年春他为工会职工办的最大一件实事好事——家属楼落成了，多少工会职工脸上露出自豪的笑容。他为职工着想，职工为他分忧，在他的带领下，县总工会上下齐心，真抓实干，所做的工作一项比一项好，他们勠力拼搏的结果是，县总工会不断地受到省、市总工会的表彰，而王俊杰个人也三次被省、市总工会评为优秀工会干部，自己不仅没有丢人出丑，还为自己的人生增添了一段华彩乐章。

上光：一抹清澈的亮色

2004 年，王俊杰退休，他的人生旅程基本定型。退休意味着自由。如今社会有一种心照不宣的观点，认为一个人真正的幸福生活是从退休之日开始的，所谓的——有钱有闲。什么是幸福呢？难道就是老不养、少不育，自己无病无疾，成天陪着老伴周游世界？不是有很多人总在朋友圈里晒旅游照吗，不是炫耀自己到过多少打卡地，就是去过多少个国家，就算在报道王俊杰荣获全国"孝亲敬老之星"称号的事迹材料里，也为他放弃旅游守在父母身边而大为称道，由此可见，在大多数人眼里，一个人一旦退休就应该去旅游才对。

我们不知道，王俊杰在刚离开工作岗位的那段时间是如何度过的。用他的话讲，他也曾感觉孤单与落寞，那些"碰到我的人不热情了，少打招呼了"的描述兴许是事实，但兴许只是他的一种错觉。不可否认的是，从公众的或从社会的意义来说，人们对他由期望而画出的画稿几乎定稿了。无论是饭菜无味，夜不能寐，还是心绪烦躁、精神软困，他都得回归家庭。应该说，也就是在那个时候，他又开始重新校正自己的人生坐标——从革命工作角度讲，自己退休了，可对父母双亲的责任还压在自己肩上，还有，自己一直爱好写作，隰县尽管有"金梨之乡"之称，可名声还不够大，还有，家乡的人文美景还鲜有人知，难道这些事不需要有人去做吗？他大概在一次次通过静思和与父亲的交流中获得了灵感，父亲退休后也没有闲着啊，父亲"男红娘"的称号就是一个例证，还有，还有……他一时间觉得真是还有那么多的事需要自己长出三头六臂来。王俊杰退休了、自由了，有了大把的时间，忙碌一辈子的他，又怎么可能浪费这种自由和时间呢？

王俊杰首先把时间和精力放到父母身上。用他的话讲，父母亲都年事已高，自己怎么也该开始报答养育之恩了。当然只有医院的护士和家里人才知道，2006 年秋天在父亲王祯彦患病住院期间，王俊杰是怎样为父亲喂饭、按摩、洗脸、洗脚、倒屎倒尿，用药无效时只能戴上手套用手为便秘的老父亲抠出粪便，悉心照料父亲。2010 年 5 月，因抢救无效父亲溘然离世。这对常人来说应该是一种解脱，可在王俊杰的文章里，他说父亲的去世对他来说是一次很大的打击，他悲痛万分，同时化悲痛为力量，把更多的精力与爱倾注到了痴呆老母亲的身上。那时他的母亲因为患有严重的冠心病，臀部有瘤，又患有老年痴呆症，生活已经完全不能自理多年了。为照顾好母亲，他开始学习日常护理知识，每晚他还会亲自为母亲温水泡脚，按摩身体，天气好的时候，他就扶着母亲上街、去公园给母亲解闷。他记得曾经有一天晚上，母亲冠心病突然发作，心率跳到每分钟一百五十下，身体抖得搂都搂不住，他找来药可是仍无法控制，他一边让妻子赶紧叫车，一边自己穿衣戴帽背母亲下楼，因为他和妻子送治及时才挽救了母亲的生命。

据当地一位市报记者讲，隰县人们经常能在县城东大街、鼓楼旁、西街公园、小西天广场等地方，看到一位已上年纪的儿子搀扶着自己的老母亲在慢慢散步。从 1996 年母亲患病算起，到 2014 年母亲去世，王俊杰用十八年默默付出打破了人们常言的"久病床前无孝子"的俗语，在他文章的字里行间，人们看到最多的是他对父母的至亲至爱，根本找不到那种"该与不该"的纷争与纠结。他说，父母给予我们的幸福是整个世界上最珍贵的东西——感谢感恩父母给我们的一切。一个人拥有如此之心，他怎么可能会怠慢自己的父母呢？

谈到好人，人们总是喜欢将聚光灯照到王俊杰的"孝"上，其实我们更应该看到这种孝的背后是爱，一种大爱；否则，他也不会"退而不休"地行走在隰县大地上大歌特歌隰县，也不会投身于志愿者行列奉献余热，也不会挥笔疾书宣扬那些与自己毫不相干的人，更不会千辛万苦去寻访那些已经被人遗忘的老兵……人们在世俗的现实中，通常把这类人称为"不安分的人"或"喜欢凑热闹的人"，不过人们忽略了一点，一个不安分的人或一个喜欢凑热闹的人，身体里一定有一颗热腾腾的心。从表面上看，他做的事有满足自己个人心愿的可能，但那心愿如果不是为了虚荣，而是为了别人和社会，我们就得换另一种眼光去看他了。

从《流金岁月》的文稿里可以得出，退休后的王俊杰实际上是更忙了。他除了要孝敬伺候父母亲外，还要写作、拍照、走访、管闲事，他写"隰县老年体协有一支门球队""隰县老年大学有一支乐器队""山区隰县有一支老年舞蹈、秧歌队"；他宣传隰县的金梨、晋西革命纪念馆、小西天的名胜、隰县的生态变化；他用真情回忆母亲、父亲、岳父、老师、旧友；他用一首首诗歌为雅安祈福，夸"嫦娥三号"奔月，赞铁路工人，歌颂党和过去老一代的丰功伟绩；他用实际行动去寻访隰县抗战老兵，去采访为儿捐肾的好妈妈、孝敬公公的好儿媳、钻研医术一心为百姓的医生、古建筑的工程师，然后写成文章通过媒体弘扬出去。在大街上，遇到两个老人吵架，一个老人拿起砖头要向另一名老人砸去，围观的人那么多却没有人敢上去劝阻，他是一个老人了，反倒挺身而出，伸手夺下了那块砖。在鼓楼旁，天天饮料公司大楼对面，遇到一位高龄老人摔倒躺在街旁，招手求助，路经三十余人无人过问，他发现后及时跑过去和另一位好心人一起将老人扶起，找了一辆小车，将因跌倒而不能行走的老人送回了家，安顿好后悄然离开。县里有一个微益义工联合会志愿团队，志愿者需要走进幼儿园、残疾儿童学校，为贫困学生残疾儿童和贫困老人捐款捐物，他不仅参加了，还当了顾问。这些事迹似乎平淡了一些，家常了一些，但放到一个退休的老人身上，我们就不应该用平淡和家常来形容了吧。

到这里，这幅画差不多就完成了。当然，王俊杰是一个活生生的人，不是画，我们给他画像，不过是为了更形象地了解他、认识他。我们回到文章中来，王俊杰和他的故事至此就告一段落了，而且就实实在在发生在我们的现实身边，只是我们不知道，会有多少人能从中看到这种现实，或者说，会有多少人能看到这份现实意义。不过我们相信，有心者必有所得，无心者自是无所谓。不论有心，还是无心，一幅画像就摆在这里了，无论它遇到什么人，遭遇什么看法，那都是它的自身造化。

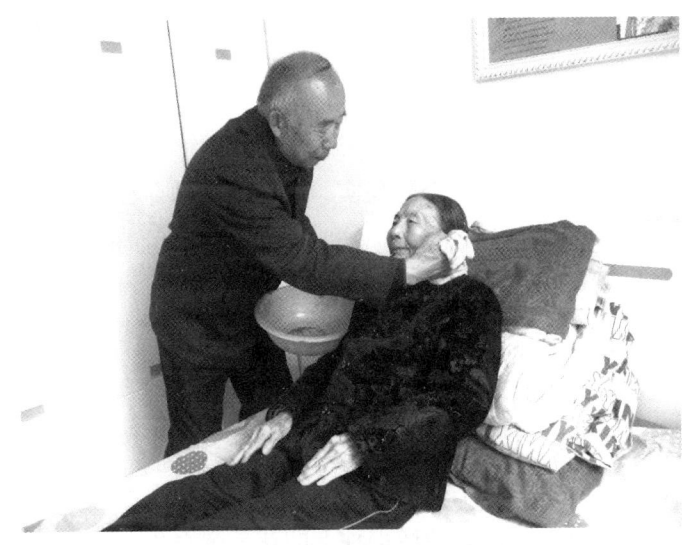

王俊杰照顾卧病在床的母亲

点燃我，照亮你

——记全国"五一劳动奖章"获得者、隰县第一中学教师秦慧珍

指　尖

一

时过境迁，结局早已昭然若揭。

倘若可以假设，在世上某个隐秘实验空间，真的存在一台时光机器，而我有幸可以体验一次，那么，我肯定会沿着时间粗糙的肌理，穿过堆满欢喜、悲伤、欣慰、叹息、苦涩等情绪结晶的逼仄甬道，去往秦慧珍参加高考的那年夏天。不，显然这并非我的初衷，如果如此，我可能会再次原路返回时间甬道，风驰电掣逆流而上，去往她的十三岁、十岁，或者八岁。

八岁的秦慧珍是一个圆脸蛋小姑娘，喜欢笑，喜欢热闹，她跟母亲和妹妹寄居在隰县城南乡曹城村半山腰的一户农家小院，她喜欢这个院子，不仅因出生于此，也不仅院子里有她亲手种下的花、亲手栽下的梨树，而是因为在她幼小的认知和纯粹的心灵中，觉得这就是她永远的家。事实上，这里不过是她跟母亲和妹妹的临时居住地，她不知道，她的户口本上的那个家庭住址，跟这个心爱的院子完全南辕北辙。虽然刚上一年级，但小姑娘秦慧珍对学校并不陌生，从她记事起，每天的活动范围基本就是母亲代课的教室和学校的院子，当时学校是复式教学，下课后，小姑娘秦慧珍跟随那些一年级、二年级乃至五年级的女学生，看她们玩游戏，踢毽子、跳皮筋或者跳格子。她也常常遇见五年级的男生，站在母亲面前，恭恭敬敬，低头挨训。上课时，

她端坐在讲台下面，像身边的大哥哥大姐姐们那样，从凳子上努力撑直腰，将双肘平放在课桌上，目光盯着讲台上的母亲，一副认真听讲的样子。虽然她年纪小，但在语文课上有时会听得入迷，随着课本里的情节，进入一个陌生而新鲜的地方，仿佛一朵花、一棵草、一只蝴蝶和一条小鱼一样，自由自在徜徉其中。但更多时候，幼小的她，心里满怀一股巨大的骄傲，为站在讲台上抑扬顿挫讲课且被村里人尊敬的老师母亲。这是一个完全不同于生活里的母亲，那个早上将她和妹妹从炕上拉起来的母亲，那个胡乱给她们梳头的母亲，那个做一锅简单的饭要连着吃三顿的母亲，那个只有在星期天才顾得上洗衣服的母亲，那个赶着小毛驴磨面的母亲，那个不敢在夜里出门抬水的母亲，那个在油灯下补衣服的母亲……所有这些母亲的形象，都是恍惚而虚弱的，唯有讲台上母亲的形象，是确凿的，有意义的，乃至是伟大的。

记忆里，妹妹生病发烧，秦慧珍被留在家里照顾妹妹，那时，她跟妹妹最喜欢做的游戏是当老师游戏，她们把布娃娃、枕头、毛衣掸子，甚至小手绢叠成的小老鼠，都当成她们的学生，让它们整齐地坐在那里，她是大老师，而妹妹是小老师，一堂课接着一堂课地给这些幻想中的学生讲课，讲一加一等于二，讲一只乌鸦口渴了，有时也会上音乐课和体育课……所有母亲作为老师带过的课程，她们都会来一遍，并乐此不疲，直到天渐渐暗下去。那多是在冬天，窑洞外面北风呼啸，小姑娘秦慧珍怀里抱着刚刚退烧的妹妹，饥肠辘辘，昏昏欲睡。

多年以后，秦慧珍记忆里的小院，不再有冬天呼号的北风、夏天的暴雨、昏暗的夜晚，经过时间的冲刷过滤，留下来的，全是一些难忘而温暖的时刻：昏暗的油灯，影影绰绰地照着她跟妹妹的脸上，她们笑着、闹着，透过油灯的光线在墙壁上做着手影游戏，她的马嘴会咬住妹妹小兔子的耳朵，后来妹妹的小兔子变成一把剪刀，也要来剪掉她小小的马耳朵，她大笑着逃跑，摇身一变，变成一只大鸟飞走，妹妹的蛇头悠悠而来，她的小狗开始不停叫吠……

阳光透亮的上午，母亲赶着毛驴在石头碾子上磨面，那时，母亲头上顶着一块蓝色的头巾，她像所有熟练的村妇那样，不停地将碾压的玉米们用笤帚扫回到碾子下，秦慧珍跟妹妹站得远远的，她眼里的母亲变得温柔而慈祥，而那些个上午时光，也变得极其明亮。

她跟母亲沐浴着火红的夕阳，去往离村庄很远的水井里抬水，长长的绳子绑在水桶上，母亲将它放到水井里，左右摇晃，水桶中渐渐充满了水。夕阳像一道金边，镶嵌在母亲的头上、背上，当她用力将水桶往上拉时，金边碎成了金粉，落在了水桶里……

而最令秦慧珍难忘的，是从家里通往学校的土路，那是一道弯曲的下坡路，她在路上遇见过蚂蚁队伍，也遇见过毛毛虫和千足虫，有次雨后，她竟然遇见过一只迷路的青蛙。当然，她也记得在下雪天，坡道成为她们的滑道，她跟妹妹蹲下来，像两个滑雪初学者，满怀兴奋大叫着滑到坡底的小路上，然后牵手向小学校走去。

最美好的画面来自一家团圆的时候。父亲在百里之外的石楼县教书，为了替母亲分担一些家务，就带着哥哥在那里上学。每次父亲和哥哥回来，都会给她们带回红枣、饼干等零食，她们吃着甜甜的红枣，缠着哥哥讲外面的世界，讲完了，哥哥就唱歌给她们听，那个小院成为世上独有的乐园，洋溢着阵阵欢声笑语。

隔着时间厚厚的屏障，倘若我侧耳倾听，能够听到她们的笑声和歌声，我或许会悄悄将那个圆脸姑娘秦慧珍喊出门外，就在她熟悉的院子里，在那株小小的梨树旁边，提前透露关于未来的一些零碎讯息，比如，多年以后，当她长大，也会像母亲那样，以一名人民教师的身份，站在讲台上……当然，所有这些假设都是不成立的。生而为人，蝼蚁草芥，没有谁可能得到时间的厚待，除去艺术作品的虚构，并没有时光机器可供我们自由出入，逆着时间洪流回到过去，我更不能去往她的八岁、十岁、十三岁，也不能看见她们生活的那个小院，以及她每天跟母亲和妹妹走过的那条通往学校的小路。

在2022年的年末，我只能以一个陌生人的身份，站在年过知天命之年的秦慧珍面前。可以肯定的是，在当年，八岁、十岁、十三岁的时候，她已经在心底栽植下未来身份的种子，只是，那时她年纪尚小，不敢，也不能确定。

二

1988年6月，十八岁的秦慧珍即将迎来生命中第一件大事——高考，那段时间，她跟同学们每天都在研读《招生通讯》，寻找自己心仪的学校。同学们都极其兴奋，有的说自己一定要报考首都北京的学校，而有的说要去省城太原。当跟秦慧珍关系最好的同学询问她想去哪里上学时，爽朗的秦慧珍第一次缄默了。在她心里，最理想的学校当然是北京师范大学，这个荟萃了梁启超、李大钊、钱玄同、鲁迅、李达等革命家、思想家、文学家的殿堂，令她向往，但她深知，以自己的成绩，不可能考上。回到家里，她跟父母商量，第一次说出了自己将来的理想职业——教师，而她理想的工作地，是回到隰县，像父母一样，将一生安放在家乡的沃土，扎根、发芽、生长、老去。那时，她在师范院校上学的哥哥，即将毕业，奔赴教师岗位，而即将升入高中的妹妹，更是双手赞成，因为她的理想跟姐姐一样，也是成为一名教师。父母听到秦慧珍的想法后，当然也毫无保留地支持她。经过一番权衡，她的高考志愿填写了省内的几个师范学校。

看到她的志愿，同学们都觉得她太低调了，她笑笑，只有她知道，走近目标时的那种欣喜、笃定，还有忐忑和不安。

高考结束，她的成绩并不理想，但幸运的是，8月，她还是接到了太原师范学校的录取通知书。之后，她如鱼得水，如饥似渴地开启了自己的大学学习生涯。她勤奋刻苦，怀着对知识的渴望，认真学习，除去宿舍和食堂，图书馆和教室成为她待得最长的地方，即便周末，同学们相约去逛街、看电影，她常常会拒绝。三年后，她又考取了山西师范大学。

1993年7月，她大学毕业了。省城的车水马龙、高楼大厦、电影院、舞厅、柳巷和海子边的市场、友谊商店的外国顾客……所有这些代表着先进和繁华的都市生活，不是不吸引她，而来自省城的就业橄榄枝也曾让她心驰神往过，只是，在这里，她觉得自己更像旅人，仿佛无根的浮萍，那难以驱散的惆怅、局促和内疚，会像麦芒一样戳着她的内心，令人忐忑不安。她收拾好行李，没有迟疑，也没有不舍，义无反顾登上了回乡的客车。省城在她身后渐渐隐去，夕阳西沉，远远的地平线，出现被黄土围裹的故乡，县城狭窄的街道、低矮的房屋、稀稀拉拉的行道树，所有这些，都给她一种不可言说的亲切感。而当她耳边传来隰县口音的问询时，她终于笑了。

9月，隰县跟黄土高原上的任何一个地域一样，展示出它一年中最丰饶的部分，庄稼成熟，万物繁盛，空气中弥漫着丰收的讯息。一个扎着马尾辫的年轻女孩，走进了隰县一中的校园，她环顾着这个熟悉的校园，熟悉的教学楼、钻天杨，以及学生们脸上熟悉的表情，仿佛一切正在重来，一边发生，一边消失，而时间就在发生和消失之间出现了奇迹，她看见了初中毕业的自己，第一次走进校园的样子，也看见了高一的自己、高二的自己和高三的自己，但最终，迎接她的是那个即将奔赴大学的自己，她跟她重叠在一起。一个人，无论走多远，只要回到原点，发生在她身上的时间便会神奇地消弭不见，她成为她自己，一个从未改变初衷的从未妄想逃离的葆有初心的自己。

学校安排她为高一的四个班带数学课。时至今日，秦慧珍还清晰地记得第一次以代课老师的身份走进教室的情形，那是上午的第一节课，她提前来到了教室门口，里面熟悉的课桌，熟悉的黑板，甚至熟悉的气味，都令她心里五味杂陈，教师理想的实现，以及对课堂的预测都搅扰着她的内心，但最终，让她平静下来的，是一个信念，那就是：从今天起，我一定要用心用力带好每一个学生，让他们学得扎实，学得牢固，成绩稳定，走进理想的大学。这个朴素的信念，在其后近三十年的时间中，渐渐变成了她心中的准则，乃至身体力行，成为众人眼里将所有时间、所有精力全部奉献给学生的优秀形象。也就是从那天起，高一四个班的学生，即便最后一节课上完，他们都不舍得离开，因为在烛光点点的教室里，一直有秦老师年轻的身影，她不厌其烦地陪着他们做题，辅导，鼓励他们，不是自己脑子笨，只是没有找对学习方法而已。她的激励，让同学们信心倍增。同时，她的一举一动，也被学校看在眼里。

经人介绍，秦慧珍有了男朋友，到学生进入高二这年，他们结婚了。命运有时会安排一些特别令人诧异的事，其实都是颇有深意的。秦慧珍在短短三年，就完成妻子和母亲的过渡，这既是命运的厚待，同时也是对她的考验，甚至是在历练和挑战一个人的承受能力，以及耐心和专心程度。但秦慧珍用她的行动和成绩，用近三十年的时间，交出了一张完全经得住时间考验和推敲的答卷。这点上，命运这个大神也是要伸出大拇指为秦慧珍点赞的。

休完产假，秦慧珍站在了高三的讲台上，这届由她一直代课的学生们，目光中满是期待和喜悦，似乎秦慧珍是他们心中的明灯、定心丸和保险器，只有她站在讲台上，只有她课堂上的身影，才会让他们充满斗志，让他们保持信心。事实上，隰县一中学子们的选择是正确的，秦慧珍老师的确是一个值得托付和信赖的老师，因为她从未把面前的学生，当作是不懂事或者不成器的孩子，在她眼里，他们每一个人都是她自己，怀抱理想，努力前行。在其后的时间中，她面前学生们的面孔经过了无数次的变动，但在秦慧珍眼里，他们拥有共同的渴求的目光和充满期待的面容，他们是她的伙伴，她的心上风景，眼中世界，是她生命最主要的组成部分。

三

隰县，古称隰州，位于吕梁山南麓，是典型的黄土高原残塬沟壑区。境内沟壑纵横，山峦连绵，丘陵起伏，素有"河东重镇、三晋雄邦"的美誉。

早在清末民初，隰县县城五万三千口人中，学龄儿童不过五六百人，当时就拥有七八处私塾。据记载，办私塾的"多为本地宿儒名士，他们不完全是以办学为职业，也不完全是收费授徒，不少人是专门讲学传经，也有的是爱才而教，换得晚年自娱。入学的孩子不必经过考试，一般只需征得先生同意，并在孔老夫子的牌位或圣像前恭立，向孔老夫子和先生各磕一个头或作一个揖后，即可取得入学资格"。文献记载，清末州城任教知名度较高的先生有：薛雯锦，城内人，道光岁贡，深孚人望，南街薛家巷私塾授徒，从学者三十人；史贯一，城内人，咸丰拔贡，文学卓优，东街上营巷私塾收徒二十人；王尚德，城内人，贡生，北街王家巷私塾收徒十人，义务授课，不间寒暑；王兆麟，贡生，本州水头人，城内城隍庙私塾授徒十四人；冯时顺，贡生，城内人，北街上草字巷私塾收徒二十人；史如喜，秀才，城内人，以课徒为业，私塾收徒十五人；窦思宪，廪生，城郊窑上村人，城内安国寺文昌阁私塾授徒十人。

康熙四十七年（1708 年），隰州知州钱以垲，在州城安国寺东原有学宫的基础上创立了紫川书院。乾隆五十二年（1787 年），高阳韩公劝捐兴学，聘品学兼优者来院主持讲席，从学者增多；道光九年（1829 年），襄城张公举荐州绅刘会清重修书院；道光二十八年（1848 年），宁河王公捐廉兴学；光绪十八年（1892 年），知州张公会同大宁、永和、蒲县三县，集资重修紫川书院，聘本城副榜王嘉会主持讲席，各县来州城就学的越来越多，书院的学风、文风盛极一时。紫川书院从创建到改设历时近两百年，这在隰州教育史上是一段可观的历程。

到 1913 年 8 月，山西省军政府颁令，对全省官办公立的中学统一命名、统一拨给办学经费，同时成立五所省立中学，1919 年，山西省立第九中学在隰县设立，校址选定在县城南关圣境寺。1933 年，山西省立第九中学校改为"隰县中学"。"七七"事变后，抗战开始，学校被迫停课。

1941 年，抗战进入相持阶段，后方形势趋于稳定，为挽救失学青年，为国家培养抗日和建设人才，经过赵宗复等人的积极筹办，原设在太原的山西省私立进山中学在隰县复校，当时虽然学校距离日军占领区仅仅百余里，身处险境，条件艰苦，但即便如此，在全体师生共同努力下，先后在隰县南关、北门外后寺、大麦郊温泉村和汾西县窑上，利用当地学校旧址、破旧寺庙和民房，办起四所分校。六年间，学校"成绩日佳，声誉日隆"。

1948 年秋天，为迎接中华人民共和国的成立，晋绥九分区和专员公署创办了隰县师范学校，后改称为"山西省晋南专署公立隰县师范学校""山西省立隰县师范学校"，2001 年隰县师范学校正式挂牌为"山西师范大学临汾学院隰县分校"，一直到 2011 年，学校才全部搬离。

历史就像一部浩瀚的词典，这部词典之中，给出了我们确凿的答案，也就是说，隰县历来拥有深蕴富厚的办学实力、肥沃丰饶的文化土壤和尊师重教的优秀传统，而所有这些值得牢记和荣耀的历史，经过岁月缓慢的沉淀，渐渐成为隰县人耳濡目染、潜移默化、引以为豪的信念。写到这里，我突然理解了秦慧珍的选择，以及其后几十年来，她勤勤恳恳、兢兢业业、耕耘在教育战线上乐此不疲且毫无怨言的原因。也或许，在干燥多风的黄土高原，隰县这块湿润之地，原本就有不同于其他地域的文化形态、精神表达以及理想追求，成为师者，成为一个传道授业解惑的师者，是最理想的职业。正因如此，才能通过只属于师者的隐秘交流通道，去靠近隰县历史上那些明珠般耀眼的名士先贤，去聆听、去观察、去感受、去体会作为师者所要承担的艰巨职责和因之带来的为人之趣，为人之本。

从当年休完产假的那个学期开始，近三十年来，秦慧珍再没有离开过高三课堂的三尺讲台。时过境迁，清末民初的师者们的经验跟目前的教学似乎完全不同，但那种对学生的爱惜、严厉和倾其所有的付出依旧是相同的，乃至在秦慧珍身上看起来更胜一些。在她渐渐变得严肃而不苟言笑的外表下，内心是一颗慈母般无私而温柔的心。她用广博的爱和暖意，厚待着每一届、每个班的学子。校长张月根在采访中曾说过："普通班、实验班、复习班、侧重班，不管哪种类型的班级，只要秦慧珍带数学，成绩都会显著提高。我校高考成绩一年上一个台阶，每年参加高考的人数只有三四百人，达线率30%多，这简直就是一个奇迹。"

在翻看资料的时候，我见到·份2016年6月20日的《临汾日报》，里面是这样的内容：

> 秦慧珍是隰县第一中学数学教师、科研室主任，从教二十三年，连续十九年代高三毕业班，工作一丝不苟、兢兢业业，用大爱和责任诠释着教师这个骄阳下最光辉的职业。二十余年来，秦慧珍始终心系家乡教育事业，多次放弃高薪外聘的机会，甘当一名默默无闻的教师，甘愿为家乡的教育事业奉献自己的一切。2012年被省教育厅评为"省学科带头人"；2013年被市妇联授予"三八红旗手"称号；2014年被授予市"五一劳动模范"；2015年被授予省"五一劳动奖章"；2016年被授予全国"五一劳动奖章"。

这是临汾市公布的2016年度"十大新闻人物"简短介绍，这份介绍，更像秦慧珍交出的一份沉甸甸的答卷，呈现给我们的是一个优秀的、突出的、光辉的师者形象，但这份答卷的背后，却是她所有青春的消散，所有生命时间的流逝，以及所有心血的倾注。是的，在今天，那个圆脸蛋的八岁小姑娘，那个青春靓丽的马尾辫少女，已经是一个知天命之年的女子。到2022年，她又多次获得了各种荣誉，比如2017年3月获省妇联、省人力资源和社会保障厅"巾帼岗位先进个人"称号，2019年3月获省级"三晋英才"称号等；而这些荣耀之下，是她的皱纹、她的白发、身体的病痛，以及时间的风刀霜剑，那么无情，那么残忍。可是，即便如此，她还是那个爽朗的、大度的、无偏颇无掩藏的女子，像隰县春天里漫山遍野洁白似玉的梨花，即便寒风，即便细雨，都无法掩去她璀璨的、明亮的、纯粹的、幸福而美丽的笑颜。

四

教学之初，作为一个经验缺乏的代课老师，秦慧珍常常在教学中遇到问题会请教父母，探讨一些教学方法，乃至还请父母将他们多年以来的教学经验毫无保留地传授给她，同时，她虚心向学校教龄长、教学经验丰富的老师们请教，或者去他们的课堂听讲，随着时间的推移，教学方法的熟练掌握，她渐渐发现，面对社会的发展、科技的进步、信息化对生活的冲击，学生们的见识普遍得到增长，同时他们对老师的诉求也变得微妙起来，一方面，他们深谙苦练出真功的道理；另一方面，他们又抵触着传统的死板教学和做题方法；一方面他们信赖着代课老师的知识点，另一方面又觉得如此循规蹈矩令人疲惫。

秦慧珍深知，按照传统的教学模式，如果学生跟不上老师的讲课速度，不用很长时间，就会被落下。一些学生因此失去信心，放弃了对数学的学习兴趣，这是常常发生的事。如何改变这种状况呢？秦慧珍夜难成眠，翻来覆去，虽然所有学生都已经具备了一定的数学基础，但高中数学的难度的确比较大，面对难度，一些学生出现不适应和畏难情绪也是正常的，但高一、高二打不好基础，到高三就更加吃力了。如何改变这一现状呢？如果可以为学生们构建全新体验的科学课堂，以增加他们的兴趣点为主，会有怎样的效果呢？雷厉风行的秦慧珍说到做到，她首先在课堂上根据不同的数学知识类型，进行具有针对性的教学设计，使得每个关键的知识点像抛物线的顶点一样，让学生们看得到、看得清，以达到传授和接受之间的平衡。为减少学生们的学习压力，让他们放下基础差的包袱，轻松学数学，轻松解题，她在课堂上，采取了寓教于乐的教学方法，在讲解新的知识点的时候，不是直接告诉学生如何思考此类型的习题，而是先让同学们自由思考，自由发挥，让他们自己去寻找解题的途径，之后，秦老师再针对学生提出的问题，以及他们的思路来进行探讨和指正，耐心启发学生们的认知，挖掘学生们的潜力，同时用数学故事的形式，在课堂上营造轻松欢快的氛围，确保他们在良好的状态下，感受到学习数学的乐趣，用正确的方法，掌握适合的学习方式，从而调动起他们的学习热情，真正喜欢上数学。不仅如此，秦慧珍还借助多媒体教学设备，培养学生们的数学思维能力，通过一道习题，改变其中的变量，形成一通百通的解题思路，激发了学生们对数学的学习兴趣，也扩展了学生们的数学思维能力。

同时，她做到对收回来的学生作业，全批全改，第一时间发现问题，第一时间进行纠正解决，极大地提高了学生的接受能力和答题率。秦老师教学方法新颖，授课质量提高，教学效果很快初见成效。但秦慧珍老师的目标远非至此，她采取了抓尖子、带中间、促后进，分重点、分层次、分阶段的措施让学生进行高考模拟演练，经过一段时间的尝试，收到了良好的效果。

就在这种与历届学生们互相磨合的过程中，秦慧珍渐渐悟到，只有自己不断提升，不断努力，才可能站得高、看得远，才能得到学生的无限信任，于是，她对自己提出了三个严苛的要求：凡是要求学生做的内容，自己先完成；凡是布置给学生的功课，一定进行详细的解答；凡是考试形式的题目，一定认真批改。她通过学习各种参考书籍不断加固自我基础，并利用假期、课后等时间，不间断地在网上聆听国家级特级教师的授课，来提升自我能力，并及时将所学的教学技巧和方法运用到课堂中来。

秦慧珍老师带的高三班，因为升学率理想，很快就闻名全县，特别是一些补习生的家长，强烈要求自己的孩子要上秦老师的班。乃至有家长还说，进秦老师的班，就等于迈进了大学半步。有一年，校长受不了强烈要求的学生和家长，调整了几名成绩优秀的学生进了秦老师的班级，没想到，其他学生纷纷前来，要求也进秦老师的班。无奈，校长召开了专题会议，进行了研究，明确规定，秦老师的班补习生一律不收，都分流到其他班级，即便这样，秦慧珍老师带的班级的人数也比别的班多出二十多人。自 1996 年带高三班数学开始，每周四十多节课，几十年如一日，秦慧珍老师从未有过任何怨言。

夕阳渐渐沉落，隰县一中教室和办公室里的灯光次第亮起，整个校园成为一座灯的海洋。一天的课程已经结束，秦老师疲惫地回到办公室坐下来，她面前的桌子上，好几摞作业本正等待她批阅，在另一边，还有几份高考试卷，在等待着她的关注。属于她的时间，此刻才正式开始。在这些卷子和本子中间，我看到一本书，大地色的封面，右上角是一盏马灯，这本书的书名叫《一盏一盏的灯》，该书是 2013 年 4 月由江苏教育出版社为全国的教师献上的一本教师手记，书中讲述了六十多个朴实感人的教育教学故事，见我的目光在这本书上流连，秦慧珍老师不觉将它拿在手上摩挲，她说自己很喜欢这本书，没事了总爱翻一翻。"《一盏一盏的灯》是几十位老师讲述的教育故事。它们就像一盏盏灯，以小见大，深入浅出，提炼隽永的教书育人精神、教育教学常识和职业道理，展现一线教师的思考与智慧，让读者从中感受教育的爱与责任，更有从故事中延伸出的对当前教育的看法，读者感受到作为教师的幸福"。

五

2009 年，不仅是对隰县全体高中学子的考验，同时也是对隰县一中所有教职员工的考验。面对随着撤乡并镇政策的实施、乡下学校也一并缩减、大量农村学生涌入县城读书的现状，为容纳更多的学生，使得他们都有学上，都有书读，在由完全中学升级为高级中学的同时，隰县按照当时学生入学情况，采取了高中单办的措施。但由于这所创建于 1954 年的学校，相关设施滞后，办校条件明显落后，为彻底改变这一现状，县委、县政府加大对教育的投入力度，在离隰县县城 4 公里的城南乡五里后村修建了新校址，这一年，位于县城南大街的隰县一中，正式迁入新校区，而最关键的是，在改善学校各方面环境的同时，增设了食堂、宿舍、体育场馆等硬件设施。为更好地为学生提供服务，学校由原来的非全日制改为全日制管理。但是，万万没有想到，这样一来，隰县一中原本稳定的生源出现了问题，一些家长觉得，既然失去了跑校的便利，一样的全封闭管理，不如就将孩子送到临汾、太原等一些相对名声在外、教学严格的学校去上学，特别是那些家长在外地打工的学生，也随着父母去了外地学校就读高中。原本想大刀阔斧干一场的隰县一中，面对这种情况，竟然束手无策。

事实上，这种现象，远不是仅仅隰县这个山区县面临的问题，全国的县域中学都无一幸免，中考的高分生、好苗子，都被市里或者省里的中学录取，留下来的，多是基础差的中等以及中等以下的学生，但就是这些学生，也因家长的考量而分流出去。留给隰县一中的机会微乎其微，在经过一系列的宣传和劝导，采取放宽优惠政策，给予上学补贴等措施之后，效果也并不理想。

作为教学骨干的秦慧珍老师，更是看在眼里，急在心上。有一天，晚自习结束，在回家的路上，她突然想到，自己早在 2006 年，就提出了成立特长班的想法，进行分类教学，并被校领导采纳，那么，如果能将这个班办成周围县区一流的特长班，保证学生的达线率，不就能吸引更多的学生留下来吗？

2009 年 9 月，隰县一中第一届艺术特长班正式开学，秦慧珍被学校委以重任，担任特长班的班主任。

艺术特长生跟普通学生有区别，不只是他们因提前接受了艺术的熏陶，产生自由浪漫和不羁的心境，而且还因他们拥有一技之长，无形中养成高傲的性情，这些学生，是学校公认最难管和教的学生，秦慧珍经过深思熟虑，决定举行一次别具一格的开班仪式。

上课铃响了，秦老师提前邀请的所有代课老师徐徐走进教室，他们被请到讲台上，面前的课桌，离开了原来位置，被摆在了教室四周，教室中间留下一个很大的空间，学生们整齐地站在课桌后面，这情形让老师们百思不得其解。

秦慧珍老师铿锵有力的声音响起："各位同学，今天我们要举行有一个特别的开班仪式。我们面前的这片空地，就是一个舞台，请每位同学，将自己的特长在舞台上充分展示。我们请来的各位代课老师今天就是同学们的观众，请同学们大胆展示你们的才艺，让老师和同学了解你们。"

短暂的沉默之后，学生们的掌声响起。那天上午，他们像水中的游鱼，自由而沉浸地展示着自己的所长，直到最后一个学生展示完毕，秦慧珍面含笑意，对着学生们说："孩子们，看了你们的表演，我真是羡慕啊。多么有活力、多么自信的年轻人啊。有一句古话说得好：师不必贤于弟子，弟子不必不如师，闻道有先后，术业有专攻。在艺术特长上，你们是如此优秀，如此努力，连老师都羡慕和嫉妒你们啊，老师相信你们一定能将这份执着、努力和自信，转化成学习的动力，你们有没有信心？"教室里响起了如雷的回声："有！"这声音，透过教室的窗户，传到楼道里，又从楼道，传向校园。秦慧珍的目光之中，闪过一丝欣慰。

她后来跟我说，其实，打开孩子们的心扉，就等于成功了一半。处于青春期的学生们叛逆而自尊，尤其是学习艺术特长的孩子，多才多艺、敏感好动、思想活跃、不易管理。但是，只要你有爱心、耐心，尊重他们，真心地与他们沟通、交流，就一定能出现神奇的效果。实际上，真正面临特长班的学生时，远没有秦老师说得这么轻松，在其后十多年，为了实现这个目标，她为之付出的心血和精力，汉语中的任何一个词语都不足以表达。

在隰县有关单位提供的关于秦慧珍的资料中，有这样的记载：

——2009年春节刚过，新学期学生报到后，秦慧珍发现班里少了一个叫张丽的同学。这个学生艺术底子好，学习成绩也不错，只要再加把劲，就一定能考上一本院校。张丽缺课让她十分着急。"这个学期最为关键，如果落下功课，或许会耽搁一个人的美好前程。"课后，秦慧珍立即联系了张丽，电话中得知张丽家境贫寒，母亲又突发心脏病，治疗花了七八万元，家庭为此欠下了许多债。无奈之下，张丽决定辍学，外出打工。了解情况后，秦慧珍驱车30公里来到张丽家，耐心细致地做思想工作，最终，张丽返回到了学校。同时，她将此事汇报给了学校，校长当即拍板，减免张丽的学杂费，并免去全部食宿费。这解决了张丽的后顾之忧。当年，张丽不负众望，如愿考上了大学。离校时，张丽在毕业寄语中写道："是她点燃了学子心中的理想和希望……鲜花感恩雨露，因为雨露滋润它成长……我要感恩我可敬可爱的秦老师。"

——2012年，学校在特长班的基础上，成立侧重班，秦慧珍又挑起了班主任的重担。她充分利用课余时间找学生谈话，及时掌握学生的思想动态。她发现王子浩同学思想波动比较大，得知王子浩平时缺乏家庭关爱，导致思想不振，学不进去。她就抓住王子浩头脑聪明的特点，赞美、鼓励，用爱来感化他。王子浩却说："我在高一、高二就没好好学习，想来就来，想睡就睡，习气很难改了，您就不要费心了。"听到孩子自暴自弃的话，秦慧珍并没有撒手不管，而是经常在生活上关心他、学习上帮助他、思想上鼓励他。在秦慧珍的不懈努力下，王子浩终于有了变化，不迟到不早退，上课不睡觉，认真完成作业，月考成绩一次比一次好。当拿到录取通知书后，王子浩第一时间打电话给秦慧珍，兴奋地说："秦老师，太谢谢您了！没有您的关心，我肯定堕落了，这辈子就毁了……"听到电话里传来的啜泣声，秦慧珍的眼里也噙满了泪花。"那种满足感、幸福感，是什么都换不来的！"回忆起往事，她脸上洋溢着灿烂的笑容。

——有位学生，父母为给他创造较好的学习条件，克服生活不便、经济压力大的困难，在县城租住了房子，母亲专门照顾兄妹两人的生活起居，他在高中就读，妹妹在三中读书。父亲在农村耕种、管理几亩幼树。一次，学生的父亲在从县城返回村里的途中，突发意外，自己骑的摩托车与大车相撞，当场身亡。家里的顶梁柱没了，作为家中唯一的男孩，这位学生一下子思想崩溃、意志消沉，向秦老师请假并有退学打工的念头。听说这一情况后，秦慧珍专门驱车几十公里去这名学生家中，进行安抚和慰问，做学生的思想工作，给妈妈讲明利弊，在她的劝说下，该学生和母亲表示，再苦再累再难也要让孩子读书，从而避免了该学生失学。临走时，她放下300元，以解一家燃眉之急。

——有位女生，爱追求所谓的个性自由，不把校纪校规放在眼里，很多老师都曾被这名学生惹火、惹怒甚至气哭。但秦老师时刻关注着她，从未放弃这名学生。一次晚自习课检查作业，这名女学生推脱说不会做、也不交作业本，还说作业本在宿舍里忘拿了，秦老师说了这名女学生几句，并要求回宿舍拿作业去，该学生扭头就出了教室。她以为女生回宿舍拿作业去了，等了有十分钟，宿舍没有，找遍了校园的各个角落，终于在教学楼梯下的旮旯里找到。女同学在那里哭鼻子，说了一句："老师我错了，以后我按时完成作业，再也不敢了。"她听到这句话以后，又好气又好笑，心里的气一下子消了。把学生叫到旁边，耐心细致地做思想工作，进行心理疏导，重新树立了她好好学习的信心。在当年的高考中，该学生顺利地考上了艺术学院本科。

——有名学生考入了自己理想的大学，可是由于家庭困难，自己暑期打工，还是难以筹到学费。她了解情况后，通过各种渠道，争取到一家企业老板的支持，无偿为学生资助3000元，解决了该学生的上学费用，并且该企业老板表示，要一直资助到大学毕业。学生感激涕零地说："秦老师，你就和我的妈妈一样，无微不至地关心和照顾我，真的无以回报，只能以优异的成绩回报你，回报社会。"

——班级里有一名腼腆的女生，通过了解她的兴趣爱好、家庭状况、学习情况，她发现"懒"是她的最大的毛病。懒得早起（父母催促才起床）、懒得骑车上学（必定要父亲送）、懒得学习（回家从不看书）、懒得按时完成作业，甚至懒得吃饱早饭，所以胃一直不好……在一次家长会上，她主动找了这名学生母亲，了解孩子在家的情况和父母教育方法上的一些问题。之后，她及时关注这名学生的变化，一旦发现有一丁点的进步就马上表扬，时不时地投去一个激励的眼神。渐渐地，这名学生身上的"懒"字在悄悄远去，学习成绩也逐步提高。

——课间操休息的间隙，两位同学接受了记者的采访。"秦老师教课很细致、有耐心、有方法。我印象最深刻的就是，她从不主张题海战术，而是精做精练。每做一道数学题，她都会把大家的思路引导到课本上，告诉我们万变不离其宗，让我们的头脑非常清晰。"田嘉璐说。任瑞丽在一旁补充道："每次考完试，秦老师都会和同学们一一谈心，分析原因，疏导情绪，给我们加油鼓劲。有时候心情烦躁了，还盼着上数学课呢，听完秦老师的课后，心情都会变得很轻松、愉悦。"

所有的画面都有可能被时间之水冲淡、冲散，但那些学生们，又如何能够忘记关于秦老师的一点一滴？在秦慧珍老师的努力下，连续多年，她带的侧重班，高考成绩中，数学基本及格，乃至出现了接近满分的成绩，使得学生们考取了理想的艺术院校，学校教学成绩，一年比一年好。2021年高考，隰县一中取得了二本B类及以上总达线二百二十九人、大文大理达线一百七十五人的佳绩，其中一本达线二十七人，二本达线一百四十八人，艺体类达线五十四人，再一次创造了隰县高考成绩的新历史。

六

秦慧珍的名字，响彻隰县的天际，她就像夜空中不灭的星辰，闪烁在每个隰县家长和学生的心中，既指点着方向，又散发着光亮。

但她并未满足于此，更不以此为终点，在为学生创造更多可能的同时，她极其尽职地发挥着一个经验老到的老教师的引领帮带作用，对学校新分配来的代课老师，进行引导和帮助。每一个新分配来的老师，都在自己的课堂上，看见过秦慧珍老师的身影，她坐在教室最后面的课桌上，像班里的学生们那样，一会儿认真听讲，一会儿又在摊开的本子上写写画画。下课后，她将自己的听课心得与代课老师进行交流，表扬对方的优点，纠正对方的不足。年轻的老师，初登讲台，难免紧张，她就悄悄给讲台上的年轻老师打手势，让对方大胆开讲，不要气馁。如果遇上调皮的学生在课堂上捣乱，她也会帮忙化解。新入职的老师，没有教学经验，不只对课本生疏，而且尚未培养出良好的应对课堂的能力，为了能让他们用较短的时间，熟悉教学工作，熟悉学生的心理，秦慧珍老师常常在办公室里，不厌其烦地为这些老师们传授课堂经验，以及备课时需要注意的问题。同时，她还倡议年轻教师们要增强交流，第一时间将自己的想法以及遇到的困难分享出去，多跟有经验的老教师学习，每月至少开展一次新老教师之间的互相听课和评课活动。由于她身先士卒，带动了全体教师关注年轻教师和新教师，在全校范围内展开了一系列的教学研讨课，共同商讨出有效的教学方法和方式。秦慧珍还不定期检查年轻教师、新教师的教案和作业批改等情况，在第一时间给予指导和改进意见。她深知，这都是些热爱教育的年轻人，他们不只是隰县一中未来教学的骨干，而且也是所有隰县学子们的福气。于是，她通过示范讲课、现场互动等方法，毫无保留地将自己多年的教学经验传授给他们，并将自己的教学课件提供给他们，让他们学习借鉴，并鼓励他们在原有基础上大胆改良。

秦慧珍无私的品德，得到了新老同事的赞许和尊敬，在他们眼里，秦慧珍就像一股清流，既荡涤人心，又沁人心脾。

时至今日，小张老师提起秦老师对她的帮助，语气中仍然充满感激。"我是从初中调到高中任教的，由于没有接触过高中教学，不知如何下手。秦老师看在眼里，急在心里，自告奋勇帮扶我，不厌其烦地指导我，让我很快熟悉了教学工作。"小张老师的话音刚落，旁边的王老师接起了话题，从秦慧珍怎样帮带年轻老师说起，又说到年轻老师在秦老师的鼓励下的长足进步，最后说："秦老师的事情啊，不是一时半会能说完的。你看小张老师现在也成了教学业务骨干，还被评为省市两级教学能手，这就很说明问题了。"

"传道授业、立德树人、心怀家国"，秦慧珍不辱使命、不忘初心，用她的教育理念与情怀，影响着年轻教师，成就着年轻老师，促进青年教师快速成长，使青年教师一个个成为学校的业务骨干和教学能手。

同为数学教师的任蓉荣，提起秦慧珍老师，钦佩之情溢于言表："秦老师连续二十九年带高三毕业班，都一直坚持一个习惯——每年把数学课重新备一遍。我们曾经问她，讲的都是同样的内容，何苦再受那份累呢？她却说面对不同的学生，备课中会有新的启发、新的收获。任教几十年，说实话，养成了很多不好的习惯，长久以来，我认为只要上完课任务就算完成了，可秦老师却要做到每个学生都弄清楚、明白。同样一道题，她会把全部的解法列出来，让学生选择最适合自己的那一个。在她心里，学生永远是主体、是主角。不管是业务能力、敬业精神还是人格魅力，真的让每一个人折服，她就是我们心中的'标杆'。"

七

2009年5月中旬，离高考仅二十余天。每周承担四十节课重任的秦慧珍，由于劳累过度，突然晕倒在讲台上，课堂上乱作一团，有几个女生竟然哇的一声哭起来，男生们相对胆大，他们连忙将秦老师扶起来，有的取水，有的大声喊着秦老师，还有的赶快出去找校长。

在医院，医生下了住院通知，打点滴的时候，秦老师的爱人心疼地说，趁着生病休息几天吧。秦老师用无比愧疚的眼神，看着眼前的爱人。1993年冬天，当介绍人带着他来到她面前时，并没有书里和电影里描述的那种一见钟情的感觉，乃至在很长时间，她心里都在嘀咕，对方是不是自己要找的那个人。但渐渐地，随着交往的深入，她从他身上看到很多的闪光点，比如，宽厚、善良、脾气好，于是，两个人按部就班，订婚结婚，到1995年，生下了他们爱的结晶。之后，这个男人，承担起了所有家务、对孩子的教育。当秦慧珍拖着疲惫的身躯回到温暖的家，她总是有停下来，陪在爱人和孩子身边的冲动，但冷静下来，她面前会出现无数学生们期盼的眼神和无辜的脸蛋，那时，她会感觉到巨大的重力，正压在自己的肩头。有次，她忍不住把自己的想法跟爱人分享，爱人笑着说，有我给你做后盾，你还怕什么？正是这句话，让秦慧珍安心了，即便在十几年后，当面对孩子的高考成绩时，她心里的愧疚和遗憾非但没有减少，反而有所增加，但她并未因此感到悲伤。因为在她看来，与自己的孩子相比，隰县还有更多的孩子需要她的帮助与关怀。

打完点滴，秦慧珍从病床上爬起来，跟爱人说："不行，马上就高考了，我不在，孩子们会慌神的，一慌张，考试时状态就不好，我得回去。"

那年的学校，每个老师和学生都见证了秦慧珍的坚持，每天上完课后打点滴，打完点滴又投入工作，一周时间天天如此。学生们看着她在讲台上苍白憔悴的脸，无一不被她的精神所感动。那段日子，班里的纪律好得出奇，同学们听话得出奇。回想起这件事，与秦慧珍搭班子多年的英语老师郑雅妮感慨道："因劳累而倒在讲台上，这样的事我只在影视剧里看到过，没想到真的会发生在身边，触动太大了。在她的人生中，似乎只有前进的号角，没有歇息的脚步。"

直到高考结束，她才回家休养，一个月的时间，爱人对她精心照顾，她才痊愈。这不过是表象之病症，事实上，秦慧珍像大多数代课老师一样，有很多职业病，且随着年龄日渐严重，甚至影响着她的生活质量，比如慢性咽炎、颈腰椎病、胃病、肩周炎、干眼症等，她每次总是很积极地进行治疗，没有人知道，她不是为了自己，而是不让自己的病痛影响到教学。有次咽炎发作，喉间好像放了一把刀般，让她无法吞咽食物和水，说话更是艰难，母亲含着眼泪为她熬药，"闺女，什么事还有比身体重要的？你不能放下来轻松轻松？"秦慧珍连忙将充满愧疚的眼神挪开。不久，学校领导来家里探病，临走时，欲言又止，秦慧珍笑笑说，领导有什么吩咐请说吧。领导为难地说，"秦老师，你什么时候上班？学生们都等着你呢，你的班别的老师接不了，也接不好啊。"秦慧珍爽快地回答："放心吧，只要好点，我马上就去学校。"

第二天早上五点一刻，天微微亮起，穿着厚衣服的秦慧珍，迎着西北风出现在学校门口。这个时间，她坚持了整整二十九年，二十九年的每个早晨，无论晴雨、风雪，无论是旧一中还是新校区，她都会出现在隰县一中的校门口。而每天晚上 10 点半，也是她走出校门的时间，她就像个陀螺，不停地旋转于天地之间。但值得安慰的是，在离家不远的幽深小巷口，爱人用二十多年时间一直守候在那里，等待着她，然后带她回家。

有人问过秦慧珍值不值得这个问题，我其实也特别想问她同一个问题，但当我听说，秦慧珍曾毫不犹豫地拒绝过来自交口县的高薪聘请后，我觉得答案已经有了。作家笛安曾说过："已经变成海浪的人永远心怀谦卑，因为她的梦想原本就是倾尽全力的破碎。"这句话，宛如是专门写给秦慧珍的。

那年寒假，秦慧珍和爱人带女儿一起上街置办年货，他们特意绕到紫川书院旧址，也就是现在的隰县第一小学门前，寒风过，日光温暖，这里就像一个温暖的摇篮，在德才兼备的师者教导和引领下，曾培养出无数闻名于世的优秀学子、在短短的几分钟的时间中，秦慧珍脸上闪过一道道坚毅的光，仿佛她已经接收到来自三百年前的嘱托和期许。

在商店和大街上，他们一家人不停地遇见一些年轻陌生的面孔过来恭恭敬敬地喊"秦老师好"！许多次，秦慧珍都不敢确定面前的年轻人的名字，她的学生太多了，即便她是最先进的计算机，也得用点儿缓冲时间来启动记忆开关，才能找见他们对应的那个名字。但看起来，这些人并不在乎秦老师不再记得他们，因为他们知道，秦老师就像一支不停地燃烧着自己的蜡烛，用自己微弱而恒久的光芒照亮了他们的长路。

采访秦慧珍老师的时候，我做了一张问卷，其中一个问题是：你目前最大的心愿是什么？

秦老师是这样答的："目前，我仍然在高三第一线，作为学校年龄最大的一线教师，希望自己所带的学生都能考上自己理想的大学，桃李满天下。无论走到哪里，都有我学生的身影，自己也感到心满意足了。"

另一道题中我问："你向往的退休生活是怎样的？"

她的回答是："忙碌了一辈子，希望退休以后多学习一点儿厨艺，烧得一手好菜，提高生活质量。带带小辈，享受一家团圆的幸福生活。也会去跳跳广场舞、锻炼锻炼身体。每年陪同家人一起，或邀三五个好友，来一次说走就走的旅行，游遍大江南北，品尝全国美食，丰富退休生活，活成年轻人羡慕的样子。"

这两个答案我看了很久，从深冬的午后，直到夜色渐渐深浓，下弦月在窗外缓缓升起。那时，对着那弯月，我许下深深的祝福，送给秦慧珍老师，送给普天之下所有的师者。

秦慧珍（左一）为学生们答疑解惑

始终相信前路有光

——记"最美兵妈妈"张卫花

蒋　殊

世间总有一种苦难,是留给母亲承受的。

"女子本弱,为母则刚",或许已经给母亲做出定位。对于大多数人而言,都有一个伟大且坚强的母亲。可在事实面前,伟大与坚强这样的词汇也显得格外渺小。因此很多时候,找一个与母亲相匹配的词汇,很不容易。

见张卫花之前,我多次在脑中想象过她的形象:强壮的身体、沉默的性格、忧郁的眼神……然而见面之后,却发现想象与现实常常截然相反。

出现在我面前的张卫花,瘦弱、娇小,却精干麻利,性格开朗。如果不是之前一遍一遍了解过她的事迹,如果不是知道她的年龄,从外形很难看出她是一个承受过诸多苦难的女人。

当然,并非苦难绕过了她,抛却精神面貌与性格,她较年龄苍老许多的一张脸以及一双几乎没有听力的耳朵,出卖了她的经历。

可是,她还不满六十岁。

苦难接踵

张卫花,一个普通得不能再普通的乡村女子。

在山西,大多数乡村妇女的生活是闲适的,不需要下地,不需要考虑赚钱,只养好孩子,照顾好一家人的一日三餐,闲来串串门,聊聊天,说说闲话。

张卫花偏偏没有这样的福气。1986年，已经二十五岁的她从隰县寨子乡寨子村嫁到5里地之外的邻村坪城村。20世纪80年代的乡村，二十五岁的姑娘算是很大龄了。确实，张卫花的身世是不幸的，四岁的时候父亲便去世了。上面三个哥哥加上她，可想而知母亲的担子有多重，一家人的生活又是多么艰难。

哥哥们的婚事，一定不顺利。张卫花未能早早出嫁，也在情理之中。但是，属于她的缘分，总归在该来的时候来了。那一年，丈夫韩天秀也已经二十八岁，同样是大龄男青年。丈夫一家的生活，并不比张卫花家好多少。韩天秀兄弟姐妹七个，比张卫花还要多。不管怎么说，两个勤劳善良的人组建了家庭，日子总会慢慢好起来。

上天似乎也眷顾他们，第二年，儿子韩建伟出生；第三年，大女儿出生；第五年，二女儿出生。

儿女成群，是好事，然而也让这个本就不富裕的家庭出现了更大的困境。韩建伟说，记事以来，他们家的生活在村子里就是中等偏下。

"是偏下！"他特别强调。

所以嫁入韩家的张卫花，也从来不会像中等偏上人家的女人，只干干做饭洗衣的寻常事。她除了照顾孩子，还总是与丈夫一道下地劳动。

日子艰辛，却也甜蜜。毕竟有儿女，就有未来。

张卫花只上过小学二年级，丈夫也一样，两口子几乎是文盲。尽管他们无法辅导孩子们完成作业，内心却充满着希望，希望三个孩子的未来，不能像他们一样。然而对孩子，也只是时不时扔下一句话："好好学习。"

可是，因家底太薄，再加上一张张吃饭的嘴，可以说一家人一直在讨生活。就连居住着破旧不堪的三眼窑洞，也是借住亲戚的。窑洞高高耸立在村子上边，以致提一筐菜、挑一担水，都要比别人家更费力气。

然而，体力对瘦弱的张卫花来说，始终不是事。她一天天努力，就是希望尽快改变现状。因此尽管夫妻二人日日面朝黄土背朝天，还是尽力让三个孩子安心读书。用两人的话说"就是要饭，也要供你们读书"。

夫妻俩种地，先是骡子，后来又买了三轮车。二人咬紧牙关，一分一分赚来的钱，首先是保证孩子们的学费。

然而张卫花多年以后回味，那时候的日子于她而言，竟然是甜蜜幸福的。

至少，夫妻二人可以携手共进，并肩奋斗。三个孩子放学回家，可以喊一声"爸爸妈妈"。

张卫花也不知道，一家人的生活从什么时候开始悄然发生了变化。那个时候，夫妻二人每天一睁眼，就是干活、干活、干活！

或许是身体本身就有问题，或许是干活出了问题。总之不知道从哪一天开始，韩天秀总会隔三岔五肚子疼，有时候呼吸也不太顺畅。张卫花记得清的是，大概在2003年10月份，韩天秀颈椎疼得很严重，但一想到去医院检查要花钱，就搁下了。加上农家人本就皮实，不舒服了，睡一觉，喝碗热水，也就过去了，因此夫妻二人都没有当回事。甚至有症状之后一段日子，韩天秀都没有与张卫花提及。

到了2004年，坪城村的春节与其他任何一个村庄一样，灯笼、对联、鞭炮，打开又一个年的模式。整整一个正月天，人们走亲戚，闹红火，迎接着新的春天，期盼着新的希望。

张卫花一家也是，儿子已经顺利进入县城读高中，两个女儿也按部就班完成着各自的学业。儿子考入高中，夫妻二人尤其开心与放松，高中毕业，就是大学，然后就是工作。尽管各项费用不低，内心却是欣喜的。儿女的未来，终归要与他们完全不同了。

正月过了，年也过了。进入农历二月。那一年，还是一个闰二月。没想到二月初八那天，张卫花七十七岁的婆婆却在摔了一跤之后离开了这个世界。

一家人都很悲伤，但韩天秀或许更悲伤。张卫花之后或许想过，当时丈夫除了悲伤，还有什么异常表现。

尽管是正月天，他们却并不敢闲下来，哪里可以打个小零工，哪家需要帮个忙，天天不停歇。

那个闰二月天，韩天秀还帮着村里一家拉苹果。有一天，当他把苹果拉到装车点时，肚子却剧烈疼起来，当时气都喘不过来，便躺在人家炕上歇着。拉苹果的大车司机看他实在难受，就给了他几粒治胃疼的药，并提醒他应该到医院检查一下。疼到脸色发白的韩天秀却说："不是我说败兴话呢，钱如果让我看病花了，孩子们怎么上学呢？"

那时候，夫妻二人还有一个目标，就是盖几间属于自己的房子。为此他们已经交了3000块钱的地基费。这一年，一家人要点燃新的希望了。

闰二月，已到了阳历三月天，乡村也即将开始下种季节，人们一天天忙起来。韩天秀的肚疼，却也跟着频繁起来。初九那天，或许是身体的不舒服超出韩天秀的忍耐极限，张卫花记得他当时的症状总是喘不上气。总之他决定到县城去看看。尽管下了很大的决心，然而到了县城之后还是没敢跨进大医院的门，转身进了一家小医院，简单开了一些药。

儿子韩建伟记得，中午一点多，爸爸突然出现在他住的公寓楼，告诉他来看病，顺便看看他。韩建伟不记得父子二人说了什么，只记得之后还把爸爸送到车站。

挥手告别，他没有从爸爸的脸上看出什么。

韩天秀从县城回家后，或许心还放下一些。不管大医院还是小医院，毕竟是看了医生，开了药。没想到第二天中午，韩天秀从地里回家后肚子突然又疼得厉害，看着在炕上痛苦不堪的丈夫，张卫花慌忙跑去叫来在村里行医的老医生。医生跟着到家看到大汗淋漓的韩天秀，嘴唇发黑，眼圈发黑，不停打着呃，当时就惊呆了，像是问又像是自语："疼得厉害？肚子疼还能疼成这个地步？"却是束手无策。事后医生讲，他行医几十年，从来没有见过那样的症状。当时一边说要赶紧去医院，一边给了几颗胶囊叫韩天秀服下。

巧的是，当时正好有林业局一辆车在村里，于是赶紧喊过来。正吃午饭的村民也纷纷扔下碗，跑来帮忙。但有经验的人一看韩天秀的状况，知道回天无力了。

车，又掉头离开了。

喂进韩天秀嘴里的胶囊，还没有咽下。

让韩建伟没想到的，将爸爸送往车站的第二天，堂哥却突然又出现在他的学校，并且把正在上课的班主任叫了出去。如果说前一天爸爸的出现他并不意外，那么，时隔一天堂哥的到来而且直接对话班主任让他颇感不安，他知道事情一定与他有关。

果然，两人短暂交流后，老师进教室对他说："你回家吧。"

韩建伟想不起班主任当时的表情，此后想来，他一定是有表情的。可他当时实在是太紧张了，只木然地按照老师的吩咐收拾好书本，出来跟着上了堂哥开的工具车。

至此，韩建伟内心的不安变成一种非常不好的预感。他甚至无缘由地想了一下："千万别是我的爸爸不在了。"他至今说不清楚，为什么前一天才见过爸爸的他为什么会冒出这样可怕的想法。也或许，正是因为前一天从与爸爸的会面中察觉到不好。

一路上，他紧紧闭着嘴，一句话也不问。而堂哥，也是一句话也没说。

但走到半路的时候，他无意间一回头，却惊出一身汗。原来，几乎堆满整个车后座位的，全部是人死后才用的物品。

到底发生了什么事？堂哥接他之前，应该是先去采购了这些东西。到底是给谁准备的？为什么要从学校把他接回家？

韩建伟一遍遍安慰自己：千万不要是爸爸！千万不要爸爸有事！

他也不知道，为什么会想到爸爸。当时就是心里有一种不好的预感，觉得他总是非常辛苦。韩建伟与爸爸的感情特别好，记事以来，只要放学回家看到只有妈妈在家，总会问一句"我爸呢"。可是爸爸总是很少在家，爸爸总是一直在外忙碌。

因为爸爸与妈妈的忙碌，韩建伟与两个妹妹也早早学会做饭。等父母劳作回来吃饭，成为兄妹三个温暖的时刻。

二十五分钟的路程，走得格外漫长。车子内有些沉重。

终于进村了。远远地韩建伟就看到高处自家的院子，门口聚集了许多人。

那个场景，至今一直铭刻在他脑子里。

彼时，韩建伟不再仅仅是一种不好的预感。这个仅仅上高一的孩子似乎知道了什么，开始哭，一边哭，一边木然地往家走，一直走到爸爸所住窑洞的窗户边，却遇到人们阻拦。他们不让他进屋，他透过窗户看到好几个人在帮着爸爸换衣服。

爸爸的样子，与素常不一样。爸爸一动不动，任人摆布。

他很想大声喊一声"爸——"，可是，他没有喊出来，只是哭，任村人把他推到邻居家。

再见面时，爸爸已经在棺材中。

爸爸生前到底受了什么苦？跪在那具冰冷的棺木前，韩建伟一遍遍想，爸爸身体之前到底出现了什么样的状况，他从来不知道。作为家中唯一的儿子，又是长子，除了有时做一顿饭，他从来没有吃过什么苦，受过什么罪，仿佛所有的苦难，爸爸与妈妈都有能力承担。

可是，爸爸倒下了，永远走了。

韩建伟突然就不想上学了，他难过，痛苦，也感受到肩负的责任。家里只剩下妈妈了，她能承担起这个家吗？于是上半年学期结束时，他自作主张把被褥带回家。

他的举动让张卫花大发雷霆，一字一句告诉他：就是混，你也得把高中混完！

他央求，爸爸走后心情不好，已经严重影响了学习成绩，还是去打工吧！

张卫花却撂下一句：你要不上学，我就出家！

韩建伟说，就是妈妈这句话，彻底把他吓住了。于是打消了退学念头，继续回到学校就读。

可萦绕在韩建伟脑子里的，总是爸爸离开的前一天来学校找他的画面。他想不通，那次短暂的相见，竟成为父子的永别。

冥冥之中，爸爸似乎是专程去县城向儿子告别。

多年以后提起，韩建伟依旧泣不成声，几度哽咽到无法讲述。

儿子的担忧，不是没有道理。韩天秀的离去，把一家人的担子全部放在张卫花身上。

可是，苦难还在继续。丈夫离去整整一百天的农历五月二十一，张卫花的母亲也离开人世。

2004 年的春天，也是一个平常的春天。可是这个春天，让张卫花一家痛失三位亲人。

膝下的三个未成年孩子，成为她此生唯一的依托，以及支撑她活下去的信念。

奋起逐光

2004 年，张卫花一家其实是看到希望的。之前，他们已经向村里交了3000 元，买下地基。这是他们一家人多年来的奋斗目标与心愿，更是压在韩天秀心头多年的重担。尽管 3000 元是他们的全部资产，但毕竟拥有了地基。那一片光秃秃的土地，就是家的希望。夫妻俩始终坚信，只要有一双勤劳的手，只要有一副好身板，加紧劳动总会盖好一处自己的房子。

一个院子，几间窑洞，对大多数人而言，是一件平常得不能再平常的事，可是张卫花最大的孩子已经上高中了，还没尝到睡自家炕头的温暖。

因为他们借住的窑洞实在太破了，一到夏秋季，常常是外面下大雨，里面下小雨，堵也堵不住。

一间不漏雨、不灌风的窑洞，距离这个家有多远？

可是，希望只是昙花一现。家里唯一的顶梁柱走了，家几乎坍塌了。连村支书都看不下去了，一边对张卫花说这下还修啥房子呢，一边以大队的名义帮她贷出 3000 元钱打发丈夫。

张卫花一家的生活，又跌回到黑暗中。

屋漏偏遇连阴雨。

雨季，很快来了。坡上的水流到窑顶，流进屋里。

如果韩天秀在，他总是在雨水到来之际，爬上窑顶沟一道渠，就把水排走了。可是张卫花毕竟是女人，有些事情，还是做不了。于是只能眼看着地下的水很快高起来，甚至淹到了炕上。

两个女儿吓得哭，张卫花急得哭。

锅灶都淹了，怎么吃饭？一个雨天，张卫花拿了几颗鸡蛋去村里小卖部换回几袋方便面。回到院里，孩子们撑起塑料布，帮着她点火煮面。

一锅热气腾腾的方便面，在雨水中弥漫着温暖。孩子们吃饱走了，张卫花却难过得直落泪。

熬过雨天，烟筒又堵了，烟从烟道返回来堵在屋里出不去，屋里呛得根本没法待。想请人通烟道，却不行，因为当地有讲究，人死后百天里，不能动土。

于是张卫花到院子里用地炉子生火做饭。然而春天不仅风沙大到常常刮进锅里，就连做饭用的箅子，也常常被刮跑。

只能屋里一顿，院里一顿，将就着。可是在屋里做饭的时候，晚上就不能住人。实在没有好办法的张卫花只好带着两个女儿睡在院子里。初春的山里，其实很冷。她在地上铺下一张塑料布，上面铺上褥子。可晚上毕竟是少人烟的露天啊，两个女儿直喊怕，张卫花便把头顶放上凳子，然后将褥子搭在上面当墙。两个女儿都是初中生了，知道这不过是一个安慰而已，然而也没有更好的办法，只好一边一个，紧紧搂着妈妈，提心吊胆地度过一晚又一晚。

遇到下雨天，张卫花就带着两个女儿躲到另外一间敞口的破窑里。说是窑洞，其实是牛棚，因为之前是养牛的地方，仅仅是气味，也没有办法让人睡觉，于是母女三人便相互依偎着坐在小板凳上熬，实在困得不行时，便趴在腿上睡一阵儿。

拼尽全力熬着，她还是倒下了，就是晕得起不来。看着躺在炕上虚弱的妈妈，两个女儿急得直哭。叫医生来看，说是贫血，原因主要是营养跟不上。村里的乡亲们你一言我一语，让她抓紧去医院，该吃药就吃药，该住院就住院。人们一致劝说的理由是："如果你倒下了，孩子们怎么办？"

是的，她很清楚，如果自己倒下了，这个家就完全散了。于是去看了医生，最终输了半个月液，缓了过来。

后来她说，生病的原因还是心里受气。丈夫走了，背着一身债，还连个住所都没有，怎么能不病呢？

苦日子，什么时候可熬到头？对于一个瘦弱的女人来说，要独自撑起一个家，供三个孩子顺利完成学业，委实不是一件容易事。然而，每每儿子提到不去上学回家帮她，她总是一口回绝，不行！

为什么不行？不认得多少字的张卫花只是觉得，自己和丈夫已经够苦，孩子们不能再走她的老路。她不识字，但内心却执着地认为，有了文化，就一定会摆脱这暗无天日的苦日子。

作为母亲，她愿意也必须用自己的肩膀去替孩子们争取一个好未来。

那个时候，张卫花肩上背着 4000 元外债。住处算是安顿下来了，得想办法去挣钱。

院子里有空地，她全部种满菜，这样就省了买菜钱。

家里 15 亩地，她把 10 亩果园以每年 1200 元的价格外包了五年。后来价格上涨，她又以每年 1600 元的价格继续外包了五年。

债务没了，全家的开销却像是一张饥饿的大嘴，让她一天也不敢松懈。

除了果园，剩下的地都种玉米。丈夫离开后，正是春耕季节。张卫花一个人起早贪黑，一粒一粒，将玉米种子撒进每一块地里。那段日子，顾不上累，顾不上苦，顾不上流泪。季节不等人，她必须抢时间，一人顶俩，争分夺秒完成春播。

可她的劳动，注定要比别人家艰难。

一段时间，村里人每天会看到一个身影，总是天不亮就出现了。远远的，不用走近也知道是张卫花。一担又一担，来来回回。原来是没钱买化肥，她在学校的厕所掏大粪。一担又一担，她甚至没有时间坐下喘口气，像机器一样不停转动着。

因为要做的事情太多，因此挑大粪回来的路上，她也不能闲着，总要顺路割一些草，因为家里还养着猪，或者捡一捆柴。

种子种进地里了，地里暂时闲下来的日子，她便抓紧时间去打零工。

隰县，不仅是著名的"中国金梨之乡"，同时也是优质苹果生产基地，出产的红富士、红将军、红星等品种，色泽艳丽、肉质细密、脆爽汁多、酸甜适度，享有"隰州红"的美誉。

"隰州红"是按照红富士苹果种植与管理的，春天五六月时，要为一粒粒刚坐果的小苹果套上纸袋，到秋季成熟期再将纸袋一个个卸掉。采用套袋这一种植模式，不仅为了隔离病虫害和环境污染对果体的直接侵害，还可保障苹果表面光洁、提升品相。

于是春秋两季的套袋与脱袋，都给张卫花打工提供了机会。

玉米刚下种，她就去别人家给苹果套袋。最初的时候，一天挣15元至20元钱。到了秋季苹果成熟季，她再去给苹果脱袋；收玉米季节，除了要忙自家地里的收割，她还要忙里偷闲给别人家剥玉米。一天二十四小时，她巴不得每一分钟都利用起来。

那个时候尽管一闲下来就打零工，张卫花一年最多也就挣四五百块钱。这钱除了贴补家用，还得迎来送往，以及还田地里乡邻的人情。因为不管是耕种还是收割，都不是她一个人两只手可以完成的，车、机器，再省，也需要别人帮忙。

到了农历九月后，连续两个月时间她又利用空闲时间外出打酸枣。每天，总是天不亮就出发。或许是知道主人独自外出不安全，她养的一条狗狗总会跟着她。走时带一个馒头，灌一瓶水，再给狗狗带两个窝头，放在随身一个小包包里。红红的酸枣，大多生长在沟边，因为危险，又因为酸枣刺多，因此并没有村里人看得起这种生意。可是张卫花需要，一条沟一条沟，一株又一株，一颗又一颗，无论大小，她都宝贝似的摘下来装进麻袋里。一颗颗小小的、圆圆的酸枣，填充着她大大的麻袋。饿了，就坐下来，揪一把蒿草过来点燃，将馒头放在上面烤，热一层，她就着水撕着吃一层。

寂静的大山里，她吃着馒头，狗狗吃着窝头。开始的时候，她每天在自己村周围转。打着打着，村子附近的酸枣就没有了，她便往更远的地方走，最远的时候，要走出七八里地。一道道深沟、一道道山梁，都留下张卫花深深浅浅的足迹。

眼前的酸枣，也从嫩嫩的湿酸刺打到变干。天气，也从初秋进入初冬。一年最多的时候，她可以打回六大袋酸枣，每袋差不多六十斤，每斤可卖1元钱。

至今说来都让张卫花心疼的一件事，是因为打酸枣而让家里养了五六个月的一头猪生生饿死。

她的一双手，被酸枣刺扎得已经没了一块好皮肤，而她好几次又因为天黑路不平而摔了跤。打酸枣的日子里，村里人每天都看不到她的影子。亲近的乡亲，便不由替她担心起来。这样下去，太危险了，万一天黑掉进沟里怎么办？

可她总是说，不怕，有狗狗陪着呢。其实，她自己也担心，狗狗毕竟只是一条狗狗，如果她真有个三长两短，人们都没地方去找。可是想想家里的情况，她还是咬着牙在黎明前一次次出发了。

一个个闪着一丝微微亮的清晨，她带着忠实的狗狗走过村庄，走向野外。一个个伸手不见五指的夜里，她背着或一袋或半袋的酸枣，疲惫归来。一家家亮灯的房屋里，欢声笑语。眼前的一幕幕，没有让她妥协，反而刺激了她。她之所以如此拼命，不就是希望有一天自家有一个小院，屋里有如此温暖的声音吗？

辛苦一天回到家，先坐在灯下一根根挑当天扎进手上的刺，可是挑着挑着，就累得坐不住。肚子很饿，可是做饭都没了力气。常常是想着，先躺下歇歇，再起来做饭，可一躺，一个晚上就过去了。然而再累，次日黎明总会按时醒来，按时出发。

家里，确实需要钱。一分钱，在她眼里都是钱。

她忘不了，一次小女儿生病，去乡里看了病抓好药时，口袋里却没有8

元药费。如果是因为吃饭，她就放弃了，这是给孩子治病啊，看着她如此困境，医生都动了恻隐之心，说先让她拿走吧。但她不想欠陌生人的人情，于是咬咬牙，还是舍下一张脸向熟悉的人借到了钱。

有一年为了给孩子们凑学费，张卫花甚至悄悄到县城采血站要卖血。但工作人员看她骨瘦如柴，谎称血检不合格将她哄走。

那年，坪城村申请到一个低保名额。按惯例，要开个村民代表大会进行讨论，可很多干部站出来说，有啥可讨论的，谁能难过张卫花，谁家能穷过张卫花？从此，她有了每月30元的低保费。

外来的支援很温暖，对一个家而言却是杯水车薪。

日子一天天过去，却看不到希望。于是懂事的大女儿在初中毕业后，选择了去饭店打工，一个月300元的收入，不仅省下了学费，还能替母亲分担些压力。

2006年，儿子韩建伟面临高考。尽管三百六十五天日日在努力，日子却依旧是千疮百孔。想着儿子高中毕业也有了一定的文化基础，经过激烈的思想斗争后，张卫花下决心与儿子商量不去参加高考。懂事的儿子毫不犹豫就答应了。十八岁，已经是个成年男子，他要出去打工，帮助妈妈撑起这个家。

张卫花记得，那是一个天气炎热的夏天。她早早起床，给儿子煮好鸡蛋，送儿子远行。尽管儿子像一个成熟的大人一样安慰着妈妈，可看着儿子的背影，张卫花的眼泪还是一串一串往下掉。她心疼，她愧疚，她难过，儿子这一走，终止了更好的人生，也终止了她多年来在儿子身上的梦。

大女儿和儿子都迫于生活外出打工，小女儿又在县城读高中，张卫花一颗心却丝毫没有松下来，倒是越加恍惚。

她的心里，始终压着一块心病，那就是儿子的大学梦。每每遇到村里的老师或者村支书，她就打问，怎样能让儿子继续圆梦。大概两个月后的一天，当看到迎面过来的村支书时，她又想开口。但对方先她说话了："又要问上大学的事吧？让孩子当兵去吧，到部队可以考军校！"

一句话，点燃了张卫花心中那盏已经快要熄灭的灯。她马上在心里筹划起来，尽管比起打工，有短期的损失，但如果能考个军校，不是可以圆了之前亏欠儿子的大学梦？即便考不上，回来有个工作成个家，也能告慰爸爸的在天之灵，把这个摇摇欲坠的家撑起来。如果往大里说，当兵也是保家卫国的光荣事。从哪个角度说，都是好事。

想到这里，她慌忙用村支书的手机拨通儿子的电话，让他赶紧回来。

待韩建伟慌慌张张赶回来听到让他去当兵的消息时，却并没有立即同意。他内心有些舍不得拥有的一份打工收入，每天45元，对他们家来说是一笔不小的款项。如今要放弃去当兵，他怎么想也觉得不划算。

可张卫花却坚定地告诉儿子，不看眼前，看长远。家里虽缺钱，但她干完农活依然可以打工挣钱，家里的开销，小女儿读高中的费用，她一个人完全可以应付。

促使张卫花坚定不移让儿子当兵，还有一点儿是作为母亲对儿子的了解，那就是韩建伟的性格一贯干脆利索，而且能吃苦，很适合到部队。他希望并相信儿子，将来一定能成为一个优秀的人。

因此不管当时亲朋乡邻如何不理解，她还是觉得这是唯一可以再次扭转儿子命运的机会，于是张卫花异常冷静又坚定地对儿子说："家里有我，遇到事情大家会帮助，你安心走！"

儿子没有让她失望，体检、政审一切顺利。

韩建伟记得清楚，当兵走的那天，是2006年12月10日。在妈妈与亲戚们的送行下，他离开家，先去临汾。隔着车玻璃，看到妈妈喜忧参半的脸，他有些难过。因为前一天他请同学和朋友吃饭，就住在外面。他当时似乎没意识到会离家越来越远，且归家无期。那个很重要的晚上，为什么不是住在家里，待在妈妈身边？

第二天，韩建伟乘火车到达部队所在地河北张家口。他说当时第一件事就是赶紧给妈妈打电话。他与妈妈约定，每周一次通话。此后，等儿子电话成为张卫花生命中最重要的事。

儿子的喜怒哀乐，每一天的表现与进步，都通过电话及时传递给她。

儿子远行不在身边，村里亲近的人看着日日起早摸黑外出打酸枣的她，很是担心，于是在一批又一批人的轮番劝说下，她终于不再去打酸枣。

幸有未来

日子艰难的张卫花成了兵妈妈，这让许多人对她刮目相看。这年12月，乡政府的人来到村里看望她，当看到她借住的窑洞已经成危房时，就让村里想想办法。后来将村委会院子里原来的学校腾出一间，让张卫花住了进去。

村里人回忆说，那根本不是一间完全空着的教室，里面其实堆了差不多一半的杂物，是村里种木耳用的锯末养料。张卫花却很高兴，因为二女儿也上了高中，她一个人，有一盘炕、一台灶，不漏雨也不堵烟道的，足够了。

家里的负担，似乎是越来越轻了。可毕竟还没有一间属于她的房子。她依然不能松一口气，需要像战士一样继续战斗。

而真正的战士韩建伟深知妈妈的良苦用心。一天天长大懂事的他也越来越体会到妈妈的不易。在部队，他比别人更加努力。正如妈妈张卫花预料的那样，韩建伟不怕苦，不怕累，而且时时刻刻铭记妈妈的叮嘱，凡事不想落后，不喜欢比别人差，无论是训练、理论、内务、出操，还是生活。每天早晨当别人起床时，他已经叠好了被子。哪怕是吃饭，他也要比别人早一分钟放下碗。

他有一个信念，不能当一名普通的兵，平平庸庸几年后回家。只有立功受奖，才能对得住家中受苦受累的妈妈。于是新兵训练结束快下连时，因表现突出而被选中送往郑州防空兵指挥学院进行为期半年的学习，并被评为"优秀学兵"。

每周一次的通话，妈妈总是开心地听完他的汇报，再开心地告诉他家里一切都好。他不知道，当派出所去家里挂那块"光荣军属"的牌子时，张卫花却连两块钱都拿不出来。

三年后的 2009 年，韩建伟成为一名士官，每月有了 1000 多元的收入，而且因为表现优秀成为一名班长。

韩建伟自律又刻苦的表现，得到部队上下一致认可，多次获得"优秀士兵""优秀班长"等荣誉。当班长期间还荣立三等功。民主评议环节更因良好的品行，以及大局意识，综合投票排名第一。

2011 年，他因思想、觉悟以及军事素质综合表现过硬，光荣加入了中国共产党。

由于张卫花与儿子韩建伟的双向努力，事迹陆续被《解放军报》《中国国防报》《战友报》刊登。一时间，山西省军区、临汾军分区领导相继上门看望慰问。

消息，也传到韩建伟所在的部队。

2011 年的腊月二十七，让张卫花记忆犹新。早晨饭后，几位穿军装的人在县人民武装部相关人员带领下来到坪城村，来到张卫花的家里，而这醒目的军人队伍里，就有儿子韩建伟。其实几天前她就得到消息，说儿子会回来过个年，她因此早早买好肉与菜，在家等候。然而见到儿子的一刻，张卫花还是百感交集，惊喜万分。她机械地跟着人群，在院子里，到原先住的房子里，拍照，察看，有问必答。临走时，儿子所在的北京军区某集团军高炮团政治处副主任董润斌还给张卫花留下 5000 元慰问金，感谢她培养了一个好儿子。面对这一叠她多年没有见过的钱，她第一句话就是："部队那么多人，能给过来？"

了解完张卫花的家庭情况之后，部队领导离开了，但把韩建伟留了下来，让他在家里陪妈妈过一个年。

张卫花惊喜万分。一周时间到了，她多想再留儿子住几天，哪怕再住一天。可是，她的内心也升起一份军人母亲的责任，依依不舍送别儿子。

张卫花一家到了这个时候，似乎已经走出至暗时刻，走向黎明。可韩建伟说，事实上他的妈妈在那个时候非常苦闷，一段时期总是神经分分的，一个问题要重复几次提问，大部分时候还总是愁眉苦脸，这让家人很担心她的健康。

张卫花的心里，压着一桩大心事。作为一名乡村妇女，她堪称伟大，以一己之力扛起整个家，又将儿子培养得如此优秀。然而毕竟，她只是一名没念过几天书的农家妇女。随着儿子的年龄一天天增大，作为妈妈的张卫花又不淡定了。尤其是眼睁睁看着村里儿子的七八个发小相继成家，与她隔山隔水的儿子成了她心头一件操心的大事。

张卫花的精神压力一度非常大。儿子在部队，与同龄的男孩子相比，相亲的机会少得可怜。而且，连一间属于自家的房子都没有，拿什么给儿子成家？

2012 年，张卫花与儿子的事迹传至时任县委书记耳朵里，他亲自到张卫花家察看了情况。

之后，在各级政府的支持下，张卫花终于盖起崭新的三间平房。看着属于自己的家，张卫花很激动，眼泪情不自禁地流下来。她心中的大心事，也因此放下一半。

有了妈妈的支持、政府的帮助、部队的鼓励，韩建伟在部队越发努力，从班长成为代理排长。

尽管种种因素，韩建伟没有考取军校，但他在部队的表现堪称完美，完全称得上是一名优秀的军人。

空余时间，他也常常操心妈妈的身体，也在努力寻找着自己的另一半。

缘分，总是在该来的时候就来了。2016年3月，韩建伟在探亲期间相亲成功，女孩子是隰县一中一位高中数学老师，同样很优秀。韩建伟提的唯一要求是好好孝顺他的妈妈。

看着站在儿子身边的女孩，张卫花一颗提着的心落了地。可由于一段时期的急火攻心，她的耳朵渐渐失去听力。而原因是韩建伟个人的推断，当然也看出他对妈妈的愧疚之情，以及作为家中唯一一名男人的责任。

2017年11月1日，三十岁的韩建伟顺利将媳妇娶回家。

2018年，在部队整整十二年的韩建伟回到家乡，入职隰县人社局。

采访时，没有听力的张卫花却有许多事情急于表达。一旁的韩建伟始终轻声细语安抚与劝导着妈妈，耐心地当着妈妈的翻译。这一幕让人觉得，苦命女人张卫花真的是熬出来了。她骄傲地说，儿子发展到今天她非常满意，儿媳妇懂事孝顺她也非常满意。她再不用下地劳动，再不用外出打工挣钱。跟着儿子住进县城的楼房，身边有三岁半与一岁半的一对孙辈，这日子是她之前做梦也不敢想的。

在山沟沟拼命挣扎的张卫花，凭双手与智慧走出困境。她的伟大，在于她有格局、有胸怀、有爱、有担当，具备了中国传统女性的优良品质。她的伟大之处，更在于她无论身处多么黑暗的日子里，始终相信前方有光，并身体力行，一路向光而行。

张卫花（右二）与家人一起送儿子参军报国

最美英雄播撒人间大爱

——记"全国十大见义勇为英雄司机"来虎平

杨递峰

他，危急时刻，见义勇为，守护生命；

他，仗义行仁，扶危济困，帮扶他人；

他，激励着世人，释放着正能量，温暖着人心；

他，感动了隰县，感动了山西，感动了全国；

他，有一连串荣誉称号：优秀共产党员、感动隰县十大人物、临汾市见义勇为先进分子、山西省见义勇为先进分子、山西省劳动模范、全国十大见义勇为英雄司机。

这些荣誉，充分彰显了他的人格魅力，展现了他大爱无疆的优秀品质，诠释了什么叫奉献。

他就是来虎平，一个有着闪亮名字的先进人物。

忠孝大义　勤奋踏实

来虎平，土生土长的隰县人。那是 1974 年的早春，寒意料峭，在隰县城南乡白草垣村，伴随着一声啼哭，一个男婴呱呱坠地了。

来虎平是个苦孩子，他童年坎坷，兄弟姐妹又多。来虎平清楚地记得，他十岁的时候，常年操劳家务的母亲，终于积劳成疾，病倒了。但由于家庭拮据，母亲没有住院治疗，病情越来越重。

那是一个满天星辰的夜晚，也是来虎平永远无法忘记的一个夜晚。深夜零点多，母亲的病突然加重，父亲慌忙套上驴车，带上来虎平，又叫上一位村里的朋友，拉上母亲就往县医院赶。凌晨两点多动身，整整花费了六个小时，才赶到后留城。为了减轻驴的重量，来虎平跟着车徒步跑了60多里山路。山路弯弯，凹凸不平，夜色中，他跑得气喘吁吁，脚底板磨得生疼，时不时让坑坑洼洼绊一下脚，但他顾不上这些，只顾着跟上跑。然而，一切都已经晚了，还没赶到医院，母亲便撒手人寰，撇下他们，永远地离开了。

直到现在，来虎平想起那一夜，都感到时间过得是那么快，路是那么长，心是多么痛，泪是多么多。如果当时能有一辆车，哪怕是一辆过路车，把母亲及时送到医院，及时救治，她就不会离开一家子人了。

母亲的溘然长逝，给他的家庭带来了沉重的打击和巨大的伤痛，父亲因此病倒在床。当时，姐姐最大，也才十八岁，妹妹最小，只有五岁。父亲病

参加完全国表彰大会的来虎平

倒后，整个家庭的担子都压在了他们姐弟的身上。在此之前，为了给母亲看病，家里已经卖光了所有的粮食。临近过年时，家里没有一点儿吃的了，没有一粒米可以下锅，就连穿的衣服，也没有像样的，他们只能穿着破旧的衣服。一些好心人知道后，给他家送来米面和窝头。可邻居们也不富裕，总让他们接济也不是办法。他看看躺在病榻上的父亲，又看看兄弟姐妹们无奈的眼神，他一咬牙，决定带着年幼的弟弟出去乞讨。

父亲虽然舍不得他们出去，但也没什么好办法，只好眼睁睁地看着来虎平领着弟弟消失在山坳里。正是冰冻三尺的大冬天，他们没有鞋子穿，只能光着脚行走在山路上。他们一路走一路行乞，走了几十里山路，得到好多家户的馈赠。其中，有位好心的大妈见他们可怜，便给了来虎平一袋干粮。当大妈看到来虎平冻伤的脚时，不由得流下了眼泪。她没有多余的鞋，便打算把自己孩子穿的鞋送给来虎平。但她的孩子不乐意，她便强行将自己孩子唯一的一双鞋脱下来，送给了他。

大伙儿帮助他们家的事，他全都记在了心里，尤其是记住了那位慈祥、善良的大妈，还有大妈看到自己冻伤的脚时落下的眼泪，以及大妈送的干粮和鞋。年少的他，暗暗发誓，长大后，一定做个对社会和他人有帮助的人。他一直记着自己当初的承诺，并用实际行动践行着。他说，他之所以会不断伸出援手，为的是不希望看到别人再去经历他所经历的那些苦痛。

母亲的去世，对来虎平打击很大，看着破败不堪的家，他决定退学。他要用他稚嫩的肩膀挑起这副生活的重担，托起家庭的希望。

当年，来虎平家吃水困难，需要到10里外的山下去拉水。他得赶着毛驴车，到沟下的井里，用大水桶提上水，再倒进一个大汽油桶里，然后再拉回来。大水桶太重，父亲特意给他做了两个小桶。即便如此，他从井里往上提水时，也十分吃力。尤其往大油桶里倒的时候，他更是费尽九牛二虎之力，却还要往外面洒很多。

那个时候，大汽油桶用大水桶倒的话，往里面倒十二桶就满了，用小桶，就需要二十四桶。可他一小桶水总不能全都倒进去，所以他要提上三十多桶水才能装满大油桶。尤其在大冬天，每次拉水回到家，他的身上，总是从头到脚都结满了冰碴。这样来来回回去了几次，总让他感到很吃力，很疲惫。有一回差点儿掉进井里，幸好被邻居及时看到。从此，这位邻居每次拉水，就带着来虎平一起去。有时候邻居不在,来虎平就长个心眼,趁着其他邻居家的叔叔伯伯们去拉水时,赶紧跟在他们屁股后面去拉水。这些大人们看见他提水很吃力,总是非常乐意帮助他。

十一岁那年,来虎平开始去农田里耕地。由于个子太小,还没有犁把儿高,再加上自己力气不足,根本握不牢犁,结果,来虎平重重地摔在田地里,被粗大的犁把儿压住了。附近的村民看见了,过去教他如何耕地,如何巧用劲儿。

每次遇到困难,他总能得到热心人的帮助。每一次受助后,他总会想,等我长大,也要尽力去帮助别人。

母亲去世后,乡领导知道了他家的困境,多次上门帮助。有位领导看到来虎平能吃苦,又踏实,还能干,就把他安排到乡政府当通讯员。

当通讯员的那几年,他不但把领导的办公室、会议室收拾得干干净净,还把机关大院打扫得一尘不染。尤其到了冬天,需要取暖,乡政府大院共有十个铁炉子,他每天4点多钟就起床,把所有铁炉子都点着、烧旺。每个办公室都是暖烘烘的。

1992年,经领导推荐,他如愿以偿参军入伍,成为湖北武警总队第三支队的一名武警战士。在部队的几年,他依旧每天早晨4点钟起床,打扫部队营房的院子。此次,部队所有人都认识了这个山西新兵,知道他勤恳踏实。入伍第二年,来虎平光荣地加入了中国共产党。

服役期间,来虎平表现突出,领导找他谈话,希望他能留在部队。可来虎平为了给父亲尽一份孝心,在1995年底,又回到生他养他的家乡。

仅仅过了几个月,一个难得的机会来了,隰县公安局要招民警。县政府锚定三十二名退伍军人,根据他们在部队的表现,层层考核,选拔包括来虎平在内的八名同志到县公安局工作。就这样,来虎平成为一名人民警察。民警工作非常辛苦,通宵达旦不能休息是家常便饭,白天晚上出警是常有的事,加上待遇不高,和他一起到公安局工作的其他同志,纷纷换了别的工作。但是来虎平有自己的想法,他觉得,能保一方群众平安,能为一方群众作贡献,是一件自豪和光荣的工作。所以,他一直在坚持干。由于他勤勤恳恳,工作干得踏踏实实,后来他又被调到县公安局巡警大队。

虽然时光荏苒,时过境迁,一切都已经今非昔比,但来虎平无时无刻不在想着自己小时候立下的感恩他人的誓言。作为一名光荣的人民警察，他更是时刻牢记自己的工作职责。工作、生活中，他不知多少次帮人于困苦，救人于危难。

后来，来虎平又先后在县政府、县人大、县人社局工作。自参加工作以来，他在生死一线的紧要关头，抢救了十二名群众的生命。他先后被隰县公安局、人大常委会、临汾市见义勇为协会等单位评为"感动隰县十大人物""先进工作者""先进个人""优秀人大工作者""临汾市见义勇为先进分子"，还拿过"山西省十大见义勇为二等奖""山西省劳动竞赛委员会一等奖"，后来又成为"全国十大见义勇为英雄司机"，受到当地群众一致好评。

在他看来，他只是在别人遇到困难和危险时，尽自己所能，伸出了本应伸出的援手。当有人问及来虎平扶危济困的动机时，他说，他是一个土生土长的贫困农民家庭的孩子，要说能够做到见义勇为、助人为乐，归根到底，是自己的淳朴善良时刻提醒着他，是小时候的坎坷成长经历影响了他，是多年警营、军营生活的教育和磨砺锻造了他，是社会各界长期的理解和关心塑造了他，是党的全心全意为人民服务的宗旨指引了他。他觉得，为一方保平安，为群众作贡献，是非常自豪和光荣的事情。

侠骨柔情　孤胆英雄

通过来虎平的人生经历和工作环境，我们就不难看出，他有两个不同寻常之处。一是兢兢业业，勤勉工作。他始终保持军人的本色，牢记军人的使命，退伍不褪色；始终在一线，始终在路上，这为他见义勇为提供了广阔的空间。二是他的秉性和情怀。在危急时刻，他始终以军人的胆识，拨开人群挺身而出，义无反顾地走向危险境地；始终能够在生死关头，翻遍自己的口袋，救人为先，不计个人得失。这是他成为英雄司机的关键所在。

而他本人，就像他的名字一样，给人一种虎虎生风的硬汉气质，以及大义凛然的英雄气概和真心英雄的侠骨柔情，仿佛在告诉车祸中受伤的路人、寒风中生产的孕妇、气管吸进异物的幼童和一切危难中需要救援的人们："我是退役军人，我来了，你们就平安了。"

靠着这种信念，他在这么多年来来往往的行车途中，挽救了一个又一个和他素不相识的人的生命，书写了见义勇为壮举。其实，再多的溢美之辞也是苍白无力，不如让我们从一个个生动鲜活的具体事例中，领略来虎平的英雄风采。

来虎平第一次见义勇为是在1998年1月31日。那天正好是农历腊月二十九。傍晚时分，来虎平值完班，用摩托车带着弟弟，准备回白草塬老家过年。当他途经离县城3公里外的车家坡大桥时，看见好多人在大桥栏杆旁围观。他心想，一定有情况！等挤进人群之后发现，原来是两个骑摩托车的小伙子掉到了30米高的大桥下面。

天色已晚，暮色笼罩着四方，桥下面一片昏暗，无法看清楚掉下去的人具体在什么位置，所以人们只是干着急，没有人敢下去营救。见此情景，来虎平想也没想，二话不说，立即飞跑下去，绕道直奔桥下。他全然不顾河滩里冰冷的淤泥和刺骨的河水，先在河滩里找到摩托车的残骸，又在离摩托车10余米的河岸上，找到一个血肉模糊的伤者。在更远的玉米地里，找到另一个昏迷不醒的伤者。

他赶快和弟弟把两个伤者抬到桥上，又拦下过路的一辆三轮车，说尽好话，让三轮车把伤者快速送到隰县人民医院。当时，两个小伙子全身多处受伤，伤情不明，都因为失血过多昏迷不醒，无法知道伤者的身份，也无法联系上家属。来虎平便忙前忙后找医生，把身上仅有的500多块钱都交了押金，还毫不犹豫地在手术单上签了字。

在医务人员的全力抢救下，两位伤者终于脱离了生命危险。最先清醒过来的那个伤者说他们是哥俩，哥哥叫孙海龙，弟弟叫孙海平，是隰县午城镇下司徒村人。他们是在姐姐家喝完酒后，在回家途中酒劲发作摔下了桥。来虎平迅速联系伤者家属，一直等到晚上9点多家属赶到后，才和弟弟往家里赶。

骑摩托走了两个多小时，他们从县城回到百草恒家，已经是晚上10点多。一进家门，父亲见他俩满手是血，而且冻得鼻青脸肿，就问是怎么回事。他对父亲说，他俩救人去了。当时父亲嘴里一边说好，好，好，一边给他和弟弟倒热水。他知道父亲是非常支持他们这样做的，因为父亲经常就是这样教育他们要多帮助别人、多做好事。只是父亲看着他们兄弟为救人，寒冬腊月半夜三更才回家，心疼啊！

1999 年 8 月的一天，下午 5 点多，来虎平从大宁县办完事，驾驶一辆微型面包车从大宁返回隰县，拉着父亲和第一次到他家的继母开车回隰县。

当开车行至午城镇庞家圪塔村边时，他见路边围着一群人，公路上有一摊血迹，职业敏感告诉他：这里肯定出车祸了。当时他没有丝毫犹豫，立马将车停靠在路边，就往人堆里跑。

"让一让，我是警察！"来虎平跳下车大声说。

村民们迅速闪开一条通道，他进去一看，才知道是发生了交通事故，地上躺着一个昏迷不醒的年轻人，满脸是血，头部的一个伤口还在不停地流血，肇事车辆的司机见碰了人，早已跳车逃逸。围观的群众告诉他，有人已经报了警，但交警还没到。从出事到现在已经过去二十多分钟，来虎平蹲下身仔细察看，发现伤者已不能说话，但还有轻微的呼吸和心跳。

救人要紧！ 于是，他赶紧对父亲说："这个人我必须得马上拉到医院去抢救，你们在这里等一会儿！"

说完，来虎平安排父亲下车等候，随后一把抱起伤者。由于车小，他把伤者平躺着放在后边座位上，就急忙向县城的医院驶去。

在去医院的路上，他一边开车，一边大声呼叫伤者："你千千万万要挺住。"

他这样一叫，伤者虽然没有说话，可是喉咙里却传来了像打呼噜一样的响声，其实当时抱伤者上车的时候，看到伤者没有一点儿反应，他都怀疑能不能救活，但这一声更加坚定了他必须抢时间的信心。

当时他把汽车的油门踩到了极限，一路风驰电掣地向医院赶。到了医院，他跑前跑后，一边找医生，一边拿出了身上仅有的 240 元钱垫付了治疗费用，给伤者办理了入院手续。在医生的及时抢救下，保住了伤者的性命。等忙完一切后，已经是晚上 8 点半多了。这时他突然想起，老父亲和继母还在 50 里外的公路边。等赶到父母亲下车的地方时，父亲和继母两个人还蹲在路边等他。说起这件事，他心里始终感到非常内疚，他当时不该责备父亲，嫌父亲为什么不拦个车先回家。

伤者叫刘保平，他的父母打听到是来虎平救了儿子的命，便来谢恩。听说来虎平喜欢抽烟，就为儿子的救命恩人买了两条烟，被来虎平婉言谢绝。对来虎平来说，那是一个很普通的下午，但对于伤者来说，却是一个不寻常的下午，一个事关人命的下午。

1999 年冬天的一个傍晚，来虎平从临汾出差回来路经平垣山时，看到蒲县的一辆面包车翻到 20 多米深的沟里，车上的四个人有的被摔出去老远，有的被压在车下，现场一片狼藉。他和同行的伙伴先把压在车下的两个人救出来，又把挂在树杈和摔到沟里的两个人抬了上来，一边打 110 和 120，一边进行简单的抢救。由于他果断快速地施救，为四个生命垂危的伤者赢得了抢救时间。

2001 年 4 月 18 日凌晨 3 时许，来虎平加完班回家，途经西大街中医院时，发现医院的库房门口，有一个男子形迹非常可疑。出于一种职业责任感，于是他就上前询问："你做什么？"

那名男子说："我找院长。"来虎平一听他说在深更半夜找院长，口音是外地口音，手里还提着一个工具包，凭着多年的警察工作经验，便对该男子产生了怀疑。来虎平确定此人肯定有问题，但是，对方身材比自己高大，身上可能还带有凶器，而且又是深更半夜，大街上也没有一个人，他觉得不能贸然行动。

经过紧张的思想斗争，来虎平佯装离开。正当那男子扭头走时，他猛地扑上去，将其摁倒在地，并把对方的工具包夺下，打开一看，里面是钳子、改锥、锤子等作案工具。

男子一看自己行迹败露，马上说了实话，说准备盗窃医院财务室，没想到还没动手就被逮住了，然后该男子说："给你 1000 块，把我放了。"

来虎平说："你就是给我 10 万，我也非要把你送到派出所不可。"于是一手按住这名男子，一手掏出手机拨打了 110 报警电话。后来发现男子左袖口里藏着一把管制刀具，是一名流窜作案分子。不久后，因工作原因来虎平被调到了县政府当专职司机。

2001 年冬天的一个晚上，大概凌晨两点多，他在完成当夜的巡逻任务换完班回家时，走到县城鼓楼那里时，隐隐约约听见有人说话，走近拿手电筒一照，原来是两个女人。

"快救救我们吧！"年龄稍大的女的哀求着。经一番盘问才知道，原来是姐妹二人，因为妹妹临产，半夜突然肚子疼，姐妹俩步行连夜赶往隰县人民医院，但没等到医院，孩子就出生了，而且当时孩子的母亲是大出血。

可是半夜三更，怎么才能把这对母子送到医院呢？他让姐姐照顾好产妇和孩子，自己去找交通工具。当时他跑了好几个地方，最后跑到一家锅炉房，找了一辆运煤的平车，然后把母子一起抱上平车，他在前面拉，她姐姐在后面推，到了医院后，急忙帮助找到了妇产科的值班医生，说明了母子的情况，连人带被子把她们抱到了妇产科病房。

由于送得及时，母子都平安。那天夜里来虎平帮母女二人办完住院手续，才回了家。

"人生在世谁还没有个难处，遇难就帮，既为别人化解了痛苦和不幸，也使自己的良心得到慰藉。"来虎平是这样想的，也是这样做的。

2005 年，来虎平调入隰县人大，还是专职司机。这一干就是十多年，十多年中，他从不带"病车"出行，从不违章行驶，实现了行驶百万里，零违章、零事故的目标。可以说，来虎平是一名退伍军人，也是一位英雄司机，更是一个见义勇为的正义之士。虽然岗位变了，但是来虎平见义勇为的品性始终没有变。

2008 年 11 月 22 日，来虎平叫了几个朋友到白草塬山上植树。中午时分，一帮人准备驾车回村吃饭时，迎面碰见一对骑着摩托车的夫妇。他一看摩托车骑得那么快，心想一定是有急事。果然还没到车跟前，男的就停下摩托车跑了过来，大声呼叫："快停车，救救我的孩子。"这对夫妇神色慌张，孩子的母亲更是泪流满面，泣不成声，怀里的孩子奄奄一息。

他停下车，那个男的激动地说："原来是虎平哥，我的孩子有救了。虎平哥，我是咱白草塬的韩晋平。"他因早年离家，一时想不起这个年轻人是谁，但也顾不上多问，说："好，我送你们。"

他让朋友们下了车，拉上韩晋平夫妇和孩子，急忙掉转车头去隰县人民医院。路上听韩晋平说了情况，才知道孩子在玩耍时不知喉咙里吸进去了什么东西，此时已经呼吸困难、奄奄一息。于是他加大了马力，飞速前行。为了能及时抢救，他一手紧握方向盘，一手打电话联系好了医生。50 里的山路，平时最快也得半个多小时，那天仅仅用了十六分钟。那么窄的路，那么陡的坡，那么急的弯，那么快的速度，现在想起来，也很后怕。

等到达医院时，坐在车后座上的两口子已经是哭成一团，来虎平一看，当时孩子满脸通红，口唇也发了紫，夫妻二人已被吓傻了，他立马从夫妇二人手中夺过孩子，车也没来得及熄火，就冲向医院急诊科。

经过检查，发现孩子喉咙里有个异物，需要马上切开喉咙通气，不然孩子就会有生命危险。做手术需要亲属签字，韩晋平夫妇已经吓得慌乱不堪，双手抖动得无法签字。此时，时间就是生命，一分一秒也耽误不得。来虎平就当救自己的孩子，他果断在手术单上替夫妇俩签了字。

动手术需要交费买药，又是他一个人跑上跑下，跑前跑后忙活。记得当时为了抢时间，他是抓着楼梯扶手跳着翻越楼梯栏杆的。经过手术，孩子喉咙处切开了一个小口，输上了氧气，孩子这才慢慢地苏醒了过来。

韩晋平的爱人看着孩子转危为安，哭着说："虎平哥，谢谢你救了我家孩子。"

来虎平说："不用谢，这是我应该做的。"

可是县医院医疗条件有限，要取出喉咙里的异物，医生建议立即转院。韩晋平夫妇二人看着好起来的孩子，虽然也平静了许多，但他们生活在农村，根本不知道下一步该怎么办。

于是来虎平同医院的领导协调了一位随行的医生，以免转院途中发生什么意外。快速办结了转院手续后，他又拉上一干人驶向离隰县160公里远的汾阳市人民医院。到了汾阳市人民医院后，孩子得到进一步的救治。等把一切事情安排妥当后，已经是晚上10点多了。

这时，他才猛然想起，帮助自己植树的朋友们还留在离县城30多里的自家村里。他急忙打电话，向朋友们解释和道歉。此时，朋友们早已经各自回了家。朋友们对他为救人把他们扔下不管都非常理解。他们不但不怪他，还为有他这样的朋友高兴和自豪。

2010年，来虎平调任隰县人社局任劳动监察大队副队长，这让他无可避免的整日与矛盾、纠纷接触，但在其中，他从来没有忘记自己是一个具有光荣使命的退伍军人和监察执法者。不管是老板还是民工，不管是富人还是穷人，他都一视同仁、尽心尽力地帮助他们维护权益。

上任伊始，就有两个河南的民工，一个叫李新海，一个叫牛付喜，两个人在霍永高速后堰塬西上庄项目部打工，整整半年，工队没有给他们付工资，中途两人收麦子回了趟河南，等再返回隰县的时候已经联系不上包工头，两人找到项目部，项目部说工程款已经全部给包工头结清。讨要无望的两个人无奈之下来到了隰县劳动监察大队寻求帮助，正在值班的来虎平接待了他们。在详细了解两个人的遭遇之后，来虎平答应帮他们解决。最后在来虎平的努力下，项目部同意替包工头垫付给两个人 1 万元的工资。

2010 年 8 月的一天傍晚，来虎平从大同回隰县时，在高速路上看见前面发生了交通事故，一辆面包车和一辆小车相撞，小车已被撞得变了形，里面的人生命垂危。他不顾一切先把小车里的人救了出来，然后又打电话叫来了交警和 120。交警和 120 的医生看到他浑身是血，满头大汗，以为他是当事人。当他说他是过路的司机时，120 医生请他把手机号留下等那个人醒了谢他。他说："不用谢，这是我应该做的。"120 医生感动地说："不要回报！真正的英雄！"

一个个事例的背后，是来虎平多年来始终如一的坚守，是他兑现当初铮铮誓言的生动实践。

载誉归来　英雄依旧

2011 年 12 月 6 日，第八届"全国十大见义勇为英雄司机""昆仑奖"表彰大会在人民大会堂隆重举行。此奖项评选历时六个月，由全国一百八十七万张群众选票推选产生。六十名全国见义勇为英雄司机受到表彰，来虎平作为山西省唯一荣获"全国十大见义勇为英雄司机"称号的模范出席会议并领奖。

有记者问他："当今社会道德滑坡，救人被讹的事件时有发生，你就不怕救人后被讹上吗？"

他微笑着说："从没想过，做这些事永远是我无悔的选择。我问心无愧，心里很踏实，很高兴。即使被讹上，下次我还会一如既往干下去。"

2011 年 12 月 8 日，来虎平从北京回临汾时，在火车上遇到一位陕西老大娘，老大娘一把抱住他，激动地说："孩子，我在电视上看过你的事迹，说你前后救过十几个人了，你是好人呀！你是英雄。"他说："我不是什么英雄。我做的都是自己应该做的事。我只希望每个人的生活都能少些苦难，多些幸福！"他朴素的话语，在车厢内引起一阵热烈的掌声。

是的，无论是在人民大会堂的领奖台上，还是在"感动隰县十大人物"的颁奖会上，他都没有感到自己是英雄。虽然荣誉和鲜花给了他极大的慰藉，见义勇为的行为得到了社会的充分肯定，但他总觉得，救人于危难，帮人于紧急，这都是应该做的。比起那些为抢救国家和人民生命财产献出生命的英雄们，自己普通得不能再普通。如果遇到这种情况，他相信大家也一定会挺身而出！

来虎平是这样说的，也是这样做的。就在他从北京载誉归来后不久的2012年1月7日，在夏汾高速公路交城至杏花村路段，因雪天路滑导致八十多辆车连环相撞，造成重大交通事故。出差归来恰好经过此地的他二话没说，立即加入抢救行列，三上高速，三进医院，运送伤员十一个人，一直忙到晚上12点，才悄然离去。在危难时刻不计个人得失、该出手时就出手，对来虎平这个退役军人来说已是常态。

这当然与隰县这块孕育英模、崇尚英模的热土有关，看看悬挂在隰县县城各机关和大街上空"向来虎平同志学习"的横幅，再看看乡镇农村在醒目位置上书写的"向来虎平同志学习"的标语，还有隰州大桥的灯箱上来虎平受奖时的彩色照片，就能深切地感受到隰县对来虎平的推崇和爱戴。一时间，来虎平的名字成了隰县精神文明建设中的"道德名片"，温暖和感动着隰县人。

2012年2月的一天凌晨4点钟，睡梦中的来虎平被一阵急促的电话铃声惊醒。"这个点打电话，一定是有急事！"想到这儿，他急忙起床拿起话筒，果然，电话里传来了朋友耿侯喜焦急的声音："有个老人走失了，找不着家。"热心肠的来虎平闻言，立即穿衣起身出了家门，十几分钟后赶到耿侯喜家。原来，耿侯喜凌晨起来准备扫街时，见自家门口坐着一位老人，只说是白耳村人，其他一概说不清楚。来虎平对耿侯喜说："你赶紧去扫街吧，我来处理此事。"他一边试着跟老人沟通，一边打电话联系家住陡坡乡白耳村的熟人。半个小时后，通过一位叫张金福朋友的帮助，终于辗转联系上了老人的家人。老人的儿子刘德新闻讯火速驱车赶到，当看到深夜走失的老父亲安然无恙地坐在温暖的屋子里时，握住来虎平的手感动得不知说什么好。此时，天才蒙蒙亮。

2012年5月25日，来虎平路经县城南关的一条巷道时，看见有个小女孩哭喊着叫妈妈。这时正是下班、放学的高峰期，而且这条巷子是南关到209国道的唯一通道，车来人往特别拥挤，小女孩没有大人领着很危险。他急忙停下车把小女孩抱起来询问，可小女孩一个劲儿地哭不说话。他把小女孩抱上车说："孩子，别怕，我送你回家。"可小女孩不知道自己家住在哪里。情急之下，他把小女孩送到巡警大队，恰好巡警大队的民警说刚才有人打电话报案说丢了小孩。他又抱着小孩一直等到大人来。当孩子的父母看见是来虎平抱着自己的女儿时，惊喜地说："原来是你，我们在电视里见过，你就是全国十大见义勇为司机来虎平。谢谢你！"他说："谢什么，举手之劳。以后一定要把孩子看好。"当感谢信送到他工作的单位时，大家又是一阵儿惊讶："这样的事怎么老是摊上你来虎平？"来虎平双手一摊道："没法子，谁叫我碰上了。碰上就得管。送人回家是任何一个路人都会做的事，我也不例外。"

2012年6月一天傍晚，来虎平接女儿回家。在隰县三中的门口，看到二十多个青年在追赶两个学生，一边追一边喊："打死他们，打死他们。"眼看就要追上了，他急忙停下车跑上去堵在那群人前面，其中一个非常嚣张的小青年说："你是谁，胆敢挡路？"他说："我是来虎平。"听到是来虎平，那些跃跃欲试的青年都停下了脚步。只有个别的还要闹事，于是他打了110来处理，制止了一场流血事件的发生。

2012年7月上旬一个周末的上午，他开着一辆小货车刚出县城就下起了大雨，上了隰永公路的一段山路，看到两个背着硕大书包的女孩在雨中艰难地走着，便停下车询问，原来她们是朱家峪村在县城读书放假回家的中学生。来虎平要送孩子们回家，两个女孩坚决不坐他的车。他说："你们不坐陌生人的车，警惕性高很好，可是这雨太大，你们又是女孩子，淋坏了怎么办？"可是任凭他怎么说，两个女孩还是不坐。最后他没办法了就对她们说："你们认识来虎平吗？"那两个女孩说："认识啊，我们学校里还贴着他的照片和向他学习的标语。"他说："我就是来虎平。"其中一个女孩对另一个女孩说："真有点像。"他说："我真是来虎平。"两个女孩这才放心地坐上了他的车。

在人社局任劳动监察大队工作，难免要为讨要工资的人伸张正义。这天，来虎平刚刚到办公室坐下，就接了一个电话。原来是一个外地民工打来的，说一个企业拖欠他工资不给，奶奶和他来讨要，奶奶病在旅店没钱治疗。他着急地说："我必须去看看。"

在一个路边的小旅店里，他看到了一个瘦弱的年轻人和一个白发苍苍的老人。来虎平问年轻人："你怎么让奶奶和你来讨要工资？"

年轻人说："我没有父母，奶奶看他们欺负我就来了。"

来虎平说："工资的事，我帮你解决。现在我们带奶奶去看病。"说着他轻轻弯下腰把老人扶起来，说："老妈妈，我是隰县人社局的来虎平，我带你去看病。"

老太太一把搂住来虎平，流着泪说："好人，你一定要帮帮我们。"

来虎平说："放心吧，我会的。"这一幕让人忍不住流泪。

2012年农历腊月二十八，来虎平正准备离开办公室时，被两个突然出现的农民工堵在了办公室，一个叫狄莲武，一个叫柏莲芳。两个人也是在霍永高速打工，但一年的工资一直没能领上。两个人听河南老乡说，隰县劳动监察大队的副队长来虎平能帮农民工讨要到工资，就像抱着救命稻草一样来找他。来虎平当即打电话给包工头，可是包工头借口回了老家过年，不予处理。任凭来虎平好说歹说，才答应过了2013年正月十五再解决。

两个人说连回家的路费也没有，来虎平便将买年货的1000块钱借给了他们。年后正月十六，两个农民工再次来到隰县讨要工资。来虎平联系上了包工头，到正月十九，事情得到了圆满解决。六十多岁的狄莲武激动地说："来虎平是一个爱憎分明、雷厉风行、维护正义、热爱人民的好退役军人和监察执法者，现代包青天。"

来虎平就是这样，用一个退伍军人和监察执法者全心全意为人民服务的责任感和使命感，为上百名农民工讨回工资，维护了他们的合法权益，从而成为隰县劳动监察领域的一张名片。

……

从1998年到2013年，在十五年来来往往的行车途中，来虎平先后从生死线上挽救了十三个与他素昧平生的生命，其中有车祸中受伤的路人、寒风中生产的孕妇、气管吸进异物的幼童和一切危难中需要救援的人们。

荣誉和鲜花给了他极大的慰藉，见义勇为的行为得到了社会的充分肯定，也更坚定了他见义勇为的信念。他总觉得，救人于危难，帮人于紧急，这都是应该做的。他认为他还不是英雄，比起那些为抢救人民群众生命财产献出生命的英雄们，他只是千千万万个做好事的人中普通一员。

然而，来虎平曾多次遭遇不明真相家属的谩骂与威胁。有时，他会因救助而弄脏新衣，甚至沾染血污，还时常为伤者垫付医疗费用，这难免会让妻子略带责备地埋怨几句。但来虎平总是坚定地说："再新的衣服，也比不上人的生命重要。人生在世，谁没有个难处？关键时刻，生命往往悬于一线。若错过那一刻，就可能永远失去生命，那将是多么可惜！遇到困难就伸出援手，能为他人减轻痛苦和不幸；若见死不救，自己的良心将永远不得安宁。"

初心不改 再立新功

来虎平同志后来历经多个单位，先后担任隰县退役军人事务相关职务、隰县人力资源和社会保障局劳动保障综合行政执法大队副大队长，以及隰县城南乡朱家峪村党支部书记兼村委主任。尽管环境、工作岗位和职责屡经变化，但他始终坚守着军人的侠骨柔情，践行见义勇为的传统美德，全心全意服务群众的信念从未动摇。正是这份信念，驱使他不断书写见义勇为的英雄篇章，创造新的辉煌。

在工作中，他如同一位忠诚的卫士，用军人的赤胆忠心诠释着对本职工作的绝对忠诚，用忠孝大义回报着养育他的父老乡亲。无论身处何地，无论岗位如何变换，他都始终不忘初心，牢记誓言和使命。来虎平深知自己出身农村，成长过程中屡受乡亲帮助，因此他总想竭尽所能回报乡亲。

多年来，白草塬村一直饱受水、电、路问题的困扰。出行难、用电难、用水难严重制约了村庄的发展。来虎平对白草塬乡亲们的生存生活状况格外牵挂。当他在家乡走村串户进行帮扶时，虽然只能解决一些生活小事，但他深知乡亲们最渴望的是通水、通电和通路。

人才是乡村振兴的关键。来虎平充分发挥退伍军人吃苦耐劳、甘于奉献、敢打硬仗的顽强作风，以军人的责任和担当，成为乡村振兴的热血尖兵。2012 年初，朱家峪村委换届后，他主动找到村委领导，商讨解决白草塬的水、电、路问题，并积极与县水利局、电业局和交通局联系协调。恰逢县上实施农村人畜饮水工程、农网改造工程和新的农村"五个全覆盖"工程，在他的积极努力下，白草塬村的水、电、路问题都被纳入了这些项目工程，并取得了显著成效。

由于来虎平在白草塬村积极解决水、电、路三大难题中的突出贡献，他赢得了乡亲们的广泛赞誉。2014 年，他全票当选为家乡隰县城南乡朱家峪村委的党支部书记，成为乡亲们心中的楷模。

在当天回村上任的路上，来虎平救起了一个头上流血、昏迷不醒的中年男人。拉到医院救醒后，这个人说他是朱家峪村委的高平生。让来虎平没有想到的是这上任路上的相遇和施救，让他和高平生成了亲人。原来高平生的父母都去世了，又有点儿弱智，在颠沛流离中把身份证也丢了，无法享受党的扶贫政策，生活难以为继。来虎平费了九牛二虎之力，终于把户口关系理顺。并帮扶着给买了一群羊让高平生放羊，巩固脱贫成果。高平生高兴地说："来书记不但救了我的命，而且给我上了户口，帮助我脱了贫。现在还让我富起来了，真是我的恩人和亲人。"

2014年，精准扶贫工作正式开始。朱家峪村委有朱家峪、白草垣、辛窑、合家等四个自然村，全村二百八十六户八百三十人，贫困户三十二户八十人。在脱贫攻坚中来虎平起早贪黑，奋力拼搏，立足村委实际，以党建为统领，带领乡亲们和贫困户发展粮食主导产业和玉露香特色产业，使朱家峪村成功摘掉了贫困的"帽子"。全国脱贫工作评估验收，全村三十二户八十三人的贫困户全部脱贫，正奋力奔向小康。

可以说，从来虎平上任伊始，每年都会有一个新变化。我们不妨从以下的时间表上，窥见一斑。

朱家峪村的吃水问题一直没有得到彻底解决，来虎平任支书的第二年，也就是2015年，他多方筹集资金，新建了五十吨水塔一座，让村民喝上了清冽的山泉水。

2016年，来虎平大刀阔斧改善村容村貌，硬化蓬门——白草垣村道3.8公里，还有蓬门——朱家峪通上柏油路。将闲置朱家峪小学盘活，改为朱家峪村办公场所，设置办公室、会议室、党员活动室、村卫生室、文化活动室、调解室等房间。

2017年，他再次当选为朱家峪村党支部书记。这一年，来虎平带头为农民们建起第一座一百千瓦光伏发电站，发展了420亩玉露香密植园，平整土地1500余亩，新建500吨灌溉水塔一座，整体提升了全村产业发展水平。

2018年，来虎平又增建一座一百千瓦光伏电站，80%用于贫困户，使贫困户的生活有所改善。修建了千朱线，贯通朱家峪村与千家庄村之间的通道；新修村内大桥两座，市环保局提供了垃圾箱、垃圾车，村内喷涂墙绘3000余米，道路两旁栽植行道树，绿化800余米，提升朱家峪村村容村貌。

2019年，来虎平为村里的每个巷口安装了路灯，使村民夜间出行难的问题得到彻底解决，保障村民的生活和出入方便安全。

2020年，来虎平被县委组织部派选为隰县城南乡朱家峪村党支部书记兼村委主任。疫情防控期间，来虎平带领村"两委"班子克服一切困难抗击疫情，保障居民生命安全和身体健康。朱家峪村强化防疫卡口管控，确保了朱家峪村全体村民的健康安全，为打赢疫情防控阻击战作出了贡献。

2021年，来虎平维修了村内中学桥两座，村内街道"六乱"整治1000余米，提升改善村内人居环境。给村舞台搭建彩钢顶，给舞台内的房间安装了电灯，将舞台墙壁内外水泥粉刷和涂料喷绘，将舞台内地面硬化，舞台院环境卫生整改，围墙进行粉刷。同时组织村民维修饮水管道，保障村民饮水安全。街道两旁美化桌凳设施，给村民休息提供方便。

2022年，来虎平积极响应习近平总书记关于"粮食生产年年要抓紧"的指示，狠抓朱家峪村主导产业玉米、谷子、高粱，村委落实种植面积1800亩，以确保村民有粮吃。同时发展玉露香特色产业，增加村民收入。全村委落实面积850亩，其中玉露香密植园420亩。

白草塬一位叫韩叫其的老人说："来虎平从小就是个好孩子，长大后在外面工作，每个八月十五和春节时都要拿上礼品回来看望我们这些老人。这不，又是他让我在有生之年，看到白草塬通了水、电、路，而且把路硬化到了我的家门口。现在好了，水、电、路通了，我们能过好日子了。要感谢党和国家的好政策，要感谢积极为三项工程实施付出巨大心血和汗水的我们白草塬的儿子来虎平。"

来虎平在朱家峪村委担任党支部书记兼村委主任的八年中，始终保持听党指挥、服务人民的本色，始终保持军人敢打敢拼、勇冲一线的坚韧品质，扎实推进巩固拓展脱贫攻坚成果同乡村振兴有效衔接各项工作，使朱家峪村委发生了巨大的变化，实现了他回村之初的理想。

......

习近平总书记指出："一个有希望的民族不能没有英雄，一个有前途的国家不能没有先锋。"现在我们的基层建设，就需要来虎平这样的"在部队，我是保卫祖国的栋梁；到地方，我要做民族经济的脊梁"的退伍军人，带领人民群众为实现"两个一百年"奋斗目标、实现中华民族伟大复兴的中国梦而努力奋斗！

来虎平，一个激励着世人、释放着力量、温暖着人心的闪光名字；一个感动了隰县、感动了公众、感动了民心的英雄司机；一个大义凛然、见义勇为、为义出手的真心英雄；一个荣获"优秀共产党员、感动隰县十大人物、临汾市见义勇为先进分子、山西省见义勇为先进分子、全国十大见义勇为英雄司机"殊荣的退伍军人。

来虎平用侠骨柔情践行见义勇为传统美德，用古道热肠演绎真心英雄大爱情怀。"感动隰县十大人物"评选组委会给来虎平的颁奖词是："贫寒出身，使你有一种与生俱来的大爱情怀；部队历练，使你有一种大义凛然的英雄气概；公安生涯，使你对险情危难有一种超乎寻常的敏锐感觉。你总是能发现一些需要救助的人和事而出手相救；你总是能碰到一些危难险情而见义勇为；你用强健而温暖的双手从死神那里抢回十二条生命，你用大爱、大义、大勇诠释着一个见义勇为英雄司机的崇高境界和人格魅力。"

纯孝所至　中国动容

——记"感动中国十大人物"孟佩杰

孔瑞平

2012 年 2 月 3 日，中国首都，北京。

料峭的春寒还在大街小巷盘旋，中央电视台演播大厅却是灯火辉煌，暖意融融，"感动中国 2011 年度人物"颁奖盛典正在这里举行。

以中国红为基调的会场配以金色的点缀，庄重、喜庆，触目皆是中国式的高贵；央视的男女当家主持人白岩松、敬一丹身着民族服装嘴角带笑，满面春风；历届感动中国人物的头像如璀璨的星辰在高阔深远的背景中浮沉。他们是些谁呢？他们中有科学家袁隆平、钱学森、钱伟长；有文学家巴金；有学者季羡林；有航天英雄杨利伟；有体育明星姚明；有勇斗"非典"的钟南山；有慈善家霍英东……他们的面孔点亮了现场观众的眼睛。这些都是将永载共和国历史的伟大名字啊！人们凝重的态度和迫不及待的神情无不表达着期待和好奇：即将公布的 2011 感动中国人物，会是谁呢？他们又将带给我们什么样的感动？

中国核事业领航人朱光亚、医学泰斗吴孟超、好书记杨善洲、慈善家阿里木……每一个人物出场，都带来一波情感的冲击；多起冲击之下，现场的气氛渐至高潮。终于，敬一丹深情款款念出这样一段话："接下来我们将认识感动中国 2011 年获奖者中最年轻的一位。她是一位 90 后的姑娘。她太年轻了，年轻到了我们几乎可以容忍她撒娇。可是在妈妈身边，她的位置却极其重要。有人说她是妈妈的手，是妈妈的腿，是母亲头上那片天，是母亲床前那盏灯……"这些句子如透明的水珠洒散在观众席上，顿时溅出一圈圈涟漪：

90 后？要知道在 2012 年，90 后，充其量也就是个二十岁的女孩子，是什么样的事迹可以让她当得起这样的赞扬和评价呢？

进入视频展示环节。随着敬一丹和白岩松动情的讲述，随着大屏幕那些动人心弦的场景呈现，观众们纷纷落泪了，一些女观众哭得抬不起头来。视频的最后，定格在一张青春脸庞的大幅特写上。恰在此时，荧屏上的女孩身穿粉色棒针毛衣、牛仔裤，带着几分羞涩、几分紧张，沿着中国红的长廊出现在人们的视野之中，渐走渐近。她就是以孝老爱亲事迹当选"感动中国人物"的山西女孩孟佩杰。

白岩松略带调侃地说："刚才跟佩杰在那儿说呀，问她苦不苦，她说不苦，因为有妈妈爱我。现在爱你的可不仅是妈妈了。"他朝着台下长臂一挥："不信你听——"观众席上的掌声有如海潮，"哗"地就涨起来了。

感动中国人物的评选标准有相当包容性，可以是作出了顶级成就、闻名遐迩的大人物，也可以是这些默默生活在民间、传承中华美德、品格高尚的普通人。参天大树与空谷幽兰都是中华民族文明生态的宝贵组成，是我中华民族在历史长河中能经久不衰、朝气蓬勃的不竭动力。推选委员王振耀说："童稚的岁月，她一力撑起几经风雨的家；她的存在，是养母生存的勇气，更是激起了千万人心中的涟漪。"而"感动中国"给她的颁奖词是："在贫困中，她任劳任怨，乐观开朗，用青春的朝气驱赶种种不幸；在艰难里，她无怨无悔，坚守清贫，让传统的孝道充满每个细节。虽然艰辛填满四千多个日子，可她的笑容依然灿烂如花。"

孟佩杰小小年纪就经历了常人难以想象的磨难，但她既有先天的善良，又有后天的勇毅，竟然冲破了命运的黑色风雨，登顶了这万众仰望的金色殿堂。也许我们从她不同寻常的成长中，可以琢磨到点儿什么。

隰县有个"二闺女"

民间有句话：小孩没娘，说来话长。不妨一反想：小孩有俩娘，那又怎样？

在央视大演播厅的屏幕上，人们了解到了孟佩杰的大概事迹。得知孟佩杰这个让全场观众落泪的孝女从小伺候的，是她的养母。屏幕上的养母刘芳英，眼含热泪诉说着小孟从小的懂事和一路走来的不易，却鲜有人知，孟佩杰的养母，也非等闲之人。

早在抱养孟佩杰之前，刘芳英在隰县就已经是大名鼎鼎的人物了。她先后在镇妇联、县教育局、县老干部局任职，所过之处，皆留下闪光的脚印。她为人热心，急公好义，能说会道，能写会唱，多才多艺。她的闪光点很多，最被人称道的就是热心社会公益，能把别人的事情当成自己的事情去做，经常能做出人们意料之外的效果，让你不服都不行。她就像一只蚂蚁，自身的体量很小，却敢于托举数倍于自身的重量。二中有个女学生刘秀英，孤儿，跟着自家的大爷，大爷不会做饭，一天就给孩子吃六个馒头就白开水。刘芳英一听就急了。她跑去找孩子的班主任提了一个建议：班里这么多家住县城的学生，能不能发动起来，让刘秀英轮流去同学家吃饭呢？一家一天，负担不重，却解决了孩子的吃饭问题。班主任试着一说，结果全体响应，三十多个同学轮转起来，秀英去了谁家，谁家也是可着劲给吃好的，有的大人还给零花钱，给生活用品。刘芳英就写了一篇《吃百家饭的求学孤女》发到《山西日报》，一经登出，在社会上引起强烈反响。文章登出的第二天，隰县县长就亲自过问，解决了秀英的学习生活费用，这孩子后来念大学学的是法律，现供职于省高级人民法院。

在隰县老干部局工作的时候，刘芳英自作主张办了一个小内刊《夕阳红》。刊物不定期，完全出于刘芳英一人之手，她利用业余时间一个人采访，写稿，打印，校对，把小刊办得风生水起。隰县有两个早年参加革命的老干部，一个七十三岁叫张文翰，一个八十四岁叫谢生来，两个人都健康、健谈，有一肚子革命故事。刘芳英就自费带他们坐公交，吃路边摊，走了全县十几个中小学校。过去的战争年代是什么样的，今天的好日子从哪来的，总得告诉娃娃们吧！这还不算，他们甚至联系了看守所，去给失足青年搞革命传统教育，讲的那些小青年都羞愧得低下了头，不少人还写了心得体会。转天，《山西法制报》就配发照片刊登了有关刘芳英的通讯——《来自高墙内的心声》。

刘芳英是激情满满，活力四射的人。她眼里有光，嘴角含笑，走路带风。她有侠肝义胆，最见不得人家有难，她有热心，给青年男女保媒，说成十八对，分文不取。她先后获得三十二次省、市、县级表彰。这些光华灿烂的荣誉挂满了她的前半生，把她走过的道路照得通亮，更难得的是民间的美誉——隰县小，谁不知道有个热心人"二闺女"呢？

说孟佩杰，你就不得不说刘芳英。正是因为这"二闺女"闻名遐迩，隰县有口皆碑，才成就了刘芳英和孟佩杰这一段感天动地的母女缘。要不咋说，人生是个意味深长的谜呢？以善开路，好人必定逢凶化吉，这谜底，也才能一层层展开。

孟佩杰，天生就是我家的人

季节正逢隆冬。刘芳英办完公事，乘坐乡间公交返回县城。公交车里没有送暖设备，呵气成冰，也冷得很，想睡都睡不着。前排两位妇女的谈话，渐渐吸引了刘芳英的注意。从谈话里，她听到了一个悲惨的农村家庭在人生磨难中的挣扎沉浮：那家子，六口人，一对夫妻四个闺女，男人是家里唯一的顶梁柱；本就过得艰难，谁知男人在回家的路上遭遇车祸，当场死亡，剩下母女五个，风雨飘摇！

实在是迫于生活压力，那母亲决定，把小的两个孩子抱给别人抚养！现在是，四女（一岁半）已经抱出去了，三女（五岁）还没有找着合适的人家……

两个妇女在前面窃窃私语，谁知后面听的人已经肝肠寸断！刘芳英抹了一把泪，小心翼翼地把那个主讲的妇女肩头轻触了一下："我说，那谁，您是那孩子什么人呢？"

妇女一回头，有些警惕的眼光："我是孩子的亲姨。"

"我听了这家子实在可怜，那孩子也是……要抱给人吗？"

"是啊，我妹妹也是迫于无奈，要不，谁愿意把亲生的孩子抱出去啊！"妇女忽又一抬眼："你，难道……"

"我一直在后面听这个事情，心里疼得不能行。如果你们看我可以，把孩子抱给我行吗？"

两个妇女面面相觑了一阵，还是孩子的姨开口了："路上遇到个人，什么底细也不知道……我现在决定不了。这样吧，你把你的单位、地址、名字写下，不瞒你说，我们得打听一下哩！孩子总得抱到个好出处、好人家！你说

171

是不是？"

回到家里，刘芳英的心情久久不能平静。望着窗外那轮月，她眼前仿佛幻化出了孩子的圆脸：孩子已经五岁了！会说话会跑路的小人儿，懂得很多事了。换了个家，换了个妈，那小人儿不知会不会哭闹，能不能跟自己亲在一起？还有啊，那个亲妈一把屎一把尿把孩子养这么大，呼啦一下要给人，那心疼得咋受呢？抱养孩子，这么大的事，没有任何心理准备，就这样突然间出现在自己面前……平常自信心满满的刘芳英，彻底失眠了。

刘芳英的丈夫在剧团工作，这行当就是吃百家饭的，经常不在家。刘芳英一个人吃饱了全家不饿，事情太多，她每天都像脚下踩着风火轮。故公共汽车上遇到的孩子大姨来找了她几次才好不容易找见，一见她就含着眼泪跟她说，"您的情况，俺们都了解到了，敢情您就是隰县大名鼎鼎的'二闺女'啊！您是个专门做好事的人，是宁可自己吃亏也必须帮人帮到底的人，您还是个多才多艺的人。还有比这更合适的人家吗？孩子交到你这样的人手里，怎样养怎样教，孩子的亲妈就都放心了！"

话说到这，刘芳英不能退却了。孩子已经五岁了，生养不易，她提出要给对方一些钱，孩子的大姨抹着眼泪坚决地拒绝了。她说，俺们是遭了难了，不是卖孩子啊！只指望孩子投靠个好人家，一辈子好过，就心满意足了！

抱养那天，刘芳英才知道，敢情孩子的亲生母亲也叫芳英！两个芳英母亲，在茫茫人海里以这样一个机缘邂逅，莫不是冥冥中的天意？

孩子并没有想象中看到陌生人的不安，更没有哭闹。她那可爱的圆脸儿跟刘芳英想象中一模一样，那灵动的小眼睛看看这个芳英妈妈，又看看那个芳英妈妈，安静得很。出乎人们意料的是：两个妈妈共同忙活做中午饭的时候，孩子已经把她自己的衣物、玩具拾掇到一起，用个包袱皮包起来了！刘芳英见状大为震惊，忙问："孩啊，你这是要干啥？"

小女孩仰着脸一本正经地跟刘芳英说："咱们赶紧走吧！看误了车！"

两个芳英的目光一对，先后扭身出了门外。孩子的亲生母亲跟刘芳英这样私语："我啊，怕孩子不愿意离家，怕她跟你不亲，我就骗她说，我是她的奶妈，你才是她的亲妈。现在是因为她该上学了，你才来接她回去的。看来，孩子都信了。"

刘芳英的内心，又一阵撕裂般的疼痛。天下最无私、最深沉又最博大的，只能是母爱吧！她为孩子也为孩子的养母以后共同要走的长路，设计了一个美好的开头。刘芳英也是母亲，怎么能不懂她的用心呢？可从感情上说，这简直是举刀自戕啊！眼前同名的女人，实在是太可怜又太可敬了……

在去往隰县的公共汽车上，孩子一直睡着。她当时做了什么梦现在已经无从知晓。可以肯定的是：这一个深长的睡梦带着苦命的孩子跨越交口到了隰县，正式开启了她传奇般的人生。

刘芳英抱回闺女了！消息不胫而走，亲戚、邻居们很快把还没有拂去旅途风尘的母女俩团团围住。大家打量这有些怯生生的小孩：圆脸，齐刘海，两个眼睛不大，眼睫毛又长又密，仿佛幽深的池水，就是有些面黄肌瘦的样子。哎呀！好一个喜眼的孩子！刘芳英的老父亲也闻讯从乡下赶来了。一打量孩子，老人家就笑了：看这毛眼眼好看哩，要不，孩子就叫个"毛女"吧！

毛女，毕竟是个乳名。那大名呢？颇有男子气概的刘芳英略一思索，给孩子取了一个大气的名字：孟佩杰。有人质疑：这不是个男孩子的名字吗？刘芳英一笑：谁说女子不如男！女孩怎么了，女孩照样可以堂堂正正、坦坦荡荡，做个顶天立地的人！

交口县的芳英母亲估计，总得有一个月时间孩子才能开口喊刘芳英"妈"，谁知来到隰县的第二天早晨，孟佩杰就叫刘芳英"妈"了。母女间的相处是那么自然，没有经过任何犹豫和磕绊。就像她本是刘芳英亲生，或者她一直就在这个家庭里长大。用刘芳英的话说：孟佩杰，天生就是我家的人！

新松恨不高千尺

自从毛女进了孟家门，孟家整天喜气洋洋。毛女毕竟是个才五岁的小孩子，到一个陌生环境需要一个适应过程，陌生的妈妈更是需要去适应。两位妈妈，总是有些不同的不是吗？交口的妈妈和风细雨，隰县的妈妈雷厉风行；交口的庄稼饭粗粝，时有断顿，逮着什么吃什么，每餐有饭吃已经是庆幸，而隰县的饭菜丰富，可劲儿也吃不完。

刘芳英看着孩子面有菜色，瘦得皮包骨，打心眼里疼，恨不能几天之间就吹气似的给孩子补起来。所以她一改平时忙得不落家的做派，一下班就心急火燎地往家赶。她用有限的工资给孩子买细菜，买肉，炖鸡炖排骨……她没有想到孩子长期空瘪的胃囊实际上是消化不了这些高蛋白的餐食的。她把碗里的饭舀得岗尖岗尖的，上面搁着油汪汪的烧肉给孩子端过来："毛女，乖，快吃。"

小小的毛女看着这么大一碗饭，愁得要掉泪了，但是眼前的妈妈，快人快语，脾气有些强势，初来乍到的毛女不敢违抗。她只好端起碗默默地吃开了。刘芳英事多，当然不会守着她吃。瞅见母亲一转脸，小毛女就跑到立柜后面，把手里的白米肉饭慌慌张张地往立柜和墙的缝隙里拨。她的小心心里想：这样，就不会惹妈妈不高兴了吧！

这个小秘密断断续续地在堆积，直到年节下大扫除的时候，挪开立柜清理积灰，才被刘芳英发现。天！这是什么呢？一堆堆长出了绿毛、黑斑，已经接近碳化的东西……她把毛女叫过来，指着问她。毛女小嘴一瘪，哇地哭了：妈妈对不起，是我扔的。我吃不了……看着孩子委屈的小脸，本来生气的刘芳英一下子心软了。过了年，孩子才六岁！她有什么错呢？是自己鲁莽了啊！她张开双臂把抽抽搭搭的毛女揽在怀里，一遍遍抚慰孩子，并给她讲道理：对人对事要真诚，遇到问题一定要讲给妈妈听。浪费粮食多不好，毛女不是要做个好孩子吗？

刘芳英的丈夫在剧团当乐师，拉得一手好板胡。吃剧团这碗饭，是个四海为家的营生，一年到头，他很少归家照料，家中一切事务都靠刘芳英撑起来。此时年关将近，他也罕见地回家来了，一进门手里就举着给毛女买的礼物：毛女乖乖来看看，这是什么？

毛女一抬眼：哇！是个银光闪闪的小手镯！毛女急忙拿在手里，左右端详，爱得不行，母亲帮她左手腕戴戴，右手腕戴戴，脸上的笑容就像开了一朵花。

毛女虽小，其聪明懂事却非同龄小孩可比。刘芳英这一番语重心长的教诲，毛女牢记在心，从此再没有犯过。随着接触日久，刘芳英也就把孩子的习性摸透了：这小人儿，蛮有心哩。不好的事情、不好的人，大人说一遍，孩子就记住了。刘芳英暗喜，心想：孺子可教！越发把言传身教当了一回事儿，好几回，刘芳英带着孩子去买东西，发现摊主多找了钱，或者多给了菜，刘芳英总要当着孩子的面如数退回：不是自己的劳动所得，一分一厘都不能要。这是做人的底线。有时街坊们在一起议论起社会上一些不好的现象，比如谁家孩子不知孝敬父母，摔盆打锅的给大人难堪，甚至有人不尽赡养之责，父母卧病都不闻不问。大人们说起来都是气愤的，毛女还小，听得似懂非懂，刘芳英就对孩子耳提面命：孝敬父母是中华民族的传统美德，不孝恩亲，不配做一个中国人！

小毛女在刘芳英的悉心调教下一天天长大，小脸儿红润有光，头发乌黑闪亮。跟刚来时相比，孩子判若两人。当她终于长到七周岁，背着书包蹦蹦跳跳走进学校大门时，街坊们一片赞叹，都说刘芳英的一片心血，总算是没有白费。

命运，翻脸更比翻书快

五鹿山上的桃花开了，五鹿山上的枫叶红了。五鹿山上盖满了白雪……大自然进行一个轮回是如此的轻易，让人不易察觉的是，灾祸也随风潜行而至。它在制造一个灾难的同时，也拉开了另一场大幕。

先是刘芳英好好地就接连摔了几跤。一两次的，她没有在意。毕竟哪里也不疼不痒！此时她已经调到县教育局工作了，比在乡下时更忙。一天太短了，刘芳英恨不能把它抻长几倍来使！

但是跌跤的事情越来越频繁地发生，刘芳英不得不抽空去了县医院。一番检查过后，医生面色凝重地跟她说："你这是典型的椎管狭窄。按说这病也常见，但是你这个很严重！赶紧去省里大医院看看吧！以防耽搁！"

在省城医院做完核磁，医生给了个沉重的结论："必须手术，否则有可能瘫痪！"

刘芳英人生第一次躺在手术台上，命运的第一道黑色闪电就这样猝不及防地击打在她身上了——手术做完，不仅没有起色，反而每况愈下，开头还能拄杖行走，很快，刘芳英就彻底瘫痪了。

此时，孟佩杰年方八岁。

在人生的紧要关头，刘芳英第一时间想到的不是自己的后半生，而是小毛女的出路。她托人打听孟佩杰的原生家庭想把孩子送回去，而打听回来的消息却让她失望透顶：那同名的姐姐、孟佩杰苦命的生母，已经去世了！孟佩杰，无法回归。

天上飘下稀稀落落的雪花，一家三口这个春节过得如雪花落地般悄无声息，衬着周边起伏的鞭炮声更加响亮。这贫寒的小家越发如一只破舟飘摇在无边的大海上，没有方向，没有动力。

春节一过，丈夫准备返回剧团开工了。刘芳英从没有依赖过他，现在却不得不把他喊住了："你走了，丢下我们一瘫一小，该怎么过呢？总得有个商量吧！"男人憋了半天，挤出这么几句话来："那什么，就算我不去上班，也得去找伙计们借点钱去吧！家里一个钱也没有了……"刘芳英无奈地挥挥手："快去快回啊！咱家现时一下也离不了人。"

就如某些电影里的镜头：此人的背影自从在大门口消失，就再也没出现过！刘芳英眼睁睁地朝着大门口望了好些日子，终于彻底绝望了。刘芳英万万没有想到，结婚十几年的夫妻，会在她最危急、最虚弱的关头一走了之，连一句告别的话都不曾留下！她想起来两句戏词："夫妻本是同林鸟，大难临头各自飞！"这是来自命运的第二道闪电，击打得她心灰意冷、眼前发黑。

一片静寂里，刘芳英破天荒地流泪了。为自己，更是为苦命的孟佩杰。泪水浸湿了大半个枕头。她想挣扎一下，腰以下完全没有知觉，一下也动不了。她连身也不能翻转，只能以一个姿势仰面躺着。她狠狠地捶打着床铺，无语凝噎终于变成了放声大哭。泪啊，不知从哪儿来的，流也流不完……

忽然，耳边响起一个童稚的声音："妈妈不哭，有我呢！"

刘芳英止了哭，疑惑地看看毛女："你？你能做什么？"

"我什么都能做，妈妈教我就好了。"八岁的孟佩杰睁得大大的眼睛盯着妈妈，说话一板一眼。这么小的孩子，她居然想给妈妈信心和力量！

刘芳英才振作了一下，一想又泄气了："毛女，你还太小呀，你连锅台也够不着……"

"有办法！妈妈，我可以踩上凳子！"孟佩杰吃力地把一个高板凳挪到灶台前："看，我踩在这上面就够着了！"看来，这小不点儿还蛮有心计，她把这些困难都已经提前想到了。

看着小人儿眼睛里的小星星，刘芳英终于有了点儿信心："那，妈教你，试试看行不行！"

小丫掌大旗

人，既然是一种号称"万物之灵"的存在，就有无限的潜能，人的韧性、延展力，不到生命的极端考验关头，绝对让你想象不到。凭谁说，一个年仅八岁的女童，能做得了成年人都不一定能做的事情？

孟佩杰就能。

天才蒙蒙亮，孟佩杰就一骨碌爬起来了。孟佩杰踩到高板凳上，要熬粥。小孩力气小，孟佩杰就把锅先端到火上，然后拿小碗一点点往锅里添水。水开了，按妈妈的指点下进去米，再做菜。孟佩杰拿一个土豆，用刀子横比竖比不知道如何下手，母亲就教："你先切片，再切条。"孟佩杰拿不动刀，好不容易比在土豆上，刀一滑，飘到一边去了。多少回的努力过后，切成的土豆丝比手指还粗。刘芳英看得心惊胆战，此时不由得长出一口气："就这样放锅里吧，加点儿水……对，这么多就行，再放点儿盐……煮软了就行。"

"妈妈您看，这样行吗？"

"行，行啊！"刘芳英吃着孩子端到枕边的饭，一边吃一边流泪。

有些蔬菜和用具孟佩杰不认得。妈妈便指着一一教给她。孟佩杰心灵手巧，一教就会。孩子还边做活边念叨："长的是葱，圆的是蒜，疙疙瘩瘩的是生姜；厚的是盔，薄的是盆，扁扁的豆角绿莹莹。"这大概算孟佩杰的"成名作"吧！孟佩杰出名后，获得了大把的荣誉，这首童谣类的儿歌也随着媒体的不断扩散，成了人们对儿时的孟佩杰的一个可爱记忆。

孟佩杰的人生功课远不只做饭。每天她都要早早起床，给妈妈洗脸梳头、换尿布、擦身子、涂抹褥疮膏。刘芳英后来就常常感叹命运无常，造化弄人：你说人家家里都是大人照顾孩子，我家却反过来了，孩子照顾大人。她小时候，我没有给她擦过屎尿，她却给我一擦就是多少年。孩子有长大的时候，我这病却没有一点儿希望能好……

料理好妈妈，孟佩杰草草喝上两口粥，手里抓个馒头直接就冲出了门。她有时会迟到那么一小会儿，老师和同学都知晓她家的情况，谁忍心责备她呢？你往她脸上看看就知道：最喜欢臭美的小女孩，常常是嘴角、眼角还带着夜睡的痕迹，像个花脸猫——孩子脸都没洗就跑到学校来了。

孟佩杰从学校回来，书包一扔就先来伺候母亲大小便。她一边熟练地操作着，一边忍不住"扑哧"一笑："妈妈，今天可太逗了。下了课我去上厕所，谁知因为我这头剪得不好，人家以为我是个男的，把好几个女同学吓得跑出去了呢。"孟佩杰说完哈哈大笑，刘芳英先是跟着笑，笑着笑着就哭了：孩子就小时候梳过小辫子，自从自己瘫痪了，没办法给她梳头，又去不起理发馆，头发长了都是孩子自己用剪子大概剪一下，挺俊秀的孩子头上却是坑坑洼洼的。唉！想起已经故去的、孟佩杰的生母，那跟自己同名的苦命姐妹，刘芳英内心有着一万个愧疚。属实是对不起她啊。

夜定了，万籁俱寂，孟佩杰还在洗一大堆尿布。她每天都必须重复这个工作，白天除了上学、做饭就没有任何空余时间了，尿布一会儿一换，妈妈一天要用到很多。如果清洗得不够彻底，换得不够勤，就有可能引发褥疮……自从得知了这一知识，孟佩杰就极其警觉，怕极了那"褥疮"不经意的光顾。一个几岁的小丫头，她懂什么呢？但是她想要保护母亲的心，即使壮士也不能相比。为了母亲，她什么都肯做。长期卧床的病人，发生便秘是自然的事情，有时一天数次，一次次污染了床铺，整天洗个不停；如果几天没有一次那就更麻烦了——孟佩杰需要徒手帮助母亲，把粪便一点点抠出来。即便大人做这种事恐怕也难下手，孟佩杰却泰然处之，从来没有流露过一点儿嫌弃的表情。刘芳英自己也臭得欲呕，就让孟佩杰戴个口罩，孟佩杰却说："妈妈，习惯了就不臭了，不要浪费口罩了。"

有妈才有家

爸爸出走后的第一个除夕，邻居阿姨过来帮她家包饺子。大家一起干活，一起说笑，一起看春晚，深居陋巷的清冷人家终于有了点儿"年"的味道。刘芳英暗暗嘱咐自己：今天是除夕，你千万可要忍住了，让大家干干净净过个年。但刘芳英管了自己的心却管不了自己的身，饺子没包完，她就便了三次，春晚没播完，又便了三次。整个除夕夜，孟佩杰就是在换洗尿布中度过的。电视里欢声笑语，屋子里臭气熏天，急得刘芳英用双手拍打脑袋："你去死吧，你去死吧，这么不争气！害得孩子连春晚也没看成。"孟佩杰则好言安慰母亲："春晚没看成，明年还有；尿片子不能不洗呀，只要妈妈不遭罪，这个年就过好了。"

"自己瘫了，丈夫跑了，家里穷了，寒窑凉炕、凄风苦雨的日子哪年哪月才是尽头？拖累女儿到哪年哪月才有个完？承诺给女儿的一切都落空了，反倒让女儿给我挖屎擦尿，我刘芳英于心何忍？倒不如……"刘芳英人在卧榻，心里却翻江倒海，不得宁静。生活的结和精神的结交织在一起，绾成一个打不开的死结。她有时无缘无故地哭，哭得三行鼻涕两行泪；有时又无缘无故地笑，笑声震得满屋子响。孟佩杰不知道妈妈害上什么怪病如此哭笑无常，吓得圆睁两眼却不敢说一句话。她哪里晓得，一个几乎改变她命运的阴影已悄悄袭来。

刘芳英请来一对担任中学老师的邻居夫妇，央求说："你们知道，我这病好是好不了，活又活不成个样，说不定哪天就撒了手。如果真有那天，我的毛女就托付给你们，你们是好人，就替我去尽这个义务吧。孩子有了错，求你们高高举起，轻轻落下，该打的骂两句，该骂的说两句，万不要让我的毛女受委屈。她是个念书的料，一定要让她完成学业。女儿长大成人，我和她的亲爸亲妈在九泉之下也要感谢你们。"说毕，两手抱拳，泪如雨下。

这是怎么啦？她怎么能有这种想法？夫妇二人好言劝慰，就是打消不了刘芳英准备托孤的念头，无奈之下只好应承："这么好的闺女，给谁谁不疼爱。小毛女跟了我们，考到哪儿我们供到哪儿，你一百个放心！"

女儿的事有了着落，刘芳英暗里托人买回几十粒去痛片，准备了此残生。徘徊在生死之间，刘芳英更沉默了。她的两眼追着女儿小小的身影出出进进，眼眸里时而带泪，无限留恋，就是不说话。孟佩杰费尽心思做了妈妈最爱吃的饭，端到病榻前，她只是摇摇头，一声长叹。

整理床铺的时候，孟佩杰从枕头底下翻出来一长串塑封的药片，孟佩杰已经能识不少字了。她疑疑惑惑地问："妈，哪来的这么多去痛片？"

妈妈不答。

"您一不头痛，二不肚疼，要这么多去痛片做甚？"

还是没有回应。

孟佩杰一头扑到母亲怀里大哭起来，鼻涕眼泪糊了一脸："妈妈呀，妈妈呀，您到底是怎么了？您告诉我呀！我怕……"刘芳英无奈，只能道出实情。

孟佩杰听了，越发抱着妈妈哭得地动山摇，哭得肝肠寸断。这是她来到孟家第一次痛哭，也是这么多年来唯一的一次痛哭。"妈妈呀，我不能没有您，有妈在，我就有个家。没有妈，我就没有家了呀！您就不心疼我吗？！我什么都能学会的呀！我能伺候好您的呀！求求您了……"

刘芳英抚着孩子激烈抖动的小身体，也是泪如雨下。同时，枯死的心灵也在慢慢苏醒：是啊。世上的路千万条，除了死的路，都是活的路。我四十多岁的人，什么风雨没有经见过，难道还不如十来岁的小毛女吗？不为别的，就为这苦命的孩子，我也得撑下去啊！

这一场提前终止的意外让孟佩杰看到了另一种真相，一种她以前不懂的风险。小小的孩子，过早地知晓了人生的不易，揣摩到了母亲心里的苦痛。此后，她多了一个心眼：凡是刀子、剪子、锥子、绳子等她认为是危险品、能伤人的，都放得远远的；凡是买回来的药，都专放一处，由自己亲手按时按量喂服。孟佩杰的眼风，已经习惯于每次迈进门，全屋扫视一遍，看有没有异常，风吹过，雨洒过，雪飘过，毛女以飞快的速度在成长，她慢慢地熟络了所有的家务，也越来越有信心保证母亲万无一失。

苦难的日子除了劳碌，还有贫穷。刘芳英只是个普通的病退人员，一个月只有600多块钱的工资，光说治褥疮的药就常年使用着三种外用的、一种口服的，一天都不能中断，用孟佩杰的话说就是，断了粮也不能断了药。为此家里常常是捉襟见肘的，有时面袋抖个底朝天，盐罐也见底了，这些最基础的生存物品居然没钱购买。不得已，孟佩杰只能硬着头皮挨门找刘芳英的亲戚朋友借，小女孩渐渐长大了，知道羞耻了，手心朝上的滋味，只有真正受过"穷"的人才能感同身受。有一天又断粮了，刘芳英遍思无人，只能打发孟佩杰去找一个在城里读书的亲戚家孩子去借。对方也是个比自己大不了多少的孩子，孟佩杰心里别扭到极点。她小声嗫嚅说："有没有长余的钱？我妈妈说，借我们5块钱，她发了工资就还。"对方犹豫了一下说："我本来是有5块钱的，可是打电话花了3块，还有2块了。你要就先拿着。"现在回想起来，这摆明了就是推托，而且是极其笨拙的推托，可那时的孟佩杰到底还小，哪听得懂话里的意思。她接了那两块钱转头就走。要紧的是先买两斤粮，别让妈挨了饿。

贫寒的生活偶尔也有开心的桥段。家里曾经养过一只小小的狐狸狗，脖子上戴个铜铃，一跑起来，就会发出清脆的声音。孟佩杰上学去了，家里好歹也给妈妈留个伴。有那么一天，刘芳英若有所失，一琢磨，是听不到小狗的铃响了，一看，丢了。孟佩杰看妈不快，马上丢下手头的活儿跑去买铃铛。铃铛不贵，一毛钱一个。杂货铺掌柜的问：铃铛有红色、白色、黄色三种，你要什么颜色的？孟佩杰想了一下说："明年是我妈的本命年。就拿一个红色的吧！"此言一出，把一圈人都逗笑了，说你年纪小小，居然懂这么多！你妈要过本命年，给狗买一个红铃铛？孟佩杰那个时候还在上小学，她是在哪儿听来本命年跟红色有关的，只有天晓得。可怜的小人儿，她的心里只有妈。

在日复一日艰苦的操磨、跑步前进的生命缝隙里，孟佩杰不知不觉长成了一个美丽的少女，现在的孟佩杰，有了千手观音一样的能耐。她像一只不停旋转的陀螺，在人们眼花缭乱中，做完了所有的家务。长期卧病的母亲被她打理得干干净净，小小的蜗居被她料理得窗明几净，更不用说家常饭是手到擒来。但听刀响，又闻油香，一眨眼间一碗香喷喷的手擀面就变戏法似的端在了刘芳英眼前。

而曾经萌生过"死"字的刘芳英，也再不想那个字了。十几年来，母女俩相依为命，已经融合为不能须臾分开的存在。这瘫痪在床的日子虽然苦难，但是孟佩杰一天天长大让刘芳英觉得有心劲儿，有盼头；孟佩杰不仅再也没有因为家务料理不开而迟到早退，她的学习成绩也始终很稳定，在班级里名列前茅。生活对人的塑造实在是不可想象，少女的孟佩杰活成了隰县人口口相传的"超人"。

背着母亲读大学

2009 年，十八岁的少女孟佩杰又一次走到了人生的十字路口：她要去临汾学院读书，妈妈怎么办？

雇一个住家护工无疑是最完美的方案，但是自家没有这样的经济实力；不去临汾读书继续在家伺候母亲也可以，但会与自己的大学梦失之交臂，为人要强的刘芳英也绝对不能允许，两难之间，孟佩杰陷入了沉思。

就算刘芳英脑筋那么灵活，也想不出圆满的解决方案。又一次，她痛感自己像一根绳子捆住了孩子飞翔的翅膀。要是没有了自己这个累赘，孩子不是能活得更好？静默的夜里，她在枕上流着无声的泪。命运看似改观，谁知山重水复，一不留神又转回了原点！

孟佩杰也没有睡着。她苦想了一夜，终于想出个办法，不由得一翻身猛地坐了起来："妈，有办法了！"

"啥？什么办法呢？"

"我呀……嘿嘿，我要背着您一起去念大学！"

窗外的天，倏地就亮了。

孟佩杰在离学校最近的地方租了一间小屋。家徒四壁，屋里仅有一张单人床。为能容下两个人睡卧，靠墙一侧加了一条长木板；一个旧木箱放下了娘俩的四季衣物，几件基本厨具摆放在灶台上，组成了这个衣、食、住、行俱备的新家。虽然贫寒到极点，孟佩杰却心情振奋，宛如脚下再一次探到了起飞的着力点。大学里有宿舍，有孟佩杰向往的集体生活，但是这些都与孟佩杰无缘。为了方便照顾母亲，孟佩杰向学校申请了走读。其他同学只需念好书就行了，孟佩杰则须经受学业、家务和康复三门"必修课"的考验。

在学校和家之间，孟佩杰脚步匆匆又匆匆。她要母亲，也要学业，哪一样都不能耽误。随着青春的成长，孟佩杰的"野心"更大了。除了处理繁杂的家务，她又开始学习如何协助母亲进行康复训练。每天，每一个动作都需要几百次地重复。汗水一次次地浸透娘俩的衣衫。医护人员纷纷向孟佩杰竖起了大拇指。美丽的少女、瘫痪的养母、艰苦卓绝又光芒万丈的孝亲事迹……孟佩杰的传说不胫而走，令多少人唏嘘感叹，多少人赞不绝口。多少人的脚步停留在这贫寒的出租屋门口。孝女孟佩杰惊动了整个临汾。

2010年，临汾市第三人民医院听闻孟佩杰的事迹后，将刘芳英接入医院免费治疗。孟佩杰闻此喜讯，跳起来双手合十，毛毛眼笑成了一道缝。她万分感恩医院，也极其珍惜这次难得的机会。为配合医院治疗，孟佩杰每天要帮养母做二百四十个仰卧起坐、二百次拉腿，三十分钟捏腿。坚持得长了，少女孟佩杰竟练出了惊人的手劲儿，令医生们惊奇不已。至于平时背母亲坐轮椅，背母亲挪地方，背母亲晒太阳……孟佩杰完全轻松胜任。自告奋勇想助一臂之力的人很多，都被孟佩杰婉言谢绝了。常年贴身侍奉，已经让孟佩杰摸索出自己的一套心得，只有她知道怎样的姿势、力度才能让母亲感觉最舒适。体重仅有八十斤的孟佩杰，背着一百四十多斤重的刘芳英如履平地，这已经成为临汾第三人民医院的一景。

每天，慕名者络绎不绝，有的仅为了目睹孟佩杰的风采，有的则希望验证那些传说中的场景是否真实，还有的渴望寻找机会提供帮助。尽管只有18岁，孟佩杰却在逆境中磨砺出了一种从容不迫、宠辱不惊的气质。面对这位沉稳而娴静的少女，人们无不肃然起敬。这正是道德力量的体现！常有人哀叹世风日下、人心不古，但事实上，人们依旧对善良之人怀有敬意。人们天生的善良本性很容易被正能量所唤醒。孟佩杰及其所代表的真善美，构成了一个强大的磁场，影响着周边的氛围，激浊扬清。它如同春雨般润物无声，使我们传统的农耕文明逐渐深入人心。

　　身居闹市和大学，时尚的东西令人眼花缭乱。孟佩杰梳着简单的学生头，穿着别人赠送的旧衣裳，脚步匆匆、目不斜视地行走在校园、穿过香风丽影的街头，难免有些"另类"，又似一股清流。说实在的，如果有那些买衣服的钱，孟佩杰首先要给自己爱吃肉的老母亲买一碗红烧肉哩！除了母亲，她没有什么是放不下的。

　　孟佩杰的德孝善行，感动了亿万人的心。全国第三届道德模范评选，孟佩杰名列其中。刘芳英兴奋得合不拢嘴、睡不着觉。她对孟佩杰说："我女儿没说的，妈妈也要投你一票！"孟佩杰回说："也不避嫌，哪有妈妈给女儿投票的？"刘芳英却一脸庄重地说："不要小看妈妈这一票，它可是分量最重的一票，最神圣的一票！"

　　孟佩杰是朴素、自然的好女儿，即便是她出名后，一批又一批的记者、作家蜂拥而至，许多话筒伸到她面前希望她说点儿什么，她也想不出什么拔高自己的说辞来。她发自内心地说："这本来就是应该发生的事情。我的母亲瘫痪了，我不伺候她，谁伺候呢？没有母亲哪有我，没有母亲，我也没有家。孝道，既是做人的规矩也出自天性的善良。这用不着怀疑，也用不着表扬。我只是做了我应该做的。"

　　"我只是做了我应该做的"——这句话耳熟能详。好像很多优秀人物在完成了令人敬佩的壮举之后都有这样的说辞，然而每个成年人都懂得：书写一个大写的"人"字，说来容易做来难。人类永远需要可以激励我们前进和升华的参照，而孟佩杰这样的孝女，当之无愧的就应该是我们"见贤思齐"的好榜样。中国社会由成千上万个家庭组成。作为社会的细胞，如果每个家庭都能母慈子孝，那么我们于物质文明建设之外，是不是于精神文明也能有个极大的提升呢?

天下最美女孩

"孟佩杰不仅是临汾最美女孩,也是天下最美女孩。"这是网民"草原驹"发自内心的话,也代表了千千万万人的心声。

自 2009 年起,耀眼的荣誉称号如雨点般向孟佩杰袭来:孟佩杰母女获得临汾市"文明和谐家庭"称号,孟佩杰获得临汾市"十佳道德模范",山西青年五四奖章,全国第三届孝老爱亲道德模范,2011 年"感动中国十大人物",中华十大孝子、全国三八红旗手,中国青年五四奖章……仅国家级的奖杯就有六七个。她还当选了共青团十七届中央委员会候补委员。她的事迹不仅传遍神州大地,也传遍世界华人生活的地方。

隰县籍美国华人刘女士说,当地的电视台和电台不断播放孟佩杰的事迹,她为故乡最美女孩骄傲。加拿大华人团体从电视上收看了孟佩杰的感人故事,决定为她家捐助一笔钱,但被孟佩杰婉言谢绝。台湾、香港等地也不断有人写信或打电话,表达他们的敬慕之意。

孟佩杰"出名"之后,母女俩获得了社会各界的帮助,生活状况改善了许多;刘芳英经过康复治疗,虽说还不能下地行走,但是身子骨儿多少有了些灵便。她思乡心切,就搬回了隰县老家,而孟佩杰在临汾学院毕业后,太原、青岛等地的一些好单位都向这位最美女孩伸出橄榄枝,以优厚的条件邀请孟佩杰去他们那里工作,孟佩杰都不为所动,静悄悄地回了隰县。隰县并非她的出生地,却是她深爱的故乡,那里居住着她挚爱的妈妈,经过十几年的相伴,她们已经变得密不可分,彼此的存在对对方来说不可或缺。世上的工作千千万,世上的好所在千千万,听不到母亲声声呼唤"毛女"的地方,皆不值得自己留恋。何况,她在隰县一面工作一面还能继续在山西师范大学攻读。再没有比留在隰县更好的选择了。

至今,人们还记得孟佩杰用轮椅推着侍奉十二年的瘫痪养母来到央视颁奖台上时的情景,她的风采照亮了现场,也温暖了所有观众的心。

至今,人们还记得在全国道德模范颁奖典礼上,孟佩杰说了自己选择男朋友的"三好"标准:"人好,心好,对我妈好",感动了无数中国人。

前者感人至极在于母女情深，后者感染万众在于美德闪光。

然而，现在的孟佩杰已经成为众人瞩目的焦点。随着"三好"标准一出，求爱的书信如雪片般纷至沓来，上门求婚的人络绎不绝。这些人，无论是远在海外，还是近在咫尺，无论是富有的企业家，还是学识渊博的博士……一说起来，刘芳英就有一篓子故事。有位名牌大学研究生听说孟佩杰还在上学，不打算谈朋友，就上门对刘芳英说："阿姨，孟佩杰给我留着啊！千万不敢让别人娶走。"还有位经商的青年，得知刘芳英爱吃肉，就许下愿，他要改行开饭店，让刘妈妈天天吃肉！有一位更是直截了当，进门坦言："我是你家的三好女婿。"等等。记者曾问孟佩杰那时候有没有动过心，孟佩杰说："打心底里，真要感谢那么多人的厚爱。但他们毕竟不了解我的家庭、我的生活、我的想法，更不了解母亲的病痛。找朋友，说来容易做来难，我那时还小，还在读书，不想在这些事情上分心，我谁也没有答应。"

成了"名人"，前来采访的人多，孟佩杰不善言辞，更多时候，话筒就伸到了刘芳英面前；而提起孟佩杰，刘芳英总有说不完的话。从孟佩杰的童年趣事，讲到她艰难的成长，刘芳英这个坚强的女人经常是泪流满面。她动情地说："女儿身上最大的特点是有孝心、爱心和耐心。没有孟佩杰，我就活不到今天。如果有来生，我还要做她的妈妈，好好补偿她。"孟佩杰则调皮地插话说："不啊，如果有来生，我要做妈妈，让她做女儿。"记者问为什么？孟佩杰笑过之后正色道："妈妈给我的爱太多了，实在无以为报，那样的话我就可以换一个角色来补偿妈妈。"

面对记者，孟佩杰不愿多谈往事。她伸出纤纤小手做了个翻书的动作："翻过去，翻过去。"她又说："谨记一条，该做什么还做什么。"

有一次，同学过生日请吃饭。长了这么大，孟佩杰第一次走进了饭店，走进了包间。软包的四壁，闪亮的餐具，礼貌的服务员，餐桌中间的摆花……两个眼睛顿觉不够用了。特别是好吃的好喝的摆了一桌子。孟佩杰从小到大跟妈妈吃饭都是每顿各自一碗饭，逢年过节才吃个饺子，哪见过这阵势啊！同学劝她吃啊，她却久久下不了筷。想起在家卧病的妈妈，想起自家粗简的饭食，孟佩杰对着山珍海味也没有了胃口。面前那罐饮料，她一口也没舍得喝，散席的时候她悄悄装起来，给妈妈带回了家。她跟妈妈撒谎说她在饭店里喝过了。看着妈把那罐饮料喝下去，她才开心了。

暑假，孟佩杰找了一份临时工。整整一个假期，她在街头巷尾，在路口，在居民小区……顶着毒日头散发传单。她的小脸儿被阳光炙烤得黝黑。干了将近两个月，领到 1320 元钱。攥着这笔"巨款"，孟佩杰第一时间就去买了妈妈最爱吃的红烧肉。

母女间亲密无间，自然也有些温暖幽默的小桥段。孟佩杰提着红烧肉一迈进院子就喊："妈！"听着没回应，又喊："妈妈！"还是没人作声，孟佩杰大喊："老刘！"转眼间迈进门，刘芳英逗着女儿玩，还在闭目装睡，孟佩杰调皮地拉着长声说："刘芳英，看我给你带来什么了？噔噔噔噔！"热腾腾香气扑鼻的红烧肉随即举在刘芳英面前，母女俩四目相对乐得哈哈大笑。

一位记者姐姐到校采访，给孟佩杰买了一份肯德基，孟佩杰听同学说过这洋快餐的名字，但一次也没吃过，便借口不爱在大街上吃东西把肯德基带回家，她守在一旁看着妈妈一口口地把肯德基吃下去，感觉比自己吃了都幸福。多年特殊的家庭环境，已经使得孟佩杰与母亲间实现了角色互换。对于母亲，她总是有着一种大人对孩子般的宽容和关爱之情，恨不得把天下最好的都让母亲享受到。街坊邻居啧啧称奇地议论起这种现象，都不由得感叹，刘芳英抚养了这样一个女儿，这是哪辈子积攒的福报。

刘芳英的福报远不止于此。她跟上爱女孟佩杰，坐了好几次飞机，去了四次北京，后来又去了上海；她们走进了央视大演播厅，结识了大名鼎鼎的主持人白岩松、敬一丹，还和当时的中宣部部长握了手。领导还对她说："您真是了不起，谢谢您培养出这么一个好女儿。"

出人意料的名场面越来越多。孟佩杰带着刘芳英参加《开学第一课》《向幸福出发》这些顶级的节目，面对主持人的问询。开始的时候，母女俩难免都有那么一丢丢紧张，而经见得多了，她们也就慢慢地适应了。

当一个人行善举，社会便会推崇她，大众也会对她充满敬意，恰似她被高高托起，置于波翻浪涌的海面之上，一切美景尽收眼底。

去上海做"绿泡泡"节目时，在浦东机场一下飞机，孟佩杰母女就被认出来了，瞬间被热情的人群包围：你们是孟佩杰母女吧？你们真了不起！能一起照相吗？跟我们一起照个相！于是，母女俩原地不动，照相的人们换了一批又一批。"咔嚓、咔嚓"的快门声中，母女俩的笑脸定格，传往全国各地。

山东威海有个母亲带着自己十八岁的儿子专程来拜访孟佩杰母女。这个男孩天生智力有限，尽管身体发育已如成人，但心智还停留在童年阶段。他的母亲带他来，就是希望儿子通过了解孟佩杰的童年经历，能够启迪心智，激发他积极向上的精神。

在古代中国，孝道被视为治国之本。即便在当今时代，孝文化依然是中华民族传统精神中一个极其重要的组成部分，它构成了民族凝聚力的核心。一个孝顺的典范所引发的连锁效应，其影响是难以估量的。

善行，没有终点

当初，孟佩杰的愿望是当一名小学老师，安安稳稳地与养母简单快乐地生活下去。现在的孟佩杰，上京下沪，出入常与高人交，耳濡目染，视野更开阔了，胸怀也宽广了。在爱岗敬业、侍奉母亲之余，她的目光开始跃出七尺斗室投注于社会，尽一切力量使善行延续。

隰县千家庄有个女孩得了重病，孟佩杰获悉后亲赴女孩家探望，并在离开时悄悄地留下 500 元。之后，孟佩杰挂念着女孩的病情，在一次活动中联系到大唐临汾热电公司团委，再次为女孩捐助 2000 元。

全国道德模范、贵州支教志愿者孙影组织"暖冬行动"，孟佩杰第一个响应，捐款 500 元。

临汾有个红丝带学校，是孟佩杰经常活动的点。第一次去学校，她就给学校捐了 2000 块钱。回到家里说起此事，她的眼圈儿红了："妈妈，那些艾滋病小孩儿太可怜了。我还要去学校做公益。"刘芳英把爱女的成长看在眼里并打心眼里支持："去吧！也带上我一份心！"如今，孟佩杰跟孩子们建立了深厚的感情，只要一看见小孟姐姐又来学校了，孩子们就飞奔而来，拉手的拉手，抱腿的抱腿，说不尽的亲热话。

隰县郭珍珍割肾救子的事迹，一时传为佳话，孟佩杰和妈妈联络爱心人士为郭珍珍筹集 3.7 万元善款。在春节期间，孟佩杰拿出 2000 元购买二十袋白面送给贫困学生。电视曾经报道贵州某地的小学生因为没有雨具，漫长的上下学路上不得不顶着书包在雨中奔跑。针对这一情况，有爱心人士发起为贵州小学生捐赠雨伞、雨衣和雨鞋的活动。孟佩杰得知后，立即通过公益组织捐过去 1000 元钱……

孟佩杰工作以后，也只是个普通的公务员，收入很是有限。她于己极简朴，助人却全力以赴，经常出乎人们意料。提及为何自己还未脱贫就去帮助别人，孟佩杰说："因为别人帮助过我家，感受过那种及时雨般的温暖，当自己有了一点儿力量的时候就想着帮助别人，从基本的感恩心态出发，这也是我必须做到的。原先我的能力只够照顾好妈妈，获得许多帮助后，我觉得不仅要履行好作为女儿的'小我责任'，也要去履行对社会的责任和义务，尽量让自己拥有大爱与大格局。"

网民"与同"在《致最美丽的女孩》诗中这样写道：

　　他们说你是一个安静的女孩，
　　有着一张清丽的脸。
　　年少的你，
　　是否该在母亲的怀中细语呢喃，
　　是否该在少女的梦中绽放笑颜？

　　他们说你是一个柔弱的女孩，
　　有着瘦削却有力的肩。
　　年少的你，
　　是母亲的手，
　　是母亲的腿，
　　是母亲头上的那片天。

　　他们说那间陋室，
　　四壁空空，
　　只有真爱环绕在里面。
　　年少的你，
　　是黑夜里母亲床前的那盏灯，
　　是寒风中母亲心头的那份暖。

尊重来自孝心，平凡体现价值。清纯美丽的孟佩杰当之无愧。

人生路上慢慢走，善与善总是会不停地汇聚，走着走着你总会遇到相近的人。1997年出生的女孩王茸，带着伤痛也带着坚强，就这样撞进了孟佩杰的生活。

说起来，王茸是个不幸的女孩。她四岁那年，父亲在交口钢厂干活的时候出现工作事故，全身95%的面积被钢水严重烧伤，以致终身残疾。但是男人是家庭的靠山啊，残疾且被烧伤得面目全非的父亲，仍然试着从极度的疼痛里爬起来，开始试着学习开三轮车卖菜。刚上小学的王茸一放学就奋不顾身地去帮爸爸。是的，只能用奋不顾身来形容。因为这样一个小女孩，力量和智慧都实在是太小了，父女俩仅为了求生，就不得不付出一次次"头破血流"的尝试。小王茸渐渐成长为爸爸的手，帮他完成他不能做的事。无论是烈日炎炎，还是寒冬腊月，或者是阴雨连绵，这对父女从不间断这份工作。王茸的事迹在隰县的大街小巷里传颂，终为孟佩杰所知。听着小王茸的故事，孟佩杰的眼睛里很快充满了泪水。从她身上，孟佩杰依稀看到了自己小时候的影子。她找到王茸，跟她结成帮扶对子。此时孟佩杰刚刚参加工作，加之经常参加各种慈善活动，经济条件实在有限。即便如此，她仍决定每月从工资里拿出300元，长期接济王茸求学。在茫茫人海中，两位性格相近的姐妹相逢，孟佩杰给予王茸的，不仅仅是经济上的点滴捐助，更重要的是孝与孝的共鸣，"能"与"能"的共赏。

在日常生活中，孟佩杰经常前往王茸的家，星期天带王茸外出，买吃买穿，比人家亲姐姐还操心。在学习方面，王茸在刚入学时面临挑战，由于其独特的家庭背景，她一度对学业成绩不甚重视。然而，自从与孟佩杰结识后，王茸便决心不辜负姐姐的期望，希望各个方面做到最好。为了自我提升，她不辞辛劳，夜以继日地努力学习，通过不断地努力，在一系列考试中稳步提升了自己的排名。在这些既是压力也是动力的激励下，王茸参加了2016年的高考，并如众人所期，以文科499分的优异成绩被大连民族大学录取。考虑到念大学花费较高，孟佩杰主动把自己对王茸的资助从每月300元提高到500元，直到王茸大学毕业为止。在接受采访的时候，王茸激动地说："我的家庭是不幸的，我却是幸运的。老天为我关一扇门的时候，也为我打开了一扇窗。孟佩杰姐姐是我生命中的贵人，是我的亲人，是她用大爱温暖了一颗失望的心，也为我的人生树立了光辉的榜样。我也要做像她那样的人。"

眼下，孟佩杰已经成了家。即便大名传遍神州大地，她还是那样朴素、平凡地生活着，她继续着孝行，也迈向了更高一级的境界——大爱。她尽自己所能帮助一切可以帮到的人，就像一个小太阳，向四面八方散发出正能量。这种可贵的品德已经超出了孝行的范畴，它必将影响和激励越来越多的像王茸一样的人。中国将因这类优秀人物给我们带来的感动而更趋美好，更具厚积薄发的强大力量。

让我们祝福孟佩杰，祝福刘芳英，祝福所有沐浴在阳光下的中国人。我们的未来，必将更加美好。

孟佩杰与母亲接受白岩松采访

以命换命也心甘

——记割肾救子的"暴走妈妈"郭珍珍

陈春兰

十年前，在第四军医大学西京医院，她不假思索地说："用我的。"说这话的人叫郭珍珍，是来自山西隰县的村民，年近五十，当过村里的妇女主任。她让用的东西，不是钱，不是物，是长在她身体里、正为这个身体的健康努力工作的肾脏。钱用了，可以再挣；物，再金贵，也在身外。肾脏可不是，它是你一生下来身体里就固有的器官，是原生态的，切掉就没了，不可复原，不可再生。

郭珍珍回忆道，为救患有尿毒症的儿子，她和丈夫在准备肾脏移植手术前，都做了靶点配型。肾移植手术主要是在同种异体的亲属之间进行的活体肾脏移植。在手术实施前，需要进行靶点配型，最终的配型结果包括四个配点：ABO 血型抗原系统、人类白细胞抗原以及群体反应性抗体、淋巴细胞毒试验。通常来讲，四个配点都相配是比较理想的配型结果。如果四个靶点没有完全匹配，至少应有三个靶点相配，尤其是人类白细胞抗原靶点是必需相配，只有在这种情况下，才能进行同种异体间的肾移植手术。

郭珍珍和丈夫配型结果出来后，两人的匹配度均超过三个点，且白细胞抗原靶点相配合，从这个结果看，虽然没有达到最理想的四个靶点，但均算配型成功，也就是说，她和丈夫的肾脏都能给儿子用，且成功的概率相等。医生问："用谁的？"她想都没想，脱口就说，"用我的。"十多年过去了，如今因少了一个肾，身体大不如前的她说："当时，不等我老公表态，我就抢答了。那时，一门心思就是想的救儿子，别说把我的肾拿去，就是把我的命拿去，以命换命，我也心甘情愿。"

苏联作家高尔基是这样盛赞母亲的，他说："母亲，是唯一能让死神屈服的力量。"他还说："母亲是英勇无畏的，当事情涉及她所诞生和她所热爱的生命的时候。"人类情感中，母子之情应该是最自然、最无私的一种情感，这种情感不论国籍，不分地域，都是相同的。高尔基的这句话，用来形容郭珍珍这个普通的中国母亲，也非言过其实，因为她的行为配得上英勇无畏这四个字。

一

其实，这英勇无畏，对郭珍珍来说，已经不是第一次了。如果这次，是一个母亲，为儿子，心甘情愿献出了自己的脏器；那么上次，就是一个女儿，为父亲，听话乖巧地押上了自己的婚姻。

想来已经是很遥远的事了，那是 20 世纪 80 年代，国家已经恢复高考，学习还不差，本应继续念书的郭珍珍，为救生病的父亲，十八岁高中毕业，当年就嫁了人。没办法，家贫，她的父母生了六个孩子，六张嘴都要吃饭，就是维持日常生计，也是捉襟见肘，遑论生病。但生老病死，都是不由人的事。有了病，只要能治，再穷也得治。要治，就得有钱，钱从哪里来？郭家六个孩子，两男四女。两个男孩，分别是老大和老六，男孩不论大小，想借婚姻这个鸡为家里生个蛋，找补点儿钱，显而易见，都是不可能的。从俗情俗理上说，娶媳妇是要花钱的，而嫁姑娘却不然，有则多，无则少，一分没有也能把女儿嫁出去，而且，还可以大大方方地开口和婆家要一份彩礼。所以，这事只能从女孩的出嫁上借力，郭珍珍是四个女儿中的老大，也是唯一能解决燃眉之急的最佳人选，因为其他三个妹妹年龄尚小。

就这样，身为家中大姐的郭珍珍，7 月高中毕业，当年的腊月就嫁了人，从黄土镇古县村嫁到了同一个镇上的黄土村，两村相距七八里地。那时，她还小，不懂得思考婚姻对一个女人的重要，更不懂得这七八里地的距离会使自己的身份发生不可逆转的变化，稀里糊涂地就由姑娘变为媳妇。为此，婆家出了 300 块彩礼钱，懂事的她把这钱全交给父亲治了病。看着和自己学习成绩不相上下的女同学，有的继续求学，就是不上学的，也出外找了工作，说不羡慕是假的。但人各有命，"到山砍柴，到河脱鞋"，郭珍珍虽然年纪不大，但性格开朗的她能想得开，自己既然已经为人妇，最要紧的是往前看，和丈夫一心一意把当下的小日子过好。

婚后不久，郭珍珍就有了身孕，第二年就生下了女儿，隔了三年后，又生下了儿子，也就是后来得了尿毒症的郭伟伟。有两个孩子拖累，身为家庭主妇的她不能和丈夫一样外出打工，就在村里当了妇女主任。从1998年到2021年，这一干就是二十多年，直到前两年，岁数大了，才从村妇女主任的位置上退下来。说起在村委会工作的这段经历，郭珍珍很是感慨，她说，她在村委会工作的时候，在工作中遇到过好多难题，也垫过钱。就拿挨家挨户发小儿麻痹糖丸这件事来说，也不是件容易的事。去人家家里收一块钱，人家说没零钱，直接拿出100元的大票子，让你找，你掏出99块钱，找给人家。结果，往上交时，才发现这100元是假的，真是有苦说不出，当面没认出来，现在发现，你能找谁去？就是明知道是谁给的，也没有办法，出了门，谁还认，只好自己再掏出真的100元交上去。

郭珍珍说到这里，突然话锋一转，笑着又说："虽然出了冤枉钱，但把工作完成了，也得到了上级部门的认可，特别是在会上听到人家表扬自己的时候，心里别提多高兴了。有句老话说得好，付出总有回报，不说别的，就说我儿子生了病后，因为自己有着村委工作的经历，各级妇联部门，都敢去找。隰县妇联就不用说了，就是临汾市妇联，我也壮着胆子去找过，让我没想到的是，人家虽然不认识我，但一听说我是村里的妇女主任，热情得就像接待自己嫁出去的闺女一样。听我讲儿子的病，我哭，妇联的同志也陪着我一起掉泪。真的就像自己娘家人一样，在我最困难最无助的时候，妇联等政府部门，还有社会各界都向我伸出了援助之手，雪中送炭般地给我们家送来了救命的钱。"

采访中，只要一说到资助捐款，郭珍珍就特别激动，数次哽咽，每次，都得好半天才能平息下来。有天下午，我的手机不停地传来接收消息的声音，打开微信，发现全是她传来的图片。一张粉红色的倡议书，连同十几张保存完好的捐款名单，清晰地出现在我的手机上。捐款名单是白色的，有A4纸打印件、有信纸、有笔记本纸，只有倡议书是粉色的，特别显眼，我匆匆扫了一眼倡议书的落款，共四家单位，分两行排的版，上面两行是隰县文明办、隰县妇联，下面两行是共青团隰县县委、隰县红十字会。因为郭珍珍当过村妇女主任，所以，她只记住了妇联，也许她不清楚，除了妇联，还有三个部门共同参与发起了这份倡议。看着这份带着当年温度的倡议书，我的心头一热，隔着层层叠叠的岁月，这些人的名字和捐款数目都能看得一清二楚。

这份倡议书写道：天有不测风云，人有旦夕祸福。号召全县广大干部群众和爱心人士为生命垂危急需换肾的伟伟献爱心。我问："这么多年了，这些东西，你还一直保存着。"她答："哎呀，哪能不保存，不但放在箱子里，也都记在心里呢！这些人和这些钱，不论多少，我一辈子都不会忘记，哪怕是十块钱呢！也是人家的心。"哎呀，是郭珍珍的口头语，说不了两句话就要来个叹词，口气很是真诚。

一方有难，八方支援。山西隰县，古称隰州，在这块古老的黄土高原，有着几千年形成并传递下来的淳朴民风，乐善好施帮贫济困的传统美德厚植人心。倡议书发出后，相识不相识的人纷纷伸出援助之手。用郭珍珍的话说，哎呀！换肾要用钱嘞！用得少了还换不了。咱们的政府好，社会上好心人多，没有大家的帮助，就是用我的肾，也换不回我儿的命。

二

采访郭珍珍，她讲得最多的是政策的好，是别人的好，是他人的帮助，很少说到自己。其实，就换肾救儿这件事来说，她才是最值得称道之人。和儿子进行肾脏活体移植，除了母爱的无私之外，还需要勇气和毅力。对她来说，后一点尤为重要，因为体重超标，她必须在术前有限的时间内，用非药物非节食的办法，把体重减下来。减肥，听起来容易，做起来难，没有毅力，绝对做不到。年轻人开玩笑，找对象不能找减肥成功的人，因为这人有毅力，对自己太狠。郭珍珍说，如果儿子不生病，她想也不会想减肥的事，更别说毅力，和自己压根就扯不上边。都快五十岁的人了，只要健康，胖瘦都无所谓。她说得没错，这顽强的毅力，已经超越了毅力本身的含义，她是一位母亲对儿子生命不抛弃、不放弃的深情呼唤。

决定用自己的肾后，郭珍珍和丈夫再次出现在主管医生面前，不等丈夫开口，郭珍珍又抢答了，她说："定了，就用我的肾。"语气很是坚定。医生听了，看了一眼她的丈夫，似乎也想听听他的答案。"不用看他，就用我的。"郭珍珍心里明白，就是替儿子换了肾，也不是万事大吉，后续的治疗也是个不轻的包袱，这个包袱还得靠丈夫背，这个家还得靠丈夫撑。

医生看着眼前这个固执的女人，摇了摇头，然后，指着墙角的体重秤说："你去，称称多重。"郭珍珍看了医生一眼，虽然不明白是什么意思，但医生说的话，她不敢不听，她快步走到墙角，站到秤上，体重秤上的指针迅速指向七十七。体重秤是以公斤为计量单位的，也就是说，身高只有一米五五的郭珍珍，体重却有一百五十四斤。按世界卫生组织发布的标准体重计算公式计算，郭珍珍体重不达标。

袁建林是第四军医大学西京医院泌尿外科主任，也是当年为郭珍珍和曹伟伟母子换肾的主管大夫，他告诉郭珍珍，从医学角度看，你属于过度肥胖人群，而肥胖是影响终末期肾病患者移植肾预后的重要因素。肥胖患者肾移植后更可能发生急性排斥反应和移植肾功能延迟恢复，还可能并发高血压、高血脂、糖尿病等疾病，这些并发症也会影响移植肾预后。袁建林主任对郭珍珍说，你必须减重，而且不是减几斤，是要减几十斤。听着袁建林主任如此这般的叮嘱，郭珍珍下意识地把手放到耳朵上，生怕漏掉一个字。主任说的，她全记心上了。为保证达到手术要求，她必须减肥，且她这个减肥，不是想怎么减，就怎么减，得用什么办法来着？对，健康减肥。就是既不能吃减肥药，也不能不吃饭。

能做的只是锻炼，日复一日地锻炼；坚持不懈地锻炼；再苦再累也不能停止锻炼；不达目的不罢休地锻炼。对于日出而作，日落而息，从小生活在北方小山村的农妇郭珍珍来说，锻炼，是个高冷而陌生的新名词。城里人花钱去健身房锻炼；花钱请私人健身教练锻炼；有氧运动；无氧运动，对她来说，都是传说，像高悬在天空的一轮明月，可望而不可及。但命运就是这样捉弄人，伴随着儿子突患重疾，锻炼就这样猝不及防地进入一个农妇的生活，而且还是每天都必须完成的日常功课。

三

长达两年的暴走锻炼，就这样开始了。黄土村的山路上、河道边，到处都能看到郭珍珍健步疾走的身影，这个身影，风里走，雨里行，让多少人为之动容，感叹世上只有妈妈好。

"这是一场命运的马拉松……上苍用疾病考验人类的亲情……她是母亲，她一定要赢，她的脚步为人们丈量出一份伟大的亲情。"这是 2009 年度"感动中国"十大人物颁奖典礼上，给一位母亲的颁奖词。这位母亲叫陈玉蓉，她和郭珍珍一样，也是为了挽救儿子生命，不惜割肝救子。因为她有脂肪肝，她硬是用暴走的方式，减轻体重，使自己的脂肪肝奇迹般地消失。郭珍珍心想，同样是母亲，她能做到，我也能做到。奖给她的颁奖词，就是对我最好的激励，没错，这就是一场命运的马拉松，我要做的就是守住信心，有句话说得好，成功是因为你有信心一定要成功。不就是个走路嘛！走，不停地走，走出儿子的一条活路来。

黎明前最黑暗的时刻，也是人们最恋床的时刻，郭珍珍在床上翻了个身，突然想起鲁迅小说里的一句话："除了夜游的东西，什么都睡着了。"那是她上高中时，从同学处借的一本鲁迅写的书，至于这句话出自哪篇小说，她记不得了。她奇怪自己这种时候，还能想到那么久远的事。连日早起跑步，让她深感疲惫，她很想能有一天不用早起，好好享受一下黎明时就枕的惬意。但不行，"什么都睡着了"，她却不能睡，她必须早起去跑步，这是她的功课。

透过窗帘的缝隙，她看了看外面漆黑的天，下意识地把被子往紧裹了裹，同时把双腿伸了伸，不承想，这一伸不要紧，两只肿胀的脚，不小心碰在了一起，连带着两条小腿都钻心地疼。"哎呀！"她倒吸了一口凉气，坐了起来，疼痛让她睡意全无。丈夫在临汾打工，没有人能听到她这声"哎呀"，她顾不上脚疼，赶忙下地，穿上前几天因为脚肿特意买的鞋，这双鞋比她平时穿的大了二号，好在有鞋带，再加上脚肿得像发面馒头，就是小跑也掉不下来。

她轻轻推开窑洞的门，旁边是儿子住的窑洞。儿子生病后，媳妇常带着孩子回娘家住。"贫贱夫妻百事哀"，郭珍珍作为婆婆，她不怪儿媳，只怪自己儿子命苦，得了这么个要命的病。儿媳还年轻，将心比心，如果她想离婚，她们郭家不会拦着。后来，在法庭上，连法官都说他们家和她这个婆婆开明。有人和郭珍珍说，不能放跑你儿媳，夫妻结婚之后有困难就应该共同扶持，不能因为你儿患重病，就抛弃他，这是违反道德的。郭珍珍大度一笑，说，人家娃还年轻，咱不能拖累人家。十多年过去了，儿媳虽然和儿子离了婚，但因为有孙女，骨肉相连，婆媳两人断不了还要碰面，每次儿媳见了她，都和从前一样，没有半点儿怨恨她这个婆婆的意思。

只要儿媳不在，郭珍珍每次去锻炼前，都要先在儿子的门上听一听。儿子一个人睡，又有病，怕他的病不好，怕他想不开，当娘的是一万个不放心。病人心重，她又是个藏不住掖不住的性格，以前，她们家是何其幸福，丈夫勤快，儿女孝顺，她在家快人快语，有啥说啥。现在，她每做一件事，都先想想儿子，怕他多心。就说锻炼吧！她每天坚持，除了锻炼效果的需要外，还有另外一层考虑，就是想用行动，让儿子知道，妈妈天天都在为你加油，你说什么也不能灰心。真是又想让儿子知道她的努力，又怕响声太大吵醒了儿子，当妈的一颗心，天天都在热油锅里煎熬，每次出门，整个人都七事八事，恍恍惚惚。

好在出了家门，往左拐就是一条熟悉的路，这条路通向果园，相对较长，适合长跑。路长，但不平整，是村民们去果园踩出的一条土路，颇有些"这世上本没有路，走的人多了，也便成了路"的意味。郭珍珍更多的时候，就是在这样的路上，每天疾走5公里。

为了达到理想的减重效果，医生规定郭珍珍每天至少要坚持走5公里，她一般都走到了5公里开外。前面说过，这样的走，是有目的的走，绝不能等同于乡村旅游，也不能和城里逛街相提并论，无论旅游还是逛街，都有随意的成分，想走就走，想停就停，全看个人心情。而上升到锻炼的高度，脚下的步伐就不那么自由了，就得受制于具体的条条框框。有个养生口号叫："健步走，每天走六千步，走出健康。"这六千步的最基本要求，就是一口气走完，如果你对医生说，我早、中、晚一天共走了六千步，医生会告诉你，这个不行，起不到健身强体的效果。

普通人想走路健身都有如此严格的要求，而郭珍珍面临的是换肾风险，可想而知，她的走，绝不是通常意义上的走，是暴走，而且还必须是卓有成效的暴走。说起那段经历，郭珍珍万分感叹，哎呀！那可真叫个受罪哩，咱村里人以前从不锻炼，觉得每天劳动就顶锻炼了。后来，为了儿子，才开始真正意义上的跑步锻炼，开始的时候，心急，用力过猛，身体不适应，也不舍得买个舒服的跑步鞋，就穿自己平常劳动的鞋，跑得脚肿，腿也肿。

有次，天黑路滑，脚下一个趔趄，就摔倒在地。"当时，路上黑漆漆的，一个人也没有，地冷，我的心比地还冷。我倒在地上，心里别提有多悲伤，真想就此躺下，再不要起来了，活着的苦，我算是尝够了。然而，想到儿子，他还眼巴巴地等着这个妈去救他！他才二十六岁，我放弃了，他怎么办？这样一想，整个人就像打了鸡血一样，浑身又有了使不完的劲儿，顾不得查看摔破的膝盖，我一骨碌从地上爬起来，走！接着走！儿子等着我，5公里的目标等着我。我必须活着，而且要打起精神，好好活着，只要自己活着，儿子就有盼头，家就不会散。那天夜里，我发了一整夜的高烧，因为摔破的膝盖化了脓，疼得夜里都睡不着。两年里，就为这个健康减肥，吃的苦真是三天三夜也说不完。"

"除此之外，还有一个难关，就是吃的难关。减肥药是绝对不能吃，就是让吃，咱也吃不起，只能从日常的饮食上想办法。多吃菜，贵菜自然不舍得吃，主要是吃白菜。听人说，面比米吃了容易长胖，不管说得对不对，反正米也是个吃，面也是个吃，宁信其对，不信其不对，就像有病乱投医一样，为了孩子，我这个不爱吃米的北方农村人，也开始天天白菜就大米。现在，看见大米就发愁，儿子换肾后，我是能不吃米就不吃米，宁吃个开水泡馒头，也不吃米饭。"

好在郭珍珍两年的吃苦受罪，没有付诸东流，在确定能对他们母子实施换肾手术时，她的体重也很争气地大幅度减少，由七十七公斤变成六十二公斤，成功减掉十五公斤。郭珍珍至今都能清晰地回忆起，她减重成功后，医生对她说的话。医生说："你现在的体重，达到了手术要求的标准，可以考虑手术了。"她怕自己听错，看着大夫，又问了一句："哎呀！你说的是真的？"医生笑着说，"莫非我还和你开玩笑。"郭珍珍不再问，高兴地在地上走来走去，不停地转圈圈。医生说："别转了，难道你还没走够！快回去准备住院手术吧。"

四

2013年9月30日，是郭珍珍全家永远都不会忘记的特殊日子。即使时间已经过去很多年，提起这个日子，她都不会忘记。她说："哎呀！真是永远难忘。这一天，盼了整整两年。"为了这一天，病中的儿子，强撑着靠透析维持的身体，分分秒秒都在翘首企盼；暴走的妈妈，硬拖着肿胀的双脚，日复一日地都在咬牙坚持；打工的爸爸，背井离乡，一天打四份工，不舍昼夜地辗转于各个不同的工作场所，变换着各种不同的身份。为了这一天，他们卖了老家的四眼窑洞，那是祖上留下的老屋，也是他们父子两代家庭唯一的容身之处。

找好买主的前夜，儿子曹伟伟拖着重病之躯，来到父母住的窑洞，推门走进，坐在二老的床边，半天说不出一句话。曹家的这两个孩子，虽没有大出息，但都听话懂事，自食其力。曹伟伟打工时做过电工，凭着这门手艺，在村里开了一家小五金商店，能卖货也能安装，找他的人很多，小商店的生意也还算不错。当然，这都是没得病前的事了，说起来真让人感慨，那时，姐姐已经出嫁，他也成了家，且姐弟俩都有了孩子。对年过半百的父母而言，可以说，他们这辈子的任务已经完成，儿娶女嫁，剩下的就应该是儿女对日渐老去的他们尽孝了。如果没有这场病，这一切都是多么顺理成章，然而，这是人的想法，命运没有这样想。

曹伟伟做梦也没想到，年纪轻轻的，自己会得这么个烧钱还不好治的病，每每想到自己得病后，父母跟上他遭的罪，他的心里就特别难过。特别是母亲，以前多么要强，里里外外一把手，不论在奶奶家还是姥姥家，或是村里，从来都是她帮人。都说婆媳不好相处，在曹伟伟的记忆中，母亲对奶奶也是很孝顺的，尤其是奶奶患食道癌后，母亲把她接到他们家，尽心照料。奶奶不能咽硬面条，抿尖好咬，妈妈就单另给奶奶做抿尖吃。奶奶说起母亲，总说："我们家珍珍。"在儿子心里，母亲永远是一个乐于助人，却不爱求人的好心人。

曹伟伟记得小时候，母亲常说："要好好学习，文化课成绩不行，也要学一门手艺。"后来，他学了电工后，母亲很是高兴，说："七十二行，行行出状元，一个好电工，也不愁养活不了自己。"他记得，母亲常教育他和姐姐，能自己解决的事情，就不要开口求人，开口容易合口难，人不求人一般高。可是，现在，为了他，母亲四处开口求人，求医生看病、求亲戚朋友借钱、求银行贷款，他不知道素来要强的母亲是怎样把自己低到了尘埃里才筹集到这些有限的钱。他恨自己的身体不争气，他不舍得让父母把仅有的住房卖掉。

郭珍珍看着忧心忡忡的儿子，心里好似滚油浇心，生我者，我生者，当娘的哪能不知道儿子的心。她伸出手，抚摸着儿子蜡黄消瘦的脸颊，劝儿子赶快回自己的屋子睡觉，叮嘱儿子除了听医生的话好好配合治疗外，别的事什么也不用想。曹伟伟还是坐着不走，父亲用眼神示意他赶紧回去，他看着母亲，欲言又止。郭珍珍说："让你别想，你就别想，有我和你爸哩，你再大，在我们面前都是孩子，你要听大人的话。"郭珍珍还想说，我们不能没有你，没有了你，我们活得还有什么意思。但，她忍住没说，这样的话只能放在心里，说出来，她会哭。她不能哭，尤其不能在儿子面前流泪。

儿子出门时，郭珍珍特意把桌上的一本书《再苦也要笑一笑》让他带上。她说："伟伟，这是妈今天特意为你借回来的书，你看看。听妈的，得病不由人，心态可由人哩。快回去休息。没有了房子，不代表没有家，有人在，就有家在。你好了，房子可以再挣钱买，有人就有希望。"

那天夜里，曹伟伟怀揣这本《再苦也要笑一笑》从父母住的窑洞走出来，站在他从小玩到大的院子里，看着再也不属于他们一家的四眼窑洞，他从怀里掏出那本书，想听母亲的话，想笑一笑，但，嘴角像铁块一样，试了几次，都没有裂开一点儿缝隙，他抬头望着天，硬是没有让眼里的泪水流出来。

五

换肾手术，不比急诊手术，不是一进医院就推到手术台上。换肾手术，虽然风险很大，但也属于常诊手术，只要是常诊手术，病人都需要提前住进医院，完善术前准备。9 月 21 日，郭珍珍和曹伟伟母子同时住进西京医院，泌尿外科的医护人员被郭珍珍换肾救儿的深切母爱所感动，特意把他们安排到一个病房。

和儿子同住一间屋，回想起来，是多么久远的事啊！那时，儿子还小，丈夫在外打工，郭珍珍一手搂着女儿，一手搂着儿子。儿子小，他挑地方，一会儿要睡这边，一会儿要睡那边，搞得她一夜都睡不好。那时，郭珍珍就盼着他们长大。谁承想，儿子长大了，婚都结了，孩子也有了，却得了这么重的病。不是这个病，他们母子怎么会再住在一个房间，床对床。但，这是什么房间，是病房？但有三分奈何，谁愿意住这地方。这又是什么吓人的床，是病床。世界上最避之不及的床，可能就是病床了。郭珍珍在心里叹了口气，感叹造化弄人。

她看了看自己身上蓝白相间的病号服，再转过身悄悄地看着对面床上睡的儿子，儿子和她一样，也穿着这身病号服，只是眼睛闭着，她不知道他是真睡着了，还是闭着眼睛，故意装睡不和她说话。白天，他们母子就说了一天的话了，每次，都是儿子打断她，说："妈，能睡，你就睡会儿，你比我先进手术室，你要休息好。"儿子还是懂事的，她给他借的那本《再苦也要笑一笑》，她还怕儿子不看，没想到，他不但看了，还做了日记。这次住院做手术，儿子还把这本书，连同他写在日记本上的笔记，都一同带了过来。

这本日记，记录了儿子曹伟伟患病以来，自己的痛苦、家人的付出，还有看病的花销。因为是日记，属于个人隐私，郭珍珍从没看过，但她知道，这本日记是儿子患病之后才记的，她知道这里一定写满了病痛对一个年轻生命的无情折磨。让她没想到的是，儿子告诉她，这本日记里并不都是痛苦和消沉，也有催人向上的内容。比如，来自亲情、友情，还有社会上好心人的帮助，这些向上、向善的力量，汇聚成的人间大爱，都是激励他鼓起勇气、和疾病顽强斗争的源泉和动力。

术前准备讲究的是充分，各种检查林林总总，每一项结果都在等待中度过。这样的等待，在郭珍珍母子看来，是那样的漫长。为了防止因感冒影响手术如期进行，他们母子遵医嘱，在术前除了检查的需要，绝不随便走出病区，娘儿俩就这样听话地守在病房里。郭珍珍担心儿子害怕，为减轻他的思想负担，不停地和他说这说那，儿子知道母亲的心。他说："妈，我不怕，你多休息，我把《再苦也要笑一笑》这本书里的好句子，抄一抄。一来打发时间，二来抄一遍，记下了，对以后也有帮助。"

郭珍珍不再说话，她虔诚地祈祷手术成功，祈祷儿子能从这本书里汲取力量。那是手术的前一天，按流程，麻醉大夫和手术大夫都相继来病房看病人，并进行术前谈话。看着麻醉和手术同意书上提示的各种风险，郭珍珍心里发毛，但在儿子面前，她不敢表现出丝毫胆怯，爽快地拿起笔，签下了自己的名字。签完交给医生后，医生看着因手抖变形的字体，安慰郭珍珍说："手术前，病人都会担心，但这些风险虽然存在，可并不一定真的就会发生。"郭珍珍看了眼儿子，装作很懂的样子说："我知道，我已经和好多病人打听过了，你们的技术很好，我和儿子一点儿也不害怕。"医生说："你们能放松，没有心理压力最好。"

郭珍珍看了眼儿子,说:"没有,没有,都没有压力,我儿子比我还勇敢。"说着,拿起儿子床头放的那本《再苦也要笑一笑》给医生看,她说:"你看,他今天还抄这本书呢!"来谈话的是位善良的中年外科医生,为安慰他们母子,他拿起笔记,问曹伟伟:"我可以看看你抄了些什么吗?"曹伟伟翻开新写的一页,指给他看。上面工工整整地写着:有生命就会有生命的痛苦,如果我们执着于生命的痛苦,我们的生命就会痛苦不堪,如何对待痛苦,完全取决于你的内心,再困难的生活,微笑着撑过去了,就是胜利。医生看见抄的这段话下,曹伟伟用更大的字体写道:明天就是手术日了,我希望我能放松、放松、再放松,把心理状态能调整多好就调整多好,微笑着撑过去,就是胜利。

医生看完后,放下笔记本说:"不错,小伙子,抄的这段话好,你写得也好。"接着,他对郭珍珍说:"你们母子能有这么好的心态,相信明天的手术一定能成功,今天晚上,睡个好觉,就别多想了。"

六

千盼万等,终于等来了手术日。那天早晨,郭珍珍早早地就照按医生和护士的嘱咐,把她该做的术前准备工作都做好了。7点30分,她身着病号服,安静地坐在床前,因为术后好几天都不能梳头,她索性把头发扎了起来,盘在脑后。头发扎起来后,整个人好像也精神了许多。特意赶来陪郭珍珍的妹妹,一会儿抬腕看看表,一会儿看看姐姐,心里说不出是什么感觉,病房里并没有多热,但她手心里全是汗,她似乎比姐姐还担心。

多年后,回忆起那天的情景,郭珍珍的妹妹从心里佩服她这个大姐。7点50分,妹妹又一次抬腕看表时,病房的门被轻轻地推开了,身着手术衣的护士,推着轮椅进了病房,拿着病历喊:"一床郭珍珍。""在"郭珍珍边答边从床边站起来。护士开始核对信息。核对完后,指着轮椅说:"坐上来吧!我们推你去手术室。"郭珍珍摆手说:"哎呀,还用推,咱现在好人一个,能自己走,庄户人出身,没那么娇气。"一旁的儿子和妹妹都坚持让她坐轮椅,她说,"护士也挺累的,别人不知道,你们还不清楚,我一天跑五六公里的人,不用人推。"不等大家再劝，郭珍珍就径直走出了病房。

母子两人的换肾手术，她是供肾者，她要比儿子先进手术室，顺利切下她的肾，才能移植给儿子。儿子进手术室比她晚，她这样做，就是想给儿子做个榜样。当母亲的先怕成一团，有病的儿子岂不是更怕？出了病房，郭珍珍在前，护士推着轮椅在后，走了两步后，郭珍珍让护士等一下，转身又走回病房，叮嘱儿子，小姨陪着，就和妈陪着一样，千万不要有顾虑。

因为病房只允许进一个陪护，所以，郭珍珍的丈夫和特意从老家赶来的众多亲戚，只能等在手术室门外。见郭珍珍和护士一同走来，她的丈夫曹红计赶紧走上前去问："你怎么走着就来了？"

郭珍珍笑："我没事，一会儿，儿子进的时候，你安顿好他，让他别怕就行。"

与此同时，在病房里，儿子曹伟伟一言不发地看着门外，他的心跳得厉害，他伸手放在胸前，按在怦怦乱跳的地方。如果母亲取肾手术顺利，一会儿就轮上自己了，他害怕，心里七上八下，签《捐献者供肾切取手术知情同意书》时，他也在场，同意书上列了十六条手术风险，其中术中风险包括：麻醉意外、术中失血性休克死亡、心脑血管意外、猝死、周围脏器损伤等；术后风险包括出现多种并发症，如高血压、蛋白尿、术后余肾功能不全、肾炎等。这么多条风险，只要有一条落在母亲头上，那后果就将是不堪设想。如果母亲因此有个三长两短，他该有多么懊悔，他甚至有点儿后悔当初不应该答应妈妈用她的肾。

可是，他才二十六岁，正是创业干事的好年华，他想活着，想好好活着，和妻子一起带好孩子，把小家照顾好的同时，在双亲面前尽孝报恩。然而，这一场意想不到的大病，让一切美好设想，都付诸东流。不病，不知道生命的可贵；不病，不知道健康的可贵。为了治好他的病，父母亲可以说能想的办法全想到了，母亲义无反顾的决定，再一次让他感到母爱大于天。怕他没信心，母亲说："妈最亲你，相信妈的肾换到你身上，比在自己身上还使唤得劲。"曹伟伟叹了口气，他何尝不明白，母亲说这话的意思，母亲希望她的肾换到自己身体里，不会起排斥反应。其实，他心里明镜儿似的，就是母亲的肾换给自己也会有排斥反应，不过可能反应小一些罢了。

听医生说，肾移植供体有三种方式：配型相符的近亲属、尸体供肾和脑死亡者的器官捐献。在肾移植的供体之间，以近亲供肾成功率最大。亲体肾移植受体在手术后排斥机会相对较少，身体免疫系统会在较短的时间内接受新的肾脏。另外，经济压力也相对较小。对他们家来说，这一点才是最重要的。用别人的肾，肾源难找不说，还贵，得 100 万元，就是找到，他们家也没这么多钱。而用母亲的肾，仅需 30 万元手术费，为了凑齐这救命的 30 万元，亲戚朋友左邻右舍都借遍了，能贷的款也贷了，老家的房子也卖了。就这样，还不够，全亏了政府有关部门和社会各界好心人的捐款，才得以凑够换肾的钱。现在，只希望换肾成功，母亲和自己都能平平安安地下了手术台。

在忐忑的等待中，时间又过了两个小时。9 点 55 分，曹伟伟终于等来了手术室的护士。护士一进门，曹伟伟迫不及待地问："我妈怎么样？我妈怎么样？"护士答，"正常，轮到你了。"说着，就把曹伟伟接上了担架车。在手术室门口，父亲曹红计搓着手，一脸焦急地走来走去，看到护士推着儿子走了过来，他冲上前去，手抚摸着儿子的额头叮嘱："伟伟别怕，爸爸在这等着你，我问了，说你妈在里边挺好的。"曹伟伟点头，同时从身旁拿出自己的那本日记交给了父亲，这里边记录着他患病后的心路历程，他们都是男人，父亲应该懂他的心。

看着儿子又被推进手术室，曹红计本就悬着的心，又悬高了一层，爱人在里边，儿子也在里边，这两个人，和他手心手背，骨肉相连。他不急才怪，他身边站满了好多专程赶来的亲戚，他们劝他，不要着急。他虽然点头答应，但还是害怕，从心里感到害怕。虽说就盼这一天，可是，从他心里来说，对这一天是又盼又怕。下不了手术台，怎么办？术中出现意外，怎么办？就算换肾成功，妻子真的能像医生说的，一个肾脏完全可以进行有效的生理活动，移植不会造成肾功能的损坏吗？如果损坏了，他的家岂不是雪上加霜，一个病人变成两个。

两年里，他不止一次地这样想过，每次这样想时，他都自己劝自己，别没想的瞎想了，要往好处想，要往好处想，有这么多好心人的帮助和加持，他们母子俩的运气一定错不了。现在，他又一次摁下了所有不好的想法，在心里虔诚地祈盼手术顺利。五六个小时的等待中，只要有医生和护士从手术室走出来，曹红计总要跑上前去，追着人家问："郭珍珍和曹伟伟的换肾手术做得怎么样了？"被问的人摇摇头，匆匆走去，他更担心了。曹红计不知道，手术室里有好多手术间，哪可能出来的正好就是负责他们家手术的医生和护士，况且，手术正进行，大夫和护士都在台上，怎么可能跑到手术室外。站在他旁边的亲戚劝他，别着急，如果有问题，人家会出来通知咱们的。

五个小时过去后的 13 点 24 分，手术室的门开了，曹红计看见已经失去左肾的妻子躺在推车上，眼睛闭着，被护士推了出来。他赶紧跑上前去，俯在妻子的耳边问："你感觉怎么样？疼吗？"跟在推车旁的麻醉医生说，病人全麻刚醒，不要和她多说话。接着，这位医生告诉曹红计，手术过程顺利，术中病人生命体征一直很平稳，让他放心。曹红计问："那现在就回病房？"医生说："不，手术后的病人都要先进监护室，那里有我们的医护人员，二十四小时全程护理。"

曹红计帮着护士推着推车，把妻子送到了监护室门口，看着全麻后面色苍白的妻子，曹红计不放心地和医生说："我能进去再陪她一会儿吗？"护士摇头，告诉他监护室不允许家属陪侍。看曹红计还是不放心，护士说："没问题的，刚才手术室的麻醉师不是交代过了吗？手术挺成功的，你就放心吧！再说，你们家的事，报上报道多次了，我们会照顾好这位英雄母亲的。"

听护士这么说，曹红计不再坚持，默默地退到了门外。他突然觉得，自己有点对不住妻子，或者说，在谁更爱谁的问题上，妻子爱自己应该比自己爱她多一点儿。本来，他和妻子配型结果一样，都是 3 点多，可是，妻子硬是坚持用她的肾，自始至终，问都没问，用咱俩谁的？也许，在妻子的心里，压根儿就没想过这么危险的事情，不只有一个选项，选他和选妻子，都是正确答案。

他和妻子的婚姻虽是父母之命、媒妁之言，但婚后两人齐心协力，生儿育女，日子虽不富裕，但也过得有模有样。妻子和他性格不同，他内向，珍珍外向。性格外向的妻子要强、能干。像所有性格不同的夫妻一样，他们在生活中，也免不了吵吵闹闹。但患难见真情，单从这件事上，他就从心里感受到了妻子对他的爱。活体取肾，且不说日后身体能不能完全恢复，就说上台取肾那一下，也是要承担手术风险的。取肾手术，不是个小手术，虽说一般不会出现什么意外，但如果出现了，哪怕只有万分之一的概率，落到一个人头上，那就是百分之百的不幸。作为女人，妻子是善良的，她把危险留给了她自己，把健康留给了相濡以沫的丈夫。想到这里，一股暖流流过心头，作为丈夫的曹红计突然感到自己肩上的担子比任何时候都重。

监护室不让陪床，儿子的手术还在进行中，曹红计不能再多想了，他快步走到了手术室门外。等待儿子出手术室的时间，不比等待妻子的时间更好熬。曹红计在手术室外，不停地走来走去，陪同的亲戚买来矿泉水和面包，拿到他面前劝他吃点儿，他摆手说："吃不下，还是等儿子出来再说吧！"

14 时 20 分，曹红计终于看到儿子也被顺利地推出了手术室。见到父亲的第一句话，曹伟伟说的是："我想尿了。"曹红计听了这话，心又缩成了一团，他着急地问大夫："他想尿，敢不敢让他尿？"医生笑笑："他有尿意，这是好现象，插着尿管呢！你别着急。"后来，在曹伟伟接受肾移植术后的十七个小时内，他的尿量达到了五千毫升。负责他们母子换肾手术的主刀医生袁建林主任查房时，看着出入量记录，高兴地说："十七个小时，排出五千毫升尿液，这是一个不错的指标，对病人以后的恢复很有利。"

在医护人员的精心治疗和护理下，郭珍珍和曹伟伟母子待生命体征平稳后，即由监护室转入普通病房。进了手术室的郭珍珍，五天后顺利出院，她依然是那么坚强，坚持自己走，不要人扶。但她没走出医院，她固执地走向儿子的病床，丈夫还得打工挣钱，儿子还得住两天，她不放心，她坚持拖着术后还没痊愈的身体，做起了儿子的陪侍人。郭珍珍心里明镜似的，对于他们这个因病返贫的家庭来说，以后的路，也不会好走，面对困难，需要每一个家庭成员的坚强以对，她是母亲，也是标杆。

曹伟伟又住了六天后，各项化验结果显示，他的肾功能正在逐步恢复。术后第八天，在母亲和其他亲人的陪同下，他顺利出院。出院时，医生再三叮嘱郭珍珍，虽然手术成功了，但是后续的治疗还要跟上。郭珍珍忍不住问了一句："那还得花多少钱？"医生同情地看了她一眼，说，我只能说个大概，如果一切正常，前期的检查和治疗是一周一次，一个月后两周一次。这样下来，第一年的检查和治疗费用大约在 6 万元，之后的费用将会慢慢减少，但是一年还需要至少 2 万元。郭珍珍点头，虽然不知道这么多钱将从哪来，但脸上不能愁云密布，"再苦也要笑一笑"，不只对儿子，对她自己也一样。

带着换上自己一个肾的儿子，郭珍珍微笑地走出了医院，看似轻松的她，实则肩上扛着两个无形的大包袱，一个是原有的债务，另一个是完全没有着落的后续检查和治疗所需的费用。但面对刚术后的儿子，她的脸上一直挂着微笑。这微笑是发自内心的，是一位平凡而坚韧的中国女性，面对苦难表现出的积极乐观的生活态度，也是她内心感恩之情的外显。媒体报道了她的事迹后，她被亲切地称为"暴走妈妈"，并因此被评为"隰县好人"，同时入选2011年"感动山西"候选人。

出院后的那年腊月，在呼啸的北风中，时任隰县县委书记王天郎推门走进一间普通的民房，这是郭珍珍的弟弟家，没有了房子的郭珍珍一家暂住在这里。郭珍珍永远都记得就是在那次慰问中，王天郎书记对陪同的黄土村苏根书记说，咱们都是父母官，一定不能让他们无家可归，苏根书记当场就答应想办法给他们家解决一套住房。王书记叮嘱道："他们是病人，身体不好，要给一楼，出入方便。"

2021年腊月，距离2013年的换肾手术过去七年后，旧病复发的曹伟伟拖着完全不像他这个年纪人应有的身子，在母亲的陪同下，又踏上了透析之路。这七年里，他们就住在县政府给解决的这套住房里，这栋楼共有六层，他们住一层。肾病又复发的曹伟伟，现在一周透析三次，每次出门，都深感不用爬楼梯对一个病人的重要。和儿子有同样感受的还有父亲曹红计，他因同时打多份工，积劳成疾，也不时要外出看病。

郭珍珍说，还是党的政策好，政府帮助她这个普通老百姓解决了好多实际困难，是政府的关心、社会上好心人的帮助，才给了她儿子第二次生命，才让他们这个家有了容身之处。

郭珍珍已到花甲之年，但因为好多债务都没还清，她还在县城打工，帮人家看一个小商店。对她来说，能挣一个是一个，她现在最大的愿望就是肾病复发的儿子能靠透析维持住生命，本就勤快的老公身体也能渐渐复原，再出去干些挣钱的活。自从曹伟伟得了尿毒症后，像所有因病导致贫、因病返贫的家庭一样，钱一直是困扰郭珍珍她们家的最大难题。看到这里，也许有人会问，现在不是流行"扶弟魔"吗？曹伟伟不是有个姐姐吗？她不能帮帮弟弟吗？答案是"泥菩萨过河自身难保"。姐姐离异后独自带着两个孩子，日子也过得紧紧巴巴的，就是再想帮，也是心有余而力不足。

手心手背都是肉，儿子的病、闺女的事，没有一样不让郭珍珍牵挂，她只有尽自己所能，在帮小商店看摊儿的同时，还帮着带孙子、看外孙。郭珍珍由衷感叹：那么多人帮过咱，咱不能忘恩负义，现在的政策也好，自从前年儿子尿毒症又犯了后，在县医院做透析，全是免费。如果老天眷顾，儿子身体能渐渐好起来，她们家的日子也缓过来后，她一定想办法偿还完所有债务；同时，尽自己所能，做力所能及的好事善事，回报社会。

就像郭珍珍曾用《再苦也要笑一笑》这本书激励病中的儿子一样，现在，郭珍珍最爱听的是刀郎的歌《就是现在》："别说我和你不同，欢乐与痛苦我们与共，只要眼神中不带有色彩的分别，你我的梦都一样光荣。别说谁比谁坚强，我们努力地完美这梦想，尽管这世界，给我满身的伤，我依然要赞美太阳。"她用这首歌曲激励着自己，每时又每刻。

"暴走"中的郭珍珍

吕梁山上一枝花

——记出席全国第一次民兵代表大会的女民兵代表曹冬花

王 军

引 子

"吕梁山上一枝花，名字就叫曹冬花。学习英雄刘胡兰，献身建设意志坚。带领红色姊妹连，下庄水库身手显。飞车能手运土忙，谁人能敌铁姑娘。劳武结合好榜样，打靶训练走在前。不爱红妆爱武装，花开吕梁遍地香。"

这是 1960 年吕梁县（隰县）下庄水库建设中，工地指挥部为曹冬花编的一段快板。

当时曹冬花是下庄水库红色姊妹连指导员，在施工中发明了飞车运土的方法，提高了工作效率，加快了施工进度，被誉为"飞车女标兵"，先后参加了专区、省民兵代表大会，又作为全省两名女民兵之一，光荣地出席了全国首届民兵会议，受到毛主席的亲切接见。

几十年来，曹冬花不忘初心，牢记党的宗旨，始终把自己当作一名参加建设的老民兵，工作在哪里，奉献到哪里；岗位在哪里，模范带头作用起到哪里，为共和国的建设事业贡献了青春和力量，为新时代民兵树立了榜样。

苦命女儿苦命身

隰县陡坡塬，塬面宽阔，海拔较高，东依紫荆山，西傍隰县城。这里土层深厚肥沃，土地广袤平坦，老百姓世世代代在这里繁衍生息。

陡坡塬南头，有个小村庄叫石村，距县城近 70 里地，是个偏僻难行的小山村。1941 年 11 月 3 日，曹冬花就出生在这个山村的一个贫苦农民家庭。

当年阎锡山在山西施行"兵农合一""编组份地"等苛政，导致民不聊生，群怨沸腾。曹家在贫苦中挣扎，靠耕种薄田，勉强糊口。

1946 年底，隰县解放了。穷苦人终于盼来了共产党，盼来了翻身得解放，从黑暗中走向了光明。

曹家人人兴高采烈，希冀着新的生活。可是，就在曹冬花八岁那年，她的母亲因身染重病，无钱医治，不久便离开了人世。

父亲这个壮年汉子，因为失去妻子，意志消沉，变得一蹶不振，田里田里懒得料理，家里家里不管不顾，任凭这个家向贫困的深渊滑去。冬花和弟弟，失去了最珍贵的母爱，而且回到家得不到一点儿温暖，两个孩子像蒲公英的种子飘零在人世间。

冬花小，冬花瘦，冬花也是一个不谙世事的孩子，但全家的重担都落在了冬花一人身上。冬花又当姐又当妈，走到哪里就把弟弟带到哪里，抱上、背上、拉上，姐弟俩相依为命，像一根藤上的两个苦瓜。

幼小的冬花，带着比自己小三岁的弟弟东家借面、西家借米，够不着锅台，踩着凳子做饭，过着饥一顿饱一顿的生活。夏天还好过，寒冷的冬天姐弟俩穿着破烂的棉衣裤，穿着露脚趾、脚后跟的单鞋，寒风吹过，冻得瑟瑟发抖；回到家，破窑内寒窑凉炕，满目萧然，更是凄凉。虽然有亲戚接济，但吃饱穿暖依然是两个苦孩子最大的奢望。

在石村及周边，到处可以看见姐姐带着弟弟外出觅食的身影。

有一次，上山摘野果，冬花不慎跌落于山崖下，差点儿丧命。好在苦孩子命大，滚落了一头一脸一身土，身上擦得到处是伤，但却无大碍。她知道没人帮她，不用叫天也不用叫地，自己哭着爬起来。

她一路哭一路向山崖上爬去，她一路向山崖上爬去一路哭，她终于站在山崖上，拉着站在山崖上号啕大哭的弟弟，姐弟俩在夕阳中哭成了两株枯木，姐弟俩在夕阳中站成了两尊雕像……

艰难的日子，一天一天熬着。

艰难的日子，磨砺出了冬花倔强的性格。

十三岁那年，为了减轻家里的负担，为了让弟弟求学上进，经亲戚说和，冬花出嫁到本乡邻村。本以为找到了好人家，一生有了托付，再也不会吃不饱穿不暖受人欺凌了；本以为苦命人可以过上幸福的生活；本以为幸福的花儿将得到阳光的呵护。不承想，在这个旧思想根深蒂固的家庭里，她饱受精神和肉体的双重折磨，不仅得不到幸福，而且痛苦万分。她抗争，她不屈服，换来的是变本加厉的欺侮。

毕竟是新社会了，妇女得到解放，妇女是自由的，艰难困苦的生活从没有压垮冬花，反而更让她果断坚强。

"我再不过这样的生活了。"在辗转反侧中，泪水打湿了她年轻的心，痛苦折磨着她年轻的灵魂，望着星星望着月亮，她终于下定决心。

那一天，她放下了一切，她昂着头，她不知未来的路在哪里，她不知命运如何，但她坚定地向着自己的未来大步走去。

新生进步入了党

几年时间，经历了婚姻的变故，冬花渐渐长大成熟。回到娘家的她，走出了失败婚姻的阴霾，变得积极开朗、阳光向上。她积极参加村里组织的夜校，学习文化知识；参加民兵训练活动，增强本领；参加农业社劳动；参与村集体工作。

"东方红太阳升，中国出了个毛泽东……""雄赳赳气昂昂，跨过鸭绿江……"她的嘴里常哼着歌，她的脸上常挂着笑容，她走起路来像一阵风。

村里人叫她"疯汝子（女子）"，不在家料理家务，做针线活，整天在外面疯跑。

天性不服输的曹冬花，不理会这些风凉话，在心里暗下决心，一定要干出个样子给大家看，为自己争口气，为妇女同志们争口气。

她走东家串西家，一户户动员村里的青年妇女参加民兵连，鼓励她们勇敢地走出家庭，挣脱封建传统家庭对女性的束缚，积极参加集体生产劳动。田间休息时，她组织大家练习瞄准、卧倒、匍匐前进等动作，进行投弹比赛等活动。她还利用晚上和闲暇时间，组织民兵队员读书看报，了解国内外大事。

她已不是过去见人脸红、不敢说话的小女孩。她变得这样开朗、阳光，浑身上下闪着青春的光辉。

"新中国的建设事业正是需要这样的人。""冬花是个好苗子。"说到冬花，村干部、乡干部个个竖起大拇指夸她。由于她在民兵工作中增长了才干，被村党支部培养为青年入党积极分子。

机遇总是留给有准备的人，机遇也总是留给勇于奉献、甘于吃苦的人。

1958 年，吃苦耐劳、组织能力强的曹冬花，被任命为陡坡乡"刘胡兰姊妹连"指导员，带领数十名妇女投身热火朝天的新中国建设事业中。

成千上万名职工、学生、农民集中在这里，到处是忙碌工作的场景。

当时她们妇女连要完成的任务是制作炼铁坩埚，首先是挑坩泥、捏坩埚。对于一直在农村种地的曹冬花来说，她没有听说过坩子泥，也没有见过坩子泥，这个活从来没有见过，也从来没有干过。挑坩泥倒好说，怎样才能制作出、制作好炼铁坩埚？

曹冬花心里想着，我们解决不了这么一点儿问题，怎么能配得上叫"刘胡兰姊妹连"？

曹冬花吃饭睡觉都想着怎样提高制作坩埚技术。所有的困难都没有阻止她钻研的脚步。

曹冬花瘦小的身影，身着红花袄，像春风里盛开的一朵红花，鲜艳地开放在工地上。

经过不断观摩、不断探索、多次试验，她终于摸索出一套耐用型炼铁坩埚创新制作新技术。

她们做的坩埚又结实又耐用，炼铁师傅们都夸她们的坩埚好。

她们的创新技术成果上报到了工地指挥部。

"曹冬花这个女孩子不简单！接受新事物快，有创新意识。"工地领导紧紧握着她的手表示感谢，工人们使用后赞不绝口。这一创新技术，受到上级肯定、技术部门的认可，很快在隰县的大炼钢铁工地上进行推广。

曹冬花，这个响亮的名字很快在工地上传扬开来。

鉴于曹冬花的带头作用、创新发明，组织上把她吸收进团组织，发展她成为一名光荣的共青团员。这是组织对她的认可，这也是组织对她的考验。胸前别着共青团员的徽章，徽章在阳光下熠熠生辉，冬花觉得无上光荣。走在春风里，走在阳光下，走在建设社会主义的大道上，她的脚步是那样的轻盈、那样的坚定……

为了及时推广这一成功经验，应外地邀请，她亲自赴运城传经送宝。

火线上锻炼，火线上成长，火线上提拔。

曹冬花的创新技术带来可喜成果。思想上先进，工作上优秀，她是青年中的先进分子，具备了优秀党员的素质，在忙碌的工作一线，她又光荣地成了一名预备党员。

党旗下，她一脸严肃，心潮澎湃，激情涌动，举起拳头，庄严宣誓：我要把生命献给党、献给人民，献给如火如荼的社会主义建设事业！

她明白，是新中国给了她第二次生命，是共产党给了她发挥才干的用武之地。

虽然她个子不高，却可以顶天立地；虽然她力气不大，却可以添砖加瓦；虽然她年纪轻轻，却充满了雄心壮志。

从此，她是一名共产党员，从此，她要优秀更优秀，先进更先进，把为人民服务当作自己终生的事业！

下庄水库显神勇

隰县东川，是位于隰县东部的一条东西向大川，风景秀丽，物产丰饶，东川河弯弯曲曲，一路向西，为东川人民带来了灵气，带来了福气。东川连接蒲县、汾西，位置重要，人文繁荣。抗日战争时期八路军115师司令部驻扎在中桑峨村，中共晋西南省委驻在上庄村，决死二纵队司令部驻义泉村。沿川分布着许多村庄，川里的地可水浇，是上好水地。但一遇夏天山洪暴发，轻则冲毁土地，重则冲垮民屋伤及人畜，水患严重困扰着东川一带群众的生产生活。

什么时候东川河不再冲毁农田？什么时候东川河水能够浇灌农田？祖祖

辈辈的东川人望着东川河水兴叹着，祖祖辈辈的东川人期盼着。

1959 年，为开发隰县东川河水利资源，掀起以兴修农田水利基本建设为中心的农业基本建设高潮，夺取农业全面丰收。中共吕梁县委（包括隰县、永和、大宁、蒲县、石楼五县）起草《关于开发下庄水库的决议》，向晋南地委、山西省委申报，获得批准；向全县人民发出号召，要求全党全民动员起来为根治东川河而战。

工程紧锣密鼓地进行。下庄水库项目组前期邀请地区水利局工程技术人员进行勘测设计，选定坝址在东川河上游的下庄村，首先对下庄村几十户村民进行搬迁。

7 月份，刚从战天斗地的运城回来，未及休整，曹冬花又接到奔赴水库工地的命令。

临行前她带着本村的几个姑娘，向大队党支部和乡亲们表示："不扛回红旗、不修好水库绝不回来见你们。"

骄阳似火，挥汗如雨，满脸疲惫。曹冬花是第一批到达工地的建设者之一，并且走马上任，担任了下庄水库"红色姊妹连"指导员。

下庄，位于隰县东川河上游，五鹿山脚下，海拔约 1100 米，这里紧靠大山，森林茂密，绿色环绕，下庄村依山傍水，一条官道从村前而过，一二十户村民世代耕种，或以采集山货、打猎为生，一直过着"悠然见南山"的日子。

但由于紧挨大山，又是风口，早晚温差很大，气温很低。从各地抽调的民工，没有房子、窑洞可住，住的是刚在水库边上建起的地窨子，一半在地下，一半在地上，地下铺的是玉米秆，顶上盖的也是玉米秆、油毡。这样的"房子"很难说保暖，条件简陋由此可见一斑。

工程的第一道程序是开挖接合槽。"红色姊妹连"的女青年，来自吕梁五个县，她们大都未婚，风华正茂，英气勃发，干起活来不输男子汉。

对于当年的艰苦，满脸沧桑的曹冬花至今记忆犹新："那时条件差，我们民兵真叫个苦。住的地窨子里又潮又湿，有时早晨起来，被子上都凝结着露珠，太阳好的时候还能晒晒被子，太阳不好就只得将就。就是夏天的晚上，也很冷。在这儿干了一年，基本上没脱衣服睡觉。每天吃的都是窝窝，熬的是白菜土豆，窝窝很粗，晚上饿得不行，我就把吃剩的窝窝烤干吃，到了后来，只要一吃窝窝我的嗓子就被拉伤。开挖接合槽，晚上倒班，姊妹一块上。寒冷的冬天，站在刺骨的水中，手冻得麻木了，脚冻得失去知觉……为了驱除身上的寒气，姐妹们和男人一样，干一会儿就上来喝几口酒、抽几口烟。整个冬天，我的脚冻得浮肿得连鞋都穿不上。"

一次，曹冬花用洋镐撬冻土，由于用力过猛，一下子扑空，掉到了水里，浑身湿透了，手和腿都冻麻了，她的两条小辫也冻成了"冰棍"，一绺一绺的，衣服也完全冻挺了。团长下命令叫她回去休息，可她仍然坚持不下工地，大家硬把她拽回住处。她刚躺在被窝里焐暖和，就爬起来跑回工地，又继续干起来。她说："我没事儿，大家都能坚持，我也一定能够坚持！"

尽管条件如此艰苦，但姐妹们发扬战天斗地的精神，互相鼓励，互相帮助，没有一个人退缩。

接合槽挖好后，1960 年初，开始筑坝，筑坝技术采用"水中倒土"的方式进行大坝回填。最高峰时调集吕梁县各公社劳力万余人参加建设。工地上到处红旗招展，一派热火朝天的景象，其中"红色姊妹连"的旗帜在这里十分的夺目耀眼。

限于当时的运输条件，大坝回填需要的成千上万吨土方全靠人工小平车运送。但由于施工工地空间狭小，运土的通道很窄，来往的平车你碰我撞，严重影响了运土的速度和民工的安全。

面对这种情况，爱动脑筋的曹冬花又开始琢磨怎样才能设计出一套既能加快运土速度又不让来往车辆相互碰撞的办法。

在茫茫人海中，在繁忙的车流中，在喧闹的人声中，曹冬花睁大观察的眼睛。自己拉车，她就感觉拉车中个人出现的具体问题；别人拉车，她就看群体中互相之间的协调问题。

别人都是只管干活不顾其他，而她是边干活边研究劳动新方法。

办法终于想出来了，几经试验效果很高效快捷。那就是把运土的平车分组，每组的人员和平车相等，在规定的时间和线路内把土运到大坝上。

这样就要有高超的驾车技术。为此，曹冬花又亲自驾车，大胆实践，经过多次的试验，终于练就了一身驾车绝技。

从出发点，她两手紧握平车杆，两眼专注地看着前方，两脚轻轻一点儿，几百斤重的平车，在她的掌舵下，像加足油门的飞机，从坝顶的百米斜坡上，瞬间就飞到了大坝上。

驾车的她，在呼啸的风中，就像一只火红的燕子，在人们惊叹的目光下，一闪而过，轻盈如羽地落在大坝回填工地上。

这一套动作，是如此娴熟，如此流畅，"大略如行云流水，初无定质，但常行于所当行，常止于所不可不止。"男民工们惊呆了，女民工们报以热烈的掌声。

五鹿山哗哗的林涛，像是对她发出的由衷赞美。

当年在工程处负责施工的老干部王志明回忆说："以曹冬花为指导员的红色姊妹连就是从黄土东风团（公社民工队称兵团）培养出来的，这个连有百人左右，个个是飞车能手，大部分是劳动模范，女的拉平车同男的不一样，从土场出发，脚尖轻轻一点就是几十米，拉几百斤重的平车走起来非常轻巧，群众说她们同燕子飞一样，跑起来非常好看。凡是去水库慰问和参观的团体都要看兵团的平车表演，凡是在场的人都是一片欢呼声和掌声，那个场面非常壮观，有非常大的吸引力。"这位老领导多年以后还对以曹冬花为首的女子民兵连赞美有加。

当年作为学生参与下庄水库建设的退休干部王俊杰在他的回忆文章中写道："我曾记得在下庄水库劳动中涌现出了一位劳模标兵——曹冬花，当时她只有十八岁，民兵连指导员，她拉车出了名（她在险要的半山坡，拉上一车土，两手架车杆，两脚蹬地，飞一样地把土运到水库回填工地，每天往返几十次，被众人称为'飞车姑娘'）。"

"红色姊妹连"的姐妹们在曹冬花的示范下，很快都掌握了飞车技术，她们穿着统一的红色秋衣，脖子上围着白毛巾，像展翅飞燕在百余米山坡飞上飞下，成为下庄水库工地上最亮丽的风景。

她们是一个个"飞车姑娘"，她们是一只只"飞燕"。

在曹冬花和红色姊妹连的带领下，各兵团连队都培养和训练了一批以男女青年为骨干的飞车技术能手，成为大坝回填的主力军，为下庄水库的建设立下了大功劳。

回忆当年的建设豪情，激动之情溢于言表。曹冬花说："看到我们姊妹连的旗帜高高飘扬，我们干劲倍增；听到工地指挥部喇叭上表扬我们姊妹连，我们无比兴奋！尽管生活工作条件异常艰苦，我们姊妹连的姐妹没一个人叫苦叫累，没一个人退缩请假。大家干活都是争先恐后，你一天倒二十车，我一天倒四十车，你一天倒四十车，我一天倒六十车，真正是'比学赶帮超'，真正是多快好省地建设社会主义。"

说起当年拼命干工作的动力，奉献青春的精神，曹冬花说："作为我来说，从一个穷苦孩子，公社把我吸收为基干民兵，在工地上党组织又把我吸收为预备党员，能为党、为国家干工作是无上光荣的事情，是幸福的事情。虽然我个子小，但干起活来从不惜力，另外我还是民兵连的指导员，更要起带头模范作用，还有我是预备党员，要接受党的考验，所以我是不计代价地干，拼命地干！"

红色姊妹连以苦为乐，豪迈地唱着红色姊妹连连歌："花木兰不让须眉，穆桂英能征善战，刘胡兰宁死不屈，我们要用血汗，与天斗、与地会战，建设我们美好的家乡，奔向共产主义美好明天。"歌声就是劳动的号子，响彻云霄；歌声就是进军的号角，挥舞旗帜。

由于劳动强度太大，曹冬花体力严重透支，身体出现了大出血的状况，脸色蜡黄，眼窝深陷，整个人很明显地瘦了下去。

指挥部领导派人把她送到黄土公社卫生院输液治疗。躺在卫生院病床上，望着几个小时才能输完的一瓶液体，她心急火燎，坐立不安，一会儿想姊妹连的工作情况，一会儿想工地的工程进度。

她问医生："我几天能出院？"

医生说："你这汝子（女子）不要命了，你的身体这么虚，不休息治疗一个月哪能缓过来。"

她说："医生，一个星期我都嫌长，哪能住一个月？"

输了几天液，她心里惦记着工地、惦记着姊妹连，就从医院偷跑回来要上工地，指挥部领导一看她蜡黄的脸虚弱的身体，坚决不让她上；但她还是只休息了半个月，就急急火火地开始正常上工。

指挥部领导说："曹冬花，你真是不要命了！"

曹冬花说："我躺在病床上不干活浑身就感到难受。"

至今，曹冬花还保存着一张下庄水库红色姊妹连的照片，这张泛黄的照片上43名姑娘在工地的山坡上坐成几排，后面树立着三面旗帜，那是她们的连旗，和获得的流动红旗。姑娘们大都扎着辫子，一个个英姿飒爽、年轻靓丽,她们是时代的"铁姑娘",是新中国建设事业的"红色娘子军"。曹冬花就坐在她们中间,一双炯炯有神、坚毅果敢的眼睛望着前方,充满了自信,充满了豪情,仿佛憧憬着美好的未来。

谈到红色姊妹连,当年曾任连长的何年花深情地说:"那个火热的年代,'生活集体化、行动军事化、劳动战斗化'的口号震天响,革命的干劲冲霄汉,姊妹连这丛鲜花争春夺秋常艳不谢。平均年龄只有二十岁的姐妹们,挥锹装土,驾车飞驰,单车日定额运土十立方米,往返几十趟,行程百余里。我们抱着'见先进就学,见落后就帮,见困难就上,见荣誉就让'的态度,啃着窝窝头,就着盐开水,没有节假日,没有星期天,定额不足就加班,黑夜当白天,月亮当太阳,没明没黑地装卸运土,真是土里来水里去。姊妹连在修建水库的一年中,连得十八项荣誉,其中国家、省、地各奖大红锦旗一面,县、社、兵团奖十五面。我和曹冬花,一个连长,一个指导员,工作上互学,生活上互帮,团结战斗,共同谱写了红色姊妹连的辉煌。"

民兵姊妹连既是民又是兵,一边修水库,一边进行训练。在曹冬花的带领下,田间地头当战场,利用休息时间组织民兵训练。一年四季,严寒酷暑,从不间断。工地上时常可以看到她们训练整齐的步伐,喊着嘹亮的口号,背着步枪飒爽的英姿。

男民工们投来羡慕的眼光,尤其是把目光集中在带队的曹冬花的身上。这姑娘,干啥像啥,干啥成啥,真是不简单!大家不约而同给了曹冬花最高的赞誉。

这些赞誉,回荡在夏日的五鹿山,那些树听到她们的口号声长得更加苗壮,那些山看到她们的身姿更加挺拔。五鹿山记录了红色姊妹连的历史,五鹿山镌刻着这些为共和国的建设事业奉献的人们。

曹冬花回忆说:"在武装部的带领下,我们民兵姊妹连每天早上要出早操、跑步、练习打靶。我是样样不落后,打靶也打得很准,代表吕梁县比赛取得晋南专区第二名的好成绩。"

可以想象,每天又要劳动,又要训练,曹冬花有多么大的耐力,她为之付出了多么大的精力?这个弱小的女子,她的体内蕴藏着多么大的能量?

曹冬花创新钻研出的"飞车跑道"运输方法,在当时的下庄水库工地,在晋南专区、全省都是独一无二的,一时间领导前来调研,其他县、专区前来观摩。大家无不称赞她的创新发明，无不钦佩她的奉献精神。

由于她的突出贡献，荣誉和鲜花纷至沓来，她被授予"飞车女标兵"的光荣称号，被评为专区、省民兵代表，连续出席晋南专区、山西省民兵代表大会。

出席全国第一次民兵代表会议

1960年3月12日，山西省民兵代表大会在太原开幕，曹冬花是代表之一，在这次大会上，她被选为出席即将召开的全国民兵代表会议代表。

听到这个消息，曹冬花高兴得蹦了起来。

"我要去北京了，我要去见毛主席了！"

曹冬花说："'红色姊妹连'的姑娘们知道我要到北京开会，受毛主席的接见，都无比兴奋，争先恐后商量让我带什么献给毛主席，你说这样，她说那样，最后决定带一面写着'吕梁县下庄水库红色姊妹连'的大红旗，献给大会、献给毛主席。"

"我们到县城百货商店精挑细选扯回了红布，我们把剪好的'吕梁县下庄水库红色姊妹连'几个黄色大字一针一线缝在红旗上。姐妹们把红旗熨烫得展展的，小心翼翼地叠起来。那些天我真是激动得夜夜睡不着觉。我心里想：遥远的北京我很快就要投入您的怀抱，画像上的毛主席啊我很快就要见到您！越想越激动，越激动越睡不着觉。姐妹们脸上都泛着光，闲下来都过来围着我，我们的话题都是北京、毛主席，毛主席、北京。"

等待的几天时间，仿佛像几年，那样漫长……

等待的心情，是那样的急迫，那样的心焦……

1960年4月15日，那是一个春天的艳阳天，一列火车停在太原火车站，这是一列奔向北京的火车，这是一列奔向春天的火车。

在山西省军区政委张日清少将的率领下，曹冬花等山西民兵代表坐上了火车，火车响起了悠扬的汽笛声，火车冒着浓烈的黑烟启动了，向北，向北，一路向北，向首都北京驶去。

"我小心翼翼地把红旗叠好，装到我的挎包里，走到哪里都看护得很紧，生怕丢了。"

火车上，曹冬花紧紧地把挎包抱在怀里，新奇地看着窗外飞逝的景色。第一次坐火车，什么都感觉新奇，火车、铁轨，路过的民房、华北平原苗壮成长、一望无际的麦子，所有的新知一下子填满了这个山区少女的胸怀，让她应接不暇。

全国民兵代表会议于4月18日在京召开。

曹冬花说："全省只有两个女民兵参会，就是我和运城的一个姑娘。第一次坐火车，啥都新奇，左看看右看看，想到即将到达首都北京、见到伟大领袖毛主席，高兴得一夜睡不着。"

会议召开之前，曹冬花和代表们一起观摩了飞行员跳伞、擒拿格斗、跨越障碍、投弹射击等军事表演，参观了天安门、长城、十三陵水库、故宫、颐和园等名胜古迹。

这就是新中国成立毛主席向全世界庄严宣告"中国人民从此站起来了"的天安门；这就是毛主席在词中写到的"不到长城非好汉"的长城；这就是动用四十万劳力，用半年时间建成的十三陵水库，相比较起来，十三陵水库规模要比下庄水库大得多，更宏伟，设施更齐全。站在十三陵水库，曹冬花摩拳擦掌，心潮逐浪，心想，要是自己能够参加这样大规模的水库建设多好啊。这样，她更有用武之地，更能为祖国的建设事业建功立业。

参观了1959年国庆十周年前夕完工的人民大会堂、中国历史博物馆等十大建筑以及北京近郊的一些大型企业，曹冬花和代表们兴奋不已，深切地感受到祖国日新月异的发展速度。

4月18日至27日，全国民兵代表会议在北京人民大会堂举行，这次会议规格之高、规模之大，以及受重视程度可以说是开天辟地第一次，用"空前绝后"来形容一点儿不为过。共有七千三百六十三人出席大会，其中民兵代表就有五千零三十人。

出席开幕式的还有朱德、邓小平、宋庆龄、董必武，还有林伯渠、彭真、罗荣桓、贺龙、罗瑞卿、习仲勋。

坐在雄伟壮丽的大会堂里，曹冬花心里别提有多激动和兴奋了。

会议期间，最让曹冬花难忘的是4月23日下午，毛泽东等党和国家领导人在怀仁堂接见全体民兵代表，并和大家合影留念。

代表们整齐排列在中南海怀仁堂里，七千多人屏声静气地等待着激动时刻的到来。下午3点，四五辆黑色红旗轿车缓缓从大门口驶入。从中间一辆车上下来的是毛泽东，他身穿银灰色的中山装，高大魁梧，红光满面、神采奕奕。在周恩来、朱德、邓小平、宋庆龄、董必武等老一辈革命家的陪同下，毛泽东健步走到代表们面前，亲切地向会议代表挥手致意。全场长时间响起了雷鸣般的掌声，大伙儿群情激奋，千万双眼睛深情地凝望着，千万张笑脸高兴得合不拢嘴。曹冬花感到全身流淌着幸福的暖流，满肚子的话一下子涌到嗓子眼，但万千语言无法表达，只能眼含热泪、随着众人情不自禁地不断高呼："毛主席万岁！毛主席万万岁！"

当时，曹冬花站在第二排的邓小平同志身后，她清楚地看到了毛主席向他们挥手致意，听到毛主席浓重的湖南口音的亲切问候："代表们好！"

曹冬花满脸激动的泪水，跟着众人齐声回答："毛主席好！"

接着，毛泽东和其他国家领导人高兴地坐在代表们中间，准备合影留念。偌大的场地静得连根针掉在地上的声音都可以听见。

据曹冬花回忆，毛泽东走到民兵代表前还说了话，大家都很激动，全场充满了爽朗的笑声。

整个接见和拍照持续了三十多分钟。摄影师宣布拍摄完毕，毛泽东和其他中央首长起身面对代表们时，掌声又自然地响了起来，首长们也一起鼓掌，同时边鼓掌边转身准备离去。看到慢慢远去的毛主席背影，全体代表像有人统一指挥一样，掌声突然加快节奏，而且声音也更加响亮，似乎大家都热切地希望毛主席不要离开，再和代表们多待一会儿。

毛主席也许明白了代表们的心意，居然在远处停下脚步，回转身来，挥动右手，微笑着频频颔首。见此情景，大家的掌声更加热烈——这七千多人的掌声就像潮水般轰鸣，响彻云霄。

等首长们乘上汽车，缓缓地驶离了怀仁堂，代表们才停止拍手。但大家仍旧整齐地排列在那里，没有一个人愿意离开。

曹冬花好像还没有回过神来，迷离的眼睛噙满泪水，双手仍旧一个劲儿地拼命鼓掌。这样的情景引得很多代表侧身友善地望着她笑，身旁代表见此急忙扯扯她的袖子，曹冬花这才清醒过来。

毛主席亲切随和的笑容给曹冬花留下了深刻的印象，这难忘而又生动的一幕深深地印在曹冬花的脑海里。以后，这些情景就像电影胶片一样，常常会清晰地浮现在曹冬花眼前，让她心情久久难以平静。

拿起毛主席与民兵代表们的合影，我们可以清楚地看到，穿着花格子上衣的曹冬花站在第二排，离第一排坐着的毛主席有八个人的距离，她的前面坐着的就是邓小平同志，毛主席扭头与代表们说话，大家不约而同地看着主席，每个人脸上都露出幸福的微笑。

原计划会议代表们在 4 月 30 日离京回家，后来经毛主席批准同意，要代表们多留几天，在北京过完"五一国际劳动节"再回去。

5 月 1 日上午，全体代表参加了北京人民庆祝五一节的盛大联欢活动。晚上，曹冬花和代表们一起站在天安门观礼台上观看焰火晚会。从观礼台俯瞰东西长安街和天安门广场，只见华灯闪烁，彩旗飘飘，四面八方的焰火冲天而起，在夜空中勾勒出绚丽璀璨的画面，让人目不暇接；来自四面八方的人们翩翩起舞，又唱又跳，整个北京变成了火树银花的不夜城。

看到这些，曹冬花他们除了激动，还是激动。与此同时，曹冬花内心暗暗发下誓言：往后，拼死拼活也要做好女民兵工作，做好其他各项工作，唯有这样才能报答党对自己这份比海还深的恩情。

5 月 3 日，代表们满载而归。在北京的二十天，曹冬花都是在兴奋中度过的，令她终生难忘！当曹冬花回到吕梁县后，受到了全县群众敲锣打鼓的热烈欢迎，她马不停蹄在全县（包括大宁、永和、石楼、蒲县）城乡传达全国民兵代表会议的精神。

县委给她准备了一个汇报提纲。但在北京的这二十天给曹冬花留下的印象太深了，传达时她不需要看提纲就讲得声情并茂，让大家如临其境、如闻其声。每到一县，县里都敲锣打鼓，男女老少夹道欢迎，大家都想听听曹冬花见到毛主席的情景，都想看一看、摸一摸那支毛主席赠送的枪。

在这几件纪念品中，特别让曹冬花珍爱的是那支步枪，那支步枪的枪托上刻着一个"赠"字，她把它挂在床头边，每天看不够、摸不够，把它视为和自己生命一样宝贵。

在她家采访时，看到她肩挎这支心爱的步枪的照片。曹冬花英姿飒爽，穿着一件花格子上衣，扎着两根长辫子，腰扎武装带，一脸的英武之气。步枪刺刀闪闪亮，衬托出这位女民兵的英姿飒爽。

把一生献给党

　　1960 年，曹冬花喜事多多。经过党组织的严格考验，由一名中共预备党员成为正式党员；连续参加了专区、省、全国民兵代表会议，获得莫大的荣誉；找到了人生伴侣，喜结连理，组建了家庭。

　　她的丈夫李发明，当时是吕梁县人武部的科长，小伙子也是贫苦出身，年轻英俊，敢说能干，颇有组织指挥才能，带领民兵独立营九十余名青年民兵在下庄水库建设中担任最艰巨的任务。一个是人武部领导，一个是女民兵指导员，在工地的相处中两人一同共事，都对对方有了很深的了解，经组织上介绍，他们走到了一起，建立起了革命的家庭。

　　喇叭里传出《九九艳阳天》的歌声，没有盛大的婚礼，没有奢侈的用品，曹冬花拿着自己的几件换洗衣服，来到了李发明权做洞房的办公室，开始了他们的新生活。

　　在旧社会穷怕了、饿怕了、乱怕了，受了很多很多的苦，能够获得新生，能过上安定的生活，能为党、为国家的建设事业作贡献，他们俩感到由衷的高兴。从结婚的那天开始，他们就暗暗约定，绝不辜负毛主席的期望，绝不辜负党的培养，一定要为共产主义事业奋斗终生！

　　1966 年，曹冬花被组织上派往原属隰县的石口乡桥上村担任了大队党支部书记。桥上村虽偏远、条件差，但曹冬花还是愉快地接受了组织安排，到桥上村报到，与村民们吃住在一起。

　　当时的桥上村土地贫瘠，社员收入微薄，劳动工分只值 8 分钱，大部分人干了一年下来，没有分红不说，还欠生产队的。

　　曹冬花带领全村村民谋点子找出路，苦干实干加油干，他们奋斗一年，改善了农村基础设施，改变了农业生产条件。为桥上村修建了崭新石窑洞十孔，打坝造地，精施农肥，使每个劳动力工分值上升到 6 角。村民们高兴地说："我们桥上村能增产增收，全靠我们的好支书曹冬花。"

　　1969 年，人武部换防，隰县人武部整体调到河北省邯郸县，他们全家迁到了邯郸。

　　由于孩子多，家务重，曹冬花本可以不上班做专职家庭妇女，但她是个闲不住的人。在她的积极申请下，组织上把她安排在邯郸市农业机械厂工作。

虽然她换了环境，换了工作，但不减热情，不减奉献。曹冬花不居功自傲，不把荣誉的光环作为老本，而是始终把自己当作一名党员、普通工人，默默无闻地奋战在车间一线。她工作勤奋扎实，成绩突出，被机械厂评为先进工作者，光荣地出席了河北省工业战线先进工作者代表大会。

一次，老家隰县来人，想让他们在邯郸帮忙买两辆汽车。在当年，买汽车可不是小事，更不是容易事，但他们知道隰县急需要汽车搞建设。曹冬花对丈夫说："老李，我们走了好几年，家乡的人找来，说明他们没有忘记我们，还把我们当自己人。你就是再难，也要给家乡帮这个忙！"老李东奔西走，动用各种关系，最后终于落实了这件事。为此，县委、县政府还给他们两口子写来了感谢信，感谢他们对家乡建设的支持。

1978年，丈夫面临转业，是留在条件较好的邯郸，方便孩子们上学、就业，还是回到老家隰县？

当丈夫和曹冬花商量时，曹冬花首选隰县，她说："是隰县的山、隰县的水养育了我们，是隰县人民培养了我们，知恩图报，我还不到四十岁，我要回到家乡，为家乡作贡献，把自己的后半生奉献给家乡的建设事业。"

就这样，她们一家放弃了城市的优越生活，举家回到了当时条件还很落后的家乡——隰县。

回到隰县后，曹冬花又发挥自己的特长，任城关镇党委委员、妇联主任，奔走在妇女工作的一线。

几十年来，她和丈夫一直保持着艰苦朴素、正直正派的作风。孩子们毕业后，她和丈夫没有动用老关系，孩子们都是自己找的工作，五个女儿都一直工作在企业，没有一个在行政单位担任职务的，都过着普通人的生活。

说起从邯郸调回隰县，以及找工作的事，孩子们也不无怨言，也许在邯郸生活、工作条件会更好，事业会发展得更好。

对此，曹冬花总是对孩子们说："我们现在的生活，比起旧社会，比起中华人民共和国成立之初够好的了。一个人不能忘了本，我这人总是忘不了家乡，就是家乡穷点、条件差点，站在家乡的土地上，能为家乡父老乡亲服务，心里也是踏实的。"

年轻时，曹冬花在水库工地不要命地干活，给她留下浑身病痛：严重的风湿性关节炎、手指头变形、双腿关节肿痛。这些毛病让她有时疼得不能走路，因此在太原住了好几次院。

不能走路时，曹冬花偶尔会想，也许今生就再也站不起来了。

为了让她站起来，老伴和孩子们多方问诊，给她用最好的药，终于让她能够下地活动了。当孩子们要去找有关部门报销医疗费时，曹冬花不让孩子们去，她说："我一个月还有几千元的工资，也够看病了，功劳是过去的，要不是党和政府，我哪里会有工资，哪里会有今天的幸福生活？咱不能凭着有功劳就给政府添麻烦。"所以，多年来她没有找政府额外报销过一分钱的医疗费。

尾　声

虽然曹冬花同志参加全国民兵代表会议的事情过去六十多年了，但她全心全意建设女民兵连，一日入党，一生为党，建功立业，服务群众的精神，依然激励着她追光前行。

春去秋来，斗转星移。如今，下庄水库已安澜地度过了六十余年，今天依然浇灌着东川几千亩土地，润泽着东川人民的幸福生活。这里阳光照耀、碧波荡漾，微风吹起层层涟漪，鸟翔水面，鱼翔浅底。

奇山异水的下庄水库，好像一位历史老人，端坐在五鹿山中，用它那巨大的双手，守着这里的一方水土。

2022 年，在隰县第五届"十大道德模范"颁奖仪式上，曹冬花被评为隰县十大道德模范并接受颁奖，给曹冬花的颁奖词这样写道：

> 曾经的你飒爽英姿，战斗在隰县建设的最前线；曾经的你战天斗地，把汗水洒在隰州大地。红色姊妹连指导员、"飞车能手"，下庄水库如磐石般的大坝记得你；省地优秀女民兵、全国优秀民兵代表，共和国厚重的史册记得你。你是新中国建设事业的贡献者，你是新隰县建设事业的奉献者！

是啊，修建下庄水库的英雄"红色姊妹连"的事迹，是万人修建水库大军的骄傲，更是隰县人民的骄傲。在隰县这片热土上，将永远留下曹冬花和她姐妹们的英姿，她们的事迹将永远流传。

认真学习新思想的曹冬花

这里夕阳无限好

——记隰县关工委主任、中国榜样式的人物、
山西省道德模范解绍亮

曹云平

巍巍黄土高原之上，晋西吕梁山之南，有个被誉为梨果之乡的小县城——隰县。这个总面积只有 1415.3 平方公里、人口不足十万的山区小县，近几年因盛产玉露香梨而闻名全国；同样，让人为之瞩目的还有，这片有着三千多年历史文化底蕴的土地上，孕育出来的一颗颗精神文明之星……

2011 年，孟佩杰被评为"全国孝老爱亲道德模范"及"感动中国十大人物"之一，荣登 2012 年春晚舞台，成为点亮隰县的一盏明灯，隰县的形象大使，让不少人认识了隰县、了解了隰县，知道了"隰"这个字的读音；之后，又相继涌现出"全国十大见义勇为司机"来虎平、"全国最美中学生"冯丽清等一批国家级道德模范，以及刘帅军、贺西平、任宏祥等五名省市级精神文明模范和二十多名"感动隰县十大人物"道德模范。精神文明之花开遍隰州大地，他们感人的事迹和高尚的品格，影响和带动着隰县广大人民群众学好人、做好事。隰县精神文明建设蔚然成风，在他们的影响和推动下，隰县被誉为"全国好人县"；打造出"好天、好地、好人、好梨、好干部"五张名片，成为"十四五"期间隰县的奋斗目标之一。

已入古稀之年的解绍亮便是"好人隰县"的推动者之一。他几十年如一日，无怨无悔地做着一件事——救助贫困儿童。他一腔热血，救助了无数困难儿童，让孩子们无忧无虑安心学习，在爱的怀抱中快乐健康地成长。

经风雨方知世事之艰　受饥寒更懂贫困之苦

　　紫荆山如一道绵延起伏的绿色屏风，横亘于隰县之东的陡坡塬身后。那里青山如黛、峰峦叠嶂；那里云浮幽谷、鸟鸣山涧；那里古寺清音、流水涓涓。风景秀美的紫荆山下，坐落着一个只有五六十户人家的小村庄——这里就是解绍亮出生成长的家乡解家河村。村东头破烂的土窑洞就是他的家，父母都是老实巴交的农民。虽然贫困，但父母亲十分恩爱，关系融洽，给他营造了一个温馨的家庭环境，在父母尽其所能地呵护和抚养下，他快乐幸福地成长着。那时候，他总喜欢骑在父亲的肩上，雏鹰展翅般地伸展开两只稚嫩的胳膊赶着父亲奔跑；喜欢让父亲摸着他圆圆的脑袋夸他"好孩子"，喜欢吃饭时围在炕头上的父亲身边蹦蹦跳跳；而母亲总是慈祥地微笑着，柔声细语地劝他不要淘气。一家人其乐融融。

　　然而天有不测风云。他七岁那年，父亲突然撒手人寰。从此家里失去了往日的欢声笑语，在那个人贫地乏、一年忙到头腊月三十还啃窝窝头的年代，没有男人的日子就像船没了桨，汽车没了油，寸步难行。母子俩过着缺衣少食的艰苦生活，母亲虽整日劳碌，但仍是入不敷出，情绪低落，家中日渐黯淡无光。母亲改嫁后，他们的生活略有好转。可好景不长，两年后，不幸再次降临：九岁那年，解绍亮的母亲也因病不治身亡。不谙世事尚且年幼的他，在短短的两年时间相继失去了两位至亲至爱的人，失去了"父亲的草原"，也失去了"母亲的河流"，孤苦伶仃的他只好跟着没有血缘关系、没有感情基础的继父（后来继父又给他娶了个继母）过着温饱自知、甘苦自尝的生活。

　　在这样的环境下，他苦撑苦熬，发愤学习，以优异的成绩考入隰县高中。可他也清楚，继父一心只想让他回家种地，早日成为家里的劳力，不支持他继续就读。继父曾对他说："认得几个字就行了，学那么多有啥用？"但解绍亮铭记母亲临终前对他说的最后一句话："孩子，就是再苦再难也要把书念下去。"他清楚，要想走出这个穷山沟，改变命运，唯一的方法就是读书。但继父让他回村种地的态度非常坚决，为了彻底断绝他的后路，继父拒绝给他周转粮。没有周转粮，吃饭就成了问题，何况开学就要缴学费、书费，钱从哪里来？正在他一筹莫展、绝望无助之时，堂叔见他对上学如此执着，好不容易考上，怎能轻言放弃？于是，便慷慨解囊给了解绍亮 10 元钱。缴完学费、书费之后，10 元钱就剩 1.2 元了。为了节省开支，他每天只吃一个 6 分钱 2 两粮票的饼子。

十六七岁，正是长身体长肉的年龄，一个只有 2 两面的饼子，怎能够满足一个大小伙儿一天的食粮，饥饿让他经常感觉前胸贴后背，两眼冒金花，有时候肚子饿得腰都直不起来。没过几天，他就身无分文断了伙食，难忍的饥饿不仅让他身体难受，也让他内心受苦，待教室空无一人时，他一个人坐在教室里情不自禁地偷偷哭泣。同学和老师们知道后，都很同情他的遭遇，纷纷伸出援助之手，为他想办法、出主意。有的同学给他匀出自己的口粮，有的老师送给他衣服。有一个叫李生秀的同学是他姑姑家儿子，见他如此境遇，十分同情地对他说："你这样不行，你还是跟我回家吧！"那是他那几年过得最幸福，也是最难忘的一个星期天，姑姑给他包了饺子、做了烙饼，临走时还塞给他 15 元钱。

求学的艰难不只是一日三餐无果腹之物的问题，没有可靠的后援，只靠东家一餐西家一衣，是很难维持下去的。开学报到时，他只拿了不大一床被子和一条毯子，没有拿褥子和枕头，到了晚上，他就把报纸铺在地上，上面再铺上毯子，然后头底下放两块砖头。他头枕着砖头，躺在报纸上睡了一宿又一宿。有一次，村里的一位长辈去城里办事，在他那儿借住了一宿，见他连褥子都没有，被子短得盖住上边盖不住下边，又心疼又生气。这位长辈回到村里后把他的继父狠狠地训了一顿，继父这才给他换了稍大点儿的被子。为能把学业坚持下去，他一边上学，一边利用寒暑假、节假日等课余时间勤工俭学，打工挣钱养活自己。他给粮站装过粮，扛过一百八十斤的麻袋，当时装一袋粮给 3 分钱，一天能挣七八毛钱，这对他来说已经很满足了；他还给试验站刨过地，给砖厂拉过土坯、背过砖、倒过土；他曾为了 6 元钱的"巨额报酬"，整宿不睡觉，帮别人用板车拉土……反正什么挣钱他就干什么，不怕累不怕脏，不挑不拣，随叫随到。即使如此，他在学校的日子依旧是举步维艰，吃了上顿没下顿的日子仍经常有。在夜深人静的时候，在他独自走在路上的时候，在清明节给父母亲上坟的时候……许多个自己独处的时候他总是黯然惆怅，无比焦虑，这样的日子什么时候是个头？上完高中还要上大学，没有可靠的经济来源，只凭别人资助和自己打工的微薄收入，怎么能熬出来？

好在天无绝人之路，正巧隰县师范学校有一个学生想读县城高中，通过老师牵线搭桥，与学校和教育局沟通协调，解绍亮与那个学生调换了学校。当时，县城高中的录取分数线比师范学校高，但师范学校每月有 10 元钱的生活补贴。到了师范学校后，他继续勤工俭学。在学业上，他努力精进，每天起早贪黑，用功读书，学习成绩名列前茅，他的作文经常被老师当成范文，拿来给全班同学读。就这样，他凭着坚韧顽强的毅力，乐观向上的精神，完成了学业。

工作后，他从一名人民教师到机关工作人员，从乡镇领导到分管教学工作的副县长，退休后又挑起县关工委主任的重担，这中间，还担任过县委副书记、县人大主任等职务。让人敬佩的是，他对教育工作和困难学生的关心及支持从未间断。他说："没有穷过，没有苦过，根本体会不到一个孤儿的心境，正因为我小时候太穷了，想上个学实在难，吃的苦、受的罪、经历的磨难不是一般人能体会到的，所以我对那些贫困家庭的孩子更能感同身受，更想帮助他们，为他们做点儿力所能及的事……"

呕心沥血情洒教育　大爱无疆心系学子

在隰县关工委楼道墙壁上，有两块醒目的版面，左侧是：急党政所急，想青少年所想，尽关工委所能；右侧是：不让一个孩子失学，不让一名学生失落，不让一名青少年失足。两块版面的背景都是无边的绿野和蔚蓝的天空，无论是绿草还是蓝天，都是生命和自由的象征，都会带给人无限美好的希望和未来。最上面几行红色的字，像一朵朵盛开的花，开在蓝天白云之下，开在苍茫无际的绿野之中，为那些求助者带来勃勃生机和希望。

走进解绍亮的办公室，首先看到的是位于门对面紧靠着窗户的一张两米多长、一米多宽的大写字台，上面摆放着挂满了大大小小毛笔的笔架，台上铺陈的书法作品墨迹未干，散发出一股浓浓的墨香。他的笔法端庄厚重，气势庄严，遒劲有力，一气呵成。转身左手正对面是他的办公桌，桌子右前方规整地摆放着三四摞文书。他身后是两个黑色的书柜，里面摆放着一些公文和《资治通鉴》《山西通志》等书籍，还有一些奖杯、荣誉证书。

解绍亮身材高大，身形瘦削，此时他已经七十五岁。大概他在政府部门工作时间长的缘故，他总是习惯穿正装，永远着一条深蓝色的裤子，夏季上身着白色短袖衬衫，春秋季则是深蓝色夹克或西服，到冬季就是深蓝色夹克式中款羽绒服，然后在脖子上搭一条黑白相间的围巾，显得特别精神。他说话时脸上总是挂着微笑，和蔼可亲，讲话有条不紊，不亢不卑，眉宇间带着几分慈祥，眼睛里透着智慧。相由心生，经历了无数世事的洗礼，参透生活的真谛之后，保持了对生命清晰的认知和内心执着的坚守，他就有内圣外王的淡定和从容。

在解绍亮的一生中，扶危济困成了他生活的一部分，无论是遇到街头乞讨者，还是上门求助者，他都会慷慨解囊予以帮助，特别是对教育事业和孩子们的关心与支持，于公于私，他都会竭尽全力。在城南乡担任书记期间，他成功解决了几任领导都没有解决的长期拖欠民办教师工资的问题。当时，城南乡十几个村委共拖欠民办教师工资 2 万多元。20 世纪 80 年代初期，2 万多元可不是个小数目。为了尽快解决拖欠的民办教师工资问题，他大会小会，只要有机会就向村干部催要，到年底还没付清欠薪的，他就带着信贷员，上门给村主任办贷款，要求村主任给民办教师付工资。他对村干部说："你们拿着政府的补助，还种那么多的地，日子尚且不好过，人家民办教师就指望着那点儿工资生活，你们还拖着不给，你们于心何忍？就是砸锅卖铁也要给民办教师付清工资！"在他的努力下，当年年底，各村委拖欠民办教师的工资就全部付清。

他担任副县长期间，主要分管文教卫生工作，所以他对教育的支持，对孩子们的关心更是责无旁贷。在他担任县人大主任期间，多次组织人大代表深入学校调研，当他们了解到因盲目拆并学校导致全县 264 名学生无校可读、无学可上时，在 2004 年 4 月 14 日隰县第十三届人大常委会第四次会议上通过了《关于规范中小学撤并工作制止中小学生辍学的决定》，对全县中小学撤并工作进行了全面整治，要求县政府及教科局采取果断措施，限期让流失、辍学的中小学生尽快返校复学；对因经济困难，无法复学的辍学学生，采取积极救助措施，保证他们接受义务教育的权利等。紧接着，在 2004 年 12 月 31 日隰县第十三届人大常委会第十次会议上又通过了《关于在全县开展"百名代表伸出百双手百名辍学儿童得救助"活动的决定》，提出每位人大代表都要以"一帮一、结对子"的形式，联系、帮助一名困难学生，解决孩子们的书本费、学杂费等困难，使孩子们尽快返校的倡议。这两个《决定》挽救了两百多名辍学儿童。2007 年，解绍亮从人大主任的位置上退下来之后，他本应该享享清福、颐养天年，但他心里放不下那些因种种原因仍在苦难中煎熬挣扎得不能上学的孩子们。因此，他毅然决然地挑起了隰县关工委（关心下一代工作委员会）主任的重担。

耄龄犹存报国心，我把夕阳当朝阳

2011 年 4 月间一个春光明媚的日子，解绍亮走马上任关工委主任。上任伊始，他就作出了"不让一个孩子失学，不让一名学生失落，不让一位青少年失足"的铿锵承诺。为了这个承诺，他十几年如一日，无怨无悔，负重前行，使数百个孤贫孩子获得了新生，他用实际行动践行了自己的诺言。

在他救助的孩子中，大部分都是父母有残疾，自理能力差，家里缺少劳力，基本靠低保和救济过日子，生活特别贫困的；还有一些父母去世、离异或入刑，孩子们没有归宿，失去家庭和父母的关爱，生活没有着落的，这些孩子基本生活都成了问题，上学就更加困难。每个孩子情况都不尽相同，救助措施也就要因人而异，以保证救助的实际效果。这是一项从生活、学习和心理等各方面都需要去关心、救助的工作。救助的目的不仅仅是为了让他们能有饭吃、有衣穿、有房住，甚至无忧无虑地去上学，更是要让他们能够和正常家庭的孩子一样，享受到关爱和温暖，陪伴和幸福。为此，解主任不顾多年类风湿性关节炎的腿疾，带着隰县一些有威望、有能力、有爱心的"五老"干部，翻山越岭，栉风沐雨，用几个月的时间，遍访了全县九十七个村委三百五十一个自然村和四十三所学校，几乎是村村到、校校进、户户访，力求准确地掌握第一手资料。他提出："宁可我们多吃一些苦，不能让一个孩子因为疏忽而被遗漏。"

调查结果如下：全县共有孤儿十六名，单亲儿童三百九十七名（其中父亲或母亲去世的二百零五名、父母离异的一百九十二名），残疾儿童六十九名，留守儿童一百一十名，流动儿童九十八个，特困儿童八十八名，在隰县看守所在押的三十八岁以下青年十七名。这样的第一手资料，为他们针对不同青少年的不同情况采取措施分类帮扶提供了依据，为实现"不让一个孩子失学"

的目标奠定了基础。

2014年,《中国火炬》发表了薛全秀(临汾市关工委主任)的一篇题为《解绍亮的关爱情》的文章,其中有一段文字特别感人:"当我在隰县关工委办公室手捧档案册,翻阅一份份装订整齐的有孩子照片、年龄、身高、体重等内容,并附有乡村证明材料,以及负责调查登记责任人签名的档案资料时,当我翻阅那一万多份各类调查表时,我的心震撼了。这些实实在在、真真切切的来自基层、来自百姓的第一手材料,全是解绍亮和他一班人亲手搞出来的。"

为使这些孤贫的孩子能安心在校园读书,他抹开面子,放下架子,四处奔走,八方求助,寻求爱心人士和企业的资助。他用关心青少年的热心,用对贫困儿童的爱心,用无怨无悔又不离不弃甘愿付出的痴心,感化着社会上的爱心人士,争取到他们的支持和帮助。

他充分挖掘和利用以前及现在的人脉,千方百计寻求捐赠救助企业,先后联系到北京、天津、唐山、太原、临汾等地的企业家捐资助学;他积极促成民政局、公安局、企业家与十六名孤儿签约长效救助书,直到孩子完成学业;他联系本县地税局、古建公司、耀泽公司、午城酒厂、天天饮料公司、天意超市、移动公司、信用联社等企业伸出援助之手,资助残疾儿童、特困儿童、单亲家庭孩子;他采取长效性救助、实用性救助、精神帮助等措施,对孤贫学生实施分类帮教;他联系艾莱依服装加工店每年给特困生资助一套羽绒服,波司登服装店每年给每位被救助者资助一套春装和秋装,意尔康鞋厂每年给每人资助一双旅游鞋,玫瑰之约免费照相,姐妹发廊免费理发修剪,新华书店免费提供书籍,舞苑培训中心特长免费培训,县医院免费治病,文物旅游局免费让孩子们旅游参观,图书馆免费给孩子们提供读书卡……

为了加大扶持救助力度,解绍亮主任积极与民政、妇联、团县委、工会、文明办、扶贫办等单位共同协作,先后共为五十八名孤儿和事实孤儿办理了每月600元的民政救助手续,为三百八十五名考入大学的困难新生联系了320多万元的扶助资金;同时,发动爱心企业,联络爱心人士,搭建救助平台,沟通救助渠道,千方百计为孩子寻求爱心救助资源,每生每月300元至900元不等,按月打入关工委为孩子开设的专用账户,直至完成学业。笔者截稿前已发展救助者一百三十名,被救助对象一百四十八名,救助时间最长的已达八年。通过他的关怀和关工委的资助，这些孩子都顺利完成了学业，其中，一人考上了博士，四人考上了硕士，不少人已经走上了工作岗位。

在全国打响脱贫攻坚战之时，隰县尚未脱贫，即 2018 年之前，隰县还是一个国家级贫困县，十万七千人（当时的统计数字）中就有三万九千多贫困人口，贫困人口占到全县人口的 36.44%。许多家庭吃穿都是问题，一些特别困难的家庭，生活就更艰难了，看病、上学、娶妻成了他们无法逾越的大山。因此，很多人把小病养成了大病；从风华正茂的俊美青年日渐颓废成一个游手好闲、不务正业的半老光棍；由品学兼优的优秀学生因生活所迫而无奈只好辍学回家种地打工……当初，如果不是堂叔的 10 元钱，解绍亮现在应该也是个农民；他已是古稀之年，但仍难以摆脱田耕之苦，还得像村里的其他农民大叔一样，日出而作日落而息地在田地里干活，及至垂垂老矣，行将就木，扛不起镢头，扶不起犁耙，步履蹒跚，拄着拐杖的时候才不得不弃田休养，每日靠着墙根晒太阳，看着红尘过往，数着日出日落，终老方休。一路走来，是堂叔及周围亲友、老师和同学们的帮助，才使他有了幸福的今天；也正是曾经有过这样的遭遇，让他对贫困学生更加同情，更加关怀。他常说："我是吃百家饭长大的穷孩子，当初如果没有他们的接济就没有今天的我，所以我常怀感恩之心，常生报答之念。对孤贫孩子的帮助，一方面是同情他们的遭遇，比起别人大概我更能感同身受；另一方面是报答社会，回馈社会，以我绵薄之力，救人于水火。"

几十年，他始终如一，无怨无悔、不离不弃地用自己的实际行动践行着他的诺言，竭尽所能偿还着他对亲人、对社会欠下的"情债"，不遗余力地挽救着那些生活困难、无力自养的儿童们。即使已入古稀之年，他仍在发挥着余热。他在纪念山西省关工委成立三十周年暨全省关心下一代工作表彰会上发言时，引用了自己填的一首词：

采桑子·秋思

白驹过隙人易老，华发稀疏，斑点如膏，脚踏秋叶倚杖跑。

耄龄犹存报国心，童颜不再，童心不减，我把夕阳当朝阳。

这首词不禁令人想到了曹操《龟虽寿》里的两句话："老骥伏枥，志在千里。烈士暮年，壮心不已。"解绍亮有老骥伏枥的精神，有志在千里的勇气，他虽已暮年，但理想信念不息，豪情不减。

一思一虑都是心　一点一滴皆是情

在救助过程中，解绍亮发现很多孩子由于从小缺少父母的陪伴，缺乏良好的家庭教育而导致自卑、情绪不稳、性格内向等不良倾向。有的不喜欢交往，行为孤僻；有的调皮顽劣，生活学习散漫等；有的甚至没有户口，不知道自己的生日。他深深地感到，要想让这些特殊孩子在学习、生活、思想素养、行为习惯和道德观念上有所提高和改变，单靠经济救助是不够的，必须把思想教育、精神鼓励与经济救助紧密结合起来，给予他们亲人般的温暖和关爱，全心全意地用爱心滋养他们的心灵，鼓励他们努力学习，积极上进，只有这样将来他们才能有所作为，有所成就。

当年隰县第二小学十二岁的薛青玉，一岁时母亲离家出走，杳无音信，父亲又因在福建打工时酗酒打架致人重伤，在三明市清流监狱服刑。这样，小青玉就成了一名事实孤儿，姑姑见他可怜，便收养了他。由于父母不在他身边，姑姑就处处迁就、宠溺着他，他在姑姑家任性成长，加之整日思念父母，郁郁寡欢，成绩一落千丈，最后成了班里的倒数第一。为了教育好这个孩子，解决孩子的心理问题，挽救这个破碎的家庭，解绍亮决定带着这个孩子前往清流监狱看望父亲。2012年正月初五，他们准备启程时，发现小青玉还没有上户口，更没有身份证。解绍亮在村委、派出所和妇幼保健站来来回回跑了几趟，费了九牛二虎之力才办好相关手续。正月十一，春寒料峭，解绍亮和关工委常务副主任张贵屏及电视台记者，带着小青玉和他的班主任秦媛媛踏上了南下探监的征程。在太原上飞机前，由于几天来解绍亮为小青玉的事四处奔波，过度疲劳，导致脑供血不足而晕倒在卫生间里，大家劝他住院治疗，但他坚决不肯，稍事休息后就启程登机了。几经周折，一行人于正月十三到达清流监狱。多年没见面的父子俩见面后相拥而泣。解绍亮鼓励薛青玉的父亲薛海兵为了这个可怜的孩子，为了这个家庭，一定要好好改造，争取减刑，早日回归家庭，与家人团聚。解绍亮还用手提电脑给薛海兵播放了《喜看隰县大变化》录像，薛海兵激动得热泪盈眶。父子俩互相鼓励，互表决心，在场的人们无不为之动容，这一举措得到清流监狱高度好评，说此事在清流监狱还是首例。这件事在隰县电视台播出后，在该县引起了强烈轰动。小青玉回校后积极上进，学习和思想等各方面均发生了较大的变化。

王海燕，一周岁时父亲去世，母亲离家出走，靠爷爷奶奶照看。可天有不测风云，小海燕四岁时奶奶又因病撒手人寰，七十多岁的爷爷又当爹又当妈，数年来爷孙俩相依为命。生活的艰辛和清贫让他们不知幸福和快乐是何滋味，一日三餐清汤寡水，一年四季忙里忙外，节日不庆，生日不贺，在小海燕十二年的记忆中，从来没有为自己过过一个生日。解绍亮了解到这一情况后，特意在隰州宾馆为小海燕举办了十二岁生日庆典。时任县长李强获悉后，专门从200里外的临汾赶回来为小海燕过生日，并赠送她笔和本子等生日礼物。县妇联送来了书包、文具。那天隰州宾馆梨花厅内异常热闹，县长、校长、妇联、团委、关工委等领导相聚一桌共同为小海燕庆贺生日。餐厅内欢声笑语，餐桌上除了香美的菜肴，还有鲜花和蛋糕。小海燕第一次过生日竟如此隆重，如此热烈，如此温馨，这别开生面的生日，让她感受到了从未有过的温暖与幸福，她激动得泪流不止。海燕的爷爷更是连连道谢，他嘴里不停地念叨着一句话："共产党好啊，新中国好！"随后，临汾日报以《不同寻常的生日庆典》为题，报道了这一动人的场景。紧接着关工委为王海燕联系了一位企业爱心人士，对小海燕实施了每月500元的长效救助，并选送她参加了全国夏令营活动。

爷爷去世后，海燕把解绍亮当成了自己的爷爷，有什么要求，有什么想法都和他说；快乐、烦恼都要向他倾诉，与他一起分享。在关工委和解绍亮的关爱下，海燕努力学习最终考上了黄海学院。在大学里，她勤奋好学，各科成绩都很优秀，由于她出色的表现，被选上了校学生会干部，每年都能拿到不少奖学金。每每提及海燕，解绍亮便笑容满面，多的是夸奖的话。

冯丽清，2005年1月出生在隰县午城镇杜家村一个特别贫困的家庭，全家四口人就有三口人残疾，父亲因强直性脊柱炎致残，母亲因患小脑扁桃体下疝而致瘫，叔叔先天性智障，爷爷奶奶去世后，照顾叔叔的责任就落在了父亲肩上，这对本就羸弱的家庭来说无异于雪上加霜。为了给妈妈治病花光了家里所有的积蓄，后来又因一场意外火灾烧尽了家中剩余的所有家当，彻底让这个极度贫困的家庭陷入泥潭。这样的家庭状况和多灾多难、坎坷的生活经历，使小丽清比同龄孩子更成熟、懂事，过早地承担起家中力所难及的一些家务，她帮爸爸生火、做饭、洗衣服、打扫卫生，帮妈妈梳头、擦脸、换尿布，虽然日子艰难，但她却坚强乐观。解绍亮得知这一情况后，被小丽清的精神深深感动了。他亲自上门探访，自己掏腰包为孩子买了一身新衣服，当场资助了500元现金；在详细询问了解了她家的实际情况后，他又当机立断拍板决定对冯丽清实施长效救助。他将冯丽清的感人事迹制作成光盘，在网站上播放。通过关工委的大力宣传，冯丽清的事迹引起了社会的广泛关注，她先后获得全国"最美中学生"、山西省"尊老爱亲美德少年""最美孝心少年""感动百姓·山西乡村爱心大使"等多项荣誉，并成为第十一届宋庆龄奖学金获得者。

2013年8月的一天下午，解绍亮像往常一样，沿着滨河路散步时遇上了一位老熟人，他们边散步边闲聊，说着说着，这位熟人就说到了高丽华上学的事。高丽华就读于隰县第一小学，以中考663分的优异成绩被临汾一中录取，但因家庭困难无力负担上学的花费，便准备放弃在临一中上学的机会，选择了开支比较小的隰县中学。说者无心，听者有意，解绍亮听说这件事后，仔细询问了高丽华的家庭住址。第二天他便去高丽华家探访、了解情况。解绍亮对高丽华的家庭状况和她无奈选择隰县中学表示十分同情，他帮她找到了适合的资助企业家，他还自掏腰包给她买了几百元的学习用具和生活用品，并亲自送她到临一中上学。临一中校长许江敏得知实情后，被他的这一举动深深感动，当即表示减免高丽华在校期间的全部学费。爱和温暖是最有力的鼓舞，高丽华内心怀着对所有人的感恩。三年后，高丽华以优异的成绩考入天津商业大学。成为一名大学生后，高丽华始终铭记着所有爱心人的这份情义，在大学里努力学习，成绩一直名列前茅；大学毕业后，她被聘任到部队担任计算机工程师，成为一名优秀的军事人才。一句闲聊的话，一个有心的人，让高丽华这个优秀的学生得偿所愿，没有辜负她的勤奋努力和优异的成绩，没有因生活的窘困而在学业上留下遗憾。也许，这一举动会彻底改变她人生的命运。

山西大学商务学院就读的董杰，曾经是个无依无靠的孩子，母亲出走，父亲被判十七年徒刑。当公安局副局长刚把董杰托付给解绍亮的时候，他还很叛逆。不良的成长环境和缺失的家教让他养了一身坏习惯：经常逃课、进网吧，打架斗殴，甚至夜不归宿……为了教育好他，帮他改掉恶习从而树立正确的价值观，成为一个文明礼貌、健康成长的好孩子，解绍亮不顾疲累，不厌其烦地多次去学校同老师交流，无数次出入县城的大小网吧寻找他，与网吧经理交涉，甚至让派出所出面对网吧容留未成年人进入网吧打游戏的不法行为进行处罚，同时，为了让他有一个更好的生活环境，解绍亮两度给他更换委托寄养人。面对这个叛逆捣蛋的孩子，解绍亮的内心有过多次翻江倒海的折磨，但从未想过要放弃。终于有一天，解绍亮在黑夜的街头再次找到在网吧里放纵的董杰，董杰静静地看着解绍亮瘦削的面庞，听着一贯的轻声细语，哭着抱住解绍亮，并发自肺腑地表示要痛改前非……从此，董杰发愤学习，彻底革除了所有的恶习，考入了山西大学商务学院，学习成绩优异，他还坚定地表示大学毕业后要继续考研。

2022 年 3 月 16 日，清晨醒来，解绍亮翻看手机抖音时，突然看到一条城南乡某小区闫某某杀妻的消息。紧接着，关于杀人案的一系列信息通过微信和抖音连续不断地被推送出来，杀人嫌犯闫某某和被害妻子的姓名、籍贯，甚至夫妻之间多年来存在的矛盾纠葛，包括三个孩子的情况等都被"人肉"搜索出来了。得知他们夫妻有三个未成年孩子后，解绍亮再也坐不住了。妻子被杀，丈夫肯定也要判重刑，三个孩子有两个还在小学读书，怎么办？家庭突然遭此变故，莫若于人间炼狱。解绍亮越想越觉得揪心，他仿佛看见孩子们抱作一团泣不成声、惊恐慌乱而又绝望无助的样子，好好的一个家庭瞬间分崩离析。遭此厄运，孩子们小小年龄，如何能承受得住这样的打击？事不宜迟，解绍亮立即召集关工委有关人员赶赴案发现场，处理孩子们的善后事宜，并第一时间将孩子们转移到静好之地妥善安置。经了解，闫某某有两个女儿一个儿子，大女儿今年十八岁，初中毕业后辍学在家，事发时她在现场，目睹了父亲杀害母亲的整个过程，她还极力制止过父亲冲动的行为，但由于父亲当时情绪过于激动，最终没能阻止悲剧的发生。二女儿十一岁、儿子九岁，均在隰县第二小学上学，家中还有七十六岁体弱多病的奶奶。调查清楚情况后，解绍亮联系了二小校长和民政局领导，协商救助事宜。他首先与北京某企业取得联系，为大女儿安排了工作；二小校长负责做好二女儿和儿子的心理疏导和安抚工作；民政局负责为玉玉和浩浩办理事实孤儿生活救助手续。在关工委及解绍亮的关爱下，在学校、民政局和社会爱心人士的帮助下，三个孩子已慢慢走出曾经的阴影，健康快乐地学习和生活着。

随着岁月的流逝，许多事、许多人在他的记忆里已经模糊了，但是孩子们在他的心里却愈发清晰。他常常扳着手指头细数，谁快要过生日了，谁快要上大学了，谁快要毕业找工作了，谁的身体是否安好，要带着谁去旅行一趟了，要帮助谁去见见爸爸妈妈了，孩子们的情况他了如指掌，他给予孩子们的不只是救助，更多的是无微不至的关怀，视如己出地呵护，呕心沥血地教导。他俨然就是孩子们最亲的人，他的"怀抱"就是孩子们的避风港，举头三尺，孩子们仰望的就是这份可贵的爱心。

谁言寸草心　报得三春晖

解绍亮的慈爱让孩子们感受到了从未有过的温暖，在孩子们心里，他是他们最亲的亲人，是他们的爷爷，是他们敬重依赖、恩重如山的贵人。

这些年，他收到了来自天南地北的无数次感谢。

王海燕在新年祝语中这样写道："解爷爷，今生能遇见您，真的是非常非常地幸运，在我们最艰难的时候，您在。真的很感动，我会以最好的成绩回报您，绝不辜负您的养育之恩。"

高丽华在新春祝语中说："您的教诲是一笔取之不竭的财富，指引我们人生的方向；您的关爱像一束阳光，温暖着我的心；您的伟大似一座高山，抒写着爷爷您的庄严。爷爷我爱您，祝您新年快乐！"

大一开学时，董杰给解绍亮发了一条微信："爷爷，这次我去了大学不知道多久才能回去，我想带着奖学金回去，不枉您多年的栽培和厚爱。这么多年我的吃穿住行，只要开口，您是有求必应，没有说过半个不字，以前我不知道上大学很花钱，直到今天才明白了您的良苦用心，爷爷您辛苦了，作为您的孙子我没有什么可以回报的，为了不辜负您的养育之恩，为了我自己，我一定要闯出一番天地。"

……

这些年，他也收到过无数个感动的小礼物。已走上工作岗位的王海燕，逢年过节都会给他发红包、买礼品；他六十六岁生日时，被他救助过的楚娟、楚悦姊妹俩用彩纸给他叠了六十六颗小星星，如今他依然珍藏着；有一次，不知街上谁给的楚悦和楚娟瓜子，两个孩子一手抓一把，跑到解主任的办公室，给他放在手里，说："爷爷你吃瓜子吧。"

这些年，他收到的最好的礼物是付出后的回馈。郭洪涛、孟佩杰这些曾经受助过的孩子，现在正用他们的方式反哺这个社会。

2022年9月5日，隰县关工委办公室进行了一次特殊的签字仪式，曾经受到关工委救助的贫困大学生郭洪涛，为反哺社会，大学毕业后极力救助贫困大学生刘书含。

郭洪涛自幼家庭贫寒，父亲靠打零工为生，母亲体弱多病，自理能力差，父亲打工回家后还要帮母亲做饭，哥哥由于家庭贫困早早就辍学了。郭洪涛从小勤奋好学，成绩名列前茅，在第三中学上初中时，他在班主任老师张慧慧和隰县关工委的帮助下，得以继续学习。中考前，临汾一中提前自主招生，他以全县第二名的成绩被提前录取，然而，上高中花费更大，对于本就困难的家庭无疑雪上加霜。为了帮助郭洪涛顺利完成学业，解绍亮联系税务局对郭洪涛实施结对帮扶，每个月资助500元，直至完成学业；隰县第三中学和关工委与临汾一中对接，免除了他三年的学费。郭洪涛不负众望，三年后，他以600分的高考成绩考入华北电力大学。大学毕业工作以后，郭洪涛始终不忘关工委和好心人的帮助，多次联系解主任，要求尽其所能资助一名贫困学生。

刘书含是隰县一中高三学生，父亲于2010年突发肾衰竭疾病，奶奶自愿手术捐献肾脏挽救其生命，被评为"感动隰县十大人物"。家庭经济来源主要依靠母亲打零工和爷爷种地，家庭特别困难，是建档立卡贫困户，是隰县关工委重点关注的对象。

高考前夕，刘书含由于生病耽误了课程，对高考失去了信心。解绍亮知道后，带着郭洪涛到龙泉镇刘家庄村去看望她，并调查了解刘书含的家庭情况。走进刘书含家，随着聊天的渐渐深入，郭洪涛不由得想起当年的自己，相似的困境，一样对求学的渴望。他不停地鼓励着书含，让她放下包袱，全力以赴冲刺高考。解绍亮则安抚着刘书含的家人，告诉他们上学关系着孩子一生的前途和命运，咱们一起想办法，一定要让孩子完成学业。

在大家的鼓励劝慰下，刘书含终于重拾信心，调整状态，投入紧张的备考之中，最终考上了自己心仪的大学。收到录取通知书的那天，奶奶带着她专程来到关工委表示感谢。解绍亮当即打电话把这个消息告诉了郭洪涛，郭洪涛火速赶到隰县关工委，一是对刘书含考上大学表示祝贺，二是他要求继续资助刘书含上完大学，并现场签订了长效救助协议。刘书含的奶奶感动得流下了眼泪。刘书含也表示，要好好学习，决不辜负关工委和郭洪涛及解爷爷等爱心人士的倾力帮助。为此，关工委特赠予郭洪涛一块"接力救助贫困生，反馈社会再发力"的牌匾；解绍亮又亲笔题字"慎终如始"赠予郭洪涛。郭洪涛接过了解绍亮的接力棒。

解绍亮（前排中）与受助学生热情交流

正在大连民族大学上学的王茸，其父在交口钢厂打工时，被飞溅出来的钢水烧伤，烧伤面积达到95%，造成身体畸形，终身残疾。当时她只有四岁，后经关工委搭桥牵线，全国十大道德模范孟佩杰对她实施了长效救助，让她顺利地读完了小学、初中和高中，最后以优异的成绩考入大连民族学院，她在一封感谢信中这样写道："我的家庭是不幸的，我却是幸运的。上帝为我关一扇门的同时，为我打开了一扇窗！他们是我生命中的贵人，是我的亲人，他们用大爱消融了一颗冰冻的心，他们的大爱，怎能不让我们感动，他们的大爱，是我力量的源泉、永远的楷模。乌鸦尚有反哺之情，落叶终将归根。

滴水之恩，定当涌泉相报。即使现在的我不够优秀，但我必不会放弃，会加倍努力，不负家人所托，不负老师厚望，更不会让关爱我的人失望。吃苦多的孩子不怕苦，受累多的孩子不怕累，怕的是自己的努力还远远不够。我立志在孟姐姐的鼓舞下，把她的'道德模范的荣誉'称号接过来、传下去。"

这些年，他获得过无数个赞誉和奖励。在他办公室的墙上挂满了一面面锦旗，有一家人的诚挚感谢，更有一名名救助个体的肺腑心语；他办公桌上摞着一沓沓的感谢信、表扬信，有的是语气稚嫩的浓浓谢意，有的是见解深刻的拳拳决心。《中国火炬》《临汾日报》等报刊先后二十八次报道了他的事迹。2013 年，他被评为"感动山西"十大人物；2014 年，山西省关心下一代工作委员会作出"关于开展向解绍亮同志学习的决定"，号召全省关工委系统开展向解绍亮同志学习的活动，学习他忠诚敬业、求真务实、大爱无疆的高尚风格；2015 年，他被评为"中国榜样式的人物"；2019 年 12 月，隰县关工委被评为"全国先进关工委"；2020 年，在纪念中国关心下一代工作委员会成立三十周年暨全国关心下一代工作表彰大会上，解绍亮作为"先进工作者代表"上台领奖。2022 年，他被评为《临汾日报》"十大新闻人物"。

爱的天使

——记"感动百姓·山西乡村爱心大使"冯丽清

林小静

据说，每一个降临人间的生命，就像天上的明月，无论圆缺，都会镶着一道迷人的光环。来到人间的使者，也无论处于怎样的境地，都会保持善良的本性。

芸芸众生，不乏一些生下来便条件优渥，像童话中的王子、公主一样幸福生活的人。但也有不少人，一生下来便注定命运多舛，如同一棵不起眼的小草，生于荒野、长于荒野，任凭风吹雨打，生活艰辛，他们也不改其天性，用寸草之心，报答父母和社会的养育之恩。

冯丽清，便属于后者。

黑色四月

冯丽清出生于2005年。那一年的正月十一，位于吕梁大山中的临汾隰县午城镇杜家村，传出一个女婴的啼哭声。这哭声，是从村民冯双生家的窑洞里传来的。

杜家村不大，坐落在山连着山的山沟沟里，是一个地图放大若干倍也找不到的自然村，从村头到村尾，只有十来户人家。如果让一个成年人绕村子走一圈，那也只需不到两分钟的时间。

杜家村虽然不大，但并不影响这里世世代代留下的乡风民俗，当乡亲们听闻冯双生家添了孩子，都来探望，有送鸡蛋的，有送小米的，有送红糖的，有送挂面的，这是当地村民迎接新生命最朴实的方式。

随着这个小生命的降临，老实巴交的冯双生和妻子解雪萍也仿佛年轻了许多岁，他们欢喜至极，轮换着把这个粉粉嫩嫩的婴儿抱在怀里，谁也不舍得放下。小小的窑洞，从那一刻起充满了生机。

冯双生和解雪萍是1998年经媒妁之言走到一起的，虽然冯双生家境贫寒，仅有五孔土窑和十几亩薄地，再加上父亲年迈，弟弟患病，母亲去世时花光了家里的全部积蓄，且冯双生此前因在煤矿打工，患上了强直性脊柱炎，肢体四级伤残，不能从事重体力劳动，但自从解雪萍嫁过来后，冯双生的家还是渐渐有了起色。两人凭着勤劳的双手，把地里的庄稼和家中的事务打理得井井有条。

日子就像山间的流水，哗啦啦地往前淌着，一转眼，五六年过去了，面朝黄土背朝天的冯双生和解雪萍还清了家里的外债，心中开始期盼有个孩子。

两人就像盼星星盼月亮一样，日日想，夜夜盼。终于，2004年春天，一个山花烂漫的日子，解雪萍发现自己怀孕了。

那一年，冯双生三十五岁，解雪萍二十九岁，在农村，像他们这样年龄的夫妇，孩子大都七八岁了。所以，对于这个迟来的小生命，冯双生和解雪萍除了高兴，还是高兴，夫妻俩心里比吃了蜜还要甜。他们商量，无论再苦再难，也要拼尽全力，把最好的一切都给了这个孩子，包括吃的、穿的、用的。

春去秋来，山上的果子熟了，谷子也归了仓。冬天，也在一场扑簌簌的大雪中来到华北平原，来到杜家村，把远远近近的山脉都染成了冰雪世界。

今冬麦盖三层被，来年枕着馒头睡。农人们最喜欢这样的降雪，它意味着新的一年雨水丰沛、粮食有余。冯双生和解雪萍对来年更是充满了憧憬，因为他们心心念念的孩子也将在新年过后出生。

心灵手巧的解雪萍，此时虽然患有腰椎间盘突出，但她还是怀着初为人母的喜悦，坐在窑洞的炕头上，一针一线地给尚在腹中的孩子缝制着各种颜色、各种样式的小衣服。

春节的爆竹声刚过，喜庆的年味还正浓，正月十一，冯双生家的窑洞里传来一个女婴的哭声，她紧握小拳、声音洪亮，"哇——哇——"来到这个世界。

冯双生和解雪萍像看稀罕宝贝一样看着这个小小的、粉粉的婴儿，喜不自禁。就连冯双生年迈的父亲，听到唯一的孙女平安降生的消息时，也在隔壁的窑洞里高兴得直搓手。还有冯双生那患有癫痫、智障的弟弟，听到从哥哥嫂嫂的窑洞里传来婴儿的哭声时，也安静了许多。

这个小生命，眉清目秀、面如满月，不仅是冯双生夫妻的挚爱，也受到家中亲戚的喜爱，其中一位从事教育工作的远房亲戚查阅字典后，给这个女婴起了个好听的名字——冯丽清。

襁褓中的小丽清在亲人的呵护下，渐渐成长。她的眼睛，能看清爸爸妈妈了；她的脑袋，可以微微抬起来了；她的耳朵，可以辨出亲人的声音了；她熟睡的时候，小小的嘴角会微微翘起，偶尔，还会发出甜甜的梦呓声……

小丽清的每一点成长，都让爸爸妈妈感到无比幸福。

春天，如期而至，这是一个美好的季节，大地返青、万物复苏。这是小丽清人生的第一个春天，如果没有意外，她可以像其他婴儿一样，被爸爸妈妈抱到窑洞外，美美地晒晒太阳、听听鸟鸣、吹吹和风。可是，一切的愿景，都在清明节到来的前一天戛然而止——2005年的4月4日，给予小丽清万般呵护和照顾的妈妈因小脑扁桃体下疝，瘫痪在了炕上。

那一天，是小丽清刚出生四十五天的日子。小小的她，已经会咯咯咯地对这个温暖的明亮的世界以及呵护她的亲人们笑出声了。

但那一天，迎接她笑声的，除了窑洞外绵绵无尽的雨声外，还有爸爸妈妈长长的叹息。

人生第一课

小丽清的妈妈解雪萍瘫痪后，家庭的重担落在了爸爸冯双生一个人的身上，不久，小丽清的爷爷也一病不起，需要照顾。

小丽清的爷爷是地地道道的隰县人，祖祖辈辈都住在杜家村，年轻时曾当过兵、打过仗，参加过抗美援朝战争，在战场上与敌人搏斗时，挨过子弹，流过鲜血，身上有多个伤疤，复员后，被安排到陕西有关部门工作。但由于他一直惦记着远在家乡的父母，于是辞去工作，携家眷回到杜家村，尽孝于父母膝前。

小丽清爷爷的这一举动,并非无源之水、无本之木,他的选择,与家乡这片土壤从小对他的滋养和浸染有着很大的关系。隰县,古时候又称隰州,是一座历史悠久、文化底蕴深厚、民风淳朴的山城小县。这里最显著的特点是从古至今,百姓们都始终保持善良淳朴、慈爱孝敬、乐于助人的风气。《隰州志》中也记载了许多有关这方面的故事,比如宋代赵友七世和睦同居,金代姚钧为母亲百日忌辰奉请刊刻《金刚经》,明代张文典多年在病榻前侍奉双亲等,这些德孝故事在隰县代代相传,影响甚远。

俗话说:近朱者赤近墨者黑。

俗话还说:一方水土养育一方人。

所以,从小耳濡目染,深受淳朴民风影响的小丽清爷爷,虽然在陕西有了不错的工作和生活,但面对上了年纪的双亲,还是选择回到家乡,回到父母榻前,尽一个做子女的孝心,让父母安享晚年。

良好的家风,有时胜过千遍万遍的说教。小丽清的爷爷病倒后,爸爸冯双全竭尽全力照料,妈妈解雪萍虽然瘫痪,但也硬撑着身子做一些力所能及的事,并照顾好小丽清的叔叔。

小丽清就是在这样的环境中咿咿呀呀地成长,她会叫爸爸妈妈了,会叫爷爷叔叔了,会扶着墙歪歪扭扭地走路了,会撒开小腿摇摇晃晃地满院子跑了。在成长中,小丽清也用她那纯净的亮晶晶的双眼,懵懵懂懂地开始认识世界,认识亲人。

新下来的谷子,要先给爷爷尝;做好的饭菜,要先给爷爷吃;冬天的热炕,要先给爷爷睡……

爸爸妈妈对爷爷的孝顺,小丽清全看在眼里。虽然此时她还是一个不识字的娃娃,也不懂得羊跪乳、鸦反哺背后的道理,更没听说过"百善孝为先"这句至理名言,但爸爸妈妈的言行以及曾经发生在爷爷身上的故事,却给小丽清上了人生的第一课。

小丽清四岁左右的时候,爷爷安详地走完一生,离开人世。不久,小丽清的爸爸和妈妈商量,打算在干完农活之余,再到附近工地找一份小工,挣点儿钱补贴家用。妈妈看着正在一天天长大的小丽清,答应了爸爸的想法。

自那以后,爸爸开始了早出晚归的日子。起初,爸爸每天还能趁天不亮给小丽清母女和小丽清的叔叔做点儿饭再走,但后来随着地里的农活越来越多、工地上也常常加班加点，爸爸有时难免顾不上给他们做饭，再加上小丽清妈妈治病和手术费昂贵，家里入不敷出，有时候，小丽清的爸爸还会因压力太大而独自借酒浇愁。每当这时，妈妈也会为自己拖累这个家而自责、叹气。

随着妈妈治疗费用的一天天增加，不久，小丽清家再也拿不出一分钱了，不得已，爸爸把家里的几亩薄地租了出去，接着又把五孔窑洞也全部卖掉。这对他们家来说，无疑是雪上加霜，一家人面临无处可住的窘境。这时，小丽清的大伯听说了此事，虽然大伯手头也不宽裕，且又刚出了车祸，但大伯还是想尽办法凑了一些钱，将其中两孔窑洞赎了回来，让小丽清一家有了一个遮风避雨的地方。

虽然有了遮风避雨的地方，但小小的窑洞里，仍然会常常蒙上一层阴影。这些，都被小丽清看在了眼里，有几次，她看到爸爸喝酒、妈妈垂泪，便不由得在心中问自己：我能帮这个家、帮爸爸妈妈做点儿什么？

这本不该是一个四岁孩子该考虑的问题，因为大多这个年龄的孩子，尚在父母怀中撒娇，或者被父母悉心照顾。可俗话说，穷人家的孩子早当家。四岁的小丽清不但考虑了，而且还考虑得清清楚楚。

一天，爸爸天不亮便又出门了，小丽清看到后，悄悄从炕上爬起来，决定实施自己人生的"第一个"计划——给爸爸妈妈和叔叔做饭。

挑起重担

小丽清的家，不像别人家有厨房、有卧室，她家的窑洞只有十几平方米大，吃饭居住全都在这里。小丽清家也不像别人家有电磁灶或者煤气灶，她家做饭用的还是土炉灶。为了不惊动妈妈，小丽清蹑手蹑脚地抱来柴火，又踮着脚尖给锅里添了水，然后学着爸爸妈妈的样子，从火柴盒里拿出一根火柴。"刺——""刺——""刺——"一连好几下，才颤抖着小手划出火苗，接着，她紧张地把燃着的火柴扔进炉灶。

不过，火柴并没像小丽清想象的那样，顺利点燃炉灶中的柴火，而是自顾自地熄灭了。

小丽清又试了第二次、第三次，直到第五次，炉灶内的柴火终于慢慢被引燃，但烟雾也随即飘满了整个窑洞，呛得小丽清直咳嗽。这时，住在窑洞后炕的妈妈听到了动静，起身看到小丽清小小的身子正在炉灶前忙来忙去，一下子便猜到小丽清是在帮大人干活，给家人做饭。于是她急忙把小丽清叫到炕前，怜惜地看着小丽清脸上左一道右一道的黑灰，心疼地拉着小丽清的手，检查有没有烫伤。当确定小丽清没有被火苗烫伤时，妈妈一颗悬着的心这才放下。

"妈妈，我没事。"看着妈妈一脸紧张和心疼的样子，小丽清安慰妈妈。

妈妈心头五味杂陈，慈爱地摸着小丽清的脸："丽清，让你受苦了，来，妈妈教你生火。"说完，妈妈比画着告诉小丽清生火时应该选什么样的柴火，点火时应该注意什么，又有哪些窍门。

聪明的小丽清回到炉灶旁，照着妈妈说的方法，不一会儿便把火点着了，看着火苗越烧越旺，她高兴地咧开小嘴，一双水汪汪的眼睛也笑得像月牙。

那天早上，爸爸妈妈和叔叔喝到了小丽清熬的小米粥。

那是小丽清人生中一次重要的成长经历，这样的经历，对于其他拥有蛋糕、玩具、布娃娃、公主裙的同龄孩子们来说，可能是一种苦难、一种无奈，甚至有的人在十八岁成年后，也还没有经历过。但小丽清却在四岁那年，完成了这样的成长。在这样的成长中，她没有感受到生活的磨难，而是体会到一种快乐———种从被亲人爱，到去爱亲人角色转换的快乐。

从那以后，小丽清担起了家中做饭的任务，从早饭、到午饭、晚饭，她在妈妈的指导下，慢慢学会了煮稀饭、炒青菜、擀面条。尽管她切的青菜大小不一、面条也擀得薄厚不匀，但小丽清每一天都在努力着。为此，她小小的身影，总是和炉灶、案板、锅碗瓢盆在一起。

由于小丽清个头矮，案板高，起初擀面、切菜时，她都需要费劲地踮起脚尖，不一会儿脚就酸了。后来，她想到一个好办法，从院中找来几块砖，垫在脚底下，解决了够不着案板的问题。不过，这也并不意味着小丽清做饭就一切顺利，因为她毕竟是一个只有四岁的孩子。一次，小丽清想给家人做西红柿汤面，可当她洗好西红柿，拿到案板上准备去切开时，没想到西红柿却不听话，咕噜噜地从她的左手中滚掉。小丽清右手拿着的刀一下子切到了左手的中指上，鲜血瞬间染红了她的小手，钻心一样的疼也像闪电一样传遍了小丽清的全身。为了不让妈妈知道而担心，小丽清背着妈妈，紧紧捂住伤口，强忍着疼痛蹲在案板旁"哎哟哎哟"地呻吟着。

都说母子连心，小丽清手指受伤还是被妈妈察觉到了，妈妈急得在后炕上大声对她喊道："快用炉灶里的柴火灰撒到伤口上止血！"

那一次，小丽清左手中指的血止住了，但留下了一道明显的伤疤，至今仍陪着她。

学会做饭后，小丽清又承担起了打扫家、洗衣服的家务，同时还帮妈妈捶背、擦身子、换尿垫。有时，看到阳光透过窗户的格栅，照进窑洞的前炕，小丽清还会让妈妈躺在褥子上，使出浑身的力气将妈妈拉到前炕的阳光中。虽然做这些事情的时候，小丽清很吃力，但她始终都保持着乐观的笑容。

一个人身上的善良，是无法伪装的。小丽清脸上那自始至终洋溢着的无比纯净的笑容，就是最好的证明。虽然她的脸颊因风吹日晒，常常皲裂，但她脸上的笑容却是慰藉亲人的一剂良药，让爸爸妈妈对生活也开始充满希望。没事的时候，妈妈会指着贴在窑洞墙壁上那些花花绿绿的旧年画，给小丽清讲许多的神话故事；有时也会俯在并不明亮的灯光下，一笔一画教小丽清学习写字。

火中救母

都说，苦难不会一直降临在同一个家中。但那只是心怀善良之美德的人们对同样善良、却屡遭不幸的家庭的一种美好祝愿。许多时候，苦难并不会轻易远离那些饱受磨难的家庭。

2010 年，命运似乎想再考验一次小丽清这个已经被风雨拍打得千疮百孔的家，想再考验一次柔柔弱弱的小丽清内心到底有多坚强，于是把灾难再次降临到这个家中。

那是夏日的一个午后，炎热让树上的知了都停止了鸣叫。五岁的小丽清打扫完家，看到暖瓶里没有了开水，想到妈妈不能喝凉开水，爸爸下地回来也需要喝水，于是她挽起袖子、点起炉灶，准备烧一暖瓶开水。

火苗舔着锅底，呼呼地燃着，不一会儿，铁锅里的水"嗞嗞嗞"地响了起来，这时，门外传来几个小伙伴喊小丽清的声音。小丽清给炉灶内填了把柴，循着声音走出窑洞，来到门外，原来，是几个小伙伴来约她一起去玩过家家。过家家是孩子们最爱玩的一种游戏，在乡下，几块砖头、几片旧瓦、几把野草，孩子们基本上就可以乐此不疲地玩上大半天。

小丽清真想和小伙伴们一起去痛痛快快地玩耍呀。印象中，她已经好久没和大家在一起做游戏了，记得上一次和大家玩扣小鸟的游戏，还是冬天，小伙伴们在雪地里用脸盆把小鸟扣住，然后一起放飞，开心得不得了。

可是，她想到了瘫在炕上的妈妈、下地干活的爸爸、疯疯癫癫什么都不知道的叔叔，于是恋恋不舍地对小伙伴们摇了摇头。

小伙伴们追着跑着离开后，小丽清站在门口，伸长脖子，一直看着他们的背影消失在村口拐弯处，这才慢慢收回视线，往院子中走去。

灾难，也是在这一刻降临，就在小丽清回到院中，往窑洞方向走时，她忽然看到一股浓浓的黑烟正从窑洞中冒出。

着火了！看着浓烟像魔鬼、像野兽一样从窑洞的门窗口滚滚涌出，小丽清一下子惊呆了。她想，一定是炉灶里的火苗引燃了地上的柴火，点着了窑洞中的其他家具。

小丽清双腿发软，跌跌撞撞地朝窑洞奔去，因为，她的妈妈此刻还在窑洞里。一想到妈妈可能被大火吞噬，小丽清就毫不犹豫地冲进窑洞。

窑洞中，浓烟和火舌一起把小丽清包围，可小丽清顾不上自身的危险，她摸索着来到妈妈居住的后炕，看到妈妈正躺在那里，于是奔过去大声地呼喊着妈妈。

在呼喊中，妈妈看到意外出现在自己面前的小丽清，用力爬起来急切地催促道："丽清快走！快走！不要管妈妈！"

此时，大火已经从前炕蔓延到了后炕，窑洞内火光冲天，灼热无比。情急之下，小丽清用一旁的笤帚把妈妈身边的火苗扑灭，然后搂着妈妈喊道："妈妈，咱们一块走！"

也许是被生活的重担压得实在喘不过气了，也许是不想再拖累这个家了，也许是感到自己一个瘫痪之人根本无法逃出这熊熊的大火，小丽清的妈妈此时放弃了活下去的念头，她推开小丽清，再一次催促小丽清快点儿逃出去。小丽清看着大火再次向她和妈妈包围过来，焦急中"哇"的一声大哭起来："妈妈，要走咱们一起走！"

小丽清说完，拼命地拽着妈妈身子下面的被子，准备将妈妈拖出窑洞。

小丽清的举动，让妈妈既震惊又感动，她看着自己年仅五岁的女儿，刹那间泪流满面，同时快速把身子挪到炕边，然后裹着被子滚到地上。

就这样，小丽清在前使劲拽，妈妈在后面使劲挪，她们一点点朝门口逃去。火海中，尽管小丽清的体重很轻，力气也很小，可她还是咬紧牙关，拽着被子的一角，一寸一寸地挪动着妈妈。

越往门口，火势越大。很快，大火将小丽清的头发烧着了、眉毛烧着了、衣服烧着了，妈妈看到后，催促小丽清赶快放下自己，一个人去逃命。可小丽清全然不顾危险，拼尽全力将妈妈拉出窑洞。

就在她们逃出窑洞的一瞬间，小丽清听到从身后传来几声巨响，她回头一看，发现窑洞的门窗在大火中轰然倒塌。小小的她，并不知道如果再晚几秒钟出来，她和妈妈都将葬身火海，更不知道自己救了妈妈一命。她只知道，作为女儿，自己做了一件该做的事。

唤醒亲人

小丽清家起火后，很快被在地里干活的杜家村村民们看到了，大家急忙扔下手中的农具，一起从四面八方匆匆往回赶，准备扑火救人，谁知涌进院子后，却发现小丽清已经将妈妈救出了窑洞，一时间，大家都被这个五岁孩子的举动惊呆了，在众人的眼中，"丽清救母"不亚于一千多年前杨香扼虎救父的至孝之举。

杨香是晋朝时期的女子，十四岁那年她跟着父亲到田里干活，突然看到一只猛虎扑向父亲，危急关头，杨香不顾自己和老虎之间的力量悬殊，一心只想着父亲的安危，奔上前去扼住老虎的脖子，与虎搏斗，救了父亲。这个扼虎救父的故事被元人郭居敬编入《二十四孝》中，杨香的美名也被后人熟知。

还有村民感叹，小丽清与隰县好姑娘孟佩杰毫无二致。

孟佩杰是隰县人，八岁那年，养母因病瘫痪在床，孟佩杰不离不弃，用一片孝心和坚强毅力独自支撑起家庭重担，照顾养母。2009 年，十八岁的孟佩杰考上大学，为了继续照顾养母，她带着养母去上学。孟佩杰的德孝事迹被媒体报道后，感动了无数人。所以此刻，村民看到小丽清冒着大火勇救母亲，就仿佛看到因德孝之心而感动无数人的孟佩杰。

窑洞失火后，热心的村民向小丽清一家伸出援助之手，小丽清和爸爸妈妈还有叔叔住进了邻居张翠翠的家，在那里度过了一段难忘的时光。期间，张翠翠待他们一家犹如亲人，这让小丽清和爸爸妈妈很是感激。

那些日子，小丽清的爸爸妈妈为了修补窑洞和添置必要的家具，更加节省开销，妈妈为此也不肯再吃药，小丽清看到后，心中很是难过。尤其是有一次，家里做饭没有了盐，爸爸带着她去邻村的水堤村小卖部买盐，她才知道家里在这个小卖部已经赊了许多的账，幸亏小卖部老板也是一位好心人，了解小丽清家的状况，一年到头无论她家欠多少钱，也无论欠多久，都不会催着还钱。这些，对小丽清的触动很大。她想，怎么才能帮爸爸妈妈攒点儿钱呢？哪怕是攒一袋盐的钱、一瓶酱油的钱。

一天，小丽清看到有人来村子里收购蝎子。杜家村生态环境保护得非常好，砖缝里、土堆上随处都可以看到蝎子钻来爬去。于是，小丽清灵机一动，背着爸爸妈妈偷偷到房前屋后抓蝎子。没多久，爸爸妈妈便发现了她的"秘密"，他们担心小丽清被蝎子蜇到，坚决不让小丽清再去做这种危险的事情。可小丽清实在是太想给家里挣点儿钱，想让妈妈继续服药。于是几番恳求、保证后，小丽清终于得到了爸爸妈妈的同意。

刚开始抓蝎子，小丽清由于害怕，小手发抖，一次只能勉强抓到三五只，最多十只八只。后来，小丽清抓的次数多了，每次都能抓到几十只，甚至上百只。这些蝎子抓回来后，小丽清并不急着马上将它们卖掉，而是将其放进瓦罐中养几天，待这些蝎子长得稍微胖一点儿、重一点儿，再拿出去卖钱。这个办法很有效，小丽清的蝎子每次都能卖出好价钱，有时能卖八毛，有时能卖一块，有时能卖两块。就连来收购蝎子的人都纳闷：这个小姑娘抓的蝎子个头怎么这么大？体型怎么这么肥？

抓蝎子一不小心就会被蜇到，有几次，小丽清差点被蝎子蜇到，但她回去后从不告诉爸爸妈妈。一个多月后，小丽清家的窑洞修补完毕，简单添置了一些家用物品后，一家人谢过邻居，搬回自家窑洞。

虽然窑洞已经修好，但小丽清还是看出妈妈心事重重。小小的她，知道妈妈还在为拖累这个家而自责。于是，做完家务之余，小丽清又多了一项任务，那就是想着办法逗妈妈开心。唱歌、跳舞、说笑话、扮鬼脸，凡是能让妈妈放下心中包袱的办法，她都会一遍遍地去尝试。其中，她最爱唱的一首歌是《世上只有妈妈好》，在她那脆生生的嗓音中，妈妈紧皱的眉头渐渐舒展了，心也被慢慢唤醒了，对生活又重新鼓起了勇气。

五岁的小丽清，就像一缕明媚的阳光，她照到哪里，哪里就充满了生机。妈妈放下了心中的思想包袱后，爸爸也开始慢慢不再酗酒。

命运，终于朝小丽清一家人露出久违的、灿烂的笑脸。

小小愿望

2011 年，小丽清到了上学的年龄，爸爸妈妈商量把她送到哪里读书。因为杜家村是个自然村，属上司徒行政村管辖，村中孩子到了入学年龄，一般可以选择到上司徒村读书，也可以选择到条件相对较好的午城镇去读书。爸爸妈妈经过再三考量，决定送小丽清到上司徒村读书，因为小丽清的姑姑住在上司徒村，如果小丽清去那里读书，有姑姑一家帮忙照顾，可以减少一部分的花销。小丽清得知这个消息后，高兴得小脸都涨红了，因为她做梦都想背着书包去上学。可是，高兴之余，她又担心起来，她想，如果自己走了，那妈妈谁来照顾？

知子莫若父，知女莫若母。妈妈看出了小丽清的心思，让她放心去上学。小丽清非常懂事，她知道，如果自己因为照顾妈妈而放弃上学，那妈妈心里会更着急、更自责，于是她答应妈妈到上司徒村去上学。

杜家村距离上司徒村有 5 公里的路程，开学第一天，爸爸送小丽清前往学校。一路上，秋风带着阵阵泥土的清香，拂着小丽清的脸庞；路旁的小花，也频频向她招手、微笑。可小丽清却无心欣赏这一切，因为她实在是太惦记自己的那个家了。

进入学校后，小丽清认真听讲、刻苦学习，她知道，只有考出好成绩，才是对爸爸妈妈最好的报答。学习之余，小丽清总是不由得想起自己的爸爸妈妈和叔叔。他们吃饭了吗？他们服药了吗？他们有开水喝吗？因此每到周末，小丽清都片刻也不耽搁地回到杜家村，回到自家的窑洞里，打扫卫生、洗衣做饭，照顾家人。

小小的她，俨然是一个大人。

寒假到来之际，成绩优异的小丽清被学校评为"三好学生"，她拿着奖状，踏着厚雪，回到家中，用冻得发紫的小手将奖状交给爸爸妈妈。爸爸妈妈看到奖状，又惊又喜，小小的窑洞里传来阵阵笑声——那是小丽清用另一种方式带给亲人的欢乐。

转眼，又一年过去了，小丽清在学校不但学到了知识，还从一位老师那里得知中草药对人身体的好处，于是每个周末回到家，她做完家务活后，便拿着铲子、背着筐子去地里挖药材，希望能帮助爸爸妈妈和叔叔缓解病痛。

隰县地处山区，漫山遍野都是宝物，只要用心寻找，甘草、枸杞、桔梗、柴胡、生地、远志、茵陈这些中草药都可以挖到，但就是需要下一番功夫，尤其是对于初做这件事的人来说，更是需要付出很大的精力。可小丽清没被困难吓倒，她爬遍山野、走遍荒岭，在草丛中、在田垄上、在大山褶皱的沟沟坎坎里，一一寻找。功夫不负有心人，在她执着的寻找中，那些藏在各个角落的中草药，纷纷现身，被满头大汗的小丽清挖到。小丽清将这些中草药挖回去后，择洗干净、晾干，给亲人们备用。虽然每次挖中草药都很辛苦，不是胳膊被荆棘划破，就是双脚被磨得起了泡，但小丽清从没叫一声苦，她甚至在心里有个小小的愿望，那就是等将来长大了，一定要做一名医生，用更多的药材治好爸爸妈妈和叔叔的病。

暑假的一天中午，小丽清刚采完中草药回来，踩着砖头忙着给家人做饭，这时，隰县政府一位下乡干部推开了她家的门，走进了她家的窑洞。原来，这位干部下乡到杜家村后，在"访民生、知民情、解民忧"中得知小丽清一家的事情，十分关心，所以专程来到小丽清家，上门了解具体情况。

多年以来，隰县在发展经济的同时，没有忘记对人们道德观念的培育和道德风尚的引领，当地百姓世代奉行、传承的"善良淳朴、慈爱孝敬、乐于助人"之民风至今也从未中断，尤其是近些年，隰县坚持注重道德建设，致力于将隰县打造成"中国好人县"，引领全县十万多百姓仁爱向善，陆续涌现出了孟佩杰背着养母上大学等感人至深的故事，在社会上引起广泛影响，也让全社会对隰县这片滋养出厚重文明之风、道德之风的大地刮目相看。

不过，对于这些，小丽清并不知道，一是她还小，二是她家连台电视机都没有，外界的新闻她一无所知。她只知道，那天来家访的人，很和善。

小丽清一家人的故事被下乡的干部带回县里后，引起县委、县政府的重视。很快，各路记者翻山越岭、跋山涉水、不辞辛苦，来到杜家村，对小丽清及她的家人进行实地采访报道。其中，隰县广播电视台《记者行动》栏目制片人吕晓霞带队前往小丽清家采访时，途中恰遇滂沱大雨、山体塌方，但她们有感于小丽清的事迹，还是冒雨徒步绕道十几公里赶到杜家村进行采访。

感恩社会

小丽清的故事被隰县当地的报纸和县广播电视台陆续刊登、播出后，一个在艰难困苦中不言放弃、乐观向上、自强自立，用弱小的身躯和稚嫩的肩膀挑起生活重担、侍奉三位残疾亲人的小少年被整个隰县百姓知道，人们在感动之余，口口相传着小丽清的故事。还有人赋诗一首："本是撒娇七岁龄，稚手操家惹人疼。刀重刃利寻常事，擀面成人尚难行。"

没多久，小丽清家的窑洞里，来了许多好心人。他们有的人来了后，放下几袋米面油便要走；有的人来了后，塞给小丽清一把钱便要走。小丽清追出门想问问这些好心人的名字，可来人谁也不告诉她。除了这些不留姓名的好心人，隰县县委、县政府、县关工委、县文明办、县残联、午城镇党委政府等部门也纷纷向小丽清家伸出了援助之手，县残联还将小丽清一家纳入危房改造、燃油补贴、"阳光家园"计划等一系列帮扶项目中。隰县关工委主任解绍亮听说了小丽清的事迹后，不但给小丽清买了一身新衣服，还从自己家拿出 500 元钱，去看望小丽清，当得知小丽清品学兼优时，又想办法将小丽清转到午城镇读书，后又转往隰县一小。

在这些关心她的人群中，最让小丽清记忆犹新的是隰县关工委的主任解绍亮来看望她的那一幕。那年冬天，大山深处北风呼啸，天寒地冻，万物仿佛被冰封了一样。一天，正在上司徒小学上课的小丽清被老师叫了出去，当她跟着老师来到办公室，看到曾经采访过她的好心记者吕晓霞与一位陌生的爷爷正在等她。看到她进来，那位陌生爷爷轻轻拉住她的手，并让她站到离火炉最近的地方暖和暖和，然后向她了解家中困难和学习情况，鼓励她好好学习。事后，吕晓霞告诉她，这是县关工委的解绍亮爷爷，专门来看望她的。小丽清听了，泪水湿了眼眶。

善良的人，犹如金子一般，即使被砂砾掩埋在深处，也会散发出属于她的光芒。小丽清用她那颗金子般的心，温暖家人的同时，也赢得了社会的关爱和认可。2013年3月和7月，《临汾日报》两次对小丽清的事迹进行专题报道。8月，《临汾日报》再次以《孝心演绎人间大爱》为题，对小丽清的事迹进行了宣传报道。9月，临汾市委宣传部组织市文明办、市教育局、市民政局、市残联、团市委，以及市国税局、建设银行临汾分行的志愿者服务队，来到杜家村，为小丽清及家人送去更多的关爱。此时，恰逢首届"感动百姓·山西乡村爱心大使"评选活动启动，隰县文明办将小丽清的事迹进行申报，引起活动举办方的关注。10月，年仅八岁的小丽清被评选为首届"感动百姓·山西乡村爱心大使"，是十位爱心大使中年龄最小的一位，也是事迹最感人的一位。

临近颁奖的日子，隰县爱心人士任静给小丽清买了一套崭新的运动服，这是小丽清自出生以来见到的最漂亮的运动服，红红的颜色映得她的两个脸蛋像熟透了的红苹果一样。

孟子曰："爱人者，人恒爱之。"首届"感动百姓·山西乡村爱心大使"颁奖结束后，随着报纸、电视和网络的传播，好少年冯丽清德孝事迹被社会上更多的人所熟知、所感动，来自省内外的爱心人士纷纷通过不同方式对小丽清进行帮助，人们都想给予这个在苦难中始终保持善良本性的少年一份爱。一次，小丽清到省城太原参加一场活动，在活动现场，许多人给她捐钱捐物，其中一位与她同龄的小女孩来到她面前，将存钱罐中的钱全部倒出来，送给了小丽清。在学校，小丽清也同样受到老师和同学们的关爱。初中一年级的时候，英语老师王小云承担了小丽清购买学习资料的费用；初中二年级的时候，校长李小红听说小丽清要去北京参加活动，把路费塞到了她的手中……

来自政府、社会和学校的关爱，让小丽清无比感动，她带着感恩之心，一边照顾家人，一边刻苦学习，先后被评为全国"最美中学生""优秀共青团员"，山西省"尊老爱亲美德少年""最美孝心少年"，并获第十一届宋庆龄奖学金。

岁月如歌，善良者永远是众多歌者中最动人的一位。2022年8月，十七岁的冯丽清收到晋中师范高等专科学校的录取通知书，她成为杜家村第一个考上大学的人。许多人都记得，在小丽清童年的时候，她看着身患各种疾病的亲人，准备将来长大后做一名医生，治好爸爸妈妈和叔叔的病。如今，当她在家庭、政府、学校、社会和爱心人士的共同关怀下真正长大后，她却选择就读师范院校，立志将来做一名人民教师。因为，她想让更多的孩子从小就懂得善良之美，并把这种美一直传承下去。

冯丽清，就是那个把善良看得高于一切的使者，而善良，是一切爱的源泉。

她是爱的使者。

劳作中的冯丽清

隰有梨的 36 度梦想

——记隰县北纬 36 度电子商务有限公司总经理张利州

周俊芳

《诗经》有云："山有苞棣，隰有树檖……"隰，低湿而肥沃之地，檖，即梨。

在山西晋西吕梁山南麓，有全国唯一一个以"隰"命名的县城——隰县，顾名思义，是一片肥沃的土地。

隰县依托独特自然条件和传承久远的种植历史，践行"绿水青山就是金山银山"，大力发展梨果产业，隰县产梨，隰梨好吃，为外界所周知。当今的隰县有几十万亩的梨果，有一大半种植的是玉露香梨。"玉露香梨"已成为国家地理标志保护产品，国家梨体系专家称为"中国大美梨"，其规模和产量均居全国第一，被誉为"中国玉露香梨第一县"。

隰有梨，托起了隰县人民的富裕梦、小康梦。隰县 80% 的土地栽种果树，80% 的农民从事梨果生产，80% 的农民收入来源于果树，80% 的贫困人口依托梨果产业脱贫，梨果是脱贫致富的"摇钱树"。

隰有梨，有赖于得天独厚的天时、地利、人和。隰县位于世界公认的梨果优质产业区——北纬 36 度，土质疏松，无霜期长，日照充足，昼夜温差大，是梨果产业种植生产的最佳环境。这是天时地利的优势，而当地电商的蓬勃发展，是隰县的人和资源。

隰有梨，也需要梳妆打扮，走出深巷，盛装亮相。隰县共建一千一百四十个电商创业团队，淘宝网店达到一百三十二家。"隰县玉露香梨"区域公共品牌被评为 2018 年最具有影响力山西农产品区域公用品牌，品牌价值达 87.43

亿元，是全国网红地标产品。

隰有梨，承载了张利州等众多隰县人的创业梦、电商梦。2017年3月，张利州返乡创业，成立隰县北纬36度电子商务有限公司，担任总经理。选中当地的梨果产业作为发展首选产业。多年精耕细作，他成长为隰县电商领域的佼佼者和贫困户脱贫致富的领路人。

有人赞曰："隰有张利州，梨有玉露香。"

2018年10月，张利州被中国农村电子商务大会组委会评为"中国农村电商致富带头人"；2019年1月21日，被临汾市商务局评为"临汾十大电商领军人物"；2019年7月，被政协山西省委员会评为"政协第十二届山西省委会智库专家"；2021年5月，山西省人民政府为北纬36度颁发"山西省脱贫攻坚先进集体"称号；2021年6月，张利州被中共山西省委社会组织工会评为"全省两新组织优秀共产党员"；2022年9月，被中共临汾市委农村工作领导小组评为2022"平阳农匠·新农人"，入选第三季"临汾好人"，是第五届"感动隰县十大人物"，创业事迹先后被中央、省、市、县多家新闻媒体报道……

返乡创业
以"梨"来致敬隰州

隰县位于临汾市西北边缘，隋朝开始置隰州，1912年5月，隰州改为隰县。隰县属黄土高原残垣沟壑区，地势东北高、西南低，海拔在950米至1300米之间，境内垣面高阔残缺，沟壑纵横交错，山峦连绵，丘陵起伏，人口十万余，是全国扶贫开发工作重点县，农业部划定的黄土高原梨果优势产业区，山西省中南部无公害果蔬高效产业区和临汾市规划的西山百万亩优质水果生产基地。

隰县虽地处偏远，人口稀少，但其种植梨果的历史十分久远。早在春秋时期，就有隰县梨果栽植记载，隰州金梨以个大、汁多、营养丰富而闻名，明清年间成为宫廷贡品。

玉露香梨，是山西省果树研究所1974年培育出的，母本为新疆的库尔勒香梨，父本为河北的雪花梨，经过优选优育，既具有库尔勒香梨的口感，同时优于母本，个大光洁、果形端正、着色性好、皮薄肉细、核小、可食率高、含糖量高等诸多优点，富含钙、硒、磷、铁、氨基酸、矿物质及多种维生素，是目前国内乃至世界上最前卫的梨果品种，有"中国梨王"之美誉。

玉露香梨首次试验就被放在隰县进行，培育工作大获成功。2008 年它被北京奥运会组委会指定为供应水果，2014 年它被确定为果树发展主导品种，先后获得"山西省科技进步奖""奥运果品推荐一等奖""后稷特别奖"等。

1986 年 4 月 18 日，张利州就出生在这个以梨扬名的小县城。作为普通工人家庭中唯一的男孩，爷爷为他取名"利州"。长大以后，当他兜兜转转，开始从事梨果生意时，才豁然想到，莫非从出生那一刻开始，自己就身负使命和期望，注定了以"梨"来致敬生于斯、长于斯的隰州。

少年不知愁滋味。上小学开始，张利州就特别好动，调皮淘气，活泼得让老师头疼，被叫家长是常有的事。到初中二年级，有一回，母亲从学校出来，几乎有些崩溃，气得说：真丢不起那人！你以后不管出了啥事，也别和人说是我们的娃。过去为了管教他，父母费尽了口舌，磨破了嘴皮，可他都充耳不闻，照样捣蛋。这一次不一样，他好多天都在想这句话，思来想去，才想通了。在父母眼中，他是那个让他们丢脸的娃，而他能做的，就是做个让父母欣慰、脸上争光的孩子。

人的成长好像就是一个瞬间，顿悟，幡然醒悟。自此之后，张利州样样都学好，学习、体育、表现都拔尖，自律自理，不需要父母操心，顺利上了大学……一步步，他活成了父母的荣光，也活成了自己喜欢的样子。

张利州 2007 年加入中国共产党，能在大学期间入党，是多少学子的愿望。张利州以各科优异的成绩，和积极上进的政治觉悟，获得老师们的肯定和赞许。走入社会后，无论走到哪里，张利州都以党员的标准要求自己，严于律己，宽以待人，团结同志，宽厚公正，建立了良好的口碑和人脉关系，为他创办公司奠定了坚实的基础。

同年 7 月，张利州从太原理工大学电子商务专业毕业，怀揣梦想，选择去北京中关村打拼。短短几年时间，他以严谨的工作态度和过硬的销售能力，获得领导、客户的认可，连续三年被评为"优秀先进个人""年度劳动模范"。同时，在互联网的运营中，积累了丰富的市场营销经验。

但当有人问他来自哪里，他说"隰县"，大多数人都摇头，外地人不知，即便是山西人，知道的也少之又少。他拿出家乡寄来的梨，吃了的人无不夸赞："那个'隰'字我不认识，但你们那儿产的梨可真好吃。"每到此时，张利州都有一丝尴尬，也有一些心动。尴尬的是，自己引以为傲的家乡，鲜有人知；心动的是，家乡盛产的玉露香梨如此受欢迎。

在北京的那几年，张利州无数次地想，自己拼了命去销售这、推广那，可家乡那么好的农副产品，却卖不出个好价钱，更别说让外界了解山西有个隰县，隰县有玉露香梨，有别有洞天的"小西天"，有品质很高的梨果产品。

特别是每到初秋时节，张利州都会抽时间回到故乡梨园，感受"金风逢玉露"的惬意之感。一眼望不到边的田野，一块连着一块，一村连着一村，随手摘下一颗玉露香梨，酥脆多汁，口有余香，那滋味胜却人间无数。他一次次陶醉在梨树下，幻想着有朝一日让千千万万的人，都能吃到如此香甜的玉露香……

受过良好的理工科高等教育，有着丰富营销经验的张利州，无数次在脑海谋划：怎么才能让玉露香梨走出吕梁山，走到北上广深等大城市的商超？走进千家万户的餐桌，成为亿万人钟爱的水果？

当时的他在北京大公司的工作顺风顺水，已经升任主管，待遇优渥，环境舒适。只要这样按部就班地走下去，路会越来越宽，生活也将步步高升。任凭是谁，也不会选择倒回去，自讨苦吃得从头开始？

这让他犹豫和纠结。他做好吃苦受累的准备了吗？他能够承担从头来过的风险吗？他想过失去大好前途的遗憾吗？

思来想去，张利州决定先征求父母的意见。"别考虑我们，你在外面发展得挺好的。"听话听音，父母嘴上说着不要紧，支持他在北京闯一番事业，但心里头谁不希望儿子守在身边，家里有个顶梁柱，他们心里头才踏实。

他想起母亲说过的话，"是金子到哪里都会发光"。受家庭教育影响，张利州自小就坚信，只要肯踏实努力，有深植于土壤的根系，即便一时被埋没，但终究无法遮住金子的光芒。

深思熟虑之后，张利州毅然辞职，张利州带着满怀的热情回到家乡着手梨果市场调研和前期准备。初衷很简单，留在家乡隰县创业，用他的专业能力，让玉露香实现品质、品牌的升华，带领乡亲们以"梨"致富。决定创业这一年，张利州三十一岁，刚过而立之年。他雄心勃勃，意气风发。

适逢 2016 年 8 月，"隰县玉露香梨"地理标志证明商标正式启用，从一码两站一园（二维码质量追溯系统；原产地网站、微站；订制认养体验园）到地理标志证明商标的启用，标志着隰县玉露香梨产业发展正式步入品牌化、产业化、规模化时代。自此，"隰县玉露香梨"这个品牌不仅在我国受到法律保护，在世贸组织（WTO）其他成员国中也将获得相应保护。

2017年，玉露香梨成功通过审批注册，成为国家地理标志保护产品。众所周知，要拿到地理标志保护产品这块"金字招牌"，产品必须符合：有独特的品质特性或者特定的生产方式；品质和特色主要取决于独特的自然生态环境和人文历史因素；有限定的生产区域范围；产地环境、产品质量符合国家强制性技术规范的要求，地理标志保护产品的质量检验由省级质量技术监督部门、直属出入境检验检疫部门指定的检验机构承担。玉露香梨通过了层层考验，证明了隰县不仅有梨，还是品质不凡的优质梨。

也是在2017年，张利州经过前期大量的考察铺垫，终于付诸行动，春节过后，万物萌发之际，他雄心勃勃，白手起家创立自己的公司。

给公司取个啥名字，可是费了他不少心思，既然要做梨果产业，而当地地理条件是梨果产业的首要条件。所谓"橘生淮南则为橘,生于淮北则为枳"，区别就在于独特的土壤气候。最终他锁定隰县所在的地理纬度，将公司命名为隰县北纬36度电子商务有限公司，并以玉露香梨、大黄杏、红富士等隰县梨果作为主要产品。

公司定位明确，是一家以鲜果贸易为主，集水果种植、收购、加工、批发和进出口贸易为一体的大型农产品企业，厂址设在隰县城南乡五里后村，也即后来的隰县国家现代农业产业园。

创业初期，张利州边干边学，遇到困难就想办法去解决，努力学习电商企业知识，与政府各部门打交道，寻求各方的支持，利用自己之前的人脉和关系，牵线搭桥，想方设法帮助农户销售纯天然、无公害的农副产品，在帮助当地老百姓提高收入的同时，描绘着自己的创业蓝图。

公司新创，各种手续、办公场地、人员招录等，每天几乎睁开眼睛就是麻烦，但不能急躁，更不能有情绪，因为心态好和心态差，处理事情的结果会完全不同，效果也大相径庭。

张利州不断调整着自己的状态，在办事效率上，在对待麻烦的态度上，在修炼身心上，他逐渐总结出一些心得：有些烦恼反而是好事，要看到它积极的一面。没有一件事情是可以一蹴而就，没有一个人一生都顺遂平安。无论你想得多么完美，其间的困难都悉数等着你，或早或迟，或多或少。

即便选择要去干，张利州心里早有准备。他之坦然和平静，不是千帆过后的看破红尘，而是对前路的笃定。"年轻嘛，正是闯事业的时候，成功、失败都无所谓，就当是积累经验，从头再来。"张利州的自信，带着隰州人质朴的特质，不虚夸不张扬，但有自己的主见和做事的韧劲。

企业发展
利州的北纬 36 度

一个地区产业发展的三大要素，品种、品质和品牌。最基础的是品种问题，即生产出来的产品有没有优势，就是其天生的长相如何。无疑，玉露香梨是个地地道道的"美人胚子"。

有了品种这个底子之后，才能讲到品质问题。即，如何将其标准化生产，如何高质量储存和高档次包装等。到了这个阶段，才能再谈品牌建设。品牌是附加值，品牌推广区别于传统营销，是有序的市场推广，将其打造成家喻户晓的商品，赋予其巨大的品牌价值。

创办公司之始，张利州就一直围绕这三个方面，扎扎实实打基础。"先不着急冒头，先把根基打好，只有底盘结实，下一步的发展才会好。"张利州谨记母亲的叮嘱。

他特别喜欢一个有关竹子的故事。说竹子生长历程，前三四年，竹子在地面仅有三四十厘米。谁能够料到，竹子在地下的根已盘根错节，拓展出几十平方米的疆域。而一旦根扎够了，就会在短短两个月内，地面可以长出 20 多米高的毛竹。做这样的毛竹，是张利州所愿。他希望自己深耕于此，等有了足够的能力，再去开拓自己的领地。

机会总是给有准备的人。在张利州厚植根基的同时，恰逢隰县贯彻中央、省、市号召，全力打造"全国玉露香梨基地县""全国农村电子商务示范县""全域旅游县"等，乘着这股东风，张利州带领他的团队立足政策优势、区位优势和梨果产业优势，围绕产业融合精准发力，全力构建"优产、优购、优加、优销"四优联动一体化，构建农业产加销一体化发展新格局。

"优产"，是指种植。就是要从源头种出优质的梨果。几年时间，他几乎走遍了隰县的沟沟梁梁、田间地头，没有调查就没有发言权，他要和农户交朋友，要了解他们的需求，要找到最优的合作模式。共赢，毋庸置疑，是合作的基础。

张利州精力充沛，每天睡不了几个小时，干不完的活，做不完的事情。他开着车，走遍了隰县的每一个村落，积极组织联合本地企业，组建产业供应链联盟，发展订单农业，逐步建立了500余亩玉露香梨标准化种植示范基地。他以专业的管理技术、优质的产出回报，带动和鼓励周边，乃至全县果农逐步走向标准化、科学化种植，实现农业增产，农民增收。

"优购"，指签订订单的合作形式。为了稳定合作社及农户利益，共同抵御市场风险，经过广泛征求意见，张利州提出实行"企业＋合作社＋农户"三级购销模式。即，以企业为主体，兼顾农产品成本及市场定价，负责资金安排、统筹收购；以合作社为载体，具体实施规模化种植、标准化管理；以村民为主力，负责产业发展果园管护工作。

"优加"，指提升梨果加工能力，定出标准，保证品质。他一直致力于强化龙头企业培育和品牌产品打造及推广，深入推进农特产品加工。通过考察，他决定引进国际最先进的大型电脑智能化玉露香梨商品化处理生产线，生产能力达六万斤／天，可对隰县玉露香梨糖度、外观、大小等进行全线筛选，且无损内在品质，实现精准分选、精细分类、精心包装，为打造高端产品提供优质货源。

2021年9月，在第五届玉露香梨采摘节开幕仪式上，来自全国的梨果产业专家、生鲜企业和电商企业代表到场支持，通过记者现场连线，嘉宾们观看了北纬36度玉露香梨智能分选流水线启动仪式，这在全省是首条，是隰县梨果产业的一次飞跃。

"大家好！我叫张利州，是隰县北纬36度电子商务有限公司负责人，我现在是在隰县玉露香梨数字化产仓，大家通过镜头可以看到，在我身后三辆载有150吨优质隰县玉露香梨的大货车已经装车完毕，正在进行最后的整装工作，今天，这三车隰县玉露香梨将会从这里出发发往加拿大，这也是今年我县首批出口国外市场的玉露香梨。"当天，专车现场装货首发仪式也同步进行，张利州在现场作了讲解。这批出口玉露香梨的分拣，运用了国内首套"呵福式香梨智能化分拣线"进行精挑细选，从外观、口感、糖度等各项指标，都达到了特级标准，完全符合欧盟进口要求。

本次玉露香梨成功出口国外市场，是在隰县县委、县政府的大力支持下，积极调整市场结构，强化经营主体所迎来的硕果，对隰县玉露香梨产业的振兴发展具有十分重要的意义！面对镜头，激动之情溢于言表，张利州踌躇满志："我相信，在各级领导和广大客商的广泛关注和支持下，隰县玉露香梨产业一定会发展得越来越好，走出国门，走向更广阔的天地！"

"优销"，就是突出市场导向。以北纬36度现有资源为承载平台，构建了集产品展示、公共服务、电商聚集、仓储物流等多种功能于一体的电商体系。

目前，上线交易玉露香梨、红富士、隰州黄、羊肚菌、木耳、小杂粮等农特产品，产品远销北京、上海、杭州、广州等各大城市，挺进东南亚地区水果批发商、出口商、连锁超市的销售市场。

发展过程中，张利州从隰县老百姓关注的梨果季节性的问题入手，政企合作、多方联动，建设高水准的恒温库解决农产品保鲜问题。目前，隰县共建有果库九十三座，总储量6.3万吨，分布于八个乡镇，梨果采摘后，以储藏恒温库为场地的分拣、初包装、贮藏、梨果交易、加工、运输等一系列产后服务体系已成规模。

张利州的公司拥有二十六个果库，其中有急速预冷库两座，并注册了出口果品备案、绿色食品认证，使标准化的整体生产能力和水平得到明显提高。预计建设万吨果品储存恒温库，建筑面积6200平方米，储存能力可达1万余吨，年周转果品2万余吨。交易果品达2万吨，为隰县果农及周边县区提供集中冷藏交易的平台，带动辐射周边梨果产业共同发展，张利州的目标是成为临汾西山地区果品冷藏中心和外销集散中心。

"既然要干，就要干出点成绩来。"他身上的那股韧劲，源于他踏实稳重、一步一个脚印的做事风格。

短短几年时间，张利州的公司组建了成熟的电商运营、客服、三级物流配送三个运营团队，建立了"县乡村三级物流"配送服务中心、分拣中心、ERP物流配送系统，与全县的电商服务站对接，和四通一达、顺丰等知名快递企业达成协议，打通农产品上行的"最初一公里"和工业品下行的"最后一公里"通道。

品质品牌
一生只为一颗梨

看过《西游记》的人，都记得有个雷音寺"小西天"。而隰县也有一座"小西天"，明代建筑，全国文保，闻名于世。张利州常常自豪地向客户介绍：你可以不知道山西有个隰县，但不能不知道隰县有个"小西天"；你可以没上过"小西天"览胜，但不能没吃过隰县玉露香梨。自豪感中，蕴含着他对故乡深沉的爱。

"一生只为一颗梨"，是北纬36度的口号，也是张利州为自己定的奋斗目标。一颗梨，承载着自己的梦想，更担负着致富一方的希冀。

位于北纬36度的隰县，境内无任何工业污染，具有梨果产业种植生产的气候环境，所产梨果糖分含量高，皮薄肉厚核小，口感极佳。过去因地处偏远，交通不便，宣传推广不够，隰县玉露香梨一度在市场表现不佳。

近年来，隰县县委、县政府始终坚持把梨果产业作为全县的主导产业来抓，一届接着一届抓，一任接着一任干，久久为功，持续发力，推动梨果产业由传统种植向标准化、智慧化、数字化、全产业链方向发展。

首先是梨果总面积发展到38万亩，其中：玉露香梨23万亩，酥梨2万亩，苹果12万亩，小水果1万亩。梨果产业在规模、效益上总体实现4个80%，即：80%的土地栽种果树，80%的农民从事梨果生产，80%的农民收入来源于果树，80%的贫困人口依托梨果产业脱贫。而玉露香梨种植面积23万亩，规模和产量均居全国第一，"玉露香梨"品牌升级为省级战略品牌，品牌价值达到87.43亿元……

隰县先后被农业部命名为"中国金梨之乡"，被国家林业局命名为"中国酥梨之乡"，被省政府确定为"一县一业"玉露香梨生产示范基地县，被国家质检局确定为国家级出口水果质量安全示范基地县，并获批国家生态原产地产品保护示范县。

玉露香梨，成为隰县、临汾，乃至山西的一张亮丽名片。

玉露香梨飞上枝头变凤凰，张利州自然喜不自胜。大河有水，小河才能满。他的发展和未来，是建立在隰县整体梨果经济发展的基础之上。没有这个时代基础，不是站在无数人肩膀上，个体是无论如何，不可能实现自我的目标，完成企业的升级和蜕变。

时代给了我们机遇，也向我们提出了更高的要求。迎接这个挑战，享受这缕春风，是张利州和同行者们的福音，是这个时代给予的馈赠。他怎能不感激隰县政府和县委的英明领导？怎能不感激自己生逢盛世才有了"好风凭借力，送我上青云"的豪情？

但他心里也清楚，很快各地种植玉露香梨的人会纷至沓来，这种趋之若鹜的大面积种植，固然会加大高品种梨果的推广，但其弊端很快就会显现出来。玉露香梨并非只有隰县可以种植，这是隰县下大力气进行各种认证的原因。在地理标志上，隰县玉露香梨是一个带了地域 Logo 的印记。北纬 36 度电子商务有限公司也应当有自己的印记，来与其他隰县玉露香梨区分。这个品牌意识，是他早就有的念头。

这好比老百姓买东西，同样品质的，同等价格，或者相对高出很多的价格，人们会选择有品牌的那个。原因无他，相信品牌更具有品质，或者说，其选材、包装、储藏、销售等，是有标准可循，更让人放心。在市场经济下，品牌是一个苹果、一颗梨，能提升其附加值。

借助科技发展，是品牌养成的捷径。玉露香梨皮薄汁多，是其优点，但在采摘、分选和储藏中，便是个劣势。要轻拿轻放，要慎之又慎。农产品多是人工操作，在过程中难免会磕碰。如何降低磕碰，张利州想了很多办法，外出考察，技术交流，多方征询。

2021 年，他的研发团队结合隰县玉露香产品特点，依托江西绿萌科技控股有限公司生产的智能分选现代化流水线加以技术改进，通过检测模块全方位获取玉露香梨的形状、大小、外观、损伤以及糖度、黑心等内外部特征信息，依托算法系统进行数据信息计算、分析和处理，然后按特征属性进行空间矩阵智能化组合形成多个产品等级，最后通过自动化控制流程将同等级的产品归入同一个出口，实现玉露香梨按品质分等分级的目的。

这条年加工一百六十万斤的智能分选现代化流水线，是全国首创，可以说是全球唯一的。优势在于，分选速度更快、效率更高、精度更高，不损伤果品，最终实现多品类、多规格的产品定向销售不同的市场，以及不同的消费人群，计划通过积累五年的销售数据做出产业分析，这些数据可以直接倒逼整个玉露香梨的种植引导，从而做到真正意义上的数字赋能，带动一方产业良性发展。

一句话，科技提高了玉露香梨附加值和市场竞争力。张利州利用科技做的远不止这些，最突出的还有极速预冷保鲜技术和数字化交易技术。

在修建恒温库的基础上，张利州想到了更先进的极速预冷库。这个国内最先进的极速保鲜技术，就是缩短了梨果入库后，达到零下二摄氏度保鲜状态的时间。比如在恒温库要十个小时才能降到这个程度，而极速预冷库只需要五个小时，甚至更快就能做到。目前，北纬36度电子商务有限公司已建成5000吨库容的极速预冷库，将万吨梨果损耗从过去的15%左右控制到10%以内，在梨果周转效率和损耗控制方面，达到行业领先水平。

在此过程中，张利州还建立了果品采购、运输、储藏、销售等各个重要环节的标准化运作体系和操作手册，在果品周转效率、损耗控制方面具备行业领先的能力。

降低损耗，就是提高利润。缩短时间，提高效率，也是提高利润。在数字化交易技术运用上，张利州更是将效率发挥到极致。

数字化交易包括三个方面：一是对果园种植等前端的数字化管理，比如总共有多少亩地，每一块地有多少株梨树，每棵树的产量大概是多少等；二是对分选和储存等中端环节的数据化管理，比如每天分选出多少大中小果，分别储存在哪个果库当中，或者流通到哪个城市、街道、超市等数据；三是对终端销售环节的大数据分析。电子商务行业需要各种数据做背书，没有一定的指标做支撑，所有的决策都可能是盲人摸象。

数据，已经渗透到当今每一个行业和业务职能领域，成为重要的生产因素。它决定着企业的未来发展，虽然很多企业可能并没有意识到数据爆炸性增长带来问题的隐患，但是随着时间的推移，人们将越来越多地意识到数据对企业的重要性。

大数据时代降临，在商业、经济及其他领域中，决策将日益基于数据和分析而作出，而并非基于经验和直觉。这是一场革命，庞大的数据资源使得各个领域开始了量化进程，无论商界还是政府决策，所有领域都开始了这种进程。

张利州早有这个意识，随着科技发展，大数据已然渗入生产的各个领域。从2017年创立公司开始，他就应用数字化设计、物联网技术，筹备建设数字交易中心，设施互联互通、实时数据更新、销售终端溯源、市场倒逼生产，引领产业定向发展，提高企业营销效能和经济效益，进而推动梨果产业高质量发展。

要做第一个吃螃蟹的人，张利州对可能面临的困难有足够的认识。万事开头难，但他坚信，对的事情，值得一再坚持去做。一些一蹴而就的事情，反而要心存质疑。世上的事情，没有不付出就得到，或者轻而易举就能做成的。那早就被其他人干了，何时能轮到自己去干呢？

祸福相依，这个世界上，没有绝对的好事，也没有绝对的坏事。俗话说得好：坏事里头有好事，好事里头有枣刺。关键是有把坏事变成好事的能力，并且从危机中寻找到新机遇。

他坚信自己要做的，就是从源头上种植出好的梨果，用最好的设备和方式去体现其品质，继而赋予其优质的品牌形象。让一颗玉露香梨，区别于其他梨果，体现其市场价值和卓越气质。

经过不懈地市场调研与钻研学习，综合积累的丰富产品运营经验，张利州创建了自有品牌——"晋隰山里山货"。在农产品供应链和品质上做文章，与当地唯一的省级农特产品龙头企业——山西隰州野里垣土特产品开发有限公司合作，采取"企业＋订单＋基地"的销售模式，开发出了七十多款适合网销的网货。还与十多家合作社签订了订单协议，代理了贫困户手中的三十多种农特产品。利用淘宝、天猫、京东等网络平台，开设了专营店，进行产品线上销售，争取更高的平台及更广阔的发展空间。在线上先后策划了永不分"梨"、三生有"杏"、"桃"你欢心、精准扶"苹"等多种营销活动，将隰县的农特产品销往全国各地。仅 2017 年，公司销售额就突破 1000 万元。

电商扶贫
企业同筑致富路

电子商务，是互联网时代最火爆的产业。各种电子商务平台，鳞次栉比，如雨后春笋一般出现。2017 年，张利州在成立了隰县北纬 36 度电子商务有限公司的同时，还成立了隰县农村电商扶贫运营中心。

让偏远贫困地区的农产品增值，农民增收，使生态资源转化为经济优势，只有通过互联网，发展电商产业，才能绕过交通、地理的瓶颈，实现生态资源地区价值的转换提升。通过农村电商的嫁接，才能实现"绿水青山就是金山银山"的目标。

隰县坚持把农村电商作为精准扶贫、乡村振兴的主要抓手和载体。自2015年起，隰县政府开始重视以品牌为抓手，坚定不移地推进电商工作，创建玉露香梨二维码溯源体系和原产地电商平台，并大力培养农村电商人才、构建"一码切入、两站运行、三园服务"的农村电商运营格局。涌现出一批有理想、有抱负、有能力的带头典型人物。张利州就是其中出色卓越的一位。

2017年开始，隰县入选全国电子商务进农村综合示范县，打造以玉露香梨产业为核心，电商及品牌为两翼驱动的发展模式，走出了一条"电商＋扶贫"的脱贫攻坚新路子，得到国家和省、市有关领导和部门的肯定。国务院扶贫办社会扶贫司巡视员曲天军评价：隰县电商扶贫成效明显，富有特色，可圈可点，已经显露出超前发展的趋势。临汾市政府主要领导号召全市推广学习隰县农村电商扶贫的做法。

2018年，全国电商精准扶贫示范培训会在隰县召开，开班仪式前，参训人员实地观摩了几个示范点，包括北纬36度电子商务有限公司。张利州的高标准建设，一直引领着隰县电商的潮流，是隰县梨果产业发展的风向标。

北纬36度电子商务有限公司承接了全县的县、乡、村三级物流体系建设管理运营。只要扫码下载这个公司的APP，就可以体验到农产品从农户或者仓库暖心而便捷的出货过程。

2019年，隰县创建国家现代农业产业园，是目前全国最大的玉露香梨生产基地。张利州的公司首批进入，目前已经吸纳了二十多个实体。产业园实施了基础设施改善、果品质量提升、仓储物流能力提升、科技创新示范、区域公用品牌创建、带动强村富民等九大类四十一个重点项目。产业园成为巩固拓展脱贫攻坚成果同乡村振兴有效衔接的重要载体，成为农业现代化发展的典型样板。

2022年初，继太谷区、万荣县之后，产业园成为山西省第三家被认定的国家现代农业产业园。

北纬36度电子商务有限公司已打造为省内重点龙头企业，占地面积38亩，建有厂房26000平方米，库容量1.5万吨恒温库，其中包括5000吨极速预冷保鲜仓，三条线四通道隰县玉露香梨智能化分拣流水线及数字化交易中心。2021年，线上线下销售农副产品达3500万元。公司并利用6月、8月山杏、海棠果农产品成熟之际，采取多种方式进行市场销售，直接带动贫困户三百余户，户均增收5000余元，为隰县脱贫攻坚提供了坚强助力。

产业园的一大创举是设立"种子基金"，壮大村集体经济，带动农民增收。植入"种子基金"500万元，以股权合作形式撬动北纬36度、广鑫农业、北京地中宝三家企业，分别与三个村合作共同建设梨果分拣包装、冷链仓储等项目。遴选的三个村集体经济组织中，就有北纬36度所在的城南乡五里后村。在"种子基金"撬动作用下，北纬36度电子商务有限公司引进多个先进设备，实现精准分选分级。"通过与农民签订单，实施统一采摘，能保证梨果充分成熟提高品质，分级销售又能提高整体销售收入，从而，向农民收购可提价5%至10%。"张利州的想法，还是为农民让利。与此同时，他还引导梨果大户、专业合作社、家庭农场等新型经营主体从具体情况出发，建立入股紧密型、订单松散型和务工辐射型利益联结机制。随着公司落地此地，相应地增加了周边人员务工增收。2022年，北纬36度正式投产运营后，就带动了四五百人的劳动力。

电商让"土疙瘩"插上翅膀变成"金疙瘩"。正如张利州所愿，返乡创业，就是要致富一方。

千尺高台起于累土。为了帮助农户增收致富，早日脱贫，张利州几乎走遍了隰县的每寸土地进行调研，无论是繁华热闹的大型超市，还是人烟稀少的偏远山村，都有他急促而忙碌的足迹。这些基层百姓，淳朴善良，从电商发展中，看到了致富的星星之火，于是，在隰县大地上形成燎原之势。

通过电商培训，一些优秀人才掌握了电商技能，一些优秀人才被发现。其中隰县留城村残疾农村青年吕大伟，就是幸运的一个。他被张利州招入自己公司，现为北纬36度文案策划，同时兼任留城村电商服务站站长，他从一名无法正常从事农业生产的残疾人华丽蜕变为新时代"电商"人。

不拒众流，方为江海。人才是企业发展的正向催化剂，有时候引进一个高层次人才，就有可能成就一家企业。而建立企业的人才储备，需要一个眼界宽广和胸怀远大的领导者。张利州是在大公司和大平台工作过的人，见识过许多优秀的人，他海纳百川，吸引优秀人才加入北纬36度电子商务有限公司，这为他的公司做大做强奠定了基础。

他手下目前有四五十名员工，所有的事情都需要人来做，而人的工作是复杂而缜密的事情。做好了一顺百顺，做不好，就会一盘散沙，离心离德。

立业先立德，做事先做人。做任何事情，都是从做人开始的。张利州深以为然。

创业之初，张利州首先将管理的目光投向自己，不断完善自己、超越自己，将锋锐的棱角打磨圆润，将独特的闪光点描绘得更加光彩，扬长补短，提升理念，逐渐展现优秀管理者的实力和一个团队主心骨的凝聚力。对待员工，张利州始终以好友、兄弟的身份保持经常的沟通，不断挖掘吕大伟这样的人才长处，发挥每一个员工的才干，规划人生的道路，并从理解与信任中形成独特的人格魅力，将团队的精神发挥到最大程度，激发每一名员工奋发向上的朝气，使他们不仅贡献劳动，而且贡献智慧，直接为企业发展出谋划策，形成强大的向心力。

做人做事
利州的梦想追求

熟识张利州的人，都说他是个踏实稳重的年轻人。尽管他的外表显得比实际年龄成熟，但内在的朝气和活力却能感染每一个接触他的人。

有人说，张利州不像个生意人。来和张利州谈生意的人，都会笑着说，"张总让人放松，没有什么戒备心，谈着谈着就成了朋友，能处，能长处，完全没有在商谈商的计较和算计。"张利州憨厚地笑了，在他看来，这是对他的褒奖。

他并非刻意如此，是性情使然。

若只想做个纯粹的生意人，赚钱就成了最终的目标，初衷也就变得更功利。"我更愿意做个有情怀的创业者，而不想只做个锱铢必较的生意人。"张利州的心中，住着一个叫情怀的东西，那是他对家乡炽热的爱恋，对父老乡亲共同致富的理想。一个有理想的人，所思所想，远远超过一般意义上的成功。

任重而道远者，不择地而息。何为成功？本来就是仁者见仁智者见智的事情。

《北纬36度线》是日本绘本大师小林丰最著名的一本漫画书。书中一只神秘的大鸟带领着读者从日本出发，沿着北纬36度线畅游，领略了这条线上不同的风景和人们的生活。故事平铺直叙，却富含韵味，处处动人。每一页上都有孩子，即使是战火中的孩子，他们也总有一种健康明亮的气息，这就是作者想要告诉全世界的秘密。

世界是个圆的球，北纬36度线，是地球上可以围绕一周的横向风景线。想来若这只大鸟沿着这条线去飞，一定会穿越黄土高原，飞过隰县的万亩梨园……

张利州不是个浪漫的人，但并不代表他没有梦想。他的梦想与玉露香梨有关，与他的北纬36度电子商务有限公司有关。

习近平总书记在决战决胜脱贫攻坚座谈会上指出，要接续推进全面脱贫与乡村振兴的有效衔接。

实践证明，产业振兴不仅是实现脱贫攻坚与乡村振兴的重要标志，也是实现二者有机衔接的必然要求。发展产业是实现脱贫的重要途径，有的地区采用"企业＋合作社＋贫困户"等产业扶贫模式，不但做大做强主导产业，而且延伸产业链条，有效提高产业扶贫的质量和效益。

通过多年的实践，张利州深有体会，尝到了甜头。他将继续走自己认定的路子，以产业为抓手，带动农业合作社和贫困户，尽自己所能，做好全面脱贫与乡村振兴衔接。从目前发展来看，他下一阶段的目标有三点：

一、利用大数据，做市场的主导者

前面提到的采集果园实时种植数据，果库的分选和储存情况，销售数据等等，甚至销售数据精确到全国各地具体区域的具体需求，通过数字赋能和赋农，打破传统的农业生产模式，指导农业的标准化生产。比如江浙一带某一时期，需要多少斤梨果，什么样的品质的，他们的喜好是什么，等等，再进行线上、线下的营销，效率高，精准投放。

张利州希望用五年，甚至八年的数据，进行分析汇总，把整理出来的数据结果，分享给种植玉露香梨的地方，把整个地区的产业布局提供给政府各部门，知道哪个市场销售好，并据此进行有针对性地推广。通过这种方式，他希望打破传统的产业结构，引导现代农业的发展方向。

二、评定五星果园，倒逼梨果种植规范化

"没有好果子，再好的分拣流水线也没有用，再好的营销团队也是枉然。一切的根源还是要种出高规格的果子，没有 1，后边所有的 0 都是无意义的。"张利州不是单看着眼前的利益，他心里思谋的是未来，是更长远的打算。

张利州的北纬 36 度电子商务有限公司目前有 5000 多亩梨园，其中自主种植的有 500 亩，其余是与果农合作种植。与隰县现有的 23 万亩梨园相较，他的这些梨园只能是个零头。但他另辟蹊径，想在品质上做到最好。

他的一个想法，正在实施的就是要创建"五星果园"。

就像酒店有星级标准，旅游景点有星级评定，他希望果园也有，五星果园就是标准化种植的典范，是从土壤到植株，从口感到营养，都要制定一系列的标准，按照这些数据标准去种植。而非像过去一样盲目种植。

在这个方面，张利州的想法很多，评定五星果园，目的明确，就是要保证梨果的品质。符合五星果园标准的，就可以优先保价收购。反之，如果达不到五星果园标准，再便宜也不收购。这个评定是动态管理，随机抽查，两三次下来不达标，那就要降级，再便宜也不要，更别说保价收购了。他希望用市场的杠杆去倒逼种植户，不可竭泽而渔。

2022 年 9 月，北纬 36 度电子商务有限公司正式投产运营。张利州已经开始谋划制定标准，他拟定了七项"五星果园"标准，就是从果园种植、采摘，到冷库运输、分选、包装等各个环节的规程。改变原有的粗线条的操作，改为细化的有标准和规范的流程。他准备在明年一开春，就先在自家的果园开始实施。在运行过程中，逐步发现并解决问题，进而进行相应的修改和改进，如此循环，直到趋于完善。继而，向更广的范围去推广，让更多的果农以此为标准，生产出更多高水准的玉露香梨。

没有规矩不成方圆，这个方圆就是标准化种植，让消费者放心购买，对梨果品质有据可查。虽然，执行五星果园评定，相对复杂，但因此能够收购到最好的果子，卖到更好更高端的市场，其付出也是值得的。

三、让果农入股公司，与市场深度融合

就是在购买果农梨果的同时，可以让果农拿自己的梨果与公司合作，如果卖过的梨果在品牌加持下，有了品牌溢价和附加值，比如，原本值 5 万元

的梨果，在溢价后，获利 8 万多元，这中间有品牌的附加价值，那么，公司与果农可以平分多出来的溢价。

对公司而言，不必花大量资金去购买果子，而农民可以受益于公司的品牌价值，达到双赢，两全其美。公司通过入股合作方式，省下的大量资金，可以扩大创新研发基地规模，延伸产业链条，延长货架期，比如对梨果类汽水、饮料等研发，作为农副产品加工进行销售，继而让果农的梨果更具价值，让这条携手同行的致富路更加平坦可持续。

无数次，张利州梦到，在秋风摇曳中，香梨压弯枝条，果园散发着浓郁的香气，来自五湖四海的人，徜徉在梨园中，目不暇接地挑选着个大色美的玉露香梨，一边采摘一边品尝，愉快地拍照留念，体验丰收的乐趣……

而在他的产业园区，一辆辆装满梨果的卡车，发往全国各地，很快，这些从隰县地头采摘的梨果，就出现在某地某家的餐桌上，人们品尝着、赞叹着，畅想着北纬 36 度的隰县梨园……

而他心之所系的父老乡亲，也笑盈盈地穿梭在田间地头，在希望的田野上，畅想着更加美好富足的生活。

后　记
利州的幸福家庭

梨有玉露香，隰有张利州。

36 度，是人体正常温度；北纬 36 度，是梨果优质产业区；而北纬 36 度电子商务有限公司，是年轻的张利州人生奋斗的舞台。

与众多的年轻人一样，张利州爱玩爱运动，篮球、羽毛球、跑步，都是他喜欢的运动。有了闲暇，他也喜欢和朋友们去远游，爬个山，徒个步，三五好友聚在一起，喝个小酒，吹个牛皮，好不快哉。

隰县是他的故乡，是祖辈生活的地方。他深爱着这片土地，深爱着父母家人。他愿意用一生奋斗去改变家乡面貌，让周围的人都过上越来越好的幸福生活。

"工作是为了生活，生活却不只是为了工作。工作固然很重要，但能让家人生活得更好一点，让自己的日子丰富而有趣，才是我们工作的根本。至少，我想要的生活，不单是事业有成，还要奉养父母，家庭和睦，孩子优秀，姐弟融洽……"张利州笑起来，有一种很真诚的感觉。他是个接地气的人，带着隰县人的特质。

张利州有两个姐姐，大姐长他十二岁，二姐长他九岁。母亲在三十六岁才生了他，本该受宠爱的小儿子，在当时，并没有给这个家庭带来太多的惊喜。因为超生，不仅要面临处罚，父母必须有一个辞职。考虑再三，父亲离开火柴厂，去了另一个企业。后来，母亲也离开了厂子，调到乡镇去工作，应了那句"树挪死，人挪活"，经过多年努力，父母调动了好几个单位，最终，父亲从县劳动局退休，母亲从基层政府部门退休。而父母当年所在的厂子早已破产，荡然无存。如此看来，超生的张利州，反而成了家里的"福星"。

淘气，几乎是所有男孩子的天性。可自从初二那年被母亲一句话点醒，张利州一下子仿佛长大了，就加倍努力，样样争强，大学毕业后找工作、结婚生子创办公司……一步步，脚踏实地，兢兢业业，靠自己的实力，活成了父母的荣光，也活成了自己喜欢的样子。

三十六岁的张利州，并不平顺。前几年，在千头万绪的创业困境中，古稀之年的父母相继生病住院，加上疫情来袭，诸事不顺，他每天都要面对很多事情。单位有四五十个员工要管，家里等着他拿主意想办法，真的感受到上有老下有小的"中坚"责任。

工作中的张利州

里里外外，上上下下，张利州劳心劳力，竭尽全力。所幸，他有两个姐姐勤谨厚道，帮衬着照顾父母；有通情达理的父母，理解并支持他；有和他小时候一样淘气，但懂事聪明的儿子……还有与他比翼齐飞的妻子，妻子是隰县一所小学的语文老师，年年工作名列前茅，她干练用心，责任心强，做事情力求完美，这一点与张利州非常契合。"我们就是同一类人，从不马虎，做事认真。这说的就是三观一致吧，沟通起来没有障碍……"他觉得，当下的一切都那么美好。幸福就是父母尚在，家庭和睦友善，事业蒸蒸日上。

"遇事坦然，无所畏惧。只有心态平和、内心冷静，才能把事情处理好，才能没有遗憾，知足常乐。"创业多年，张利州有着超越自己年龄的成熟和稳重，有着"只问耕耘，不问收获"的轻松和旷达，有着共产党员坚韧的品格和心系群众的情怀，他以不甘平庸的奋斗精神，实现着自己的人生价值。

祝愿张利州和他的北纬36度电子商务有限公司，能够如梨树一般枝叶茂盛、硕果累累，如玉露香一般香甜多汁、余味绵长！

地 黄

——记"临汾市最美科技工作者"隰县城南卫生院院长马宝贵

江 雪

乡村少年的理想

春日明媚,春光中,一切生命蓄势待发。春光无限好的原野上,有一种植物会在阳光下伸展毛茸茸的绿叶。待到初夏时节,那花朵便开放了。花冠外紫红色,内黄紫色,形似小小喇叭花的花朵匍匐于荒坡野草丛中不鲜艳、不显眼。少年时,我喜欢在荒坡小径疯跑,时常遇到这种低矮的花朵。顺手采摘,放到唇边轻轻吸吮,有一股极细微的甜蜜滋润入喉。我叫它"小酒花",因为它有些似一盏柔软的小酒盅,又有一股小小的蜜液。知天命之年,抖音视频流行。在一个视频中,我意外看到多年未见的小小"酒花",始知它的名字叫地黄,而我曾服用过的六味地黄丸中,很重要的一味药,就来源于它的根。鲜地黄为清热凉血药;熟地黄则为补益药。

不由感慨,有多少平凡被我们忽略着?多少不起眼的生命在默默为世界奉献着。纵然为文多年,还是惭愧不知其名。

但他们的生命还是那么真实鲜活,他们还是活得那么义无反顾、热烈而顽强。

采访马宝贵,让我倏然想到了春日匍匐于荒坡野径的一株株地黄。

看马宝贵的简历,你只能看到一个人成长的历史,简略的文字省却了这个人成长过程中的酸甜苦辣。与马宝贵交谈,沉淀记忆中的往事附着在他浓浓的隰县乡音中，喷薄欲出……

少年鲁迅一开始是学医的，因为他曾经目睹父亲在庸医的欺瞒之下怆然离世，马宝贵也是如此。

每位学医之人，我想他们心底一定有过一段推动他走上从医道路的诱因。马宝贵出生在隰县下李乡山头垣村，那是一个在临汾地图上都很难寻觅的小山村，它迷途羔羊一般窝在太岳山一隅，孤寂冷清，仿佛与世隔绝。小小的山村，没有村医，村民们头疼脑热先是忍着，实在忍不过去需要就医，到最近的卫生院需要翻山越岭走十多里山路。马宝贵听着因就医来不及而去世村民的无助无奈的哭声长大，他一次次看着村民抬着薄薄的棺材走向村外，听着村民无助悲怆的哭声；而让马宝贵最痛心的是他本家爷爷的去世，那位"爷爷"不过四十多岁，肚子疼，家里人去找医生，最终没来得及挽留住这位本家爷爷的生命，马宝贵亲眼看着他挣扎翻滚、在极度的痛苦中脸色黑青扭曲最终闭上了双眼。后来，学了医的马宝贵知道，本家爷爷得的是肠梗阻，如果当时救治及时，他不应该走得那么匆忙。那一幕经常出现在马宝贵的脑海中，让他内心对生命的无常产生恐惧，又对无力挽救一个人的生命产生一种说不清的惆怅。

马宝贵兄妹五个，两个姐姐，一个哥哥，一个弟弟。小时候，他跟弟弟时不时发烧抽风惊厥，每次都是父亲、母亲慌慌张张跑十几里山路找来村医，才把自己和弟弟从死神手里夺了回来。马宝贵瞪着好奇的双眼，看医生使针用药。他盯着医生那双手，那双可以改变人的生死命运的手，一瞬间，那双手在他眼里竟然变得那么神奇，而那一刻，村医在他眼里也变得那么高大、神圣！

做一名医生，做一名人人尊敬的医生，十多岁的马宝贵那么明朗地找到了他以后的人生方向。

初中毕业，下李乡卫生院院长梁学斌招学徒，得到消息，十五岁的马宝贵毫不犹豫走进了下李乡卫生院。梁学斌收了三个徒弟，最勤奋的就是马宝贵。别人睡觉，他总是早早起来，把饭做上，然后坐在院子里背汤头、药方。药方是学中医人必须背诵的临床医学秘籍，什么麻黄汤方、止咳散方、麻杏石甘汤方，解表的、清热解毒的、调解的、泻下的常用的二三百个方子，几千种草药的药性，他必须一一熟读成诵，了然于心。

那年，对十五岁刚离家的马宝贵来说，最难的是做饭。十五岁的毛头小伙儿，家里有母亲，还有两个姐姐，他没有学过做饭。但卫生院的医生、几个徒弟都在一起吃饭，也没有厨师，怎么办呢？一开始，他就在住院病人的灶上煮挂面。不会炒菜，就放一把咸盐；别人蒸窝窝头，别人用开水烫面，然后捏成形上笼蒸，他因不得要领，用冷水和面，结果一锅窝窝头，蒸了一早上蒸不熟，一个个如硬蛋蛋咬一口一道白牙印……师娘看着一锅黄澄澄的硬蛋蛋不仅大笑起来："你这娃，不会做饭啊？"马宝贵羞涩地笑了笑。师娘这才手把手教他蒸窝窝头、炒菜煮挂面。

卫生院的医生经常需要到附近的村庄去出诊。那里山大沟深、道路崎岖，医生披星戴月、头顶烈日，肩扛风霜，出诊自然非常辛苦。其他徒弟不愿意出诊，马宝贵于是每次默默跟着师傅去出诊。对于马宝贵来说，出诊首先是"临床实践"的机会，其次，每到了中午，可以不用做饭，在病人家吃一顿像模像样的饭。

他骑个破自行车，跑十几里地，到病人家里，跟随师傅给病人输液、打针。有一次，他用自行车驮着师傅出门，毕竟只有十五六岁，崎岖的山路加大了骑车的难度，七拐八扭中，师徒俩美美摔了一跤。师傅从惊恐中醒悟过来，揉着摔伤的胳膊龇牙咧嘴瞪着他。他赶紧扶起师傅，一边拍打师傅身上的黄土一边连声问候着摔着了没有。师傅对他爱恨交织：我老胳膊老腿了，你小子没事就行。

许多年后，马宝贵回望那段岁月，他眼含热泪，感谢曾经的艰难岁月。"苦其心志、劳其筋骨、饿其体肤……增益其所不能"，虽然辛苦，但正是那几年的一次次下乡出诊，可以接触大量病例，近距离看着师傅问诊开药、扎针输液，让马宝贵耳濡目染，有时候在师傅的指导下尝试扎针输液，才使得他迅速成长起来。

三年学医，马宝贵出诊治好的第一位病人竟然是他的外婆。十八岁那年，他陪母亲去看望家在河南安阳一个小山村的外婆。当时外婆得了脑梗，瘫在了炕上。山村没有像样的医生，外婆也没有钱，住不起医院。外婆以为自己以后就只能在土炕上度过余生了。马宝贵咬咬牙，他决定用自己所学，为外婆医治。他亲自给外婆扎针、输液，并开出了人生第一服中药。十多天后，外婆的身体有了知觉。等到告别外婆时，外婆已经能拄着棍子给他和母亲送别了。

　　1991 年，马宝贵听说临汾卫校招生，就找父亲说，他想上学。父亲虽是农民，但他看着儿子坚定的目光，想着三年来儿子对学医的痴迷，默默转过了身，高高举起了手中的锄头。上学需要 700 元学费，真金白银让老两口不得不盘点自己家里全部的家底。老父亲把家里的小麦、玉米全部卖掉，终于换得 700 元钱。马宝贵拿着 700 元钱背着行囊走上圆梦之旅，背后，母亲含着眼泪摩挲了一把不知何时滚落的眼泪。家里装粮食的缸空了，敲一敲，发出清脆的回响。父亲和母亲必须付出更多的劳动，以换取一家人这一年的口粮。坚强的母亲知道，700 元钱交给学校后，她还必须每天清晨把家里的一群鸡放逐到野外，等鸡把一枚枚鸡蛋生出来。母亲每捡起一枚鸡蛋都会兴奋半天，她把鸡蛋小心放在篮子里，顺便点一下鸡蛋数——这是儿子每月的伙食费。

　　那天，马宝贵背着行囊走出大山，走入了广阔天地。走出山口，看着山外辽阔的大地，马宝贵长长舒了一口气说，他对着大山喊道："我一定要好好学习，走出大山，一定要学成归来，为村民治病！"

初出茅庐试牛刀

　　三年卫校生涯，对于马宝贵来说，是一个新的起点。如果说三年下李乡卫生院学徒生涯是他学医的起步和初期的实践，那么三年卫校生活，则让他之前三年的学习的医学实践有了医学理论的支撑。

　　在这里，他开始了正规的医学训练。他如鱼得水。

　　上针灸课，老师带着一班同学，让大家看老师的操作。之后，老师鼓励他们拿起小小的针头，试着在患者身上扎出第一针。同学们面面相觑，立马安静了下来。毕竟，眼前躺着的是活人。马宝贵站了出来，慢慢说：让我试试。让大家没想到的是，这个面相憨厚的山村来的学生，竟然能够如此熟练地操纵银针。他手法娴熟，不显山，不露水，治疗过程中未见一滴血迹。细细的银针在他的操控下，针针落在患者合适的穴位上。这一幕，不仅同学，就连老师也看呆了。以后，每到实践课，老师就把马宝贵叫出来，让他施针，其他同学观摩。很多城里的学生忍不住嫉妒地说："马宝贵，你是不是给老师送上礼了，为什么老师总是叫你示范？"马宝贵笑笑，也不多解释。他们哪里知道，他其实早已用三年时间去揣摩并实践过针灸等医学技艺，早已底功在手。这个山村来的孩子，伙食费都需要母亲从鸡屁股下收集，哪里有什么礼物可送？

采访马宝贵，他憨厚地笑笑："那时候，老师喜欢给我动手的机会，是因为我勤快。我是穷学生，所能做的就是每天给老师打扫一下办公室。城里的学生是不屑做这些事的。哪位老师不喜欢勤快的学生呢！还有，我的很多同学，因为是初学针灸，穴位都找不准，老师怎么放心让他们在患者身上扎？"

三年学习，马宝贵收获了医学技艺，也收获了爱情。女朋友史会清是他卫校的同学。1993年，马宝贵以优异的成绩毕业，被分配到了下李乡卫生院。那年7月，他带着女朋友一起走进了下李乡卫生院。

二进下李乡卫生院，此时的马宝贵已经不再是三年前的马宝贵了，他有理论有实践，加上三年前曾跟随师傅在这里出诊行医，有群众基础，很多当地百姓认识他，也不再把他当作"小徒弟"看待。

尽管如此，马宝贵还是怀揣一颗"学徒"的心。成为一位好医生，不是单纯的五年、十年。马宝贵一如既往，还是把以前的那些医生当作师傅，每天一早起来打扫卫生院，从卫生院的水井里打水，给每位医生家里的水缸挑满水，哪位医生家里有事，他都会第一时间去帮忙。很多医生各有所长，包括药房的药剂师，如果他不能处理好与药剂师的关系，他甚至很难走进药房里去，他必须以自己的勤快换取各位老医生对他医学学习的青睐。他的憨厚、朴实最终赢得医院医生的一致好评，无论内科还是外科，还是药剂师，都愿意把医术教给他。

那几年，马宝贵经常下乡为百姓看病，骑一辆破自行车，翻山越岭。有一次到一个村庄为一位老人看病，连着输了半个月液。有一天回医院时已经凌晨1点多，夜空苍茫，繁星点点，山路上高高矮矮的蓬木洒下斑斑驳驳的影子，冷风飕飕从骑着自行车的马宝贵耳畔吹过。马宝贵是学医的，不怕鬼神，但深山中，若真遇上豺狼虎豹，他还真没有与之搏击的经验；有时候会影影绰绰看到人影，他会想，这是好人还是坏人？好人深更半夜怎么会出来？人在恐惧时总是会胡思乱想，他的脑门不禁渗出了冷汗。至于下雪天滑倒摔跤更是常有的事，好在他还算机灵，每次都能平安无虞。

师傅不在时，马宝贵看病人等得着急，就为病人开起了药方。看着"嘴上没毛"的马宝贵，一部分病人家属不好意思，只好咬咬牙，跟着殷勤的他到药房抓药；一部分病人，无论他如何殷勤，还是出门就把药方扯碎扔了一地。好在一些病人吃了马宝贵的方子后，病情好转，口口相传之下，小徒弟马宝贵会看病的消息开始在下李乡传播，找他看病的人开始多了起来。

在从医路上，马宝贵已经走了六年多时间。从十五岁到二十一岁，马宝贵长大了，医术也逐步成熟起来。有一年，马宝贵在临汾参加一个医学学术会议，当时，很多医生不会为小儿扎头皮针，但马宝贵手起针落，没等孩子哭，针头已经稳稳扎进了少儿患者的头上，这一幕令很多在场的医生目瞪口呆。要知道，扎针这类活儿是属于护士的，大多数医生并不精通扎针，何况，马宝贵还是一位年轻的壮壮实实的男医生。

写到这里时，我搜索了一下少儿头针的作用。这种针法属于中医传统理疗方法之一，是在头部特定的穴位进行针刺防治疾病的一种方法。此疗法对于治疗脑源性疾病疗效较好，例如中风偏瘫、失语、肢体麻木、脑瘫、癫痫、高血压、头痛、眩晕、耳鸣、失眠等病症；也可被用于治疗非脑源性疾病，例如肩周炎、腰腿痛等病症。

从医生到院长

六年多磨炼，马贵宝成了一位全科医生，中医、西医、内科、外科、扎针、打针，既是医生，也是护士，马宝贵样样拿得起放得下。1998年，临汾市卫生局杜局长在下李乡卫生院调研时，目睹了马宝贵为病人看病，对这位年轻的医生赞不绝口："这娃不错，医术不错，医德也不错！"

卫生局决定给马宝贵压担子。1999年3月，马宝贵被调到隰县北庄卫生院，担任副院长。

马宝贵虽然是院长，但他依然如往日一样勤勉。一早起来打扫院子，杂务做完再出诊，妻子史会清则"承包"了卫生院土锅炉的全部活儿，掏灰、加水、加炭，夫妻俩常常需要忙到半夜12点，添上最后一炉炭才能休息。

隰县北庄卫生院是隰县最小的山村卫生院。这里地势偏僻，科室少，医生只能看个头疼脑热，连输液都很少，所以看病的患者也很少，当时医院一年收入才2万多元。然而，自从马宝贵来了之后，情况发生了变化。他成功地增设了外科、针灸科、小儿输液等服务项目。医院有了好医生，很多病人就选择在家门口就医。那年，北庄卫生院的收入达到了4万元。

2000年3月，马宝贵被调到朱家峪乡卫生院担任院长。当时的朱家峪乡卫生院只有五六个医生。马宝贵在卫生院转一圈，有一种冷冷清清的感觉。他决定扭转这种局面。他很快与医生们打成一片，开办食堂，与医生们吃在一起；对医院各项事务明确分工，责任到人；开展各种业务，提高医院收入；美化医院环境，空地上种满了各种各样的花卉，让医院看起来生机勃勃。有一次，卫生局杜局长去调研，一看医院环境和氛围，忍不住赞叹说：你这卫生院，虽然小了点儿，但很干净，还能让人感受到鸟语花香、山花烂漫，真不错。那几年，上面有什么检查，卫生局就会带人到朱家峪乡卫生院。杜局长清楚，马宝贵不会给他"掉链子"。

2003年，马宝贵又一次接到了调令，这次，让他没想到的是，卫生局竟然决定让他回下李乡卫生院担任院长。此时的下李乡卫生院的经营状况显得十分萧条。原来的一些医生，因为卫生院经营不善，很多回家开起了诊所，医院没有医生，也没有病人，成了冷冷清清的空壳。马宝贵被调入下李乡卫生院，卫生局是让他去"救火"。

这次调动，马宝贵心里犯了嘀咕。他虽然想回到老家去，但下李卫生院的医生都是自己昔日的师傅，工作好开展吗？领导知道他的顾虑后，就给他加油打气。马宝贵不想辜负领导信任，于是收拾行李来到下李乡卫生院。

走进卫生院，马宝贵说不出的难受。他站在院子里，目光从卫生院的角角落落滑过，这个给过他憧憬、给过他幻想的院子，那么熟悉又那么陌生。他不过离开几年时间，这里竟凋敝如此，令他痛心。

得知昔日的徒弟来领导自己，很多老医生怀揣一种说不出的别扭，内心多少有些不愿接受，有的老医生则抱着隔岸观火的心态：你这个年轻的娃娃，走了几年竟然回来领导我们！我不给你干，我看你怎么蹦跶。马宝贵理解昔日师傅们的心情，也横下一条心，决不能让昔日的师傅们看扁了自己，即使累死，也不能把工作落下！他放下院长的身份，能自己动手的事情就自己动手干；妻子也扑下身子忙前忙后。实在忙不过来，他招了几个临时工，帮衬自己。至于师傅们，他们愿意干点儿就干点儿，不愿意干就休息，马宝贵不计较。当然，他如往日一样，对师傅们一如既往毕恭毕敬。工作开展起来了，师傅们被感动了，马宝贵还是马宝贵，虽然身份变成了院长，但这个小伙子的品行并没有改变。

2003 年，"非典"爆发。为安全起见，很多小诊所关门歇业。面对疫情，有人建议卫生院也关门。但马宝贵认为，危险时刻，如果连卫生院都关门，谁来护佑百姓的健康安全？除了"非典"，要知道，还有很多感冒、发烧等有基础疾病的病人，如果得不到及时救治，同样危及生命。

怕什么来什么。就在人心惶惶谈"非典"色变时，下李乡辖区出现了一例疑似病例。"非典"的极高传染率让县疾控中心，以及村里的医生望而却步。面对一双双恐惧的目光，马宝贵挺身而出："还是让我去做流调吧！"

二十年后，马宝贵说："要说当时不害怕，那是假的。医生也是血肉之躯，也会得病，也会被传染。但医生如战士，看病救人是职责所在，明知道有牺牲，但战斗打响，也只能冲锋陷阵，不能临阵脱逃；否则，这战斗怎么打！"

马宝贵穿好防护服，大步流星走进了疑似病人马金祥的家。那一刻，他内心颇有些"风萧萧兮易水寒，壮士一去兮不复还"的豪迈。高烧的是马金祥的三岁的儿子马乐乐。马乐乐与马笑笑是一对双胞胎，一般情况下，这对孪生兄弟生病都是同步的。马宝贵曾给他们看过几次病，了解他们的身体情况。但那次，却只有乐乐高烧了。接连几天，他穿好防护服开着自己的二手车到马金祥家里给马乐乐输液。出门后，脱掉防护服就烧掉。幸运的是，几天后，娃娃高烧退了下来；十多天后，乐乐如往日一样在地上活蹦乱跳。马金祥的悬着的心落地了，马宝贵悬着的心也落地了。

马宝贵不顾生命危险为村民奔走治病的身影，让昔日的老医生大为叹服，这才是真正的医者仁心。卫生院的病人多了，被感动的老医生们开始主动上手为病人医治。马宝贵轻轻吁了一口气。

当时的下李乡卫生院年久失修，早已破败不堪。秋日一场连绵阴雨，屋外哗啦啦下大雨，屋内滴嗒嗒下小雨。他与副院长商量办法，副院长皱着眉头说，确实是该修修了，但经费怎么来？没有钱，材料买不来，工人也雇不起。

马宝贵说，不改善环境，病人都不愿意来，卫生院没有病人，还算什么卫生院？不能再等下去了，我们自己干。

马宝贵给自己的亲戚朋友挨个打电话：如果卫生院挣了钱，我就给你们工钱；如果卫生院没有钱，大家就当帮我忙了，行不行？

紧接着，马宝贵给卫生院的医生开了个会，年轻娃娃一听要修缮医院，没说二话，给自己家干，力气有的是。

人工没问题了，但材料费怎么来？马宝贵与妻子商量后，拿出所有积蓄，又东挪西借了一番，但还是不够。他召集大家，把修缮卫生院的当务之急苦口婆心讲了一番。下李乡卫生院能不能生存下去，全看这次了。下李乡卫生院的工作垮了，别人看的是我的笑话，也是大家的笑话。皮之不存毛将焉附啊？年轻医生见院长一心求发展，理解他的一片苦心，纷纷慷慨解囊。

工程上马了。该拆的拆，该建的建，该吊顶的吊顶，该油漆的油漆、该铺地板砖的铺地板砖。几个月后，下李乡卫生院终于迎来了几十年以来的第一次形象大改变：医院的墙雪白、地光滑，布局合理、秩序井然。焕然一新的卫生院给人赏心悦目的感觉，即使来看病，心情也舒畅了不少。

随着卫生院环境的改变，病人多了起来。病人多了，卫生院渐渐有了自己的收入，马宝贵开始给卫生院购置一些医疗设备，卫生院很多业务也慢慢步入了正轨。

新的挑战

马宝贵在下李乡卫生院一干就是九年，他用九年时间改变了下李乡卫生院的环境面貌、医生们的精神面貌。他将昔日最落后的卫生院变成了隰县卫生系统中各项工作的佼佼者，使之成为隰县卫生局的一张有口皆碑的名片。

2012 年 2 月，马宝贵被调到了隰县城南乡卫生院。

不用说，马宝贵这匹千里马又是来"救火"的。隰县城南乡卫生院地处隰县县城中心，但公共环境却有目共睹地破败不堪。老院长赵如正好退休，卫生局从全县遴选能人，他们把目光聚集在了马宝贵的身上——当年的下李乡卫生院一片脏乱差，硬是被马宝贵变成了有口皆碑的"陕北的好江南"。

隰县城南乡卫生院的现状，让马宝贵始料不及。这个"烂摊子"比当年他接任下李乡卫生院时还难收拾。提起隰县城南乡卫生院的发展，马宝贵感慨万千。

隰县城南乡卫生院院长赵如院长是当地很有名气的中医。多年来，找他看病的人络绎不绝。老院长每日忙于病人诊治，医院的管理事务反倒落下了。

到城南乡卫生院后，马宝贵先对基本情况作了一番了解。城南乡卫生院地处县城中心，但占地有限，制约着卫生院的发展。2008 年，隰县县委、县政府考虑到卫生院的实际情况，决定给卫生院重新划出一块地，旧卫生院拍卖处理。项目已立项，但新的卫生院迟迟没有建起来。新旧交替，旧卫生院环境、医疗条件破败不堪。

马宝贵决定先去拜访一下赵如院长。新的卫生院一下建不起来，如果赵院长再离开医院，自己又初来乍到，病人尚不认可自己，老卫生院将会更加萧条、没有人气。他开诚布公说出自己的顾虑，并希望赵院长退休不退职，帮助自己开展工作。

赵如院长原本准备退休后，凭借自己多年医术开办门诊，但他看毛宝贵诚恳挽留，同意留下几个月时间。看病就是这样，来找赵院长看病的病人，看到赵院长不在，就会找马宝贵看病。就这样，几个月后，大家渐渐认识了马宝贵，也认可了马宝贵的医术，或者说，马宝贵凭借自己的医术和医德在城南乡卫生院站住了脚，逐步有了自己的影响力。

接下来，马宝贵决定把半拉子工程——新的城南卫生院建起来。

2008 年，隰县为城南卫生院划定新的建设基址，但承建方工头携款逃逸，老院长找不到工头一筹莫展，致使新卫生院的建设工程一拖再拖。那天，马宝贵到卫生院建筑工地转了一圈，院内杂草丛生，一片荒凉，令他倒吸了一口凉气。

马宝贵托人四处打听，终于找到了那位工头。马宝贵跟他说：工程当初是你承包下来的，你还继续建。但真金白银，工头此时拿不出。任马宝贵苦口婆心，也没能把工程款找回来。

好不容易等到工程能进行了，工程的用水又成了新的问题。城南乡卫生院新址地处城外 3 公里，前不着村后不着店，自来水管网还没有通到这里，工程用水量大，而附近的单位都不愿意搅进这个拖了几年的半拉子工程、不知道下顿米在哪里的单位。没有办法，只能先拉水干。用救护车拉个水包，每天几趟跑。马宝贵一看，长期这样也不是一回事啊，思来想去，反正卫生院建成以后要用水，那就打井吧！只好又筹钱，花了 3 万块钱，打了一口百米深的水井，一劳永逸解决了用水问题。

水的问题解决了，电的问题同样令他有苦难言。他们把电接到附近的加油站，但工地用电多，一旦超过负荷，加油站就关了他们的电闸；他们把电接到附近的交警队，与交警队协商，一度电提高到 1 块钱（交警队是 6 毛钱一度电），交警队也是先保证自己单位的用电，时常不合适就断了工地的电。

这边正想办法解决着用电的问题，那边又有人来汇报情况了：新的城南乡卫生院挨着晋西革命纪念馆，纪念馆的消防通道恰设在新的城南乡卫生院内，建设纪念馆的工程车每天要从卫生院内穿过，卫生院整日灰尘漫天……马宝贵只好再找县领导协调……

压住葫芦起了瓢，马宝贵为工程焦头烂额，嘴角都急得起了泡。但他告诉自己，开弓没有回头箭，必须稳住心，再难也要坚持下去，他还得到老卫生院为病人坐诊看病呢！回忆当时情景，马宝贵忍不住仰天长叹：做点事真难！

坎坎坷坷，说好话磨薄了嘴唇，工程总算完成了。

当时，多少人不看好这个新的城南卫生院啊，这个荒郊野外的医院，离城远、离村远，西北风都刮不到的地方，谁来看病？

但马宝贵不信邪。病人不来不就是因为新的卫生院地方偏僻吗？那我就用医院的面包车接送病人！这样，下李卫生院的病人来了，旧城南卫生院的患者也来了。不用说，他们都是冲着马宝贵的医术而来。在病痛面前，人们往往四处求医，更何况他们了解马院长的医术，即使山高路远又何妨！

看到不断有病人来看病，马宝贵的心劲儿一下提了起来。他决定亲自带几个年轻的医生，培养医院的医生队伍，让每位医生都可以支撑一片天空。三年过去，卫生院的工作终于走上了正轨。

但马宝贵是一个闲不住的人，他总是不愿安于现状，故步自封。得到临汾市发改委有一个 130 万的改扩建项目的消息，马宝贵又坐不住了。他与隰县卫生局一起努力，把项目争取到了城南乡卫生院。

回忆这段经历时，马宝贵说，也不是我要努力。当时城南卫生院条件太差了，卫生院当初是半拉子工程，我来了以后是借钱干的，9 月旧址租约到期，所以我当时只有一个目的，快点儿建起来，有个地方就行。那几年，我们完全在靠自己的医术吸引病人。卫生院地板没有铺、医生办公室没有暖气，每个房间放一个铁炉子。来个病人，需脱衣服检查，真怕把本来就虚弱的病人再给弄感冒了。

争取到了临汾市发改委的项目，资金下来，城南乡卫生院才有了铺地板、装暖气的钱。地方不够，又增建了100多平方米的配套房，建起了食堂、锅炉房。

2015年，隰县被评为山西省中医院先进县。获得省级荣誉的隰县县委、县政府决定挑选几所先进卫生院，打造中医特色乡镇卫生院，让其成为隰县的名片。马宝贵在中医治疗上有建树，有口碑，并且他的魄力有目共睹，卫生局决定，把城南卫生院打造成隰县中医特色乡镇卫生院的典范。

为了建好中医特色乡镇卫生院，隰县组织几位乡镇卫生院院长到浙江海盐县去学习。

连续几年，城南乡卫生院的公共卫生都是全县第一。2016年，城南乡卫生院获得了山西省中医药先进单位；2019年，城南乡卫生院获得了全省公共卫生第一名的荣誉。此时，城南卫生院被马宝贵打造成了隰县一张漂亮的名片。

健康教育

马宝贵从农村来，了解百姓看病难的问题。少年时，他多少次目睹自己的乡亲，小病靠忍、大病靠天的无助无奈。穷，看不起病是一方面，很多百姓一辈子都没进过城，不知该去哪里看病、看什么病，是更重要的一面。多少百姓，在忍耐中小病变大病，最终贻误病情而撒手人寰。马宝贵当了医生，而且当了卫生院院长，他就想改变农村缺医少药、百姓在面对疾病时感到无助的状况。

而且，马宝贵结合多年出诊经验，摸索出一套独特的工作方法。很多疾病原本是可以避免的，比如饮食习惯、一些食物的吃法；有些小疾病，比如拉肚子、感冒，如果群众懂得一些医学常识，完全可以在家里治愈；还有一些心脑血管疾病等大病，病人发作之前总有一些征兆，但百姓不懂医学常识，往往错过最佳治疗时期，酿成不可挽回的恶性后果。所以，开展以健康教育为主要形式的知识讲座、公众咨询、宣传活动非常重要。

在隰县公共卫生考核中，正好有开展健康教育讲座这一项。健康教育并非马宝贵发明首创，但马宝贵深知其重要性，所以决定抓住这块阵地，想方设法把健康教育搞起来、搞好。健康教育普及了，一些疾病就可以避免；健康教育普及了，百姓就能知道当下国家的医疗政策；同时，他在一个村一个村普及健康教育时，正好可以进行义诊，让一些平时难得走出乡村的百姓得到及时医疗。

马宝贵到城南卫生院后，发现很多卫生院并没有把这项工作真正搞起来。健康教育也在搞，但更多的是流于形式和表明工作：卫生院下乡做健康教育讲座，挂起条幅、摆两张桌子、放几本书，叫上几个百姓坐在一起，拍几张照片完事。时间久了，卫生院下乡了，摆开了健康教育讲座的阵势，百姓习以为常，认为是造假，还耽误农活，即使装模作样也不肯来了。这成为当时隰县城南卫生院院长很头疼的一件事。

马宝贵决定把这项工作搞起来。他带领医疗队伍，一个村一个村搞健康教育讲座。百姓不想来，他就采用小礼品发放政策，围裙、洗衣粉，只要来听课，就赠送一些生活用品；一些年迈百姓腿脚不好来不了，他就派卫生院的面包车接送，服务到家。这样一来，百姓来得也就多了。马宝贵口才很好，说一口隰县普通话，隰县人能听懂，亲切不见外。农村鸡毛蒜皮事情多，马宝贵知道百姓想听什么，于是结合百姓身边的事情围绕健康四大基石"合理膳食、适量运动、戒烟限酒、心理平衡"和"国家基本公共卫生十四项"开讲了。马宝贵结合自己的经验，卫生院和医生的工作职责，讲婆媳故事、两口子故事、邻居纷争的故事，讲生气对身体的危害；百姓经常下地胡乱对付吃饭，他就讲应该合理膳食；对一些老烟民酒鬼，他就讲烟酒对人体的危害，要戒烟限酒；有的人看到别人富裕了，孩子考上大学了，心理不平衡，他就讲心理疾病对身体的危害。他讲课从来不做讲稿，都是结合家长里短的故事给人健康教育，百姓爱听。他常常一讲就是两三个小时，他不停，百姓不散。不再嚷嚷着要下地干活，也忘记了回家做饭。后来他一到村里搞健康教育讲座，百姓一听说他到村里了，不用招呼，三三两两就相跟着来了。人数最多的一次，有二百七十八人，室内坐满，室外也挤满了人；后来，只要有条件，他们就尽量把讲座放在空旷的地方；最长的一次，马宝贵一口气讲了四个小时，老百姓也不回家做饭，一直认真听完。课讲完，朴实的百姓给他精彩的讲座报以热烈掌声。

讲座结束，趁着百姓都来了，马宝贵开始义诊。对于马宝贵来说，讲课时的鼓掌声、看病时的夸奖声，听百姓说病被他看好了，就是对他最大的肯定。为此，他常常忘记了疲累，忘记了休息，还有什么比得到百姓的认可更令人高兴呢！

有一次，他带着省里的医学专家下去。这些医生大多是西医，离开仪器，面对病人，他们常常显得束手无策。村里百姓杂病多，这个腿抽筋、那个腰疼、肩膀疼，马宝贵就给他们号脉开中药。几服中药下去，病人好了起来。时间长了，村民一听说马宝贵来了，就纷纷走出家门，来听听他讲课，顺便让他给自己号号脉，看看病。

2016 年，"十三五"规划提出，脱贫攻坚的目标是，到 2020 年要实现农村贫困人口不愁吃、不愁穿，农村贫困人口义务教育、基本医疗、住房安全有保障（简称"两不愁三保障"）——精准扶贫在中华大地拉开帷幕，脱贫攻坚战打响！

2016 年以来，城南乡卫生院共开展健康教育知识讲座活动两百余次，受教人数一万余人次。

2017 年，隰县针对建档立卡贫困户，多渠道开展了健康扶贫"五个一"活动和健康扶贫政策到家、知识到家、服务到家的"三到家"活动。隰县还开展了建档立卡贫困户和县、乡、村三级医生"双签约"工作，因病需住院治疗，可与签约的医生联系，签约的医生负责挂号、检查、住院等事宜，保证病人顺利入院。

城南乡卫生院所包村是城南乡。马宝贵当着院长，事务多，还要坐诊，他完全可以不入户或者少入户，但马宝贵认为，当院长不能例外，老百姓就想找他看病，他又是全科医生，他正好可以借此机会，送医上门，就地解决好多问题，省得百姓来回跑。他亲自包了三个村：石家庄村、曹城村和留城村。他把自己的名字、电话写在医生联系卡上，方便看病的村民第一时间找到他。

按照扶贫要求，对于健康扶贫的乡村医生，一周入一次户；县医院和卫生院医生是一季度入一次户。马宝贵本来就"热衷"下乡开展健康教育讲座，这一来，仿佛春风化雨。他认真执行健康扶贫规定，每个季度，他都要组织县、乡医院医生进村为村民讲解国家扶贫政策。

健康扶贫开展后，隰县有很多好的做法，比如"136"医疗扶贫政策（按

《山西省农村建档立卡贫困人口医疗保障帮扶方案》的通知，明确住院医保目录内费用实行兜底保障，即按照城乡居民基本医疗保险和大病保险报销政策，两项保险分别平均报销75%；在县域内、市级、省级医院住院，个人年度自付封顶额分别为0.1万元、0.3万元、0.6万元（即"136"医疗扶贫政策；个人自付封顶额之上的费用全部由医保基金报销）就是隰县在全省率先开展的。还有各医疗机构、防疫、妇幼等单位针对建档立卡贫困户开展的一系列健康问题、各类白内障患者免费手术、八至十岁儿童盐碘尿碘免费检测、大骨节病患者免费检测、病重患者免费治疗、六岁及六岁以下残疾儿童免费筛查和转介康复、育龄妇女产前免费筛查与诊断和免费发放叶酸、孕前优生免费健康检查、"两癌筛查"等惠民政策等，这些政策只有宣传出去，百姓才能真正搞清楚健康扶贫到底是如何扶贫，"扶"在了哪些医疗项目上。

隰县建档立卡贫困人口中有三分之一是因病致贫的。县委一次次强调，一定要紧抓健康扶贫工作，遏制因病致贫和因病返贫现象的发生。马宝贵还是决定利用健康教育讲座把健康扶贫的政策宣传下去。

2017年8月，隰县成立隰县医疗集团，马宝贵担任了隰县医疗集团的党委副书记、联合支部书记、公共卫生管理中心主任等职务。担任公共卫生管理中心主任后，马宝贵下乡次数更多了，他常常带领卫生院医生下乡搞公共卫生讲座。

2017年11月1日至3日，全国健康扶贫工作现场推进会在临汾市召开，隰县做典型经验发言。11月2日下午，省卫计委副主任武晋及与会人员赴隰县现场观摩，武晋对隰县健康扶贫工作给予充分肯定，让全省学习隰县经验。

2018年正月初八到正月十四，马宝贵带领年轻医生，搞了一个"健健康康过大年，轻轻松松学知识"健康讲座，每天讲两场。讲座开始，马宝贵先从普及国家基本公共卫生服务项目讲起，之后讲到免费孕前检查、产前筛查、"两癌"筛查，免费发放叶酸、儿童营养包等重大公共卫生服务项目。接着是讲中医推拿按摩技术，养生保健、治病、急救都能用到，很多百姓嫌耳朵短，都站起来听讲了。到了有奖知识问答环节，百姓踊跃参与，人人有小礼品赠送，现场气氛热烈。马宝贵的健康知识讲座，拉近了医患距离，贴近了百姓的心。更重要的是，通过健康扶贫入户、健康教育讲座，来找马宝贵看病的病人越来越多。他常常一到医院，就被病人围起来；眼看到中午，他还从人群中脱不出身来。

在隰县脱贫攻坚健康扶贫"双签约"服务工作中，马宝贵牵头与县人民医院密切配合，组建起十一支由县、乡、村三级医疗机构医务人员组成的"双签约"服务团队，与全乡一千一百五十四名贫困人口签订了"双签约"服务协议，签约率达到100%。他还担任领导组组长并兼任三个服务团队队长，带领全体医务人员严格按照"季、月、周"的服务频次开展健康扶贫工作，在全乡十一个村委组织大型宣传和义诊服务活动三十余次，设计健康扶贫"双签约"家庭医生服务团队联系卡，把党的健康扶贫政策和医疗服务送进每个贫困户家中。

对马宝贵的讲座，年轻医生叫苦不迭："马院长，您累吗？我们跑前跑后，还要总结资料，我们快累死了！"无论冰天雪地还是炎炎夏日，马宝贵一次次带着服务队行走在乡村的道路上。健康扶贫工作开始后，他们下乡活动的内容也更多了，不仅有健康教育知识讲座和扶贫义诊，还增加了公众咨询、有奖知识问答，以增加群众对国家扶贫政策的了解。一天天，一次次，马宝贵何尝不累，但对于他来说，是累并快乐着。仅2018年，马宝贵就讲了几十场讲座。

2019年年初，隰县医疗集团按照县卫体局健康促进三年攻坚行动精神，推出了"改革创新、奋发有为"健康教育"六进"活动，旨在通过健康教育"六进"活动，全面提高居民健康素养水平，让百姓少生病、少生大病，从而遏制因病致贫、因病返贫现象的发生。马宝贵又带着队伍一次次走进乡村，开始了"六进"讲座。

2019年，城南乡卫生院代表隰县接受了山西省卫健委的健康扶贫考核。省卫健委计财处杨耀文处长带领十多位专家对隰县城南乡进行了入户走访，抽查打电话，之后忍不住对隰县县委领导赞叹说："真没想到，你们隰县的健康扶贫工作干得这么好，工作做得这么扎实，老百姓这么满意！"

那次健康扶贫考核，隰县获得了全省第一的好成绩。从那以后，前来城南卫生院取经的人络绎不绝。

救死扶伤

马宝贵担任了很多职务，每日行政事务繁多，会不会耽误他坐诊呢？在笔者心里，好的医生，需要安静下来，才能为患者诊断问病。

关于这个问题，马宝贵是这样回答的：我为什么要亲自承包几个村子，为什么要开展健康教育讲座、健康扶贫讲座？我一次次下乡讲课，及时发现百姓的病，为百姓看病，看好了他们的病，他们自然会为我宣传。这样，越来越多的人来找我看病。这大概就是金杯银杯不如百姓口碑效应吧。

一次，马宝贵带着服务队到留城村搞健康扶贫讲座。讲着讲着，一位听讲的五十多岁妇女忽然身子一歪，便躺到了地上。人们乱作一团，但没人敢去扶起地上的女人。有人说，快去叫她的家人啊；有人回答，她丈夫出去打工，大儿子也不在家，家里只有一个五六岁小孩。马宝贵也赶紧走了过来，他掏出身上随时带着的银针，给女人扎了几针。在众多围观的目光下，女人慢慢睁开眼睛。马宝贵嘱咐随行医生，赶紧带着她到县医院去做一个全面检查。

女人有高血压，如果不是当时马宝贵的及时针灸，后果不堪设想。女人被送到县医院，马宝贵给她垫付了住院费，看到她安全了，才离开。女人叫李凤莲，那次住院，她成了隰县第一个享受"136"扶贫政策的患者。女人病愈回到村里，村里百姓对她只花了一千块钱感到很吃惊。

有意思的是，马宝贵救了李凤莲两回。第二回，女人到隰县县城卖菜，再次感觉天旋地转。在隰县，女人举目无亲，紧急关头，她想到了马宝贵。她留存着马宝贵的电话；或者说，很多乡村的村民都有马宝贵的电话，总之，在晕倒之前，她拨通了马宝贵的电话。

提到这样的救死扶伤，马宝贵办公室的一面面锦旗便是一个个无言的故事。一个衣着破破烂烂的农民工半夜找他看病，身无分文，马宝贵二话不说，垫上；一个七十多岁的老太太得了"气病"，眼看就不行了。马宝贵下乡讲课，老太太的家人已准备给她操办后事了。老太太的女婿叫马宝贵到家里看了看老人家。老人憔悴不堪，肚子鼓得特别大。马宝贵给老人号脉，觉得老人的病并非不可救药。他一边为老人号脉，一边了解老人的故事：原来，老人的儿子儿媳闹矛盾离了婚，为了得到家里的小二层楼，老太太自己看大的孙子竟然拿着棍子要把奶奶赶出家门。老人家怎么也想不开，儿媳妇不好，儿媳妇是外人，但孙子却是自己一手带大的，喂条狗都知道感恩，为什么孙子敢对奶奶这么无情？从此，老人开始食欲不振，慢慢连床都下不了了。马宝贵一面劝解老太太，一边给老人开了药。几天后，马宝贵亲自给老人送药，老人家坐了起来；第三次去，老人家坐在了院子里；第四次去，老人家坐在了大街上——马宝贵欣慰极了！

老人痊愈后，对女儿说，她一定要亲自给马院长送一面锦旗。后来，老人在女儿的陪同下，亲自来到城南乡卫生院，为马宝贵送来一面锦旗。

隰县三十多岁的王某得了胃病，到临汾、太原，花了5万多块钱也没有看好。听说马宝贵医术好，抱着试一试的心态，家人搀扶着虚弱的他找到了马宝贵。马宝贵听他讲得病的经过，之后给他开了几服中药。一个月后，王某竟慢慢好转了起来，他亲自做了锦旗送到了城南卫生院。

马宝贵说，其实，很多病都是"气"上来的。他给病人看病，望闻问切，问，其实就是"话聊"，医生只有跟病人沟通，打开病人的心结，药才能起作用。

三十余年的基层医疗服务，凭借吃苦精神，马宝贵不仅为一个个患者带去了福音，也在一次次看病过程中，运用中医药技术和中医适宜技术，在治疗消化系统疾病、颈肩腰腿疼等方面取得了显著疗效，积累了丰富的临床经验。2016年，他通过外出学习考察，引进了冬病夏治"三伏贴"特色疗法，以简、便、验、廉的特点，得到了广大患者的一致好评。2016年就诊患者达到两万余人次，他在隰县乃至临汾西山享有很高的声望。

在三十余年的基层医疗服务工作中，马宝贵在传承和发扬祖国传统中医药技术方面做出了积极贡献，培养了一批年轻的中医人才。在他的带领下，城南乡卫生院中医综合服务区顺利通过"全省基层中医药先进单位"评选的省级验收。

马宝贵奉献医疗卫生事业的事迹在隰州大地传颂，他说："为了人民群众的健康，付出多少辛苦都值得！"

工作中的马宝贵前排（左二）

唯有爱是世间最美的风景

——记隰县"好嫂嫂"李棠棠

梅　钰

　　时光如流水，沉潜在它的漫长甬道中，我们惯论人性之恶，傲慢、嫉妒、暴怒、懒惰、贪婪、色欲，让目光牢牢锁紧在质疑与偏见中，激发起无穷的喟叹与哀伤。回望人性的真善美，付出与坚守，即便微弱如星，仍在巨大的时代背景中散发出莹莹的光，积淀出最美的风景。隰县李棠棠，身高不足一米六，体重不超一百斤，将她放在人群中，渺若烟尘，却以大爱之情，谱写了一曲"姑嫂情"，令闻知的人无不感叹其人性之美，爱之光辉。

　　时在新春，隰县县城里到处是"中国红"，从滨河路一路北行，至凤凰苑小区，两旁高挂的灯笼，被风吹得四面轻晃。点点轻盈的红漾在空中，李棠棠说："你慢点儿，我在门口等你。"声音温婉，不似想象中刚硬，如果不是预先认知，很难将她与"好嫂嫂"的坚强形象联系在一起。

　　给李棠棠的颁奖词字字珠玑：

　　"从古至今，婆媳失和，姑媳不谐，是一本难念的经，可你没有感到难，因为你把难全扛在自己身上。唯其如此，才能侍奉婆母如己母，护理小姑子如姊妹。也许你做这些事时没有想过真情和大爱这两个词，但你用最朴素的情怀，阐述了人间孝老爱亲的真谛。"

　　我大概认为她是花木兰："驰马赴军幕，慷慨携干将。朝屯雪山下，暮宿青海傍。夜袭燕支虏，更携于阗羌。将军得胜归，士卒还故乡。"或者穆桂英："大破天门敌胆寒，裙钗飒爽跃征鞍。金銮殿里歌迷舞，滴泪崖前草木丹！"关于女英雄的想象在那几日如同一个魔咒不断侵袭我的精神，让我不能想象其他的可能，以至我远远望见李棠棠，竟有一刹那的恍惚：柔、弱、瘦、低。软软一笑，话不多说一句，只是前头带路，一步一步去向已知，去向未知，去向她已经面对的和必然要面对的。

这是冥冥中的注定，当我的目光沿着一份名单扫视，最终锁定在这里，也许是"山西省感动乡村百姓十大爱心大使"的引领，也许是"隰县道德模范"的吸引，也许只是"李棠棠"这个朴素的名字，人如其名召唤着我，让我最终靠近，被她引进一个狭小的空间，却慢慢洞开一个广阔的精神世界……

身形瘦弱，她顶起两家人的梁

意外发生时，棠棠正在自家的烧烤店忙碌。小城不大，凭借踏实肯干和诚信经营的口碑，有着不错的客流量。这是她全家赖以生存的营生，为此她和丈夫王小龙总是很忙，每天早早起来买菜、清洗、切串、穿串、腌串，狠狠忙上一天，就为着夜晚降临时，能将它们架上炭火，一点点炙烤，让食材慢慢溢出的香气，如同一张活招牌在空气中扩散。她喜欢看到信步而来的食客驻足、流连，最终坐下来点几盘，再开几瓶啤酒，清闲地享受当下。她喜欢忙，忙着迎来送往，忙着端盘送碟，忙着将自家的拿手菜推荐给客人，越忙，越能感觉到活着的乐趣，越能体味获得的幸福。人生倘能永远如斯忙碌，该是多么的幸福。此后每一天，她都会期待这种日子重新降临，小姑子婷婷能站着走进来，像那天以前，甜甜叫一声"嫂子"，替她忙上一阵儿，或者什么也不干，只是坐在那里，想想心事。

棠棠听见小龙的手机铃声响起，看见他木了一下，朝她望过来，几乎是同时，他的双腿如同被一根看不见的暗线疾速提起，在她跟前。"婷婷被车撞了，"他说，"快！"

2017年4月21日，晚上9时。

后来棠棠每次听到这个时间点都会浑身一颤，似乎又回到医院，回到病床前，看到婷婷如同异物降临，九死一生：她一动不动躺在病床上，头肿得像个洗脸盆，身上满是血痕，到处插着管子，只有胸脯在微弱起伏。

棠棠的眼泪不停迸发，眼眶排流不畅，被憋得生疼，像焊上了一个铁壳子，抬着沉重，放下也沉重，天地之间只有婷婷微弱的呼吸被一万倍放大，急切形同她不停求救："救我，快救救我！"棠棠一点点靠近，期望婷婷能有所觉察，能看她一眼，让她看到活着的迹象，然而婷婷不动，像一块巨大的黑石头，关闭了自主活动功能。

容不得棠棠有更多举动，医生下达了转院通知：县医院无法救治，请及时转送市人民医院。

医生下令"起"，棠棠抬起被褥一角，几人合力将婷婷抬到移动病床上。她的手不经意碰到婷婷的手，被泥污和血水双重沾染、脏脏的一只手，被车祸损害、毫无生机的一只手，那一路上，她就握着婷婷这只手，听着救护车一路呼啸，将婷婷病重、生命垂危的消息传播在每一个途经的地方。

棠棠回忆起这个场景，几近模糊，只是本能转首，频频将目光盯住婷婷：婷婷捡得一条命，变成植物人，就躺在卧室里。从棠棠所坐的地方望回去，能看到她的面部，病态之白，骨感之瘦，人一旦靠近，她会生理性反应，将头转向来人的方向，目光与你对接，似乎知道你的来意，想和你好好叙一叙，将心里的话全部倾诉出来，比如那惊心动魄的转院之路，比如那没日没夜的二十五天急救，比如那不眠不休连续五个月的煎熬，比如这六年里辗转不停地求医问药和每一日每一夜的坚守和付出。

然而婷婷不说话。

婷婷一动不动。

婷婷和窗台上那株鸭脚木一般，活着，吐纳，却静得和没有生命一样。

棠棠眼里一次又一次泛起泪花，心疼婷婷疼，心疼婆婆累，心疼婷婷的儿子守在病床边时婷婷眼里突然冒起的光。她独不疼自己，似乎那副从天而降的重担，是她一早就应当承担的，早在她出生之前就被命运坠连在她生命里，如同活着的每一个呼吸，每一次心跳，自然而然。

这一年，婷婷三十岁，棠棠三十二岁。

在此之前，棠棠从没有经历这种阵仗，将婷婷送到急诊室时是半夜，一群医护人员围上来，将人拉去紧急诊治。她坐在医院走廊的长椅上，被浓重的来苏消毒水味道熏得头晕，她当然知道这是已经降临的噩运在向她预告，从那个特殊的时间节点开始，他们全家人的生活都将被改变。

她不敢想象。

小龙在打电话，向远在千里外的婷婷丈夫李军通报消息，焦躁如同一只困兽，在笼里不停转圈。棠棠看到，他的头发不知道什么时候被抓乱，蓬得像一窝乱草，他就栖在那乱草堆上，明知事情已经发生，还在朝四方神仙求助，期望这一幕只是梦境。她很想上前抚顺，腿没劲儿，听见自己的心"咚咚咚咚"，激越得像鼓点，他在这鼓点中隔开她一米左右坐下，又站起，扒住门朝里望。那扇门隔开的世界，如同他俩此前走过的所有路径，棠棠不知道会有什么消息从里面传出来。

很快的，临汾市人民医院出具诊断：重度脑挫裂伤，弥漫性轴索损伤，左锁骨骨折，右尺桡骨骨折，右颞骨骨折，右侧耻骨骨折，右侧动眼神经损伤，头皮裂伤。

婷婷住进重症监护室，准备接受手术。

"我好像听见一种声音，钢锯切过钢板的声音，看见火花四射，一股浓重的味道散发出来。"时隔六年，棠棠依然不能忘记当时的场景，她站在重症监护室门外，心脏被想象中的画面不停击打，同时产生一种幻想：医生打开婷婷的头颅，像巧手的电器维修师傅打开电视机后盖，换掉坏的零部件，接通电路电线，清除掉灰尘，就能让电视机重新播放出画面。她满怀信心，期望奇迹发生。

第一次手术长达四个小时，棠棠坐在重症监护室门外，没敢离开半步，她竖起耳朵听，生怕误了医生的召唤：交钱、买药、签字、化验。接着是第二次手术，第三次手术，第四次手术。

每次手术都让婷婷命悬一线，她各项生命体征不稳定，医院一天能下好几次病危通知书。

讲述到这里，棠棠浑身颤抖，仿佛又回到那些天。婷婷一动不动，头上裹着白纱布，浑身插满各种管子，她一想到婷婷可能离开这个世界，心就如刀割般疼痛，哭得难以自已，一次次拉住医生向人家求告："求求你们，救救她，她才三十岁啊。"医生摇头，不知道该如何安慰她。生命的顽强和生命的脆弱一样，都充满不确定性，即便专业如医生，也无法明确告诉她婷婷到底能不能回来。她不能接受这个结果，又去求婷婷："你别走，你快醒来。"她相信婷婷一定听见了，她陪着她熬过一难又一难，经过两次开颅手术，两处骨折手术，硬是将她从鬼门关拉回来。

当医生宣告婷婷可以从重症监护室转入急症科室，棠棠激动万分，她知道这意味着什么。

此时，距离婷婷车祸已经过去了二十五天。

交钱。

交钱。

交钱。

肇事司机垫付的钱如同流水一样急速蒸发，和他的人一样。婷婷仍旧生死未卜。这个世界要放弃她，可棠棠不愿意。她清楚记得，那一天医院又通知交费，她和小龙的手机里再没有一分钱了。她看着小龙，知道他也在思考同样一个问题。当初为了盘下这个小店，夫妻俩付出很多辛苦，一分一分挣钱的辛苦，一分一分攒钱的辛苦，小店开张不到一年，生意红火，如果不关门，很快就能回本了。可不关门，怎么办，两人都知道家里经济困难，没有谁在救治婷婷的过程中藏着掖着，该付出的不付出，此生都会有遗憾。只要能治好婷婷，砸锅卖铁、倾家荡产也值！棠棠和小龙交会着目光，虽然他们才三十出头，没有经历过大事情，但真到了关键时候，他们还是勇敢地担当起了一切。小龙记得，当初棠棠只说了一句话："咱们年轻，天塌下来咱们顶着，无论到什么时候我都支持你。"

很快，小店转让出去，救命钱打到小龙手机上时，医生催告交费的期限只剩下最后一刻钟。

过往一切淡如烟云，此刻却翻卷起无尽的思绪，棠棠回想起那二十五天中，她一步也不敢离开重症监护室，为了陪护方便，他们买了一张行军床，白天收起来，晚上就支在重症监护室外。"大厅就是我的床铺，这里方便大夫传唤，不论检查，还是递化验单、说话、签字、请医生、买药，我保证随叫随到，及时到位。"棠棠笑得很淡，很幸福，她说："要谢谢婷婷，她不放弃，我的坚持才有意义。"

二十五天里，棠棠和小龙昼夜轮流值班，没有缺过一天岗。现在回忆起来，她说自己忘记了很多事情。二十五天没有洗过一次澡，觉得难受了，就在卫生间里用水抹一把脸，擦擦身子，也不怎么换衣服，来时穿的那一套，反反复复还是那一套，至于一日三餐，忙起来常常忘记吃饭，有空了，却早误了吃饭时间，就这样饥一顿饱一顿，有一顿没一顿。

没日没夜，没饥没饱，没黑没白，没停没休，整整二十五天，棠棠瘦了好几斤，但她不能停留一秒钟，急诊过后，漫长的康复才开始，而转让小店的钱早已经捉襟见肘，棠棠不得不从长计议。

婷婷的丈夫李军在外打工暂时不能回来，李军父母年纪大了，身体不好，还得照顾婷婷的小孩，显然无力再拿出精力照顾婷婷。责任落在娘家人身上，婆婆有高血压，害怕她气急攻心再出祸端，一家人商量先向她隐瞒起这个消息。公公闻讯赶到医院后，情绪激动，听着女儿的病情介绍几度昏厥，也不适合长期陪护。小龙是个男的，诸事不方便。盘算来盘算去，这副重担只得压到棠棠肩上。棠棠给全家做了分工：公婆身体不好，留在家里照顾八岁的女儿；小龙外出打工挣钱；她一个人留在医院护理婷婷。

从此她再没有离开过婷婷。

转眼就是六年。

棠棠说："我从来没有后悔过。"

你从她身上看不见刚硬，只有柔弱、纤细和一双大得出奇的眼睛。有时棠棠会停止叙述，将那双漂亮的眼睛朝向某一处，我跟着看过去，是一张全家福，棠棠和婷婷都年轻亮丽，在照片里笑得明媚。棠棠说，她的一切努力，都是为了让这一场景复现。

2017年5月16日，婷婷从重症监护室转入急诊科时，依然处于重度昏迷状态中，医院要求一级护理，棠棠舍不得掏护理费，就向其他护理人员学习，亲自担任起护理婷婷的工作。每天每隔两小时，棠棠要为婷婷翻身、移位；不间断地为婷婷湿润嘴唇，定时、定量通过胃管输送水、营养液及精心制作的果汁、蔬菜汁等；及时为婷婷换洗衣服、清理床便、按摩身体……棠棠不到一百斤，要将婷婷原地翻身需要费很大力气，只好用肩膀顶住婷婷的上半身，用手扳住她的下半身同时往一个方向用力。

很快的，婷婷的各项指标就显示，她已经没有什么需要诊治的地方了。换句话说，医院对她的病已经无能为力，现代医学不能将她丢失的神志找回来。她和以前相比，只差了这么一点儿东西，大概在车祸发生时，被谁给拿走了，忘了还回来。

婷婷没能恢复意识。

看着正值青春年华的小姑子变成躺在床上的植物人，没有意识，不能言语，棠棠心疼极了，由不得自己就会泪如雨下，她说那一段时间她被苦难和绝望双重打击，体重急速下降，差一点儿就要放弃了，可最后她还是一次又一次给自己打气："一定要坚持，只要小姑子还有一口气，我就要竭尽所能来唤醒她。"后来棠棠打听到，高压氧对醒脑有帮助，立即为婷婷预约了相关治疗。由于昏迷病人必须有人陪同，她又忍着高压舱对身体的刺激，强忍呕吐、恶心等不良反应，一次次陪婷婷治疗。然而，现实残酷，这些治疗并没有帮助到婷婷，婷婷没能恢复丝毫意识，仍旧昏沉如同睡美人。

2017年9月底，所有对婷婷有帮助的治疗都用过了，婷婷仍处于昏迷中，医生认定婷婷苏醒的可能性几乎为零，建议她们出院回家。此时距离车祸发生，已经过去了整整五个月。在同一条路上，车子行驶过相同的村景，棠棠有些恍惚，似乎时间仍旧停留在车祸那一夜，她拉着婷婷的手，看着她血肉模糊的样子。五个月无法改变什么，又真真切切改变了什么，她拉回了婷婷的生命，似乎又没有，一切极度不真实，让棠棠几乎陷入迷乱。

然而她甚至没有时间再多考虑一分钟，车子停在龙泉镇瓦窑坡村。当时棠棠一家还住在平房里，20世纪修建而成，砖瓦结构，有不大的院落，有树，有风，有鸟鸣，吃水要到外面提，厕所是旱厕，偶有风雨，会漏进来，在屋内留下印记。这使得棠棠的护理工作更复杂一些，也更耗时一些。在出院之前，棠棠和小龙就提前为婷婷准备好了专用床、防褥疮垫子、氧气瓶、轮椅、料理机等。回到家中，看着婷婷身上插入的各种管子，棠棠每次都会忍不住掉下眼泪。

天气好的时候，她会将婷婷移出来晒晒太阳，希望从小生长的环境能帮助她拉回婷婷的意识。尽管婷婷身上插着鼻饲管、导尿管、气切管，挪动她总是要耗费很大精力，还总得小心翼翼。

2021年9月份，棠棠一家居住的平房被政府列入危房改造项目，大型挖掘机驶入村庄，将此地夷为平地。这时，婷婷的姐姐挺身而出，将自己的安居房让出来。她说："我总得做些什么。"她有工作，没时间照顾婷婷，但"有钱出钱，有力出力"这个最朴素的道理，她一直在努力践行。她说这是棠棠的精神指引，没有血缘关系的棠棠尚且能够为婷婷付出如此巨大，自己这个亲姐姐又有什么理由不全力支持呢？

这大概是两大家人的共同心声。六年来，棠棠一力承担起照顾婷婷的重任，让婷婷的丈夫李军安心在外打工，让李军父母安心照顾孩子，让自己的公婆安享晚年，让两大家人不至于因为这一次变故而变得支离破碎。

而今六年过去了，棠棠不记得自己有过价值平衡或利益考量，支撑她一路走过来的只有一个信念：婷婷没死，婷婷还活着，婷婷会一直活着。

六年里，婷婷的伤口没有过一次感染，更没有生过一次褥疮。每天，等手里的活儿忙完了，棠棠就守在床边不停呼唤婷婷的名字，像过去一样唠家常，希望婷婷能有所回应，哪怕只是"嗯"一声也好。时间一长，棠棠也逐渐把婷婷当成自己的倾诉对象，婆婆经常会看到，棠棠和婷婷像一幅画，一个卧着，一个坐着或站着，两个人长时间相对，像是极有默契的一对姐妹花。那一定是向晚之时，即将西沉的落日从窗户里斜射进来，婷婷和棠棠被照耀，有时容易让她产生错觉：那场车祸从未发生，两个孩子只不过是累了，需要好好休息。

眼眸沉稳，她铸起全家人的魂

如今，棠棠一家居住在县城新建路北凤凰苑小区，房子不大，一层，便于棠棠坐轮椅进出，尽管她仍旧无力支撑起自己的身体，无法将身体端正，脖子软绵绵的只能平搁在枕头上。棠棠会将轮椅调至最低，让婷婷的头能够最大限度平放。这样，在太阳好的时候，小区里的人就会看到这样一幅场景：婷婷坐卧在轮椅上，棠棠站在身后小心扶着，偶尔俯身，帮婷婷擦拭一下嘴巴，或者为她抚平被角。两个女人同样瘦弱，又同样坚强，一起上演着肉身的不可思议和精神的顽强坚定。

不出门时，婷婷会躺在全家唯一一个向阳的房间里，享受清晨的第一缕阳光。她给我的感觉是她神志很清醒，有自主意识，只是苦于不能开口说话。当我靠近，明显感觉到她的脑袋转过来，和我的眼神两相缠绕，有一个长久的羁绊。似乎想告诉我，她知道我的来意，关于嫂子棠棠，她本来可以有万语千言。

婷婷妈妈苦笑，如果真是这样，那就太好了。

老人告诉我，经过六年的康复调理，婷婷的情况好转了许多，可以感光，有人靠近时也会有反应，但这应该是无意识的，因为不到两分钟她就会重新睡过去。老人掀开被角，将婷婷的手和腿拉出来让我看——瘦得吓人，皮包骨头，仅有的一点肌肉有明显萎缩，手术留下的瘢痕像一条条红蚯蚓，粗重地趴在她身上。更为瘆人的是，她的手骨和腿骨都在变形，朝着异于常人的方向变化。婷婷妈妈说，我们谁也不知道以后会怎么样。

老人在车祸过去很长时间才知道了事情原委，那时婷婷已经度过危险期，从重症监护室转到急诊病室。她去医院，看见棠棠坐在走廊上，头靠着墙，双眼紧闭，嘴里干嚼着一块饼子。几天不见，这孩子又瘦又干，本来水灵灵的脸蛋起皮起皱，头发乱乱的，衣服也四处打褶。才知道为了节省时间，棠棠从来不去外面吃饭，每天就是饼子馍馍就开水。她轻声靠近，没想到棠棠一个激灵清醒了，马上就朝病室跑，这个动作让老人一下子哭了，没想到两个孩子这么苦，一个躺在床上生死不知，一个为她操磨成这样。

老人大哭一场，决意留下来替换棠棠。婷婷已经是这个模样，她不能再让儿媳妇跟着一起遭罪，然而她住了几天，发现自己怎么也插不上手。棠棠能发现的问题，自己发现不了。棠棠能干了的事，自己干不了。棠棠的身体里好像住着一个时钟，到点就帮婷婷翻身、做饭、按摩，自己只能不得要领地添乱，反而像是棠棠的一块绊脚石。

住了几天，棠棠说："妈，你回吧，别把自己再累出病来。"

老人知道棠棠牵心孙女。孙女是小龙和前妻生的，棠棠结婚时她才两岁，好像两个人天注定有这份缘分，棠棠当她是亲生，女儿见她也很亲，两个人走在一起，还有那么一点儿母女相。老人知道棠棠心细、心软、心柔，家里的大事小事她都任劳任怨默默奉献，婷婷的重担她也担下了，不能再影响到孩子的生活。

婷婷从医院回来以后，老人能够帮助棠棠承担一些事情，但毕竟有限。"我老了，没劲儿，很多事情还是需要棠棠干。"她感恩上苍送来棠棠，当嫂子的比当妈的付出还多。老人说："这个家全凭她支撑，婷婷全凭她侍候，如果没有她，婷婷就恢复不到今天这样。这样的好嫂子真是全中国都找不到。"

我愿意相信婷婷对这一切心知肚明。社会普遍认为，植物人患者又被称为意识障碍患者，大多数患者一般会保留一部分功能，维持身体的代谢，包括呼吸、心跳、血压等。对外界刺激也能产生一些本能的反射，如咳嗽、喷嚏、打哈欠等。但机体已没有意识、知觉、思维等人类特有的高级神经活动。2013 年，以色列特拉维夫大学苏拉斯基医学中心的科学家，让植物人分别看见认识的人和不认识的人的照片，通过功能性核磁共振成像（FMRI）实时扫描大脑的血流和神经兴奋性，发现植物人在看见认识的人时，会出现情绪反应，提示他们能把视觉信息与记忆进行联系。这表示婷婷极有可能在潜意识里对事物有认知，才会表现出来。

然而婷婷不说话。

婷婷一动不动。

婷婷和窗台上那株鸭脚木一般，活着，吐纳，却静得和没有生命一般。

在我试图读懂婷婷时，棠棠握住婷婷的手下意识地按摩，当发现被我看见，有些羞涩地放开。这应该是她最本能的反应，和婷婷看向我的目光一样，不由自主，却那么由衷。那一刻，我被生命的崇高所感召，有强烈的意愿进一步深入，探进她们灵魂的最深处，看一看她们以怎样的方式沟通。也许在人目力所不及的地方，有一个空间能够容纳她们的精神，以人所未知的方式。科学家说人脑只被开发了十分之一，另外那十分之九，大概足以令俩姐妹自由交流，无所挂碍。

棠棠笑笑，不说话。

相比于语言，棠棠更善于行动。在护理婷婷的同时，她搜集了大量资料，寻找植物人被唤醒的病例，寄希望于现代医学的不断发展，能最终破解婷婷的病，将她的意识找回来。这份工作延续了将近六年。

"即使希望渺茫，咱也得试一试！"婷婷出院回家后，棠棠不甘心就这么放弃，四处打听相关的康复治疗，当得知西安一家医院对脑部病患有特效后，她就和小龙商量去西安。小龙二话没说，立即将面包车的后座全部拆除，又在移动折叠床上铺了厚厚一层褥子，只为婷婷能舒服一点儿。

棠棠至今仍能回想起那三十多个小时的漫长路程，她一直紧握婷婷的手，像上次一样。所不同的是，她知道婷婷活着，婷婷还在呼吸。那一路上，他们见服务区就停，借用服务区的设施给婷婷做营养餐，替她翻身、清洁，让她能舒缓一下紧张的身体及神经，尽管她一直昏睡不醒。夜晚，他们就睡在面包车上，让服务区清冷的空气一次又一次冲刷他们的疲惫，以及煎熬着的身心。

有时棠棠会产生幻觉，好像自己一直就在这样一条路上，没有开始，没有结束，不能停顿，不能后退，只能踩起油门朝前冲，不管前面将会遇到什么。

棠棠知道自己不会轻易说"放手"。这六年里，她不记得走过多少路，去过哪些医院，一次次满怀希望，一次次失望而归。望着沉睡的婷婷，棠棠咬牙坚持，替婷婷设计了一整套被动训练，让她的身体处在活动状态中。同时，为了给婷婷补充营养，棠棠每天变着法子做营养餐，把蛋白质粉、水果、鲫鱼等搅拌后悉心喂食。棠棠说："这两年光榨汁机不知用坏了多少。"在棠棠的照料下，婷婷的脸色越来越红润，眼睛也越来越有神。当我站在她面前，会不自觉沉浸到她的目光里，希望有一条缝可以钻进去，看看她到底对人世还有没有知觉。

和婷婷相比，棠棠的眼睛更明亮也更深邃，当她向你望过来，你会看到沉潜在她生命中的一股勃发的力量，就是在这股力量的指引下，她一次又一次带领着婷婷奔向理想的征程。面包车是他们流动的家，哪怕只有百分之一的希望也要去试试；医院地板是他们的床板，短暂休息过后便立马投入新一轮"战斗"。

棠棠最深刻的记忆停留在烟台的一家医院。根据治疗方案，她每早7时给婷婷扎针，接着是仪器治疗，每隔两小时一次翻身、拍背，到了晚上也是如此。一连三个疗程，每天重复一样的程序，她从不厌烦，更无怨言，她的细心与耐心，令不少专业护工都自叹不如。就在这家医院，婷婷先后拔了气管、鼻饲管、导尿管。

"继续走，继续试！"倔强的棠棠和小龙载着婷婷，又一次开启"期望之旅"，不停去往北京、天津、成都等地的大医院，期盼奇迹出现。婷婷却如同一次偶然的神迹再现后，再也不肯将光芒照耀在棠棠身上。

棠棠不灰心，她说，虽然婷婷没能清醒过来，但相比出院时已经有了很大的进步，她不会放弃为婷婷治疗。

由于婷婷突发剧烈咳嗽，棠棠不得不中断叙述。她迅速跑回卧室，拿起吸痰器冲到床边，将婷婷的头转向自己，一只手执住婷婷的嘴巴，一只手拿起吸痰管，将管子从婷婷的喉管顺下去，同时脚踩吸引器，将口腔、咽喉部的痰液吸干净。动作之快捷之娴熟，令人诧异。棠棠看出我的心思，笑了笑，将吸痰管换掉。她说类似的情形她早已经习以为常，对于婷婷来说，再微小的失误也经受不起。她不得不打起十二分精神，关注婷婷的每一个细微表现，时间长了，她能从婷婷的微表情中准确判断出她是饿了，还是尿了，或者是哪里不舒服。她不能确定婷婷是不是有知觉，会疼痛，但当她依据自己的观察去验证，总是很准确。

事实上，从青岛回来以后，为了更好地帮助婷婷康复，棠棠便和婆婆实行"轮岗制"，分分秒秒守候在婷婷身旁。婷婷的面部表情、肢体动作，只要有任何一个细微变化都牵动着"轮岗"人员的神经，她们都不会轻易错过。

每天早晨5点，棠棠就起床给婷婷的上下肢做强行牵拉运动，舒展她挛缩的肌肉，缓解肌张力异常模式；随后对四肢做内收外展的运动，保持关节活动功能，防止局部软组织挛缩；对腕关节、踝关节进行手法按摩，做背屈、下压动作，防止跟腱短缩，出现足下垂、足内翻等并发症。棠棠笑称，她的这套按摩功夫不亚于专业护理人员，等以后可以靠这个挣一碗饭吃。

棠棠一点点接近着婷婷，一有空就坐在病床边和婷婷"聊天"，讲她们刚认识时候的事情，回忆她们在一起的时光，还特意给她播放她喜欢听的歌。慢慢的，棠棠发现婷婷有了起色。有一天，棠棠突然发现婷婷的眼神不再涣散，眼珠能进行小角度的转动。这一变化让棠棠惊喜万分，坚信婷婷有被唤醒的可能，她翻阅大量医学书籍、咨询多名专家，了解到进行正规科学的康复训练迫在眉睫。于是又购买了一台机器，让婷婷做直立训练，以维持她脊柱、骨盆及下肢的应力负荷，减少并发症的发生，促进血液循环和新陈代谢，增加婷婷各种深浅感觉的输入。

不知道是不是这些康复训练产生了作用，婷婷的表现越来越好。为了给婷婷增强营养，棠棠把蔬菜、水果、肉食、米饭全都打成流食状，一点点喂。当棠棠将流食送入婷婷嘴里，她会下意识吞咽，虽然很明显没有控制力，会吃一半吐一半。这使得喂食过程极其缓慢，饭凉了，就重新热，天气凉的话需要反复热好几遍。一顿饭下来，常常要折腾一个多小时，甚至更长时间。棠棠不厌其烦，也不肯重新用鼻饲管，她强迫婷婷动作，希望借此锻炼她的咽喉肌，让味觉上的刺激利于婷婷的意识恢复。她观察到婷婷喜欢吃鱼，喂她鱼汤时，会有愉悦的表情。婷婷喜欢小孩子，当有小孩子的声音响起，她会表现得很快乐。

没人清楚婷婷到底有没有认知，棠棠愿意相信她有。尽管她也知道，对于植物人唤醒，目前有药物、手术、物理治疗和各种大脑刺激技术，一些药物的疗效未经充分证实，存在争议，打开颅脑进行深部脑刺激的手术属于有创治疗，唤醒植物人目前还没有符合循证医学标准的有效方法。但她从来就相信会有奇迹，在她手机里，存着很多"亲情唤醒植物人"的病例，她会不定时打开，让它们鼓舞自己的信心。

棠棠没有仔细算过，治疗婷婷的这六年，到底花出去多少钱，她知道那是个庞大的数字，庞大到她们一家人都在为此奔命。公公年近八十仍旧在外打工。小龙和李军从车祸那天开始，就把一天当成两天在拼搏。婆婆年岁那么大，坚持和她换班，让她能有机会喘口气，休息一下。就连女儿和外甥，也会利用假日来家里照料婷婷。令她感动的是，全家人从来没有过反向力，所有力量都在朝婷婷集中。

令棠棠欣喜的是，婷婷的身体机能越来越好，包括听觉、味觉和对外界的刺激都有明显的改善。尤其是当儿子来到身边时，她眼里会泛上一股水汽，嘴角会有笑意。每当此刻，棠棠就会拉住她的手，轻声跟她说："婷婷，加油！我们都希望你能早点儿醒过来，你还这么年轻，全家人都在等着你，你的儿子需要妈妈。"

棠棠希望有条缝隙，能将她的话收进去，让婷婷接收到。有时她恍惚间会有错觉，她能听见婷婷说话，那些字句不是从嘴巴里出来，是从她身体里出来，飘进她耳朵，婷婷说，谢谢嫂子，我一定不辜负你的期望。又说，谢谢嫂子，我一定会坚持。棠棠点一下头，又点一下头，六年的辛苦付出瞬间付之流水。她将婷婷紧紧牵着，像出事前一样，走进隰县的大街小巷，被这座小城的阳光温暖。隰县百姓淳朴，德厚风清。从古至今，一直以"民风淳朴、邻佑相助"著称，康熙本《隰州志》载曰："十五国风晋最俭，隰之俭尤甚；晋最朴，隰之朴尤甚。"这一点，棠棠听很多人说过，她希望婷婷也能听见。

步伐坚定，她引领大家庭的方向

如今棠棠在附近一家美容院工作，店面不大，每天很忙，但只要有一点儿空闲时间，她就会跑回家，看一看婷婷，帮她做一做康复护理工作。她说老板人很好，知道她不容易，家里躺着个病人像无底洞，有多少钱也填不满，聘请她在很大程度上是帮助她渡过难关。她说这六年得到过很多帮助，收获过很多善意，隰县县城不大，她生活在这里，总被爱和温情包围，才能充满力量，继续前行。

棠棠不知道在婷婷身上花了多少钱，只记得重症监护室的费用是一天 5 万元左右，至于后来，是全家人凑钱，向亲戚朋友借，够一定数目，就带她出去治疗一次。她不准备放弃，通过信息查询，她知道我国的医学技术每天都有新进展，也许等下一次，她就能把婷婷带到最前沿的医院，让现代医学帮婷婷把那个被遗弃的东西找回来。让棠棠充满更多信心的是爱的接续。女儿十四岁了，放学回来会跑到姑姑房间，和她拉拉学校的见闻，外甥虽然是男孩，也学会给自己的妈妈按摩。正是因为有种种爱的涌现，六年里，婷婷的表现越来越好。棠棠相信婷婷一定有某个渠道能和现实相连，能感受到亲人的爱和关怀，她期望有一天奇迹真的发生，婷婷能真的"睁开"眼睛，亲亲地唤她一声"嫂子"。

然而婷婷不说话。

婷婷一动不动。

婷婷和窗台上那株鸭脚木一般，活着，吐纳，却静得和没有生命一般。

棠棠知道，植物人被唤醒的概率太低了，医生告诉过她，由于人的大脑精密而复杂，对意识障碍的治疗手段也相对匮乏，"植物人促醒"一直都是困扰全球医学界的一个世界性难题。再加上投入大、成效慢，全国的植物人促醒中心也不超过十家，但每年新增患者就达到七万到十万人。

数字残忍，可棠棠真的不忍心放弃，她和丈夫小龙做好了心理准备，只要婷婷还有一口气，就一定要为她治疗。一句话说得荡气回肠，让我不禁泪目。即便我曾经对人性有过深刻的绝望，此刻也升腾起了爱的敬仰，我注视着这对年轻人，知道他们不仅仅是这个家庭的脊梁。

小龙觉得愧对于棠棠。2012 年两人结婚时，自己离异，带有一个女儿。为了攒钱开店，一家人省吃俭用，没想到小店刚开业就遇到婷婷车祸。六年里，棠棠很少花钱，吃喝用度简省到极点，身上的衣服大多是朋友送的，后来去美容店打工，她就总穿制服，黑蓝色套装，穿着笔挺，让她娇小的身形显得甚是端庄。有时他会问棠棠，你后悔吗？棠棠告诉他："我不后悔。你放心，她是你的妹妹，也是我的妹妹，照顾她是我应有的责任。只要她能好起来，我不怕辛苦，不怕累，也不怕脏。"这让小龙感动。灾祸降临时，若非棠棠首当其冲闯在一线，他不知道如何面对妹妹血淋淋的肉身；康复过程中，若非棠棠不弃不离坚守每一天，他不知道如何面对生活赋予他们全家的苦难和残缺。他知道棠棠付出太多，然而他没有能力让棠棠停下来。他就像是一张扑克牌，将正面给了挣钱，就给不了妻子太多的笑脸，只能背对她，让她看不清牌面，也看不清他藏在心底可能泄露出来的一重又一重愧疚。

尤其让小龙揪心的是，为了照顾婷婷，棠棠一直没有生育。他知道这对一个女人来说有多重要，然而他和棠棠都知道，他们没精力、没时间，更没财力。六年里，他们把全部身心都投入婷婷的诊疗当中，他眼看着棠棠日复一日消瘦下去，又心疼又无奈。他无数次想象，假如当初婷婷没有发生车祸，他和棠棠的烧烤店一直开着，会是怎样一副光景。起码衣食无忧，儿女双全，不像现在，除了一副日益消瘦下去的骨架，两个人一无所有。

小龙和棠棠一样，话都不多。我不忍心追问他们，古语有云："久病床前无孝子。"何况哥嫂？将大好的青春抛掷在一个病人身上，你们真的心甘情愿吗？

棠棠浅浅淡淡的，似乎知道我想问什么，她说六年中也有过纠结。为了照顾婷婷，她很少回娘家，亲生母亲突发疾病引发偏瘫，住院治疗时她分身乏术，出院后她仍旧无法到母亲身边陪护。棠棠的纠结再真实不过。我在听她叙述时，似乎看见两个"她"在打架，一个被一个拉着，一个被一个扯着，两个都不安生，两个都有不舍。她终于还是选择留在婷婷身边，因为婷婷更加需要她，她就像是她一手浇灌的花，只有她懂得她的"花语"，能陪伴她走这一路艰辛、一路坎坷，也走这一路平安、一路坦然。

婷婷依然如旧，不时亮起的眼波神秘莫测，让人无法看清她到底醒着还是睡着，到底清楚还是糊涂。棠棠有时会长时间地和她对视，让自己有如过山车般从希望到绝望，最终停留在原来的地方。她看不到婷婷醒着的症状，也读不懂她的情绪，她所能照料的只有婷婷的肉身，实在无法触探到她的内心。

棠棠依然在坚守的路上，一家老小没有固定收入，随着女儿一天天长大，用钱的地方也多了起来，家里财政几乎每天都在"打赤字"，她不得不出门打工。尽管有更好的工作机会摆在眼前，但她却在家门口找了份"辛苦活儿"，只因放心不下婷婷。哪怕一天的工作再忙、再累，她也要抽时间给婷婷翻身、按摩、擦洗。

采访将结束时，棠棠从手机里翻出一则新闻给我看，是《羊城晚报》微信公众号刊发的一则消息，《广州艺术家夫妇成功唤醒4位植物人》，棠棠告诉我，等家里条件好转了，她要跟这对夫妇联系，让他们为婷婷定制个性化唤醒方案。在此之前，她收集了很多关于婷婷的视频和图片，没事就给她播放，希望能刺激到她的大脑，激起她的反应。

乐观开朗的李棠棠

就在此时，传来婷婷无意识的一声长叹，棠棠立即返回卧室。阳光正好，从窗户斜射进来，洒在婷婷身上，婷婷专注地望着棠棠，似乎在说，我知道你一直都在努力，又像在说，我一定会和你一起坚持。棠棠接收到婷婷的信息，她知道这是坚持的意义，活着的意义，生命的意义。随后她打开手机，开始播放一首歌曲：生死不离／你的梦落在那里／想着生活继续／天空失去了美丽／无论你在那里／我都要找到你／血脉能创造奇迹／生命是命题／无论你在那里／我都要找到你／手拉着手／生死不离……

她幻想歌声顺着婷婷的耳廓进入大脑，在她脑海里激起反响，让她回想起过往，回想起人世间，回想起自己走过的三十六年，让那延宕了六年之久的意识重新接连，她能清醒地睁开双眼，清晰地喊一声"嫂子"，把双臂敞亮地打开……

用公益点亮生命意义

——记临汾市十大"道德楷模"任红祥

李瑞华

任红祥，一个普通的中年男人，一副疲惫的肩膀。这样一个人，走进茫茫人海，谁都不会多看一眼。

感动隰县十大人物、隰县十大法治人物、隰县优秀人大代表、临汾市十大道德楷模……一个个光环，组成一顶耀眼的桂冠，戴在他的头上，闪耀在古隰州风光秀美的土地上。

那是一块生长好人的土地。从宋朝赵友七世同居，到明代苏四国割大腿肉喂母；从郝英祥五十年照顾牺牲战友母亲的晋鲁传奇，到大学生袁小平勇斗歹徒英勇牺牲的感人事迹；从荣获"全国孝老爱亲道德模范""感动中国十大人物"的孟佩杰，到荣获"全国十大见义勇为英雄司机"的来虎平；从荣登"中国好人榜"的冯廷记、宿全保、武来贵，到荣获"全国榜样人物""感动山西十大人物"的解绍亮、荣获"全国乡村好青年""全国榜样人物"的刘帅君、全国"孝老敬老之星"的王俊杰……一代又一代的隰州人，筑就了"中国好人县"的基石，谱写了"中国好人县"的荣光。

群星璀璨，任红祥不是最耀眼的一颗，却闪烁着独特的光芒。

一个人做一件好事并不难，难得的是二十多年如一日把公益当事业。是什么样的力量支撑着任红祥走到今天？一个上有老下有小的中年男人，常年奔波在不仅没有分文报酬，还经常需要自己出资的公益事业上，一家人靠什么生活？他的家人对他所热衷的事业又持什么样的态度？……

带着一个个疑问，我们走近任红祥。

孤身救援，争分夺秒战死神

"你问我救了多少人？那谁说得清，不管啥时候，遇上了咱就救呗。都是爹生娘养，都有妻儿老小，别人遭了难了，让你碰上了，你不救谁救？救人一命胜造七级浮屠，咱也不图什么功德，就图个心安！第一次救人是什么时候？这我得想想。"

跟挤牙膏似的，我一点儿一点儿地，从任红祥的嘴里"抠"出了下面的故事。

2004年深秋，庄稼收罢，空荡荡的原野上，只有还没来得及拔的庄稼秸秆在风里头站着。县城通往阳头升村的乡村公路上，任红祥一边骑着摩托车，一边盘算着自家的营生。

突然，路面上一片黑乎乎的东西吸引了他的注意，一开始，他以为是谁的车漏油，正要绕过去，不料一个回头，看清楚那是血迹。他赶紧急刹车，车子一个趔趄，往前滑行了几米之后停下来。没等摩托车停稳，他扔下车子拔腿就往跟前跑。

眼前是一摊殷红的血，一辆摔得七零八落的摩托车，一个满脸是血躺在地上的年轻人。

任红祥蹲下身，急切地询问伤者的情况，伤者微微睁开眼睛，无力地看着任红祥，张张嘴，一句话也说不上来。伸手试试，伤者的鼻息微弱得几乎感觉不到。

任红祥不敢再犹豫，摸出手机给附近一个朋友打电话，朋友很快开车赶来，两个人小心翼翼地把伤者抬上车，一路摁着喇叭风驰电掣般奔到县医院急诊室，医护人员一边急救，一边催着办手续，任红祥二话不说，帮其垫付了医药费，一直等到确定伤者脱离生命危险，这才返回到事故现场去寻找自己的摩托车。

走到半路，他才想起自己慌乱间连车都没锁。

2007年初冬，同样的事情又让任红祥遇上了。

他记得很清楚，那天他正在曹城村三岔路口附近修理装载机，突然听到一声巨响，直觉告诉他，一定是出车祸了。

抬头看看，三岔口那儿停着一辆车，闻讯赶来的村民们正围成一圈指指点点。他赶紧放下手里的活儿跑过去，眼前的一幕让他忍不住倒吸一口冷气：肇事车辆歪斜在路边，一个中年妇女躺在20多米开外一动不动，离她不远，一个十二三岁的小男孩仰面朝天躺着，似无声息。

情况十分危急！

围观的村民不少，可没有一个人上前抢救。如果不赶紧送到医院救治，怕是也没命了。任红祥急了，他大声喊那辆肇事车的司机，司机惊吓过度，脸色煞白，浑身发抖，坐在车里不能动弹。危急关头，任红祥顾不得多说，一边打电话报警，一边把受伤的孩子抱到车上，一把把司机从驾驶室拽出来，让他坐在副驾上，自己开上车就往医院跑。

等孩子进了急诊室，他又帮忙询问和联系家属，协助随后赶到的警察做笔录，一直忙到傍晚，孩子脱离了危险，他终于松了一口气。掏出手机一看，手机上十几个未接来电，都是客户打来的，他这才意识到，客户还急等着用装载机呢。顾不上饿得咕噜响的肚子，他匆忙赶到客户家，在客户的埋怨声中修好机器，这才拖着沉重的双腿回家去。

这样的事情，只要是遇上了，任红祥从来没有过一丝一毫的犹豫，总是第一时间冲上去救人。用他的话来说，那哪里是救人啊，分明是从死神的魔爪里抢人！

救人的事情，做了也就做了，他从来不说，身边的人，包括家人，都不知道他见义勇为的事迹。直到2014年，他救人救到了自己的家门口，家里人才知道他一天到晚的忙碌，并不是只为了自家的生计。

邻居们记得很清楚，那天是正月初七，古老的隰州城还笼罩在浓浓的节日气氛中，一场雪更是把春节装点得诗意盎然，四下里不时响起孩子们欢快的笑声，鞭炮烟花声此起彼伏。

上午11时左右，任红祥正在自家院子里扫雪，突然听到巷口有人大声喊叫，跑出去一看，四五个人拿着铁锹、棍子等"武器"正使劲儿敲打一户人家的门，一个浑身是血的年轻人躺在巷口，无助地呻吟着，在周围，已经围拢了一群人，站在旁边小声议论。

任红祥一打问，原来是两家邻居因为一点儿小事发生冲突，其中一家的儿子用刀子将对方捅伤，被激怒的伤者家属又拿着"武器"去讨说法。任红祥挤到前面一看，那位被知情人告知叫作肖会明的伤者，倒在血泊里已经奄奄一息了，他急得大吼："先救人！"

雪落无声，任红祥挺身而出，振臂一呼，如此铿锵有力。

肖会明的家人这才从冲动和愤怒中惊醒，跟着跑过来救人。肖会明身中二十多刀，倒在血泊中，根本无法动弹，任红祥赶紧跑回家，推来一辆平车，顾不得雪厚路滑，推着他就往胡同外边跑。他们跑到大路上，接连拦了几辆车，但车主一看这种情况都是掉头就走。情急之下，任红祥再次飞奔回家，把自家长久不用已基本报废的奥拓车开出来，拉着生命垂危的肖会明朝医院驶去。

一路上，小奥拓几次打滑、熄火，随时都有可能发生侧翻，他心急如焚，凭借自己过硬的驾驶技术，及时把肖会明送到医院。

手术结束后，医生说，如果再晚来十分钟，肖会明就会有生命危险，是任红祥的一腔正义和果敢挽救了他。

肖会明的父母多次拿着现金、礼品登门拜访，都被任红祥婉言谢绝。

一个多月以后，肖会明康复出院。大难不死的他邀请亲戚朋友一起吃饭庆祝，任红祥也在被请之列。饭桌上，大家轮番给任红祥敬酒表示感谢，他摇摇头，说："没啥，没啥，谁遇上了，也不可能见死不救。"

一桌子人吃喝得热闹，滴酒不沾的任红祥想趁乱悄悄溜走，肖会明眼尖，边起身边喊："外边下雨呢哥，我送你！"临下车，肖会明从车里拎出一箱牛奶，一个装了两条烟的塑料袋，一股脑儿往任红祥怀里塞。推辞不过，任红祥接过牛奶，说："这奶我收了，给我闺女喝。我替闺女谢谢她叔叔了！烟就算了，我也不抽烟，你留着吧！"肖会明的眼圈一下子红了，紧紧拉着任红祥的手说："哥啊，我的第二次生命就是你给的！如果没有你，我早就埋到地里了！"

几天后，肖会明拿着特意找人做的一面写着"救死扶伤，恩重如山"的锦旗来到任红祥家，连连道："今后有任何需要帮忙的地方，我一定竭尽全力。您就是我的再生父母！"

"红祥是个好人！"

"红祥这后生仗义，值得交！"

一时间，赞誉之声在四邻八舍传播开来，邻近几条街，谁都知道附近有个任红祥，谁都知道任红祥是个热心肠，谁都愿意跟他打交道。

到了 2014 年，又一件事情的发生，让任红祥这个普通人和普通的名字，被更多的人所知道和敬重。

那天是农历七夕节，任红祥外出办事，走到县民政局大门口，看到一辆疾驶的三轮车将正过马路的行人撞倒，伤者头部血流如注，三轮车扬长而去。任红祥习惯性地跳下车，跟另外两个路人一起将伤者抬到自己车上，及时送往医院救治。经过诊断，伤者颅骨骨折、颅内出血，如果不及时救治，后果不堪设想。家属闻讯赶来，任红祥才知道，伤者叫张海军，是隰县城南乡柴家沟村人。

把伤者交给家属，任红祥悄悄离开了，至于自己的姓名和垫付的医药费，他连提都没提。

这样的事情，对任红祥来说都是自觉自愿，当然也是很自然的。巧的是，这件事让县委宣传部的一位领导知道了，立刻安排人来采访。

任红祥当时正在村里忙着干活，对方打了四五次电话，要求去他家里采访，他都婉言谢绝了。

"人家第五次打过来，我不好意思了。我说，也不用去我家了，正好没啥事儿，我去你们单位吧。放下电话，我就跑到宣传部。咱一个小老百姓，也不会说话，人家问一句，我答一句，人家还正儿八经地拿笔记录，搞得我直冒汗。第二天，我的事迹在'隰县在线'网站登出来了，紧接着，电视台啊、报社啊，都要求采访。再后来，电视台要做一个专题宣传片，说咱这是好人好事，要大力宣传，要传播正能量，让别人都向我学习。你说，就这么个事，值得吗？咱又没干啥惊天动地的事。"

任红祥救人的义举很快传开，这位无名英雄第一次走进了公众的视野，成为人们心目中见义勇为的好人，为"好人县"树起了又一块丰碑。

近二十年里救过多少人，任红祥记不清了，被救的人，有许多都再没联系过，更不用说登门感谢了。有时候他也会想，不知道那些人现在过得怎么样？受伤的有没有落下什么后遗症？想归想，再经过出事地点时，他一步也不停留，更不会找人打听，他只希望被救的那些人都过得平平安安的。身边的朋友问起来，有时会说被救的人没良心，他笑笑，一句话都不说。

他在见义勇为的道路上没有止步。

在任红祥的车上，始终放着一个急救箱，纱布、胶布、创可贴、酒精棉、碘酒、听诊器、血压计等等，凡是能用到、能想到的东西他都预备上了。稍有空闲，他就利用手机，学习外伤处理、煤气中毒、溺水等一些急救知识，以备遇到紧急情况时可以现场处理。

在他内心深处，早已将见义勇为当成了一种特殊精神享受、一种神圣而高尚的使命。他从不问值不值，因为他知道，生命的价值、良知的分量，不能用交换来体现。

火灾现场，最帅的逆向而行

不光救人，任红祥还救火。

火苗是可以吞噬一切的舌头，这条舌头舔过的地方就是一片废墟。对于从小生活在吕梁山里，看惯了残缺起伏、贫瘠荒凉的三川七垣八大沟的任红祥来说，清秀壮美一碧万顷的青龙山原始林场更显得尤为珍贵。跟所有隰县人一样，任红祥像爱护自己的眼珠子一样，珍爱着养育了隰州儿女的 27 万亩天然林。

2013 年阳春时节，沉寂了一个冬天的吕梁山刚刚从沉睡中醒来，草木萌发，山花烂漫，吸引了周边许多游人前来踏青。但是，对于常年在山里行走的任红祥来说，天干物燥的春天正是火灾多发的季节，山里到处张贴着"建设秀美山川 护林防火当先"之类的标语，这让他超出常人许多的防范意识又加强了一点，神经也紧绷起来。

那天上午，任红祥开车赶往梁家河村修理装载机，途经青龙山林场，远远看到山上冒起一股浓烟，把湛蓝湛蓝的天空染成了土黄色。直觉告诉他，山上着火了。

他一踩油门，加快速度就往冒烟处赶，确认着火后，赶紧掏出手机报警。深山老林里没有信号，电话根本拨不出去，情急之下，任红祥拿着手机一路往山下跑，跑一段路就试着拨一下电话，一直跑出两里多地，电话终于打通了。说明情况之后，任红祥迅速返回火场，从车上拿下事先准备好的铁锹开始救火。

熊熊的火焰肆无忌惮地扩张着它的爪牙，企图把所有的土地全覆盖在它的统治之下。靠近火场，火魔带着浓烟与灼热，夹杂着噼噼啪啪的树木燃烧声和喊里喀嚓的断裂声，旋风一般席卷而来，疯狂的火舌夹杂着四处飘散的灰尘和粉末，散发出一股浓烈的呛鼻味道。

他顾不上多想，拼了命一般奋力扑打着火苗。很快，林业局、消防队等部门的工作人员先后赶到，迅速用携带的专业灭火器展开扑救，任红祥也参与其中，直到明火全部扑灭，他才赶往梁家河修车。修完车回来，已经是夜里一点左右了，山头上灯光闪烁，林业局的人还在连夜坚守排查。

事后，林业局领导特意找到任红祥，感激地说："如果不是你打的电话，后果不堪设想。"原来，起火的地方紧挨着青龙山林场的原始森林，漫山遍野的油松、白桦等都属于易燃树种，而当天的风又特别大，如果不是及时控制了火势，青龙山的原始森林就要遭殃了。

为了表示感谢，同时进一步提高广大群众的防火意识，林业局特意制作了锦旗，专程送到任红祥家里。

"这以后，大大小小的火灾还救过几次，记不清了，都是跟老百姓一起，要么是在苗圃，要么是老百姓家里，遇上了咱就上去搭把手，不值得一提。"任红祥说。

山野救援，披荆斩棘只为你

一个人的力量终归是有限的，热心救助的路上，任红祥希望有更多的人一起结伴而行。事实上，随着他一次次见义勇为的事迹流传开来，在他的身边，也渐渐聚起一群跟他一样胸怀大爱的朋友，他们在隰县发起组建了志愿者爱心团队，从"微隰县"青年志愿者，再到"一米阳光"志愿者、红祥爱心志愿团，直到隰县蓝天救援队，任红祥从参与到组织，团队越来越大，参与的救援活动也走出隰县，延伸到附近的霍州、襄汾、乡宁等地，远及运城、太原、河南郑州、四川九寨沟等地。

2019年3月15日，正在家里忙活的任红祥接到指令，乡宁县枣庄乡发生大型山体滑坡，任红祥马上组织人员，准备物资，第一时间赶到事故现场。

乡宁县位于晋西黄土高原吕梁山南端黄土地区，县域内山川密布，沟壑纵横，人口居住较为密集，民居房屋大多建设在梁、峁、塬和沟内两边的斜坡上。"3·15"山体滑坡就发生在位于黄土残塬上的枣岭乡卫生院北边，紧挨一条东西走向的无名深沟，山体滑坡中心位于东经110°39'10.42"，北纬35°48'28.13"。原始斜坡坡度45°，高度70米，距离太原市373公里、距离临汾市89公里、距离乡宁县城40公里。山体滑坡前，卫生院住宅楼、信用社住宅楼（又叫爱佳家园）及一些居民房屋建设在黄土残塬边缘上。

事故发生得很突然，在滑坡发生前三分钟左右，卫生院职工周某发现医院办公楼北边有一条宽约0.5厘米的裂缝，马上向卫生院长反映，院长随即同周某前去查看，发现住院楼表面有瓷砖掉落，同时听到了异常响动，立即通知住院患者及医护人员迅速撤离，周边少数群众闻讯也赶紧逃生。18时5分，大面积山体滑坡，卫生院的住宅楼、食堂、锅炉房及配套简易房，紧邻的信用社住宅楼、洗浴中心等也瞬间下滑、垮塌。

两个小时以后，乡卫生院住院楼因滑坡导致地基塌陷失去支撑而垮塌。

经反复核实，查明事发时该区域内共有七十九人，事发后有四十六人自行逃生，另有三十多人下落不明。

任红祥带领隰县蓝天救援队所有主力队员参战，第一时间进入现场并迅速展开救援。现场地形复杂，此次灾害中垮塌的房屋位于山顶，旁边即是一处深沟，救援人员只能集中在与山体滑坡地点隔沟相望的一条道路上，通过一条土坡向下进入受灾点进行救援。

山体滑坡后，现场呈现出两个"作业区"，分别是房屋垮塌后形成的废墟带，以及废墟带下方形成的新山坡。废墟带之上的山体很不稳定，随时可能发生二次塌方。山坡中段地势狭窄且陡峭，地面尘土厚度能没过人的膝盖，救援十分艰难，再加上现场土质松软，大型机械无法进入，周围又是土山，救援绳索都难以找到固定支点，救援中不断有碎石和尘土掉下，救援人员连眼睛都睁不开，且人员被埋得比较深，建筑物发生坍塌、挤压之后，救援时不光要刨除土石，还需要切割钢筋、房屋立柱等，现场救援难度较大。

任红祥和他的队友们只能依靠手持破拆工具进行作业，机器一开动，上方石子和灰尘哗啦啦地往下掉，他们的头上、脸上、身上全蒙上了厚厚的一层尘土，如果不开口说话，彼此几乎都认不出对方来。

三月的枣岭春寒料峭，白天忙着救援尚感觉有些热，晚上气温逐渐下降，到半夜，室外温度接近零摄氏度，队服之外裹一件军大衣都会感到寒冷，在这样的情况下，任红祥和队友们始终昼夜坚守，不离现场。

事故发生后，为了安全起见，附近的居民被要求暂时搬离，周边的饭店、旅馆、商铺、村委会等也是人去屋空，大部分救援人员找不到居住场所，只能睡在车里，或搭设简易营帐。因为救援现场受环境限制，不能有太多人一次性参与救援，消防、武警、民间救援队被分为三个区域、三个中队轮换式实施救援。

轮休归来，任红祥和队友们吃一碗方便面、一根火腿肠或者几个包子，喝一瓶冰冷的矿泉水后，裹上军大衣和棉被，躺在指挥中心附近的荒地上短暂休息一下，立刻起来战斗。或许是太累了，在天寒地冻中，在短暂如一瞬的碎梦中，任红祥脑海中，依然是坍塌的房屋，埋在废墟下亟待救援的生命。

任红祥带领队友们冒着生命危险，一次次进入受灾现场，抢救出一个又一个鲜活的生命，他们舍生忘死的精神，让很多在现场的人都感动落泪。连续七个昼夜地奋战，任红祥顾不上洗脸，顾不上回家，眼睛熬红了，人熬瘦了，脸上一点儿血色都没有，看上去像身患重病似的，整个人都痴了、愣了。

他们冒死舍命救人的突出表现，受到赶到现场指挥救援的应急管理部副部长及时任山西省省政府、山西省公安厅等领导的一致赞扬。

回到隰县不久，他们收到了乡宁县委、县政府发来的感谢信。读着信，任红祥心里有得到认可的感动，但更多的是一份责任感，他哽咽着告诉我们："如果我们团队人再多一些，就能再多救几个人，就会多几个家庭免遭不幸！"

两年以后，类似的事件又在襄汾县陶寺镇上演。

聚仙饭店"8·29"重大坍塌事故发生的时候，任红祥跟几个队友正好在临汾城里办事，得到救援消息后顾不上办他们自己的事，立刻赶到事故现场。

现场的场面同样触目惊心，到处都是血迹，到处都是伤痕累累的人，即便是见惯了凄惨的场面，任红祥心里还是非常的难受。

没说的，干吧。

任红祥和队友们从上午11点开始，一直干到第二天凌晨4点，直到把所有伤员转运到医院，把所有被坍塌房屋掩埋的东西全部挖出来清理干净以后，救援宣告结束，任红祥方才带着队友们离开现场。

整整十五个小时，任红祥和他的伙伴们一口饭没吃，水也没顾上多喝几口，心情跟双腿一样灌了铅似的沉重。这以后，经任红祥提议，蓝天救援队的培训项目里，多了一项危房排查，任红祥自己不管走到哪儿，都忘不了抽时间查看一下附近的房屋，帮助居民排查安全隐患。

水域救援，悲莫悲兮生别离

跟很多郑州人一样，任红祥也没有想到，2020年夏天的雨会下得那么大。

7月17日晚上，任红祥从电视新闻中得知，郑州出现罕见的降雨，数据显示，单日降雨量突破历史极值（建站以来），单小时降雨量超过历史极值，近三天的降雨量，接近常年一年的量。大街上暴雨成河，汽车如纸船般顺水漂走，无数车辆被大水掀翻，居住在一楼的群众家里以及临街店铺被大水倒灌，地铁和地下人行通道被淹，公共交通受阻，列车停运，不少人被挡在了回家的路上。

冲尽脚下万般泥泞，只为明日最美朝阳。

得到总部批准之后，任红祥及隰县蓝天救援队所有主力携带着充足的装备和物资连夜驰援郑州。

到达郑州后，他们挨家挨户、逐条街道搜寻救人，很快救出二十多名被困群众。行进到某一交叉路口，遇到车辆严重受阻，任红祥主动上前耐心疏导，并用带去的越野车将被困的群众护送回家。

深夜，得到消息称某小区有居民被困家中，他们蹚过齐腰深的积水，背起群众、怀抱儿童帮助他们成功脱险。

"水域救援，除了考验我们的专业技能，更多的是考验我们的体力、耐力。在郑州的六天里，我们先是转移受灾群众，然后是负责安装净水设备。情况不太紧急的时候，晚上还能找个靠墙的角落，坐下去休息一会儿；情况紧急的时候，干脆就是白天黑夜连轴转。7月份，郑州的天气热啊，浑身都像刚从蒸笼里出来似的，里里外外都是湿的。几天下来，大家都晒得蜕了一层皮，不光是胳膊上、手上，连脸上都蜕，汗水蚀得脸上又疼又痒，手一挠，一搓，就是一把皮儿，脚就更不用说了，成天泡在水里，皮肤泡得白花花的不说，要是不小心蹭破了，很快就会发炎、化脓，走起来生疼。身体上的疼痛算不了什么，最难受的是看到遇难者的尸体。哪一个人不是娘生父母养的，哪一个人没有妻儿老小啊，咱恨不得生出三头六臂，唉，恨自己咋就不能多救他一个两个呢？"

说到这件事，任红祥的眼睛里饱含泪水。

这就是任红祥，这个善良的好人，他总看别人需要什么，总问自己还能多做些什么。他带着火热滚烫的心去做着大大小小的好事，甚至为自己不能做得更多而自责落泪！谁能想到，这样一个普普通通的中年人，他的心底，蕴藏着如此高贵的心灵，激荡着如此浩瀚的善良！

或许，中国人的精神就是这样。正是爱与良善、正义与风骨，让中华民族的质朴善意源远流长。

我们脚下这片土地，或许会因天灾让人们身处险境，但守护我们的这些最可爱的人，总会让我们在身处危险时依旧满怀希望。

法律援助，走街串巷为苍生

在任红祥众多的荣誉里，有一个特别的称号：隰县十大法治人物。细细一问才知道，在隰县还有一个以他的名字命名的民事调解工作室，即任红祥调解工作室。

这位普通的庄稼人，这位会点农机及装载车修理的农民兄弟，是怎么变成"不穿法袍的法官"的呢？

这正是任红祥做好人、行好事之路上对自己的又一次挑战和突破。

在长期的公益事业中，任红祥不断地反省和完善自己，他发现，别人需要帮助时，自己有时候没有更好的方法来解决，尤其是出现邻里纠纷、矛盾激化时，别人知道他是个好人，是个热心肠，把他请过去帮忙，可是他并不能很快找出好法子、想出好点子来解决。有时候，明明知道一方有理，他也拿不出有力的依据来说服对方。

2017 年 3 月，作为试点开发，隰县人民法院面向社会公开招聘司法辅助人员，经过培训、参与调解、实践操作等程序后，成立隰县家事审判调解室。任红祥得知消息以后，觉得这又是奉献社会的有效途径，毫不犹豫报名参加了家事调解员考试，一路过关斩将，顺利拿到了隰县人民法院司法辅助员的工作证。

此后两年，他坚持以人民为中心，把群众满意作为衡量人民调解工作的根本标准，扑下身子做工作，走街串巷作调研，以其火热的心，关注民生，维护群众利益，尽心尽力化解各种社会矛盾纠纷，多次参与重大疑难复杂矛盾的调解工作，为隰县的社会稳定，为构建和谐隰县作出了积极的贡献。

任红祥记忆最深的，是 2017 年一个涉及土地纠纷的案子。涉案双方是一个村的，而且是一大家子，都姓肖。两家的土地相邻，中间隔着一道排水渠，其中一家在自家地里开了一个饭店，就想占用这个排水渠，另外一家不愿意了，在自家地前的排水渠里垒石头，另外一家的水流不过去，干脆也在自家这边垒石头，一来二去，两家人打起来了，一打就是四年。

两家大人打架不说，还波及下一代，双方的儿子也都参与进来了。这年八月的一天，其中一家开着三轮车到地里拉石头准备干活儿，另外一家的儿子把锄头悄悄放到对方轮胎下面，导致车胎被扎破，两家人又打起来了。

这次，当事人一方向隰县人民法院递交起诉状，要求立案。

纠纷地点位于午城村三道河，地界所属模糊不清，村民小组、村委干部、原分地人员、乡镇工作人员、乡镇土地所工作人员和下乡工作人员等多次努力协调处理过这件事，但双方始终难以达成协议。

2017 年 8 月，身为隰县人民法院家事审判调解室调解员的任红祥和其他几名调解员一起对此纠纷进行了初步调解，调解员们从法律法规、邻里关系等多方面疏导劝解，在此基础上，双方当事人表达了进一步达成协议的意愿。

隰县人民法院工作人员也多次和任红祥等调解员们来到纠纷地三道河，实地了解情况，和双方当事人进行了沟通，了解了双方诉求，并于 8 月 17 日进行了现场调解。

在调解过程中，双方当事人就划界仍存在争执，任红祥顶着烈日拿着绳尺量尺寸、商谈界限，耐心劝解，并同法院工作人员一起提出将争议河渠按中线划分的建议，最后，双方终于达成协议握手言和，减少了法院的诉累，避免了双方矛盾激化动武行凶。

2017 年，群众反映说，有一家儿子不赡养老父亲，老人身有残疾生活不便，独自居住在一间濒临倒塌的破窑洞里，随时都会有生命危险。

任红祥当即行动，找到老人儿子一家，从法理、情理等方面对他们进行劝说，跟他们一起了解和回顾老父亲抚养他们兄弟长大的艰辛过程，讲到动情处，儿子流下了眼泪，主动把老父亲接回了家，两口子一致表示，一定要孝敬赡养老人，尽子女应尽的义务。

像这样的事，任红祥做得太多太多了。

2017 年 12 月，在隰县首届"十佳法治人物"评选中，任红祥被授予"一心为民调解员"称号，成为弘扬法治精神、建设法治社会的榜样。

2022 年 6 月 23 日，在隰县人民法院特邀调解员第一期培训班上，曾经在台下听课的任红祥来到台上，为参训者进行了一堂精彩的授课，对人民调解的工作原则及诉前卷宗整理进行了详细介绍，会场不时响起阵阵掌声。

让我们一起来看看"任红祥调解工作室"成立至今交上来的成绩单：

2017 年共接收案件一百二十八起，其中，诉前调解成功案件八十七起，调解成功率高达 68%，诉中调解成功六起，调解未成立案开庭有十一起，其他二十四起。

2018 年共接收案件二百一十八起，诉前调解成功案件六十一起，并且履行了十九起；诉后调解成功二十起，履行七起；未成案件一百三十七起。

2019 年 1—11 月，共接收案件将近一百九十起。目前初算调解成功率达到 65% 以上。

近三年来，任红祥调解案件五百九十件，成功率达到 60% 以上。这位不穿法袍的"编外法官"，用自己的努力实现了"想方设法把好事做得更好"的愿望。

心系百姓，多做好事，用法律的武器为百姓排忧解难，任红祥一步一个脚印，走得扎扎实实。

一思一虑都是心，一点一滴皆是情

雷锋曾在日记里这样写道："如果你是一滴水，你是否滋润了一寸土地？如果你是一粒粮食，你是否哺育了有用的生命？如果你是最小的一颗螺丝钉，你是否坚守你生活的岗位？"

任红祥做到了。

十几年来，除先后五十余次见义勇为、拯救了九个垂危的生命，扑救了两场毁灭性的大火，参与多次大的灾难救援以外，任红祥和他组建的爱心团队，一直活跃在隰县城乡各地，事无巨细，竭尽所能地帮助每一个在日常生活中需要帮助的人。

如滴水，如火种，如普普通通毫不起眼的螺丝钉，默默发散着热情，做着一件件公益之事。

2016年9月15日晚上8点，任红祥接到求援电话，一个九十一岁高龄的老太太在头天上午10点左右，从隰县第一中学校附近走失。

任红祥立即组织队员与家属汇合，一行十二人分乘四辆车展开长达五个多小时的紧急寻找。第二天早上8点半，经过短暂休整的任红祥与家属沟通之后，再次出动两辆车、八个人出门，于中午11点在隰县殡仪馆附近发现走失老人。

当时老人神志清楚，除头部有擦伤外，四肢未发现其他外伤，经过家属确认，任红祥他们将走失老人送到隰县人民医院，这才结束行动。

聋哑小姐妹刘雅楠、刘雅洁，是隰县特殊学校刘海霞校长介绍任红祥认识的，当时两个孩子大的十岁、小的六岁。

任红祥认识她们时，妹妹刘雅洁正在太原接受术后培训，光培训费一个月就要花费3500元，术后治疗费也很高，这对于一个生活本身就很困难的家庭来说，无疑是雪上加霜。姐妹俩家徒四壁，父亲外出打工去了，只有年迈的爷爷带着她们生活，日子一看就恓惶得很。

虽然刘校长把她们接到学校里免费上学，可如果没有人拉她们一把，能不能坚持读书还很难说。

任红祥回去后，在"微隰县"里组织了一场募捐活动，筹集了一些学习用品和生活物资送给她们，在他的感召下，县里以至外地的爱心人士纷纷给姐妹俩捐钱捐物，帮助她们渡过难关。

谈到这些爱心人士，任红祥非常感动，他说："有来自临汾的两个女孩，从网上看到这两个小姐妹的事情，打电话来说想来看看孩子。

"她们上午8点多从临汾出发，到达隰县已经快11点了，我带着她们从县城出发，到达两个孩子家所在的下李乡前峪村，已经中午1点多了，她们从车上拿了书包、文具盒，还有米面等好多东西，进门放下东西，拉着刘家两个小姐妹的手跟她们说话。那俩孩子也乖巧，虽然戴着助听器，听不清楚，嘴里还一直'呀呀'地跟她们聊天。

"其中一个爱心女孩被感动了，把身上所有的钱都掏出来给了孩子们，有

100 的，有 50 的，还有一些零钱，一股脑儿全塞给孩子，另外一个看见了，也掏出身上的 100 多块钱递给孩子。

"回到县城，我想请她们吃饭，她们拒绝了；想拍张照片宣传一下，她们也拒绝了。末了我说，你们大老远来隰县一趟，以前也没来过，我带你们去小西天看看吧，她们答应了，到了小西天，买票的时候，因为都把钱给了刘家姐妹了，我们几个人身上的钱，加起来都不够买票的。但她俩说，心诚则灵，咱们到大门口了，就等于进去了。

"就这样，两个女孩子，连顿便饭也不让我请，中午 1 点多饿着肚子回临汾去了。

"那天正好是礼拜天，也是我女儿的生日，我爱人在家里包好饺子等我回去给孩子过生日，结果我回去都半下午了，爱人有些不高兴。

"我跟她讲了这两个爱心女孩的事情，说人家两个女孩子牺牲了休息时间，开车跑了一百多公里来到隰县献爱心，连小西天的门都没进去，饿着肚子又回去了，咱一个本地人，牺牲一顿饺子，有啥关系？"

这样的事情，任红祥做得数不胜数。他和他团队的伙伴们日复一日地奔波着，忙碌着，舍小家为大家，奉献着自己的力量。

世界环境日，他们顶着烈日散发传单；

重阳节，他们在敬老院帮老人打扫卫生、洗衣、理发，组织义演，让老人们感受到了无限的温暖和关爱；

儿童节，他们为贫困儿童组织募捐活动；

残疾人运动会上，他们为残疾人推车、捡球，加油助威。

他们用真情和爱心温暖着身边的每一个人，用行动关爱着这个社会。

在隰县组织的许多大型活动中，人们都会看到这群身穿红色马甲的志愿者，都会看到少言寡语的任红祥，看到他的爱心团队，看到他们闪光的笑脸，看到他们孜孜劳作的背影。

而身在其中的任红祥，留给人们的，也总是这样一个善良的背影，走进茫茫人海，他的名字那么普通，他的形象那么朴素，很多人能记住的，只是对他的一个评价：好人。

在第三届"感动隰县十大人物"评选中，隰县县委、县政府给任红祥的颁奖词是："怀仁爱之心，行大义之举。无数次侠肝义胆，无数次铁骨柔肠，你和你的团队扛起了爱心的责任，挺起了社会的脊梁。"

颁奖这天，隰县大地天寒地冻，冰雪未融，任红祥的心里，却是暖融融的，在经久不息的掌声中，任红祥露出了微笑。

他向往的，就是这样的好社会，他愿意向社会弘扬崇德向善的好人精神，这一辈子，他就是要拼命做个好人！

初心未改鬓如霜，爱心不息情胜血

任红祥出生在隰县龙泉镇吕家沟村，家里兄弟姊妹六个，任红祥排行老五，父母都是普普通通的农民，没有多少文化，但从小就用祖祖辈辈传承下来的朴实和善良影响着孩子们，教育他们做人要有良心、有良知，做好人，做一个对社会有用的人。在这样的思想支撑下，任红祥长年以来，都自觉自愿地贡献着自己的时间和财富。

做公益没有任何回报，这是任红祥心知肚明的事情，他从来没有希冀过会有任何回报，可他也没有想到，有一天，做公益这件事，会弄得自己倾家荡产甚至负债累累。

"最初一个人干的时候，除了帮别人垫付医药费，至多不过是救人救火什么的耽误了修车，少挣几个钱。有了团队就不行了，出去参加活动，总得有个标志吧？那些小红帽啊，红背心啊，都是我自己出钱买。搞完活动，大家又累又饿，遇上主办方安排饭还好，如果没人安排，总不能让大家饿着肚子回家吧，我就出钱请大家吃饭。到外地救援，吃饭啊，加油啊，必需的装备啊，都是我们自费，都是大家伙儿捐款，别人捐多捐少随意，我是领头的，不够的部分得我自己补齐。就这样一来二去的，家底慢慢地掏空了。"

任红祥打小心灵手巧，虽然没有考上学，但凭着自己的聪明和韧劲儿，掌握了一手过硬的修车技术，从修农机开始，慢慢地开始专门修装载机。这些年国家发展日新月异，大型建筑项目如雨后春笋般层出不穷，任红祥的修车生意很赚钱，妻子经营一家鞋店，生意也不错，夫妻俩在县城购买了属于自己的房子，日子过得红红火火。

刚开始做公益，不光爱人不理解任红祥，大部分亲戚朋友都反对。逢年过节聚到一起，有人劝他，说你本来是个会赚钱养家的人啊，老做那个不赚钱的事情，你的家庭靠什么生活？你图什么？能得到什么？

任红祥无话可说，只能赔着笑脸不吱声。他知道，大家是为他好。可是，别人有难需要冲上去帮助的事，如果先想到别人的报答，想到自己能得到什么实惠，那不就成了交易吗？作为一个把良知看得极重的人来说，任红祥耻于那么想、那么做。

在他的世界观里，做好事不是给别人看的。救人于危难，是任红祥心底的善念使然，因良知而随心而动，因本能而挺身而行，从来不是图的利益。

是的，任红祥不图利益，他做的每一件好事，不管小事还是大事，每一次都是带着火热滚烫的心去做的。可是他也渐渐发现，光有热心是不够的，做公益有可能是个无底洞，小到十几、几十、几百，大到成千上万，不知不觉，几年中，二三十万搭进去了，再加上最近几年生意都不好，家里只出不进，慢慢地就捉襟见肘，一天比一天困难了。到法院做了调解员之后，也没有月工资，一个月1000多块钱补贴，到年底发，赶不上花，还特别耽误时间，更顾不上赚钱了，于是，任红祥只好卖了房子。

"房子是2015年买的，媳妇自己精心布置的，大到家具家电，小到一盆绿植、一个坐垫，她一点儿都不含糊，好不容易归置好了，刚住了两年，让我给卖了，卖的时候，家具什么都还新新的，看着实在心疼。"任红祥无奈地说。

卖房子的时候，因为要搬去的地方面积小，除了必需的生活用品，其余大件小件都没有拿，包括妻子精心侍弄的花草。一家人从高楼上的电梯房，搬到房龄二三十年的出租房，可以说是一夜回到了解放前。爱人一下子接受不了，气得生了一场病。女儿刚上中学，正是喜欢独立的年龄，搬到出租屋，没有了自己的小天地，天天嘟着小嘴生闷气，好些日子，咋哄都哄不好。

出租房老旧，基础设施也差，任红祥自己动手简单收拾了一下，楼上一家三口凑合着住，楼下媳妇精心布置好，开了家花店。家里欠债之后，媳妇到临汾学了花艺，借钱开了店，靠着店里微薄的收入，支撑着一家三口的生活，以及任红祥的公益事业。

任红祥的媳妇叫秦秀茹，经人介绍认识的。任红祥刚开始做公益的时候是瞒着媳妇的，晚上回来晚了，想方设法找借口搪塞妻子。有一天晚上，救完人已经十一点多了，任红祥打开手机，十几个未接来电，都是媳妇打的。

他忐忑不安地走到家门口时，手机铃声再次响起，开门一看，客厅的灯亮着，妻子和衣坐在沙发上，正拿着手机不停地拨打。看到推门进来的他，妻子长长舒了一口气，眼角挂着的泪水"哗哗哗"一下子淌下来，一句话没说，转身进了卧室。

任红祥明白，妻子这是在担心他。那一夜，任红祥在客厅沙发上辗转反侧，直到天明时分才打了个盹，醒来时发现身上多了一床棉被。看他起来，妻子一声不吭把饭给他端过来。捧着那碗热腾腾的饭，任红祥心里百感交集，他知道，妻子终于理解了他。

女儿渐渐长大了，也了解了他所做的公益事业。任红祥每次出去参加救援，她都说一声："爸，出去救援的时候，一定要操心自己的安全。"

遇到假期，她跟着爸爸出去玩，还特意戴上父亲蓝天救援队的帽子拍照。女儿有时候也会问："爸爸，你为什么要做这些事？你又不挣钱，还老把家里的钱贴上。"任红祥告诉女儿，帮助别人不是为了回报，有一句话叫"爱出者爱返，福来者福往"，只要对社会有帮助，就值。

早在五百年前，王阳明就以"致良知""知行合一""事上磨"等来阐明不管好人有没有好报，我们都应该选择要做一个好人的道理。任红祥没有读过王阳明，但是他的做法，却正是对王阳明思想的承继。

多年来，在做好事的路上，他得到过鲜花和掌声，也遇到过种种不理解，种种冷嘲热讽，甚至有过被救者的家属把他当成肇事者死死抓住不让走的情况。

这个熬着夜顶着风挨着饿拼着命也要帮助别人的汉子，在这么多年中，受过伤、流过血，因为感动或者委屈掉过泪，可是，他说，自己从来没有后悔过，一次都没有。

为众人抱薪的，不可使他冻毙于风雪；为世界开辟道路的，不可使他困顿于荆棘。

如今，任红祥得到社会各界的广泛认可，县上给了很多荣誉和支持，许多人也开始关注和帮助他。任红祥说，不论在什么样的境遇中，他都会在公益事业中，在做好事的路上，坚定的走下去，这是一种决心，也是一个誓言。

帮助他人即是乐，不追浮名度此生。一个普通的中年人，一条无私奉献的路途，一生秉持的坚持。

　　任红祥，本可安稳生活，却选择千里奔波，为他人雪中送炭；本能明哲保身，却要一次次冒着危险为素不相识的人点燃生命希望。

　　孜孜矻矻二十年，他心怀大爱救人于危难，践行善念播撒爱心于众人，用淳朴、善良、倔强和拼命行善的行为，告诉了我们良知的含义，用一个平凡好人的坚持，向我们彰显出不凡的力量。

深入救援一线的任红祥

德育为首　点石成金

——记隰县"教育功臣"冯廷记

刘照华

　　一个通过层层遴选被评为"中国好人"的人，他的所作所为必定超凡脱俗。冯廷记就是带着这样的光环进入我的视野。在一份关于他的事迹材料上，几行文字让我领略到他的不同凡响——

　　2011年，隰县庆祝第二十七个教师节暨表彰大会上，掌声如潮。县委书记、县长亲自为冯廷记颁发"教育功臣"牌匾。县委、县政府授"教育功臣"牌匾没有过，书记、县长同时为一位教师颁奖也没有过，隰县历史因此为冯廷记书写了浓墨重彩的一笔。

　　这是隰县历史上前所未有的颁奖，我想，即便突破地域去做搜索，给出如此待遇的场面也凤毛麟角。实际上，县委书记、县长授予他的何止是荣誉！"教育功臣"四字，是对他在地方教育事业中出类拔萃之影响、地位的醒目标定。从教四十五年，他担任校长的时间长达三十四年，一步一奋斗，一校一传奇……他是能一辈子坚持做好一件事的人——这件事非同小可，需要献出自己，利国利他。而教育的功劳自非他者可与同日而语，有此功劳的人，劳在当下，功在千秋，他们当中的杰出者，不仅甘于默默无闻，而且能够坚持此业。果然，当我告诉冯廷记要深入记录作为中国好人、教育功臣的他时，他当即表示自己已然退休在家，昨日之事无须多述，并且建议我去写写当下

331

正奋战在岗位上、作为长江后浪的年轻人们。

简单的交流中，冯廷记已传达了他的踏实、敦厚与坦荡。其实，对于冯廷记这样一个影响和推动了当地教育、已然载入史册的人物，我们的焦点当然不应浅薄地周旋于他的光环与功劳簿上，他的经历映现着教育事业的筚路蓝缕，他的打拼与磨炼渗透着对教育真谛的探索与思考。时下，当我们的教育面临新的挑战，亟须在回望与前瞻中蓄势、调整、再续辉煌之际，深入读取为全社会所公认的教育功臣冯廷记，透视他用近半个世纪缔造而来的教育荣光，且可为一个时代的教育打开几多问号，足以给当下年轻的从教者提供经验上的探照。正是在这样一种对话前提下，冯廷记欣然带我穿越了他的时光隧道。直至我们完成对话之际，他仍保持着别人难以比肩，更难以赶超的纪录。他是隰县从事教育工作时间最长的人，也是担任中学校长时间最长的人，更是培养人才最多的人……不论他在农村学校还是在县城学校，都能做出突出成绩；不论他主政哪个学校，结果一律是领导放心、群众满意、家长认可、师生奋进。

对话结束时，我有了结论。从青年时代就读师范当实习教师，到壮年从教建功立业，直至退休之后以炉火纯青的境界创立民办学校，冯廷记先后在八所中小学留下了开拓者的身影，留下了业绩、口碑和声名。在这光荣而艰辛、功勋卓著而又终将蜡炬成灰的特殊奋斗中，他焕发了一鸣惊人的光彩，也展现了游刃有余的才华，他是一位忠于事、敬于事的贤者，更是一个能其事、成其事的精英。而即便在光华四射的荣耀时刻，他也保持着淡泊名利、宁静致远的精神状态，没有丝毫为自己争取利益的念头，甚至在退出工作岗位、已然决定高薪应聘贴补家用之际，他视县里临时急找上门的挽留为使命与责任，毅然舍弃赚钱机会、解除了外请之约。这位众望所归的名校长最终没有踏出隰县的大门。冯廷记的根深深扎在小小的山区县里，释放出的是一种舍我其谁的担当，是"大我"的风度与气量。美哉，教育功臣！

我能够感觉到，在冯廷记数十载写就的办学育人传奇中，定有一种独属于他的精神之光在跃动，定然深植了取向明晰而恒定的指针。循着轰轰烈烈的事迹，我找到了那个蕴藏着光与热的源头。在我们细致、深入的对话过程中，我听到冯廷记在用他的总结和感悟表达着教育的真谛。

之一：以德为本，知恩图报——探寻冯廷记精神的"总开关"

隰县县委、县政府表彰"教育功臣"一事，让我的观察向两个方面聚焦。一是表明冯廷记为隰县教育事业留下了浓墨重彩的一笔，需要我去探寻更多细节；二是表明隰县对教育问题的认识和重视程度非同一般，这让我想对产生"教育功臣"的这片土地做一番探源，听听隰县的地域传统，问问这里尊师重教的渊源和氛围。打开这个话匣子，冯廷记如数家珍——

隰县位于临汾市西北边缘，吕梁山大背斜中轴部，南有龙泉下隰，因以得名。隰县历史悠久，是建置最早、最古老的县之一，曾是临汾市西北经济和文化中心。隰县教育源远流长，尊师重教、望子成龙蔚然成风。隰县东北70里有座山叫蒲子山，相传帝尧时代，山里住一贤人，叫蒲伊子。此人学识渊博，道德高尚，尧帝曾专程见他，并拜他为师，后来想把帝位让给他，他推辞不就，便隐居在山里，筑台讲道……隰县于元代创建儒学，明代推行社学，清初全县设义学，清末私塾遍地发展。清康熙四十七年（1708），这里建立紫川书院，光绪年间设第一高等学校，随后又设立女子学堂。民国时期，第一高等小学、省立第九中学在隰县建立，民革六中、进山中学先后留驻隰县。特别值得一提的是，隰县师范教育独树一帜，先后举办了师范传习所、女子简易师范、地直隰县师范，为临汾西山地区培养了大批人才。高等教育方面，20世纪60年代成立了红专大学，七八十年代，先后有山西医科大学、山西农业大学落地隰县办学，后有隰县师范改制为临汾师专中专部……

谈到隰县人杰地灵，人才辈出，冯廷记讲到一位乡贤——1959年毕业于北师大的王增佑，他本是上海市人，在"文革"期间分配到隰县中学任教后，以学识渊博、备课认真、讲课知识含量大而受到学生推崇，他还凭借深厚的文化功底，先后编写了几册语文知识读本，并在全国发行。他大公无私，把收入的钱用在学校的发展上，后被政府任命为隰县中学校长、教育局党支部书记。冯廷记特别谈到，这位道德、才干双一流的先生退休后，没回上海，一直生活在隰县这块热土上，直至逝世，他把自己的一生融入隰县的黄土地中……从冯廷记的这些讲述中，我感受到了他精神世界获取的滋养。我们能从教育传统中读出小小隰县的大气象，而冯廷记的精神之根深深扎在这厚重的历史文化土壤中。这片土壤给了他厚德载物的胸怀、追求卓越的志向。

感触到根与土壤后，我迫切想要了解冯廷记青少年时代的求学与成长。他的讲述明晰而透彻：

> 我刚出生父亲就于晋中战役中牺牲。我和母亲相依为命。母亲是一个坚强、勤劳、善良的人，她为了这个烈士家庭不断香火，一直未嫁，直至九十岁仙逝。因父亲去世时全国还处在解放战争时期，政府也顾不上寻找烈士遗属，我们的生活十分艰难。母亲除种些田地外，还利用农闲时间给人做衣服、做鞋，因她手艺好、人缘好、活较多，特别是女孩子婚嫁都想穿一双她做的绣花鞋，母亲也不要人家工钱，人家就会送给我们一些吃食或帮忙种地。后来解放了，党和政府找到了我家，颁发了烈士证书，进行了各项优待，分粮不出钱，布票可多领一个人的，种地有人互助，政府还给了我家一辆轮车、一头黄牛、十几只羊，生活比原来好多了……
>
> 我长大了该读书了，母亲就让我在村初小就读，四年后（1958年）我考上了隰县义泉完小，获高小毕业后，我以优异成绩被保送到隰县中学读初中，并每月享受9.6元的初中最高助学金，享受到这一待遇的全县仅我一人。在初中学习期间，我利用节假日参加农业林劳动挣工分，回家给母亲砍柴、挑水，让母亲无后顾之忧。党的无微不至的关怀，母亲的言传身教，使我也变成一个有抱负的青年。在校奋发学习，毕业后努力工作，以报答党的教育和关怀，用我的劳动成果让母亲过上好日子。1963年我初中毕业参加中考，考取了东北飞机地勤学校。但因三年困难时期的影响，这所学校被撤销。1964年我又考取了隰县师范学校，这时上级征求我的意见，让我可选择任何一所中专学校，但我还是选择了隰县师范，便于照顾母亲。
>
> 现在回过头再想，以当时的社会环境和我的条件，最理想的是上高中考大学，但这需要的时间太长，我不想让母亲再劳累，更不想再拖累政府，我想自食其力以回报党恩、母恩。所以，义无反顾地选择了考中专学校。当时最强烈的愿望是想报恩，想自立，不想

再听人们说我是政府养活的人。

我是在党的无微不至的关怀下免费上学的，在母亲的熏陶下有了一颗善良的心，这为我工作后积极进取、努力奉献打下坚实的基础。

听得冯廷记一席话，便知他人生的默契尽在其中。我恍然大悟：一位堪称杰出的教育者，一定是首先获得了托举自己的恒定能量——以德为本、知恩图报，这是冯廷记永久的心理底色。

找到了冯廷记的精神热源，他所有的事迹都有了来由。他曾告诉我："不为名利，只为学生有出息。"他还曾告诉我："我的教育理念：德育为首，一以贯之。"信夫此言！这是他的信条，也是他的利器，成就着他对厚德载物、追求卓越、无私奉献的践行。

之二：有些事和人直撞心灵——"好青年"人格的定型与"好先生"能力的打造

青年时代的冯廷记在隰县师范刻苦攻读，其间曾独自深入大宁县树堤村小学实习，在大山脚下初尝教师滋味。这是冯廷记人生中重要的成长期、变化期，也是他人格的定型期、成熟期，我想听他讲这期间发生的那些故事，了解他走出师范时，精神上解决了哪些问题。冯廷记说："在隰师求学过程中，有些事和人直撞我的心灵，使我对教育工作不断地提高认识，思想境界也不断升华，逐步把职业变成事业，把事业变为责任，变成终生奋斗的目标。"

在这场对话中，有四个段子值得记录，以备品评。不妨依冯廷记之语略加提炼，述其概要。

1. 我的班主任王金山老师——心生敬意，决心向他学习，做一名哪里需要到哪里去的好青年。

王金山老师是福建仙游县人，毕业于厦门大学中文系。当年山西省以急需人才引进，后因特殊情况从省城分到隰县师范学校。南方人从大城市来到偏远山区，有许多不便，语言、环境、饮食、交通、人际等方面的困难，都没有难住这位年轻大学生，他克服种种困难，兢兢业业教书，一丝不苟育人。一年只有假期才能回家探亲，但每学期开学他都要提前返校，做好接待学生的工作，决不影响一分钟。我入学他是班主任，望着这个大不了几岁的年轻大学生，心生敬意，决心向他学习，做一名哪里需要到哪里去的好青年。时间久了，师生之间熟了，他丰富的知识、风趣的授课，特别是对鲁迅杂文的剖析，都让人叹服。在他的影响、引导下，我不满足课堂教学，而是利用空闲时间钻图书馆，阅读了大量课外书籍来充实自己，为未来做一名好的小学教师作准备。

2. 我的实习之旅——更坚定了我毕业后去农村教学的决心和做一名农村好教师的信心。

读师范，中间有一段实习期。1965 年夏，我被派往大宁县树堤村小学实习，这是一个山脚下的小山庄。进村来到学校一看，真是应了那句名言："进村看学校，引进老爷庙，破房子、土台子、泥娃子。"村里人好奇地望着我，十来个学生胆怯地围着我。我有一点惊讶，世界上还有这么乱的学校？晚上队长让我去他家吃饭，他告诉我，多年来他们村就没来过男老师，来的都是女代教或女民办。他说我来了他们真意外，并问我能待多久，我说三个月。他说，你给咱们好好教娃娃，村里人会感谢你的。饭你不用做，每天吃派饭。

第二天一早我吹响了到校哨音，很快十来个学生就站在我的面前。我带他们去队里的场上做早操，然后上自习，上下午按统一课表上课，十个学生三级复式。一天下来学生兴奋坏了，放了学都不想回家，总想在学校多待一会儿，直到家长叫吃饭才离开。山村学生最爱上的课是音、美、体课，为了满足学生的需求，我增加了音美体课的节数。半个月后，学校被我们收拾得干干净净，放学的路上响起悦耳的歌声，早间做起了整齐划一的广播操。

孩子们活泼了，脸上多了笑容；村民们好奇了，经常有人在教室外边听课，特别是上音乐课时，不少妇女在外边跟着唱。后来我告诉那些失了学的孩子，可以自带凳子听课。学校变成村里人学文化、学唱歌的场所。一个月后，我和村里人都熟了，吃饭不用派了，他们抢着拉我去吃饭。连没孩子上学的家庭也拉我去吃饭。最让我感动的是，不论谁家叫我吃饭，都要在前一天打一担柴挑到城里去卖，然后拿卖柴的钱买点儿肉和菜来招待我。全村老人、大人都尊敬地叫我冯先生。夜深人静时我思绪万千，农村特别是小山村多么需要变化，多么需要有一所好学校、一个好教师！我毕业了一定要到农村去教书，当一名山村好教师。

实习期间，我教孩子们学会了一套广播体操、十几首歌曲、十几支舞蹈。放学了学生不走，我再给他们讲一会儿民间故事，这样，我变成了学生的大哥哥，他们有什么好吃的都要拿给我，我怎么能吃他们来之不易的东西？我只好又托人在县城买了一些糖果，举办了一次"食品分享座谈会"，让学生吃到了他们平时吃不到的东西。家长们听说了这件事感动极了，说我和别人不一样，是个好先生。

三个月一晃就过去了，我要走了，学生抱着我大哭，村民家长围着我道别，学生和全村人把我一直送到村外很远的地方，队长又派了两个青年陪我进城。实习结束了，我的思想却翻江倒海，第一次认真思考着农村教育的现状和农村缺少好老师的现实，更坚定了我毕业后去农村教学的决心和做一名农村好教师的信心。

3. 学习雷锋好榜样——什么岗位都是为人民服务，既然选择了上师范，就一辈子要教书育人。

我上学期间是全国开展"向雷锋同志学习"的热潮期，每个人都把全心全意为人民服务、天天做好事作为奋斗目标。雷锋同志的钉钉子精神，干一行、爱一行、专一行的精神，勇挑重担、助人为乐、无私奉献的精神，激励着我们，接过雷锋的枪，无数个雷锋在成长，我们都想成为像雷锋一样，对党无限忠诚、无私奉献的好青年。雷锋精神感召着我、激励着我、鞭策着我，使我坚信工作只有分工不同，没有贵贱之分，什么岗位都是为人民服务，既然选择了上师范，就一辈子要教书育人，以报答党的培养和教育，报答老师殷切希望，满足农村教育的需求。

4."怎样才能做一个好教师"研讨会——我说，首先要求我的学生"志从大处立，事从小处行"；我就是要育人育才并举。

在我师范毕业时，学校和县教育局组织了一场研讨会——"怎样才能做一个好教师"，我应邀参加。参会的年轻人多，会场很热烈。一位领导问我："你认为怎样才能成为一名好教师？"我说："教书教到学生都喜欢，做事做到学生都需要，就是好教师。"领导听后让我讲细些，我说："教师就应学有专攻，知识过硬；了解掌握党的教育方针和教育政策，办学方向过硬；教师更应爱岗敬业，专业思想过硬；教师不仅要教好书，更要育好人，教育教学方法过硬；教师不仅要自己干好工作，还要会动员社会力量协助我们，协调能力过硬。"

我还讲到，我毕业参加工作，首先要求我的学生"志从大处立，事从小处行"。把读书看作是现在学本领、将来建设国家的大事，上学期间就应该每天学好文化知识，每周当好值日生，回家做家务，在社会上帮助人。从小做起，从小事做起，坚持不懈，成长为一个有爱心、有责任感、品学兼优的好学生。从小能做好每件小事，长大就能做好国家大事。我一定要求我的学生"迎着朝阳进校，想想昨天学会了什么；踏着晚霞回家，数数今天又收获了多少；今天祖国让我们读书，将来一定回报国家"。要让学生分清小我和大我，融合小我和大我。我就是要育人育才并举。

会后，领导找我谈话，说我很有想法，鼓励我做一名好教师，并把研讨会内容印发了简报。

在这一次深入对话中，我领会了青年冯廷记从师范班主任王金山那里接受的言传身教，这位出自厦门大学中文系的班主任，与前文所述北师大毕业后扎根隰县任教的上海人王增佑先生，都给冯廷记作了深刻的人格示范。而从冯廷记在山村小学实习的经历中，我们不难看到一位对山区乡村充满感情，对学生和百姓善解人意，懂得满足和调动求知心理，有办法、有能力克服困难并打开局面的有为青年——冯廷记。与此同时，雷锋时代的精神哺育与隰县地域人文的滋养，共同夯实了他一辈子做好教师的理想。所有这些，都强化了社会、家庭对他价值观的正向塑造。一位"教育功臣"的人格范式就此成型了。

可以说，我们已经找到了冯廷记缔造办学育人传奇的成功密码。其中蕴含着多少可为当下年轻从教者吸收和借鉴的宝贵营养啊！

之三：如何点石成金——从"不怕鬼"的乡村教员，到县城小学的"孩儿王"

忘不了大宁县树堤小学学生对他的留恋，更忘不了孩子和家长眼神里流露的那种渴望，1967年师范毕业分配时，冯廷记主动要求到隰县最偏远的陡坡乡去任教。他打起铺盖卷走向大山深处，来到陡坡乡习美村七年制学校。短短四五年时间，他就因能力突出在全县出了名……

"请讲讲刚入村的情景，从身入此乡到心安此地，中间有怎样的过程？"我好奇地问。

他说："我愉快地到联校报了到，准备去习美村赴任。这时联校校长张生官同志对我说：离习美村5里地的黑桑村因教师不专心，二十五名学生只剩十五人，你能不能暂去黑桑村，把学校学生动员返校后再去习美学校？我二话没说，背着行李去了黑桑村。"

没想到，故事之前还有一段故事呢！我想听。我喜欢冯廷记条理而又生动的讲述：

> 黑桑村是陡坡乡的大村，有在册学生二十五人，学校实有学生十五人，其余孩子因学校管理不善，都去刨药材挣钱。我到村后就和村支书住一个院内，更巧的是就住在我上师范时数学老师史凤歧家窑洞中。到校的当天晚上，我和村干部分析学校状况，并提出解决办法。第二天一早，我就让到校的十五个学生去动员其他学生，我还在村里吹哨子召唤学生上学。当天早晨有十八名儿童来到学校，

339

他们想看看新老师怎么样。我首先让他们在教室里唱了一首歌子，然后又教了他们一首诗歌，并告诉他们上午到校上课将有非常好的活动安排，谁也不要迟到。上午学生到校后，我第一节课就上音乐课，教唱《团结就是力量》，我想用歌声吸引未到校的孩子。第一天，我一改前任老师只学一项内容的教学方法，语文、数学、音乐、体育、美术全开，学生很新奇，也很兴奋。晚饭后我又去没来上学的学生家中走访，动员学生上学。

一星期后，二十五名学生全部到校，学校走向正轨。家长看在眼里，喜在心头，村里的毛头小伙成了我的好朋友，晚上和我一块睡，听我讲故事。时至今日，这些人还和我保持联系……两个月后，联校向黑桑村派了新教师，我正式回到习美七年制学校任教。

听到这里，我兴致更浓。冯廷记似乎轻而易举就能调动学生兴趣，使自己与他们水乳交融。我更想听听冯廷记在地处偏远的习美学校如何开始他的正式执教，更想窥察他行云流水般施展着的育人天赋。"听说你在习美学校时，所教班首开纪录在全县联考中取得前几名的好成绩，这可不是点把火就能把水烧开那么简单，其中应该是有特殊办法和经验的，你觉得为什么比你工作年头长的教师没做到而你能做到？有什么难忘的、有趣的事吗？"我的问题似乎越来越多了，而他略经梳理后，脑海中的记忆竟还那么清晰：

习美村解放前是乡公所驻地，也是这条垣上最大的村庄。这个村有供销社、保健所，学校在庙中，庙上边是小学部，庙中间为二年制的初中部，学校有小学生五十多名，初中生七十多名，教师九人，来自本村外的师生都住校。我到校后，校长张春贵让我任初中三班的班主任，并代语文课。我班三十七名学生来自八个村庄，因我年轻活泼，很快就和学生打成一片。我不仅给他们上语文课，还上数学、音乐、体育课——只要有老师请假，课我都上。说实话，当时整个社会对学生学习不重视，但我要求很严格，让学生按时交作业，按时背课文，参加劳动、参加集体活动后要写心得并张榜展示。我不仅检查语文作业，还要检查数理化作业，破天荒地上起晚自习。初中三班的学生很用功，老师也不敢松劲，所以成绩在当时背景下显得很突出，不论哪里抽考名次都靠前头。

为了不让学生感到枯燥，我成立了"刺杀队"，每天下午放学后组织学生训练一小时，从单个动作到连续动作，干净利索。这支队伍应邀参加县上表演时，获得了极大荣誉。后来六十九军进驻我县，县革委会特邀我校"刺杀队"给六十九军表演，表演结束后，六十九军军长接见我，问我是哪个部队退伍的，我说我没当过兵，他不信，问我没当过兵怎么会刺杀，我说我在参加民兵训练时学的。军长说没当兵真可惜。后来我县连续多年被评为拥军模范县，我也任过隰县民兵团第三营营长。

"文革"中教学比较混乱，我因干事比较专一，总想搞出点名堂，所以就能下苦功。再则我当时也还是个毛头小伙，兴趣广泛，什么都会几下，所以学生喜欢我，我说的话他们都听。为了让学生开展篮球运动，我和几位老师砍回木料，请人做成篮球架，我又到母校隰县师范借回篮球，每天下午和学生打一会儿，半年后还组织师生篮球赛，这在山区村庄都是破天荒的事情。

有些有趣的事，的确难忘。

习美村有一个退伍军人叫富旺，胆子很大。有一天晚上，我正在办公室备课，听到窗户响，我回头一看，只见一只毛茸茸的大手在窗户上晃来晃去，吓了我一大跳，我想，难不成这庙里真像村里传的那样有邪吗？我抓起砚台就从窗户上砸出去，只听"哎呀"一声叫——"你要杀人！"我走到窗户前一看，是富旺，他在窗外说，"我照田路过这儿，看见你一个人在，就想试试你的胆量，差点让你把我消灭了。"从此，村里说我"不怕神，不怕鬼，更不怕人"。

还有一件更有趣的事。学校教室对面是大庙正殿，神像还在，村里有各种传说。凑巧的是，那段时间晚自习后，正殿里放的锣鼓就会自动敲起来，天天如此。学生都吓跑了，没有人敢在学校住了。我对校长说，你有没有胆量，今晚咱俩提前进入大殿，看看到底怎么回事。当天晚饭后，我和校长就躲在大殿中。九点多钟，锣鼓又响起来了，我俩一看，原来是一群大老鼠偷吃队里的油后在锣鼓上乱跳。原因找到了，我们又带领学生抓了一只红毛大老鼠，这下学生才又回到学校住宿。

来到习美学校短短四五年时间里，冯廷记颇有作为的表现令人刮目相看，他成为县教育局挂号的优秀青年教师。我问："第一阶段的教学经验让你获得了怎样的感悟？"冯廷记说出了他的"志气论"和"开锁"诀窍：

> 这些成绩的取得让我懂得，只要好好干，什么地方都可有作为。我悟出一个道理，人不论干什么都要有志气，我对"志气"的理解是，"志"是方向，是目标，"气"是勇气，一鼓作气，为了实现目标要坚持不懈地做下去，决不半途而废。我牢牢抓住学生好奇、好动的特点，总是从音、体、美课入手，把学生纳入我的教学规划中，我还紧紧抓住学生愿出人头地的心理，告诉他们要想走出小地方、观看大世界，唯一的办法就是好好地学习。我用我的成长史启发他们：再苦再穷都能成才，就看争取不争取。我还用他们自己的事教育他们：全班 37 人，18 人参加的"刺杀队"能在全县独领风骚并受到军首长的肯定，说明只要苦干加巧干，加实干，做什么事情都能成功。
>
> 另一个更深的感悟是，老师不是家长，而是学生的朋友，学生愿意和你交心，你才能了解他们的真实思想，才能打开一把把"锈锁"，把学生领上正途。

时间来到 1973 年，冯廷记读初中时的班主任杨俊彦在隰县城内唯一的小学隰县城关小学任校长，他多次向教育局争取，终于把冯廷记从陡坡乡调至城关小学。调弟子过来不为念旧，而是选才用才、事业所需。事实证明，校长看好的这位弟子，确是块能啃下硬骨头的料。仅用半年时间，冯廷记让所负责的 62 班告别涣散、由弱转强，被评为全国模范班集体。

冯廷记讲起了他和 62 班的故事：

> 我原本被分配到五年级带毕业班，可刚刚一个月，杨校长就找

我谈话，让我去任62班班主任并兼语文老师。原来，这个四年级62班是个老大难，一月内换了三任班主任，无人能改变其面貌。我向五年级学生道别后来到62班，学生见来了个新老师，表现稍好了一点儿。正好这时学校要进行步操比赛，这是我的强项，于是思路和办法便有了——围绕这次比赛做文章，从重树班风入手。我在黑板上写了五个大字："争当第几名"。然后让学生逐人上台，想当第几名就写几，结果90%的同学都写"第一名"。有了目标就抓紧行动，我让学生每天早晨早到二十分钟开展训练，下午放学迟回家三十分钟开展训练。一个月后学校正式比赛，我班学生口号嘹亮，步伐整齐，虽没争到全校第一，却也拿到了全校第二的好成绩，受到学校表彰，领回锦旗一面。于是，62班教室后面也挂上了锦旗。我趁热打铁，引导学生提高学习质量。因当时社会活动多，学习时间相对减少，我就让学生在社会实践中发现好人好事，写心得体会。比如，抓住每周都要到幸福院去帮扶老人这件事，我在班里办了一个"幸福院里幸福多"的专栏，让同学们把写好的作文贴在栏内，然后评选谁写得好、写得真，很快调动了学生学习语文的积极性。学生通过这种实践，写作水平越来越高，优秀稿件层出不穷。针对不少学生不注意节约、浪费纸张现象，我让学生算了一笔账：全校、全县、全国学生每人每天浪费一张纸是什么景象？大家热情很高，不算不知道，一算吓一跳，全国学生每人每天浪费一张纸，就要毁掉一大片森林，好多工厂和工人都得加班加点；如果每个学生每天节约一张纸，等于植了很多树，等于办了很多工厂；节约的纸卖成钱，可买很多书籍、日用品和国防用品。这一来，学生沸腾了，把家长们也卷进来了，大家都在算节约账。我班及时推出一篇稿件《一张纸的价值》，寄往中央广播电台。半个月后中央广播电台竟然播发了我们的稿件，紧接着，中央少儿广播、《红小兵》杂志、山西省广播电台、山西省《红小兵》杂志，先后采用了我们的稿件。这成了我县的一件大事，县委、县政府高度重视，县广播站连播一个月。还有更出乎意料的是62班被评为全国模范班集体，我也因此被聘为中央电台特邀记者。

班集体出了名，社会、家长、老师看法都变了，极大地提高了学生的学习自主性和班级荣誉感。62班的学生干劲儿更大了，学生自发组织了宣传队、通讯组，开展了"比比看谁的进步大"等活动。为了活跃课外活动，我们组织了小小篮球队、乒乓球队以及给生产队作贡献的采粪队，其他班级爱好活动的同学，也利用课余时间加入进来，班级活动慢慢变为全校活动，在全国优秀学校检查中，我还代表学校出面汇报了学校的社会活动工作。

不论哪个班的学生都想和我玩，我真的成了孩儿王了。冬天过冬分焦炭，学生给我门前搬下几大堆，我只好让后勤的几位老师从我这儿取焦炭。从当时的几个同年级学生看，62班学生后来考上大学的最多。

冯廷记总结说，虽然在城关小学任教只有两年，但这是他最充实的两年，也是他逐步成熟的两年。

之四：破格直升中学校长——把条件最差的农村中学 办成地区重点中学

"在水堤中学当校长是哪一年？'破格任命'四个字是什么内涵？"对于冯廷记这段重要经历，我一步步地刨根问底。

20世纪70年代中期，群众对教育无序状况意见较大，要求加强学校管理、提高教育质量的呼声越来越高。隰县县委、县政府会同文教委员会对全县中小学校领导进行了一次大调整，留任一批经验丰富的老校长，重用一批年富力强的中年校长，提拔一批有思想有干劲出成绩的青年教师出任校长。1975年8月，冯廷记被任命为六所县直中小学之一的隰县水堤九年制学校校长。

县委组织部和文教委员会领导找他谈话，明确说他属于破格提拔。首先，按照常规，中学校长只能从中学副校长和教导主任中选拔，而他当时是城关小学普通教师，一般来说只能提任小学副校长或教导主任，结果他越过好几层，直接任职县直中学校长。其次，对中学校长文化程度的要求是大专以上，而冯廷记只是中专学历。领导对他说：为什么选拔你？我们作了充分的调查，你思想进步，甘愿到最艰苦的地方任教，并做出一定成绩。工作中，你敢想敢干，还敢创造，家长还反映你爱学生、会管理，能调动学生的学习积极性，善于和家长沟通，善于整合教育资源。希望你不要骄傲，做好学校工作，为咱县农村中学办学积累一些经验。县常委会对你寄予厚望，请不要辜负大家的期望。

冯廷记掂出了担子的分量——隰县需要一批年轻人在学校管理上闯一条新路；要探索一些符合隰县实情的学校管理模式和教学方法，为建设山区教育强县打基础。他认为，由教师到校长，不仅是角色的转换，更是责任担当的转换，也是工作作风和方法的转换，还是思维角度由点到面、由局部到全局的转换。一个好的教师、好的班主任，虽然不一定就能成为一个好校长，但是能够当好教师、当好班主任，却是一位好校长应有的素养。在冯廷记看来，学校就是一个放大的班集体，校长也要会讲课，讲好课才有评价别人的资本。校长要在借鉴班主任工作基础上充实更多的方法和内容，一句话：教学工作一条线，其他工作串成面。

其实，就冯廷记此前的经历和作为而言，已可感知他骨子里那种当校长的潜质。冯廷记说，他是带着"车到山前必有路"的心态去上任的。

水堤中学班级分小学、初中、高中，共有小学生一百四十余名，初中生二百三十人，高中生一百一十名。学校以小学部、中学部为单位实行分部管理。20世纪70年代的农村，学校办学条件很差，而在隰县同类学校中，水堤中学条件是最差的：学生用的是水泥做成的连体桌凳，冬天奇冷；学校没有水井，师生要每天轮流拉水；教师办公室短缺，办公设备不完善，实验室更是名存实亡；部分学生住在老百姓的窑洞中，存在安全隐患；全校从领导到教师没有一名大专以上毕业生，清一色的中师、高中毕业，快速提高教学质量谈何容易！冯廷记没有犹豫，他征求师生意见后，很快制订了简洁明了、易于操作的一年工作计划：一、改善办公条件，解除师生后顾之忧；二、整合优化课程配置，释放教师最大教学潜能；三、对初、高中生进行励志教育，让人人心中有目标、行动有方向、学习有目的；四、强化德育工作，定位是：让学生在校学几年，社会受益几十年；五、农村中学也要办出县城学校教学质量。

冯廷记开始着手解决具体问题。他向教育局打报告，更换了学校的水泥桌凳。他利用人脉，联系县水利局支援了一批钢管，又请了县水厂五名同志，用一周时间将泉水从山沟引入学校，解决了师生用水问题，还利用剩余钢管焊了一副篮球架。他争取水堤公社支持，给学校规划了一块操场，安装了单、双杠，整出了篮球场，活跃了师生课外生活。他申请到县里的专款，购买一辆手扶拖拉机，解决了高中生在县城领粮的运输问题。冯廷记说，这些举措排除了师生的后顾之忧，让师生心里暖洋洋的，对水堤学校有了归属感，更有了荣誉感，增强了集体观念。举例来说，学校多次组织师生班级篮球赛，大家十分踊跃，校篮球队还在全县教育系统篮球赛中取得了第三名的好成绩。

具体困难解决、师生心情舒畅，学校的工作重心才能转至教学上来。冯廷记给自己出了一个题目：低学历师资如何教出高质量？

还是听听他当时的"解题"心得：

学校虽然没有大专毕业生，但都是"文革"前毕业的中专生、高中生，文化基础扎实，工作态度端正，再加上初、高中教材深度有限，难度系数不大，只要抓好备、研、上、辅、批等教学环节，就能有效提高教学质量。我多次组织教师讨论备课、授课方法，互听互评，提高授课能力，并针对教师少、课头多的情况进行优化配置，把好教师用在关键岗位，起引领作用，开展比、学、赶、帮、超活动。王维基老师，一人带高一、高二的物理、化学课；教导主任雷印生带高一、高二语文课；而我也兼带高一、高二政治课，想和老师们一块拼一把，总想着把农村学校办出城市学校质量。不论是谁，不论是什么科目，只要遇到问题，大家群策群力一齐解决。这样一来，教学风气融洽，不论哪个班级出现问题，所有教师都帮班主任想办法，好像人人都是班主任、个个都是管理者，大家干得舒心快乐，累了爬爬山、打打球调节一下。教师之间和谐，师生之间和睦，也许这就是同心同德，心往一处想，劲往一处使。教风的大改变让人看到了希望。

冯廷记心里还装着另一道大题目：教学质量能否提升，两个高中班、四个初中班三百余名学生才是关键。怎样调动学生的学习积极性？

他和教师多次协商，决定采用励志法激励学生刻苦学习。学校召开师生座谈会，让学生认清，国家当前急需大批高端建设人才，时不我待。学校每半个月召开励志会，讲励志名人，表彰学校励志的好师生。教师每节课用两至三分钟讲一个励志小故事，各班学生人人都制订了励志目标和短期行动计划，采用近期达成小目标、逐步实现大目标的方法调动学生。励志教育的结果是，学生学习自觉了、刻苦了。有的学生星期天也在校学习，不回家；有的学生把课余时间划了段，分别对应了科目，不仅完成当天的学习任务，还要预习次日的知识内容……

教风转变促进了学风转变，学风转变又促进了班风转变，良性循环的达成，使老师省出管理时间服务于教学，学生汇集零散时间巩固知识，教学相长、相得益彰。水堤中学面貌大变，教学质量显著提高。全县教育质量抽考，水堤中学和县城学校也有得一比了。学校的变化，群众看在眼里，领导记在心里，生产队给学校拨了土地，让改善教师生活，公社领导给学校审批了宅基地，解决教师住房问题，供电所给学校拉专用照明线路……这些措施进一步稳定了教师队伍，激发了教师工作热情，减少了人为干扰，使学校迈上了正规发展的道路。

且听冯廷记从这段经历中得出的真知灼见：

在水堤学校的工作，让我明白了工作有思路，才会有出路，敢于换思路，才能求突破。人叫人干人不干，问题解决抢着干，学习教研加油做，低学历也能教出好成绩。困难困难困住就难，出路出路闯出去就有路，在农村学校，教学教研加协作，确实是一条可行之路，最大的好处就是调动全校一切力量，向教学工作倾斜，师生教与学的潜能都发挥到极致，出成绩就是顺理成章的事情了。

果然，捷报传来。

1978年，全省高中生作文大赛中，水堤学校学生取得优异成绩，在全临汾地区高中生参赛成绩前十名中，水堤中学独占五名。这是个很了不起的成绩，一时间学校名声大振，不少同行来校交流，行署教育局、县教育局也组织到校调研，水堤中学师生扬眉吐气，劲头更大了，力争要在高考中创造好成绩。

"作文大赛的好成绩怎么来的？为什么亮点会出现在这里？"我想问出其中的故事。冯廷记说，这便是教学教研加协作工作方法结出的果：

说到这次全省高中生作文大赛，不得不提一位好教师，他就是水堤中学教导主任雷印生老师。雷老师不仅知识扎实，而且写得一手好字。他讲话，语言生动而简洁，学生最爱听他的课。他的业余爱好就是写作，经常有作品发表。他改进作文教学，每让学生写一篇，都要努力把学生出现的问题解决掉，甚至让学生多次重写，直至满意为止，所以学生每次作文课都有大收获。他还在班里办起作文专栏园地，每次完成的作文都要挂在专栏里供学生互阅，并从中择优投稿，提高学生的写作水平和写作兴趣。他们班每学期都有几篇文章见诸报刊，日积月累，学生的素材丰富了，写作技巧提升了，作文的质量越来越好。雷老师还利用学生开展学工、学农、学习解放军活动的时机，引导他们写心得、写体会，进一步拓宽学生视野，积累写作素材，改进写作方法，他的学生，几乎每个人都能写出即兴好文，也算是我校一大亮点。

继作文大赛打了胜仗，高考成绩更把水堤中学的招牌擦亮。高考是检验教学质量的试金石，水堤学校试出了锋芒。冯廷记记忆犹新：

最突出的当数 1980 年高考，当年全国录取率是 14%~16%，我校参考学生四十四人，达线七人，达线率 16.5%，超过全国平均达线率，更是超过农村学校、县城学校平均达线率，高考达线率位居全县第一，在全省农村学校中排名第二。省政府奖励学校两台大屏幕罗马彩电。行署教育局将学校定为重点中学，并决定拨款 5 万元，解决教师办公问题。

越是取得成绩，冯廷记越是能站得更高，胸怀更加宽远的格局，他说，水堤学校取得这一优异成绩，对隰县而言有着几层意义。一是树立了农村中学信心，破除了农村中学高考成绩不佳的怪圈。大家都在反思：为什么条件最差、师资最弱的水堤中学能考出好成绩？我们该怎么办？一定意义上，这促进农村中学提高了办学积极性，增强了他们提升教育教学质量的信心和决心，掀起一股比学赶帮超之风。二是强化了农村中学和县城中学的联系，形成城乡学校互助互学之风。三是县委、县政府更加重视农村中学建设，从土地征用到教学配备，农村中学和县城中学一视同仁，农村中学经费也有所提高，慢慢地，农村中学漂亮了，学校教师中也有了大学毕业生，师资队伍得到优化。

冯廷记心里装着简单实用的办学经：在一所学校中，校长是灵魂，教师是关键，学生是主人，家长是助手，领导是保障，社会是后盾，只有这几股绳拧成一股劲，学校才会立于不败之地。几股绳拧成一股劲的标志就是良好的教风和学风，领导带头带课，教师超量带课，学校一切工作都围绕着提高教育教学质量运转。我记住了他的一个描述，把水堤学校的精气神说到家了：

> 20世纪80年代是国家方兴未艾的时代，农村文化生活活跃，村村唱戏演电影，邀请歌舞团、马戏团演出。可就算再红火热闹，师生也没一人离开学校，都在奋力备战高考，群众说我们着了魔，不食人间烟火了。

在这一次对话中，我领会了冯廷记胜人一筹的眼界、理念和谋略。

之五："好校长"再出神来之笔——接过队办初中的薄家底打造名校

1984年，为了改变县城学生多、学校少的状况，隰县将北门大队所办二轨制初中改制为县直中学，冯廷记调至这所改制后的城北中学担任校长。城北中学办学条件之差、生源之差、师资水平之低，比水堤中学有过之而无不及，学校每年中考成绩全县最差……出乎人们的意料，冯廷记到任只一年时间，便重振人心、扭转乾坤，城北中学初中毕业年级统考成绩跃居全县第一，而从第二年中考到他调离，城北中学中考成绩一直在全县独占鳌头。冯廷记用八年时间，把一所队办初中办成了山西省示范初中。

"调任城北中学后画龙点睛的是哪一笔？差校成名校的可能性是什么？动

力是什么？转折点在哪？"我对冯廷记的传奇保持着充分的兴趣。

有着独特治校经验的冯廷记，认定城北中学崛起的关键首先在于：尽快改变学校面貌，取得社会认可，以优异的中考成绩确立学校地位。改善条件、引进师资，是冯廷记在水堤中学就摸好的门道、练就的功夫，除此之外，他提出并实施"三治"，即治乱、治散、治懒，这精准地抠住了这个学校最大的实际：原因为队办初中，该校学生上学随意，社会青年乱窜，加之周围群众的干扰，让教师教学没有信心，家长对学生没有期望，学校就是个乱、散、懒的架势。

治乱——突出严格规范，修建了围墙和大门，增设了门房和门卫，校外人员没有和学校预约不准进校，教师签到，学生点名，按时关闭大门，消除了社会干扰、师生迟到现象，学校迈出了正规办学的第一步。

治散——就是要改变办学没有目标、家长没期望、学生没理想、老师没信心导致的散漫状况，要让大家在树立目标追求的同时，动起来、紧起来、跑起来，这样学校才能有活力。说动就动，毫不含糊，就拿跑操来说，学校暂时没有操场，全校师生就在马路上跑步。挑选出的学生运动员没场地训练，就借兄弟学校操场训练。这样抓了一段时间，早上有了跑步声，晚上教室里亮起了灯，学校有了生气，教师脸上露出了笑容。

治懒——关键要治精神上的懒。人没有目标就懒，没有理想就没有动力，冯廷记要求师生都树立理想，确立目标，并且就此开展班班交流、全校交流，激励人的上进心、求知欲、荣誉感。这与他在水堤中学时实施的"励志法"如出一辙。所有老师都对自己所任学科制定了奋斗目标。目标定位对提升教学质量产生动力传导，教师紧张起来了，学生自然就动起来了。早上学生早早到校了，晚自习后师生还在研讨教学中存在的问题，城北中学的气场变了，终于成了真正意义上的知识场所。

通过"三治"，振兴城北中学有了坚实的基础。但怎样巩固提高，怎样在全县统考、中考中出成绩，才是学校尽早崛起、得到社会认可的关键。万事俱备，只等冯廷记那神来之笔了。第一笔，他用了"大评课"和"公开课"——

我趁热打铁对教师提出要求，全校开展大评课活动，领导听课、评课，教师互听互评，跨班听课，跨级听课，使好教师百尺竿头更进一步，一般教师讲课也进步神速有听头。我记得有一位年轻语文教师，被我连听、连评十四节课，很不适应，跑到教委要求调动，他父亲知道后批评了他一顿，并把他送回学校，后来他成为语文教学名师，再后来事业进一步发展，担任了县文联主席。

校内听课、评课遂成风气，我又提出让家长来校听课，教师开玩笑说，那你先讲一节社会公开课，我说可以，便第一个邀请家长进校听课。我本来带政治课，但这次安排在初二年级讲了一堂关于《白毛女》的语文课外阅读课。我事先认真备课、预讲，到了上课那天，来了不少家长，其中不乏各级领导，教师们站在教室外边听课，看我如何来讲。课后大家站起鼓掌……

冯廷记说出了这一招的妙处：他这个校长一带头，社会公开课就推行开了，这样，城北中学教师的名气就传开了，人人都高兴，上课更来劲儿了，而社会和家长也认可了教师，于是，学校由生源不足，转为学生争着来这里就读，离创名校的目标更近了一步。

第二笔，他用于激活师生士气：

我要求教师得有三件宝：一把尺子，优中差学生一样对待；一双手，一手培养优等生，一手转化差等生；一颗爱心，激励优等生，鞭策中等生，温暖差等生，取消掉队生。我让全体教师都树立一个信念：三年前家长给我一个学生，三年后我还家长一个人才。

我还大胆地提出让学生管理班级，给老师更多时间搞教学，让学生明白，班级是自己的，不是教师的，学习靠自觉，不靠强制，师生之间是互补的，不是上下级，而是学友。事实证明，学生自治、自理的实践，大大减轻了教师的管理负担，使教师有更多的时间投入教学和教研。

学校大兴教研之风，学生大兴自治之风，家长大兴配合之风，其效果是学校的教学质量有了质的飞跃，城北中学中考成绩连续六年全县第一，初中毕业升学率全县第一，还在中小学生运动会初中组比赛中四次夺冠。这所原本办学条件根本不达标的初中学校赢得一片喝彩。听着广大群众的呼声，面对良好的校风校纪、优异的教学成绩、敬业的教职队伍，省示范初中验收组深受感动，破例作出先通过验收、再改善办公条件的决定。

之六："育人"境界的高潮——主持
"最高学府"，创立民办学校

即便已经坐实了名校长的口碑，冯廷记还是没有料到接下来的高光时刻——县上破天荒地打破用人条件的框框，将只有中专学历的他选拔在了名师聚集、被视为"隰县最高学府"的隰县中学校长任上。

隰县中学，是一所百年老校，从1958年便设立高中，面向临汾地区西山五县招生，成为临汾西山地区唯一的完全中学。该校是一所山区名校，每年高、中考成绩优异，不仅高考达线率在临汾地区山区县最优，还是全县球类人才基地，学校合唱团、艺术队也是全县最好的。冯廷记初中就读于这所学校，深谙其地位与优势：办学条件好，师资力量雄厚，教风严，学风正，是孩子上学的理想校园。然而，当听说让他担任隰县中学校长的消息后，冯廷记一时有点吃惊，赶忙去找分管教育的副县长，提出自己学历不高，到隰中后一旦不能服众、工作难以开展，会影响隰县教育工作。而县上对他的回复是：学历不等于能力，更不等于领导能力，这些年你当校长，干出不少成绩，是隰县人口中的好校长，好校长就要敢于挑重担，到更高一级的学校去磨炼……

1992年5月，冯廷记走马上任。眼看高考在即，他主持召开了分析高考形势的班子会，结果，同志们一致的看法是：今年很难考出好成绩。原因是前几年高考成绩不理想，大量复读生都挤到1991年参考，所以1991年高考成绩突出。如今复读生中能考走的都考走了，剩下的复读生能考走的希望不大。山区县高考成绩每年都在"推光头"边缘上徘徊，县上给隰中今年订下了高考达线七人的计划，但很难完成……

我设身处地想着冯廷记当时的心情。一句话：时间紧，任务重啊！而实际上，冯廷记还是使出了他那几经总结和实践的办法：树立志向，明确目标，师生拧成一股绳，动起来、紧起来、跑起来！他和其他校领导充分沟通，并且走访教师，找重点学生谈话，在摸清情况后召开了全校师生大会，讲明学

校的任务以及有利条件、存在困难、解决办法，讲明短期、长期奋斗计划，响亮提出，要超额完成县上下达的高考达线任务。相比此前冯廷记主政过的校园，隰县中学这个山区名校兵强马壮、粮草充足，仿佛就等一位英明主帅画龙点睛、一声令下了。果然，会后一段时间，师生信心足了，教室、办公室灯亮得早了、熄得迟了，全校明显紧张起来。1992年高考，隰县中学超额完成县上下达的七人达线指标，高考录取三十六人。

冯廷记的一句话，让我心中一亮："怎样使隰县中学工作再上台阶，这是我工作的重点和中心。"是啊，这才是我越来越熟悉的冯廷记——他不会因甫一上任就大获全胜而满足，不会四平八稳地躺在山区名校的招牌上贪图安逸、坐享其成。他要让这个名校成为不一般的名校——让学生全面发展，让教师深层次提高。为此，他给自己定下奋斗目标，并作为座右铭挂于墙上，让它监督、鞭策、激励自己，那就是："德育、智育、体育并重，跬步积成千里路；品质、素质、气质兼修，寸阴绘就百年图。"

"当时教育进入了怎样的新阶段，办学环境以及社会期待有何变化？您是否也有新的经验和做法？"我这样问，是因为从他的座右铭中听到了对素质教育的追求，他的话里洋溢着迎接教育春天的时代气息：

> 20世纪90年代，是中国教育快速发展、务实求进的年代，我县和全国一样，领导高度重视，社会高度关注，家长高度期盼，学校进入了深化改革、稳步发展阶段，给学校带来良好的发展机遇，培养"四有"新人进入快车道。
>
> 上一任校长给我留下了很多可借鉴的宝贵经验，如工资结构制，高、中考奖励办法等，我在吸收这些经验的同时，又进行了深入、大胆的改革，把高三复习班的收费直接划给高三领导组自行支付，这样一来，买资料有钱了，奖励教师方便了。教师的实惠多了，劲儿就更足了，学生资料多了，解题的分析能力、准确度都有了很大提高。为提高教师幸福指数，我及时组织兑现国家房改政策，又申请修建一栋家属楼，解决了部分教师住宿难题。教师安居了，就开始乐业……

在改革创新的时代，冯廷记有了施展好校长作为的更大空间，在充分赢得师生信任和支持，并能够满足社会和家长对升学率的期望之际，他展开了更大的格局，把"育人"理念放在了最显著的位置，即让教师深层次提高，让学生全面发展，以此作为隰县中学工作再上台阶的重点和中心。这是回到教育的初心，践行育人的宗旨。具体做法就是：德育、智育、体育并重；品质、素质、气质兼修。而重中之重是抓好德育、塑造品德。德育工作最忌空洞，抓好抓实特费思量，怎么抓？

常规的教育和活动暂且不说，单说冯廷记独树一帜的"更新期末评语活动"吧。他结合高中生已初步形成人生观、价值观并且"爱脸面"的情况，推行更新期末评语活动，克服以往"优点＋缺点＋希望"的"三点论"式评语，将它变成师生的情感对话，让评语动起来。具体采用了九种方式，和学生沟通心灵——情感滋润式、幽默点拨式、先褒后策式、借物励志式、借名鞭策式、列举设疑式、抒情散句式、并列排比式、对联诗句式……有的评语方式可让学生在读取过程中享受语言美，激发求知欲；有的则以对联形式融褒奖、警示、激励和祝愿于一体，让学生耳目一新，快速自省。而老师对评语倾注的心血越多，就越有光彩，就能够更好地发挥教育作用。他说：

> 评语人性化的推广，使初、高中师生之间形成关心人、关怀人、激励人、发展人、提升人的互动模式，充分调动了师生的积极性、主动性、创造性，使师生的智力、情感、品德、习惯都得到充分培养和发挥。
>
> 学校的办学目标被大家接受，化为自觉行动，学校的初中抽考、中考成绩，高中的会考、高考成绩，每年都上一个新台阶，学校也多次受到省、区、县表彰。

在德育为先、育人为本的浓厚氛围中，冯廷记将目标构建于更宏阔的视野、更深刻的立意之上，我从中听到了彰显好校长价值的思考：

> 我想，学校是和人打交道的场所，靠的是思想和思想的交流，情感和情感的沟通，生命与生命的对话。学生毕业后，从这里带走

的不应只有知识，更重要的是对理想的追求和报效祖国的决心，如果我们只把眼界限于山区，便会失去动力。只有打开更广的眼界，才能创造出新的业绩。所以我以平川省重点学校为榜样，让隰县中学努力赶超，更上一层楼，便提出了"冲出西山，赶上平川"的奋斗目标。

好一个"冲出西山，赶上平川"！这并非简单出于升学率的考量，而是建立于人生的选择与追求之上——贫困山区小县，困难多、就业机会少，孩子们的最好出路就是考学。这是教育的责任，也是这位好校长的心结。他说："总之，成功是一步梯子，双手插在口袋里的人是爬不上去的，不管踩什么高跷，没有自己的脚是不行的，放弃只要一句话，成功却需要一辈子。成功是大家的，但带头成功的人必须是你！"

冯廷记是带领大家成就了这番事业的人！

为了让教师深层次提高，他独辟蹊径，有所创造。比如，他给教师布置了三种课外作业题：一是做中、高考试卷，从中发现教学难点、重点、考点，强化教学工作；二是建立错题本，让教师归纳不同学生发生的不同错误或错误的不同表现，分析出错原因，以便从中有选择地做精确的课评，提高学习效率；三是写教后记，将这样一种直接的反思方式，作为促进教师专业发展的途径，不仅能发现教学中的闪光点，总结教学理念、改进教学方法，还能由感性实践升华到理性思考，实现教学的良性循环，更能记录教学遗憾点，找出原因，避免重复错误，在一次次自我否定中实现教学能力的螺旋式上升，而对教学疑惑点的记录和推敲，直接深化对教学经验的总结，小疑则小进，大疑则大进，以疑促思，有利于教师主动学习教育理论，全面把握教材内容，并捕捉教学灵感，改进教学。

推行三种作业本，有利于开展因材施教，有利于教师素质提升，效果十分显著，教师水平提升很快，教学论文层出不穷，教学能手越来越多，教学质量一年一台阶，使学校赶上平川的奋斗目标看到了希望。

那么，就学生而言，什么才是冯廷记所追求的全面发展呢？冯廷记为此而自豪：

在上好文化课的同时，学校还高度关注了学生的其他方面发展，学校文体活动保持着强劲势头，体育代表队在区、县比赛上都能取得优异成绩，特别是1994年全区高中学校运动会上，我校获得总分第三名的好成绩，体育运动率先实现了赶上平川的目标。1993年校文艺队参加"舜王杯"大赛，获一等奖。一句话：隰县中学体育队、文艺队出场必获奖。

教室里书声朗朗，操场上生龙活虎，社会上遵纪守法，这，就是学校的缩影。每年高、中考成绩超额完成任务，高中毕业会考，山区县称雄，全区名列前茅，实现了冲出西山的目标，部分领域赶上了平川。

无论从能力和品性而言，还是就格局、视野和情怀而言，他都是众口皆碑的好校长。

冯廷记未曾想到，退休后的他会再次走马上任，写下又一段耐人回味的传奇。

身具"名校长"效应，2002年冯廷记刚一退休，就被多家外地民办学校争抢，而正当他深思熟虑接受了邀请，即将在新的办学机制下施展相应办学理念时，县上领导向他讲出了语重心长的话——为隰县创办一所民办龙泉学校的使命，需要他坚决地留下。

县上决定办一所民办公助学校，是要实行公、民办教育互补，尽快提升初中教学质量，让群众满意。冯廷记放弃了外出计划，抽选教师，租赁场地，仅用二十天时间便让教学设施到位、招生任务圆满完成，8月25日开学，学生报到，当晚上自习，师生互认……这创下了隰县历史上最快的办学速度。冯廷记感慨地说："过后我们也觉得不可思议，是什么力量让校里校外的人拧成一股劲，让学校先于公立学校开学啊。学生开课了，因这批教师基本上是隰县教育界精英，大家干劲十足。校园里响起朗朗的书声、嘹亮的歌声、整齐的口号声，从第一天起就生机勃勃，让在校学生的家长们放下了悬着的心。"当然，这得益于我和教师的互相了解，大家都愿和我一起把学校办好。"冯廷记为此而自豪。

龙泉学校创办六年，所历四届中考捷报频传，合格率、升学率始终保持在 95% 以上，成为隰县和周边县小学毕业生抢读的学校，也是重点高中生源基地、普通高中生源地。在应时而兴、另开蹊径的民办学校，冯廷记再次用胜人一筹的战绩印证了名校长、好校长的魅力。我注意到了他谈到的那些细节和理念：

在创办龙泉学校过程中，我结合我县是贫困县的实际，收费标准很低：初一年级 650 元，初二年级 800 元，初三年级 1000 元，其中还包括书本、作业本、冬季烤火等费用。好学生、特困生免费，隰县人能承受得起……21 世纪初，拜金主义风气一度较为严重，当时民办学校多过分注重营利，高收费，抢生源，砸奖励，致使不少学校有了铜臭味，但龙泉学校不一样，我不图钱，而是要创质量奇迹，想让山区学生多走出去几个，学校始终把育人放在第一位。

我认为，办学校，不论公办、民办，都要有既先进又可实现的教育理念和计划。因我在半年前就对开办民办学校有过研究，所以我就按我的思路招聘教师、招收学生，结合隰县实际，制定了一套行之有效的目标、计划、方法，并公布于众，在县电视台连播数日，求得了家长的理解和认同，解决了生源问题，用超低的收费标准，赢得了群众的理解和认可，保证了学校的生源质量。

我的工作方法就是早、新、快。先人一步抢占先机，年年都有新目标、新措施、新方法、新血液，让学校工作超前、超快，让别人跟着我们跑。

我主持确立了龙泉学校办学目标：县内居首位，市内靠前位，省内有地位，国内有影响。总要求：修"三德"——领导修政德，教师修师德，学生修品德。对教师要求：把学生当成自己的孩子，把自己提升为一部让学生终身品读的奇书，做到三年教学不留遗憾。对学生要求：在校学三年，受益一辈子，做事做到人人都需要，做人做到人人都喜欢。

民办学校校长具有更大的选兵选将空间，而龙泉学校成功的重要经验之一就是大胆用人，大胆用新人，让个人的价值得到充分体现，人格得到充分尊重。在德育教育的基础上，龙泉学校全面实施素质教育，其德育工作的核心亮点是"爱"的教育，致力于打造一个充满博爱精神、洋溢人文气息的校园环境，让学生感受到家的温暖与乐园的欢乐。在龙泉学校，教师虽然分科，但不分家，教师可以全年级巡回解难解疑，学生可以全办公室请教，谁讲得好就找谁，大家没有因为学生交叉找老师而有意见……这种情况在公立学校是很难出现的。为了让家长了解教师、信任教师、配合教师，学校在各个班级的后边都放了几条凳子，随时欢迎家长进班听课、评课，提出改进意见。家长的认可提高了教师知名度，小学毕业生以上龙泉为目标，每年招生二百余名，但县内外报名人数多达一千五百余人，被群众戏称为"龙泉热"。

2006年中考后，龙泉学校成绩非同凡响，不仅完成了指标任务，还引起了市教育局和其他县教育局的高度关注，二百二十人参加中考，达省重点高中线的有四十人，降二十分录取的，又有一百零七人，实际上省重点高中共录取龙泉学生一百四十七人，其余学生全部达到普通高中录取线，达重点高中线总人数超过了东、西山十县之和，仅次于临汾平阳中学，有关方面纷纷组织来校调研、交流。冯廷记说，在办学过程中，他没为生源操过心，没为教学发过愁，最难办的是，每年开学，有多出几倍的学生想来报到，不少人拿着领导的批条非上不可，有的人打着赞助学校的旗号要花钱上学……

这是一位风度超乎寻常的"教育功臣"，从毛头小伙一直干到六十五岁，虽有多次转行或荣升的机会，他都主动放弃，只一心扑在教育工作上，早上6点到校，晚上10点多回家，几十年雷打不动。从1967年至2011年，他在四十五年的工作中三十四次受到国家、省、市、县表彰奖励。他曾高票当选2011年首届"感动隰县十大人物"，这是全县人民无记名投票的结果，而他是教育界唯一的当选者。2012年元月，他又被全国网络投票评选为"爱岗敬业中国好人"。而他的价值，当然不是荣誉和表彰就能够诠释的。

也许，从他朴实的话语中更能真切地品味教育的真谛吧——

我从事教育工作四十五年，担任中学校长三十四年，其间做了二十八年公办校校长、六年民办学校校长，和两万名学生共同生活过，年年看着他们兴高采烈地走进校园，几年后又依依不舍地目送他们奔赴各级各类学校深造，乐此不疲。

我只专注教育事业，只想把本职工作做好、做精细，对得起社会、家长和学生，对得起党的培养和教育，对得起母亲的养育和期望，做到问心无愧即可。

　　现在的校园新了，师资硬了，教学设备现代化了，但我们的教育，特别是农村教育又遇到了新问题。社会是对立的统一，前进发展中会有矛盾出现，解决矛盾就是社会进步的表现。

　　学校就是要让教育走进学生的生命世界，走进学生的心灵世界，走进学生的生活世界，走进学生的知识世界。学校不仅是传授知识的场所，更是将社会道德转化为学生自我要求，形成内在的道德认识和自觉的道德行为的场所。学校应同时构筑学生的知识支柱和精神支柱。

　　我的教育理念：德育为首，一以贯之。

　　……

"教育功臣"冯廷记

"现代愚公"拓荒记

——记第四届"感动隰县十大人物"李新林

潘培江

要想富，种果树

1982 年，电影《月亮湾的笑声》在全国广受好评。电影中的冒富叔靠种柑橘过上了好日子，但随着那段特殊时期的到来，冒富叔成了走资本主义道路的典型。他经历了一段又一段令人啼笑皆非，也让人心酸不已的遭遇，儿子原本好端端的婚事，也掀起了一段阴差阳错的波折。冒富叔备受打击，原本爱笑的冒富叔也不笑了，一度想把自己的摇钱树当"资本主义尾巴"砍掉。改革开放之后，冒富叔的命运迎来了期盼已久的转折，他终于能踏踏实实地种柑橘了，久违的笑容也重新回到了冒富叔的脸上。

在当时，这部电影像一股春风吹过，引起了极大的轰动，直到几十年后，人们仍然没有忘记这部电影，《月亮湾的笑声》依旧被评为最值得记忆的一百部电影经典之一，冒富叔面对镜头说出的那句"我忘记笑了"，让人久久难忘。

这部电影深刻反映了时代的变化，同时，也给许多人留下了一个深刻的印象，那就是种果树能致富。这无疑给当时千千万万渴望过上好日子的人们指出了一条致富之路。要想富，种果树。

今天我们要写的这位人物，也是一个靠种果树走上致富道路的老汉。但时代变了，他和冒富叔不同的是，他不仅没有因为种果树致富招致飞来横祸，反而在新的时代不仅种树致富，还因为自力更生、垦荒开拓的事迹成为闻名一方的现代愚公，也因为他的事迹，这位隰县老汉被政府和当地群众称为"隰县好人"。

他的名字叫李新林。

李新林是隰县午城村人。初见李新林，他的样貌跟千千万万普通的乡村老汉都差不多，跟冒富叔也差不多，身形健壮，国字脸，已经发白的短头发茬，脸膛红红的，那是常年户外劳作的颜色。说起种果树，李新林还未开言就先笑了，眼睛眯成弯弯的两条缝，望向远方，神情和言语充满了自信，可见他对于种果树，不说手拿把掐吧，也可以说是十拿九稳。这个老汉一看就是一个朴实、敦厚的人，也是个豁达的人，同时也是个很有主意的人。

李新林所生活的隰县，按照地理上标准的说法，地处黄土高原残垣沟壑区。这个标准说法非常形象，隰县同周围的其他县份一样，平地较少，梁茆较多，沟壑遍布。这样的地形地貌，发展传统农业条件不是很好，但发展果业倒是具有得天独厚的优势。按理说，隰县平川地带的水资源应该较为丰富，"隰"字就是指低洼而潮湿的地区。《国风·邶风·简兮》记载，"山有榛，隰有苓"，意思是山上有榛子，低湿的地方有茯苓。但隰县同山西其他地区一样，并没有过上水草丰足的日子。

年轻时的李新林，上有老下有小，最大的愿望就是多挣点钱，把家里日子过得好一些。根据当时的统计数据，1980年全国城镇居民人均可支配收入为347元，农村居民人均纯收入为121元，把这个数字按月计算的话，当时农民每月收入也就10元多一点。当时大家都没什么钱，李连杰拍《南北少林》的时候，一个月才45块钱。在当时人们的心里，多挣钱是最迫切的愿望。

吴晓波在《激荡十年，水大鱼大》那本书里，引用了一百多年前美国诗人沃尔特·惠特曼的语句，惠特曼面对美国当时的造富运动，用矛盾重重的心态写道："我明确意识到，美国普遍存在的极端商业活力，近乎疯狂的求富欲望，正是美国社会改善和进步的组成部分。"而在当时的中国，人们也在通过各种方式创造财富，想办法增加自己的收入。

但留给李新林们的路子似乎不多，单靠种地解决温饱没问题，但想富裕似乎就差了点儿。好在年轻的李新林比较活络，早早就跟着乡亲们一起外出务工挣钱了。

结婚之后，他曾在当地的县果树中心，也就是县果业局的前身，干过一段时间。年轻的李新林在果树中心一天能挣20多元，那是1990年代了。一天挣20多元在当时是什么概念？李新林给作了个对比，以香烟为例，现在普通的一包烟，大部分的价钱是十几元、20元左右，而在当时，稍好点的"蜜橘"烟，一盒两毛九，差一点的"绿叶"烟，一盒一毛四。李新林大概算了一下，在果树中心一天能挣将近十盒"蜜橘"烟，按今天的价钱粗略换算，一天能挣两三百元。

一天两三百元按今天的标准似乎也不是太多，但再对比一下同时期和他一起在果树中心干小工的人们的收入，你就能明白当时李新林的收入是多么可观。当时在果树中心干小工，一天工资多则一元，少则七毛，一个月满打满算也就几十元。李新林的工资相当于十几二十个小工的工资！

惊叹之余，你肯定要问了，李新林在果树中心干什么工作能挣这么高的工资？这就充分体现了生产工具的重要性，李新林有一头骡子，他在果树中心牵着骡子耕地，没有骡子的其他小工只能干些杂活，李新林干的虽然也是体力活，但因为他有一头骡子，在挣钱上也就比其他人多了一个巨大的优势。

李新林在果树中心耕什么地呢？主要耕的是果园套种的地。果园套种，是指在果园的果树行间，套种低秆作物，主要是为了最大限度利用土地，属于我国悠久的农耕文明历史上发展出来的一种精耕细作。果粮间作主要出现在我国华北平原，是果树套种的主要模式。说起那段经历，李新林脸上的笑意更足了，满脸都是掩饰不住的满足和自豪。这位庄稼好手掰着手指头，一项一项给作者详细介绍了果园套种的好处，扎扎实实给作者科普了一下农业知识。

"果园套种能改善果园土壤，能调节果园土壤的温度和湿度。主要是能增加土壤中微生物的数量及种类，在中间空地上种的主要是土豆，还有豆子之类的低秆作物，能增大田间植被覆盖面，在园子里形成一种蒸腾作用，尤其利于果树吸收土壤深层的水分，果园间作套种本来防风保湿的效果就好，再加上这些水分蒸腾到田间，整个果园这个小环境当中空气的湿度就提高啦。"

"另一个是对果园病虫害防治有好处。果园间作的植物种类多样化，有利于害虫天敌的繁殖，昆虫种类多了，蜂类、瓢虫、螳螂这些益虫就多了。"

"果园间作还能促进果树生长，提高果实品质，能提高果实的含糖量。套袋的果园间作，可以有效地避免果实摘袋后干燥，避免高温造成的果面干裂纹和日灼等情况。"

"果园间作还能提高经济效益，梨树一般三年结果，间作套种能弥补前期管理周期长、投入大的问题，多增加一部分收入。"

20 世纪 90 年代的时候，整个农业生产的机械化程度还不高，现在见到的许多机械在当时可以说是闻所未闻，李新林所拥有的骡子，就成了最重要的生产工具之一。当时果树中心租下了几百亩地培育果树，他一天能耕四五亩，一亩地挣六七元，一天下来就能有 20 多元的收入。虽然这个活计不是一年到头天天有，但对于李新林来说，是一笔不小的收入。

也许是在果树中心的经历启发了李新林，若干年后，李新林也种起了果树，走上了富裕的道路，果树中心，可以说是李新林和梨果结缘的开始。

带头种梨树，带头换种玉露香

2024 年春节，李新林家迎来了一次难得的大团圆，李新林老两口、三个女儿和两个儿子全家共十八口人，大家庭特意隆重地照了一张全家福。远在湖南吉首的二儿子，领着全家开车十四五个小时也回到了隰县午城的老家。距离上一次二儿子回来，已经有五六年的光景了。全家大团圆，让李新林老伴儿欣慰不已。

老伴儿和李新林共同生活的这几十年，亲身参与了李新林从开始种梨树，到后来开荒建设果园的全过程，说起其中的辛苦，老伴儿心疼不已，"我家掌柜的可是下了苦了。"

老伴儿是蒲县人，和隰县是邻县。老伴儿在隰县午城有个姨姨，在这位姨姨的牵线撮合之下，阿姨认识了年轻的李新林，从蒲县嫁到了隰县午城。"待见人家么那个时候，看着我家掌柜的年轻时候真是不错"，那是在 1978 年，阿姨刚刚二十一岁。

1978 年是个百废待兴的开始，当时的人们依然很穷，尤其是北方贫困县的农村。在阿姨的记忆里，当时的日子过得捉襟见肘。蒲县和隰县相邻，现在看，蒲县因为有资源，整体经济状况比较好，隰县依靠果业种植也让经济得到了大发展，但在 20 世纪 70 年代末，阿姨的娘家和婆家这两个县还都不富裕，即便如此，嫁到隰县午城的阿姨，也对婆家困难的状况犯了愁。"刚结婚的时候，家里凄惶得很，上面有老人，又有了孩子，吃饭都成问题。"在当时，吃饱饭还是个问题，多挣钱，好好养家，是李新林家庭面临的首要问题。

到了20世纪90年代，日子逐渐好转，但挣的钱要供全家几口人的开销还是很紧张。正是在那个时候，李新林牵着他的骡子到了县果树中心耕地。李新林讲述这段日子的时候是带着满足的表情的，但老伴儿的话语里道出了在外打工赚钱的不容易，满是对当家的辛苦奔忙的怜惜。"耕一亩地挣七块钱，到年底了钱才到手里，家里人多开销大，七七八八就花没了。"

李新林开始种果树要到90年代了，对于具体日子，老伴儿已经记不清了。决定搞果园种果树，在李家看来是个不大不小的决定。"当时觉得种梨树能挣钱，就下了决心干这个了"。虽说种果树能挣钱，但当时十里八乡里种梨树的人家并不多。

"老话讲哩，能种称称的，不种斗量的。"说起为什么决定种梨树，李新林这样说。意思是种水果、蔬菜这些经济作物，远比种庄稼打粮食要挣钱。但打理果园不是一个轻松的工作，属于一项复杂的技术性生产，春天开始要修剪，刮老皮，疏花，挂果了要疏果，端午套袋，到了秋天要摘袋，采摘，九月底下了果子要赶紧追肥，在各个不同时期要及时打药施肥浇水等等，耗费大量的人力物力财力，果农实属不易。李新林以下果子为例给作者算了一笔账。秋分之后下果子，就是要摘果子，必须在八到十天之内下完，如果雇佣外人下果子，男劳力一天要200元，女劳力体力稍逊，一天也要150元，人力成本上是一笔不小的开支。每一份甜蜜都是汗水和劳作辛苦换来的。此外，梨树种下之后，要过至少三年时间才能挂果，头三年金钱、人力的投入像是白白投进去的。

说三年才能挂果，这个三年仿佛是北方农业生产前期投入必经的一个时间段，自古如此。齐如山在《北平杂记》当中记述了元代开发幽州，即现在的北京，往东至渤海广大地域的设想。他是这样记述的，元代虞集曾说："京师之东，濒海数千里，北极达海，南连青齐，葭苇之场也；而海潮日至，淤为沃壤，宜用南人法筑堤，捍水为田，召富民耕之，三年而征其税，可以卫京师，可以防岛夷，可以省海运矣。"古代遭受大灾之后，朝廷也都是免除受灾地三年赋税，可见拓殖屯田、开荒种地，自古都是把三年时间作为打基础的期限。

李新林第一个果园在川里，当时每个劳力只有 4 分多地，全家满打满算总共才 4 亩地，李新林的事业就是在这 4 亩地的基础上一步步发展壮大的。现在的人对 4 亩地有多大可能没什么概念，这样打个比方吧，一个标准足球场约 7000 平方米，1 亩地为 666 平方米，4 亩地约为 0.38 个足球场，小半个足球场的大小。

"挺胸，收腹，提臀，斜视 45 度——""范老师，你太有生活了，你这不是让我给果树喷农药吗？你不知不觉地就示范了一出给果树喷农药的程序。收腹是勒紧小肚，提臀是要把药箱卡住，斜视是要看清果树，这边加压，这边就喷雾，它的节拍是这样的，一刺刺，二刺刺，三刺刺，四刺刺——"有多少人还记得小品《红高粱模特队》里的经典台词，赵本山和范伟通过艺术的、幽默的方式，把侍弄果园的劳动场景表演得活灵活现，红火热闹，但实际上是非常辛苦的，不用亲身经历，听一听、看一看就知道了，不是个轻松的活计。但辛苦的付出终究得到了回报，李新林种果树逐步改善了家里的经济状况。"一开始种的是酥梨、晋蜜梨，后来玉露香卖得好，我就全换成了玉露香梨。"

李新林是村里最早种果树的一批，也是比较早把传统酥梨、晋蜜梨换成玉露香梨的。李新林的确是敢想敢干。为什么说他敢想敢干呢？从他敢最早一批把传统品种的梨子换成玉露香梨就能看出来。谁都知道玉露香梨卖价高，但人们为什么不早早都把果园里的梨子换成玉露香梨呢？我认为是人们对梨子的销路没把握，梨子贵，怕没人买。人们手里有钱，有能力大量消费价格较贵的水果，我印象中也不过十几年的光景。根据资料统计，从 20 年代 90 年代末到 21 世纪初，我国出口产品的人工成本占产品成本的比例不到 10%。百度上可以搜到，两千年的时候，全国人均可支配收入也就三四千元，这样的收入水平要大规模消费每斤售价近十元、十几元的水果，的确不太现实。从这个方面考虑，我们对农民兄弟的保守思想和做法应该有个充分理解，同时，对李新林的敢想敢干也该竖个大拇指。

换种玉露香，让李新林果园的收入大幅增加了，玉露香再次让李新林坚定了开果园、种果树的决心和信心。

中国梨王玉露香

据李新林介绍，2014年到2015年左右，是玉露香梨卖得最好的时候，一斤梨能卖12元，酥梨等其他梨最多卖7元，玉露香梨的价钱几乎比其他梨翻一倍，李新林种梨树的收入一年能达到十几万到二十余万元。"那几年，光剪下来的条子都能卖出去几千块钱。"条子是指玉露香梨的枝条，剪下来到别的品种果树上嫁接用，可见当时玉露香梨有多么受欢迎，但玉露香这个品种的培育、成熟，直到被广泛接受，还是费了许多周折和时间的。

梨起源于中亚，早在史前时期，就已有野生品种。在我国的种植历史至少也有三千年，可以说中国是梨属植物的中心发源地之一。白梨、沙梨和秋子梨，这些品种都原产中国。关于梨树在中国的栽培历史，多见于古书记载。

在许多以梨为主要水果产出的地区，梨的农业生产能占到区域生产总值的30%~70%。现今中国的梨按品种来源和地理分布可分为秋子梨、白梨、沙梨三个种群系列，即东北和西北耐寒冷地区的秋子梨系统，华北地区的白梨系统以及长江流域的沙梨系统。此外还有新疆梨，它可能是西洋梨和我国白梨的天然杂交种。

《诗经》当中有我国关于梨的最早记载，其中收录自西周初年至春秋中叶约五百年间反映当时社会生活的诗歌三百余首，其中有六首提及梨，《诗经》中提到的甘棠、樕、杜等，说的都是梨。杜和甘棠主要分布在长江以北的野梨，樕应当是一种被栽培的梨。

《国风·召南》《甘棠》中记载，"蔽芾甘棠，勿剪勿伐，召伯所茇"。《何彼襛矣》中记载，"何彼襛矣？唐棣之华"。《国风·唐风》《杕杜》中记载，"有杕之杜，其叶湑湑"，《有杕之杜》中记载，"有杕之杜，生于道左"。《国风·秦风》《终南》中记载，"终南何有？有纪有堂"。

特别是在《晨风》中，古人将"樕"，也就是梨树，作为年轻人情感的托载之物，"山有苞棣，隰有树樕。未见君子，忧心如醉。如何如何，忘我实多！"说的是远山之上有茂密的唐棣，河泽交错的洼地里生长着如云的山梨，密密麻麻，茂密繁盛。我心上的人，为何还不出现，我茶饭不思，坐卧不宁。你怎么这样绝情呢？难道你把我忘了吗？写的是一个女子痴心地渴望着，等待着，等待重新见到那位朝思暮想的"君子"，望穿秋水，心碎神伤，很有点信天游、晋陕民歌的味道。

玉露香梨是比较晚近的新品种，是从新疆库尔勒香梨和河北雪花梨杂交而来，在近些年里成为最受市场欢迎的优质梨种之一，被昵称为"中国梨王"。作为玉露香梨母本的新疆库尔勒香梨，有着新疆水果的一贯优点，脆甜多汁，但梨核较大，个头偏小，大口一咬就咬到核儿了，可食率低，只风靡了一时。玉露香梨继承了库尔勒香梨汁水多、肉质细嫩无渣、口味香甜的优势，同时，通过库尔勒香梨和雪花梨的嫁接，又形成了玉露香梨个头大、果核小、果形圆润的优点，很好地改善了库尔勒香梨的劣势，在众多梨品种当中脱颖而出，成为中国梨王。玉露香梨的风靡，离不开山西农科院，离不开邹乐敏和郭黄萍两位研究员。

追溯玉露香梨的历史，要回到 20 世纪 70 年代。70 年代初，山西农科院果树育种专家邹乐敏着手改良山西的梨子品种，当时山西普遍种植的是鸭梨、酥梨，也有当时新培育的晋蜜梨。李新林和早年间的隰县梨农们，种的就是这几种梨。1974 年，邹乐敏研究员用库尔勒香梨和河北雪花梨杂交培育出了几个比较好的新品种，其中表现最好的是编号 74-7-8 的品种，当时还不叫玉露香。

在当时，74-7-8 梨还只是一只丑小鸭，虽说是新品种，并且是较为优质的新品种，但这种梨不好看，个头小，果型也比较差，拿到手里整个一个绿疙瘩，而且最大的问题是放不住，不耐储存，因此价格也不好。当时 74-7-8 梨连个正经名字也没有，只有个编号。74-7-8 梨是山西农科院培育出来的，但在山西老家的种植却不成规模，还没有陕西、河北、安徽种得多。1985 年，邹乐敏研究员工作变动，从此再没有人去认真研究改良这种梨。在这种情况下，74-7-8 梨就像一个放在角落里的宝藏，较长的一段时间里，谁也没有把握去大面积换种玉露香，玉露香在等待被人发现的那一天。

时间来到 2000 年，随着人类社会进入新世纪，备受冷落的玉露香终于迎来了转机。那一年，山西省农科院委派郭黄萍研究员继续培育 74-7-8 梨，她最终将解决 74-7-8 梨不耐储存的问题。

也是在那一年，一个叫闫云海的种植户下决心大面积嫁接 74-7-8，经过几年的实践，也带动了身边一批种植户大面积嫁接玉露香。

2003 年，"74-7-8"正式通过了山西省农作物品种审定委员会审定和科研成果鉴定，评价达到国际先进水平，74-7-8 最终经过审定，被命名为"玉露香"。

玉露香梨从培育成功到被广泛接受，离不开农科院技术专家的辛勤投入，也离不开广大种植户的不断摸索，如何从若干品种中选出最优，植株如何管理、肥水管理、梨树修剪定型、开花坐果之后的花果管理，如何解决不耐储存的问题，等等，都是反复实践后才形成一套有效可行的种植技术。在探索、推广玉露香梨的过程中，就包括种梨已经种了十余年的李新林，以及像李新林一样敢于吃螃蟹、敢于尝试新事物的人们。

玉露香梨的成功也离不开隰县县委、县政府的高度重视。作为梨树种植的传统地区，隰县很早的时候就把引进、培育玉露香这样的优质梨种作为发展经济的重要手段。根据《隰县玉露香梨品牌建设白皮书》记载，早在 1998年，隰县午城镇就创立了"百种精品梨示范园"，培育适合隰县当地种植的梨子品种。山西省农科院果树研究所也把隰县确定为玉露香梨试验基地，专家团队深入地头农户进行一条龙服务。在隰县县委和县政府的大力推动下，经过十余年努力，玉露香梨由最初的几十株发展到现在的 20 万亩，成为农民致富的摇钱树、聚宝盆，也成了梨果行业具有影响力的一枝新秀。2010 年，隰县被山西省政府确定为"一县一业"玉露香梨生产示范基地县，这也给李新林以及和他一样的果农吃了一颗定心丸。

党的十八大后，中央的政策再一次促进了李新林的梨果事业。中央确定了打赢脱贫攻坚战的决定，梨果种植，特别是玉露香的种植与品牌提升，被赋予了更加具有时代意义的重任。隰县县委、县政府早在 2010 年就提出了梨果产业转型跨越与绿色发展的新思路，在梨果产业发展上苦练内功，并于2012 年明确提出"主攻玉露香，率先达小康"战略目标，把玉露香梨产业发展作为隰县农民增收致富达小康，实现伟大中国梦的战略产业来抓。在做大做强玉露香产业的路上，隰县可谓做足了文章，连续数年举办玉露香梨花节，一任接着一任实施"梨果攻坚年"活动。产业规模扩大了，为李新林这样的种植户搭建起了发展的大舞台。个人的发展总是离不开时代的大潮，潮起的时候，普通的人在潮流的推动下，通过个人的努力总是能有或多或少的收获，李新林一步一步地选择，同样离不开时代大潮的影响。在新的时代里，脱贫攻坚伟大事业有力推动了隰县玉露香产业上新台阶，李新林创业的豪情壮志又一次插上了翅膀。

愚公移山，说干就干

如何进一步扩大自己的果园规模，种下更多的摇钱树，是李新林心心念念的事情，唯一的问题就是土地从哪儿来。

"还是得有个园子，有个园子比啥都强。"李新林老伴儿这样说，园子就是指自己家的果园。在想办法扩大果园规模上，李新林全家的意见是一致的。在各种报道里，都把农户自家的果园比作"致富园""聚宝盆"，但在老伴儿的眼里，果园首先是全家人安身立命的根基，有果园在，日子就过得踏踏实实，自己心里也就安了一颗定心丸，不管儿女们是留在身边还是到外面的广阔世界里打拼，自己心里总是踏实的。

追求个踏实稳定，是人的基本需求，李新林老伴儿至今对李新林这个当家的当年没能在果树中心转正感到遗憾。"当时我家当家的有机会转正的，能转成果树中心的正式职工，好多不如他的人后来都转正了。"在老伴儿眼里，当年没能转正，当家的没能端上公家饭碗，非常可惜。老人介绍了自己姐姐和弟弟的情况，姐姐当年在蒲县当民办教师，一个月才挣 10 块钱，但坚持多年后，姐姐终于转成了公办，"现在退休金一个月五千多"。姐夫在县电业局工作，大弟弟在蒲县运销公司工作。兄弟姐妹们都有稳定的工作，老人感觉很欣慰，也有些羡慕。别人家的定心丸是公家的饭碗，自己家的定心丸是和当家的共同经营了十来二十年的果园，还是那句话，种果树虽然辛苦，但让人感觉踏实，心能平平稳稳放到肚子里。"村里也有出去打工的，但攒不下钱，在外面挣得多，可是开销也大，在村里种果树开销相对少些。"对于种果树的生活，李新林的老伴儿抱着朴素的想法，杂七杂八的开销少，能攒下钱，因此，老伴儿从来没有给当家的扩大果园的想法拖过后腿。

还是回到那个问题，要想扩大果园，地从哪儿来。李新林介绍过，村里每人才有几分地，全家的地归拢到一块儿，也没多少，还是要想办法从土地上开源。从哪里开源呢？李新林的眼光看上了家门口的荒山。

有句俗话，宁种一个坝坝子，不要十个洼洼子。意思是平川里的平地好，收成高，洼地不是什么好地。荒山也是一样，种地打粮食不如平川地。但对于种果树来说，山坡地有自己的优势，"山上土好，光照足，温差也大"，李新林介绍山坡地对于种果树的优势。山坡地这些条件，对果树种植来说非常适宜。

开荒山最大的困难，就是一切都要从头再来。

如今的李新林因为坚持不懈开荒山种果树，被称为"当代愚公"，但当初他的想法和古代愚公是同样朴素的，古代愚公面对大山阻隔想要出入方便，于是说干就干。当代愚公面对土地缺乏的困境，想要开荒山种果树，也是说干就干。我们今天总说执行力，执行力是什么？不就是认定的事情不犹豫吗？不就是面对困境不打退堂鼓吗？不就是马上着手去改善吗？干事情不要瞻前顾后，前怕狼后怕虎，再好的蓝图也实现不了，说干就干，撸起袖子加油干。

我们还得再次给李新林的说干就干竖个大拇指。

"有好地哩，当家的不要，非要这些不好的。"在老伴儿眼里，就是承包荒山也有好地孬地一说，但李新林没有选相对较好的地。一是因为眼下这座荒山离家近，就在家门口对面，另一个原因是李新林当时在大队当干部，自己选好的，把孬的留给普通群众，李新林还是做不出来。

打定了主意的李新林立即着手干了起来。开荒山第一件事就是修路。这座山说高不高，说低也不低，上下落差60多米。"遂率子孙荷担者三夫，叩石垦壤，箕畚运于渤海之尾""寒暑易节，始一反焉"。打仗亲兄弟，上阵父子兵，李新林带着老伴儿孩子，扛起锄头，从山脚往上，一步一步，一个台阶一个台阶，先修起了路。最早的路是一个一个土台阶，顺着山坡走势，蜿蜒曲折，通向山上的一片片梨树林，细数的话，有五六十个台阶。无路难，开路更难，说起当初开这条蜿蜒的台阶路，李新林的老伴儿还是感觉很自豪。当时全家老小齐心协力，镢头、扁担、铁锹齐上阵，大家忙上忙下，挖土、平整，最终修成了一条上山的小径，宛如一条小天梯。路是有了，但一到下雨天就又没了，"雨下大了就把路又冲毁了"。路毁了就再修，就这样一趟一趟，这条小天梯逐渐变得坚固、耐用。现如今，李新林已经把最初的台阶路逐步扩展硬化，修成了一条三轮车、汽车都能上去的大路了。

修路的同时就开始平整土地，找稍微大一点儿、平一点儿的地方，一小片一小片整理。"当时那地都是一条条、一绺绺的"，老两口在山坡上一点一点平整土地，就像是在给大自然做美容。一片一片的小坡地整好了，还需要给这些小平台垫土。这座山本身是一座土山，坡上的土层较薄，山顶部分的土层稍厚，李新林老两口就要从上面挑土下来，垫到坡上这一小片一小片的小平台上。数千年的农耕文明，把对土地的珍惜印在了人们的骨子里，只要能够利用上，农民兄弟们是不会浪费哪怕巴掌大的一片地的。开荒种地，在平地尚且不易，这样在山坡上上下下不知多少趟，李新林老两口付出的辛苦可想而知。

功夫不负有心人，老天对有志、有心、敢想、肯干的人是有回报的，当初一小片地只能栽下一两株、两三株果树，逐渐地，这些小片土地慢慢连缀成片，面积较大的大大小小有十好几块儿，算上小一些的地块儿，总共有三十几块儿地了。站在坡上往四周看，这些地块有的是四边形，有的是三角形，有的是长条状，有的是不规则的形状，在这面缓坡上分布、连接。一株一株的果树栽种其上，虽然东一片西一片、高一片低一片，但排列得成行成列，并不散乱。大一点的地块儿能栽一二十株，小一点儿的地块儿能栽三四株、四五株，一排排一列列，在错落中也有着严整的秩序。曾有记者问李新林当年这样一镢头一镢头、一箩筐一箩筐开辟这些坡地有没有觉得辛苦，老李总是嘿嘿一笑，"不苦，心里高兴，干一整天活都不知道累。"在李新林眼里，这些地都是一块一块的聚宝盆，是过上好日子的希望。

李新林这样没日没夜开荒，在有些人眼里是不值得的，他们把老李的行为当作一个笑谈。"甚矣，汝之不惠！以残年余力，曾不能毁山之一毛，其如土石何？"就像《愚公移山》里的智叟们说的一样。在智叟们眼里，老李的做法是"不惠"的，是自不量力的，但敢想敢干的李新林怎么会因为几句风言风语就打退堂鼓呢？想当年老李最早一批种果树，最早一批嫁接当时并不被看好的玉露香，都是凭着一股不怕苦、不信邪、认准了就去干的劲头，任你冷眼旁观看笑话，我自埋首干事业。事业是干出来的，前程是奔出来的，啥也不敢想，啥也不敢干，听几句风凉话就上心上头的，不是老李的做派，老李只管认准了就干，假以时日，让结出的果子说话，果子好就继续加油干，没结出果子就想办法让这聚宝盆结出好果子。

在这里我们该给老李点第三个赞。

辟山成林，梨香满园

路有了，地平了，梨树栽上了，浇水又是个问题。

刚开始的时候，从山下往山上引水不现实，李新林不怕苦，一趟一趟从山下往山上挑水，但纯体力的工作漫说身体受不了，效率上也不高，还是得想更科学更有效率的方法。先是想土办法，在山上挖一条一条的蓄水沟，下雨天能拦截一些雨水，用蓄水沟拦住，雨水跑不了，能管用一阵子。蓄水的同时也想办法节流，让水分流失得慢一些。李新林用的法子是铺草，不仅能产生有机质，还能保温、降温。这些法子能起到一定作用，但遇到雨水少的情况，缺水还是个让人揪心的事情。这个情况下，山西省农科院的牛自勉研究员给李新林出了个主意。说到这位牛自勉，他可是果树种植方面响当当的人物，1978年上大学开始，就和果树种植打上了交道，投身果业数十年，是个让晋南晋北的果农都认可的专家，他主持解决我省果园郁闭问题而研究出的新技术，被称为"我国苹果生产的二次革命"。牛自勉研究员给李新林提出的节水方案，类似于滴灌技术，就是在每棵树下埋三个桶，桶底扎四个眼儿，平时把水灌进去，下雨天还能蓄点雨水，相当于一个简易版渗灌，虽然不能彻底解决果园缺水的问题，但相比缺水的时候一趟一趟挑水灌溉倒是个不小的改进。这个土洋结合的办法老李听了进去，马上着手干了起来，刨坑、埋桶，一棵树一棵树这样下来，前期投入的工作量不小。

李新林说："种果树就像照顾孩子一样，它虽然不会说话，但是你对它好，它自然对你好，再把水、肥料、阳光结合上，就能生产出好果子。"就这样，李新林像照顾孩子一样，精心侍弄起了他的荒山果园。照顾小孩子，小孩子哭了，你要看看他是不是该换尿布了，孩子没精神，你要查一查是不是积食了，是不是发烧了，样样都得操心，来不得一点儿马虎。李新林侍弄果园也是一样，缺水了得赶紧想办法，秋天9月份，该施肥的时候一刻也不敢耽搁，该上羊粪要上羊粪，有机肥的比例要把握好。端午节要给果子套袋，秋分到了要下果子，玉露香梨娇贵，皮儿薄，套袋、下果不敢使大劲，哪儿哪儿都得上心。

李新林的心血没有白费，精心呵护的孩子长大了，二十多年干下来，原先的荒土山变成了花果园，山上山下，桃李满园，"我不光种了梨树，边边角角还种了些核桃树、枣树，桃树、樱桃树也有，所有果树加起来有四百多棵"。

绿水青山就是金山银山，李新林家门口的荒山变绿了，成了让老李两口子感到踏实和满足的金银山。"听起来是奇闻，讲起来是笑谈，任凭那扁担把脊背压弯，任凭那脚板把木屐磨穿。"二十年辛苦，二十年奋斗，这座看似不高的山，李新林在二十年里不知上上下下了多少趟，别人家一把镢头用好多年，李新林开荒种树，一年就要用坏四五把镢头，扁担箩筐不知用坏了多少，脚底板的胶鞋不知磨穿了几双。如今的这座山，无论是上山的路，还是浇园子用水，都比创业初期有了极大的改善。从李新林的事迹上我们能看到坚持的力量，只要肯干，只要能坚持，困难只会越来越少，条件只会越来越好，前途总会越来越光明。

荒山变果园，结出的果子品质非常好。前文提到的玉露香梨的创造者之一、山西果树研究所所长郭黄萍数次到李新林的果园指导，并专程到李新林的梨园实地检测，看看这片背坡地上结出的果子品质如何。最后的检查结果令人振奋，背坡生产的玉露香梨含糖量竟然达到 13% 以上，市面上玉露香梨一级果的含糖量为 12.5%，特级果的含糖量为 13.5% 以上，李新林山上种的果子品质一级棒。面对这样好的果子，郭黄萍研究员不禁感叹："在这样的地理条件下能种出如此高品质的果子来，需要付出的精力不是一般人能做到的，确实很不容易。"之后，牛自勉研究员也带着北京农科院的专家来李新林的"花果山"考察，测糖、观叶、看果。赞叹之余，牛自勉研究员也提出了建议，建议李新林园子里的玉露香梨晚采晚收，"如果没有大风就一直往后推，如果红晕达到 50%~70%，就是水果中的极品，这个地方不怕晚。在晚熟采摘、旅游观光、创造特殊品质等方面，希望这里能为隰县，为整个黄土高坡优质栽培创出一条路子来。"苦干加巧干，科技是产业腾飞的翅膀，敢想敢干、艰苦奋斗是事业成功的第一块基石，没有这块基石，再好的设想也不会实现，更谈不上新技术的产生。

李新林拓荒成功了，每年一过清明，山上就开始泛出绿意，远看山上好像罩着一层绿纱。夏天的时候，山上绿荫如盖，秋天的时候，满山梨果飘香，面对二十年奋斗的成果，李新林心里该是怎样的满足和欣慰。如今的李新林已不是当年智叟眼里的愚公，成了远近闻名的创业模范。李新林没有满足于自己致富，他感召、带动了身边一批农户投身玉露香种植，2017 年，这位老党员、老村干部荣获"感动山西"提名奖。李新林还是当年智叟眼里的愚公，他有着更大的想法。说起以后的计划，李新林讲道："我要把我的梨种得更好更香，将商品果打造成精品、极品，带动更多的人种玉露香，都挣钱，都过上好日子。"最后，我们得给李新林的大气点第四个赞。

"现代愚公"李新林

梨花盛开

——记全国榜样人物、全国乡村好青年刘帅君

王绍君

序

进入4月，隰县的梨花开了。在隰县，几乎家家种有梨树。

进入4月，刘帅君的梨花也开了。他的梨花不是一朵两朵，他的梨树园有10亩，种了五六百棵玉露香梨。满园盛开的梨花，每一朵，都是一个饱满的故事。

士兵出击

刘帅君人生最精彩的亮相，是从军营开始的。对他来讲，2005年的12月并不寒冷，高中一毕业就报名参军，成为中国人民武装警察部队山西总队的一名战士。"军人"，这个神圣的词汇，几乎占领了他学生时期所有梦想的空间，从满身稚气的学生到英俊挺拔的武警战士，这巨大的变化让他心潮澎湃。从这一天开始，冲锋的军号声就一直在耳边嘹亮，直到2013年11月，连续八年的军旅生涯中，充满激情的心脏如同一柄沉重的鼓槌，把胸膛当作一面战鼓，"咚咚咚"地敲个不停。

军人的日子，就是一只上紧发条的闹钟。站军姿，走队列，变换步法，有序而紧张；投弹，射击，全副武装越野跑，重复而单调。刘帅君不怕跑，他

明白，发条越紧，释放的动能就越强大。他也没想到，在一个不经意的时间，这根绷紧的发条瞬间就爆发了。

2012年7月4日，中午。战友的婚宴如期在太原市千峰南路肥牛涮锅城举行。饭店里人山人海，道喜的、敬酒的推杯换盏，热闹非凡。所有的宾客被喜庆的气氛包裹着，人人都怀揣着对美好未来的憧憬。突然间，一声刺耳的不和谐音凌空袭来："抢人了！抓贼呀！……"

呼救声还没落下，刘帅君已经箭一般射了出去。直到十一年后的2023年4月，站在梨树下的刘帅君讲起这段经历，依然对自己当时的反应速度万分钦佩。我国著名的百米高手苏炳添，曾在2021年8月1日的东京奥运会上，夺得男子"百米飞人"决赛第六名，而他当时起跑的反应时间是0.167秒。按这个标准衡量，刘帅君当时的反应速度与专业运动员们相比，一定也差不了多少。刘帅君并不在乎自己是怎么从座椅上弹起来，又用怎样的方式射向了那个抢包贼。也许他天生就有这样超强的爆发力，再加上在军营里的特别训练，连擒拿的技能，都成了一种自然的条件反射。养兵千日，用兵一时，何况自己从2005年11月至今，在部队的时间已经超过了两千五百个日子，对自己来讲，已经是"养兵两千日"了。两千多日日积月累的能量，在此时此刻也应该加倍释放。

那个被刘帅君迅速擒拿住的抢包贼恐怕这辈子也想不明白，为什么会输给一名普普通通的中国武警战士。抢包贼不知道，面前这位年轻的武警战士全副武装跑五公里也只用十九分钟，抢包贼不知道，在速度的后面，还有正义的无形力量作支撑。

爱心快递

2014年，这个看起来普通得不能再普通的年份，却在当过八年兵且已经退役一年的刘帅君的心里，留下深刻的烙印。直到此时，他才知道，什么是困，什么是难，什么是心里无法忍受的痛。他要把爱心公益事业做成快递，快速送到那些有需求帮助的人手中。

这世上恐怕没有比王宇博更难的人了。这位隰县午城小学四年级的学生，因患肾病综合征，已经休学两年，在太原等地辗转治病，先后花费了十几万元。可屋漏偏逢连阴雨，2015年11月6日，小宇博的爸爸又在一次车祸中意外受伤，被送入了县医院的重症监护病房。命运的无情让成年人都无法承受，放在小宇博身上，让他一天天沉默了。他只能住在姑姑家，当着人不哭也不闹，只会在没人的时候偷偷流泪。

黄土镇谙正村的女孩吕云芳，父母瘫痪在床，爷爷奶奶也都有重病多年，长期依靠吃药输液维持生计。2014年上半年，为照顾病重的父亲，即将参加中考的吕云芳不得不辍学回家。然而，好运再一次和好学上进的吕云芳擦肩而过，即使她用辍学的方式去全力拼争，还是没能打赢父亲身上的病魔。短短的两个月后，她的父亲还是抛下一家老小离开了这个世界。

刘帅君家住隰县龙泉镇大洪沟，父亲是隰县农机局职工，母亲是石化公司职工，一个普普通通的工人之家，不富有，但也不贫穷。他刚参军的时候，被分到了武警部队山西总队忻州支队，等于从山西的南方到了山西的北方，相隔385公里。母亲天天唠叨：北方天冷，北方闻不到小麦香，北方的雨水不甜，北方人的生活条件肯定差……母亲的话同样激起了父亲的思念，一咬牙，他和单位请了假，专门买了十个卤猪蹄，送到了儿子所在的部队。

能啃到父亲专程送来的猪蹄，就是一种幸福。可吕云芳没有他这样的幸运，王宇博也吃不上父亲买来的卤猪蹄。刘帅君出生于1987年1月，这个有着一米七八帅气身材的小伙子，终究没忍住男儿泪。但泪水只代表同情，他们不需要可怜，更不需要施舍，王宇博、吕云芳们需要的是更多的温暖。

刘帅君工作之余，多了好多去处，在隰县三个镇五个乡走访；利用各种媒体发布救助信息；与隰县华西医院建立联系，成立了医疗救助队；在导医台设立"公益医疗爱心援助报名处"。仅2015年，就有十六名贫困家庭患者提出了救助申请，救助队根据他们的实际情况，对黄土镇的四名贫困家庭患者，进行了公益医疗爱心援助。在团县委的支持下，刘帅君多次去家里看望小宇博和吕云芳，和他们聊天，感受他们的痛苦，了解他们的需求，送他们一袋米，慰问他们一桶金龙鱼调和油，再给他们买些书和笔。每一次慰问，不在于所赠送物品的贵重，而是附着刘帅君的寄托与不甘心。

蒙在王宇博脸上的愁云一点点散开了。

要强的女孩儿吕云芳擦干了眼泪，埋头专心地解答着一道道中考试题。

刘帅君忽然间理解了"赠人玫瑰，手有余香"的含义。他当初的"无心插柳"，还真看到了"柳成荫"的效果。他和朋友联系的频率越来越高，和朋友交流的内容却越来越窄，交流的主题往往离不开两个字，"公益"。朋友越来越多跳进他的战壕，一个人，二个人，五个人，一支由"爱心志愿者"组成的团队在隰县萌芽着，成长着，"爱心快递"身边的"战友"越来越多，一个团队在默默地传递着一种骨子里的温暖。

2014年年终，刘帅君被授予"山西省乡村道德好青年"的荣誉。拿着奖状，他的脸有点红了。

初探"直播"

隰县盛产梨，尤其是玉露香梨。这是山西农科院果树研究所开发的，以新疆库尔勒梨为母本，以河北雪花梨为父本，杂交而成的山西优质中晚熟梨新品种，兼备母本和父本优点，皮薄肉细、脆甜可口，目前是国内乃至世界上梨果品种中最前卫的品种。

每年进入4月，梨花盛开，整个隰县就变成了一个洁白的花海。待到中秋前后，家家户户房前屋后的梨树上，垂满了玉露香梨。那些晶莹圆润的果实，比一个成年人的拳头还大，摘一只下来，还未放到脸前面，一股清凉香甜的味道已经直冲鼻腔。

玉露香梨，好梨！

是好梨，就是太多了。

梨是好梨，可根本卖不了。

谁不想脱贫？谁不想致富？谁不想鲜亮地活出个人样来呀。

梨！玉露香梨！

隰县80%的土地种植玉露香梨；

隰县80%的农民从事玉露香梨产业；

隰县80%的农民收入来源于玉露香梨。

这么多的梨，必须得从玉露香梨上想对策。他不能抱着金饭碗却去干讨饭的营生。

能把金饭碗端好，就是最大的一项公益事业。帮助村民们卖好梨，多卖梨，就是帮助村民们端好了金饭碗。村民们才能有实惠，让困难的生活有改善。

直播，他想到了直播。这还是在一次聚会中，朋友告诉他的。直播，云直播，百度云直播，网易云直播，都是些新鲜词，他听都没听过。朋友说过，直播相当于是做广告，让更多人知道你有什么货，知道的人越多，你卖得越多。

顾不上再往下想，他血气上涌，立即拨通了朋友的电话，说，直播真那么厉害？我也想试试。朋友高兴地说，现在就试！

刘帅君的第一次直播，只有一个粉丝，还是介绍他直播的那位。他有些怀疑，直播，能有人看吗？

刘帅君第二天的直播，关注他的粉丝多了几个，依然是朋友，还有朋友的朋友。

刘帅君的第十天直播，直播间里除了朋友，战友，还有省内的省外的，直播间人数成倍增加，买梨的订单也迅速增长，几乎忙不过来了。还记得鲁迅在《故乡》中写的那句话：其实地上本没有路，走的人多了，也便成了路。这简直是真理。他决定，建立网店和微店，然后通过微信、微博开始宣传销售，把"直播"这条路走得更顺更宽。

火的洗礼

时间被定格在 2014 年 6 月 14 日，傍晚时分。退役的刘帅君在省城太原办完事，匆忙往家赶。家在隰县龙泉镇，高速路的距离是 305 公里，驾车至少也得三个半小时。三个半小时的旅途，说长不长，说短也不短。但在这不长又不短的时间里，他可以一幕幕地回忆，回忆八年的部队生活，回忆八年军营的每一次紧急集合，回忆每一次全副武装五公里越野训练，回忆每一次执行任务的得失。八年的磨炼，让他从一名普通的武警战士，成长为一名优秀的班长。八年的军营生活，有酸也有辣，有咸也有甜。如今退役了，但军人的情感却难以割舍。

突然想起一首歌，是汤非唱的《当兵前的那晚上》，由阎肃作词、印青作曲，歌词情感激昂，曲子旋律悠扬：

参军前的那晚上 兴奋又紧张
翻来覆去难入睡 索性下了床
望着窗前明月光 心里空荡荡
父亲悄悄来身旁 扶住我肩膀
他这样对我讲
参军入伍把兵当 当兵为打仗
打仗就要打胜仗 打胜才荣光
过硬本领靠苦练 越练人越强
莫要害怕苦和累 洪炉出好钢
参军入伍把兵当 也得细思量
电子信息新装备 文化最吃香
打仗就要靠猛将 关张赵马黄
为啥都服诸葛亮 肚里有文章
父亲的一番话 我浑身添力量
声声叮咛语铿锵 牢牢记心上
明天一早朝霞里 穿上新军装
咱们共圆强军梦 长城万里长
父亲的一番话 我浑身添力量
声声叮咛语铿锵 牢牢记心上
明天一早朝霞里 穿上新军装
咱们共圆强军梦 长城万里长
父亲的一番话 我浑身添力量
声声叮咛语铿锵 牢牢记心上
明天一早朝霞里 穿上新军装
咱们共圆强军梦
咱们共圆强军梦长城万里长

这首歌太好听了。虽然自己已经退役，但他相信自己，无论走到哪里，自己永远是一名合格的好兵。

他干脆把手机铃声也改成了《当兵前的那晚上》，手机每响一次，他就能再感受一次当兵的荣光。

歌曲的旋律好像进入了他的血脉，在全身游走，听得他血脉偾张。他已经走到太原市的平阳路上，即将离开山西省会城市的地界。突然发现一股浓黑的烟雾正从路西侧云水榭水上乐园宾馆大楼的一楼入口处冲了出来，烟雾中不时有火光闪现。

有火情！刘帅君立即做出判断。

路过的行人纷纷驻足观看。通过浓黑的烟雾，依然能听到大楼里电钻嘶吼的声音。

一定是楼里的装修工程还在进行！

有工程就有人！十万火急！

着火啦！着火啦！赶快撤……

刘帅君边喊边向火场冲了过去。眼前的火情已非常危急。他顾不上细想，火不等人，他必须抓住第一时间，先冲进去通知人撤离。

我没有亲眼看见刘帅君当年穿越火场的英姿，但能想象到他在越来越猛的烈火中，从一楼跑到六楼，先救出一名五岁男孩，又在众多公安、消防和医护人员的全力救助下，成功疏散了全部六十名装修工人的壮举，是多么的伟大。直到完成救助准备撤退的时候，他才发现，大火已经封锁了所有的出口。他被火焰封堵在了四楼。

火焰越烧越旺，刘帅君的活动空间越来越小，呼吸也越来越急促。在火焰中他左躲右闪，可左肩还是没躲过，被火舌头咬了一口。情况再一次告急。

此时的四楼，已经变成了太上老君的炼丹炉。可他不是那个孙猴子，能在炼丹炉里待上七七四十九天还可以全身而退。他只是一个凡人，一名刚刚退役的武警战士。未来，他还有很多事要做，姐姐已经出嫁，父母跟前就剩他这个儿子了，他还要成家立业，娶个漂亮老婆，再多生养几个姑娘小子。所有这些想法只是下意识地在眼前一过，他必须抓住一切可以利用的机会。

刘帅君终于摸索着到了一扇窗口。他把头伸出窗外，楼下停满了消防车、救护车、警车，人声嘈杂。他一边挥舞手臂，一边向楼下的人群高声大喊着：我在这儿！我在这儿！快来人呀……

他喊了很多遍，却好像把一块海绵扔进了太平洋，楼下的人没有一丁点反应。

火焰向他靠得更近了，几乎堵塞住了他的呼吸。看着楼下的人群，他急中生智，脱下一只鞋，使劲朝楼下的人群扔去。

火情在太原消防大队、公安局、武警部队、120 急救等相关部门近一个小时的通力抢救下，终于被控制，火警解除。有记者在现场采访，只听路人一遍又一遍地说，多亏了那个小伙子，还差点把命搭上。记者很兴奋，赶紧追问：是哪个小伙子？小伙子在哪？

路人们的手都向南一指，说，回家了……

一场虚惊

刘帅君接到一个大单，要订购玉露香梨一千箱。

从 2014 年 8 月开始直播卖梨，两个月过去，总共也没卖掉一千箱，这笔订单把他吓了一跳。一箱十斤，十箱一百斤……刘帅君高兴得一蹦老高，直播，还真让他看到一个更广阔的世界。隰县，这个隶属于山西省临汾市的小县城，位于晋西吕梁山南麓，古时为晋西南要地，素有"河东重镇、三晋雄邦"之美誉。刘帅君告诉我，早在明清时期，隰县金梨已是皇家必备的贡品之一。1974 年，隰县成功引进玉露香梨，隰县地处北纬 36 度，日照时间长，昼夜温差大，在独特的自然条件下，皮薄、核小、渣少、水分大、甜度高的玉露香梨，被国家梨产业体系专家公认为"中国第一梨""中国大美梨"，拥有极高的品牌价值。

看来，不只是隰县人知道玉露香梨，不只有山西人知道玉露香梨，也不只有中国人才知道玉露香梨。刘帅君再次打开手机，看着那个订单。一千箱！接下来的时间很紧张，需要向村民收梨，需要给每一只梨套上保护袋，需要齐齐整整地装进印刷精美的纸箱，还需要封箱、发运。后续的事情还有很多，最关键的是，先把货款拿到。

刘帅君给订货人发了信息，让他赶紧交款，以免影响后续的发货。可订货人回复说收到货再打款。刘帅君的一颗心瞬间凉了半截。

1000 箱玉露香梨已经准备就绪，却没收到货款。

这可不是一只梨、一箱梨的事，所有的梨是他从整个隰县三镇五乡三百八十四个自然村收来的，他得为果农负责。

继续联系订货人，却没了音讯。很明显，遇到了骗子。真悬。刘帅君望着地头摆放得齐齐整整的一千箱玉露香梨，长长呼出一口气。

遇见爱情

2020 年的春天比往年更暖和了一些，刘帅君去临汾办完事，独自开车往回赶。从临汾到隰县，如果凌空拉条直线，还不足 100 公里，但刘帅君开的是汽车，是不会飞的汽车。汽车得依靠车轮踩在路面上走，顺着道路的走向转弯，随着崎岖的路面颠簸。这样开车，不出半小时就得犯困。人都说春困秋乏，一点不假。好不容易进入蒲县的地界，刘帅君累得实在有些受不了，就在一处公厕前停了车。先放放水，喘口气，再活动活动腿脚，让全身放松放松。也就十来分钟，他已经感觉轻松了很多。他重新回到车边，先掏出手机，拨通单位的电话。他的单位是隰县水利局，回电话是最基本的礼貌，是让单位放心。他告诉单位，出差的任务已经完成。

刘帅君打电话的时候，却不知道，自己已经被盯上了。直到他坐回到车上打着了火，听到有人敲车窗。他转脸一看，眼睛里就呈现出一幅画。

画说：你好，是回隰县吗？

刘帅君问：你也是隰县人？

画说：坐你的顺风车，多少钱？

刘帅君说：我不是顺风车，看在老乡的面上，不要钱。

画打开车门，坐在副驾的位置。凭着刘帅君的感觉，画的身高至少也有一米七。作为独立个体，每个人有每个人自己欣赏美的方式和习惯。刘帅君欣赏美的方式是远观，但从目前的情况来看，主驾与副驾之间的距离让他极不适应，他已经失去了欣赏美景的最佳角度，可能就此也失去了完美地欣赏画的机会。实在是不甘心呀！他只能打开音响，一边听着《当兵前的那晚上》，一边讲自己的故事，讲自己退役前是山西武警部队晋中支队勤务汽车中队的班长；讲自己全副武装 5 公里越野跑只用了十九分钟；讲自己在大雪天和野兔赛跑，没逮到兔子不说，还把自己摔进了大雪堆里；讲自己退役后，曾去北漂，当过保安，干过销售员，还给影视明星们当过经纪人。后来响应县委、县政府的号召，回家乡工作，后被安置在隰县水利局河道站工作……

刘帅君的口才很好，把自己的经历讲成了跌宕起伏的连续剧。小伙子自己也不知道从哪儿来的热情，感觉生活充满力量，充满希望。

乘胜出击

直播的效果越来越明显。站在地头就能直播；站在树下一边摘梨一边直播。他的粉丝迅速增加，从最初的几个人，增加到了二十多万，又从二十多万变成了二百多万人。一些明星、企业家和电商大咖也纷纷前来助阵，包括央视著名主持人何军，包括著名相声演员刘际，包括著名青年歌手阿正，还有"星光大道"节目人气歌手尚胜利、央视著名女导演潇月、中国青年创业导师中国电商联盟副主席傅志建、云南省电商协会会长贺靖、电商大咖微博营销专家杜子建、微商专家王重等等。利用直播，他一年就要卖出十万多斤玉露香梨。刘帅君代言的玉露香梨，在全省近千种土特产品中脱颖而出，成功入选"山西十佳好网货"，甚至还走出了国门，远销到了美国以及东南亚等国家和地区。

粉丝多了，意味着用户多，用户多就意味着服务得跟上。省内的客户还好说，省外的客户更代表着一个庞大的消费群体。玉露香梨有什么特点？玉露香梨的产量有多大？玉露香梨的保质期有多长？更有客户直接询问，什么时间施肥，什么时候打药？什么时间剪枝，什么时间套袋……来隰县找他的客户也不少，他们来自天南海北、四面八方，他不可能领着客户东颠西跑，漫无目的去寻经探宝。他必须有自己的梨树园，让客户只跑他一家就解决所有的难题。

要有自己的梨树园。必须有自己的梨树园。

主意拿定，他放出风去：梨树要多，离家要近，品种必须一致，叫玉露香梨。

果然，到了2015年，一笔10亩梨园的承租合同敲定。随后，刘帅君又联合明月泉的农户孙朗柱等人成立了"隰县帅君玉露香生态合作社"，不仅接待外地客户的考察，还向广大农户提供新的种植技术和管理模式，全面提升玉露香梨的品质，把更多人引进了致富之门。

刘帅君不能遇到事，一旦遇到，就放不下。笔记本电脑总是随身携带；

玉露香梨的资料总是随车而走。和朋友喝酒，三句话离不开玉露香梨；和客户交流，每句话都围着玉露香梨做文章。刘帅君，已经成为玉露香梨的免费代言人。

光荣墙

这是刘帅君珍藏的荣誉证书集，每一本皆以深红为封面，烫金文字熠熠生辉，它们不仅是纸张的堆砌，更是他奋斗历程的缩影，无须深入解读，单从字面便能感受到那份厚重的分量：从 2007 年荣获武警忻州市支队"优秀士兵"，到 2011 年晋升为武警晋中市支队"优秀班长"，再到 2012 年成为武警晋中市支队的"优秀党员"，他的军旅生涯写满了荣耀与奉献。步入社会后，他依然光芒不减，2014 年荣获"山西省乡村好青年"称号，2015 年更是蝉联"全国乡村好青年"并荣膺"全国榜样人物""全国农村青年致富带头人"称号，同时担任临汾市青联委员会常委。此后，荣誉接踵而至，2016 年被评为"临汾十大道德模范"，2017 年其销售的产品荣获"山西省十佳好网货"，2018 年摘得"农村青年电商专业人才奖"。2019 年，他被共青团山西省青年创业就业服务中心聘为"首批特约讲师"，继续在青年创业领域发光发热。2020 年，他担任临汾市青年电商联盟协会常务副会长兼秘书长，并荣获临汾市"最美退役军人"称号。直至 2021 年，他再次被评为"第九届全国榜样人物"，刘帅君用实际行动诠释了何为持续奋斗、不断超越。

中国梨花季

2023 年 4 月 7 日，隰县宣传公众号发布重磅消息：隰县玉露香梨花季 4 月 11 日盛装开幕。活动将持续五天，在隰县所辖的午城镇、寨子乡、城南乡、下李乡、龙泉镇、黄土镇、阳头升乡全面展开，按预热活动、主题活动和乡镇系列文体活动三个板块，将组织开展十六项活动，包括隆重的开幕式，还有"隰县玉露香梨产业高质量发展论坛"，有"电商之星""创业之星"评选，有"梨花飘雪、畅想未来"毽球邀请赛、彬彬有"梨"五人制足球邀请赛，还有"中国梨都·大美隰县"文艺汇演等主题活动和乡镇系列文体活动。隰县文化和旅游局也于同一时间在融媒体发布通知：第十二届玉露香梨花季"梨花仙子"评选活动将于4月2日至4月5日开始报名。

继洛阳牡丹节的璀璨之后，梨花季如约而至，成为又一场为鲜花而举办的大型群众性文化活动。刘帅君表示，梨花季是全体隰县人共襄盛举的节日。

要写刘帅君，躲不开隰县，也躲不开玉露香梨。

准备"上播"的刘帅君